Helen Bryan
Tal der Träume
Der Aufbruch

Das Buch

Eine fesselnde Geschichte über eine selbstbewusste junge Frau, über Mut, Solidarität und Liebe.

Im schillernden London des 18. Jahrhunderts wird die verwöhnte Sophia, einzige Tochter von Lord Grafton, in die Gesellschaft eingeführt, um einen standesgemäßen Ehemann für sie zu finden. Doch bevor sie unter der Haube ist, stirbt der geliebte Vater und hinterlässt ihr außer Schulden nur eine Tabakplantage im fernen Amerika. Sie hat keine andere Wahl, als an Bord des nächsten Schiffes zu gehen, das Kurs auf die Neue Welt nimmt.

In Virginia angekommen muss die junge Engländerin feststellen, dass das Leben auf der Plantage nicht ganz so einfach ist, wie sie es sich erhofft hatte. Doch mit Mut und einer gehörigen Portion Tatkraft stellt sie sich ihrem neuen Leben. Denn fortan ist es die nächste Ernte, die das Überleben sichert – und Sophia lernt, sich auf Menschen zu verlassen, mit denen sie in England nie auch nur ein Wort gewechselt hätte.

Die Autorin

Helen Bryan wurde in Virginia, USA, geboren, machte ihren Abschluss am Barnard College und lebt seit 1971 in London. Dort absolvierte sie die Ausbildung zum Barrister und arbeitete am Inner Temple als Anwältin vor Gericht. Ihre Biografie »Martha Washington: First Lady of Liberty« wurde mit einer Citation of Merit der Colonial Dames of America ausgezeichnet. Mit »Fünf Frauen, der Krieg und die Liebe« hat sie einen historischen Roman verfasst, der zur Zeit des Zweiten Weltkriegs spielt und sowohl in den USA als auch in Deutschland die Kindle-Bestseller-Liste stürmte.

Helen Bryan

TAL DER TRÄUME
DER AUFBRUCH

Aus dem Amerikanischen von
Rita Kloosterziel

Die amerikanische Ausgabe erschien 2016 unter dem Titel »The Valley«
bei Lake Union Publishing, Seattle.

Deutsche Erstveröffentlichung bei
Tinte & Feder, Amazon Media EU S.à r.l.
5 Rue Plaetis, L-2338 Luxembourg
Januar 2018
Copyright © der Originalausgabe 2016
By Helen Bryan
All rights reserved.
Copyright © der deutschsprachigen Ausgabe 2018
By Rita Kloosterziel

Die Übersetzung dieses Buches wurde durch AmazonCrossing
ermöglicht.

Umschlaggestaltung: Rothfos & Gabler, Hamburg
Fotograf: Raúl Garcia
Umschlagmotiv: © Amazon Photo Studios; © David M. Schrader / Shutterstock; © Zack Frank / Shutterstock; © somrak jendee / Shutterstock; © Madlen / Shutterstock; © winyuu / Shutterstock;
Lektorat: Verlag Lutz Garnies, Haar bei München www.vlg.de
Korrektorat: Manuela Tiller/DRSVS
Printed in Germany
By Amazon Distribution GmbH
Amazonstraße 1
04347 Leipzig, Germany

ISBN: 978-1-542-04688-6

www.tinte-feder.de

In Liebe für Roger Low, Michelle, Niels, Bo, Poppy Bryan-Low, Cassell Bryan-Low, Jonny und Jake Horsman

Prolog

London, 1754

An einem sonnigen Nachmittag Ende Juli verließ die *Betsy Wisdom* mit der Flut den Hafen von Billingsgate und reihte sich in den regen Schiffsverkehr auf der Themse ein, zwischen den Kähnen der Fährleute und Frachtschiffer und den prachtvollen Barken vornehmer Herrschaften. Der Zweimaster glitt vorbei an den stattlichen Häusern von Kaufleuten und Adeligen, hoch oben über dem Fluss, und an den armseligen Behausungen, die dicht gedrängt am Ufer standen. Er passierte das Zollhaus und ließ das Gedränge auf Londons schmutzigen Straßen hinter sich – die Beutelschneider, die Huren und Bettler, die Anwälte im Temple, die Staatsmänner in Whitehall, die Ärzte, Barbiere und Dichter, die Zunfthallen, Märkte, Gerichte und Theater. Die Kirchtürme von London wurden immer kleiner, der Klang ihrer Glocken war bald kaum mehr zu hören. Über dem Marschland von Dagenham thronte Eastbury Manor mit seinen Türmen und Schornsteinen und glänzte in der Sonne, als die *Betsy Wisdom* vorüberglitt und auf Kent und die Themsemündung zusteuerte, hinter der das offene Meer lag.

An der Flussmündung wurden die Segel gesetzt, um den aus Nordost kommenden Wind zu nutzen, der das Schiff kurz in die Nordsee trieb, bevor es Richtung Süden kreuzte.

Doch der Sommerwind war launisch und kaum kräftig genug, das Schiff in den Ärmelkanal zu bringen. Die *Betsy Wisdom* war voller Passagiere auf dem Weg nach Virginia, die über den ruhigen Beginn ihrer Reise erleichtert waren. Die Mannschaft jedoch wusste um die Gefahren, die vor ihnen lagen. Nachdem sie Plymouth passiert hatten und erst in südlicher, dann in westlicher Richtung auf den Atlantik zuhielten, waren die Blicke der Seeleute angstvoll auf den Horizont gerichtet. Keinem von ihnen behagte es, dass die *Betsy Wisdom* allein und nicht mit Geleitschiffen unterwegs war. Ein einzelnes Schiff war leichte Beute für Piraten. Muslimische Piraten, die an der Nordküste Afrikas zwischen Tunis und Algier lauerten, aber auch in nördlichere Gefilde vordrangen, waren nicht weniger gefürchtet als die christlichen Piraten vor Malta. Sie alle würden englische, französische und spanische Schiffe überfallen, die Ladung rauben und die Passagiere und Mannschaft auf den Sklavenmärkten Nordafrikas feilbieten. Weiße Sklaven erzielten Höchstpreise.

Selbst wenn sie den Piraten entkommen sollten, würde das unberechenbare Augustwetter genug Anlass zur Sorge bieten. Die See, die sie gerade hinter sich gelassen hatten, schien so ruhig wie die englischen Gewässer, doch draußen auf dem Atlantik konnten plötzlich heftige Stürme aufkommen. Der Kapitän der *Betsy Wisdom* wollte jedoch die Rückreise antreten, bevor der Winter die Überfahrt über den Atlantik noch gefährlicher machte. Auf der Rückfahrt nach England würde er eine so wertvolle Tabakladung an Bord haben, dass sein Anteil am Profit jedes Risiko lohnte. Europa war unersättlich, was Tabak anging.

Als sie sich den Kanarischen Inseln näherten, tauchten drei Schoner am Horizont auf, und die Wache schlug Alarm. Die Schoner jedoch verschwanden bald in der Ferne. Ihrer Position nach zu schließen, waren es keine Piraten, sondern Guinea-Fahrer mit Sklaven aus Westafrika an Bord.

Die Erleichterung der Seeleute währte jedoch nur kurz. Im Laufe des Nachmittags verschwand die Sonne hinter grauen Wolken. Die See wurde rau. Die ruhige blaue Dünung verwandelte sich in graue Wellen mit weißen Schaumspitzen. Der Wind frischte auf. Die Mannschaft beeilte sich, die Segel einzuholen, denn sie wusste, was jetzt auf sie zukam. Als es Abend wurde, zerrte ein heftiger Sturm an den gerefften Segeln, und die Wellen, die gegen die *Betsy Wisdom* donnerten, wurden immer höher. Immer wieder wurde sie auf einen Wellenkamm gehoben, um gleich darauf in ein tiefes Wellental zu stürzen. Ihr hölzerner Rumpf ächzte und stöhnte, dass es sogar über dem Heulen des Windes zu hören war, und alle glaubten, das Schiff würde im nächsten Augenblick auseinanderbrechen. Doch sosehr es auch herumgeschleudert wurde und die Wellen über den Bug krachten, hielt das Schiff wundersamerweise stand und blieb auf Kurs, getrieben von der einzigen Kraft, die noch stärker war als die Elemente: menschlicher Gier.

Die entsetzten Passagiere litten und beteten. Die Tochter eines Adeligen und ihre vornehme Begleiterin erlaubten sich den Luxus, in ihrer winzigen feuchten Kabine seekrank zu sein, wo es niemand mitbekam. Die beiden Frauen hatten Mühe, sich in der schmalen Holzkoje aneinanderzuklammern, um nicht wie Lumpenbündel in dem heftig schwankenden Schiff umhergeschleudert zu werden. Sie pressten sich mit Lavendelwasser getränkte Taschentücher auf die Stirn und versuchten sich gegenseitig zu trösten, indem sie Psalmen rezitierten.

Unten im dunklen, von Ratten verseuchten Laderaum saßen verurteilte Verbrecher und arme Familien zusammengepfercht in knöcheltiefem, übel riechendem Wasser, das ihre Habseligkeiten durchnässte. Sie waren seekrank, hatten Angst zu ertrinken und waren der Wut der See ebenso hilflos ausgeliefert wie den Herrschenden und den Wohlhabenden an Land. Als Skorbut und Durchfall getarnt, schlich sich der Tod in ihre Reihen. Kinder waren seine ersten Opfer. Sie waren leichte Beute, hatten sie doch der Nässe, der drangvollen Enge und den ungesunden Bedingungen unter Deck am wenigsten entgegenzusetzen – dem verdorbenen Rindfleisch, dem schimmeligen Zwieback, dem fauligen Trinkwasser, dem ständigen Erbrechen und dem Durchfall, den Krämpfen, der Benommenheit, der Mundfäule und den Läusen. Doch als die schrecklichen Tage mit den schrecklichen Nächten verschmolzen, wandte sich der Tod in seiner Unersättlichkeit auch den Erwachsenen zu. Er wartete geduldig auf den Moment, in dem sie ihrer Schwäche und Verzweiflung nachgaben, der Lebenswille schwand und er sich seine größere Beute greifen konnte. Die Toten wurden über Bord geworfen, ohne Leichentuch, ohne jedes Zeremoniell. Die Lebenden blieben zurück und bereuten den Entschluss zu dieser Reise. Sie beklagten ihre toten Kinder, die ohne Begräbnis auf den Meeresgrund sanken, um von den Fischen gefressen zu werden, und sehnten sich nach dem harten Leben, dass sie hinter sich gelassen hatten. Doch die *Betsy Wisdom* segelte weiter, in den Schlund der Hölle, wie es schien, ließ die Toten hinter sich und trug die Lebenden einem teuer erkauften, ungewissen Schicksal in der Neuen Welt entgegen.

Die Reise dauerte acht Wochen.

Kapitel 1

St.-James-Palast

London, 1751

Es war der erste offizielle Empfang im neuen Jahr und die elegante Gesellschaft Londons und die, die gern dazugehören wollten, hatten sich im St.-James-Palast versammelt, um einen unangenehm feuchten Frühlingsabend im dichten Gedränge Gleichgesinnter zu verbringen. Um eingelassen zu werden, brauchten sie nicht mehr als die korrekte förmliche Kleidung – für die Damen ein Kleid mit breitem Reifrock, für die Herren eine Perücke, einen mit Stickereien verzierten Anzug, fein gestrickte Strümpfe und ein Schwert. Den Hut trugen sie unter dem Arm, da es keinem Mann erlaubt war, in Gegenwart des Monarchen den Kopf zu bedecken. Diese gut gekleidete Menge drängte in den geräumigen Salon des St.-James-Palasts, in die Kartenzimmer, den Ballsaal und den Raum, in dem Erfrischungen gereicht wurden.

Sie waren gekommen, um dem König ihren Respekt zu zollen. Manche hofften, dem Thron so nahe zu kommen, dass der König sie bemerkte und sie einen Gefallen erbitten oder ihn um Arbeit oder eine Beförderung für sich selbst oder einen Verwandten ersuchen konnten. Sie waren erschienen, um mit Bekannten zu plaudern, den neuesten Klatsch über den Kronprinzen zu erfahren, Liebhaber oder Mätresse zu treffen, zu tanzen, Punsch zu trinken und Karten zu spielen. Sie lauerten auf jede Gelegenheit, Beziehungen zu einflussreichen Gönnern zu pflegen und sich zu amüsieren, wo es nur ging.

Besonders fiel an jenem Abend eine Gruppe aufgeregter junger Mädchen auf, denen man ansah, dass sie die Eleganz nicht gewohnt waren, mit der man sie ausstaffiert hatte – Bänder, Gewächshausblumen und neue Kleider. Sie warteten mit ihren Ehrendamen und ihren männlichen Verwandten darauf, bei Hofe vorgestellt und von König Georg II. und seiner Tochter Amelia empfangen zu werden.

Die Ehrenwerte Sophia Grafton war eine von ihnen. Auf der einen Seite hing sie am Arm ihres Vaters Viscount Grafton, auf der anderen an dem ihrer Taufpatin Lady Burnham. Offiziell tat die Vorstellung bei Hofe aller Welt kund, dass eine junge Frau nun bei Gesellschaften und an ausländischen Höfen empfangen werden konnte, doch jeder der Anwesenden wusste, dass sie damit als heiratsfähig galt.

Sophia war vor einigen Monaten sechzehn Jahre alt geworden und nahm die Tatsache, dass sie nun im heiratsfähigen Alter war, keineswegs zum Anlass, sich nach einem Ehemann umzusehen. Für sie war die Ehe eine weit entfernte, langweilige und vermutlich unvermeidliche Angelegenheit, die zwangsläufig mit Pflichterfüllung und der Geburt von Kindern einherging. All das erschien ihr wesentlich weniger interessant als die Verlockungen, die einem Mädchen winkten, nachdem es in die elegante Gesellschaft eingeführt war. Eingeführt zu sein bedeutete für Sophia vor allem, dass sie an Bällen teilnehmen durfte, und darauf hatte sie sich schon seit Jahren gefreut. Bei einem Ball ergab sich ganz unverbindlich die Möglichkeit einer Romanze, die jedoch nichts mit den Pflichten einer Ehe zu tun hatte, dafür aber umso mehr mit hübschen Kleidern, Musik und einem ganzen Ballsaal voller junger Männer, die es kaum erwarten konnten, mit ihr zu tanzen. Einige junge Frauen von Sophias gesellschaftlichem Rang freuten sich auf die Ehe, weil verheiratete Frauen oftmals tun und lassen konnten, was sie wollten, sobald sie einen Erben zur Welt gebracht hatten. Sophia dagegen hatte festgestellt, dass es vor allem von den Launen des Mannes abhing, welche Freiheiten eine Frau in der Ehe genoss. Ein Mann hatte die Macht, die Freiheit seiner Frau nach Belieben zu beschränken. Lord Grafton war ein nachgiebiger Vater, und Sophia, die bisher keinen bestimmten Mann ins Auge gefasst hatte, hatte es nicht eilig, das Wohlwollen ihres Vaters gegen die unvorhersehbaren Stimmungen eines Ehemannes einzutauschen.

Als Lord Grafton sich sicher war, dass Sophia endlich das gute Benehmen und die Vernunft an den Tag legte, die er ihr mit so viel Mühe beigebracht hatte, hatte er seiner Tochter tatsächlich große Freiheiten gelassen. Seine Freunde hatten ihn gewarnt, dass sechzehn ein schwieriges Alter sei, in dem sich ein Mädchen nur allzu leicht einredete, rettungslos verliebt zu sein. Lord Grafton war jedoch der Ansicht, dass die schwierige Phase in Sophias Erziehung nun überstanden sei, so turbulent sie zwischenzeitlich auch gewesen sein mochte. Die hübsche Sophia war praktisch veranlagt und geistreich. Für Romane hatte sie nicht viel übrig. Sie zeigte weder romantische Neigungen, noch schwärmte sie für verwegene Romanhelden. Und für eine Sechzehnjährige war es schließlich nichts Ungewöhnliches, wenn sie nichts lieber wollte, als auf Bälle zu gehen. Tanzen war ein harmloses Vergnügen, und Lord Grafton war bereit, es zu erlauben.

Für Sophia bedeutete die Vorstellung bei Hofe, dass sie endlich die Langeweile des Schulzimmers hinter sich lassen und dem Kinderzimmer und dem strengen Regiment ihrer Gouvernante entfliehen konnte. Vier Jahre lang hatte sie davon geträumt, wunderschöne Kleider zu tragen und in Gesellschaft zu tanzen, sich bewundern zu lassen und spät zu Abend zu essen. Nun wartete sie ungeduldig darauf, dass sich die Menschenschlange vorwärtsbewegte, während aus dem Ballsaal die verlockenden Klänge der Musik herüberwehten. Wenn das Mädchen vor ihr doch nur etwas schneller gehen würde! Sophia kam es vor, als würde das Paradies gleich die Tore öffnen, um sie einzulassen, und sie ärgerte sich über jede Verzögerung.

Mit leuchtenden Augen ließ sie den Blick über die prachtvolle Kulisse schweifen – das Funkeln der Juwelen, der schwere Duft von Parfüms und Pudern, die strengere Gerüche überdecken sollten; die verführerischen Schönheitspflästerchen aus schwarzem Samt; die gewaltigen aufgetürmten Frisuren der eleganten Damen; die Federn, die feinen Stoffe über breiten Reifröcken; die Mieder, die so kunstvoll geschnitten und so geschickt mit Fischbein verstärkt waren, dass sie die wogenden Brüste kaum verbargen; die bunten Schärpen, Westen und Orden, die die Männer trugen, ab und zu auch eine schneidige Militäruniform; die Livreen der Diener; die Perücken, die Rüschen, die Fächer, die geöffnet und geschlossen wurden und unter Liebenden geheime Botschaften übermittelten – Glanz und Pomp überall!

Sophia genoss es, hinreißend auszusehen. Und als sie die anderen Mädchen und ihre eleganten Begleiterinnen betrachtete, sah sie, dass ihr Kleid von allen das schönste war. Mit ihrer Taufpatin hatte sie einen zähen Kampf um dieses Ballkleid ausgefochten. Die rechtschaffene Lady Burnham, die heute Abend ein Kleid aus alter schwarzer Seide trug, wenngleich mit dem erforderlichen breiten Rock und den Spitzenrüschen am Ellbogen, war nach dem Tod ihres Mannes zu den Evangelikalen übergetreten. Mit einem Eifer, der für ihre Gesellschaftsschicht ungewöhnlich war, hatte sie sich auf Bibellesungen, Missionsgesellschaften und Wohltätigkeit für die Armen gestürzt. Sie missbilligte alles Frivole, und frivol waren für sie nicht nur Mädchen, die bei Hofe vorgestellt wurden, sondern auch feine Kleider, Lustgärten, Theaterstücke, Bälle und vieles mehr, lenkte dies alles doch vom Wirken des Heiligen Geistes, dem Streben nach Erlösung oder von guten Taten ab. Sie hatte sich alle Mühe gegeben, eine Art religiöser Erweckung bei Sophia zu bewirken. Bis jetzt ließ der Erfolg ihrer Bemühungen jedoch auf sich warten.

Trotz ihrer Abneigung gegen ausschweifende Vergnügungen und der drängenden Sorge um das Seelenheil ihrer Patentochter hatte es Lady Burnham als ihre Pflicht angesehen, die Stelle von Sophias verstorbener Mutter einzunehmen und sie am heutigen Abend zu begleiten. Lord Grafton bestand hartnäckig darauf, dass seine Tochter, die Letzte aus dem Geschlecht der Graftons, in die standesgemäße Gesellschaft eingeführt wurde, wie es sich gehörte. Lady Burnham fand dies zwar durchaus nicht notwendig, gestand aber ein, dass die gesellschaftliche Stellung bestimmte Pflichten mit sich brachte, und schob ihre

Bedenken beiseite. Sobald Sophia offiziell in die Gesellschaft eingeführt war, so überlegte sie sich, würde ihr Vater all seine Bemühungen darauf richten, möglichst rasch einen passenden Ehemann für sie zu finden. Und gleich darauf würde sie nach Sussex aufs Land ziehen, die Stadt mit all ihren Verlockungen und Versuchungen hinter sich lassen und den Pfad der Tugend einschlagen. Da sie selbst auf dem Land aufgewachsen war, hielt Lady Burnham eine ländliche Umgebung für einen vielversprechenderen Nährboden für Rechtschaffenheit als die Stadt.

Als eine der Hofdamen der verstorbenen Königin Caroline wusste Lady Burnham genau, wie sich eine Dame zu kleiden und wie sie aufzutreten hatte, wenn sie Zutritt zu den regelmäßigen offiziellen Empfängen des Palastes haben wollte. Nach dem Tod der Königin hatte sie den königlichen Prinzessinnen ebenfalls als Hofdame zur Seite gestanden und war daher bestens gerüstet, Sophia auf ihren großen Auftritt vorzubereiten. Allerdings hatte sie jedes Kleid abgelehnt, das ihr zu gewagt erschien. Zu Sophias Bestürzung hatte sich Lady Burnham geweigert, das modische tiefe Dekolleté zu billigen, das fast den ganzen Busen entblößte. Auch der Brokatstoff in strahlendem Venezianischrot, mit dem Sophia liebäugelte und den sie mit schwarzer Spitze und schwarzen Bändern verzieren wollte, war in Lady Burnhams Augen unpassend für ein junges Mädchen.

Vom Venezianischrot musste Sophia sich schweren Herzens verabschieden, bettelte aber darum, sich schminken zu dürfen. Rouge und eine Art weiße Paste im Gesicht waren die Markenzeichen jeder eleganten Dame. Sophia hoffte, dass die Schminke den Ausschnitt ihres Kleides nicht gar so züchtig und schulmädchenhaft erscheinen lassen und ihr zumindest einen Hauch von Weltläufigkeit verleihen würde. Wie zu erwarten, war Lady Burnham strikt dagegen und nutzte die Gelegenheit, eine ihrer Warnungen loszuwerden. »Anmalen!«, hatte sie entsetzt gerufen. »Das Gift der Eitelkeit! Manch eine Schönheit hat ihre rot-weiße Haut schon ins Grab gebracht. Denk daran, Sophia, Jezebel war eine angemalte Hure! Und du weißt, wie sie geendet hat: Sie wurde von Hunden gefressen. Deine Mutter hat sich nie angemalt. Lass es dir eine Lehre sein und begnüge dich mit der Farbe, die Gott dir gegeben hat.«

In Sophia regte sich Widerspruch. »Oh, zum Teufel mit Jezebel. Das ist doch ewig her. Und heutzutage werden schöne Frauen wohl kaum von Hunden gefressen«, murmelte sie störrisch. Am Morgen des Tages ihrer Vorstellung bei Hofe schickte sie ihre Zofe los, um Puder, Rouge und Bleichcreme für die Haut zu kaufen. Sie hatte gehört, dass Schminke bisweilen giftig war, weil Puder aus Blei hergestellt wurde und Arsen die Haut heller machte. An ihrem großen Tag jedoch wollte sie auf jeden Fall so hübsch wie möglich aussehen. Außerdem, so redete sie sich ein, würde ein bisschen Schminke ihr schon nicht schaden. Ihr Vater würde so erstaunt und entzückt sein von ihrer Verwandlung, dass er jeden Widerspruch von Lady Burnham im Keim ersticken würde. Sie versteckte die aufregenden kleinen Töpfchen, die ihre Zofe bei einem stadtbekannten Barbier besorgt hatte.

Am Abend, als sie frisiert war und nichts weiter zu tun blieb, als das Ballkleid anzuziehen und den Schmuck ihrer Mutter anzulegen, hatte sie ihre Zofe fortgeschickt. Sie holte die kleinen Tiegel unter ihren Taschentüchern hervor, schob die Kerzen dicht an den Spiegel und trug weiße Paste auf Gesicht, Hals und Dekolleté auf. Dann nahm sie ein Schminkläppchen, an dem rote Farbe haftete, und betupfte damit die Wangen. Zum Schluss klebte sie sich einen kleinen herzförmigen Samtfleck neben den Mund. Lady Burnham hatte sie warnend darauf hingewiesen, dass diese Schönheitspflästerchen nichts weiter seien als eine listige Täuschung, sollten sie doch Narben überdecken, die die Pocken hinterlassen hatten. Sophia dagegen hielt sie für das Entzückendste und Raffinierteste, was die derzeitige Mode zu bieten hatte. Nah am Mundwinkel angebracht, signalisierten sie: »Küss mich!«

Sie trat einen Schritt zurück, um das Resultat ihrer Bemühungen zu begutachten.

»Oh! Oje!«, murmelte sie. Aus dem Spiegel starrte ihr ein seltsames Wesen entgegen. Ihre Wangen, die normalerweise glatt und rosig waren und denen eine leichte Pockenerkrankung in der Kindheit nichts hatte anhaben können, stachen wie rote Äpfel aus ihrem porzellanweißen Gesicht hervor. Ohne einen hellen Teint konnte man unmöglich als schön gelten, das war ihr klar, aber … sollte sie wirklich so weiß aussehen? War sie nicht doch ein bisschen zu bleich im Gesicht? Ihre braunen Augen mit den langen Wimpern und den kräftigen geraden Augenbrauen wirkten wie dunkle Höhlen. Eigentlich hatte sie einen Trick anwenden wollen, zu dem die bekannten Schönheiten griffen, wie sie gehört hatte: Sie rasierten sich die Augenbrauen ab, malten sich mit Farbe neue auf und klebten dann falsche Brauen aus Mäusefell darauf, die einen eleganten Bogen beschrieben. Sophia nahm ein Rasiermesser. Schmale Mäusefellstreifen lagen schon auf einem Taschentuch bereit. Bevor sie jedoch zur Tat schritt, überlegte sie, ob ein Stückchen Fell wirklich so viel besser aussehen würde. Sie schüttelte sich, als ihr Blick auf die Fellstreifen fiel. Vielleicht war es doch keine gute Idee. Sie ließ das Rasiermesser sinken.

Sie betrachtete noch einmal ihr Spiegelbild und bemühte sich, eine Ähnlichkeit mit den modischen jungen

Damen zu entdecken, die sie so bewunderte, wenn sie sie hoch zu Ross im Park sah. Oder mit den hinreißend aussehenden Kurtisanen mit ihrem Schmuck und ihren Kutschen, die überall bewundernde Blicke auf sich zogen. Lady Burnham rümpfte selbstverständlich die Nase und starrte stets angestrengt in eine andere Richtung, wenn sie vorüberfuhren. Es hieß, sie alle würden sich schminken. Und warum sah sie jetzt nicht aus wie sie? Beharrlich versuchte sie sich einzureden, dass sie ebenso entzückend und verführerisch wirkte wie sie. Schließlich siegte jedoch die Vernunft, und sie musste sich widerwillig eingestehen, dass sie fiebrig und hart aussah, wie die Frauen, die aus dem Schatten der Häuser traten und die Männer ansprachen, die durch die Gassen zwielichtiger Viertel schlichen. Plötzlich war sie sich nicht mehr so sicher, dass ihr Vater ihre Aufmachung gutheißen würde, und was Lady Burnham anging … Seufzend schrubbte sie sich über der Waschschüssel das Gesicht sauber, versteckte die Tiegel und Töpfchen mit Schminke in ihrer Kommode und warf die Mäusefellstreifen ins Feuer.

Wenigstens waren Lady Burnham und sie in der Frage des Ballkleides zu einem erfreulichen Kompromiss gelangt. Nach schier endlosen Diskussionen, einem Beinahe-Wutanfall, viel Überredungskunst und einem Verhandlungsgeschick, das Lord Grafton in Erstaunen versetzt hätte, hatte die alte Dame eingelenkt und Sophia ihre zweite Wahl an Stoffen und Farben gestattet, auch wenn sie sie immer noch zu auffällig fand.

Als Sophia nun in der Reihe der Debütantinnen stand, sah sie zufrieden an sich hinunter. Der Kleiderstoff gefiel ihr immer noch so gut wie in dem Moment, als sie ihn zum ersten Mal gesehen hatte. Ihr Kleid bestand aus vielen Metern hellblauer, mit Silberfäden durchwirkter Seide, die im Kerzenlicht schimmerten. Sie hatten sie bei den Seidenwebern in Spitalfields erstanden, die berühmt waren für ihre Stoffe. Der Stoff war schwindelerregend teuer gewesen. Lady Burnham hatte ungläubig die Arme in die Luft geworfen, als sie den Preis hörte. Doch die Kosten spielten keine Rolle, dachte Sophia glücklich. Ihr Kleidergeld war großzügig bemessen, und die Farbe stand ihr ausgezeichnet. Sie strich den gelben Seidenunterrock glatt, der einen so wundervollen Kontrast zu dem Blau ihres Kleides bildete, bewunderte die dichten Spitzenrüschen, die mit großen Schleifen am Ellenbogen zusammengerafft waren, und zupfte die Perlenkette zurecht, die ihrer Mutter gehört hatte. Wenn sie ein wenig den Kopf schüttelte, spürte sie, wie ihre tropfenförmigen Ohrgehänge aus Saphiren und Diamanten leise hin und her schwangen. Auch sie hatten ihrer Mutter gehört. Ihr Haar war so frisiert, dass es gut zur Geltung kam. Dann vergewisserte sie sich, dass der neue Elfenbeinfächer mit chinesischer Malerei immer noch an der feinen Goldkette um ihre Taille hing.

»Reiß dich zusammen und hör auf, dich zu putzen!«, flüsterte Lady Burnham. »Du bist schließlich kein Papagei.« Seufzend versuchte Sophia, ebenso würdevoll und ruhig dazustehen wie ihre Taufpatin. Oh, wie sie ihr neues Kleid liebte!

Verglichen mit den anderen Vorbereitungen für ihre Einführung bei Hofe war die Wahl des Kleides ein Kinderspiel gewesen. Sophia hatte Tanzstunden genommen und Unterricht in Benehmen und Haltung bekommen. Sie hatte gelernt, wie man die unterschiedlichsten Würdenträger ansprach, vom Bischof über Botschafter bis hin zur Königlichen Familie, und wusste nun, wer wem dem Rang nach überlegen war. Sie konnte sich auf Französisch und Italienisch unterhalten, langsam zwar, aber korrekt. Sie hatte die Zeitungen lesen müssen, um sich mit den wichtigsten Themen des Tages vertraut zu machen. Lord Grafton hatte etwas gegen ungebildete, hohlköpfige Frauen, die keine Ahnung von den Geschehnissen in der Welt hatten und mit denen jede Unterhaltung langweilig war.

Und vor allem war Sophia in die Kunst eingewiesen worden, ihre neuen Kleider zu tragen. Mantuas stellten eine Herausforderung dar. Sie hatten unmöglich weite Reifröcke, und es bedurfte einiger Geschicklichkeit, sich damit durch die Menschenmenge in einem vollen Ballsaal zu bewegen. Durch die Unmengen an Stoff, aus denen sie geschneidert wurden, waren sie außerdem sehr schwer. Vor allem durfte die Trägerin sich nicht zu schnell bewegen, sonst geriet sie aus dem Gleichgewicht. Stufen hinauf- oder hinunterzusteigen war schwierig. Sophia hatte zu Hause in ihrem Kleid und den neuen Schuhen mit den hohen Absätzen geübt und war dabei so manches Mal die Treppe hinuntergepurzelt, hatte sich jedoch immer wieder aufgerappelt und weitergemacht. Sie lernte, sich in ihren Reifröcken seitwärts durch schmale Türen zu schieben und winzige elegante Schritte zu machen, damit die Reifen nicht hin- und herpendelten wie eine Kirchenglocke, an der sich ein betrunkener Messner zu schaffen machte. Und sie wusste nun auch, wie sie ihre gewaltigen Röcke anmutig ausbreiten sollte, wenn sie in einer Sänfte oder einer Kutsche unterwegs war. »Sie sind ein Schmetterling, der seine Flügel spreizt«, hatte der Tanzlehrer ihr eingeschärft, »keine Kuh, die es sich im Schlamm gemütlich macht.«

Sie hatte gelernt, elegant zu knicksen. Zwar hatte sie angenommen, das Knicksen würde ihr geringstes Problem sein, doch Lady Burnham hatte darauf bestanden, dass sie es in ihrem neuen Kleid immer und immer wieder übte. »Du wirst den ganzen Abend einen Knicks nach dem anderen machen, glaub mir«, warnte sie. »Du ahnst ja gar nicht, wie anstrengend das ist.«

Außerdem lernte Sophia, wie sich Frauen in der Öffentlichkeit in Notfällen ganz privater Natur behalfen. Sie pinkelten diskret in einen Nachttopf, der unter ihrem Kleid versteckt war, oder klemmten sich ein kleines Bourdalou zwischen die Schenkel. Sophia hoffte, dass es nicht so weit kommen würde. Sie hatte es in ihrem Nachthemd geübt und festgestellt, dass es erstaunlich schwierig war. Und sie mochte sich nicht ausmalen, wie sich eine verräterische Pfütze unter ihrem Kleid ausbreitete, wenn etwas danebenging. Damit es gar nicht erst dazu kam, hatte sie seit dem Frühstück nichts mehr getrunken und würde es hoffentlich aushalten können, bis sie wieder zu Hause war.

Und dann waren da ihre neuen Tanzschuhe aus Satin mit den hohen Absätzen und den mit glitzernden Steinchen besetzten Schnallen. Sie waren so hübsch und blitzten im Licht auf, wenn eine Schuhspitze unter ihrem Kleid hervorlugte. Leider durfte sie darin nicht rennen, sondern musste sich ermahnen, langsam zu gehen, was eigentlich gar nicht zu ihr passte.

Die Schlange vor ihnen schob sich langsam vorwärts, und Sophia ging in Gedanken rasch noch einmal all die Dinge durch, die sie tun und nicht tun durfte. Nun war es fast so weit. Wäre sie nicht so fest in ihr neues Kleid eingeschnürt gewesen, dass sie kaum atmen konnte, hätte ihr Magen Purzelbäume geschlagen.

»Endlich! Jetzt bist du an der Reihe«, flüsterte Lord Grafton. Sophia warf ihm einen besorgten Blick zu. Er tätschelte ihr kurz die Hand, und dann wurden sie auch schon angekündigt: »Viscount Grafton, Lady Burnham und die Ehrenwerte Sophia Grafton.« Sophia sandte ein kleines

Stoßgebet gen Himmel, dass sie keinen Fehler machte, über irgendetwas stolperte und der Länge nach hinfiel oder in aller Öffentlichkeit von dem launischen König zurechtgewiesen wurde. Man hatte sie gewarnt, dass er großen Wert auf Etikette legte, sich leicht langweilte und eine ziemlich schroffe Art hatte. Sie reckte das Kinn, als würde sie in die Schlacht ziehen. Dann stiegen sie die Stufen hoch, und da saßen sie vor ihnen auf einem Podest: der König und Prinzessin Amelia.

Auf ein Zeichen des Haushofmeisters hin trat Sophia vorsichtig fünf Schritte vor, während ihr Vater und Lady Burnham stehen blieben. Im vorgesehenen Abstand von den Königlichen Hoheiten vollführte sie einen langsamen Knicks. Der König schaute ausgesprochen grimmig drein und murmelte etwas, das ebenso gut eine freundliche Bemerkung oder der Wunsch gewesen sein konnte, dass sie sich alle nach Hause scheren mochten. Prinzessin Amelia lächelte und winkte sie zu sich. Sophia trat näher und sank auf die Knie. Dabei gab sie sich alle Mühe, ihren Rock nicht zu zerreißen.

Gleich darauf war der große Moment auch schon vorüber. Die Prinzessin hatte Sophia auf die Stirn geküsst und wohlwollend gemurmelt, wie nett es sei, Lord Graftons Tochter endlich bei Hofe zu sehen. Zu Sophias Bestürzung hatte ihr der König dann eine Frage entgegengeblafft. In seinem kehligen deutschen Akzent klang es wie »Ha! Wie ich höre, schreiben die Damen heutzutage Boesie. Reiner Unfug. Interessieren Sie sich für Boesie, Miss Grafton?« Sophia meinte, etwas Vorwurfsvolles aus seinem Tonfall herauszuhören, und überlegte fieberhaft, was er wohl mit Boesie meinte.

Leider war es nicht gestattet, »Was?« oder »Wie bitte?« zu fragen, wenn man sich mit dem König unterhielt.

Glücklicherweise hatte ihr Vater damit gerechnet, dass der König ihr eine unverständliche Frage stellen würde, und hatte sie angewiesen, »Wenn es beliebt, Eure Majestät, ja, aber nur so, wie mein Vater es für gut hält« zu antworten, egal, was der König gesagt hatte. Der König schien mit ihrer Antwort zufrieden zu sein und nickte. Erleichtert erhob sich Sophia, machte die vorgeschriebenen drei Knickse und ging vorsichtig rückwärts, bis sie wieder zwischen ihrem Vater und ihrer Taufpatin stand.

Kaum hatten sie den Saal verlassen, in dem die Präsentation stattfand, betrachtete Lady Burnham ihre Pflicht als erledigt. Sie schickte nach ihrem Diener, der mit den anderen Dienstboten in der Gesindeküche des Palastes wartete und nun ihre Sänfte bringen lassen sollte. Dann gab sie Sophia zum Abschied einen Kuss und fuhr nach Hause, um zu Bett zu gehen.

Sophia zupfte ihren Vater am Ärmel. Sie konnte es kaum abwarten, endlich in den Ballsaal zu kommen. Durch die geöffneten Türen drang die betörende Melodie zu einem französischen Tanz. Oh, wie sie sich danach sehnte zu tanzen! Sie hatte genau zugehört, was ihr Tanzlehrer gesagt hatte. Immer und immer wieder hatte sie das Menuett, die Allemande und die Quadrille geübt. Darüber hinaus hatte sie ihre Hauslehrer, die Gouvernante, die Haushälterin und die Dienerinnen zusammengetrommelt, um mit ihnen die Figuren des Kontratanzes zu üben, mit dem Ergebnis, dass die Dienerschaft den Tanz inzwischen recht gut beherrschte. Sie hatte sogar in ihrem Ballkleid geübt.

Nun kamen sie jedoch nur langsam voran. Immer wieder stellte sich ihnen der eine oder andere der zahlreichen Bekannten von Lord Grafton in den Weg, verneigte sich, wurde Sophia vorgestellt und wechselte ein paar Worte mit ihrem Vater. Man plauderte über politische

Angelegenheiten oder über die Tatsache, dass sich Lord Grafton kürzlich vom diplomatischen Dienst zurückgezogen und zur Ruhe gesetzt hatte und der König seinen speziellen Gesandten und Ratgeber schmerzlich vermisste. Alle bedachten Sophia mit wohlwollenden Blicken. »Das ist also die junge Dame, die in Ihrem Hause die Pflichten der Hausherrin wahrnimmt, Sir? Man hört so bezaubernde Berichte über Ihre Abendgesellschaften. Sie machen Ihrem Vater alle Ehre, meine Liebe.«

Sophia knickste, bedankte sich artig und hoffte inständig, ihr Vater möge endlich aufhören zu schwatzen. »Papa, bitte, fassen Sie sich kurz! Bald ist der Ball zu Ende«, drängte sie ihn flüsternd. Als sie schließlich vor dem Ballsaal ankamen, erblickte eine Salondame den Viscount. Wie lange es doch her sei, dass sie ihn auf einem Ball gesehen habe, rief sie erfreut und streckte ihm die Hand zum Kuss entgegen.

Als Lord Grafton ihr seine Tochter vorstellte, machte Sophia einen weiteren Knicks. Sie hatte das Gefühl, als würde ihr Kleid mit jedem Male schwerer. Strahlend erbot sich die Salondame, Sophia unter ihre Fittiche zu nehmen, sodass Lord Grafton sich mit seinen Bekannten unterhalten oder Karten spielen könne. Sie bat um Erlaubnis, Sophia ihrem Neffen vorstellen zu dürfen, einem hochgewachsenen jungen Hauptmann der Leibwache.

Lord Grafton unterdrückte ein Lächeln, als er den Ballsaal hinter sich ließ. Er wusste, dass bei einem Ball nichts so interessant war wie ein hübsches neues Gesicht. Schon nach ein paar Tänzen wäre ihr Stammbaum unter den Anwesenden geklärt. Das passte ihm sehr gut. Sophia galt nun offiziell als heiratsfähig. Und er war sich sicher, dass es nicht lange dauern würde, bis das Haus Grafton zu seiner alten Größe zurückfand.

Die Neuigkeit, dass das Mädchen in dem schimmernden Ballkleid die Tochter von Viscount Grafton sei, sprach sich tatsächlich in Windeseile im Ballsaal herum, und Sophia wurde aufmerksam beäugt. Die Graftons waren eine alte Familie und bestens bekannt, und der Lord war jemand, der Vermögen und Einfluss hatte, das Vertrauen des Königs genoss und viele Jahre als sein Berater in internationalen Angelegenheiten unterwegs gewesen war. Sein beeindruckender Verstand und sein diplomatisches Geschick hatten ihn zu einem unschätzbaren Gesandten und Verhandlungspartner gemacht, und obwohl er sich vor Kurzem zur Ruhe gesetzt hatte, suchten die Leute weiterhin seinen Rat und seinen Beistand.

Lord Grafton, ein gut aussehender Mann Anfang sechzig, war höflich und zuvorkommend und vor allem galant zu Frauen, wenngleich er in ihrem Beisein immer recht förmlich und ein wenig distanziert wirkte. Gleichzeitig umwehte ihn ein Hauch von Tragik, denn es war allseits bekannt, dass er an dem Tag sein Herz zu Grabe getragen hatte, als er seine wunderschöne junge Frau, Lady Catherine, beerdigen musste, die ein paar Jahre nach der Heirat an Kindbettfieber gestorben war.

Sophia war das einzige Kind, das aus dieser Ehe hervorgegangen war, und als Erbin des gesamten Vermögens der Graftons erschien sie den Anwesenden von Stunde zu Stunde reizender, während sie über die Höhe ihrer Mitgift spekulierten. Über einen Mangel an Tanzpartnern konnte sie sich nicht beklagen. Im Gegenteil: Im hinteren Teil des Saales hatten ganze Scharen junger Männer die Salondame bestürmt, sie möge sie mit Sophia bekannt machen.

Nur einige ältere Damen, die an einem strategisch günstig platzierten Tisch im Kartenzimmer saßen und die Tänzer beobachteten, die Männer bei ihren Gesprächen belauschten und wehmütig anmerkten, wie viel interessanter diese offiziellen Empfänge zu Zeiten der lieben Königin Caroline selig gewesen seien, staunten, als sie erfuhren, wer die Schöne des Abends war. Sie hoben verblüfft die Augenbrauen und reckten die Hälse, um zu sehen, ob sie ihrer Mutter ähnelte.

Alle diese älteren adeligen Damen waren enge Freundinnen von Lady Burnham. Sie bedauerten, dass sie sie nun nicht mehr bei abendlichen Gesellschaften sahen, weil ihre evangelikalen Glaubensbrüder Tanz, Musik und Karten für Teufelswerk hielten. Als sie jünger gewesen war und noch der anglikanischen Kirche angehört hatte, hatten Lady Burnham und ihr Mann gern an Empfängen und Abendgesellschaften teilgenommen. Damals hatten die Damen sich oft gesehen und mitbekommen, wie sehr sich Lady Burnham darum bemühte, ihre Pflicht als Taufpatin von Lord Graftons mutterlosem Kind zu erfüllen. Doch die kleine Sophia war ein schreckliches Kind gewesen – sie gehorchte nicht und war schmutzig, frech und verwöhnt. Kaum hatte sie laufen gelernt, da flüsterten sich die Dienstboten zu, ihre Kindermädchen würden sie als »den Teufel in Person« bezeichnen. Besonders schockierend waren die Berichte über ihr Benehmen, wenn sie mit ihrem Vater im Ausland war. All das hatte ein schlechtes Licht auf Lord Grafton geworfen, konnte aber seiner Stellung bei Hofe nichts anhaben. Der König, der seinem eigenen Nachwuchs nicht sonderlich zugetan war, hatte lediglich angemerkt, alle Kinder seien schrecklich lästig. Sie seien Narren, die man regelmäßig auspeitschen müsse.

»Das Mädchen muss eine wundersame Wandlung durchgemacht haben«, bemerkte eine der Kartenspielerinnen trocken. »Die jungen Herren, die eben hinter uns standen, haben sie mit äußerst schmeichelhaften Worten beschrieben. Offenbar ist ein Engel des Lichts auf die Erde herabgestiegen. Ihr Lächeln ist so süß, ihre Umgangsformen so charmant, und aus ihrem Gesicht spricht ihre hervorragende Herkunft. Sie ist so anmutig und die Lieblichkeit selbst. Noch nie zuvor hat man jemanden wie sie im St.-James-Palast gesehen.«

Ihre Freundin machte gerade freudestrahlend mit ihrer Karte einen Stich. »Hmm. Ob bei diesen Schwärmereien wohl ihr Vermögen eine Rolle spielt? Wenn du dich erinnerst, was ihre Taufpatin über sie erzählt hat, hätte die ganze Sache auch anders ausgehen können. Wenn sie sich gut gemacht hat, ist es allein auf ihre edle Herkunft zurückzuführen. Immerhin ist sie eine Grafton, auch wenn sie die Letzte dieses Namens ist.« Die anderen Damen nickten weise und bestätigten einander, dass eine tadellose Herkunft wie die ihre die beste Voraussetzung für Vornehmheit und ein angenehmes Wesen sei. Als die nächsten Karten ausgeteilt wurden, wandte sich das Gespräch der interessanten Überlegung zu, wer als gute Partie für Sophia infrage käme. Dabei verglichen die Damen den Stammbaum einiger passender junger Männer.

»Allerdings habe ich gehört, dass Miss Graftons Eheschließung an sehr strenge Bedingungen geknüpft ist«, merkte eine von ihnen an.

»Stimmt. Ein Mann, der an das Leben in London und Bath gewöhnt ist, gerne in Schottland zur Jagd geht und Pferderennen und amüsante Gesellschaft liebt, wird sich in seiner Bewegungsfreiheit sehr eingeschränkt fühlen.«

»Einem älteren Mann macht es vielleicht nicht so viel aus wie einem jüngeren.«

»Ich habe auch gehört, dass der Besitz der Graftons nicht mehr so viel abwirft wie früher. Lord Grafton lebt auf großem Fuß, genau wie sein Großvater.«

»Das muss nicht viel zu sagen haben, schließlich ist Lord Graftons Vermögen um ein wichtiges Stück erweitert worden, eine Tabakplantage in Virginia … Ha! Ich mache den nächsten Stich, schönen Dank!«

»Ja, ein Geschenk des Königs. Man weiß nicht, ob Seine Majestät das Gefühl hatte, Lord Grafton für die Kosten entschädigen zu müssen, die er als sein Gesandter zu bestreiten hatte. Oder war er so niedergeschlagen, weil er einen der wenigen Berater verloren hat, die es wagten, offen mit ihm zu sprechen? Ich möchte behaupten, dass Lord Grafton sein diplomatisches Geschick bei seinen Gesprächen mit dem König ebenso walten lassen musste wie bei seinen Verhandlungen mit den Franzosen und den Österreichern. Wie anstrengend für ihn. Es heißt, das Reisen habe ihm sehr zugesetzt. Und wie mir zu Ohren gekommen ist, war er erstaunt, als er von der Plantage erfuhr, doch er konnte sie schließlich kaum zurückweisen.«

»Aber ich frage mich, was Seine Majestät damit bezweckt hat. Es ist natürlich ein wertvolles Geschenk. Mit dem Tabak aus Virginia wird der Grundstein für manch ein neues Vermögen gelegt. Oder hofft der König, dass Lord Grafton auf Nimmerwiedersehen nach Virginia verschwindet?«

»Nein, man kann sich kaum vorstellen, dass ausgerechnet Lord Grafton sich bei Negern und Wilden und diesen Tabakpflanzern aus den Kolonien niederlässt, die wir manchmal hier in London sehen. Sie kommen mit ihren schlecht sitzenden Hosen daher und prahlen mit ihrem Vermögen – der eine gibt mit der Anzahl seiner Sklaven an und mit der Größe seiner Tabakfelder, und der andere prahlt mit dem Preis, den er in Tabak für die Kleider seiner Frau bezahlen musste. Und alle beschweren sie sich lauthals, dass ihre Londoner Kommissionäre und Händler nichts als

Diebe und Schwindler seien, die man am nächsten Baum aufknüpfen sollte.«

»Die Manieren dieser Leute aus den Kolonien! Grauenhaft! Hören Sie bloß auf! Nein, man kann sich Lord Grafton wirklich nicht in Virginia vorstellen.«

»Wie ich höre, will er die Plantage bewirtschaften lassen, und das Einkommen daraus soll dem Mädchen zugutekommen, wenn es heiratet. Wie seltsam, dass die Bedingungen, die er an ihre Eheschließung knüpft, ihr und ihrem Gatten absolut verbieten, nach Virginia zu reisen und den Besitz zu begutachten. Angeblich fürchtet er, dass sie sich nicht mehr genug für das hiesige Anwesen interessieren, wenn sie zu lange im Ausland sind. Es ist wirklich erstaunlich, wie eng Lord Grafton mittlerweile mit seinen Ländereien in Sussex verbunden ist. Als er sein Erbe angetreten hat, hat er sich überhaupt nicht darum gekümmert.«

»Er wird alle Hände voll zu tun haben, die Mitgiftjäger auszusortieren. Sie wissen ja, wie das ist, wenn ein Mädchen reich ist. Hübsch genug ist sie ja, sie ähnelt ihrer Mutter. Zumindest äußerlich, wenn auch vielleicht nicht im Wesen. Vermutlich benimmt sie sich nicht mehr so schrecklich wie früher, sonst hätte ihr Vater kaum gewagt, sie zu einem offiziellen Empfang mitzubringen. Bedingungen hin oder her, wahrscheinlich wird kein Mangel an Heiratskandidaten herrschen, und sie wird verheiratet sein, bevor sie recht weiß, wie ihr geschieht. Schließlich ist es ihre Pflicht. Ihre Taufpatin wird es ihr oft genug vorgebetet haben. Für Lady Burnham geht Pflichterfüllung über alles.«

»Und ob.« Ihre Freundin nickte und verdrehte leicht die Augen.

»Man kann nur hoffen, dass es dem Mädchen nicht wie seiner armen Mutter ergeht und sie viele Kinder in die Welt setzen kann, wie es ihr Vater sich offensichtlich wünscht. Sie ist die Letzte der Graftons.«

»Ja, es ist ein trauriger Verlust für das Land, wenn die alten Familien aussterben. Und die Graftons sind eine sehr alte. Nun hängt alles von Miss Grafton ab. Betrachtet man es in diesem Lichte, kann man Lord Graftons Bedingungen verstehen. Danke, bin ich mit dem Austeilen an der Reihe?«

Kapitel 2

Die Graftons

Die Graftons waren eine alte Familie und hatten einen Stammbaum vorzuweisen, der in gewissen Gesellschaftskreisen und nicht zuletzt in den Augen von Lord Grafton mehr zählte als ihr Vermögen. Sie hatten als ehrgeizige normannische Ritter begonnen, die in dem Ruf standen, mutig und furchterregend zu sein. Außerdem legten sie eine geschickt berechnete Bereitschaft an den Tag, jenen zu dienen, die mächtig genug waren, sie gut zu belohnen. Sie besaßen bereits ausgedehnte Besitztümer in Sussex, als Wilhelm der Eroberer Hugh de Graftonne, einen ihm treu ergebenen Baron und möglicherweise illegitimen Sohn, mit einem Lehnsgut belohnte, das man angelsächsischen Grundbesitzern abgenommen hatte. Hugh baute sich eine Burg an der Südküste und brachte mehrere Ehefrauen ins frühe Grab, indem er ein Kind nach dem anderen zeugte. Man sagte ihm nach, er habe in seinem gnadenlosen Ehrgeiz dem König jeden Dienst erwiesen, unter anderem den Mord an einigen abtrünnigen Adeligen, die sich gegen Wilhelm verschworen hatten. Hugh war ein gemachter Mann.

Im Laufe der folgenden Jahrhunderte wuchs die Familie de Graftonne, wurde reich und änderte ihren Namen irgendwann in Grafton. Nach und nach zogen die Graftons von der Küste ins Landesinnere, wo sie ein ansehnliches Herrenhaus errichten ließen und ein Vermögen durch den Wollhandel erwarben. Ein noch größeres Vermögen, so hieß es hinter vorgehaltener Hand, stammte aus dem Schmuggel an der Küste von Sussex. Mit dem Reichtum nahm auch der politische Einfluss der Familie zu. Unter ihren Anhängern galten die Graftons als schlau, unter ihren Gegnern als intrigant und skrupellos. Als die Tudors an die Macht kamen, hatten sie sich als schlau oder intrigant genug erwiesen, um der Krone von unschätzbarem Nutzen zu sein. Hierbei gelang es ihnen, ihre Dienstfertigkeit geschickt anzubieten, ohne dass man sie einen Kopf kürzer machte. Die Graftons wurden in den Stand von Viscounts erhoben.

Mitte des 17. Jahrhunderts war die ehemals so vielköpfige Familie jedoch auf wenige Mitglieder zusammengeschmolzen. Es hatte viele Eheschließungen unter Cousins gegeben, und immer weniger Kinder überlebten ihre ersten Jahre. Die Große Pest raffte junge wie alte Graftons dahin, und fast eine ganze Generation junger Ritter aus dem Hause Grafton wurde im englischen Bürgerkrieg getötet, in dem sie auf der Seite der Royalisten standen. Abenteuerreisen in verseuchte tropische Regionen kosteten einige der nachfolgenden Generation das Leben, bevor sie heiraten konnten, während es anderen nicht gelang, Söhne zu zeugen. Die Familie der Graftons schwand dahin und war kurz davor auszusterben. Viscount Grafton war ihr letzter männlicher Vertreter und Sophia, sein einziges Kind, war die Letzte, in deren Adern das Blut der Graftons floss.

Als der jüngste von drei Söhnen hatte Peregrine Grafton nicht damit gerechnet, den Titel zu erben, sondern sich auf ein Leben in der Kirche vorbereitet. Er und seine älteren Brüder wurden auf Geheiß ihres Vaters bereits in jungen Jahren nach Winchester zur Schule geschickt. Danach ging Peregrine nach Oxford, während sein ältester Bruder nach Sussex zurückkehrte, um die Geschicke des Familienbesitzes zu leiten, den er nach dem Tod des Vaters mitsamt dem Titel geerbt hatte. Er starb unverheiratet bei einem Reitunfall.

Der zweite Bruder lebte nicht lange genug, um den Titel zu erben. Der Vater hatte ihn eigentlich für die Marine vorgesehen, doch das Leben an Bord eines Schiffes war nicht nach seinem Geschmack. Er war träge, immer auf Vergnügungen aus und verfiel schon in jungen Jahren der Spielsucht. Sein ausschweifender Lebensstil führte dazu, dass er mit vierundzwanzig an Schwindsucht und Syphilis starb.

Der Titel des Viscount Grafton ging auf Peregrine über.

Bis zum Ableben seiner Brüder hatte Peregrine seine intellektuellen Interessen verfolgt. Dazu gehörte auch eine Kavalierstour durch Europa, wie sie schon sein Vater und Großvater unternommen hatten. In einer Familie mit drei Söhnen war es üblich, dass der älteste den Besitz erbte, der zweite zum Militär ging und der dritte sich dem Klerus anschloss. Peregrine war zwar nicht sonderlich fromm, doch die Kirche als Institution war interessant und mächtig, und die Theologie stellte für ihn eine eigene intellektuelle Herausforderung dar. Daher hatte er nichts dagegen einzuwenden, sich ordinieren zu lassen, wie sein Vater es vorgesehen hatte, ohne es damit allerdings sonderlich eilig zu haben. Er war mit der Intelligenz der Graftons gesegnet – böse Zungen sprachen gar vom Rest der Intelligenz der Graftons –, gepaart mit der Fähigkeit der Familie, sie geschickt einzusetzen. Er war ein zuvorkommender, geselliger junger Mann, war belesen und sprach fünf Sprachen fließend. Er gehörte zu der Sorte Mann, die sich in jeder fremden Stadt rasch zu Hause fühlte und überall gern gesehen war. Außerdem besaß er ein angeborenes diplomatisches Geschick, ein Erbe seiner durchtriebeneren Vorfahren. Dank dieser Eigenschaft hätte er es in der Kirche rasch zum Erzbischof gebracht, wären seine Brüder nicht zuvor gestorben.

Seit er den schmachvollen Verfall seines älteren Bruders mit angesehen hatte, hatte Peregrine einen Bogen um üble Gewohnheiten gemacht. In Oxford hatte er sich als herausragender Student erwiesen und bereitete sich nach seiner Rückkehr von seiner Kavaliersreise auf das Theologiestudium vor. Dann erfuhr er jedoch vom Tode seines Bruders. Voller Bedauern verließ der neue Lord Grafton sein College in Oxford und begab sich auf das Anwesen der Familie nach Sussex, um die Verantwortung für Titel und Besitz zu übernehmen.

So klug er war, so wenig war er auf diese Aufgabe vorbereitet. Es war ungewöhnlich, dass er sich als Angehöriger des Landadels nicht für die Idee erwärmen konnte, sich als Privatier aufs Land zurückzuziehen. Er hatte keine Ahnung, wie man einen Besitz wie den der Graftons verwaltete und profitabel machte. In seinem tiefsten Inneren langweilte es ihn, auch wenn er zunächst einige interessante Neuerungen auf dem Anwesen einführte. All seine Experimente und Pläne erwiesen sich jedoch als kostspielige Fehlschläge. Der junge Lord Grafton sah ein, dass er kein Geschick für geschäftliche Angelegenheiten hatte, legte diese in die fähigen Hände seines Verwalters und floh nach London.

Dort gesellte er sich für eine Weile der *beau monde* zu, doch das Nichtstun langweilte ihn und machte ihn ruhelos.

Spät aufzustehen, spät am Abend zu dinieren und seine Zeit in einem der Clubs zu verbringen, befriedigte ihn nicht, und so sah er sich nach einem interessanten Zeitvertreib um, der eines jungen Mannes seines Standes würdig war. Da er sich gern in den Königlichen Gerichtshöfen aufhielt und dort die Gerichtsverhandlungen verfolgte, kam er zu dem Schluss, dass ihm ein Leben als Rechtsgelehrter gut gefallen würde. Er nahm an den vorgeschriebenen Abendessen teil, die die vier Anwaltskammern ausrichteten, und war fest entschlossen, rasch zum Lordoberrichter aufzusteigen. Lord Burnham, ein alter Freund der Familie, hatte jedoch eine andere Idee. Er war überzeugt, dass es eine bessere Verwendungsmöglichkeit für die Talente eines Lord Grafton gäbe, und empfahl, ihn als vielversprechenden Protegé zum englischen Botschafter nach Paris zu schicken.

Es war eine schwierige Zeit für die englische Diplomatie. Vor allem die Beziehungen zwischen England und Frankreich waren angespannt, der junge Lord Grafton jedoch nahm die Herausforderung an. Er war gewandt, charmant und klug und verstand jeden komplizierten Auftrag sofort. Oft gelang es ihm, kritische Gespräche so zu drehen, dass sie zu Englands Gunsten ausgingen. Das Leben als Diplomat war genau das Richtige für ihn. Im Laufe der folgenden Jahre wurde er zu verschiedenen anderen diplomatischen Vertretungen beordert und galt schließlich als eine Art allgemeiner Abgesandter. Er wurde immer dann losgeschickt, wenn eine heikle Situation besonderes Feingefühl erforderte und er versuchen musste, die Angelegenheit im Interesse Englands zu lösen, ohne dass die diplomatischen Beziehungen dabei Schaden nahmen.

In der Tradition seiner Vorfahren, die den Tudors gedient hatten, machte sich Lord Grafton für das Haus Hannover unentbehrlich. Es war keine einfache Aufgabe.

Der in Deutschland geborene George II. war ein schwieriger Mensch, ein launischer und reizbarer Regent, der von Außenpolitik nur wenig Ahnung hatte. Nach dem Tod seiner Gattin Königin Charlotte erkannte er zu spät, dass er mit ihr einen seiner klügsten und vernünftigsten Ratgeber verloren hatte, und verließ sich immer mehr auf Lord Grafton, dessen Ansichten zur Außenpolitik, so glaubte er, genau den seinen entsprachen. Im Laufe weniger Jahre füllte Lord Grafton die Lücke, die der Tod der Königin gerissen hatte, und wurde zum engsten Vertrauten und Ratgeber des Königs in diplomatischen Angelegenheiten. Da ihn seine Pflichten oft zu Reisen ins Ausland zwangen und er immer für den König verfügbar sein musste, wenn er in England war, nahm er sich ein prunkvolles Haus in der Nähe des St.-James-Palasts und stattete fortan seinen Besitzungen in Sussex kaum jemals einen Besuch ab. Sie kämen besser ohne ihn zurecht, meinte er scherzhaft.

Im Laufe der Jahre wurde ihm jedoch immer stärker bewusst, dass er seine Pflichten als Erbe vernachlässigt hatte. Vor lauter Arbeit hatte er auch nicht ans Heiraten gedacht, wie der Letzte der Graftons es eigentlich hätte tun sollen. Vor allem hatte er keinen legitimen Erben gezeugt.

In jungen Jahren hatte er pflichtbewusst eine schier endlose Reihe standesgemäßer junger Damen im Alter zwischen zwölf und zwanzig kennengelernt, doch keine von ihnen sagte ihm zu. Er konnte törichte Frauen nicht ausstehen, denn er wollte sich mit seiner Frau unterhalten können. Außerdem hatte er ein Auge für Schönheit und Anmut. Eine Braut zu finden, die neben der richtigen Abstammung auch Schönheit, Eleganz, Tugendhaftigkeit und einen gesunden Menschenverstand vorzuweisen und außerdem eine solide Erziehung genossen hatte, war eine zeitraubende Angelegenheit. Hätte er sich Mühe gegeben, wäre er irgendwann fündig geworden. Es lässt sich jedoch nicht verhehlen, dass er nicht so angestrengt nach einer solchen Frau suchte, wie es seine Pflicht gewesen wäre.

Als junger Mann hatte er erfreut festgestellt, dass Frauen ihn attraktiv fanden. Daraus ergab sich eine Reihe von Liaisons mit schönen Frauen an ausländischen Fürstenhöfen und in fremden Städten. Ihnen galt seine ganze Aufmerksamkeit, wenn er sich nicht gerade seiner Arbeit widmete. Es sprach für sein diplomatisches Geschick, dass diese Affären immer mit äußerster Diskretion ohne jeden Skandal beendet wurden, und meist blieben beide Parteien einander freundschaftlich verbunden. Allerdings waren die meisten der Damen, um die es ging, bereits verheiratet oder als Kurtisanen etabliert und wären kaum bereit gewesen, den einmal erreichten Status für einen Mann aufzugeben, der mehr ab- als anwesend war.

Als er schließlich auf die vierzig zuging und immer noch Junggeselle war, nahm die Witwe von Lord Burnham die Sache in die Hand. Sie war eine fromme, achtbare Hofdame im Dienste der Prinzessin Amelia und fand es schockierend, dass Lord Grafton weiterhin unverheiratet war. Sie machte ihn mit ihrer jungen Cousine bekannt, die zugleich ihr Mündel war. Catherine Vassey war eine mittellose Waise im Alter von sechzehn Jahren und hatte erst vor Kurzem ihren Dienst bei Hofe angetreten, nachdem sie eine Wohltätigkeitsschule für adelige Waisenkinder besucht hatte.

Lady Burnham hatte ihr eine Stelle als Zofe besorgt und Catherines einnehmendes Wesen und ihre Tugendhaftigkeit hatten schon bald Lady Burnhams Wohlwollen gefunden. Lord Grafton, der atemberaubende Schönheiten gewohnt war, nahm die scheue junge Frau in ihrem schlichten Kleid kaum wahr, sondern stellte lediglich fest, dass sie ein hübsches Kind sei.

Trotz ihres bescheidenen Auftretens weckte Catherine die Aufmerksamkeit von Männern. Ihr Leben in der Wohltätigkeitsschule war sehr einfach und dürftig gewesen, neben dem Unterricht und den Gottesdiensten gab es keinerlei Zerstreuung. Sie hatte gehofft, das Leben bei Hofe würde ihr etwas mehr Abwechslung bieten, und zunächst schien sich dieser Wunsch zu erfüllen. Immer wieder stellten sich ihr junge Männer vor, schickten ihr Geschenke und Sonette und brachten sie mit ihren überschwänglichen Beteuerungen zum Lachen, dass sie unsterblich in sie verliebt seien. Lady Burnham hatte sie jedoch gewarnt, dass sich mittellose junge Mädchen vor eleganten jungen Männern in Acht nehmen müssten, die sie mit ihren Schmeicheleien eher in den Ruin treiben als zum Altar führen würden. Catherine seufzte, doch sie gehorchte Lady Burnham, überhörte geflissentlich alle Liebesschwüre und gab alle Gedichte und Geschenke zurück. Dennoch war sie ein wenig neidisch auf die anderen Zofen, die hübsche Kleider trugen, Süßigkeiten naschten, Romane lasen, kichernd die Köpfe zusammensteckten und mit genau jenen jungen Männern tanzten, die Catherine so hartnäckig zurückweisen musste. Pflichtbewusst begleitete sie Lady Burnham in die Kirche und verbrachte die Abende damit, aus einer Predigtsammlung vorzulesen, während die Ältere an ihrem Stickrahmen saß. Die kleine Wohnung, die die Prinzessin ihr als Dank für ihre Dienste überlassen hatte, war eine langweilige Oase im St.-James-Palast.

Catherines Zurückhaltung stachelte die jungen Galane an, die ihr nachstellten. Nach einem weinseligen Abend beschlossen sie, ihre Tugendhaftigkeit als Lüge zu entlarven. Sie schlossen Wetten ab, wer es als Erster schaffen würde, sie sich zu Willen zu machen. Ein Beutel mit Goldmünzen, zu dem alle einen Teil beitrugen, besiegelte die Wette.

Eines Abends überquerte Catherine einen dunklen Hof in dem Glauben, eine der königlichen Prinzessinnen habe sie zu ungewöhnlich später Stunde noch zu sich gerufen. Sie ahnte nicht, dass drei Burschen ihr eine falsche Botschaft geschickt hatten und nun im Schatten lauerten. Ihre Gesichter hatten sie hinter Masken verborgen. Sie fielen über sie her und zerrten und rissen an ihren Kleidern. Dabei riefen sie sich lachend zu, dass sie schon zu ihrem Recht kommen und die gesammelten Goldmünzen unter sich aufteilen würden.

Lord Grafton wartete in der Nähe darauf, mit dem König zu Abend zu essen. Während er in dem langen, zum Innenhof offenen Säulengang auf und ab ging, dachte er über ein Problem nach, das er während des Abendessens mit Seiner Majestät besprechen wollte. Seine Gedanken wurden jäh durch die verzweifelten Schreie eines Mädchens unterbrochen. Er eilte in die Richtung, aus der sie kamen, und sah drei Männer, die eine junge Frau gegen eine Wand gedrückt hielten. Die Wut verlieh Lord Grafton ungewohnte Kräfte. Er schleuderte die Angreifer zu Boden und rief um Hilfe. Diener und Wachen kamen gerade in dem Moment, als die Übeltäter ihre Schwerter ziehen wollten. Sie waren zu betrunken, um sich der Festnahme zu widersetzen. Als man ihnen die Masken herunterriss, winselten sie, es sei alles nur ein Scherz gewesen. In diesem Augenblick erkannte Lord Grafton das unglückliche Mädchen mit den zerzausten Haaren und dem blauen Fleck auf der Wange, das sein zerrissenes Kleid mit beiden Händen zusammenraffte. Lord Grafton befahl den Wachen, die Burschen einzusperren. Man könne sie dabei ruhig recht unsanft anpacken, fügte er hinzu.

Er legte Catherine seinen Mantel um die Schultern und reichte ihr sein Taschentuch, damit sie sich die Tränen abtupfen konnte. Catherine rang um Fassung und sagte schließlich stockend: »Sie müssen es seltsam finden, Sir, dass ich zu dieser Stunde im Palast unterwegs bin. Man sagte mir, die Prinzessin habe nach mir geschickt. Aber, ach, das war nur ein Trick. Ich habe Lady Burnham immer gehorcht und den jungen Männern keine Beachtung geschenkt, und dafür quälen sie mich nun. Und sie hätten … Sie haben es verhindert, Sir. Ich bin lediglich durcheinander, sonst ist mir nichts passiert.«

Lord Grafton schwor, dafür zu sorgen, dass man die jungen Männer auspeitsche, doch Catherine flehte ihn an: »Sir, bitte tun Sie das nicht. Es wird nur einen Skandal geben, und ich kann meine Stelle bei Hofe nicht riskieren. Ich danke Ihnen für Ihre Hilfe, aber ich komme schon zurecht. Ich muss nur sehen, dass ich diesen Riss in meinem Kleid flicke, bevor Lady Burnham ihn sieht.« Ihre Lippen zitterten. »Und eines der anderen Mädchen bitten, mir etwas von ihrem Gesichtspuder zu leihen, um die blauen Flecken zu überdecken. Ich werde künftig besser aufpassen. Ich muss meine Stelle hier behalten. Wohin sollte ich sonst gehen?« Catherine begann bitterlich zu weinen.

Lord Grafton versicherte ihr, er werde kein Wort über diesen Vorfall an die Öffentlichkeit dringen lassen, wenn sie es so wünschte. Insgeheim schwor er sich jedoch, die jungen Männern auf unbestimmte Zeit auf einen gottverlassenen Außenposten in Irland verbannen zu lassen. Natürlich würde die Strafaktion als königlicher Auftrag getarnt. Für gewöhnlich folgte der König seinem Rat, und Lord Grafton wusste, wie solche Dinge eingefädelt werden mussten. Noch heute Abend würde er mit ihm sprechen, und gleich morgen früh würden sich die Missetäter auf einem Schiff Richtung Irland wiederfinden.

Er versicherte Catherine, dass alles in Ordnung sei, und geleitete sie zurück zu der Wohnung, die sie mit Lady Burnham bewohnte. Unterwegs stellte er überrascht fest, dass Catherine nicht nur hübsch, sondern wunderschön war. Als sie an ihrer Tür ankamen, hatte er einen Plan geschmiedet. Catherine war ein Mädchen aus gutem Hause, sie war gebildet und jung genug, um Kinder zu bekommen. Außer Lady Burnham hatte sie niemanden am Hofe, der für sie eintrat. Wie die empörenden Ereignisse des Abends zeigten, brauchte sie mehr Schutz, als die alte Dame ihr bieten konnte. Und da er sich längst hätte verheiraten sollen, beschloss er, Catherine am folgenden Tag, wenn sie sich beruhigt hatte, um ihre Hand zu bitten.

Am folgenden Nachmittag stattete er Lady Burnham einen Besuch ab und bat darum, sie allein sprechen zu dürfen. Kaum hatte sich die Tür des Wohnzimmers hinter ihnen geschlossen, hielt er um Catherines Hand an. Lady Burnham zögerte nicht, ihre Zustimmung zu erteilen. Catherine wurde hereingerufen und Lady Burnham teilte ihr Lord Graftons Wunsch mit. Es überraschte sie, dass ein so mächtiger und wohlhabender Mann sie heiraten wollte, noch dazu ein Mann, den sie kaum kannte. Doch Lady Burnham war einverstanden, und Catherine war es gewohnt zu gehorchen.

Bald darauf fand die Hochzeit statt, und Catherine verwandelte sich von der armen Verwandten in eine Viscountess. Über Nacht wurde sie die Herrin eines stattlichen Hauses in London und eines riesigen Anwesens in Sussex. Sie wurde angewiesen, alles zu ordern, was sie sich wünschte. Alle um sie herum behandelten sie mit Respekt und Höflichkeit. Sie bekam den Familienschmuck der Graftons und eine eigene

Kutsche und sollte sich unverzüglich neue Kleider anfertigen lassen, da sie als Lady Grafton von Anfang an einen guten Eindruck machen sollte. Catherine hatte das Gefühl, in ein Märchen gestolpert zu sein. Sie handelte umsichtig, immer darauf bedacht, einem Ehemann zu gefallen, den sie kaum kannte und vor dem sie sich ein wenig fürchtete.

Catherine war reifer, als ihr Alter es vermuten ließ. Sie hatte früh lernen müssen, dass die Welt mit armen Waisenkindern nicht gerade sanft umsprang, und so war sie dankbar für die Sicherheit, die ihre neue Position mit sich brachte. Die Freundlichkeit, mit der ihr Mann sie behandelte, war ihr weitaus wichtiger als sein Vermögen oder ihr neuer Schmuck. Die Bewunderung, die man ihr überall entgegenbrachte, bedeutete ihr wenig, allein für ihn wollte sie schön und elegant aussehen. Sie bat Lady Burnham, ihr bei der Auswahl ihrer neuen Kleider behilflich zu sein, und ersuchte sie um Rat, wie sie sich in ihrer neuen Stellung verhalten sollte.

Lady Burnham hatte für alle Lebenslagen die passenden Prinzipien und Lösungen parat, von den Kleidern bis hin zu dem, was die Welt von einer Viscountess Grafton erwartete. Sie betonte, dass Catherines Stellung mehr Pflichten und Verantwortung mit sich brächte, als sich für ihren Mann hübsch zu machen. Im ersten Jahr ihrer Ehe übernahm Catherine die Schirmherrschaft über ein neues Findelhaus in London, gründete eine Schule für die Kinder aus dem Dorf, das zu den Besitzungen der Graftons in Sussex gehörte, und spendete großzügig für die Armenhilfe der Gemeinde.

Auch das gefiel Lord Grafton. Er lebte zwar nicht auf dem Land, doch er nahm seine Verantwortung für seine Pächter ernst und ging selbstverständlich davon aus, dass seine Frau ebenso dachte. Außerdem war ihm daran gelegen, die Tradition des *noblesse oblige* beizubehalten. Denen zu helfen, die arm oder vom Schicksal weniger begünstigt waren, war für ihn eine Frage der Familienehre. Es freute ihn, wie sich Catherine von dem schlicht gekleideten Mündel der Lady Burnham in die scheue, aber anmutige und elegante Lady Grafton verwandelte, die sowohl für ihre Wohltätigkeit als auch für ihre Schönheit gepriesen wurde. Er beglückwünschte sich zu seiner Wahl – seine junge Frau war so, wie eine Lady Grafton es sein sollte. Seine anfängliche Zufriedenheit wich allmählich einem unerwarteten Glücksgefühl, das er in ihrem Beisein empfand, einer Freude an ihrer klugen Unterhaltung, an der aufmerksamen Erfüllung seiner Wünsche und an ihrer Begeisterung und Dankbarkeit, wenn er sie mit hübschen Geschenken überraschte. Eine hastig geschlossene Ehe, der in erster Linie praktische Überlegungen zugrunde lagen, bot keine guten Voraussetzungen für ein Zusammenleben in gegenseitigem Respekt, zumal Lord Grafton so viel älter war als seine junge Frau. Doch je besser sich die beiden kennenlernten, desto tiefer wurde die Zuneigung, die sie füreinander empfanden.

Lord Grafton erkannte sich selbst kaum wieder – er hatte sich nie vorstellen können, dass sich seine Welt jemals um eine einzige Frau drehen würde. Doch es kam genau so. Catherine fühlte sich geborgen und glücklich, und zum ersten Mal in seinem Leben gab Lord Grafton sein Herz aus der Hand.

Alles, was dem Paar zu seinem Glück noch fehlte, waren Kinder, und Catherine betete, sie möge den Sohn zur Welt bringen, den ihr Mann sich sehnlichst wünschte. Zunächst schien es, als würden ihre Gebete erhört. Im Laufe von vier Jahren wurde sie neunmal schwanger. Catherine erlitt jedoch eine Fehlgeburt nach der anderen und musste traurig mit ansehen, wie die armen Kinder im Findelhaus wuchsen und gediehen, während sich ihre Hoffnungen auf ein Kind immer wieder zerschlugen. Schließlich trug sie das zehnte Kind aus, und eine Hebamme, die von den Frauen von Lord Graftons Bekannten in den höchsten Tönen gelobt wurde, wurde bestellt, um Catherines Niederkunft zu begleiten. Als die Wehen einsetzten, versicherte sie ihrem besorgten Ehemann, dass schon alles gut gehen würde.

Catherine brachte ein Mädchen zur Welt. Es war eine lange und schwierige Geburt. Sie küsste und herzte den fest eingewickelten Säugling und bat darum, das Kind Sophia nennen zu dürfen, nach ihrer Mutter. »Eine große Schwester für unsere Söhne«, sagte sie zu ihrem Mann, als er auf Zehenspitzen hereinkam, um einen ersten Blick auf seine Tochter zu werfen. Catherine lag frisch gewaschen und in einem sauberen Nachthemd mit Spitzen an Ärmeln und Halsausschnitt im Bett unter einer Seidendecke. Lord Grafton gab ihr einen Kuss, fand, dass sie schöner aussah als je zuvor, und verbarg seine Enttäuschung über das Geschlecht des Kindes.

Einen Tag nach der Geburt klagte Catherine über starke Schmerzen im Unterleib. Die Hebamme entgegnete kurz angebunden, es sei der Wille des Herrn, Frauen leiden zu lassen. Nach der ersten Geburt sei das ganz normal. Also ergab sich Catherine in ihr Schicksal. Am Tag darauf bekam sie Fieber. Am Abend zitterte sie trotz des Fiebers vor Kälte. Ihr Kopf schmerzte, und das Fieber stieg stetig. Ihre Laken waren durchtränkt von einem übel riechenden Ausfluss. Sie hatte nicht die Kraft, das Kind zu halten, und versank in einem Nebel aus Schmerz. Immer wieder verlor sie das Bewusstsein und erkannte ihren Mann nicht mehr.

Kaum eine Woche später war Catherine tot.

»Kindbettfieber«, meinte die Hebamme. Sie hatte die befleckten Laken abgezogen und nahm sich kaum die

Zeit, sich die Hände an der schmutzigen Schürze abzuwischen. »Gottes Wille geschehe.« Dann ging sie, um sich um andere Mütter zu kümmern, andere Kinder auf die Welt zu holen. Sie würde sich weder eine frische Schürze umbinden noch sich die blutbeschmierten Hände waschen. Einige der Mütter und Kinder würden trotzdem überleben, doch viele würden wie Catherine sterben. Sophia war eines der Kinder, das Glück hatte. Sie lebte.

Lord Grafton konnte den Schicksalsschlag kaum begreifen, der ihn so plötzlich zum Witwer gemacht hatte. Jeden Moment rechnete er damit, dass Catherine ihn anlächelte, von der Tür, vom Sofa, von der anderen Seite des Tisches, vom Bett aus. Manchmal glaubte er, sie aus dem Augenwinkel sehen zu können, spürte ihre Gegenwart im Raum, ihre Hand auf seiner Schulter, doch sie verschwand, bevor er sich sicher sein konnte. Das prunkvolle Haus, das ihm so behaglich erschienen war, war ohne Catherine leer und kalt. Das Kinderzimmer und der Schulraum auf einer der oberen Etagen hallten wider von den Schreien des mutterlosen Säuglings. Die beiden Ammen kümmerte das nicht.

Er beschloss, wieder zu reisen, im Dienste des Königs. Das Haus, in dem er glücklich gewesen war, war ihm nun unerträglich. Er würde es zusperren lassen und immer nur zwischendurch darin wohnen, wenn er zwischen zwei diplomatischen Missionen in London sein musste.

Von Lady Burnhams Kindern hatte keines das erste Jahr überlebt, und sie trauerte um Catherine wie um ihre eigene Tochter. In Sophia, deren Taufpatin sie war, fand sie ein neues Ziel für ihre mütterlichen Gefühle. Mit Tränen in den Augen legte sie am Taufbecken den feierlichen Schwur ab, dass Sophia zu einem Ebenbild ihrer Mutter heranwachsen solle – bescheiden, tugendhaft, fromm und pflichtbewusst. Sie drängte Lord Grafton, seinen Kummer mit der Demut eines Christen zu tragen und sich nicht zu grämen. Es sei Gottes Wille.

Von Kummer überwältigt, verlor Lord Grafton jeden Glauben an Gott. Seine Hoffnungen auf einen Sohn und eine große Familie waren mit seiner geliebten Catherine gestorben. Eine erneute Heirat kam für ihn nicht in Betracht. Sein Schmerz war umso schlimmer, als er wusste, dass die Familie der Graftons mit Sophia aussterben würde.

Es sei denn, er wüsste es zu verhindern.

Schon bald war er wie besessen von dem Gedanken, eine solche Katastrophe abzuwenden. Während Sophia noch in der Wiege lag, beauftragte er seine Anwälte, einen Plan auszuarbeiten, wie die Linie der Graftons durch Sophia weiterbestehen könnte. Die Bindung der Familie an den Besitz in Sussex, die in seiner Zeit fast gekappt worden war, sollte wieder enger werden und Sophia, von Geburt eine Grafton, sollte die Herrin des Familiensitzes und die Begründerin einer neuen Grafton-Dynastie werden. Er hoffte, noch zu seinen Lebzeiten einen Enkelsohn und Erben des Vermögens der Graftons in dem alten Kinderzimmer in Sussex zu sehen.

Sophia bekam gerade ihren ersten Zahn, als der Plan feststand. Lord Grafton hatte seine Anwälte angewiesen, nichts dem Zufall zu überlassen. Das Ergebnis war ein umfangreiches Dokument, mit dessen Hilfe die Graftons ihren Familiensitz in Sussex weiterhin für sich beanspruchen könnten. Sophias Ehemann musste sich damit einverstanden erklären, den Namen der Graftons anzunehmen. So sollte sichergestellt werden, dass Sophias Kinder, in deren Adern schließlich das Blut der Graftons floss, ebenfalls ihren Namen tragen würden. Außerdem legte der Ehevertrag fest, dass das Paar und seine Kinder jedes Jahr neun Monate in Grafton Manor verbringen mussten. Lord Graftons eigene Erfahrung hatte ihn gelehrt, dass das Leben in der Fremde das Band zwischen Besitzer und seinem Besitz lockerte. Außerdem wurde der Zugriff auf Sophias Mitgift und das Vermögen der Graftons dadurch eingeschränkt, dass ihr Mann und später die Erben diese Bedingungen erfüllen mussten, wenn sie nicht ihr Recht auf das Einkommen aus dem Besitz verwirken wollten.

Von dieser Zeit an setzte Lord Grafton all seine Hoffnungen und Erwartungen auf Sophias Eheschließung, die nach seiner Rechnung in siebzehn oder achtzehn Jahren stattfinden würde. Wie Lady Burnham schwor auch er bei Sophias Taufe, sie zu einem genauen Abbild von Catherine zu machen. Ein Musterbeispiel weiblicher Tugend sollte sie werden, ein Juwel in der Krone der Graftons. Sie würde gebildet und elegant sein, die schönen Künste beherrschen, sich der Verantwortung ihres Standes bewusst und voller Hingabe für ihr Heim, ihre Familie und jene sein, die auf ihre Wohltätigkeit angewiesen waren. Nachdem er alle Weichen für die Zukunft seiner einjährigen Tochter gestellt hatte, auf deren schwachen Schultern der Fortbestand des Hauses Grafton ruhte, suchte der trauernde Witwer Trost in seiner Arbeit.

Kapitel 3

Wildfang

Lord Grafton hielt hartnäckig an seinem Entschluss fest, nicht noch einmal zu heiraten, und widerstand allen Versuchen, ihn erneut zu verkuppeln. Keine Frau konnte dem Vergleich mit Catherine standhalten. Er blieb ihrer Erinnerung treu. Seine Tochter war der einzige Mensch, dem er seine Zuneigung schenkte. Als Sophia noch klein war, fand Lord Grafton Trost und willkommene Abwechslung in seiner Arbeit und wurde, ohne es zu merken, immer mehr von ihr in Anspruch genommen. Wie viele Akademiker neigte er dazu, sich ganz und gar auf eine Sache zu konzentrieren. Seine Absicht, Sophia zu einer Frau zu erziehen, die ihresgleichen suchte, trat allmählich in den Hintergrund. Obwohl Lady Burnham Sophia gern bei sich großgezogen hätte, weigerte sich Lord Grafton, sich von dem Kind zu trennen. Er bestand darauf, Sophia mitzunehmen, wenn er im Auftrag des Königs unterwegs war. Dabei entging ihm, welche Mühen er seinen Gastgebern bereitete, wenn er mit einem kleinen Kind und einem ganzen Tross an Bediensteten anreiste. Dabei wurde er stets von einer Amme, einem Kindermädchen, einem zweiten Kindermädchen und einem Diener begleitet, der für das Kinderzimmer abgestellt war, von den mitreisenden Sekretären, Hausdienern, Kutschern, Pagen, Kammerdienern und Köchen ganz zu schweigen.

In den ersten Lebensjahren entsprach Sophias Erziehung ganz und gar nicht den Vorstellungen von Lady Burnham, und so überraschte es nicht, dass die Dinge anders liefen, als sie es am Taufbecken geplant hatte. Statt an einen geregelten Tagesablauf, einfache Mahlzeiten und die ruhige Umgebung des Kinderzimmers, die Lady Burnham für ein kleines Kind für angemessen hielt, gewöhnte sich Sophia an die Betriebsamkeit des Reisens und immer wieder neue Eindrücke – große Städte, Minarette, Kathedralen und die Zwiebeltürme östlicher Kirchen, schneebedeckte Berge und die Schlösser und Paläste, in denen sie und ihr Vater mit allem Pomp untergebracht waren und aufs Feinste bewirtet wurden. Von den Kindermädchen, die im Haushalt der Graftons kamen und gingen, lernte sie etwas Französisch, und der Kammerdiener ihres Vaters brachte ihr nicht nur einen grob klingenden italienischen Dialekt bei, sondern auch ein paar schockierende Flüche. Sie durfte bis spät in die Nacht aufbleiben, weil sie Wutanfälle bekam, wenn man sie ins Bett zu bringen versuchte. Oft zerriss sie sich die Kleider, zog die Schuhe aus und warf sie weg, weil sie lieber barfuß ging. Sie mochte es nicht, wenn man ihr die Haare kämmte. Sie liebte es, spät zu Abend zu essen, und entwickelte eine Vorliebe für süße Cremes und Kuchen. Schnell fand sie heraus, dass die Diener sie mit Leckereien bestachen und auch ihre schlimmsten Missetaten noch vertuschten, weil sie Angst hatten, hinausgeworfen zu werden.

Wenn Lord Grafton zwischen seinen Missionen nach London zurückkehrte, war Lady Burnham von Mal zu Mal mehr schockiert vom Verhalten ihres Patenkindes, von seinen unordentlichen Kleidern, den zerzausten Haaren und dem losen Mundwerk. Auch dass Sophia so lange aufbleiben durfte, missfiel ihr zutiefst. Lady Burnham gelang es jedoch nicht, Lord Grafton klarzumachen, welchen Schaden diese lasche Erziehung anrichtete. Lord Grafton war ein liebevoller Vater, doch er lebte in einer Welt, die von Männern bevölkert war, weit entfernt von den häuslichen Angelegenheiten und der Kindererziehung, die traditionell einer Frau zufielen. Er hatte viel zu tun, meist war er in seine Arbeit vertieft oder von Sekretären und Beamten umgeben, die um seine Aufmerksamkeit buhlten. Sein Arbeitstag war lang und anstrengend. Wenn er überhaupt Zeit für seine Tochter hatte, sah er in Sophia ein hübsches, erfrischend vorlautes Kind, das seiner Mutter ähnelte und ihn mit seiner verschmitzten Art zum Lachen brachte. Die nackten, schmutzigen Zehen unter ihrem Kleid oder die klebrigen kleinen Hände bemerkte er gar nicht. Nach einer halben Stunde tätschelte er ihr dann die Wange und schickte den kleinen Engel zu seinem Kindermädchen zurück. Für ihn war sie das entzückendste kleine Mädchen, das es gab.

Lady Burnham, die so viel Zeit wie möglich mit ihrer Patentochter verbrachte, wenn Lord Grafton in London war, sah dagegen ein kleines, frech grinsendes und starrköpfiges Monster – ein verzerrtes Abbild von Catherine, das ihr mit jedem Besuch wilder und unbeherrschter erschien. Sie nannte sie bissig *Fräulein Unverschämt* und beklagte sich bei ihren Freundinnen, dass es ihr durch die Entfernung unmöglich sei, die betrübliche Entwicklung dieses Kindes zu korrigieren.

Lady Burnhams Eindruck von Sophia war zutreffender als der von Lord Grafton. Die Kleine hatte schon früh entdeckt, dass sie schneller war als ihr Kindermädchen und tun und lassen konnte, was sie wollte, bis einer der Diener sie einsammelte. Sie kannte weder Verbote noch Schelte und setzte stets ihren Willen durch. Ihr Vater, den sie anbetete, hätte ihrem Verhalten ohne große Mühe einen Riegel vorschieben können. Seine Missbilligung und selbst eine Schimpfkanonade hätten Wunder bewirkt, solange Sophia klein war.

Während er mit schwierigen Verhandlungen mit den Franzosen wegen eines drohenden Krieges um die habsburgische Thronfolge beschäftigt war und gleichzeitig versuchte, zwischen England und Frankreich wegen der territorialen Grenzen in den amerikanischen Kolonien zu vermitteln, war Sophia eines Morgens, bevor der Hof erwacht war, mit einem Pony in den Palast von Versailles geritten. Der Page, der ihr einen Seiteneingang öffnete, flüsterte ihr zu, sie solle das Pony mit der Peitsche dazu bringen, im Kanter zu gehen, und dann die Zügel straffen. Sie würde einen fantastischen Ritt haben, versprach er ihr. Derart angestachelt, war das Pferd die Korridore hinauf- und hinuntergejagt und durch vergoldete Salons gestürmt. Auf den polierten Böden hatten seine Hufe keinen Halt, und so rutschte es, bis es in etwas oder in jemanden hineinkrachte. Das Pferd trat Diener, trampelte über Dienstmädchen hinweg, brachte die dicke Duchesse de Montjoie zu Fall, die auf dem Weg zur Frühmesse in der königlichen Kapelle war. Es hinterließ neben Pferdeäpfeln nicht nur zerbrochene Spiegel, sondern auch die Scherben unersetzlicher Porzellanfiguren und die Trümmer eines Schranks mit italienischen Intarsien, den der König besonders mochte.

Als man es schließlich eingefangen und weggebracht hatte, zeigte Sophia lachend auf Henri, den dreizehnjährigen Pagen, der den Auftrag hatte, auf sie achtzugeben. »Er hat mir gesagt, dass ich es tun soll. Ich will es noch einmal machen!«, rief sie. Niemand wagte, Sophia auch nur anzurühren. Und so bekam der arme Henri die Tracht Prügel, die eigentlich sie verdient hatte.

In St. Petersburg hatte Sophia eine wertvolle, mit Edelsteinen besetzte Kiste aus dem Palast des Fürsten gestohlen, in dem Lord Grafton und sein Gefolge untergebracht waren. Sie tauschte sie gegen einen kleinen Tanzbären, den ein Junge in ihrem Alter an einer Kette führte. Zusammen mit dem Jungen lockte sie den Bären in die Remise und sperrte ihn in die Lieblingskutsche ihres Gastgebers, die von innen mit Seide ausgeschlagen und mit äußerst eindeutigen Darstellungen von Leda mit dem Schwan verziert war. Der Besitzer der Kutsche hatte sie eigens von einem florentinischen Künstler anfertigen lassen. Durch das Kutschenfenster fütterte Sophia das Bärenjunge einen Nachmittag lang mit Bonbons, bis es ihr langweilig wurde und sie sich auf die Suche nach Kuchen machte, den die Köchin ihr versprochen hatte. Der kleine Bär zerbiss die samtenen Sitze und die vergoldeten Verzierungen, zerfetzte die Seidenbilder, brach dann durch die Seitenwand der Kutsche und trottete mit der Kette um den Hals davon.

In Spanien verschwand Sophia für einen ganzen Tag und versetzte die Diener, die für sie verantwortlich waren, in helle Aufregung. Sie suchten überall nach ihr, bis sie sie schließlich bei einer Gruppe Zigeuner fanden. Sie stand auf einem Tisch in einer Taverne, sang zotige Lieder und tanzte, während die Zigeuner dazu fiedelten und Geld von den Besuchern einsammelten. Den Diener, der sie mit Gewalt wegzerren musste, biss sie in die Hand.

Lord Graftons Dienerschaft hatte immer größere Mühe, Sophias Missetaten vor ihrem Dienstherrn zu vertuschen. Berichte über Sophias Eskapaden machten jedoch in London die Runde und kamen irgendwann auch Lady Burnham zu Ohren.

Der Vorfall mit den Zigeunern war der Tropfen, der das Fass zum Überlaufen brachte. Sie schrieb einen strengen Brief an Lord Grafton, in dem sie ihm berichtete, was sie gehört hatte. Sophia, so warnte sie, sei auf dem besten Wege, ein unwissender, ungehobelter und unkontrollierbarer Starrkopf zu werden. Würde ihrem Verhalten nicht Einhalt geboten, dann sei ihr ein Leben in Schande gewiss. Ihre Mitmenschen würden ihr mit Verachtung, Mitleid oder Abscheu begegnen. Bestenfalls würde die angesehene Gesellschaft sie verstoßen, schlimmstenfalls würde sie auf der Straße oder im Armenhaus landen. Catherine wäre schockiert und zutiefst unglücklich. Lord Grafton habe die Pflicht, für die Respektabilität seiner Tochter zu sorgen. Ein zehnjähriges Mädchen solle nicht ständig auf Reisen sein und nicht der gesamten Dienerschaft ihren Willen aufzwingen können. Sophia brauche mehr Erziehung und Führung, als ein mitreisender Hauslehrer und ein gleichgültiges Kindermädchen leisten könnten, sonst würde sie nie eine würdige Vertreterin ihres Standes sein und hätte nicht die geringsten Chancen auf eine standesgemäße Heirat.

»Sophia hat Catherine das Leben gekostet. Lassen Sie nicht zu, dass dieses Opfer vergeblich war. Es ist Ihre Pflicht Catherine gegenüber, dafür zu sorgen, dass Sophia sich so entwickelt, wie sie sollte«, schloss Lady Burnham.

»So!«, rief sie, als sie das Siegel der Burnhams in das heiße Wachs drückte, mit dem sie den Brief verschloss. Sie war sich sicher, das getan zu haben, was sie längst hätte tun sollen. Zu ihrer Genugtuung erreichte sie schon bald die Antwort des aufgeschreckten Lord Grafton. Er sei schockiert, versicherte er ihr, und habe nicht die geringste Ahnung von Sophias Fehlverhalten gehabt. Sobald seine diplomatische Mission es zulasse, würde er mit Sophia nach London zurückkehren, ihre Erziehung übernehmen und die notwendigen Maßnahmen ergreifen, um die Makel in ihrem Verhalten auszumerzen. Er versprach, alles zu tun, was Lady Burnham vorschlug.

Lady Burnham stieß einen Seufzer der Erleichterung aus. Besser spät als gar nicht. Was die Erziehung einer Dame von Rang anging, so hielt sie hartnäckig an altmodischen Ansichten fest. Sie war auf dem Land aufgewachsen und zu Hause unterrichtet worden. Mädchen auf Internate zu schicken, wie es mittlerweile üblich war, missbilligte sie ebenso wie die Tendenz, höhere Töchter nicht mehr in die Haushaltsführung einzuweisen. Ihrer Überzeugung nach reichten die Fertigkeiten einer Hausfrau, eine genaue Kenntnis des Gebetbuchs, gute Manieren, eine solide Moral und züchtige Kleidung, um den Weg einer Frau zu Glück und Achtbarkeit zu ebnen. Mehr brauchte ein Mädchen nicht als Vorbereitung auf ein Leben als Ehefrau, Mutter und Herrin über einen christlichen Haushalt. Sie gab sich angenehmen Träumen hin, dass Sophias Erziehung ihrer eigenen ähneln würde. Dass Lord Grafton andere Vorstellungen haben könnte, kam ihr nicht einen Augenblick in den Sinn.

Lord Grafton hatte tatsächlich völlig andere Vorstellungen. Als er seine Aufmerksamkeit von seiner Arbeit abwandte und sich Gedanken über die Erziehung einer Tochter machte, in der er viel zu lange das niedliche kleine Kind gesehen hatte, staunte er, wie groß Sophia geworden war. Wenn es nach ihm ging, sollte sie in ein paar Jahren heiraten, den Besitz der Graftons übernehmen und als Matriarchin die Geschicke der nächsten Generation lenken. Zu seinem Gefolge hatten zwar immer auch

Hauslehrer gehört, doch ihr Dasein war wenig beneidenswert gewesen. Sophia war dem Unterricht allenfalls dann gefolgt, wenn ihr keine neuen Streiche einfielen und sie sich langweilte. Demzufolge konnte sie lediglich lesen und schreiben und ein paar einfache Rechenaufgaben lösen.

Als er sich das Kind genauer ansah, das aus Sophia geworden war, erkannte er, wie wenig sie sich für ihre künftige Rolle eignete. Sie war zwar hübsch und versprach, zu einer beeindruckenden Schönheit heranzuwachsen, doch ansonsten hatte sie nichts mit Catherine gemeinsam. Wenn er nach der Liste ging, die Lady Burnham aufgestellt hatte, fehlte es Sophia an Bildung, Benehmen, Beherrschung, Manieren, weiblicher Eleganz und Besonnenheit. Außerdem hatte sie keinerlei Verständnis für die Verpflichtungen den Armen und den Dörflern gegenüber, die der Familie Grafton seit Generationen dienten. Wie Lord Grafton zu seinem Entsetzen feststellte, war Sophia noch weit davon entfernt, als Wohltäterin jenen zu helfen, die auf ihre Großzügigkeit angewiesen waren. Wenn nicht bald etwas geschah, würde sie kaum zu einer klugen und verständigen Gefährtin ihres zukünftigen Mannes, der gewissenhaften Herrin über ihren Haushalt und der Mutter heranwachsen, die ihre Kinder zu rechtschaffenen Menschen erzog.

Er seufzte und wünschte zum tausendsten Mal, Catherine wäre an seiner Seite und könnte Sophias Erziehung in die Hand nehmen. Sicher, Lady Burnham meinte es gut, doch ihre religiösen Neigungen machten sie in mancherlei Hinsicht ungeeignet. So würde Sophia bei ihr nicht die Anmut und Eleganz lernen, die er bei Frauen für unabdingbar hielt. Und nun, da er um Sophias Missetaten und ihr anstößiges Verhalten wusste, war er selbst unschlüssig, wo er anfangen sollte, die Fehler der ersten Jahre zu korrigieren.

Er beschloss, mit Sophias Schulbildung anzufangen. Mit Bildung kannte er sich aus.

Für Lord Grafton gehörten Dinge wie Latein, Mathematik, Geschichte, Logik, ein Verständnis des Sonnensystems, Musik und Philosophie unbedingt zu dem Kanon an Fächern, die ein Mädchen lernen sollte. Und da keine der Schulen für junge Damen seinen Anforderungen entsprach, stellte er Lehrer von seinem College in Oxford ein. In Lady Burnhams Augen schoss er damit übers Ziel hinaus. Latein, Mathematik und Logik waren ihrer Meinung nach vollkommen verschwendet an ein Mädchen, und den Rest hätte sicherlich eine kompetente Gouvernante übernehmen können. Lord Grafton ließ sich jedoch nicht umstimmen. Was Lady Burnham allerdings viel schlimmer fand, war die Tatsache, dass er keine religiöse Unterweisung für Sophia vorsah.

Lady Burnham war immer schon fromm gewesen. Mit den Jahren jedoch war sie zu der Einsicht gelangt, dass die etablierte anglikanische Kirche zu selbstgefällig geworden war in einer Welt, in der das Böse allgegenwärtig war. Die Evangelikalen mit ihrer zupackenderen Art im Kampf gegen den Teufel hatten tiefen Eindruck auf sie gemacht. Sie wurde eine ihrer glühendsten Anhängerinnen, las die Bibel mit neuem Eifer und war überzeugt, dass ohne Wiedergeburt jede Hoffnung auf ewige Erlösung verloren war. Sie war nie die Frau gewesen, die vor einer Aufgabe zurückschreckte, und sah es als ihre Pflicht an, das Bewusstsein ihres Patenkindes für Gewissen, Sünde, Seelenheil und Verantwortung zu schärfen.

In diesem Punkt sah sie in Lord Grafton ein Hindernis. Wenn es um Religion ging, legte er eine bedauerliche

Gleichgültigkeit an den Tag, und die betraf nicht nur die etablierte Kirche. Er war ein Bewunderer von John Locke und hatte beängstigend liberale Ansichten. Tatsächlich hatte sie ihn im Verdacht, ein Freidenker zu sein, so entsetzlich sie diesen Gedanken auch fand. Er war der Ansicht, dass Dissidenten und Quäker, Katholiken und selbst solche Heiden wie Juden und Hindus ihren Glauben ungestört ausüben dürften. Er las, wonach ihm gerade der Sinn stand, statt sich auf die Bibel oder Predigten zu beschränken. Außerdem hatte er keinerlei Bedenken, an einem Sonntag zu reisen, Besuche abzustatten und zu empfangen oder an seinen Papieren zu arbeiten. All diese Dinge waren Lady Burnham ein Dorn im Auge. Was sie jedoch geradezu verstörte, war seine Weigerung, einen Lehrer für die religiöse Unterweisung seiner Tochter anzustellen, obwohl sie ihm mehrere Geistliche für den Posten empfohlen hatte. Schließlich sah sie ein, dass sie sich selbst um Sophias spirituelle und moralische Erziehung würde kümmern müssen.

Was nun Sophia anging, so kehrte sie nach London zurück, ohne im Geringsten zu ahnen, was ihr bevorstand. Als sie erfuhr, wie sich ihr Leben ändern würde, war sie zunächst fassungslos und dann wütend. Statt durch die Paläste und Schlösser ausländischer Fürsten und Könige zu tollen, in denen man sie verwöhnte und ihr jeden Wunsch erfüllte, sollte sie im Kinderzimmer und Schulzimmer des Hauses in London eingesperrt sein. Frühes Abendessen, feste Schlafenszeiten und ein endloser Stundenplan mit Unterricht bestimmten künftig ihr Dasein. Ihre Ausflüge in die Welt außerhalb des Hauses würden sich auf Spaziergänge oder Ausritte im Park oder Kirchgänge beschränken, selbstverständlich unter dem wachsamen Auge ihrer Gouvernante.

»Ich soll *hierbleiben? Nein, das werde ich nicht tun!*«, kreischte sie voller Zorn, als sie erfuhr, dass sie ihren Vater nicht mehr auf seinen Reisen begleiten sollte. Die erfahrene Gouvernante mit ihrem scharfen Blick hasste sie vom ersten Moment an. Sie war auf Empfehlung ihrer Patin angestellt worden, die ihre Arbeit bei regelmäßigen Besuchen überwachen würde.

Um den Mangel an religiöser Unterweisung wettzumachen, hatte Lady Burnham festgelegt, dass Sophia sie sonntags zweimal zur Kirche begleiten sollte. Außerdem hatte sie an Bibelstunden und Kirchengesang mit den Evangelikalen, an Versammlungen der Missionsgesellschaft und des Vereins zur Abschaffung der Sklaverei teilzunehmen und mit ihr das Findelhaus zu besuchen, dessen Schirmherrin Catherine gewesen war.

»Nein! Nein, nein, nein, nein«, schrie Sophia, bis sie heiser war. Doch ausnahmsweise scherte sich niemand darum.

Lady Burnham, die Gouvernante und die Hauslehrer würden dafür sorgen, dass Sophia früh aufstand, sich ordentlich anzog und zum Morgengebet erschien – in diesem Punkt hatte Lord Grafton Lady Burnhams Drängen nachgegeben. Dann folgte der Unterricht im Schulzimmer, anschließend sollte sie Musik, Sticken und Zeichnen lernen. Am Nachmittag, darauf hatte Lady Burnham bestanden, waren Unterweisungen durch die Haushälterin geplant. Zum Ärger seines hervorragenden französischen Kochs sah sich Lord Grafton gezwungen, Mrs Betts, die Haushälterin des Anwesens der Graftons in Sussex, nach London zu holen, damit sie Sophia die Feinheiten traditioneller Haushaltsführung beibrachte. In Lady Burnhams Jugendzeit mussten selbst junge Frauen von Rang nicht nur kochen lernen, sondern auch alles andere, angefangen von Mitteln gegen Motten in Wandbehängen über Krankenpflege bis hin zur Geflügelhaltung. All das erschien Sophia derart überflüssig, dass sie zunächst zu ungläubig war, um Einspruch zu erheben. Die Graftons hatten zahlreiche Diener, und es war unwahrscheinlich, dass Sophia jemals auch nur einen einzigen Finger würde rühren müssen. Selbst Lord Grafton zweifelte die Sinnhaftigkeit eines solchen Plans an, doch Lady Burnham duldete keinen Widerspruch. Mit diesem Wissen sollte jede Frau ausgestattet sein, unabhängig von ihrem gesellschaftlichen Stand, fand sie. So habe man es früher immer gehalten.

Sophia begehrte auf. Sie war unerträglich frech zu allen. Sie bewarf ihre Lehrer mit Tintenfässern, wenn sie sie tadelten, streckte Mrs Betts die Zunge heraus und nannte Lady Burnham hinter ihrem Rücken eine alte Klatschtante. Beim Kirchgang schlurfte sie unwillig und laut hörbar hinter ihr her, weigerte sich, die Kirchenlieder mitzusingen, zappelte während der Predigt ständig herum, starrte finster vor sich hin und trat mit den Füßen gegen die Kirchenbank. Ihr Vater musste das Gehalt der Hauslehrer verdoppeln, damit sie nicht ihre Sachen packten und das Haus verließen, Mrs Betts großzügig entlohnen und Lady Burnham regelmäßig besänftigen und an ihre gemeinsame Pflicht Catherine gegenüber erinnern.

Die phlegmatische Gouvernante konnte nichts aus der Ruhe bringen, egal, wie Sophia sich aufführte. Auch Mrs Betts und Lady Burnham blieben standhaft, wenngleich Lady Burnham, die inzwischen über siebzig war, die Begegnungen mit ihrer Patentochter immer anstrengender fand. Als Sophia zwölf war, hatten die Hauslehrer bereits mehrmals gewechselt. Sie alle hatten Lord Grafton versichert, dass Sophia keineswegs dumm sei. Leider war sie selten genug in der Stimmung, sich auf den Unterricht zu konzentrieren, sodass sie kaum Fortschritte gemacht hatte. Ihr Verhalten war nicht länger zu ertragen.

Lord Grafton war ratlos. Konnte es denn sein, dass alles nur noch schlimmer geworden war?

Kurz vor Sophias dreizehntem Geburtstag spitzten sich die Dinge zu. Nach einer anstrengenden Mission, bei der es sich als unmöglich erwiesen hatte, die Forderungen des Königs, der Österreicher und der Polen unter einen Hut zu bringen, kehrte Lord Grafton erschöpft nach Hause zurück. Die Überfahrt über den Ärmelkanal war besonders rau gewesen. Er war durchnässt und durchgefroren, weil es auf der Fahrt von Gravesend stark geregnet hatte. Als er an seinem Haus ankam, wünschte er sich nichts sehnlicher als ein gutes Abendessen vor dem Kamin in seiner Bibliothek, eine Flasche Rotwein und ein Buch. Stattdessen fand er den ganzen Haushalt in Aufruhr. Eine äußerst gereizte Mrs Betts bat, ihn sprechen zu dürfen. Sie sei so verstimmt durch Miss Sophias Frechheiten, dass sie auf der Stelle kündigen würde, wenn er sie nicht zurück nach Sussex schickte. Die neueste Schar von Hauslehrern folgte ihr auf dem Fuße und verkündete einstimmig, dass sie bei nächster Gelegenheit den Dienst quittieren würde. Ein Diener überreichte ihm eine Nachricht von Lady Burnham, in der sie sich mit kaum verhohlenem Ärger weigerte, eine widerstrebende Sophia weiterhin in die Kirche zu schleifen. Sie bat darum, sich vorerst nicht mehr mit dem Kind befassen zu müssen.

Kurzum: Sophia benahm sich schrecklich, war unbelehrbar und verwöhnt und würde es wahrscheinlich für den Rest ihres Lebens bleiben.

Lord Grafton wurde selten wütend. Für ihn war Wut ein Zeichen von Schwäche und zudem ein wirkungsloses Mittel. Es war jedoch kein guter Abend. Seine diplomatische

Mission war erfolglos geblieben. Außerdem spürte er die Anfänge einer Erkältung, und als er sich nun mit zahlreichen Problemen konfrontiert sah, die ein dickköpfiges und uneinsichtiges Kind verursachte, das mit jedem Mal schlimmer zu werden schien, verlor er die Beherrschung.

Er ließ Sophia in die Bibliothek kommen. Ein hitziges Gespräch folgte. Zum ersten Mal in seinem Leben tobte Lord Grafton und schrie seine Tochter an. Er schäme sich für sie, brüllte er, sie beschmutze das Andenken ihrer Mutter selig und bringe Schande über den Namen der Graftons. Sie solle sich keine Hoffnungen machen, in die Gesellschaft eingeführt zu werden, solange sie nicht die Bildung und die Manieren vorzuweisen habe, die man von einer jungen Dame ihres Standes erwarten könne. Sie sei so starrsinnig, launisch und ungebildet wie ein vierjähriges Kind und werde wie eine Vierjährige den Rest ihrer Tage im Kinderzimmer verbringen, wenn sich ihr Verhalten nicht ändere.

Seine Vorwürfe trafen Sophia völlig unvorbereitet. Zunächst war sie sprachlos vor Schreck angesichts der Drohung, sie sollte in ihrem Kinderzimmer bleiben, statt bei Hofe vorgestellt zu werden. Immerhin war sie Miss Grafton! Selbstverständlich würde sie an Bällen und Empfängen teilnehmen, wenn sie alt genug war. Alles andere war undenkbar.

Als ihr die Bedeutung seiner Worte klar wurde, schaute sie ihren Vater erschrocken an. Er war stets liebevoll gewesen. Wenn sich ihre Hauslehrer oder die Gouvernante über sie beklagt hatten, hatte er immer einen Weg gefunden, ihre Mängel zu entschuldigen, und sie milde zurechtgewiesen, dass sie sich wirklich mehr anstrengen müsse. Seine Wut hatte sie noch nie zu spüren bekommen, und der Hinweis auf ihre Mutter traf sie tief. Es gab nicht viel, was

Sophia berührte. Doch sie wusste, dass ihre Mutter eine Heilige gewesen war – schön, gut und von allen geliebt. Und sie wusste auch, dass sie bei ihrer Geburt gestorben war. Dieses Wissen lastete schwer auf ihrem Herzen. Nun war ihr Vater, der sie immer verhätschelt hatte, plötzlich streng und unfreundlich. Was war, wenn er tatsächlich auf seiner Drohung beharrte, sie müsse im Kinderzimmer bleiben?

Das war schrecklich, einfach schrecklich!

Sie versuchte eine freche Antwort, doch ihre Lippen zitterten und sie brach in Tränen aus. Alle hätten sich gegen sie verschworen, schluchzte sie. Sie hasse es, in London bleiben zu müssen, wenn er auf Reisen war, sie hasse die Gouvernante und sie hasse die Hauslehrer. Und alle hassten sie. Sie hasse die herrische Mrs Betts und ihre dumme Haushaltsführung. Es war Lady Burnhams Schuld. Lady Burnham war eine alte Klatschtante, die ihre Nase in alles steckte und hinter ihrem Rücken schreckliche Dinge über sie verbreitete. Diese grässliche alte Hexe!

Zum ersten Mal sah Lord Grafton Sophia so, wie andere sie sahen, und er war entsetzt. Wie hatte seine süße Catherine ein so übellauniges Wesen zur Welt bringen können? Lady Burnham hatte recht – dieses Mädchen war nicht heiratsfähig, sie war untragbar für die Familie eines Mannes und nicht in der Lage, Kinder großzuziehen. Die Linie der Graftons würde aussterben. Die Liste von Sophias Verfehlungen war lang. Dass sie sich vergessen hatte und ungehörig zu Lady Burnham gewesen war, war schlimm genug. Doch dass sie auch Mrs Betts gegenüber frech gewesen war! Unhöfliches Benehmen einer alten und treuen Dienerin gegenüber war in Lord Graftons Augen gemein und keiner Frau würdig, egal, welchen Standes. Für ihn war das die schrecklichste von Sophias Sünden.

Was in Gottes Namen sollte er nur tun? Er rieb sich die müden Augen und versuchte nachzudenken. Als die Erregung schließlich abgeklungen war und Sophia nur noch kläglich in ihr Taschentuch schniefte, besann er sich auf sein Verhandlungsgeschick, für das er bekannt war.

In strengem Ton sagte er, dass es vielleicht noch nicht zu spät sei, das Schlimmste abzuwenden. *Falls* Sophia ihre Lehrer zum Bleiben überreden könne, *falls* ihre Berichte über ihre Fortschritte zufriedenstellend ausfielen, *falls* Mrs Betts bestätigte, dass Sophia ihr den Respekt und die Höflichkeit zollte, die ihr zustanden, *falls* sie sich bei Mrs Betts entschuldigte und sich gelehrig und umgänglich zeigte und *falls* sie sich vor allem Lady Burnham gegenüber so verhielt, wie es sich gehörte, durfte sie vielleicht mit dreißig an ihrem ersten Ball teilnehmen. Er würde keinen Finger rühren, um ihr zu helfen, sie sei für alles selbst verantwortlich. Und als Beweis würden nur die Berichte ihrer Hauslehrer, der Haushälterin und aller anderen zählen.

»Aber sie sind alle gegen mich und … mit dreißig! Oh, das ist nicht gerecht!«, jammerte Sophia. Sie brach erneut in Tränen aus und vergrub das Gesicht im Taschentuch.

Lord Grafton, der sonst nie die Stimme erhob, donnerte los: »Ruhe! Ich bin noch nicht fertig. Meine Tochter hat nicht nur die Pflicht, meinen Wünschen zu folgen, sondern sie wird auch feststellen, dass es zu ihrem Vorteil ist, wenn sie es tut.«

»Warum, Papa?«, murmelte Sophia trotzig zwischen zwei Schluchzern.

»Wenn meine Tochter durch ihren Gehorsam beweist, dass sie der Liebe und des Vertrauens ihres Vaters würdig ist, und gelernt hat, sich ihrem Stand gemäß zu benehmen, wird sie ab ihrem sechzehnten Geburtstag einen jährlichen Betrag für ihre Garderobe erhalten.«

»Was?«, fragte Sophia ungläubig. Hatte sie richtig gehört?

Lord Grafton wiederholte sein Versprechen, ihr ein Kleidergeld zuzugestehen, wies sie aber erneut darauf hin, dass sie es sich durch eigene Anstrengungen verdienen musste. Er erinnerte sie daran, dass sie in etwas mehr als drei Jahren in dem Alter sein würde, in dem ihre Mutter geheiratet habe. Mit sechzehn sei ihre Mutter eine gebildete Frau gewesen, gepriesen für ihre Tugendhaftigkeit, ihre Sittsamkeit, ihre Höflichkeit und ihr Pflichtbewusstsein. Sie sei elegant und bescheiden gewesen und habe vorzügliche Manieren gehabt. Eine Frau, die so war, wie Frauen sein sollten: eine Zierde für ihr Geschlecht und für die Familie der Graftons. So wünsche er sich Sophia auch.

Diesem Musterbeispiel weiblicher Perfektion nachzueifern, erschien Sophia aussichtslos. Entmutigt seufzte sie: »Oh! Ja, sicher, Papa. Aber mit den Bällen ist es doch sicher nicht nötig zu warten, bis ich dreißig bin …«

»Kein Wort mehr von Bällen! Nie wieder!« Er war außer sich vor Zorn, dass Sophia nichts als Unfug im Kopf hatte, während er ihr Catherine als leuchtendes Vorbild hinstellte. Verärgert schickte er sie ins Kinderzimmer zurück.

Kaum war Sophia in der oberen Etage, trat sie nach allem, was ihr in die Quere kam. Sie schrie und tobte, dass sie die abscheuliche Lady Burnham hasse, hasse, hasse! Es war alles ihre Schuld! Doch Groll macht müde, und als die Wut endlich verraucht war, begann sie zu überlegen, was sie gewinnen würde, wenn sie sich den Wünschen ihres Vaters beugte, und was sie aufs Spiel setzte, wenn sie es nicht tat. Die Aussicht auf ein Kleidergeld war verlockend, doch vor allem wollte sie, dass ihr Vater sie wieder liebte. Und das schien nur möglich, wenn sie ihrer Mutter ähnlicher wurde. Wie aber konnte sie jemals so werden wie eine tote

Heilige? Es war eine hoffnungslose Angelegenheit. Sophia war verwirrt, mürrisch und wütend, sie fühlte sich elend. Außerdem war ihr langweilig. Der Unterricht war vorbei, da die Hauslehrer ihre Koffer packten und ihre Rückkehr nach Oxford vorbereiteten. Ihre Gouvernante hatte bestätigt, dass sie von nun an tatenlos im Kinderzimmer und Schulzimmer sitzen müsse.

Sophia erkannte, dass sie sich ebenso gut den Wünschen ihres Vaters beugen konnte. Sie wartete, bis die Hauslehrer kamen, um sich zu verabschieden, wappnete sich gegen die Schmach, brachte zwischen zusammengepressten Lippen eine Entschuldigung hervor und versprach, künftig im Unterricht aufmerksam zu sein, wenn sie blieben. Die Hauslehrer sahen sich ungläubig an. Sie hatten wenig Vertrauen in Sophias Versprechen, doch Lord Grafton hatte ihnen eine stattliche Lohnerhöhung in Aussicht gestellt, falls sie sich entschuldigte und die Lehrer den Unterricht fortführten. Für diese Summe ließen sich Sophias Frechheiten noch eine Weile länger aushalten.

Zu ihrer Überraschung wurden die Frechheiten mit der Zeit immer weniger. Sophia hielt ihre Zunge im Zaum und gab keine patzigen Antworten mehr. Wurde sie für ihr Verhalten, für nachlässige Arbeit oder mangelnde Aufmerksamkeit gerügt, äffte sie den Sprecher nicht mehr nach, sondern entschuldigte sich. Sie machte sogar ihre Aufgaben und folgte dem Unterricht. Ihre Schulhefte waren nicht länger voller Tintenkleckse, sondern wurden mustergültig geführt. Die Lehrer waren erstaunt.

Auch ihr Klavierspiel verbesserte sich, weil sie die Zähne zusammenbiss und jeden Tag übte. Sie war überrascht, als ihre Gouvernante eines Tages ihre Näharbeit sinken ließ und zuhörte. Am Ende nickte sie anerkennend. »Sie spielen sehr hübsch, wenn Sie sich Mühe geben. Ihr beharrliches

Üben macht sich bezahlt. Ich werde Lord Grafton davon berichten, wenn er das nächste Mal nach Hause kommt.«

»Oh, werden Sie das wirklich tun?« Das Lob kam völlig überraschend, doch Sophia wusste, dass es ihrer Kampagne keinesfalls schaden würde. Vielleicht sollte sie künftig zuvorkommender zu ihrer Gouvernante sein. Sie nahm sich vor, eine Klaviersonate einzustudieren, die ihr Vater besonders mochte.

Es war ein steiniger Weg, doch Lord Grafton hatte seine Tochter richtig eingeschätzt. Bei einem jungen Mädchen war die Aussicht auf neue Kleider ein unschlagbares Argument. Sophia war überrascht, wie großzügig ihre Bemühungen mit Lob und der Beteuerung belohnt wurden, dass sich ihr Vater über dies oder jenes freuen würde. Sie ließ keine Gelegenheit aus, ihr mustergültiges Verhalten unter Beweis zu stellen.

Mrs Betts, die Sophias widerwillige Anwesenheit in der Küche viel zu oft hatte ertragen müssen, ohne dass dabei etwas Sinnvolles herausgekommen wäre, war erstaunt, als Sophia eines Tages von sich aus in der Küche erschien. Der Hof, der zum Landsitz der Graftons gehörte, hatte wie in jedem Jahr einige Kisten mit frisch geernteten Quitten geschickt. Sophia bat mit ungewöhnlicher Liebenswürdigkeit um eine Schürze, weil sie helfen wollte, die Quitten in Honig einzulegen. »Lord Grafton mag Quittenkompott besonders gern«, erklärte sie. Mrs Betts warf dem Koch einen raschen Blick zu und verdrehte die Augen. Dann setzte sie Sophia einen Korb mit steinharten Quitten vor, die geschält werden mussten. »Oh!«, sagte Sophia matt. Dann nahm sie eine Quitte in die eine Hand, ein kleines Schälmesser in die andere und fragte: »Wie schält man eigentlich?« Sie war sich sicher, dass dies eigentlich eine Arbeit für die Küchenmagd war, und hatte sich vorgestellt, dass sie nichts weiter zu tun brauchte, als in dem Topf mit dem brodelnden Honig zu rühren. Sie sagte aber nichts, sondern begann zu arbeiten, ohne sich zu beklagen, sehr zur Überraschung der Dienstboten.

Das nächste Mal wollte Sophia das Lieblingsgericht ihres Vaters kochen lernen, ein Entenfrikassee, das in einer Flambierpfanne serviert wurde. Mrs Betts wandte ein, dass es sich um ein schwieriges Gericht handle, und schlug vor, es stattdessen mit einem schlichten Bratapfel zu versuchen. Sophia jedoch war fest entschlossen. Die Arbeit in der Küche kam zum Stillstand, während nach der Ente geschickt wurde, die dann geschlachtet, überbrüht, gerupft und ausgenommen werden musste. Die restlichen Federn wurden abgeflämmt. Das Fleisch wurde in gekochter Milch eingelegt, mit Kräutern eingerieben, gebraten und klein geschnitten, bevor es in einer Pfanne mit Brandy übergossen und flambiert wurde. Zum Schluss wurde eine Soße aus Zwiebeln und Entenleber gekocht. Da Sophia darauf bestand, jeden Schritt selbst auszuführen, nahm die Kochstunde einen guten Teil des Tages in Anspruch. Als das Gericht fertig war, errötete sie vor Freude, als Mrs Betts und der Koch es in den höchsten Tönen priesen. Das Entenfleisch war allerdings so zäh, dass es später heimlich an die Katze verfüttert wurde.

Mrs Betts sehnte sich nach Sussex zurück. Lord Grafton stattete dem Landsitz meist nur kurze Besuche ab. Trotzdem sollte das Haus nicht leer stehen. Das Personal hatte die Anweisung, die Familie in London mit Wild, Obst und Gemüse vom eigenen Hof zu versorgen. Mrs Betts und die anderen Diener hatten viel freie Zeit, denn sie mussten nichts weiter tun, als das Herrenhaus in Ordnung zu halten und Kisten mit Lebensmitteln zu packen und zu verschicken. Sophias neu entdeckte Begeisterung fürs Kochen und ihr plötzliches Auftauchen in der Küche sorgten für viel Durcheinander und bescherten Mrs Betts, dem Koch und den Küchenmädchen reichlich Arbeit. Mrs Betts fand die Idee absurd, dass sich eine Dame von Rang in der Hausarbeit versuchte, und wünschte sich von ganzem Herzen, Lady Burnham hätte nicht darauf bestanden, dass Sophia etwas lernte, das sie nie brauchen würde.

Mrs Betts musste allerdings zugeben, dass sich die Dinge zum Besseren gewendet hatten. Sophia gab sich die größte Mühe, »Bitte, Mrs Betts« und »Danke, Mrs Betts« zu sagen oder auch Fragen wie diese zu stellen: »Würden Sie Lavendel oder Duftkugeln empfehlen, um die Motten von den Wintersachen fernzuhalten?«

Schließlich gab es nur noch einen Menschen, den es zu besänftigen galt. Sophia musste lange und eingehend an ihr Kleidergeld denken, bevor sie sich dazu durchringen konnte, Lady Burnham zu bitten, die gemeinsamen Kirchgänge und evangelikalen Treffen wieder aufzunehmen. Als diese es schließlich tat, musste sie einen Vortrag über sich ergehen lassen, der keinen Zweifel daran ließ, was selbstsüchtige, undankbare und ungehorsame Kinder am Tag des Jüngsten Gerichts erwartete. Darauf folgte ein weiterer Vortrag über Mädchen, die nur an Kleider, Bälle und Vergnügungen dachten, statt ihre Pflichten zu erfüllen. Dann endlich war Lady Burnham überzeugt, dass Sophia ihre früheren Schandtaten bereute und ausreichend über ihre Sündhaftigkeit aufgeklärt war.

In der Kirche schien Sophia während der ganzen Predigt nicht ein einziges Mal auf ihrem Platz hin- und herzurutschen. Und sie trödelte auch nur ein ganz klein wenig, als sie Lady Burnham ins Findelhaus begleitete, in dem ihre Mutter Suppe und Kleidung verteilt hatte. Sie nahm an

Versammlungen der Evangelikalen teil, bei denen Hymnen gesungen und Vorträge über die Bekehrung der Heiden und die Abschaffung der Sklaverei gehalten wurden, auch wenn sie Mühe hatte, wach zu bleiben.

In ihrem Bemühen, Lady Burnham für sich einzunehmen, ging Sophia sogar so weit, Lord Grafton um Taschengeld zu bitten, von dem sie Strümpfe für die Waisenkinder und Bibeln für die Heiden kaufen wollte. Lord Grafton amüsierte sich im Stillen über dieses neue Mitgefühl und die ungewohnte Frömmigkeit. Er fragte sich jedoch auch, ob er mit seinen unorthodoxen Methoden möglicherweise übers Ziel hinausgeschossen war und seine Tochter gemeinsam mit ihrer Taufpatin in die Arme der Evangelikalen getrieben hatte. Er beruhigte sich allerdings mit der Überlegung, dass Sophia keinen Gedanken mehr an die Evangelikalen verschwenden würde, sobald sie im Besitz ihres Kleidergeldes war.

Seine Bemühungen trugen Früchte. Es dauerte kein Jahr, da berichteten ihm ihre Lehrer, dass alles zwar noch besser sein könne, sich allmählich aber eine andere Sophia zeige, die wie ein Schmetterling langsam aus ihrer Puppe schlüpfe. Sie folge dem Unterricht aufmerksam, sei höflich zu allen, mit denen sie zu tun habe, und könne lange Bibelverse auswendig aufsagen. Von der Drohung, den Dienst zu quittieren, war keine Rede mehr. Mrs Betts brachte es nicht übers Herz zu kündigen. Und Lady Burnham meinte eines Tages zu Sophias Gouvernante, man könne wohl noch hoffen, vorausgesetzt, all die gottlosen Bücher, die ihr Vater und ihre Lehrer ihr zu lesen gaben, würden den Kopf des Kindes nicht völlig durcheinanderbringen.

Als sie jünger war, kümmerte es Sophia nicht, was sie anhatte, sodass Lady Burnham sie pikiert fragte, ob sie sich die

Sachen mit einer Mistgabel angezogen habe. Ein vierzehnjähriges Mädchen möchte jedoch hübsch aussehen. Sophia wurde größer, ihre kindliche Figur wurde runder, und ihre Kleider mussten am Saum und am Oberteil herausgelassen werden. Lord Grafton hatte Lady Burnham und der Gouvernante strikte Anweisung gegeben, keine neuen Kleider zu bestellen, obgleich die alten allmählich schäbig waren und zu eng wurden. Wenn sie und ihre Gouvernante mit den Töchtern von Lord Graftons Bekannten im Park spazieren gingen oder wenn Lady Burnham sie in die Kirche mitnahm, war sich Sophia ihrer wenig vorteilhaften Schulmädchenkleider nur allzu bewusst. Voller Neid betrachtete sie die Kleider, Hüte und Bänder anderer junger Damen und war überzeugt, dass sie sie mit verächtlichen Blicken bedachten. Sie zog ihren Umhang enger um sich und vergrub das Kinn im Kragen, sodass nur ihre schlichte Haube zu sehen war. All ihre Hoffnungen richteten sich auf das versprochene Kleidergeld, und sie gab sich noch größere Mühe, brav zu sein.

Wenn ihr Vater zwischen seinen Reisen nach London zurückkehrte, schlich Sophia vor der Bibliothek herum, um zu lauschen, was die Gouvernante, die Lehrer und die Haushälterin über ihre Fortschritte zu sagen hatten. Sie meinte, wohlwollendes Gemurmel zu hören, doch die Tür war sehr massiv.

An ihrem fünfzehnten Geburtstag eröffnete ihr Lord Grafton, dass er vorhabe, einen weiteren Lehrer anzustellen.

»O nein! Nicht Griechisch!«, rief Sophia entsetzt. Lord Grafton sprach oft davon, wie er selbst Altgriechisch gelernt habe. Er bedauerte, dass wenige Frauen in seinem Bekanntenkreis mit den Klassikern vertraut waren.

»Ich hatte eher an einen Tanzlehrer gedacht, aber wenn du lieber Griechisch lernen möchtest, könnte ich selbstverständlich …«

»Oh! Nein, Papa, ein Tanzlehrer bitte! Reden wir nicht mehr von Griechischunterricht«, bettelte sie. Später überlegte sie, warum sie einen Tanzlehrer brauchte, wenn sie erst im Greisenalter von dreißig Jahren an Bällen teilnehmen durfte. Dann würde sie nur noch Alte-Frauen-Kleider in langweiligen Farben tragen, und wahrscheinlich würde sowieso niemand mehr mit ihr tanzen wollen. Sie betrachtete ihr Spiegelbild und dachte, dass es viel besser wäre, jetzt in einem hübschen Kleid auf Bällen zu tanzen. Früher wäre sie auf der Stelle zu ihrem Vater gelaufen und hätte ihn gedrängt, doch nun schwieg sie wohlweislich.

Kurz vor ihrem angstvoll erwarteten sechzehnten Geburtstag kam Lord Grafton von einer Reise nach Hause. Am Morgen hatte er eine lange Besprechung mit den Hauslehrern und Mrs Betts, dann rief er Sophia in die Bibliothek. Sie war fast ohnmächtig vor Aufregung. Hatte sie ihren Teil des Abkommens erfüllt? Bestürzt sah sie den ernsten Gesichtsausdruck ihres Vaters. In Wirklichkeit war Lord Grafton so erfreut, dass er bereits Sophias nächsten Schritt zum Altar plante.

»Oh Papa, ich habe wirklich versucht, mein Bestes zu geben. Bitte sagen Sie mir, ob ich Ihre Wünsche erfüllt habe.«

Zu ihrer Erleichterung sagte er, er habe hervorragende Berichte, wie sehr sich ihr Verhalten, ihr Lerneifer und vor allem ihre Manieren gebessert hätten. Mit einem ironischen Lächeln fügte er hinzu, Lady Burnham sei überzeugt, dass ihre Seele endlich bereit sei, sich bekehren zu lassen. Und er sei stolz auf sie. Sie habe ihre Belohnung verdient. Die Summe, die er ihr alljährlich zur Verfügung stellen würde, ließ Sophia nach Luft schnappen.

»Das ist der Betrag, den auch deine Mutter bei unserer Heirat bekommen hat.«

Sophia schlang ihm die Arme um den Hals. »Oh Papa! Danke!«

Dann ging die Fantasie mit ihr durch. Sie tanzte begeistert durch das Arbeitszimmer. Vor ihrem inneren Auge war sie umgeben von Schultertüchern aus feinstem indischen Musselin, eleganten Fächern, mit Federn verzierten Hüten, Seidenstoffen in leuchtenden Farben, Edelsteinen, Schönheitspflästerchen, Gesichtspasten, Bändern und Tanzschuhen. Sie zog eine imaginäre Schleppe hinter sich her, während sie mit einem imaginären Fächer wedelte und die imaginären Zuschauer einander zuflüsterten, dass dies die Tochter von Lady Catherine Grafton sei und sie eine ebenso bemerkenswerte Schönheit zu werden verspreche wie ihre Mutter ...

Lord Graftons Stimme riss sie jäh aus ihren Träumen. Er wiederholte, was er gerade gesagt hatte. Er habe dem König mitgeteilt, dass er sich zur Ruhe setzen wolle, weil seine Gesundheit keine ausgedehnten Reisen mehr zulasse. Und wenn Sophia in die Gesellschaft eingeführt sei, müsse er sowieso in London leben.

Sophia traute ihren Ohren kaum. »In die Gesellschaft eingeführt!« Zaghaft fügte sie hinzu: »In die Gesellschaft eingeführt zu sein und nicht auf Bälle gehen zu dürfen, wird aber recht schwer, Papa.«

Er nickte. »Du hast recht. Und daher«, erwiderte er lächelnd, »habe ich meine Meinung geändert.«

»Ich darf also auf *Bälle* gehen? Oh Papa! Wann?«

»Zunächst musst du bei Hofe vorgestellt werden. Allerdings will ich mir ganz sicher sein, dass du Verschiedenes verstehst, Sophia. Du solltest immer bedenken, dass ein Mädchen, das bei Hofe vorgestellt wurde, kein Kind mehr, sondern im heiratsfähigen Alter ist. Wenn du dich in Gesellschaft befindest, werden die Leute sehr genau beobachten, wie Miss Grafton aussieht und wie sie sich in der Öffentlichkeit benimmt. Und glaub mir: Sie bemerken jeden Fehler sofort. Folge dem Rat deiner Patin. Ja, mir ist klar, dass sie dir ständig Vorhaltungen macht, aber sie weiß, was richtig ist. Und«, fügte er in strengem Ton hinzu, »du darfst Lady Burnham nie wieder als alte Klatschtante bezeichnen. Solche Frechheiten gehören sich nicht.«

Sophia errötete und nickte.

»Und wenn du bei Hofe eingeführt bist, wird schon bald ein ganz neuer Lebensabschnitt für dich beginnen. Denn dann dauert es nicht mehr lange, bis du heiratest. Wir werden die Präsentation noch ein wenig hinausschieben, damit du dich besser vorbereiten kannst.«

»Was meinen Sie damit, Papa?« Sophia sah keinen Grund, den großen Moment hinauszuzögern.

»In deiner gesellschaftlichen Stellung musst du die unterschiedlichsten Gäste empfangen, und du solltest wissen, wie. Wenn du erst verlobt bist, wirst du keine Zeit haben, es zu lernen.« Diese Dinge eigneten sich Töchter normalerweise an, indem sie dem Beispiel der Mutter folgten. In Sophias Fall waren weder die Mutter noch die Zeit zum Lernen vorhanden. Angesichts dieses Dilemmas war Lord Grafton auf eine Lösung verfallen, die er, typisch Mann, für ungemein praktisch hielt. »In zwei Wochen gebe ich ein offizielles Essen. Und du wirst die Rolle der Gastgeberin übernehmen.«

»Oh ... tatsächlich?« Sophias Begeisterung schwand dahin. Sosehr sie sich auch danach sehnte, endlich erwachsen zu sein, so unerwartet und beängstigend erschien ihr die plötzliche Beförderung vom Schulmädchen zur Gastgeberin einer Gesellschaft. Was genau musste sie als Gastgeberin tun? Sie runzelte die Stirn.

»Sehen wir es von der positiven Seite.« Lord Grafton schmunzelte. »Wahrscheinlich brauchst du für diesen Anlass ein neues Kleid, nicht wahr? Zwei Wochen sollten ausreichen, um eins zu bestellen. Hast du dein Kleidergeld schon vergessen?«

Sophias Zweifel waren wie weggeblasen. »Mein Kleidergeld! O ja, Papa. Und ich brauche nicht nur ein Kleid für deine Abendgesellschaft. Keines meiner Kleider passt mehr. Ich werde gleich welche machen lassen.« *Drei. Oder vier ... vielleicht fünf.* Oh, wie all die hochnäsigen jungen Damen sie nun beneiden würden!

»Mein liebes Kind, dein Kleidergeld ist großzügig genug bemessen. Aber bevor du den Kaufleuten in Cheapside zu unverhofftem Reichtum verhilfst, solltest du deine Patin zu Rate ziehen. Sie wird wissen, was deinem Alter und deiner Stellung angemessen ist, und dich lehren, Buch zu führen.«

»Muss das sein?«, rief Sophia. Lady Burnham mit ihrer Witwentracht und den schlichten schwarzen Hauben! Als einzigen Schmuck trug sie einen Ring zur Erinnerung an ihren verstorbenen Gatten, der nach seinem Tod angefertigt worden war. Wenn Sophia nun erwachsen war, brauchte sie doch sicher keine Lady Burnham mehr, die ihr ständig mit ihren Predigten in den Ohren lag.

Lord Grafton ließ sich jedoch nicht beirren. Lady Burnham würde wissen, was sich für einen solchen Anlass ziemte. Und sie konnte ihr genau sagen, was ihre Pflichten als Gastgeberin beinhalteten. Um Lady Burnham kam sie nicht herum. Am liebsten hätte Sophia mit dem Fuß aufgestampft und widersprochen. Im letzten Moment fiel ihr ein, dass Bälle und andere angenehme Aussichten möglicherweise in weite Ferne rückten, wenn sie jetzt einen Tobsuchtsanfall bekam. Außerdem hatte sie keine Ahnung, was bei einem offiziellen Essen von ihr erwartet wurde.

Sie würde also sowieso jemanden fragen müssen. Daher schluckte sie ihren Protest herunter und sagte: »Gewiss, Papa, wenn Sie meinen.«

Und so erreichte Lady Burnham am späteren Vormittag eine höfliche Anfrage von Sophia, ob sie sie beim Einkauf begleiten könne. Der Diener, der die Nachricht überbracht hatte, kehrte postwendend mit der Antwort zurück: Lady Brunham stehe Miss Grafton zur Verfügung und würde sie am Nachmittag mit ihrer Kutsche abholen.

Was Sophias Kleidergeld anging, so hatte Lord Grafton alle Mühe gehabt, Lady Burnham davon zu überzeugen. Sie missbilligte die Idee, ein junges Mädchen zu bestechen, um es zu Höflichkeit und Anstand zu bewegen. Außerdem war es ihrer Meinung nach nicht klug, Sophia eine so beträchtliche Summe zur Verfügung zu stellen und ihr bei der Wahl ihrer Kleidung freie Hand zu lassen.

Lord Grafton hielt dagegen, Sophia müsse zum einen beizeiten lernen, nicht nur den Überblick über ihre Ausgaben zu behalten, um den Verlockungen zu widerstehen, die so oft mit leicht verfügbarem Geld einhergingen. Zum anderen sollte sie sich auch in der Kunst üben, sich wie ihre Mutter elegant und zurückhaltend zugleich zu kleiden. Seine Beteuerungen, dass Sophia auf diese Weise daran gewöhnt würde, Buch zu führen, fanden Lady Burnhams Zustimmung. Er zog ein kleines, in Leder gebundenes Buch hervor, an dem ein goldener Stift an einer goldenen Kette befestigt war. Bei ihrer Eheschließung würde Sophia eine stattliche Summe ausgezahlt bekommen, und sie musste lernen, mit Geld umzugehen. Viele Damen der Gesellschaft hatten vor dem Ruin gestanden oder ihrem Mann Schande gemacht, weil sie sich durch allzu sorglose Ausgaben für Schmuck und Glücksspiele verschuldet hatten. Das durfte einer Grafton nicht nachgesagt werden. Ebenso wenig durfte sich die Ehrenwerte Miss Grafton lächerlich machen. »Wenn es nach ihrem Kopf ginge, sähe sie aus wie ein Pfau! Die Leute würden sie anstarren und mit dem Finger auf sie zeigen. Und was noch schlimmer wäre: Die Karikaturisten würden sie in den Zeitungen nur zu gern aufs Korn nehmen. Über Männer wie mich, die in der Öffentlichkeit stehen, ziehen sie oft genug her. Und Sie wissen ja, meine liebe Lady Burnham, wenn sie dem Mann nichts anhaben können, so versuchen sie es mit seiner Frau und seinen Töchtern.« Wenn Sophia zur Zielscheibe der Satiriker würde, könnte dies ihre Heiratschancen erheblich beeinträchtigen. Und da sie keine Mutter hatte, die ihr beratend zur Seite stehen konnte, wäre Lady Burnhams Hilfe von unschätzbarem Wert.

Lady Burnham gab trocken zurück, dass ihr Rat das Letzte sei, was sich Sophia wünschte und annehmen würde.

Insgeheim gab Lord Grafton ihr recht, doch er mochte sich nicht ausmalen, was dabei herauskam, wenn Sophia ihre erste Garderobe als Erwachsene ohne Anleitung auswählen durfte. Der Gedanke, dass die Tochter eines Grafton der Lächerlichkeit preisgegeben würde, ließ ihn erschaudern. In seinem Bekanntenkreis gab es sicherlich viele Damen, die Sophia bei ihrem ersten Ausflug in die Welt der Mode begleitet hätten. Bei Lady Burnham jedoch konnte er sich ganz sicher sein, dass ihre Wahl immer eher zu bescheiden und zurückhaltend ausfallen würde, als dass sie sich zu Prunk und Maßlosigkeit überreden ließe. Ganz der Diplomat, gab er zurück: »Und das, liebe Lady Burnham, hängt sicherlich davon ab, wie der Rat erteilt wird. Wissen Sie, manchmal braucht ein Vollblüter nicht mehr als eine leichte Hand am Zügel.«

Seufzend gab Lady Burnham seinem Drängen nach.

Als sie Sophia zu ihrem ersten Besuch bei den einschlägigen Läden von Cheapside abholte, konnte selbst ihre mürrische Miene Sophias Überschwang nicht dämpfen. Sie gingen an den Schaufenstern mit ihren Hauben und Bändern, Schals und Spitzen, Handschuhen, Armreifen und Parfüms vorbei, und Sophia spürte die berauschende Macht ihres Kleidergeldes.

Dass sie wild entschlossen war, Geld auszugeben, blieb den Händlern nicht verborgen. Sie scheuchten ihre Angestellten hin und her, auf dass sie die teuersten und bezauberndsten Waren vor der jungen Dame ausbreiteten. »Oh, sehen Sie nur, Lady Burnham! Sehen Sie hier! Und da!«, rief Sophia immer wieder. Lady Burnham schwieg, während die Händler sich unterwürfig verbeugten und sich beeilten, immer neue Pracht aufzufahren. Sophia war hingerissen. Sie wollte alles. Ein Blick auf Lady Burnham zügelte jedoch ihre Begeisterung. Diese betrachtete ungerührt die prunkvollen Seiden, die vor ihnen aufgetürmt lagen. Sophia wappnete sich gegen einen Vortrag über die Eitelkeiten dieser Welt, doch zu ihrer Überraschung blieb Lady Burnham stumm.

Zum ersten Mal in ihrem Leben fragte Sophie ihre Taufpatin nach ihrer Meinung.

»Liebe Lady Burnham ... was halten Sie von diesen Stoffen? Sind sie nicht wunderschön? Welcher wäre am besten geeignet für ein besonders elegantes Kleid? Gefällt Ihnen der rote hier? Wie wäre diese gestreifte Seide für ein Unterkleid? Aber dieses silberne Tuch ist so ... Oh, es ist alles so wunderschön! Ich kann mich nicht entscheiden. Warum sagen Sie nichts? Ich wünschte, ich könnte alles kaufen. Dann wäre ich das eleganteste Mädchen in ganz London.«

Ihre Taufpatin tätschelte ihr die Hand. »Was weiß eine alte Frau wie ich schon von der Mode? Eitler Tand in einer gottlosen Welt. Ich überlasse dir die Wahl, meine Liebe. Was immer dir gefällt.«

Sophia beäugte ihre Patin misstrauisch. Bisher hatte Lady Burnham noch nie mit ihrer Meinung hinterm Berg gehalten. Sophia versuchte es noch einmal. »Dieser violette Satin ist edel!«, sagte sie und hielt hoffnungsvoll einen grell glänzenden, sündhaft teuren Stoff hoch. Nach ihren langweiligen Schulmädchenkleidern erschien er ihr wie ein Traum.

Lady Burnham überlegte einen Moment. Auch wenn sie einige der Erziehungsmethoden von Lord Grafton nicht billigte, so fühlte sie sich dennoch in der Pflicht, seiner Tochter die Unterstützung angedeihen zu lassen, um die er sie gebeten hatte. Wenn sie es nicht tat, wer sollte es dann tun? Insgeheim schüttelte sie sich, wenn sie sich vorstellte, wie Sophia aussehen würde, wenn man sie sich selbst überließ. Wenn sie es jedoch klug anstellte, dann würde Sophia vielleicht tatsächlich auf sie hören. Und Lady Burnham wusste, dass sie selbst vor langer Zeit, in jüngeren Jahren, einem hübschen Kleid nicht abgeneigt gewesen war. Für Schmuck oder Puder oder Extravaganzen hatte sie nichts übrig, doch sie hatte ihre kleinen Eitelkeiten. Sie hatte immer darauf geachtet, dass ihre Kleider von guter Qualität waren, auch wenn sie nur dunkle einfarbige Stoffe trug. Ihre Hauben und Taschentücher waren mit venezianischer Spitze besetzt. Selbst ihre Witwentracht war gut geschnitten und brachte ihre Größe und würdevolle Haltung bestens zur Geltung. Also versuchte sie eine andere Strategie und bemühte sich, dabei nicht allzu evangelikalisch zu klingen.

»Deine liebe Mutter hatte einen ausgezeichneten Geschmack. Sie mochte vor allem … Einfachheit, nichts Übertriebenes. Ich erinnere mich, dass wir genau in diesem Laden waren, kurz nach ihrer Hochzeit. Dein Vater wünschte, dass sie gut angezogen sein sollte. Er legt bei Frauen sehr großen Wert auf das Äußere, weißt du? Sie war bestrebt, ihm alles recht zu machen, und bat mich, ihr bei der Wahl der Stoffe zu helfen. Sie befürchtete, ihm zu missfallen, wenn sie extravagant oder lächerlich aussah.«

So interessant all das auch sein mochte, es konnte Sophia nicht von den gestreiften, einfarbigen oder gemusterten Satin-, Seiden- und Musselinstoffen ablenken, die die hoffnungsvollen Verkäufer unermüdlich heranschleppten. Sie hielten gold- und silberfarbene Spitze, Federn, glitzernde Schnallen und chinesische Fächer in die Höhe. Der Ladentisch quoll über vor Bändern und anderen Posamenten. Sophia wusste nicht, wo sie zuerst hinschauen sollte. »Ich dachte, mit Rosen aus orangefarbenen und roten Bändern und einem Unterkleid aus Goldlamé falle ich sicher auf. Und meine Mutter hätte es bestimmt hübsch gefunden.«

»Deiner Mutter wäre es nie in den Sinn gekommen, sich so auffallend zu kleiden, um Aufmerksamkeit auf sich zu ziehen«, begann Lady Burnham schroff, bremste sich aber sogleich. Mit leichter Hand am Zügel. Sie holte tief Luft. »Bei deiner Mutter kam ihre Schönheit umso mehr zur Geltung, je schlichter ihr Kleid war«, sagte sie listig. »Lass uns nichts überstürzen. Zunächst prüft man die Qualität eines Stoffes …« Allmählich fand Lady Burnham Gefallen an ihrer Aufgabe und nahm die ganze Sache energisch in die Hand. Die Einwände der Evangelikalen gegen Putz und Flitterkram schob sie vorübergehend beiseite. Nun war der Moment da, Sophia ein paar wichtige Hinweise zu gutem Geschmack und Sparsamkeit zu geben. Eine solche Gelegenheit ergab sich nicht allzu oft. Gerade über Sparsamkeit würde sich ein Mädchen wie Sophia nur selten Gedanken machen müssen.

Sehr zum Verdruss der Händler nahm Lady Burnham die Stoffe genau unter die Lupe und wies Sophia darauf hin, was einen billigen von einem guten Tuch unterschied. Sie rechnete ihr auch vor, wie eine geschickte Auswahl ihren Einkauf nicht ganz so teuer werden ließ, sodass ihr Kleidergeld nicht allzu sehr strapaziert wurde. Denn darauf, sagte sie streng, würde eine vernünftige Frau, die Wert auf Eleganz legte, immer achten, »egal, wie viel Geld ihr zur Verfügung steht«. Sie erläuterte, was man vormittags, am Nachmittag und am Abend trug, und hielt mal diesen, mal jenen Stoff hoch, um zu sehen, was am besten zu Sophias Teint passte und was vor allem für eine junge sechzehnjährige Dame angemessen war, die wollte, dass man die Ähnlichkeit mit ihrer Mutter bemerkte. Sophia seufzte und machte keinerlei Einwände mehr, während Lady Burnham die Verkäufer anwies, die meisten der aufgetürmten Waren wieder wegzuräumen und nur ein paar sorgfältig ausgewählte Dinge auf einem benachbarten Tisch auszubreiten.

»Und nun sag mir, Kind, wer zu diesem Essen kommt.«

»Nur ein paar Händler. Holländer, glaube ich. Papa hat etwas von Verhandlungen und von einem Handelsabkommen gesagt. Ist das wichtig?«

»Hmm, das ist es in der Tat. In Holland und den Niederlanden legt man Wert auf schlichte Eleganz. Gottesfürchtige Leute, diese Holländer. Für einen solchen Anlass, denke ich ... hätte deine Mutter dies ausgesucht und dies ...« Lady Burnham bekam tatsächlich ein wenig Spaß an der Sache. Unter den Stoffen, die nun noch übrig waren, suchte sie einen blauen Damast heraus, besah sich dann die Auswahl an Spitzen mit geschultem Auge und hielt eine weiße und eine cremefarbene belgische Spitze an den blauen Kleiderstoff. »Diese hier«, entschied sie, zeigte auf die cremefarbene Spitze und wies den Verkäufer an, beim Schneiden vorsichtig zu sein. Dann zog sie einfarbige und geblümte Musselins hervor, die sich für morgendliche Besuche und für den Nachmittag eigneten, und eine schwarze Wollserge für ein neues Reitkleid. Alle Einkäufe sollten verpackt und am nächsten Tag an ihre Schneiderin geliefert werden.

Sie kauften außerdem Glacéhandschuhe, Seidenstrümpfe und flache Schuhe aus Ziegenleder mit Spitzenbesatz, und schließlich setzte sich Sophia doch mit dem Wunsch durch, etwas besonders Hübsches zu besitzen, das sie ganz allein aussuchte. Sie entschied sich für ein Paar rote Satinschuhe mit hohen Absätzen und kleinen, mit Strass verzierten Schnallen. Für Sophia waren sie das Schönste, das sie je gesehen hatte, und sie begehrte sie leidenschaftlich. Die Freude über diese Schuhe machte die Tatsache wett, dass ihre restlichen Einkäufe bei Weitem nicht auffallend oder farbenprächtig genug waren, um ihren Vorstellungen von modischer Kleidung zu entsprechen.

Eigentlich hatte sie vorgehabt, die eine oder andere zusätzliche Bestellung aufzugeben, sobald Lady Burnham ihr den Rücken kehrte, ihre Patin ließ ihr dazu jedoch keine Gelegenheit. Der Nachmittag sei anstrengend gewesen, sagte sie, sie sei müde und außerdem sollten sie die Kutsche nicht länger warten lassen. Sophia gehorchte widerwillig, doch sie schwor sich, nie wieder mit Lady Burnham einkaufen zu gehen. Als sie zu Hause ankamen, reichte die alte Dame ihr ein kleines Buch mit unbeschriebenen Seiten. »Da du von nun an ein jährliches Kleidergeld bekommst, musst du Buch führen, meine Liebe. Ab jetzt notierst du alle Ausgaben, dein Vater erwartet es von dir, und am besten machst du es immer sofort. Hier sind die Quittungen.« Sie drückte Sophia die Zettel in die Hand.

Sophia stieg die Treppe zu ihrem Ankleidezimmer hoch und legte die Papiere und das kleine Rechnungsbuch auf ihren Schreibtisch. Sie stöhnte. Ständig musste sie irgendwelche Belehrungen über sich ergehen lassen, doch wahrscheinlich war es besser zu tun, was Lady Burnham sagte, falls ihr Vater ihre Rechnungsbücher sehen wollte. Bestürzt starrte sie auf die Summe, die herauskam, nachdem sie die Ausgaben für ihre neuen Kleider und die anderen Dinge zusammengerechnet hatte. Trotzdem würde noch ein beträchtlicher Teil ihres Kleidergeldes übrig bleiben, und außerdem bekam sie es jedes Jahr aufs Neue.

Zum Glück muss ich mir keine Gedanken um meine Ausgaben machen, dachte sie. Dann probierte sie ihre neuen roten Satinschuhe an. Sie verbrachte eine ganze Stunde damit, vor dem Spiegel auf und ab zu gehen und sie zu bewundern. Welch eine Pracht!

Am Abend des Diners stand Sophia wieder vor dem Spiegel, während ihre Zofe die Falten des ersten Kleides ordnete, das einer Erwachsenen würdig war. Es war am Morgen von der Schneiderin geliefert worden. Sophia war nicht begeistert. Eigentlich hätte sie bei all ihrem guten Betragen etwas Besseres verdient als ein schlichtes dunkelblaues Damastkleid, das zudem züchtig hochgeschlossen war. Die Zofe streifte ihr das Kleid über den Kopf, schnürte es zu und bewunderte seine Passform und die feine Spitze an Unterkleid und Ärmeln, die sich hübsch von dem blauen Stoff absetzte. Dann band sie ihr ein fein besticktes Brusttuch um, auf dem Lady Burnham bestanden hatte. Der Anhänger und die Ohrringe aus funkelnden Strasssteinen, die Sophia gern getragen hätte, waren ihrer Meinung nach nicht angemessen für eine junge Dame in ihrem Alter.

Zum Schluss bürstete sie ihr das Haar und band es hinten mit einer Samtschleife zusammen. Sophia hätte liebend gern einen Frisör kommen lassen, der ihre Haare sorgsam aufgetürmt, gelockt, gepudert und mit Federn und Perlen verziert hätte. Sie hatte sich dann jedoch widerstrebend Lady Burnhams Rat gebeugt, dass es als modischer Fehltritt galt, wenn die Frisur auffälliger war als das Kleid.

Sophia warf einen prüfenden Blick in den Spiegel und drehte den Kopf hierhin und dorthin. Sie seufzte. Sie sah nicht schlecht aus, fand sie. Als schillernd konnte man sie jedoch beim besten Willen nicht bezeichnen. Und sie machte sich Sorgen um die Rolle, die sie bei der bevorstehenden Abendgesellschaft spielen sollte. Sie begriff, dass ihr Vater sie testen wollte. Zunächst hatte sie angenommen, dass sie nichts weiter zu tun hatte, als hübsch auszusehen und zu lächeln, doch dann war immer mehr hinzugekommen, was sie tun und woran sie sich erinnern sollte. Ihre Pflichten als Gastgeberin erschienen ihr inzwischen so monumental, dass sie sich vor dem Abend fürchtete.

Lord Graftons Vorstellung, was eine gute Gastgeberin ausmachte, stammte von den diplomatischen Salons, die er auf seinen Reisen besucht hatte. Bei diesen Salons ging es lebhaft zu, und die *salonnières* waren immer gut über die Dinge unterrichtet, die ihre Gäste betrafen. Also hatte er Sophia einen langen Vortrag über die Holländer, die Bedeutung ihrer Verhandlungen mit England und die Bedingungen des Handelsabkommens gehalten, um das es ging, bis sie sich rasch die Hand auf den Mund legen musste, um ihre Erheiterung zu verbergen. »Wenn ich Sie richtig verstehe, Papa, ist das Diner dazu gedacht, die holländischen Gesandten zu umgarnen und dabei zu verschleiern, wie vorteilhaft dieses Abkommen für England ist – auf Kosten der Holländer.«

»Genau, meine Liebe«, antwortete Lord Grafton lachend. Er war begeistert, dass Sophia den Kern der Sache so schnell erfasst hatte. »Und dank deiner Anwesenheit werden sie bestens abgelenkt sein.«

Lady Burnham und Mrs Betts hatten ihr eingeschärft, dass sie als Gastgeberin für das Wohlbefinden ihrer Gäste verantwortlich war. Sie musste den Dienern einen Wink geben, wenn etwas fehlte, und ansonsten darauf achten, dass alles reibungslos vonstattenging und keine peinlichen Pausen in der Unterhaltung eintraten. Lady Burnham ließ sie ihren Knicks wieder und wieder üben, und sie wurde auch nicht müde zu betonen, dass sie jedem ihrer Gäste zur Begrüßung die Hand geben und ihn mit ein paar Worten willkommen heißen sollte. Sobald der Diener meldete, dass das Essen aufgetragen sei, sollte sie am Arm ihres Vaters ins Esszimmer vorausgehen. Nach dem Essen erwartete man von ihr, dass sie sich zurückzog und die Herren bei Portwein und Brandy allein ließ, da es üblich war, unter dem Tisch einen Nachttopf herumgehen zu lassen, in den sie sich erleichterten. Sie musste im Salon warten, um ihnen den Kaffee zu servieren, wenn sie aus dem Esszimmer kamen.

Die kleine vergoldete Uhr in Sophias Zimmer kündigte die Schicksalsstunde an, zu der sie im Salon erscheinen sollte. Sie war so nervös, dass sie sich an keinen Rat, keine Anweisung erinnern konnte. Wahrscheinlich würde sie alles falsch machen und ihren Vater blamieren. Es würde ein fürchterlicher Abend werden, der all ihre Chancen auf Bälle und ähnliche Geselligkeiten endgültig zunichtemachte. Sie schlüpfte in ihre roten Schuhe und ging langsam die Treppe hinunter, nicht nur, weil es ungewohnt war, auf hohen Absätzen zu balancieren, sondern auch, weil sich der Knoten in ihrem Magen mit jedem Schritt enger zusammenzog.

Der Diener, der darauf wartete, die Tür zu öffnen, kannte sie, seit sie ein Kind war, und hatte oft genug geholfen, die Spuren ihrer Missetaten zu verwischen. Als sie ihm nun einen verzweifelten Blick zuwarf, lächelte er ermutigend. »Keine Sorge, Sie werden Ihre Sache sehr gut machen, Miss Sophia«, flüsterte er. Dann riss er die Tür weit auf und sagte laut und deutlich ihren Namen.

Vor ihr erstrahlte der Salon im Kerzenglanz. Sie hatte das Gefühl, einer Wand aus dunkel gekleideten Männern mit blendend weißen Kragen und ordentlich gestutzten Bärten gegenüberzustehen, die sich angeregt unterhielten. Lord Grafton trat vor und sagte: »*Heren, mag ik U mijn dochter Sophia voorstellen?* Meine Herren, darf ich Ihnen meine Tochter Sophia vorstellen?« Die Gespräche verstummten, und aller Augen waren auf Sophia gerichtet. Die dunkel gekleideten Herren verbeugten sich wortlos.

Sophia erstarrte. »Oh!«, wimmerte sie und war drauf und dran, die Treppe hinaufzurennen und sich in die Geborgenheit des Schulzimmers zu flüchten. Doch dann sah sie ihren Vater an, holte tief Luft und knickste. Mit einem Knicks konnte sie nichts falsch machen. Lady Burnham hatte sie lächelnd darauf hingewiesen, dass ein Knicks nicht nur ein Zeichen von Höflichkeit war, sondern einer Frau auch einen Moment Zeit gab, sich zu sammeln und sich zu überlegen, was sie als Nächstes tun sollte.

Als Sophia nun knickste, dachte sie: *Dem Himmel sei Dank, dass ich ein dunkles Kleid anhabe! Alles andere hätte in dieser Gesellschaft wirklich seltsam ausgesehen!*

Gleich darauf hob sie den Kopf und bemerkte zu ihrer Überraschung, dass die Männer sie bewundernd ansahen. Und dann machte sie eine interessante Entdeckung. Im Bruchteil einer Sekunde hatte sich etwas verändert. Sie war ein Kind, als sie den Kopf senkte und die Knie beugte. Als sie sich erhob, war sie eine junge Dame – Miss Grafton, die ebenso alt war wie ihre Mutter bei ihrer Hochzeit. Ein

Knicks und Sophia, das Kind, war verschwunden. Die Erkenntnis war beängstigend und aufregend, doch zugleich trieb sie sie vorwärts. Sie streckte dem ersten holländischen Kaufmann die Hand entgegen und sagte stockend, sie hoffe, er und seine Gefährten fühlten sich wohl in ihrer Unterkunft. Dann wandte sie sich höflich an die nächsten Herren und fragte nervös nach ihren ersten Eindrücken von London. Beim nächsten drückte sie den Wunsch aus, dass sich das Wetter bessern und der heftige Regen bald aufhören möge.

Ohne Hast ging sie von einem zum anderen und lächelte ihren Vater triumphierend an, als das Essen angekündigt wurde. Sie nahm seinen Arm, um die Gäste ins Esszimmer zu führen, als hätte sie ihr Leben lang nichts anderes getan.

Während des Mahls hatte Sophia genug damit zu tun, ihre Gäste zu beobachten, sodass sie selbst gar nicht zum Essen kam. Zum Verdruss des Butlers gab sie den Dienern immer wieder Zeichen, Wein nachzuschenken oder den nächsten Gang aufzutragen, obgleich ihre Anweisungen überflüssig waren. Die Diener waren es gewohnt, für einen reibungslosen Ablauf eines Diners zu sorgen. Eine von Sophias wichtigsten Aufgaben bestand darin zu verhindern, dass die Unterhaltung stockte. Eine gute Gastgeberin, das wusste sie von Lady Burnham, ließ nicht zu, dass ihre Gäste in Schweigen versanken, sondern brachte die Unterhaltung immer wieder in Gang.

»Aber wie soll ich das machen, Lady Burnham? Was soll ich denn bloß sagen?«, hatte Sophia gejammert. Die Vorstellung, bei einer ganzen Schar von Männern für ständig neuen Gesprächsstoff sorgen zu müssen, war erschreckend.

»Du stellst ihnen einfach ganz allgemeine Fragen, meine Liebe. Wie ihnen London gefällt, zum Beispiel. Oder du fragst sie nach Städten in ihrem Land. Es sind Holländer. Vielleicht sind Tulpen ein gutes Thema. Auf jeden Fall überlässt du das Reden den Männern. Du musst selbst gar nicht viel sagen, nur ein Gespräch anstoßen. Herren hören am liebsten sich selbst reden. Was eine Frau in Gesellschaft sagt, ist nicht wichtig.«

Sophia war in einer Zwickmühle. Lady Burnhams Auffassung, dass Frauen so wenig wie möglich reden sollten, kam durchaus ihrem eigenen Wunsch entgegen, den Mund zu halten. Allerdings war ihr Vater der Ansicht, dass Unwissenheit einer Frau schlecht zu Gesicht stand und sie bei der Vorbereitung auf die Gespräche in Gesellschaft ebenso viel Sorgfalt walten lassen musste wie bei ihrer Garderobe. Als Beispiel hatte er ihr den Hintergrund des Handelsabkommens erläutert, das England mit Holland abzuschließen hoffte. Sophia fand es tatsächlich recht interessant.

»Also gut. Ich könnte mich mit ihnen über die Verhandlungen unterhalten. Papa hat mir alles erklärt. Ich denke allerdings, dass es für die englischen Kaufleute von größerem Vorteil sein wird als für die holländischen, obwohl die Holländer das noch nicht gemerkt haben, weil der Vertrag so formuliert ist ...«

Lady Burnham schüttelte den Kopf. »Ganz sicher nicht! Sag nichts über Verhandlungen und Verträge. Ansichten sind Männersache«, sagte sie entschieden.

Während des Essens wurde zwar viel über den Vertrag geredet, doch Sophia befolgte Lady Burnhams Rat. Sie behielt ihre Meinung für sich, lächelte höflich, wandte sich mal dem Mann zu ihrer Rechten, mal dem zu ihrer Linken zu und hörte ihnen geduldig zu, als sie ihr erläuterten, wie sehr Holland von dem neuen Handelsabkommen profitieren würde. Sie war sich zwar sicher, dass sie vollkommen falsch lagen, schaffte es aber, nichts zu sagen. Lord Graftons Küche war hervorragend, ebenso wie sein Weinhändler, und die Stimmung wurde immer lebhafter. Sophia gab sich alle Mühe, interessiert dreinzuschauen, als ihr die Männer von Amsterdam und Delft vorschwärmten. Sie unterdrückte immer wieder ein Gähnen, als ein Gang nach dem anderen aufgetischt wurde – Austern, Krebse in Sahne, Hammelbraten, Wildbret, Kalbszunge und Karpfen, gebratene Tauben, Erbsen *à la française* und zum Schluss eine herrliche, mit Zuckerschwänen verzierte Eisbombe.

Schließlich war das Dessert beendet, und Sophia hatte außer den Tulpen auch jedes andere Thema erschöpft, das ihr einfiel. Sie zermarterte sich das Hirn, was sie sonst noch sagen könnte, als Portwein, Madeira und Nüsse aufgetragen wurden und ihr Vater ihr kaum merklich zunickte. Dankbar erhob sie sich und überließ die Herren ihrem Wein. Nun musste sie nur noch den Kaffee im Salon überstehen, bevor sie zu Bett gehen konnte.

Als sich die holländischen Kaufleute am Ende des Abends verabschiedeten, beglückwünschten sie Lord Grafton zu der charmanten jungen Gastgeberin, die sie alle mit ihrem Lächeln und ihrer Anmut bezaubert hatte. Die junge Gastgeberin selbst war erschöpft und freute sich darauf, ihren Pflichten entkommen und ihr neues Kleid aufschnüren zu können. Sie trank ein Glas Madeira, aß ein Stück Kuchen, fiel ins Bett und dankte dem Himmel, dass der Abend vorbei war.

Am nächsten Morgen wiederholte ihr Vater beim Frühstück die Komplimente der Gäste und fügte selbst noch einige hinzu. Ihre Mutter wäre ebenso stolz auf sie gewesen, wie er es war. Sophia wusste, dass er ihr damit großes Lob zollte, und errötete vor Freude, während sie ihr Brot mit Butter bestrich. »Danke, lieber Papa. Aber ich bin so froh, dass es vorbei ist.«

Lord Grafton schüttelte den Kopf. »Aber nein, meine Liebe. Du bist jetzt erwachsen und hast deine Sache so gut gemacht, dass du von nun an in diesem Haus die Rolle der Gastgeberin übernehmen wirst.«

»Wie wunderbar!«, sagte Sophia schwach. Ihr sank das Herz. Dann erhellte sich ihre Miene. »Ich glaube, dann brauche ich viele neue Kleider.«

Kapitel 4

Die Ehrenwerte Sophia Grafton

1751

Erfreut und überrascht stellte Lord Grafton fest, dass seine Methoden offenbar Erfolg zeigten. Sophia streifte nach und nach ihre jugendliche Unbeholfenheit ab und wuchs in ihre neue Rolle mit all ihren Pflichten hinein. Als Gastgeberin ihres Vaters gewann sie an Sicherheit und Selbstbewusstsein, was sie wiederum in ihrem neu entdeckten guten Benehmen bestärkte. In Gesellschaft bewegte sie sich ungezwungen und anmutig, ihr Auftreten war gewandt und mustergültig. Auch ihre äußere Erscheinung war ansprechend, wie es sich für eine junge Dame aus der Familie der Graftons gehörte. Sie kleidete sich elegant, aber zurückhaltend, und sah immer adrett und bescheiden aus. Niemand würde die Ehrenwerte Miss Grafton als launenhaft oder frivol, ungeschickt oder unhöflich bezeichnen, und niemand würde sie und ihren Geschmack in der Zeitung karikieren, wie es bei Damen der Gesellschaft so oft vorkam.

Bei einer so bezaubernden Gastgeberin war es kein Wunder, dass seine Abendgesellschaften in London in aller Munde waren. Und Sophia entdeckte zu ihrer Freude, dass sie in ihrer neuen Rolle Anweisungen für das Essen, den Blumenschmuck und viele andere Dinge geben konnte, und das gefiel ihr. Außerdem hatte sie neue Kleider, so viele, wie sie sich wünschte. Leider bestand ihr Vater darauf, dass sie Lady Burnhams Vorliebe für sittsame Dekolletés folgte, weil sie ihm ihrem Alter und ihrem gesellschaftlichen Rang angemessen erschienen. Sie gewöhnte sich an, Buch zu führen, obwohl es eigentlich überflüssig war, weil sie ausgeben konnte, so viel sie wollte.

Oft stand Sophia vor dem Spiegel und betrachtete sich von allen Seiten. Sie glaubte zwar, dass sie ihrer Mutter ähnelte, deren Porträt im Wohnzimmer hing, doch sie fragte sich, ob man sie jemals so bewundern würde wie sie. Alles in allem sah sie nicht schlecht aus – ihre Taille war schmal, sie war groß genug, um elegant zu wirken, ihr braunes Haar war dicht und voll, ihre Nase klein und ihr Teint ebenmäßig. Allerdings sähe sie sicher viel besser aus, wenn man ihr bei der Toilette freie Bahn ließe. Ein tief ausgeschnittenes Kleid aus golden schimmerndem Stoff, Gesicht und Dekolleté weiß gepudert, die vollen Lippen zu einer winzigen Rosenknospe geschminkt, ein herzförmiges Schönheitspflästerchen auf der Wange und man würde sie als eine der großen Schönheiten der eleganten Gesellschaft feiern. Doch dazu würde sie Lady Burnham nie und nimmer überreden können.

Lord Grafton entschied, dass Sophia nun bereit war, offiziell in die Gesellschaft eingeführt zu werden. Er teilte ihr mit, dass ihre Präsentation bei Hofe nach Weihnachten stattfinden würde. Danach konnte sie an Bällen teilnehmen und tanzen, so viel sie wollte. Ihre Saison als

Debütantin bereitete Lord Grafton kein Kopfzerbrechen. Schließlich würde es nur ein kurzes Zwischenspiel zwischen Schulzimmer und den Pflichten als Ehefrau und Mutter sein. *Soll sie ruhig die Gesellschaft anderer junger Leute genießen und tanzen, mit wem sie will*, dachte er nachsichtig. Es würde ihr nicht schaden. Er hielt Sophia nicht für affektiert oder romantisch wie viele andere junge Mädchen, und er war sich sicher, dass sie sich nie vergessen und sich ohne seine Zustimmung Hals über Kopf verlieben würde, wie es in Romanen so oft beschrieben wurde. Sie wusste, was man in Zukunft von ihr erwartete, dafür hatten er und Lady Burnham gesorgt.

Während Sophia mit den Vorbereitungen für den großen Augenblick beschäftigt war, ging Lord Grafton in Gedanken die kurze Liste möglicher Heiratskandidaten durch. Im Hochadel galt es als vornehmste Pflicht der jüngeren Generation, den Fortbestand der Familie zu sichern. Eheschließungen waren oft strategische Allianzen zwischen Dynastien, die oft schon arrangiert wurden, wenn die künftigen Ehepartner noch Kinder waren. Ein Mädchen, das nach seiner Schulzeit noch nicht verheiratet war, wurde oft eine Saison lang bei Bällen und anderen gesellschaftlichen Anlässen standesgemäßen jungen Männern präsentiert, in der Hoffnung auf eine solche Verbindung. Meist war ein Mädchen aus gutem Hause verlobt, noch bevor die Saison zu Ende war, und die Hochzeit fand dann kurz danach statt. Als er seine Liste mit potenziellen Schwiegersöhnen aufstellte, tat er genau das, was man von ihm erwartete.

Lord Grafton war überzeugt, dass die Bedingungen, die er für Sophias künftigen Ehemann aufgestellt hatte, kein Hindernis sein würden. *Trotz ihres Vermögens würde sie um ihrer selbst willen gewählt werden*, dachte er liebevoll. Sie war so, wie Miss Grafton sein sollte. Dass sie hübsch war, stand außer Zweifel. Von dem früheren Wildfang war nichts mehr zu sehen. Sie verband angenehme, artige Umgangsformen mit einem lebhaften Geist und einer Schlagfertigkeit, die ihn zum Lachen brachte und ihre Patin schockierte. Sie würde eine Zierde für jedes Haus sein, und ihr Ehemann hätte in ihr eine charmante und witzige Gefährtin. Wohl hatte sie eine herrische Ader und genoss es offensichtlich, die Zügel in der Hand zu haben. Lord Grafton war jedoch überzeugt, dass ihr dieser Charakterzug zugutekommen würde, wenn sie Kinder großzuziehen und ihre Pflichten in der Gemeinde wahrzunehmen hatte.

Lady Burnham, der moralische Tugenden wesentlich wichtiger waren als Bildung und die äußere Erscheinung, hatte sich alle Mühe gegeben, ihrer Patentochter solide Prinzipien und ein Bewusstsein für den Grundsatz des *noblesse oblige* zu vermitteln, das für sie zur Persönlichkeit einer Dame gehörte. Sie hatte Sophia gesagt, was man von ihr als Schirmherrin ihres Dorfes in Essex erwartete. Natürlich spendete die Familie Grafton für die Armenhilfe in der Gemeinde. Sie hatten ein Armenhaus bauen und die Häuser der Pächter ausbessern lassen, und Catherine hatte eine Schule im Dorf gegründet. Sophia musste sich darauf vorbereiten, in die Fußstapfen ihrer Mutter zu treten und die Familie würdig zu vertreten.

Sophia wollte von Lady Burnham ganz genau wissen, wie ihr Leben auf dem Dorf aussehen würde. Wie erfreulich, dachte Lady Burnham, dass Sophia sich der Verantwortung den Dörflern gegenüber bewusst wurde, die seit Generationen in den Diensten der Familie standen. Tatsächlich fand Sophia die Aussicht bezaubernd, dass sich mit dem Anwesen in Essex ein neues Herrschaftsgebiet für sie auftat. Sie stellte sich vor, wie die Pächterinnen vor ihr knicksten und die Pächter den Hut zogen und sie selbst

Verbesserungen in der Schule anordnete. Mit einer hübschen Pelisse um die Schultern und mit einem feschen Hut auf dem Kopf würde sie Süßigkeiten und Bibeln an die artigsten Kinder verteilen. Der Lehrer wäre die Höflichkeit selbst. Und sie würde von allen geliebt und geachtet, so wie ihre Mutter.

Für Sophia lag die Aussicht auf eine Ehe in weiterer Ferne als für ihren Vater. Er hatte sich eingehend mit der Frage beschäftigt, welche Art von Mann er an Sophias Seite sehen wollte, und eine Liste möglicher Kandidaten aufgestellt. Zwei Kriterien waren ihm vor allem wichtig. Erstens musste ihr Ehemann in die Rolle als *pater familias* einer neuen Grafton-Dynastie passen. Das hatte wenig mit Vermögen oder gesellschaftlicher Stellung zu tun. Sophia musste nicht erst heiraten, um an einen Titel oder einen angesehenen Namen zu kommen. Die Familie der Graftons war nicht nur älter als das Haus Hannover und die Stuarts, sondern reichte auch weiter zurück als die Tudors und sogar die Plantagenets. Mit Sophias Ahnentafel konnte es kein Titel aus jüngerer Zeit aufnehmen. Egal, wen sie heiratete, Sophia würde immer eine Grafton und die Tochter eines Viscounts sein. Und was das Geld anging, so hatte sie selbst genug. Sie besaß ein beträchtliches Vermögen, und die Besitztümer der Graftons waren auch nicht zu verachten.

Nein, für Lord Grafton war es am wichtigsten, dass Sophias Mann ein Gentleman war, von untadeligem Charakter, guter Gesundheit und vor allem ohne jedes Laster. Lord Grafton war ein Mann von Welt. Er wusste sehr wohl, dass viele der standesgemäßen Junggesellen, die Sophia nun umschwärmten, nicht das Geringste mit seiner Vorstellung eines Patriarchen gemein hatten. Die vornehme Gesellschaft hielt zwar jeden von ihnen für eine gute Partie, doch seine Nachforschungen hatten ergeben, dass man einigen der jungen Männer sehr schlechte Angewohnheiten nachsagte. Sie hatten ein Vermögen beim Glücksspiel und bei Pferdewetten verloren, trieben sich in Bordellen herum und hielten die eine oder andere Geliebte aus. Oft genug führte solch ein Lebenswandel dazu, dass sie an der Franzosenkrankheit litten. Ihr Körper war von Geschwüren und Pusteln übersät, ihre unteren Körperregionen wurden von einem brennenden Schmerz heimgesucht und sie pinkelten Schleim. Lord Grafton wusste, dass die Kinder solcher Väter manchmal blind oder mit der typischen Sattelnase auf die Welt kamen und oft auch die Frauen angesteckt wurden. Die Pusteln konnte man zwar mit Puder kaschieren, und die Eltern heiratsfähiger Töchter ließen sich nur allzu gern von Titel und Vermögen eines Mannes blenden, doch die Folgen einer solchen Krankheit waren damit nicht aufzuwiegen. Lord Grafton würde Sophia nie mit einem Mann verheiraten, der schwachsinnige Kinder zeugte oder das Geld der Graftons verspielte und sie zu allem Überfluss mit der Franzosenkrankheit ansteckte.

Ein zweiter Punkt war ihm ebenso wichtig: Der Mann musste Sophia glücklich machen. Ihr Ehemann sollte in erster Linie ein vernünftiger und gesetzter Mensch sein. Lord Grafton jedoch war weit davon entfernt, Sophia seinen Willen aufzuzwingen. Ihr Glück war ihm eine Herzenssache. Natürlich hieß das nicht, dass sie aus Liebe heiraten sollte. Väter in der gesellschaftlichen Stellung eines Lord Grafton hielten nichts von Liebe als Grund für eine Eheschließung. Dennoch war er bestrebt, Sophia einen Mann zu suchen, der sie mochte und dem sie ihrerseits Zuneigung und Respekt entgegenbrachte.

Wenn Lord Grafton seine Pläne einer genaueren Prüfung unterzogen hätte, wäre ihm vielleicht der Gedanke gekommen, dass er für Sophia und ihren Mann das lange, glückliche und kinderreiche Eheleben zu arrangieren versuchte, das ihm und Catherine nicht vergönnt gewesen war. Doch er neigte nicht zur Selbstbeobachtung, sondern war einfach überzeugt, dass sein Vorhaben dem Wohle der Familie diente.

Wie es seine Art war, ging er die ganze Sache rational an. Er stellte eine Liste passender Kandidaten zusammen und beschloss, eine Reihe von Diners und Abendgesellschaften zu veranstalten, sodass Sophia sie kennenlernen konnte. Da viele der Auserwählten vermutlich kaum auf Bällen anzutreffen waren oder das Alter für durchtanzte Nächte hinter sich gelassen hatten, mussten private Zusammenkünfte organisiert werden. Überhaupt war ein Ball nicht die richtige Umgebung, um den Charakter eines Mannes zu erkunden und zu entscheiden, wer Sophia am besten gefiel. Wenn sie ihre Wahl getroffen hatte, würde Lord Grafton mit der Familie ihres Zukünftigen in Verhandlungen treten und schließlich seine Anwälte die Einzelheiten des Ehevertrages regeln lassen. Er war sich sicher, dass Sophia bis zum Sommer verlobt sein und wahrscheinlich schon im Herbst heiraten würde.

In etwas mehr als einem Jahr lag vielleicht schon sein heiß ersehnter Enkelsohn in der Wiege in dem alten Kinderzimmer in Sussex.

Lord Grafton war so voller guter Absichten und rationaler Überlegungen, dass es ihm nicht in den Sinn kam, wie schwierig es für einen Verehrer sein mochte, sowohl den Vater als auch die Tochter zufriedenzustellen, egal, wie wohlwollend der Vater und wie pflichtbewusst die Tochter auch sein mochten. Ebenso wenig dachte er darüber nach, dass ein würdevoller, aufrechter, reifer Mann, wie er ihn sich vorstellte, möglicherweise nicht den Wünschen einer Sechzehnjährigen entsprach. Vor allem, wenn die Ehe bedeutete, dass sie das berauschende Leben in der Stadt gegen ein häusliches auf dem Land eintauschen musste.

Lord Grafton gab Anweisungen für das erste Diner, zu dem sich potenzielle Ehemänner einfinden sollten, und wandte sich dann dringenderen Angelegenheiten zu. Seine Entscheidung, sich zur Ruhe zu setzen, hatte ihm einen unerwarteten Lohn eingetragen: Zum Dank für die Jahre, die er in seinen Diensten gestanden hatte, schenkte ihm der König ein großes unerschlossenes Stück Land in der Kolonie Virginia. Ganz London sprach davon und spekulierte bereits, welch ein Vermögen der Tabak ihm einbringen würde. Gegen einen Zuwachs zu seinem bereits bestehenden Vermögen hätte Lord Grafton nichts einzuwenden gehabt, doch er wusste besser als manch ein anderer, dass der König oft hinterlistig und schwierig war. Sein Geschenk schien ihm nicht so sehr ein Zeichen königlichen Danks zu sein, sondern eher ein ausgeklügeltes Manöver, das die strategischen Interessen Englands im Blick hatte.

Als er erfuhr, dass seine Plantage im unbesiedelten Südwesten der Kolonie lag, ahnte er, dass dem König daran gelegen war, eine Pufferzone mit englischen Siedlern an der Grenze von Virginia zu errichten, die als Bollwerk gegen Vorstöße der Franzosen von ihren Herrschaftsbereichen in Ohio und am Mississippi dienen sollte. Es war dieselbe Strategie, war er überzeugt, die Wilhelm der Eroberer angewandt hatte, als er Rittern wie Hugh de Graftonne Land geschenkt hatte, damit sie darauf Festungen zur Verteidigung der englischen Küste bauten.

Für die feine Gesellschaft wurde Lord Graftons Plantage schnell zum Gegenstand wilder Spekulationen. Einem Gerücht zufolge umfasste sein Besitz in Virginia fast zweitausend Morgen; nein, er sei viel größer, sagte ein anderes, er sei über achttausend Morgen groß. Wieder andere sprachen von einer Million Morgen. Durch den Tabak, das Holz und mögliche Bodenschätze und den Weizen darauf würde sich das Vermögen der Graftons verdoppeln, wenn nicht gar verdreifachen. Lord Grafton lachte, als ihm diese Gerüchte zu Ohren kamen, denn er wusste selbst nicht, wie groß das Stück Land tatsächlich war. Wenn er nach der Karte und der Besitzurkunde ging, mochte es zwischen fünfzehn- und zwanzigtausend Morgen umfassen. Die Dokumente jedoch waren ungenau, nachdem sie auf Befehl des Königs hastig aufgesetzt worden waren. Bis jetzt wuchs nichts auf dem Land, es war noch nicht einmal vermessen worden. Flüsse und Berge bildeten die Grundstücksgrenzen.

Es erschien ihm alles recht vage, und das Land war so weit weg, dass es ebenso gut auf dem Mond hätte liegen können. Er lachte, wenn jemand die Vermutung äußerte, dass er nun sicherlich nach Virginia übersiedeln werde. Tabak war etwas für einen jungen Mann. In seinem Alter hatte er nicht den Wunsch, den Ozean zu überqueren und sich auf einer Plantage in der Wildnis von Virginia niederzulassen. Soweit er gehört hatte, war es eine wüste, unwirtliche Region mit dunklen Wäldern, in denen es vor wilden Tieren und Indianern nur so wimmelte. Der bloße Gedanke daran ließ ihn erschaudern – auf dem Land langweilte er sich schnell, und nach Sussex zu seinem Anwesen reiste er nur, wenn es unbedingt nötig war.

Da er ein Geschenk des Königs kaum ausschlagen konnte, überzeugten ihn seine Freunde schließlich, dass er etwas mit dem Land anfangen musste. Er hatte zwei Möglichkeiten: Entweder schickte er einen Mann nach Virginia, der dort Tabak anpflanzte und verschiffte, oder er verpachtete das gesamte Land an einen Plantagenbesitzer in der Kolonie, der ihm einen Teil seiner Erträge zukommen ließ. Letzteres würde Lord Grafton vermutlich mehr einbringen und ihm weniger Ärger bereiten.

Man riet ihm, jemanden nach Virginia zu schicken, um den Besitz zu schätzen und einen Plan für seine Bebauung zu erstellen. Seine Anwälte zogen Erkundigungen ein und empfahlen einen Mr George Barker, der seine Tabakplantage in Virginia verkauft hatte und vor Kurzem nach England zurückgekehrt war. Die Plantage hatte Tausende von Morgen umfasst, die er gerodet und urbar gemacht und die ihm ein Vermögen eingebracht hatten. Er war jung verheiratet und war zunächst nicht bereit, seine Frau allein zurückzulassen. Als man ihm jedoch eine beträchtliche Summe bot, willigte er ein, nach Virginia zurückzukehren, nach Lord Graftons Besitz zu sehen, alles herzurichten und die erste Tabakernte anzupflanzen.

Als der erste Bericht von Mr Barker eines Morgens Ende April eintraf, saß Sophia gähnend am Frühstückstisch. Am Abend zuvor hatte sie auf einem Ball so viel getanzt, dass ihre Schuhe Löcher in den Sohlen hatten. Trotzdem gab sie sich Mühe zuzuhören, was ihr Vater vorlas. Mr Barker versicherte ihm, dass der größte Teil des Grundstücks in einem Flusstal liege, in dem sich ein Tabak anpflanzen ließ, der in Virginia seinesgleichen suchen würde. Vor allem der Orinoco-Tabak, der in Europa besonders beliebt war, würde bestens gedeihen. Dass die Plantage ein Vermögen einbringen würde, stand außer Zweifel. Allerdings, so betonte er, seien größere Investitionen notwendig.

Zunächst müsse der Boden gerodet werden, bevor man pflanzen konnte. Vieles müsse aus England bestellt werden – landwirtschaftliches Gerät, Nägel, Ziegelsteine und Werkzeuge –, was glücklicherweise von Yorktown oder einer Anlegestelle am James River aus mit dem Floß transportiert werden konnte. Das Grundstück befand sich zwar in einem unbesiedelten Teil Virginias und war ein gutes Stück von der Küste entfernt, doch dank eines Wasserlaufs, der einen Gebirgspass durchquerte und den man vor Kurzem entdeckt hatte, war es über den Fluss zu erreichen. Das bedeutete, dass Lieferungen aus England und die Tabakernte per Boot oder Floß transportiert werden konnten, es sei denn, der Wasserstand war ungewöhnlich niedrig. Der Beförderung über den Landweg war auch möglich, da ein Pfad am Fluss entlangführte, war aber viel teurer. Daher sollten sie ebenfalls eine Anlegestelle bauen.

Außerdem empfahl er, sofort mit dem Bau eines soliden Hauses aus Ziegelsteinen zu beginnen. Mr Barker würde nur in Virginia bleiben können, bis die erste Tabakernte eingebracht und der Ertrag sicher war. Danach sollte das Land an einen anderen Pflanzer für einen Anteil dessen verpachtet werden, was ein einträgliches Geschäft zu werden versprach. Da die Menschen in Virginia großen Wert auf ihre Häuser legten, brauchte man ein gutes Ziegelsteinhaus mit sechs bis acht Zimmern nach der Art, wie sie in der Kolonie üblich waren – mit den nötigen Nebengebäuden, um einen Pflanzer in diese entlegene Gegend zu locken. Ein solches Haus würde den Wert der Plantage wesentlich steigern, falls sie irgendwann verkauft werden sollte.

Ziegelsteine, so schrieb er, seien zwar teuer, aber die Ausgabe sei unumgänglich. Alle eleganten Häuser in Virginia seien aus Ziegelsteinen, nicht aus Holz. Lord Grafton schnaubte: »Als gäbe es nicht genug Holz in Virginia! Ein Holzhaus sollte doch wohl gut genug sein für einen Tabakpflanzer in den Kolonien!«

»Ich denke, Mr Barker weiß, was am besten ist, Papa«, seufzte Sophia. Sie fand die ganze Angelegenheit ziemlich langweilig.

»Grundgütiger! Barker hat sogar einen Namen ausgesucht!«, rief Lord Grafton. Er schrieb, dass es nötig gewesen sei, das Grundstück sofort zu benennen, damit Briefe und irgendwann auch die Lieferungen aus England an die richtige Stelle geschickt wurden. Diese Vorgehensweise sei üblich in Virginia. Mr Barker hatte sich erlaubt, den Besitz der Graftons *Wildwood* zu nennen, da er in einem dicht bewaldeten Gebiet lag. Lord Grafton könne also seine Briefe künftig direkt an diese Adresse richten und sollte dabei hinzufügen: »Liegt westlich von Amelia County, an dem Abzweig des Flusses zwischen Frog Mountain und Little Frog Mountain.«

»Frog Mountain? Froschberg? Und *Little* Frog Mountain? *Kleiner* Froschberg? Und Wildwood? Was für entzückende Namen! Sie klingen so zünftig.« Sophia bestrich ihren Toast mit Butter und goss sich Tee nach.

Lord Grafton lächelte. »Zünftig? Das sicherlich, aber bestimmt nicht entzückend. Die Kolonie Virginia muss ein seltsamer Ort sein.« Dann verblasste sein Lächeln, und er las Sophia den nächsten Teil von Mr Barkers Brief vor. Er bedauerte, dass er in seiner ursprünglichen Schätzung der Kosten für die Nutzbarmachung des Grundstücks die zusätzlichen Gelder nicht eingerechnet habe, die für den Kauf von Sklaven notwendig seien, die das Land roden und pflügen, den Tabak anpflanzen und ernten und schließlich das Haus bauen sollten.

»Sklaven, Papa?«

»Wenn man Mr Barker glauben soll, kann man Tabak nicht ohne Sklaven anbauen.«

»Aber Papa, Lady Burnham sagt doch, dass Christen den Handel mit Menschen verabscheuen sollten. Eine Dame von den Quäkern hat bei einer Versammlung einen Vortrag darüber gehalten. Und obwohl mich diese Vorträge oft ermüden, klang das, was sie erzählt hat, derart schlimm, dass ich einfach zuhören musste. Warum haben sie in Virginia keine Landarbeiter wie wir in Sussex?«

»Meine Liebe, in Sussex bauen wir keinen Tabak an. Mit Geschäften und Tabak kennt sich Lady Burnham nun mal nicht aus, auch wenn sie in anderen Dingen bestens Bescheid weiß. Es ist zweckdienlicher, den Tabak nicht von Landarbeitern, sondern von Sklaven anbauen zu lassen.«

»Aber Papa, wenn die Sklaverei zwar verwerflich, aber nützlich ist, dann muss ein wahrer Christ sich gegen das Nützliche wenden und den rechten Weg einschlagen, egal, wie beschwerlich und unangenehm er sein mag, sagt Lady Burnham. Sie sagt …«

»Sophia, du redest wie ein Jesuit, auch wenn deine Ideen geradewegs von den Evangelikalen und den Quäkern stammen. Wahrscheinlich ist es meine Schuld. Aber keine Sorge. Ich werde strenge Anweisung geben, dass die Sklaven so gut behandelt werden sollen wie unsere eigenen Diener. Einige Menschen sind eben dazu geboren, ein Leben lang zu dienen, sei es in einem Haus wie unserem oder als Sklave auf einer Plantage. So sieht es die Ordnung der Dinge nun einmal vor.« Lord Graftons Ton war ungewöhnlich barsch. Die Summen, die Mr Barker forderte, beunruhigten ihn. Diese Kosten! Er hatte keine Ahnung, wie teuer Sklaven waren. Mr Barker behauptete, er brauche mehrere Dutzend kräftige Männer, bevor man den nächsten Schritt tun könne. Und da alle Plantagenbesitzer kräftige männliche Sklaven brauchten, seien sie nicht billig zu bekommen. Doch er hatte keine andere Wahl, er musste den Besitz noch mehr belasten, noch mehr Geld leihen, um sie anschaffen zu können.

Er versicherte Lord Grafton, dass die finanzielle Belastung nur von kurzer Dauer sein würde. Wenn die erste

Ernte des Wildwood-Tabaks in England eintraf, würden seine Kommissionäre ihm Geld gegen zukünftige Ernten vorstrecken, sodass er das Darlehen sofort zurückzahlen könne. Es sei jedoch unbedingt notwendig, dass Lord Grafton das Geld unverzüglich anwies, denn ohne dieses Geld sei Wildwood wertlos, und eine Verzögerung würde bedeuten, dass man die Pflanzzeit verpasste. Der Preis für Virginia-Tabak steige. Mit genügend Sklaven und einer guten Verwaltung würde er bald große Gewinne einfahren.

Lord Grafton schickte nach seinen Anwälten. Sie waren ebenfalls der Ansicht, dass Mr Barker die Sklaven kaufen müsse und dass der Tabak, vor allem die gewinnträchtige Sorte Orinoco, die nach Mr Barkers Angaben dort gut gedieh, die Schulden bald tilgen würde. Die Anwälte verstanden sehr wohl, in welcher Lage sich Lord Grafton befand. Wie viele alte Familien besaß er viel Land, hatte aber wenig bares Geld zur Verfügung. Die Graftons hatten zwar ein ansehnliches Vermögen, doch das meiste davon steckte in ihren Ländereien, und der Lebensstil, den die Familie gewohnt war und den er aufrechterhalten hatte, seit er den Titel geerbt hatte, wurde immer mehr durch Kredite finanziert. Nun galt die Familie Grafton zweifelsohne als kreditwürdig, doch die Anwälte erklärten so taktvoll wie möglich, dass es von Vorteil sei, wenn Lord Grafton zusätzlich zum Vermögen der Familie auch leicht verfügbares Geld hätte. Lord Grafton müsse sich aber keine Sorgen machen, beteuerten sie. Es sei üblich, Besitztümer in England als Sicherheit zu verwenden, um irgendein Unterfangen in den Kolonien in Amerika zu finanzieren.

Lord Grafton schüttelte seufzend den Kopf. »Ich verstehe das alles nicht.« Die Bedingungen, zu denen er das Geld lieh, und die Zinsen, die er dafür zahlen musste, kamen ihm atemberaubend vor. Die Anwälte erklärten ihm jedoch, das sei immer so, wenn eine große Summe sofort gebraucht würde. Die Schulden würden in ein bis anderthalb Jahren getilgt sein, und er brauche sich keine Gedanken darüber zu machen.

Schließlich gab Lord Grafton nach, die notwendigen Verträge wurden aufgesetzt und ihm zur Unterschrift vorgelegt. Dann überschrieb er die Plantage auf Sophias Namen und legte fest, dass ihr das Einkommen daraus vom Zeitpunkt ihrer Eheschließung oder von ihrem einundzwanzigsten Geburtstag an zur Verfügung stehen sollte, was immer als Erstes kam. Die Anwälte beglückwünschten ihn, dass er Sophias Mitgift erhöht habe.

Nachdem diese Angelegenheit erledigt war, wandte Lord Grafton seine Aufmerksamkeit wieder Sophia zu, über deren Heiratsaussichten die feine Gesellschaft in London oft und gern spekulierte. Schon bald hatte sich eine Gruppe geeigneter Verehrer um sie geschart, die ihr ewige Treue schworen, Gedichte schickten, Komplimente machten und sich darum rissen, mit ihr tanzen zu dürfen. Unter ihnen waren durchaus einige Bewerber um ihre Hand, doch keiner entsprach Lord Graftons Vorstellung von Sophias Ehemann. Wenn er ihr seine Kandidaten wärmstens empfahl, winkte Sophia ab. »Zu alt« oder »zu langweilig« lautete ihr Urteil. Das bedeutete normalerweise: »Sie tanzen nicht.«

Sophia war immer klar gewesen, welche Bedingungen an ihre Heirat geknüpft waren, und es wäre ihr nie in den Sinn gekommen, die Pläne ihres Vaters infrage zu stellen. Sie war mit dem Wissen aufgewachsen, dass ihre gesellschaftliche Stellung mit einer gewissen Verantwortung verbunden war. Andererseits war das Leben einer wohlhabenden jungen Dame in London sehr angenehm. Sie musste sich um nichts Gedanken machen, außer um die

Wahl ihrer Kleider und ihrer Tanzpartner. Ihre einzige Verpflichtung bestand darin, nett zu den Freunden ihres Vaters zu sein. Wer dachte schon gern an Pflichten, wenn Bälle und Abendgesellschaften, Lustgärten und Theater die Tage ausfüllten? Sophia hatte es überhaupt nicht eilig, vor den Altar zu treten und ihren äußerst vergnüglichen Lebenswandel aufzugeben.

Für Sophia waren ihre geckenhaften Verehrer nichts weiter als eitle Pfaue. Insgeheim stimmte sie mit ihrem Vater überein, dass keiner von ihnen als Ehemann in Betracht kam. Doch sie genoss es, als Schönheit umschwärmt zu werden, außerdem waren sie amüsant. Die meisten tanzten gut, was man von den Kandidaten nicht sagen konnte, die ihr Vater ihr ans Herz legte. Sie konnte nicht verstehen, warum ein kluger, gewandter und angesehener Mann wie ihr Vater ihr solch behäbige, farblose Männer anpries. Die Diners, die er veranstaltete, um ihr seine Favoriten vorzustellen, waren eine Qual, weil sie nicht wusste, worüber sie sich mit diesen Langweilern unterhalten sollte.

Und dann war sie plötzlich drauf und dran, ihr Herz an einen schneidigen dunkelhaarigen, blauäugigen irischen Edelmann zu verlieren. Er war weder ein eitler Pfau noch ein Langweiler, sondern er sah ausgesprochen gut aus und umgarnte jeden, dem er begegnete. Sobald er einen Raum betrat, hatten alle nur noch Augen für ihn. Jede Gesellschaft wurde auf der Stelle lebhafter, wenn er sich dazugesellte. Jüngeren Männern gegenüber war er herzlich und offen, den älteren erwies er den nötigen Respekt. Sein gewinnendes Äußeres und die Art, wie er den Frauen in die Augen sah und zu sagen schien: »Ah, welch eine Schönheit! Ich bin entzückt! Wir verstehen einander vollkommen«, ließ die Herzen der jungen wie der alten Damen höherschlagen. Er tanzte gern und wählte Sophia so oft als seine Partnerin, dass die Leute zu reden begannen. Ihre Schönheit und sein galantes Auftreten ergänzten einander, meinten sie. Er wusste immer etwas Unerwartetes und Neues zu sagen, das sie zum Lachen brachte, und seine Komplimente waren so bedeutungsschwanger, dass sie errötete. Und eines Abends zog er sie in einer Tanzpause in einen Wintergarten, in dem die Orangenbäume blühten, schloss sie in die Arme und küsste sie sehr langsam und eindringlich. Sophia war überwältigt von dem berauschenden Duft der Orangenblüten und dem leisen Schauder, den sein Schnurrbart hinterließ, als er ihre Lippen, den Hals und eine Stelle genau hinter ihrem Ohr streifte. Es war der köstlichste, aufregendste Augenblick ihres Lebens, und sie wünschte sich nichts sehnlicher, als dass er sie immer weiter so küsste, doch dann störte sie ein Paar, das gekommen war, um ein paar Blütenzweige für das Blumensträußchen des Mädchens zu pflücken. Widerstrebend ging Sophia in den Ballsaal zurück.

Später kehrten ihre Gedanken wie von selbst immer wieder zu diesem Moment im Wintergarten zurück. Fast konnte sie seinen Kuss aufs Neue spüren, und sie sehnte sich nach mehr. Dass da noch mehr war, wusste sie, doch bisher hatte sie das Ehebett lediglich mit künftigen, in ferner Zukunft liegenden Pflichten in Verbindung gebracht. Plötzlich jedoch erschien es ihr unendlich verlockend, und sie träumte davon, auf dem Land zurückgezogen mit dem feschen Iren als Ehemann zu leben.

Lord Grafton sah sich aus seiner selbstzufriedenen Gewissheit aufgeschreckt, dass Sophia sich niemals vergessen und eine Vorliebe für einen jungen Mann entwickeln würde, bevor er die Verbindung gutgeheißen hatte. Nun fand Sophia immer neue Gründe, den irischen Edelmann zu rühmen, zu beschreiben, warum er allen anderen Männern überlegen war, und Lord Grafton zu der Behauptung zu drängen, dass es niemanden gab, der ihm ebenbürtig war. Sie errötete, wenn sie von ihm sprach, und sie sprach von nichts anderem. Lord Grafton, der es bisher für unter seiner Würde gefunden hatte, dem Mann mehr als die übliche flüchtige Höflichkeit entgegenzubringen, wie man sie eben jemandem entgegenbrachte, der oft mit seiner Tochter tanzte, stellte Nachforschungen an und war entsetzt.

Einem irischen Adelstitel haftete ohnehin schon etwas Anrüchiges an, doch Lord Grafton fand heraus, dass es in diesem Fall gar keinen Adelstitel gab. Der junge Mann war ein Hochstapler und ein Schurke. Er leistete sich ein paar Rennpferde und eine teure Schauspielerin, obwohl niemand sagen konnte, wie er das Geld dafür aufbrachte, da sein Vermögen ebenso erlogen war wie sein Titel. Er war ständiger Gast beim Glücksspiel, verlor oft beim Kartenspiel und stand bei zahllosen Kaufleuten in der Kreide. Man munkelte, dass er an mehreren Bordellen in Shepherd Market beteiligt sei und eine Irin zur Frau habe.

Lord Grafton beunruhigte es, dass Sophia ihr Herz an einen solchen Tunichtgut gehängt hatte, ohne dass ihm etwas aufgefallen war, und er teilte ihr in deutlichen Worten mit, warum sie keinen Gedanken mehr an diesen Mann verschwenden durfte. Auch wenn der junge Mann wie der schneidige Held erschienen sein mochte, von dem Romanschreiber so gern schwadronierten, war er nichts weiter als ein Glücksritter und Schurke. Er würde ihr Vermögen verschleudern und sie ohne einen Penny zurücklassen, wahrscheinlich mit vielen Kindern und einer unheilbaren Krankheit. Er legte ihr alles dar, was er über ihn herausgefunden hatte, und sie sollte nun selbst urteilen, ob sie nicht mit knapper Not davongekommen sei.

Sophia vergoss ein paar Tränen, trocknete sich dann die Augen und erinnerte ihren Vater daran, dass sie keine Romane las. Aber sie widersprach ihm nicht. Er hatte an ihre Vernunft und ihr Urteilsvermögen appelliert, und beides sagte ihr, dass er recht hatte. Sie empfand keinen Groll und keinen Trotz, wohl aber eine leise Trauer. Der irische Edelmann oder was er sonst sein mochte, würde auf der Stelle aus ihren Gedanken verbannt, versicherte sie ihm. Lord Grafton klopfte ihr auf die Schulter und war froh, dass sie so vernünftig war.

Und doch waren die berauschenden Augenblicke im Wintergarten, die Küsse und die Gefühle, die sie weckten, unauslöschlich in ihr Gedächtnis eingebrannt. Sie begann, diejenigen Bewerber um ihre Hand, die ihr Vater genehmigt hatte, in einem neuen Licht zu sehen, und sie stellte sich vor, wie es wohl sein mochte, sie zu küssen. Wahrscheinlich wäre es nicht so aufregend wie bei dem irischen Edelmann. Um allerdings ganz sicher zu sein, testete sie die aussichtsreichsten Kandidaten, indem sie sie küsste. Keines ihrer Experimente brachte jedoch dieselben interessanten Empfindungen hervor, und einige der Männer waren schockiert. Es war enttäuschend, und sie gab den Versuch bald auf. Nicht auszudenken, dass sie womöglich einen Mann heiraten würde, den sie nicht küssen wollte oder der sie nicht küssen wollte. Zur Überraschung aller, die daran Anteil nahmen, ging ihre erste Saison ohne Verlobung zu Ende.

Lady Burnham war darüber noch entsetzter als Lord Grafton. Sie missbilligte Sophias Vorliebe für Zerstreuungen, Tanzvergnügen und hübsche Kleider und fand, dass sie alles Spirituelle viel zu wenig beachtete. Insgeheim hatte sie ihre eigenen entschiedenen Ansichten über die Einführung junger Mädchen in die Gesellschaft.

Für sie war es nichts anderes, als einer Bullenherde eine prachtvolle junge Kuh vorzuführen. In Sophias Fall hatte die junge Kuh zudem eine goldene Glocke in Form einer großzügig bemessenen Mitgift um den Hals. Wenn das alles jedoch dazu diente, ihre Patentochter zu verheiraten und von London und all seinen Verlockungen wegzubringen, so musste es eben sein. Sophia sollte ihre Aufmerksamkeit auf ihr Heim, ihren Mann und ihre Familie richten, wie es sich für eine Frau gehörte. Ganz zu schweigen von der Tatsache, dass Sophia nach ihrer Hochzeit in Sussex leben würde und das Dorf und die Gemeinde sie von der anglikanischen Kirche mit ihren katholischen Neigungen weg in die Arme der Evangelisten treiben konnte. Lady Burnham hatte schon ein Buch mit evangelikalen Predigten ins Auge gefasst, das sie Sophia zu diesem Zweck anlässlich ihrer Hochzeit überreichen wollte.

Sie wurde nicht müde, Lord Grafton daran zu erinnern, dass man Verlobungen früher ganz anders gehandhabt hatte. Als Lady Burnham Kind war, nahmen es die Eltern in die Hand, passende junge Menschen einander vorzustellen. Das geschah ohne großes Aufhebens zu Hause. Die Ehen wurden gewissermaßen hinter den Kulissen unter Ausschluss der Öffentlichkeit arrangiert.

Die Art, wie sich Sophia selbst Gedanken über Männer machte, hätte man damals für ungehörig gehalten. Lady Burnham merkte mehr als einmal an, dass Lord Grafton sie darin nicht noch bestärken sollte, doch Lord Grafton lachte nur, als er das hörte. Nachdem er sich mit ihrer Erziehung solche Mühe gegeben hatte, wäre er enttäuscht gewesen, wenn sich Sophia nicht ihre eigene Meinung gebildet hätte, sei es über Männer oder alles andere. Lady Burnham war verärgert. Was war mit der Schwärmerei für den irischen Edelmann? Was war, wenn sich Sophia in den

Kopf setzte, sich in einen anderen unpassenden Mann zu verlieben? Würde ihr Vater sie dann auch noch in ihren Ansichten bestärken? Sie konnte sehr hartnäckig sein. Doch Lord Grafton fegte Lady Burnhams Bedenken beiseite. Er hatte die Liste seiner Favoriten um einige Namen erweitert.

Sophia lehnte sie jedoch alle rundweg ab. Als sich ihre zweite Saison dem Ende zuneigte, erinnerte Lady Burnham sie daran, dass sie eine ernste Aufgabe zu erfüllen hatte. Immer wieder gab sie Sophia mehr oder weniger deutliche Hinweise auf ihre Pflicht, mit kleinen Graftons für den Fortbestand der Familie zu sorgen. »Die Pflicht steht immer an erster Stelle«, wiederholte sie ständig.

Für Sophia lag die Pflicht jedoch in weiter Ferne. Lord Grafton und Lady Burnham glaubten, dass sie sie mit ihrer Auswahl an langweiligen Verehrern und dem Gerede von Pflichten auf den vorherbestimmten Lebensweg geleiteten. In Wahrheit jedoch nahmen sie ihr alle Lust, überhaupt zu heiraten. Je mehr sie darüber nachdachte, desto unerfreulicher erschien ihr die Aussicht, in der Abgeschiedenheit von Sussex zu hocken und mit einem Mann in mittleren Jahren, den sie kaum kannte, Kinder in die Welt zu setzen. Sie war nicht gern auf dem Land, das sie als äußerst schlammig in Erinnerung hatte. Außer Kuhfladen gab es dort nur Regen und wild wuchernde Hecken. Sie war sich bewusst, dass Lady Burnham hoffte, sie würde die Dörfler zum Evangelikalismus bekehren. Sie hatte aber nicht die geringste Absicht, sich in die Angelegenheiten des Dorfpfarrers einzumischen oder irgendjemanden in die Arme der Evangelikalen zu treiben.

Trotz der Bemühungen einiger Familien, den Graftons ihren dritt- oder viertgeborenen Sohn schmackhaft zu machen, ging auch Sophias zweite Saison ohne Verlobung zu Ende.

Als sie sich mithilfe einer neuen Schneiderin auf ihre dritte Saison vorbereitete, verlor Lady Burnham die Geduld. Sie warnte sie, dass eine heiratsfähige junge Frau mit jeder Saison mehr an Glanz verlor. »Du wirst viel zu sehr verwöhnt. Schließlich kannst du dich nicht bis in alle Ewigkeit von einer Vergnügung zur anderen treiben lassen und zwischendurch zur Anprobe zur Schneiderin gehen. Du solltest die Wünsche deines Vaters respektieren, der dich verheiratet sehen will, bevor er das Zeitliche segnet. Im vergangenen Jahr hast du drei vollkommen akzeptable Männer abgewiesen, die deinem Vater zugesagt haben. Mir erschienen sie übrigens auch durchaus passend, und ich weiß, wovon ich rede. Es gab nicht das Geringste an ihnen auszusetzen, jeder von ihnen wäre ein guter Ehemann gewesen. Wenn dein Vater einem Mann erlaubt, um deine Hand anzuhalten, solltest du …«

»Ich weiß, aber, ach, liebe Lady Burnham! Papa ist so wählerisch, dass vor seinen Augen nur die Männer Gnade finden, die keine andere Frau haben will, und das mit gutem Grund. Einer der drei, die Sie meinen, war so aufgeblasen, dass ich ihm keine fünf Minuten zuhören konnte, ohne lachen zu müssen. Und keine Frau will den Rest ihres Lebens in permanenter Heiterkeit verbringen. Einer war alt, mindestens achtunddreißig. Er hat sich am liebsten darüber ausgelassen, wie sorgfältig er auf seine Gesundheit achtet. Er hätte ebenso gut neunzig sein können. Und der Letzte war fett, auch wenn er der Sohn eines Earls war. Ich könnte mir keinen von ihnen als Gefährten vorstellen, geschweige denn als Bettgenossen!«

»*Bettgenosse!*« Lady Burnham starrte sie entgeistert an.

»Von mir aus als Ehemann, aber verheiratete Leute ... Man kann die Überlegung, dass sie auch Bettgenossen sind, nicht einfach ignorieren. Und sagen Sie jetzt bitte nicht, dass es unanständig ist, was ich da sage, Lady Burnham. Ich weiß, dass Sie mich verstehen. Sie brauchen nicht so zu tun, als wüssten Sie nicht, wovon ich rede. Ich würde nie jemanden heiraten, den Papa nicht gutheißt. Aber ich allein kann entscheiden, wessen Heiratsantrag ich annehme. Schließlich werde ich mit ihm auf dem Land festsitzen, also muss ich ihn schon sehr mögen und werde abwarten, bis so ein Mann auftaucht.«

Sophia versuchte, nicht an den irischen Edelmann zu denken. Sie gab ihrer Taufpatin einen Kuss und ging davon, um sich ein paar Fächer anzusehen. In dem Kurzwarenladen, in dem sie am liebsten einkaufte, war gerade eine neue Lieferung eingetroffen. Lady Burnham sah ihr kopfschüttelnd nach und fragte sich, wie alles so weit hatte kommen können. Die Liebe oder Zuneigung oder wie auch immer man es nennen wollte, mochte sich ebenso gut nach der Eheschließung einstellen. So war es bei Lord Grafton und Catherine gewesen und auch bei Lady Burnham und ihrem Mann. In Lady Burnhams Jugend gehorchten Mädchen ihren Eltern, heirateten den Mann, der ihnen anempfohlen wurde. Und normalerweise renkte sich alles ein, sobald das erste Kind da war. Wenn das nicht der Fall war, so meinte Lady Burnham, war es tröstlich zu wissen, dass man seine Pflicht getan hatte.

Allerdings würde Sophia nie so fügsam sein, überlegte Lady Burnham betrübt. Als sie über ihre Ansichten zu *Bettgenossen* nachdachte, kam ihr jedoch eine Idee, wie man den Stein ins Rollen bringen konnte. Ihrer Erfahrung nach strotzten die jungen Männer auf dem Lande vor Gesundheit – vermutlich hatte es damit zu tun, dass sie ständig auf die Jagd gingen und viel an der frischen Luft waren. Meist hatten sie erstaunlich gute Zähne und rochen häufig nach Pferd, wenn ihre Erinnerung sie nicht trog. Natürlich musste sie vorsichtig sein, wie sie Lord Grafton ihren Plan unterbreitete, doch vielleicht war das die Art von Mann, die Sophia eher zusagte. Die Männer in London konnten solche eitlen Gockel sein, schminkten, parfümierten und puderten sich wie die Frauen.

Sie lud Lord Grafton zum Tee ein. Als er nun mit der Teetasse in der Hand und dem Kuchen vor sich dasaß, lenkte sie das Gespräch auf Sophia. Sie erklärte, sie habe den Eindruck, dass Lord Graftons Bedingungen ein gewisses Problem darstellten und die Bewunderer von Sophia mit jeder Saison dünner gesät waren.

»Mir scheint, als gäbe es hier in London keinen Mann, den Sie für standesgemäß halten und der Sophia zusagt. Wäre es nicht sinnvoll, einen Ortswechsel vorzunehmen, bevor ein weiterer Ire auf den Plan tritt? Wäre es nicht klug, wenn sie London für eine Weile verließe?«

»Um ins Ausland zu gehen?«, fragte Lord Grafton bestürzt. Dass Sophia einen Ausländer heiratete, war undenkbar.

»Ganz gewiss nicht ins Ausland! Ich spreche von Sussex. Bis jetzt war sie immer nur für kurze Zeit dort. Im Moment betrachtet sie das Anwesen als eine Art unfreiwilliges Exil. Vielleicht wäre es gar nicht schlecht, wenn sie es besser kennenlernt, sich mit den Gepflogenheiten dort vertraut macht, mit den Nachbarn, den Pächtern, ihre Stellung und ihren Einfluss besser einzuschätzen weiß und sieht, wie viel Gutes sie dort tun kann. Es ist ein ansehnliches Anwesen, und sie ist seit vier Jahren nicht mehr dort gewesen. Und da sie nun alt genug ist, Besuche abzustatten und sich in der Gesellschaft dort zu bewegen, findet sich vielleicht ein junger Mann in einer der ansässigen Familien, der ... äh, ihr besser gefällt als die Männer in London. Dann sähe sie Sussex in einem anderen Licht. Und wenn es so wäre, würde er sicherlich einen anständigen Ehemann abgeben. Zumindest hätte er auf dem Land weniger Gelegenheit als in London gehabt, sich schlechte Angewohnheiten zuzulegen. Solange er ein Gentleman ist und sie ihn mag, sind gesellschaftliche Stellung und Vermögen zweitrangig. Schließlich wird ihr Sohn ein Grafton sein und den Titel erben. Und ich glaube zu wissen, dass einige Ihrer Nachbarn in Sussex Söhne im passenden Alter haben.«

Lord Grafton stellte seine Teetasse ab und überlegte. Die Aussicht, einen ausgedehnten Urlaub auf dem Land zu verbringen, begeisterte ihn wenig. Von selbst wäre er sicherlich nie auf die Idee gekommen.

Doch je mehr er darüber nachdachte, desto mehr gelangte er zu der Überzeugung, dass die Art von Mann, die Sophia auf dem Land kennenlernen würde, genau das war, wonach er suchte. Ein Mann aus solidem Landadel, der Sussex lieber mochte als London. Einer, der seine Familie, seine Hunde und seine Pferde liebte und der kein schlimmeres Laster hatte, als auf die Jagd zu gehen, wann immer sich die Gelegenheit bot. Ein Mann, der zahlreiche Nachkommen zeugen konnte und seiner Frau, seinen Kindern und dem Land in Zuneigung verbunden war. Solide und bodenständig. Genau so, wie das künftige Oberhaupt der Familie Grafton sein sollte. Und ja, da gab es einige unverheiratete junge Männer in den Familien des Landadels, mit denen er verkehrte.

Lord Grafton versprach, einen Besuch auf seinem Landsitz in Betracht zu ziehen, sobald sich die Gelegenheit dazu bot. Lady Burnham war zufrieden. »Ich bin froh, dass wir in einer solch wichtigen Angelegenheit einer Meinung sind. Sie haben mich immer angehört, wenn ich Ihnen offen und ehrlich gesagt habe, wie es um Sophia steht. Aber ich habe Catherine geliebt und ich liebe Sophia. Und es liegt mir sehr am Herzen, sie gut verheiratet zu wissen. Ihr wird es guttun, in einer Umgebung zu leben, in der sie als Christin mit gutem Beispiel vorangehen und sich Gedanken machen muss, wie sie Gutes tun kann, statt sich mit Vergnügungen und schönen Kleidern die Zeit zu vertreiben. Und wenn Sie mich nun bitte entschuldigen würden, ich muss mich ausruhen. Das Reden strengt doch sehr an, stelle ich fest. Und ich ermüde neuerdings so schnell.«

Eine Woche später saßen Lord Grafton und Sophia mit einigen Heiratskandidaten beim Diner. Sophia lächelte höflich, betete jedoch insgeheim, dass der Abend bald vorüber sein möge. In dem Moment wurde eine Nachricht von Lady Burnhams Zofe hereingebracht. Lady Burnham hatte das Bewusstsein verloren, und obwohl sie aus der Ohnmacht wiedererwacht war, konnte sie das rechte Bein und den rechten Arm nicht mehr bewegen. Die Diener hatten nach dem Arzt geschickt, doch die Zofe bangte um das Leben ihrer Herrin und bat sie, sofort zu kommen. Lord Grafton und Sophia entschuldigten sich bei ihren Gästen und fuhren so schnell wie möglich zu Lady Burnhams Wohnung im St.-James-Palast. Dort fanden sie die ehedem so respektgebietende alte Dame auf ihrem Lieblingssofa liegend. Sie war mit einem Schultertuch zugedeckt und sah klein, zerbrechlich und blass aus. Ihr Mund war verzerrt, und bei diesem Anblick brach die Zofe in Tränen aus. Lady Burnham machte eine schwache Bewegung mit der linken Hand und murmelte etwas Unverständliches.

»Meine Herrin meint ihr Gebetbuch auf dem Tisch. Sie konnte sich nicht davon trennen, seit Lady Catherine,

Ihre Mutter, gestorben war. Gestern erst hat sie mich noch einmal daran erinnert, dass Sie es nach ihrem Tod haben sollen, Miss«, sagte die Zofe schluchzend. Sophia nahm es entgegen, und Lady Burnham schaffte es, leicht mit dem Kopf zu nicken. Als Sophia es aufschlug, sah sie den Namen Catherine Vassey auf der ersten Seite. Darunter hatte Lady Burnham ein paar an Sophia gerichtete Worte geschrieben. Pflichterfüllung und Rechtschaffenheit seien der sicherste Weg zum Seelenfrieden, stand da. »Die Pflicht steht immer an erster Stelle«, hatte sie noch daruntergesetzt.

Als Sophia aufblickte, waren Lady Burnhams Augen geschlossen. »Liebe Lady Burnham, Sie waren wie eine Mutter zu mir!« Sophia küsste sie und brach in Tränen aus. Sie war voller Reue, weil sie so oft frech zu Lady Burnham gewesen war und sich über ihre Einmischung geärgert hatte. Der Arzt kam, doch er konnte nichts mehr tun. Es dauerte keine Stunde und Lady Burnham war tot.

Lady Burnham hatte verfügt, dass ihr Vermögen zum Teil an die Evangelikalen gehen sollte, »für die Verbreitung des Wortes Gottes und die Fürsorge für die Armen«, und zum Teil an die Gesellschaft zur Abschaffung des afrikanischen Sklavenhandels in Amerika. Außerdem vermachte sie ihrer Zofe eine geringe Summe und hinterließ Sophia eine noch geringere, zusätzlich zu dem Gebetbuch, das Catherine gehört hatte.

Sophia war selbst überrascht, wie schmerzlich sie ihre Taufpatin vermisste. Lord Grafton war durch den Tod der alten Freundin der Familie am Boden zerstört. Nach ihrer Beerdigung stand er im kalten Nieselregen am Grab, bis die Dämmerung hereinbrach, grübelte über die Flüchtigkeit des Lebens und dachte an Catherine. Nass bis auf die Haut und vollkommen durchgefroren nahm er Abschied von der

Frau, die ihn mit Catherine bekannt gemacht und sich so rührend um seine Tochter gekümmert hatte.

Es war spät, als er in seinen nassen Sachen schließlich nach Hause kam. Am nächsten Morgen hatte er Fieber und Halsschmerzen. Eine schwere Erkältung fesselte ihn über Wochen ans Bett, von der er sich nur langsam erholte. Ein heftiger Husten hielt sich hartnäckig und auch als es ihm allmählich besser ging, verspürte er eine Lethargie, die er nicht abzuschütteln vermochte. Er litt immer wieder an Gicht- und Fieberschüben und konnte sich oft tagelang nicht aufraffen, aus seinem Krankenstuhl in der Bibliothek aufzustehen.

Er war zu schwach, um Sophia bei ihren gesellschaftlichen Verpflichtungen in London zu begleiten, außerdem ermüdete er schnell. Daher stellte er Mrs Grey ein, die Witwe eines Offiziers, die Sophia als Begleiterin und Anstandsdame zur Seite stehen sollte. Wenn Sophia sich Sorgen machte, winkte er ab und meinte, er gehe schließlich auf die siebzig zu. In seinem Alter dauere es eben etwas länger, bis man sich von einer schweren Erkältung erhole. Seine Tochter bestand jedoch darauf, einen angesehenen Arzt zu rufen. Der schüttelte nach der Untersuchung den Kopf, diagnostizierte eine allgemeine Schwäche und verordnete Luftveränderung.

Der Rat des Arztes bewog Lord Grafton, Lady Burnhams Vorschlag auf der Stelle umzusetzen und aufs Land zu fahren. Er sagte Sophia, dass sie das Haus in London vorübergehend schließen und den Frühling und Sommer in Sussex verbringen würden. Es tat ihm leid, dass er sie auf diese Weise von ihren Vergnügungen losriss. Sophia jedoch beteuerte, dass sie alles tun müssten, damit er wieder gesund wurde. Lord Grafton war gerührt von ihrer Fürsorge und versicherte ihr, dass alle ihre Freunde und Bekannten in der Umgebung sie besuchen und Einladungen aussprechen würden. Mrs Grey würde mitkommen, damit Sophia nicht in Ermangelung einer Begleiterin zu Hause bleiben musste.

Er schrieb den Familien in seinem Bekanntenkreis, erkundigte sich höflich nach der werten Gesundheit und fand so auf Umwegen heraus, wer unverheiratete Söhne hatte. Er würde die alten Verbindungen wiederaufleben lassen und die Nachbarn zum Diner einladen. Es würde Gelegenheit geben, ein wenig zu jagen, bevor die Saison zu Ende ging. Vielleicht würde auch Sophia Gefallen daran finden. Er würde alles in seiner Macht Stehende tun, um Sophia in Sussex mit so vielen Männern wie möglich bekannt zu machen. Schließlich konnte sie niemanden heiraten, ohne ihn vorher kennengelernt zu haben.

Truhen und Kisten wurden gepackt. Unter Mrs Betts Aufsicht wurden die Möbel und Bilder mit Tüchern verhängt, und die Diener bekamen ein Kostgeld, bis Lord Grafton im Herbst zurückkehrte. Dann reiste Mrs Brett voraus nach Sussex, um das Herrenhaus für die Ankunft der Graftons herzurichten. Sophia und Mrs Grey besuchten eine letzte Abendgesellschaft, auf der Sophias monatelange Abwesenheit aus London von ihren zahlreichen Verehrern gebührend bejammert wurde. Am nächsten Tag machten sie sich auf den Weg nach Sussex.

Kapitel 5

Das Leben auf dem Lande

Sussex, 1753

Bisher hatte Lord Grafton seinen kurzen Besuchen in Sussex wenig abgewinnen können und war gewiss nie versucht gewesen, sie zu verlängern. Zwar erfüllte er gewissenhaft seine Pflichten als Grundbesitzer und achtete darauf, dass sein Verwalter sich um das Wohl der Pächter kümmerte und dafür sorgte, dass das Anwesen gut geführt wurde. Doch die in der Umgebung ansässigen Familien, die zu seinem Bekanntenkreis zählten, waren langweilig im Vergleich zu seinen weltgewandten Freunden in London. Als er daher diesmal die Reise nach Sussex antrat, hatte er sich zähneknirschend mit einem langen Aufenthalt abgefunden, den er jedoch für notwendig hielt. Er wäre sogar in den afrikanischen Urwald gefahren, hätte er dadurch Sophia zu einem angemessenen Ehemann verhelfen können.

Als er sich nun aber auf dem Stammsitz der Familie eingerichtet hatte, empfand er es als beruhigend, dort zu sein.

Vielleicht war er doch müder, als er angenommen hatte, und brauchte die Umtriebigkeit und den Wirbel seiner frühen Jahre nicht mehr. Er begann, sein Alter zu spüren, und es bereitete ihm eine unerwartete Freude, die Dinge in ihrer Beständigkeit zu sehen: die Kapelle aus dem 14. Jahrhundert, die Holzvertäfelung aus der Tudorzeit in der Bibliothek mit ihren jahrhundertealten Büchern, die breite, reich mit Schnitzereien geschmückte Treppe, die alten Familienporträts, die Räume, in denen der Geruch von Generationen von Kaminfeuern hing, die auf Hochglanz polierten Möbel und ihr Duft nach Bienenwachs. Der Duft mischte sich mit dem Aroma der Orangen, Gewürze und Lavendelblüten, die in kleinen Schälchen überall verteilt standen, um Krankheiten zu vertreiben.

Mitte März wurde das Wetter ungewöhnlich mild. Die Primeln sprossen. Die Bleiglasfenster, die auf die Gärten und den Wildpark dahinter hinausgingen, wurden weit aufgerissen. Die Frühlingssonne strömte herein. Überall im Haus standen blühende Kirschzweige in großen Vasen. Mrs Betts schickte den Gärtner nach Spargel, Erdbeeren und Rhabarber aus dem Gewächshaus und freute sich, dass sie vom Geflügelhof des Anwesens so viele Enten und Hühnchen bekamen, wie sie nur wollten.

Frische Luft, nahrhaftes Essen, Ruhe und Frieden verwischten bald die Spuren, die das Gedränge, der Schmutz und der Lärm von London bei Lord Grafton hinterlassen hatten. Nach einigen Wochen stellte Sophia erfreut fest, dass ihr Vater sich gut erholte. Er war nicht mehr so blass, und der schreckliche Husten, der ihn seit Lady Burnhams Tod geplagt hatte, war fast verschwunden.

Im Frühlingssonnenschein zeigte sich Sussex von seiner besten Seite. Die Obstbäume und Hecken blühten, die Felder waren frisch bestellt. An den Abhängen der Downs, die sich sanft in der Ferne erhoben, waren Schafe und neugeborene Lämmer zu sehen. Lord Grafton nahm Sophia mit auf einen Ritt über die Downs, zeigte ihr die Umrisse des Long Man, den in die Hügellandschaft eingebetteten Gutshof und die weit entfernt liegenden Grenzen des Grafton-Besitzes. Er erinnerte sich an die Freuden seiner Jugend, die Ausritte und Bälle und die Fasanenjagd. Sein Wildhüter war begeistert, als Lord Grafton ihn anwies, die Büchsen für die Jagd in der nächsten Saison fertig geölt bereitzuhalten.

Kaum eine Woche nach ihrer Ankunft auf Grafton Manor begannen die alten Bekannten von den umliegenden Gütern, Lord Grafton und Sophia ihre Aufwartung zu machen. Der Lord fühlte sich kräftig genug, deren Einladungen zum Diner anzunehmen und zu erwidern. Die Nachbarn veranstalteten ihnen zu Ehren Abendgesellschaften, und in einer nahe gelegenen Schenke wurde ein Ball organisiert, wo Sophia tanzte und die jungen Männer des Landadels umgarnte. Wie ihr Vater vorhergesehen hatte, reihte sich schon bald eine Vergnügung an die andere – sie tanzte, ging auf die Jagd und nahm an Picknicks, Essen und privaten Theateraufführungen teil, mit denen sich die Jugend auf dem Lande amüsierte.

Sophia fand ihre Ferien auf dem Lande angenehmer, als sie gedacht hatte. Das Wetter war oft so gut, dass ihr der Schlamm keine Probleme bereitete. Sie hatte sich ein paar hübsche Kleider machen lassen, ganz schlichte Modelle, bestens geeignet für den Vormittag in ländlicher Umgebung, wie ihre Schneiderin in London ihr versichert hatte. Dazu besaß sie einige Hüte mit breiter Krempe und bunten Bändern, die sie bei Spaziergängen trug.

Außerdem entdeckte Sophia einen neuen Herrschaftsbereich für sich. Wenn sie nicht draußen unterwegs war, amüsierte sie sich damit, in der Küche raffinierte französische oder italienische Gerichte zu bestellen, von denen sie meinte, dass ihr Vater sie mögen würde, oder sie gab Anweisungen, welche Früchte aus dem Gewächshaus zum Essen serviert werden sollten. Ihre neueste Leidenschaft waren Blumen, und so ließ sie den Gärtner einige rosa blühende Rosenbüsche setzen. Sie bestimmte den Blumenschmuck fürs Haus und arrangierte ihn eigenhändig in den Vasen. Mit ihren neuen Freundinnen, den Misses Hawkhurst, ging sie auch hinaus, um Wildblumen zu malen, und ließ sich dazu Aquarellfarben, Pinsel und ganze Stapel teures Malpapier aus London kommen. Sie schaute bei ihren neuen Bekannten in der Nachbarschaft vorbei, benahm sich mustergültig und wurde allseits lobend erwähnt. Die Post brachte die neuesten Modezeitschriften. Und an den seltenen Regentagen vergnügte sie sich damit, die Kleider auszusuchen, die sie bestellen wollte, sobald sie im Herbst wieder in London waren.

Mrs Betts erwähnte immer wieder mit vielsagendem Blick, dass die Dörfler darauf warteten, Miss Sophia kennenzulernen und zu sehen, ob sie eine so gütige Herrin war wie ihre Mutter. Sophia verstand den Wink mit dem Zaunpfahl und begleitete Mrs Betts, wenn die Haushälterin den üblichen Korb mit Kindersachen bei einer jungen Mutter ablieferte oder alten oder kranken Pächtern Suppe, Portwein und Eiercreme brachte. Auf Anraten ihres Vaters stattete Sophia der Schule einen offiziellen Besuch ab und hörte sich die Gedichte an, die die Schüler aufsagten. Sie gewöhnte sich an, immer ein paar Süßigkeiten für die Dorfkinder in der Tasche zu haben, die ihr bei ihren Spaziergängen oder Malexpeditionen begegneten. Sie genoss es, so bedeutsam und beliebt zu sein, und machte sich ernsthafte Gedanken, was man an der Schule verbessern konnte.

Die Dörfler waren sich einig, dass es gut war, die Familie wieder auf ihrem Herrensitz zu haben. Miss Sophia bemühte sich, einen guten Eindruck zu machen, und die Kinder mochten sie. Sie mochten sie sogar noch mehr, als Mrs Betts mit der Nachricht nach Hause kam, dass viele Kinder an hohem Fieber und Ausschlag litten, und Sophia nach dem Apotheker schickte, um sicherzugehen, dass es sich nicht um die gefürchteten Pocken handelte. Der Apotheker diagnostizierte Masern. Sophia stellte eigenhändig Apfelwasser und Rhabarbergelee her und verteilte zusammen mit Mrs Betts ihre guten Gaben an die kleinen Patienten. Die Dorfbewohner, die in Krisenzeiten auf das Wohlwollen und die Hilfsbereitschaft der Graftons angewiesen waren, begannen, eine Ähnlichkeit zwischen Sophia und Lady Catherine auszumachen, die ihnen zuvor nicht aufgefallen war.

Für Sophia war dies ein gut gemeinter und vergnüglicher Zeitvertreib, mit dem sie die Monate bis zu ihrer Rückkehr nach London ausfüllte. Lord Grafton sah darin deutliche Anzeichen, dass sie sich an ihre zukünftige Rolle gewöhnte. Sie wiederum ahnte nicht, dass er damit rechnete, im Herbst allein nach London zurückzukehren.

Gleich im ersten Monat nach ihrer Ankunft sprachen mehrere nervöse junge Männer bei Lord Grafton vor und baten um die Erlaubnis, Sophia zu umwerben. Seine Tochter, so bemerkte er, hatte Verehrer offenbar schneller angelockt als ein Rosengarten Bienen. Er hoffte, dass sie nach ihrem Geschmack waren, denn er begann zu verstehen, was Lady Burnham gemeint hatte, als sie sagte, Sophia brauche eine andere Art von Mann. Diese kräftigen, aufrechten jungen Männer hatten etwas Einnehmendes an sich. Sie liebten die Natur und das Land. Und anders als die Männer in London betrachteten sie seine Bedingungen für Sophias Heirat nicht als Hindernis. Im Gegenteil, die benachbarten Familien beglückwünschten ihn zu seinen klugen und durchdachten Überlegungen.

Und als es Juni wurde, begann er sich Hoffnungen zu machen. Sophia schien dem jungen John Hawkhurst zugetan zu sein, dem Erben des nahe gelegenen Hawkhurst Castle. John fand beinahe jeden Morgen einen Vorwand, bei Lord Grafton vorbeizuschauen. Entweder brachte er eine Nachricht von seinem Vater, seinen Onkeln oder dem Wildhüter oder er hatte süße Erdbeeren, die der Gärtner übrighatte, oder fette Tauben dabei, die er auf den Feldern geschossen hatte. Eine Viertelstunde lang besprachen die beiden Männer geschäftliche Angelegenheiten, bis Sophia scheinbar zufällig auftauchte. In ihren neuen Morgenkleidern sah sie bildhübsch aus. Jedes Mal zeigte sich Sophia überrascht, John zu sehen, dankte ihm begeistert für das, was er mitgebracht hatte, und orderte Erfrischungen. John nahm die Einladung immer an, obwohl Lord Grafton amüsiert feststellte, dass der Kümmelkuchen beinahe unberührt blieb und weder John noch Sophia von dem exzellenten Madeira probierten, den Sophia kredenzen ließ. Bildete Lord Grafton es sich nur ein oder errötete Sophia tatsächlich in Johns Gegenwart?

Welch eine erfreuliche Entwicklung! Vielleicht war es gar nicht nötig, dass Sophias Ehemann ein bestimmtes Alter und eine gewisse Würde mitbrachte. Nach und nach würde sich John beides aneignen. Tatsächlich war Lord Grafton bereit, auf viele der charakteristischen Eigenschaften zu verzichten, die er ursprünglich für Sophias Mann vorausgesetzt hatte. Viel wichtiger war es ihm, das Ganze voranzutreiben.

Im Frühjahr hatte sich sein Gesundheitszustand zwar gebessert, doch nun ging es ihm wieder schlechter. Der Husten plagte ihn wieder, was er allerdings darauf zurückführte, dass er eines Morgens nasse Füße bekommen hatte, als er über die Felder ging, um sich im Wildpark ein paar Dachsbauten anzusehen. Er atmete schwerer, wurde schneller müde, fieberte nachts bisweilen und hatte immer weniger Lust, Einladungen anzunehmen. Abendgesellschaften erschöpften ihn. Er hoffte, dass all dies nichts weiter war als ein Hinweis auf seine Sterblichkeit, womit man in seinem Alter leider rechnen musste. Er würde nicht ewig leben, irgendwann würde er seinen Platz in der Reihe der Graftons räumen. Und er hoffte, dass der ersehnte Enkelsohn so bald wie möglich Realität werden würde.

Die Mittsommernacht nahte, und er hatte guten Grund zu glauben, dass zwischen Sophia und John bis dahin alles geklärt wäre.

Am vorangegangenen Nachmittag hatte John bei Lord Grafton vorgesprochen, während Sophia mit seinen Schwestern einen Ausritt machte. Stammelnd hatte er um die Erlaubnis gebeten, am darauffolgenden Nachmittag um Sophias Hand bitten zu dürfen. Er erklärte, dass er bis zur Mittsommernacht gewartet hatte, weil es sein Geburtstag sei, also genau der richtige Anlass für ihn als Erben, um der Frau, die er liebte, einen Antrag zu machen. Und ja, er liebe Sophia, sagte er bestimmt, sehr sogar. Lord Grafton gefiel die Gewissheit, mit der er dies sagte. Die Art, wie er den Zeitpunkt und die Umgebung für seinen Heiratsantrag ausgesucht hatte, war geradezu anrührend.

Seit Generationen war es bei den Hawkhursts Sitte, die kürzeste Nacht des Jahres mit einem Ball zu feiern, zu dem die adeligen Familien aus der Nachbarschaft eingeladen wurden. Johns Plan, Sophia an diesem Abend zu bitten, seine Frau zu werden, fand Lord Grafton nicht nur passend, sondern auch romantisch und würde seine Wirkung auf Sophia sicher nicht verfehlen. Dieses Beharren auf Traditionen machte eine Allianz zwischen den Graftons und den Hawkhursts in Lord Graftons Augen umso wünschenswerter. Die Hawkhursts repräsentierten Beständigkeit und eine Verbundenheit mit jahrhundertealten Gebräuchen – und außerdem mochte er John.

Nach Londoner Maßstäben mochte das Schloss ziemlich schäbig aussehen – die Tudor-Rosenornamente waren abgewetzt, der Garten ein wenig überwuchert, die Wasserspiele sprudelten nicht mehr, sondern waren von Enten bevölkert. Das Schloss hatte einst als Festung gegen den Ansturm der Franzosen nach den Kreuzzügen gedient. Inzwischen war es Teil eines weitläufigen Herrenhauses, das fünfzehn Generationen von Hawkhursts immer wieder durch den einen oder anderen Flügel erweitert hatten.

Das Anwesen war nicht mit einem Titel verbunden, doch es war ein stattlicher Besitz und fast so alt wie der der Graftons, da er seit den Kreuzzügen den Hawkhursts gehörte. Durch die Eheschließung von John und Sophia würden zwei angesehene alte Familien miteinander vereint, zwei beachtliche Besitztümer würden für ihre Nachkommen zu einem gemacht. John war ein robuster und tüchtiger Bursche, genau der Richtige für eine ansehnliche Kinderschar.

Und was die Bedingungen anging, die an die Heirat mit Sophia geknüpft waren, so hatte er Lord Grafton versichert, dass er sie mit seinem Vater durchgesprochen hatte. Er war zwar der Erbe der Hawkhursts, seinem Vater aber war vor allem daran gelegen, dass John glücklich wurde. Er hatte nichts dagegen, dass er den Namen der Familie aufgab, vorausgesetzt, Johns Nachkommen würden den gesamten Besitz beider Familien erben. All das erklärte John Lord Grafton offen und ehrlich. Er wolle, dass all diese Dinge klar und für beide Familien annehmbar geregelt würden. Diese Einstellung konnte Lord Grafton nur gutheißen. Sie gefiel ihm ebenso wie die Aufrichtigkeit in Johns offenem Blick. Und natürlich gab er ihm nur allzu gern seine Einwilligung, Sophia die entscheidende Frage zu stellen.

Als der junge Mann gegangen war, beglückwünschte sich Lord Grafton zu seiner Entscheidung, Lady Burnhams Rat befolgt zu haben. Er ließ seine Gedanken wandern. Eine lange Verlobung war nicht nötig, junge Leute waren sowieso nie dafür. Die Hochzeit konnte in der Familienkapelle stattfinden, gleich im August nach der Ernte. Sie würden ein großzügiges Hochzeitsfrühstück für alle Familien von Rang veranstalten, die in der Umgebung wohnten, außerdem ein Fest für das Gesinde und ein weiteres Fest für die Dörfler. Er würde an seine Londoner Weinhändler schreiben und Champagner und Portwein liefern lassen, um auf das Wohl des Paares anzustoßen.

Natürlich würde auch die Taufe des ersten Kindes gebührend gefeiert. Großmütig beschloss er, nicht auf bestimmten Namen zu bestehen, wenn es so weit war. Mit Peregrine wäre er allerdings nicht einverstanden. Vorausgesetzt, der Junge trug den Familiennamen Grafton, so konnten Sophia und John selbst entscheiden, wie er heißen sollte. In einem Anfall von Großzügigkeit entschied er, Frederick als Vornamen vorzuschlagen, als Kompliment an die Hawkhursts, da Johns Vater und Großvater so hießen. Lord Grafton sah sich schon neben dem Pfarrer stehen, während die uralten Worte vorgelesen wurden. Wahrscheinlich würden die hübschen Schwestern Hawkhurst die Taufpatinnen sein. Lord Grafton rieb sich hocherfreut die Hände, als er sich die Szene an dem Taufbecken aus dem zwölften Jahrhundert vorstellte. Die jungen Patinnen würden den

Täufling von einer zur anderen reichen und ihn schließlich Sophia in die Arme legen, während John stolz hinter seiner Frau stand. Lord Grafton lächelte. Wahrscheinlich würde Sophia zu diesem Anlass ein elegantes neues Kleid mit der passenden Haube bestellen. Und ganz sicher würde diese Taufe die erste von vielen sein.

Am Nachmittag konsultierte er den Kalender und stellte fest, dass es eine Vollmondnacht sein würde. Als Sophia hereinkam, um sich von ihm zu verabschieden, überlegte er, dass sie sich besondere Mühe mit ihrem Kleid gegeben hatte. In ihrem rosafarbenen, mit Seidenrosen besetzten Musselinkleid, das sie sich in London hatte schneidern lassen, sah sie entzückend aus. Ihre Locken hatte sie mit hübschen Kämmen nach hinten gesteckt, sodass sie ihr auf die Schultern fielen, und an ihrem Hals schimmerte die Perlenkette ihrer Mutter. *Alles für John*, dachte Lord Grafton zufrieden, als er sich aus dem Fenster der Bibliothek lehnte und der Kutsche nachwinkte, die Sophia und Mrs Grey zu den Hawkhursts bringen sollte.

Er machte es sich in seinem Sessel bequem und ließ seine Gedanken schweifen. Er dachte an seine Jugendzeit, als er mit seinen Brüdern die Mittsommernachtsbälle im Schloss besucht hatte. Wahrscheinlich hatte sich seitdem nicht viel geändert. In den Pausen zwischen den Tänzen schlichen sich die verliebten Paare in die Gärten. Vermutlich würde John dort um Sophias Hand anhalten. Die Luft würde süß nach sonnenwarmem Lavendel und nach dem frischen Heu auf den umliegenden Feldern duften. Er vermutete, dass draußen Lampions aufgehängt waren, so wie früher. An einem warmen Abend wie diesem waren die großen Fenster geöffnet, und Musik drang ins Freie. Drinnen würde es so aussehen, wie es immer schon bei Bällen auf dem Land ausgesehen hatte: Stattliche

Herren spielten Quadrille und Whist in der Bibliothek, auf dem Mahagonitisch im Esszimmer standen kalter Schinkenbraten und Hühnchen, Obstetageren und Punch für die spätabendliche Pause bereit. In der langen Galerie, in der getanzt wurde, saßen die älteren Anstandsdamen am Rand und fächelten sich Luft zu, während die jungen Mädchen kichernd und flüsternd zusammenstanden und darauf warteten, zum Tanz aufgefordert zu werden. Die jungen Männer beäugten sie verstohlen, bevor sie losstürzten und sich eine Tanzpartnerin aussuchten. Wie zu seiner Zeit blickten auch jetzt noch die Vorfahren der Hawkhursts von den Porträts auf die jungen Leute herab, als wollten sie sagen: »Wen wird sich der Erbe aussuchen? Wer wird bald ein Teil der Familie sein?«

Lord Grafton klopfte sich insgeheim auf die Schulter: Heute Abend kannte er die Antwort auf diese Frage.

Das Leben würde weitergehen, egal, wie es um seine Gesundheit stand. Er freute sich aufs Frühstück, wenn Sophia ihn um seinen Segen für ihre Entscheidung bitten würde. Wie gewöhnlich begab er sich früh zu Bett. Nur mit Mühe konnte er sich davon abhalten, seinem Kammerdiener anzuvertrauen, dass Miss Sophia bald heiraten würde.

Drei Stunden, nachdem sie sich von ihrem Vater verabschiedet hatte, war Sophia Teil einer solchen Szene, die er in seiner Erinnerung heraufbeschworen hatte. Sie machte vor John, ihrem fünften Partner an diesem Abend, einen Knicks, während die Paare sich für die Allemande aufstellten. Alle beobachteten John und Sophia verstohlen. Dass John in Sophia verliebt war, stand außer Frage. Sophias Gefühle waren schon schwieriger einzuschätzen. Sie schien ungewöhnlich zurückhaltend zu sein, hielt den

Blick gesenkt und verbarg das Gesicht hinter ihrem Fächer, doch das schrieb man den Gefühlen des Augenblicks zu. Schließlich war es nur zu verständlich, dass ein Mädchen nervös war, wenn ein Heiratsantrag in der Luft lag. Man rechnete allgemein damit, dass die Verlobung noch vor dem Ende des Abends bekanntgegeben würde.

Tatsächlich versteckte sich Sophia hinter ihrem Fächer, damit niemand sah, dass sie Grimassen schnitt. Für sie war John ein netter, wenn auch etwas schüchterner junger Mann. Sie war ihm dankbar für seine Aufmerksamkeit ihrem Vater gegenüber, bei dem er so oft vorbeischaute. Sie hatte gesehen, wie sehr Lord Grafton diese häufigen Besuche genoss und dass er sich über das Obst und Wild freute, das John regelmäßig mitbrachte. Allerdings war ihr bisher nie in den Sinn gekommen, dass Johns Besuche mit ihr zu tun haben könnten. Natürlich blieb ihr nicht verborgen, dass er sie mit einem seltsam seelenvollen Blick anschaute. Er sah aus wie eine tieftraurige Kuh. Zweimal hatte sie bereits abgelehnt, mit ihm nach draußen zu gehen und die Lampions zu bewundern, und hoffte nun, dass es damit gut sein würde. Sie wünschte, John würde seiner entzückenden Cousine Polly mehr Beachtung schenken, die ihm an den Lippen hing, wann immer er etwas sagte, und die ihn offensichtlich anbetete. Und in diesem Augenblick wünschte sich Sophia auch, dass sie die Allemande mit einem anderen Partner tanzen könnte.

Als Sophia den Ballsaal betrat, hatte John seine Cousine stehen lassen und sich noch vor Sophias anderen Verehrern zu ihr gedrängt, um sich die Allemande mit ihr zu sichern, weil sie einmal gesagt hatte, das sei ihr Lieblingstanz. Sie hatte die Verzweiflung auf Pollys Gesicht gesehen und wusste, dass diese von ganzem Herzen wünschte, Sophia und ihr Vater wären in London geblieben. Sophia seufzte und ließ ihren Fächer sinken. Sie bemühte sich, John anzulächeln, ohne dass er es als Ermutigung auffasste. Polly war ein liebes Mädchen. Wenn der Tanz vorüber war, würde sie versuchen, John wieder zu Polly zu schicken. Im Moment jedoch konnte sie nur hoffen, dass sie den Tanz ohne Verletzungen überstand. Mit John zu tanzen, war wie mit einem Karrengaul zu tanzen.

John war ein aufrechter, rotwangiger, gutmütiger Bursche, der typische Landedelmann. Er war beliebt bei den Pächtern, war am glücklichsten, wenn er auf die Jagd gehen konnte, war seinen Schwestern ein liebevoller Bruder, konnte gut mit Pferden umgehen und kannte sich bestens mit der Landwirtschaft aus. Aber tanzen konnte er nicht. Die Allemande war besonders schwierig, weil der männliche Partner dabei kleine Sprünge und Hopser vollführen und die Hacken in der Luft aneinanderschlagen musste. John war zwar durchaus bemüht, doch er sprang und hüpfte, wie es ihm in den Sinn kam, statt sich nach der Musik zu richten. Sophia hatte vor allem Angst um ihren Rock und versuchte, ihn schnell beiseitezuschieben, bevor John mit seinen großen Füßen darauf landete.

Als die Musik endete, stellte Sophia erleichtert fest, dass ihre Schleppe noch am Kleid hing, obwohl John mehrmals draufgetreten war. Der Abend war warm, und das Tanzen hatte sie durstig gemacht, sodass sie sich nach einem kühlen Glas Punsch sehnte. Doch John packte ihre Hand und zerrte sie ins Freie. Sie müsse unbedingt die Lampions sehen, sagte er laut. Diejenigen, die in der Nähe standen und es hörten, lächelten vielsagend. Sophia hätte sich nicht aus seinem Griff befreien können, ohne Aufsehen zu erregen, daher folgte sie ihm, ohne sich zu wehren.

Er führte sie in den Kräutergarten, dann blieb er stehen und stürzte sich kopfüber in seinen Heiratsantrag. Sie habe ihn verhext, er sei wie von Sinnen, er liebe sie und sie würde ihn zum glücklichsten Mann unter der Sonne machen, wenn sie seine Frau und die Herrin über Schloss Hawkhurst werden würde. Er redete ununterbrochen und führte alles auf, was seinen Antrag ins rechte Licht rückte. Angefangen von der Tatsache, dass Lord Grafton einverstanden sei, über die Nähe ihrer Besitztümer und dass seine Familie hocherfreut wäre, wenn sie seine Frau würde. Dann erklärte er ihr wieder seine Liebe und beteuerte, dass er alles tun werde, um sie glücklich zu machen. Schließlich verebbte sein Redeschwall. John sah sie mit einem Flehen in den Augen an und wartete auf ihre Antwort.

Einen Augenblick lang zögerte Sophia. Der Zauber des Gartens im Mondschein und der Lavendelduft ließen sie nicht unberührt. Die Hawkhursts waren freundliche Leute. Es würde ihren Vater, John und alle anderen glücklich machen. Sie war den Druck leid, einen dieser alten, langweiligen Männer zu heiraten, die ihr Vater ihr vorstellte. Sobald sie nach London zurückkehrte, würde ihr ewig hoffnungsvoller Vater eine weitere Schar alter, langweiliger Männer an ihr vorüberziehen lassen, bis sie nachgab und einen von ihnen heiratete. Irgendwann musste sie schließlich heiraten – sie konnte sich nicht für den Rest ihrer Tage vor dieser Pflicht drücken. John konnte zwar nicht tanzen, aber wenigstens war er jung, und ihr Vater würde sich so über das Enkelkind freuen, von dem er ständig sprach.

Doch dann stellte sie sich vor, wie sie John küsste. Trotz des Mondlichts hatte sie keine Lust, es auszuprobieren. *Soll er doch Polly küssen*, dachte sie. Ihre Antwort war Nein.

Sophia wusste, wie sie es sagen musste. Sie dankte John für die Ehre, versicherte ihm jedoch, dass ihre Gefühle nicht so seien, wie er es von einer Ehefrau erwarten durfte. Sie wünschte ihm von ganzem Herzen alles Gute und bestand darauf, dass sie zum Ball zurückkehrten, bevor er versuchen konnte, sie umzustimmen. Dann wies sie ihn darauf hin, dass seine Cousine Polly, die traurig in der Ecke saß, noch jemanden brauchte, der sie ins Esszimmer begleitete.

Beim Abendessen wurde keine Verlobung bekanntgegeben. Die Schwestern Hawkhurst schauten sich an und hoben erstaunt die Augenbrauen, während die Gäste sich ihren Teil dachten, als sie Johns finstere Miene sahen. Nur für Polly, die Seite an Seite mit John ins Esszimmer gegangen war, endete der Abend glücklicher, als er begonnen hatte.

Kapitel 6

Schatten über Sussex

Als die Zofe ihr am nächsten Morgen das Kleid zuschnürte, war Sophia das Herz schwer. Ihr Vater war am Tag zuvor so gut gelaunt und zuversichtlich gewesen, und ihr graute davor, ihm am Frühstückstisch gegenüberzusitzen. Sie vermutete, Lord Grafton hatte John nicht nur die Erlaubnis gegeben, um ihre Hand anzuhalten, sondern ihn auch in dem Glauben bestärkt, dass sie seinen Antrag annehmen würde. Nun musste sie ihn enttäuschen, und er würde für den Rest des Vormittags gereizt und unleidlich sein. *Wenn Papa doch nur aufhören würde, sich einzumischen. Irgendwo gibt es bestimmt den Mann, den ich so sehr mag, dass ich ihn heiraten würde, den Papa und ich uns beide als meinen Ehemann vorstellen können*, dachte sie, als sie die Treppe hinunterging. *Ich sollte dankbar sein, dass Papa nicht darauf besteht, dass ich einen seiner Favoriten heirate. Noch bin ich nicht bereit, London aufzugeben.* Sie betrat das sonnendurchflutete Frühstückszimmer, gab ihrem Vater einen Kuss und setzte sich. In der Hoffnung, ihn zu besänftigen, war sie fest entschlossen, noch braver zu sein als sonst.

Sie lächelte ihn freundlich an, goss ihm Tee ein und brachte ihre Beichte so schnell wie möglich hinter sich.

Lord Grafton ließ den Kopf in die Hände sinken.

»Lieber Papa«, sagte Sophia, in dem Bemühen, ihn zu beschwichtigen, »John ist genauso wie die anderen jungen Männer hier. Auf ihre ländliche Art sind sie durchaus nett, aber langweilig. Sie lesen nichts weiter als den Almanach und reden nur über ihr Land, ihre Ernte, ihre Hunde, ihre Pferde, ihre Fasane und die Jagd. Es ist ganz amüsant, mit ihnen auszureiten, zu jagen und zu tanzen, aber keiner von ihnen ist wirklich interessant. Ein langer Winter auf dem Land an der Seite eines solchen Mannes wäre entsetzlich fad. Und dann, lieber Papa, möchte ich gerne glauben, dass ich in London unerlässlich bin für Ihr Wohlbefinden. Wer würde die Rolle der Gastgeberin einnehmen, wenn ich es nicht tue? Lassen Sie uns bitte von etwas anderem reden. Ich sehe, Sie haben Briefe bekommen. Neuigkeiten von Wildwood und dem Tabak?« Entschlossen strich sie sich Butter auf ihren Toast.

»Ein dicker Packen von Mr Barker und ein, nein, zwei Briefe von den Anwälten«, sagte Lord Grafton bedrückt und griff nach dem Brieföffner. Warum sollte »interessant« wichtig sein? Er hätte doch nie überlegt, ob Catherine »interessant« war, und er hatte sich auch nie gefragt, ob Catherine ihn interessant fand. Es war eine Zweckehe gewesen, wie die meisten Ehen, das wussten sie beide. Und dennoch waren sie glücklich gewesen. Warum sollte das nicht auch bei Sophia funktionieren? Er öffnete den ersten Brief seiner Anwälte.

Seine Miene verfinsterte sich noch mehr, als er die kurze Nachricht las. Man informierte ihn, dass eine weitere beträchtliche Vorauszahlung an Mr Barker überwiesen worden war, die die Schuldenlast auf dem Besitz der Graftons erhöhte. Man rechnete täglich mit der Nachricht, dass die erste Tabaklieferung eingetroffen sei.

Als Sophia fragte, ob der Brief beunruhigende Neuigkeiten enthielte, antwortete Lord Grafton, es gehe lediglich um geschäftliche Angelegenheiten. Dann wandte er sich dem Päckchen von Mr Barker zu. »Dann wollen wir mal sehen, was Mr Barker zu berichten hat. Ich nehme an, dass sich seine Briefe und die Briefe der Anwälte in der Post gekreuzt haben. Wahrscheinlich schreibt er, wie der Verkauf der ersten Ernte gelaufen ist.« *Wenigstens eine gute Nachricht an diesem Vormittag*, dachte er, als er den dicken Brief öffnete.

Mr Barker erwähnte den Tabak jedoch mit keinem Wort. Stattdessen berichtete er Lord Grafton, dass das neue Haus in Wildwood fertig sei. Er hatte Skizzen von Haus und Gärten beigelegt und hoffte, dass Lord Grafton einverstanden sei mit dem formalen Garten und der Allee, die er angelegt hatte. »Für ein Haus in Virginia ist es wahrscheinlich gar nicht schlecht. Sieht eher aus wie ein kleines Gutshaus«, meinte Lord Grafton und reichte Sophia die Zeichnungen. »Wenn man bedenkt, was es gekostet hat, darf man wohl ein ansehnliches Haus erwarten. Ziegelsteine sind unverhältnismäßig teuer. Aber was ist mit dem Tabak?«

»Vielleicht schickt er seinen Bericht in einem gesonderten Brief, Papa. Ich könnte mir vorstellen, dass er die Abrechnung direkt an die Anwälte geschickt hat, um Sie nicht zu belästigen. Er weiß doch, wie sehr Sie alles Geschäftliche verabscheuen«, sagte Sophia beruhigend. Sie war froh, dass ihre Heiratsaussichten vorerst in den Hintergrund gerückt waren, und nahm die Zeichnung zur Hand. Diese zeigte ein schlichtes, zweistöckiges Gebäude mit fünf Fenstern an der Vorderseite, je einem Schornstein an den Seiten und einer Veranda mit Säulen und einer breiten Treppe. Es war von Buchsbaumsträuchern gesäumt, und hinter dem Haus war ein ummauerter Garten eingezeichnet. Ein weiterer Plan zeigte die Nebengebäude, die in einiger Entfernung vom Haus standen – Küche, Scheune, Ställe, Tabakschuppen, Räucherhaus und einige hübsche kleine Häuser, die mit der Aufschrift »Sklavenunterkünfte« versehen waren.

»Das neue Haus sieht recht gut aus, Papa, sehr ordentlich und wahrscheinlich ganz komfortabel. Und die Sklaven scheinen in einem netten kleinen Dorf zu wohnen, alles so, wie Sie es angeordnet haben. Gibt es schon einen Pächter?«

Lord Grafton las Mr Barkers Brief zu Ende und legte ihn dann entgeistert beiseite. Noch gab es keinen Pächter, weil das Haus noch möbliert und ausgestattet werden musste. Dafür sollte Lord Grafton weitere Gelder bereitstellen.

»Alles, was in Virginia gebraucht wird – Möbel, Stoffe, sogar Fensterglas –, muss hier gekauft werden! Vom Tabak ist überhaupt keine Rede, nur von diesen verfluchten Kosten! Es ist mir unerklärlich!«, rief Lord Grafton verärgert. »Und warum zum Teufel hat sich dieser Bursche solche Mühe mit dem Garten gegeben, wenn das Haus noch nicht einmal so weit ist, dass ein Pächter mit seiner Familie einziehen könnte?«

Darauf wusste Sophia natürlich keine Antwort.

Wütend öffnete Lord Grafton den zweiten Brief seiner Anwälte. Seit einem halben Jahr hatten alle diese Briefe einen drängenden Unterton, enthielten dieselben Forderungen nach weiteren Geldern für die Ausstattung des Besitzes, obwohl die Zinsen für das Darlehen kaum mehr aufzubringen waren … Was er als Nächstes las, rief einen heftigen Hustenanfall bei ihm hervor. Er presste sein

Taschentuch an die Lippen, signalisierte Sophia, sie solle zu Ende frühstücken, und ging hastig hinaus.

Diese beunruhigenden Briefe erschöpften ihn. Die Situation auf der Plantage in Virginia war außer Kontrolle geraten, die Schulden wurden immer größer. Er fühlte sich gefangen und krank. Bei seinen Hustenanfällen spuckte er Blut, doch davon sagte er Sophia nichts. Die Sorgen und ein Schmerz im Rücken, der nicht weggehen wollte, ließen ihn nachts nicht schlafen, sodass er tagsüber ungewöhnlich gereizt war. Was würde aus Sophia werden, wenn ihm etwas zustieße? Sie hatten keine Familienangehörigen. Sollte er einen Vormund für sie bestimmen? Oder darauf hoffen, dass sich John nicht entmutigen ließ, noch einmal um Sophias Hand anhielt und dann erhört wurde?

Doch John hatte seine täglichen Besuche eingestellt. Sophia ritt nicht mehr mit seinen Schwestern aus, machte keine Ausflüge mehr mit ihnen, um im Freien zu zeichnen, und besuchte sie auch nicht mehr.

Für Sophia verblasste der Charme des Landlebens allmählich. Ihr Vater war missgelaunt. Sie hatte alles an Vergnügungen ausgekostet, was die Umgebung zu bieten hatte, und die Beziehung zu den Hawkhurst-Schwestern war angespannt. Sie zählte die Tage, bis sie wieder nach London fahren würden, und ertrug die Reizbarkeit ihres Vaters geduldig. Wahrscheinlich war er Sussex ebenso leid wie sie, doch es war sinnlos, in der Augusthitze in die schmutzige Stadt zurückzukehren.

Sie schlug vor, ein paar Gäste einzuladen. »Vielleicht ist es Ihnen zu langweilig hier im Haus, Papa? Wir haben seit Wochen keinen Besuch mehr gehabt. Ich werde an einige Leute schreiben und sie für die Jagd im September zu uns bitten. Sie haben doch gesagt, dass die Büchsen geölt werden sollten. Und der Wildhüter meint, dass es noch nie so viele Fasane gegeben hat.«

»Ich bitte dich, schreib an niemanden! In meinem Alter ist es ermüdend, immer Gäste um sich zu haben – ihr ständiges Geplapper ist anstrengend. Du musst mir schon erlauben, ohne Gesellschaft zu bleiben, wenn mir danach ist.«

Das sah ihm gar nicht ähnlich. Er war ein geselliger Mensch mit vielen interessanten Freunden, und normalerweise genoss er es, sie zu sehen. »Wie Sie wünschen«, erwiderte sie besänftigend. *Wir werden sowieso bald wieder in London sein*, dachte sie, als ihr Vater seinen Stuhl zurückschob und verärgert das Frühstückszimmer verließ.

Bald darauf begann Sophia, sich ernsthafte Sorgen um ihren Vater zu machen. Er schien ihr ungewöhnlich teilnahmslos und blass zu sein. Er liebte Bücher und war wählerisch, was seinen Wein anging. Nun stapelten sich die Bestellungen von seinen Buchhändlern in London auf dem Tisch in der Bibliothek, die Seiten waren nicht aufgeschnitten und der Wein wanderte in den Keller, ohne dass er ihn kostete. Mittlerweile war es August geworden. Es war sehr warm, doch ihr Vater verbrachte die Tage in seinem Krankenstuhl unter einer Decke. Er sei nicht krank, beharrte er, er habe nur ein wenig Rheuma. Seine Anwälte schickten ihm regelmäßig Briefe, die er kaum las.

Sophia nahm keine Einladungen mehr an, um die Abende an seiner Seite zu verbringen, spielte Schach oder Whist mit ihm und versuchte, ihn von seinen Beschwerden abzulenken. Hinter seiner Schlafzimmertür hörte sie ihn nachts husten. Er beklagte sich, dass der Schmerz in seinem Rücken mit jedem Tag schlimmer würde.

Obwohl Lord Grafton protestierte und sagte, er wolle kein Getue, setzte sich Sophia schließlich durch und rief den örtlichen Apotheker, der Verdauungsstörungen diagnostizierte. Mit leichter Kost und einigen Pulvern, die er gegen ein stattliches Honorar daließ, würde der Patient bald wieder gesund werden. Sophia übernahm die Rolle der Krankenpflegerin. Morgens und abends maß sie ihm die Pulver ab. Außerdem ging sie in die Küche, band sich eine Schürze um und fragte Mrs Betts nach ihren besten Rezepten, um einen Kranken gesund zu machen: Fleischbrühe, Reisschleim, Eiercreme und ein Gelee aus Pfeilwurzelmehl. Sie ließ sich vom Gärtner zeigen, wo Alaun und Beinwurz wuchsen, und braute einen Sirup zusammen, den Mrs Betts gegen hartnäckigen Husten empfohlen hatte.

Er rührte kaum etwas von dem an, was sie ihm zubereitete. Alles schmecke bitter, beklagte er sich. Sophia brachte ihm Stärkungsmittel, die den Geschmack überdecken sollten, und eingemachtes Obst, damit er wieder zu Kräften kam. Sie sorgte dafür, dass sein Schlafzimmer regelmäßig gelüftet und seine Kissen aufgeschüttelt wurden. Es ging ihm nicht besser. Als es September wurde, sah Sophia mit großer Sorge, wie dünn, eingefallen und hinfällig er aussah, wie selten er das Kaminfeuer verließ, das auf sein Geheiß angezündet wurde, obwohl die Tage sonnig und mild waren. Es war kein Gedanke daran, dass er durch die Felder marschieren und Fasane jagen würde. Sie sprachen nicht mehr davon, wann sie nach London zurückfahren würden. Er beteuerte nicht mehr, dass ihm überhaupt nichts fehle.

Währenddessen wich Mrs Grey ihr kaum von der Seite, versuchte, sich nützlich zu machen. Schließlich jedoch ging sie Sophia derart auf die Nerven, dass sie sie mit kaum verhohlener Gereiztheit in die Ferien schickte, zu ihrer Schwester in Schottland. Sophia schrieb an ihre Freunde in London und bat sie, ihr Ärzte zu empfehlen, die mit

Stärkungsmitteln, Blutegeln und Rasiermessern anreisten. Sie flößten ihm dieses und jenes ein und schröpften ihn, bis sich Lord Grafton kaum noch rühren konnte. Sie sprachen von Skrofulose, rieten zu einer Behandlung mit Chinarinde und reisten um einiges reicher wieder ab. Den Patienten ließen sie geschwächt durch ihre Anwendungen zurück. Sophia versuchte, alle Anweisungen zu befolgen. Sie besorgte diese Medizin und jenes Tonikum, kümmerte sich aufopfernd um ihn, fütterte ihn mit dem bisschen, das er essen konnte, und betete, wenn er schlief.

Als der Herbst kam und die Tage kürzer wurden, hatte Sophia das Gefühl, als würde eine dunkle Wolke das Haus umgeben und sich auf ihr Gemüt legen. Es regnete, das Laub fiel von den Bäumen und es wurde kalt. Von den Blumen im Garten waren nur noch braune Stängel übrig. Die Kerzen wurden immer früher am Nachmittag angezündet. Sophia befahl, dass in allen Räumen Kaminfeuer lodern sollten, um die Kälte zu vertreiben, die das alte Haus durchdrang. Sie zog ihr Schultertuch enger um sich, wenn sie sich in den kalten Korridoren ein wenig Bewegung verschaffte, während ihr Vater schlief. Das Gebetbuch, das ihrer Mutter gehört hatte, war nun ihr größter Trost, wenn sie an Lord Graftons Seite wachte. Die bedrückende Stille in seinem Schlafzimmer wurde nur durch das Knistern des Feuers und seinen röchelnden Atem unterbrochen. Wenn er wach war, las Sophia ihm die Psalmen vor. Lord Grafton war nicht religiös, doch die Psalmen hatte er immer gemocht. Der Kopf, der auf dem Kissen ruhte, glich einem Totenschädel.

Sophia konnte nicht mehr hoffen oder sich einreden, dass ihr Vater sich erholen würde. Vor ihren Augen verloren die Suppen und Stärkungsmittel, Blutegel und Gebete ihre Wirkung. Er hatte ständig Schmerzen. Sie schickte wieder nach dem Apotheker und bat ihn, ihr irgendetwas zu geben, das ihm Erleichterung verschaffen würde. Der Apotheker gab ihr Pillen und Pulver und schließlich Laudanum. Sophia und Mrs Betts saßen nachts abwechselnd an seinem Bett und gaben ihm das Laudanum, wenn er aufwachte und stöhnte. Mrs Grey kehrte aus Schottland zurück, achtete aber darauf, niemandem im Weg zu sein. Der Pfarrer kam und wollte Lord Grafton die Sterbesakramente spenden. Er ermahnte Sophia, dass es ihre Pflicht als Christin sei, Gottes Willen anzunehmen.

Sophia wollte schreien und den Mann aus seiner moralischen Selbstzufriedenheit schütteln. Lord Grafton hatte den Pfarrer immer als einen scheinheiligen Narren bezeichnet, ihn aber nicht davongescheucht. Die Familie hatte die Pfarre schon seit drei Generationen inne, und der Pfarrer hatte Frau und drei Kinder zu versorgen. »Lass ihn. Pfarrer sind alle gleich. Er macht seine Sache so gut wie jeder andere«, hatte Lord Grafton gesagt.

Doch der Tod kam immer näher, egal, wie sehr sie sich bemühte, ihn fernzuhalten. Sophia war hin- und hergerissen – sollte sie ihn als Christ sterben lassen? Schließlich gab sie nach und erlaubte die Letzte Ölung, obwohl ihn das Laudanum so betäubte, dass er kaum merkte, was geschah. Als es vorbei war, hatte sie das Gefühl, sein Todesurteil unterschrieben zu haben.

Eines Abends im November saß Sophia bei ihm und las ihm die Abendandacht vor, als sie plötzlich aufblickte. Ihr Vater versuchte, etwas zu sagen. »Papa? Kann ich etwas für Sie tun?«

Sie beugte sich zu ihm und hörte ihn flüstern: »Catherine, Catherine, bist du da?«

Frieden breitete sich auf seinem Gesicht aus, und sie sah, dass ihr Vater gestorben war.

Während des Trauergottesdienstes in der kalten Kapelle der Graftons ließ Sophia sich nichts anmerken. Vor den Dienern, den Bauern und den Leuten aus dem Dorf, den Familien von den benachbarten Gütern und den Freunden, die eilig aus London angereist waren, riss sie sich zusammen. Doch als er im Mausoleum der Familie neben ihrer Mutter beerdigt wurde und die Glocke der Kapelle läutete, übermannte Sophia die Trauer und sie und Mrs Betts lagen sich weinend in den Armen.

Sie versuchte, in ihrer Bibel zu lesen, sich in Gottes Willen zu fügen, wie Lady Burnham es ihr immer eingeschärft hatte. Die Worte jedoch klangen hohl und trösteten sie nicht über ihre Trauer hinweg. Sie hatte niemanden mehr, und die Welt war ein Jammertal. Hätte sie doch nur John geheiratet und ihrem Vater vor seinem Tod den lang ersehnten Enkelsohn in die Arme gelegt! Dann wäre alles nicht gar so traurig, dann hätte sie einen Mann und ein Kind, mit dem sie sich trösten könnte. Aber sie hatte John nicht gewollt, lediglich an ihre Rückkehr nach London gedacht. Schuldgefühle und Reue raubten ihr den Appetit und sie schlief schlecht. Sie ging den Nachbarn aus dem Weg, die die üblichen Kondolenzbesuche abstatteten, und machte lange, einsame Waldspaziergänge bei Schnee und Eis.

Weihnachten kam und ging, schließlich wurde es Ostern. Mrs Greys wohlgemeinte Versuche, sie zu trösten, fand sie unerträglich und sie hatte Mühe, höflich zu bleiben. Ein Tag glich dem anderen, freudlos und ohne Sinn. Wenn sie durchgefroren von ihren einsamen Wanderungen zurückkehrte, kam sie sich klein und unbedeutend vor in diesem traurigen Haus mit den Geistern ihrer Vorfahren, die ihr stumme Vorwürfe machten und sie daran erinnerten, dass ihr Vater unglücklich gestorben war und sie es hätte verhindern können.

Sophia beantwortete Kondolenzschreiben, darunter auch einen steifen und förmlichen Brief von den Hawkhurst-Schwestern, in dem sie unten einen Satz angefügt hatten: John und Cousine Polly würden im Juni heiraten. Viele Briefe kamen von den Anwälten ihres Vaters. Sie alle begannen mit Beileidsbekundungen, gefolgt von der Bitte, mit ihr über das Testament und das weitere Schicksal des Hauses in London sprechen zu dürfen. Und zum Schluss hieß es immer mit unverständlicher Dringlichkeit, dass etwas unternommen werden müsse. Sophia las sie nie zu Ende. Sie stopfte sie in eine Schublade in der Bibliothek, konnte sich jetzt nicht mit dem Londoner Haus beschäftigen. Sie fühlte sich nicht in der Lage, irgendetwas zu entscheiden.

Die Tage wurden länger. Die Bäume schlugen bereits aus. Die Downs leuchteten grün mit weißen Sprenkeln, wo die Mutterschafe mit ihren Lämmern lagen, so wie im vergangenen Frühjahr. Primeln und Glockenblumen blühten in den Wäldern, doch Sophia schien sie kaum wahrzunehmen. Der Gärtner wollte ihr eine Freude bereiten und brachte ihr die ersten Erdbeeren und Spargel aus dem Gewächshaus. Sophia meinte, sie schmeckten nach nichts, obwohl Mrs Grey sie köstlich fand.

Sie versuchte, Interesse an den Ereignissen im Dorf zu zeigen, wie es sich gehörte. Sie stattete der Dorfschule einen Besuch ab, hörte sich die Gedichte an, die die Jungen aufsagten, und lobte die Näharbeiten der Mädchen. Am Tag der Preisverleihung überreichte sie den besten Schülern eine Bibel und sah den Mädchen beim Maitanz zu. Sie hatte Anweisung gegeben, ein opulentes Mahl mit Schinken und reichlich Kuchen in den Gärten des

Herrenhauses aufzubauen, wo der Gärtner die Pfingstrosen und Rosenbüsche zu früher Blüte gebracht hatte.

Die Sonne schien, und die Kinder riefen und lachten. Die Pächter zogen den Hut und verneigten sich vor ihr, während ihre Frauen in ihrem Sonntagsstaat sich zuflüsterten, dass die arme junge Herrin an diesem sonnigen Tag so traurig und verlassen aussehe. Wie schade nur, dass sie den jungen Hawkhurst nicht geheiratet habe. »Warum hat sie ihn nicht genommen?«, fragten sie sich gegenseitig über ihren Teetassen. Ein Mann und ein paar Kinder seien genau das, was sie jetzt brauche. Sie würden sie viel glücklicher machen als all ihr Reichtum. Denn nun war sie ganz allein auf der Welt.

Kapitel 7

Schulden

1754

Auf das Frühjahr folgte ein verregneter, trostloser englischer Sommer. An einem trüben Tag im Juni machten sich Lord Graftons Anwälte auf die beschwerliche Reise nach Sussex. Als sie am Herrenhaus ankamen, goss es in Strömen. Sie warteten unter ihren triefnassen Regenschirmen, bis ihnen der alte Butler öffnete. Er teilte den beiden feierlich dreinblickenden Herren von oben herab mit, dass dies ein Trauerhaus sei und Miss Grafton niemanden empfange.

»Sie wird uns empfangen – entweder uns oder den Gerichtsvollzieher«, entgegnete der ältere Anwalt scharf. Der Butler führte sie in die Bibliothek und ließ seine Herrin rufen.

Sophia kam herein. In ihrem Trauerkleid sah sie blass aus. Sie schüttelte den Herren die Hand und setzte sich, ohne den Blick zu heben. Der Butler murmelte, er werde Mrs Betts mit Madeira und Keksen schicken, und zog sich zurück. Die Anwälte aßen und tranken und sprachen Sophia ihr Beileid aus. Dann versanken sie in Schweigen und betrachteten verlegen den Boden und ihre nassen Schuhe.

Sophia spürte, dass etwas nicht stimmte. »Wie komme ich zu der Ehre Ihres Besuchs? Vermutlich hätten Sie diese lange Reise nicht gemacht, noch dazu bei diesem schrecklichen Wetter, nur um über das Haus in London zu sprechen oder die Beileidsbekundungen zu wiederholen, die Sie mir geschickt haben. Bitte, sprechen Sie offen mit mir.«

Der ältere der beiden Anwälte seufzte. »Miss Grafton, unsere zahlreichen Briefe sind unbeantwortet geblieben. Es tut uns leid, wenn wir Ihnen Unannehmlichkeiten bereiten. Aber wir hatten keine andere Wahl, als Sie persönlich aufzusuchen und einige dringende Angelegenheiten mit Ihnen zu besprechen, die Ihnen wahrscheinlich nicht gefallen werden.«

»Dringende Angelegenheiten? Ich bin in Trauer, Sir. Kann all das nicht warten?«

»Nein, Miss Grafton, das kann es nicht. Ich werde es Ihnen erklären. Zunächst muss ich Ihnen sagen, dass wir das Haus in London gekündigt haben.«

»Wie kann das sein? Ich habe Ihnen keine Einwilligung dazu gegeben.« Sophia war empört. »Ich habe noch nicht entschieden, wann ich nach London zurückkehre, und möchte den Londoner Haushalt vorerst behalten.«

»Die Kosten waren so hoch, dass sie nicht mehr zu tragen waren. Es tut mir außerordentlich leid, wenn ich Ihnen beunruhigende und unerfreuliche Nachrichten überbringe, Miss Grafton. Aber wie Sie wissen, hat Ihr Vater den Besitz der Familie vor drei Jahren beliehen, weil er in einem, höchstens zwei Jahren mit einer guten Tabakernte rechnete. Er musste schnell eine erhebliche Summe aufbringen, was nur mit hohen Zinszahlungen möglich war. Normalerweise hätten wir eine solche Vorgehensweise nicht gebilligt, doch es gab damals keinen Grund, davon Abstand zu nehmen.

Nach Mr Barkers Einschätzung sollte die Ernte bald ein Vermögen einbringen. Leider haben wir Anlass zu der Vermutung, dass Mr Barker uns nicht die Wahrheit gesagt hat, wann die erste Lieferung eintreffen würde. Bis jetzt ist kein Tabak verschickt worden. Und trotz unserer Nachforschungen ist Mr Barker nicht in der Lage oder nicht willens, uns zu sagen, wann damit zu rechnen ist. Um ehrlich zu sein, können wir nicht einmal mit Sicherheit davon ausgehen, dass der Tabak überhaupt angepflanzt worden ist, wenngleich die Kommissionäre in London uns Rechnungen gezeigt haben über die Ausgaben – die sehr hohen Ausgaben –, die Mr Barker im Namen Ihres Vaters getätigt hat. Er hat Waren und Gerätschaften bestellt, die nach Virginia geschickt wurden. Ihr Vater musste für Wildwood zusätzlich große Summen aufbringen und war gezwungen, in den letzten drei Jahren einen beträchtlichen Teil des Familieneinkommens in die Plantage in Virginia zu stecken. Das Einkommen aus dem hiesigen Besitz ist nicht so hoch, wie Lord Grafton vermutete – und das schon seit einiger Zeit nicht mehr. Er erwartete jedoch, dass die Plantage in Virginia genug abwerfen würde, um die laufenden Kosten in England zu decken. Das war einer der Gründe, weshalb wir ihm dazu rieten, in Wildwood zu investieren.

Sie werden sich vielleicht nicht darüber im Klaren sein, Miss Grafton, dass Lord Grafton einen kostspieligen Lebensstil pflegte – mit dem Haus in London und dem Anwesen hier in Sussex, das er so unterhielt, wie er es von seinem Vater und Großvater gewohnt war. Die Schuldenlast auf dem Familienbesitz ist nicht mehr tragbar. Um es kurz zu machen: Sowohl die Schulden als auch die Zinsen haben ein derartiges Ausmaß erreicht, dass dringend etwas geschehen muss, sonst wird der gesamte Besitz der Graftons, einschließlich des Herrenhauses, gepfändet und verkauft. Ich bitte um Verzeihung, dass ich Sie in einer Zeit wie dieser mit geschäftlichen Angelegenheiten belästigen muss. Wenn wir jedoch nicht rasch handeln, Miss Grafton, fürchte ich, dass Sie bald vollkommen mittellos dastehen.«

Die Worte des Anwalts waren nicht mehr als sinnloses Geplapper, das aus weiter Ferne an ihr Ohr drang. Sophias Aufmerksamkeit schweifte ab. Sie sah aus dem Fenster auf den vom Regen durchweichten Rasen und die Blumenbeete, auf denen die Rosen vor Nässe so schwer waren, dass ihre Blüten sich bis fast auf den Boden neigten. *Die Rosen müssen hochgebunden werden. Ich werde den Gärtner daran erinnern,* dachte sie.

Vollkommen mittellos? Von wem sprachen sie da?

»Ich fürchte, ich verstehe Sie nicht, Sir«, sagte sie. »Lord Grafton hat auf Ihren Rat hin gehandelt.«

Die Anwälte wurden rot. »Ehm, ja, das stimmt. Doch bedauerlicherweise konnte man diese Entwicklung nicht vorhersehen. Damals waren wir überzeugt, dass die Plantage in Virginia auf jeden Fall in die Lage versetzt werden müsse, Gewinne abzuwerfen, um Lord Graftons Lebensstil zu finanzieren. Und nun muss etwas geschehen, weil man mit der Tilgung der Schulden ernsthaft in Verzug ist, und das bedeutet immer mehr Schulden. Unserer Ansicht nach wäre es das Klügste, das Anwesen auf der Stelle zu verkaufen, um das Darlehen mit einem Schlag zurückzahlen zu können, sodass keine weiteren Schulden entstehen. Zumindest würde auf diese Weise ein geringer Betrag vom Verkaufspreis für Sie übrig bleiben. Wenn man ihn sorgfältig investiert, könnten Sie daraus ein bescheidenes Einkommen erzielen.«

»Verkaufen? Den Besitz der Graftons verkaufen? Welch ein Unfug! Das ist unvorstellbar.«

Der Anwalt wischte sich die Stirn. »Es gibt eine weitere Möglichkeit, durch einen glücklichen Zufall. Ein Herr mit einem beträchtlichen Vermögen wünscht, hier in der Gegend ein großes Anwesen für sich und seine Familie zu mieten. Wir glauben, dass man ihm das Haus und die Gärten überlassen könnte, während man die Nutzflächen an Bauern aus der Umgebung oder sogar an die Familien mit ihren angrenzenden Besitztümern verpachtet.

Das mag genug einbringen, um die Zinsen zu tilgen, bis die Erträge der Tabakernte zur Verfügung stehen, vorausgesetzt, die erste Ladung ist bis zum Ende des Sommers hier. Wenn nicht, geht der Besitz an die Gläubiger und wird verkauft. Aber geben wir die Hoffnung noch nicht auf. Vielleicht ist ein Brief von Mr Barker verloren gegangen, in dem er uns von dem baldigen Eintreffen der Tabaklieferung unterrichtet. Dennoch fürchte ich, wir sollten vorbereitet sein, falls dies nicht der Fall ist.

Der Herr, der Grafton Manor gerne mieten würde, hat keinen Bedarf für das Witwenhaus und wäre so freundlich, es Ihnen zu überlassen, solange er hier wohnt.« Der Anwalt machte eine ausschweifende Handbewegung, mit der er die holzgetäfelte Bibliothek, die Sängerempore, das Wohnzimmer, die Speisekammern, Schlafzimmer, Gemälde und Möbel umfasste, die Generationen von Graftons angeschafft hatten. »Bei diesem Arrangement fällt nichts für Sie ab, mit der Miete wird lediglich die Schuldenlast abgetragen. Aber Sie haben ja noch die Hinterlassenschaft von Lady Burnham – Sie hätten also ein bescheidenes Auskommen, das Ihnen ein ruhiges, zurückgezogenes Dasein ermöglicht. Da Sie in Trauer sind, wird kaum auffallen, dass Sie nicht mehr in großem Stil leben, wie Sie es zu Zeiten Ihres Herrn Vaters getan haben.«

Kaum auffallen? Ganz Sussex wüsste innerhalb einer Woche Bescheid. Sophia blitzte die beiden Anwälte erbost an. »Man würde mir ... *mir* freundlicherweise *gestatten*, ins Witwenhaus zu ziehen?«

»Verzeihen Sie, Miss Grafton, aber bitte bedenken Sie, dass die Schulden ständig größer werden. Und wie es im Augenblick leider aussieht, haben wir keine Zeit zu verlieren. Dieser Mieter ist der Einzige, der sich mit den von uns geforderten Bedingungen einverstanden erklärt und so großzügig ist, Ihnen das Witwenhaus abzutreten. Er ist zwar nur ...«, hier hüstelte der Anwalt verlegen, »ein Geschäftsmann, doch das muss nicht gegen ihn sprechen. Er ist wirklich nicht kleinlich, was die Konditionen angeht. Ihm ist sehr daran gelegen, sich der Welt als Hausherr eines solchen Anwesens zu präsentieren.«

Großzügig? Sophia hatte das Gefühl, als würde ihr eine unsichtbare Hand die Luft abschnüren und alles Leben aus ihr herauspressen. »Und wann ... wann will dieser bemerkenswerte Mieter hier ...?« Sie brachte es nicht über sich, das Wort auszusprechen.

»Spätestens Ende Juli, also nächsten Monat.«

In das alte Witwenhaus einziehen? Sophias Gedanken wirbelten durcheinander. Sie versuchte, es sich vorzustellen, doch es gelang ihr nicht. Wer sollte dort leben können? Im vergangenen Jahr hatte ihr Vater ihr das Haus bei einem ihrer Ausritte gezeigt. Früher war es sicher ein hübsches Häuschen gewesen, nun jedoch war es von Efeu überwuchert und drinnen war es kalt und moderig. Es stand im Schatten einiger hoher Eiben, die kaum Licht ins Innere ließen, außerdem war es seit Jahrzehnten unbewohnt. Die Tapeten lösten sich von den Wänden, die Farbe blätterte ab, die Bodendielen hatten sich in der Feuchtigkeit verzogen. Und das Schlimmste war, dass man von dort aus das Herrenhaus sehen konnte.

Sie rang nach Luft. »Wie soll ich dort zurechtkommen ... und die Diener!«

»Der neue Mieter möchte die Dienerschaft im Haupthaus behalten. Doch von dem, was Lady Burnham Ihnen hinterlassen hat, könnten Sie sich vielleicht ein Dienstmädchen leisten«, sagte der jüngere der beiden Anwälte. »Ein Mädchen für alles, am besten ein junges Ding, das kostet nicht so viel. Ihre Nachbarn werden Ihnen sicher dann und wann etwas Wild und Früchte zukommen lassen und bestimmt hat der Mieter nichts dagegen, wenn Sie in den Wäldern Feuerholz sammeln.«

Das Herrenhaus vermietet! Das Londoner Haus aufgegeben! Keine Diener! Die Tochter von Lord Grafton vor die Tür gesetzt! Für mehr als dünne Hafergrütze würde das Geld kaum reichen. Sie würde in geflickten Kleidern durch den Wald streifen und sich das Feuerholz zusammensuchen müssen. Und das Schlimmste von allem: Sie wäre auf die Großzügigkeit ihrer Nachbarn angewiesen. Sophia war zwischen Entrüstung und ungläubigem Staunen hin- und hergerissen.

Beim Anblick ihrer entgeisterten Miene wollte der jüngere der beiden Männer sie ein wenig trösten. Er erinnerte sie daran, dass die Plantage in Virginia zu ihrer Mitgift gehörte und unberührt war von den Schulden, die auf dem Besitz in England lasteten. Und selbst wenn sie offensichtlich erst später Gewinne abwerfen würde als geplant, steckte eine Menge Geld darin. Irgendwann könnte sie ganz bestimmt ein gesichertes Einkommen daraus beziehen. Außerdem, so deutete er vorsichtig an, habe sich Miss Grafton in der Vergangenheit nie über einen Mangel an

Verehrern beklagen können. Sehr wahrscheinlich würde sie heiraten und in das Haus ihres Mannes ziehen, noch bevor das Trauerjahr vorüber sei, wofür unter den gegebenen Umständen gewiss jeder Verständnis hätte. Und dann hatte Lord Grafton ihnen zu verstehen gegeben, dass der junge Hawkhurst um ihre Hand angehalten habe und zurückgewiesen worden sei ... wenn die Anwälte nun mit den Hawkhursts sprechen würden, könnten sie die Familie sicher davon überzeugen, dass Sophia es sich anders überlegt habe.

Sophia starrte die beiden wütend an. Diese ungehörigen Bemerkungen waren schlimmer als alles andere. Glaubten sie wirklich, dass sie nun darum betteln würde, John Hawkhurst heiraten zu dürfen? Wie konnten sie es wagen! Und überhaupt war es dafür längst zu spät. »John Hawkhurst hat vor Kurzem seine Cousine geheiratet«, sagte sie kalt, »in den Augen seiner Freunde eine sehr annehmbare Verbindung. Ich wünsche ihnen Glück. Wenn das alles ist, meine Herren, dann wünsche ich Ihnen einen guten Tag.«

Die Anwälte rutschten unbehaglich in ihren Sesseln hin und her, warfen einander verstohlene Blicke zu und wollten offensichtlich nicht mit der Sprache heraus. »Miss Grafton, bitte leihen Sie uns noch einen Moment Ihr Ohr. Wir müssen mit Ihnen noch über den Brief Ihres Vormunds sprechen.«

»Vormund? Ich habe keinen Vormund, Sir.«

»Ah«, sagten die Anwälte und beeilten sich zu erklären, dass sie sehr wohl einen Vormund habe. Im vergangenen Sommer, als ihr Vater merkte, dass er ernsthaft krank war, hatte er Thomas de Bouldin, einen Freund aus seiner Jugend, mit dem er die Schulbank gedrückt hatte, zu ihrem Vormund ernannt – bis zu ihrem einundzwanzigsten Geburtstag oder ihrer Eheschließung. Der ältere Bruder von de Bouldin hatte das Vermögen der Familie verspielt, und Thomas war nach Virginia gegangen, um dort sein Glück zu machen. Er war nie wieder nach England zurückgekehrt. Lord Graftons Nachforschungen hatten ergeben, dass es Thomas in Amerika zu einigem Wohlstand gebracht hatte. Er besaß eine große Plantage und ein Haus in Williamsburg. Und er genoss ein so hohes Ansehen, dass er sogar in die Regierung der Kolonie gewählt worden war. Lord Grafton hatte an Thomas geschrieben und ihn um Rat gebeten, wie er mit seinem Besitz in Virginia verfahren sollte. Obwohl Thomas das Grundstück nicht selbst gesehen hatte, war er sicher, dass Mr Barkers Angaben über die notwendigen Anschaffungen korrekt waren und Lord Grafton die richtige Entscheidung getroffen habe, als er in die Plantage investierte. Als er den nächsten Brief an Thomas schrieb, ging es Lord Grafton schon sehr schlecht. Er bat ihn, die Vormundschaft für seine Tochter zu übernehmen, falls es tatsächlich so um seine Gesundheit bestellt war, wie er befürchtete. Lord Grafton schrieb, er habe Grund zu der Vermutung, dass es außer dem Besitz in Virginia kaum noch etwas Wertvolles gab, was Sophia mit in eine Ehe bringen würde. Da Thomas ja in Virginia lebte, sei er bestens geeignet, ihr als Ratgeber und Vormund zur Seite zu stehen. Er bat Thomas de Bouldin inständig, diese Aufgabe ihrer alten Freundschaft zuliebe zu übernehmen.

»Seit dem Tod Ihres Vaters haben wir mit Mr de Bouldin korrespondiert, und er hat uns gebeten, Ihnen diesen Brief zu geben.« Der jüngere Mann reichte Sophia einen versiegelten Umschlag. Sophia öffnete ihn. Der Brief begann mit den üblichen Beileidsbekundungen zum Tode Lord Graftons. Dann erklärte Thomas seine Bereitschaft, die Vormundschaft für Sophia zu übernehmen. Zum Schluss fügte er hinzu, dass die Anwälte seiner Meinung nach das Richtige vorschlugen, nämlich das Anwesen in England zu vermieten, um die ständig wachsenden Schulden für den Besitz in Virginia zu begleichen. Da Sophia unverheiratet war und keine Verwandten in England hatte, lud er sie ein, sich bei ihm und seiner Frau in Virginia niederzulassen, wie ihr Vater es sicherlich gewünscht hätte.

Wortlos reichte Sophia dem älteren Anwalt den Brief und gab ihm mit einem leichten Nicken zu verstehen, dass er ihn lesen durfte. Sie verstand inzwischen gar nichts mehr. Sie war wie betäubt von all dem Unglück und der völlig unerwarteten Nachricht, dass sie finanziell ruiniert war. *Ich hätte mir nie träumen lassen, dass ich mich über Papas Tod freuen würde, doch ich danke Gott dafür, dass er nie erfahren musste, was er angerichtet hat,* dachte sie bitter.

»Warum hat mir mein Vater nichts von diesem Thomas de Bouldin erzählt?«

»Er entschied sich dagegen, weil er hoffte, dass Sie sich bald verloben würden. Und als verheiratete Frau hätten Sie keinen Vormund gebraucht. Die Briefe zwischen Virginia und England sind bisweilen monatelang unterwegs. Und offenbar wurde Lord Grafton so krank, während er auf eine Antwort von Mr de Bouldin wartete, dass er sich keine Gedanken mehr darüber machen konnte, was am besten zu tun sei.«

Sophia dachte an das Laudanum und wusste, dass er recht hatte.

»Doch wenn Lord Grafton Thomas de Bouldin als Vormund für seine Tochter bestimmt hat, war er überzeugt, dass sie ihn als einen Freund betrachten könnte«, sagte der ältere Anwalt eindringlich.

»Das bedeutet also, dass ich die Wahl habe zwischen dem Witwenhaus und Virginia. Irgendwo muss ich schließlich leben.« Die Anwälte nickten. Ihre Mienen waren feierlich und mitleidig, ihre Gesichter lang. *Sie sehen aus wie menschliche Schafe,* dachte Sophia voller Abscheu. *Dumme, dumme Schafe.*

Sie konnte nicht ins Witwenhaus umziehen, es war einfach unmöglich. Sie holte tief Luft und sagte trotzig: »Also gut. Vermutlich ist es recht aufregend, nach Virginia zu reisen. Und das werde ich tun. Ich werde Thomas de Bouldins Einladung annehmen, doch ich statte ihm nur einen kurzen Besuch ab. Danach gedenke ich, auf Wildwood zu leben. Ich werde … ich werde … das Tabakgeschäft lernen und die Plantage verwalten, mit Mr Barkers Hilfe, bis die Schulden in England abbezahlt sind. Dann verkaufe ich Wildwood und komme zurück.«

Die Anwälte sahen sie entgeistert an. Sie wandten ein, dass Damen von diesen Dingen nichts verstanden, bis Sophias Gesichtsausdruck deutlich zeigte, dass sie auf diesem Punkt besser nicht herumreiten sollten. Stattdessen murmelten sie, dass sie selbstverständlich zu ihren Diensten stünden, um ihr bei den notwendigen Vorkehrungen behilflich zu sein. »Ende Juli geht ein Schiff, die *Betsy Wisdom*«, sagte einer von ihnen. »Es fährt nach Yorktown. Und noch diese Woche geht ein schnelles Postboot von London nach Virginia. Wenn wir Thomas de Bouldin jetzt eine Nachricht schicken, dass Sie mit der *Betsy Wisdom* kommen, erhält er sie noch rechtzeitig und kann Sie abholen. Das bedeutet, dass Sie nur ein paar Wochen Zeit haben. Wir raten Ihnen allerdings zur Eile, um den Atlantik nicht während der Herbststürme überqueren zu müssen. Sollen wir Ihnen eine Passage buchen?«

»Zwei Passagen, bitte schön. Mrs Grey wird mich natürlich begleiten. Und … nun, ich vermute, ich sollte besser gleich mit den Vorbereitungen für die Reise beginnen. Wenn Sie bitte so freundlich sein wollen, eine Nachricht für meine Schneiderin nach London mitzunehmen? Sie wird alles zusammenstellen, was ich für die Reise brauche.« Sophia stand auf, holte ein Blatt Papier aus ihrem Schreibtisch und notierte hastig einige Anweisungen.

Die Anwälte nahmen das Blatt an sich und versprachen, ihr die Besitzurkunde für die Plantage in Virginia sofort zukommen zu lassen, damit sie sie Thomas de Bouldin gleich nach ihrer Ankunft geben konnte. Sophia dankte ihnen knapp, und die Anwälte entfernten sich eilig.

Auf der Rückfahrt nach London waren sich die Anwälte einig, dass Miss Grafton nicht mehr von Tabak verstand als eine streunende Katze. Ihnen war jedoch sehr daran gelegen, dass sie England so bald wie möglich den Rücken kehrte, damit nicht durchsickerte, welche Rolle sie selbst beim Verlust des Grafton-Vermögens gespielt hatten. Überhaupt würde sie als künftige Plantagenbesitzerin in den Kolonien schon bald einen Ehemann finden und dortbleiben. Das wäre sicherlich die beste Lösung. Sie kamen überein, dass sie, um Sophia möglichst rasch loszuwerden, nicht nur die Kosten für die Schiffspassage tragen, sondern auch die Rechnung der Schneiderin begleichen würden. Das Geld der Graftons würde weder für das eine noch für das andere reichen.

Sophia wurde jäh aus ihrer lähmenden Trauer gerissen. Es gab so viel zu tun, und die Zeit verging wie im Fluge. Sie ließ die Diener das Haus gründlich putzen und lüften und gab Anweisung, das Silber, die Weinvorräte und einige Bücher aus der Bibliothek im Keller wegzuschließen, bis sie in ein paar Jahren wieder nach England zurückkehrte. Sie schrieb kurze Abschiedsbriefe an die Gutsfamilien in der Umgebung und empfing Besucher, die kamen, um ihr Lebewohl zu sagen. Die neuen Kleider, die sie für ihre Reise bestellt hatte, wurden geliefert und in die Reisetruhe gepackt, ohne dass sie sie auch nur angesehen hätte. Schließlich wickelte sie die Besitzurkunde für Wildwood und die dazugehörige Landkarte sorgfältig in Öltuch und schob beides in eine Ledertasche, die sie ebenfalls in der Truhe verstaute.

Nach einem herzzerreißenden Abschied von der Dienerschaft und einem letzten traurigen Besuch am Grab der Eltern machte sich Sophia zusammen mit Mrs Grey auf den Weg. Als die Kutsche durch die Ländereien der Graftons und Hawkhursts nordwärts Richtung London ratterte, vorbei an Hecken und Feldern, durch die kleinen Dörfer mit ihren Angern und Teichen und Kirchen, ermahnte sich Sophia, alles Bedauern zu unterdrücken. Die Ehe mit John hätte nichts geändert, und als seine Frau hätte sie nicht nach Virginia reisen und sich darum kümmern können, dass die Schulden auf dem Besitz der Graftons beglichen wurden. In ein paar Jahren würde sie zurückkehren und wieder hier leben, wo sie hingehörte.

Als sie zwei Tage später an Bord der *Betsy Wisdom* war, blieb sie an Deck, während Mrs Grey in der Kabine alles für die Reise herrichtete. Sie würden sich eine winzige Kabine teilen, die kaum groß genug war für zwei Damen und ihre Seekisten. Sophia konnte nicht begreifen, warum die Anwälte ihr keine Kabine für sie allein gebucht hatten.

In den vergangenen fünf Wochen war sie so mit den Vorbereitungen für ihre Abreise beschäftigt gewesen, dass sie an nichts anderes hatte denken können. Nun lehnte sie an der Reling und hatte nichts weiter zu tun, als auf die Docks von Billingsgate hinunterzusehen, wo sich Gepäckträger und Matrosen, Prostituierte und fliegende Händler unter die Passagiere mischten, die auf der Suche nach ihrem Schiff waren.

Sie rechnete sich gerade aus, wie viel von Lady Burnhams Hinterlassenschaft übrig blieb, wenn sie für die Kabine bezahlt hatte, als ihre Gedanken durch die lärmende Ankunft einer Gruppe verwahrlost aussehender Männer unterbrochen wurden, die sich anschickten, den Laufgang zu betreten. Sie wurden von Polizisten begleitet und warteten offenbar auf eine Horde heruntergekommener Frauen und schmutziger Kinder, die sich, mit Bündeln und Säuglingen beladen, einen Weg durch die Menschenmenge bahnten.

Die Polizisten scheuchten die wogende Masse den Laufgang auf die *Betsy Wisdom* hoch. Einige der Männer fluchten, einige der Frauen schluchzten, manche riefen nach ihren Kindern, viele Säuglinge weinten. Sophia fragte einen Matrosen, der gerade vorbeikam, warum diese Leute nach Virginia reisten. »Ach, Miss, das sind Verbrecher, wissen Sie, Mörder und Schuldner. Wenn man sie nicht aufknüpft oder ins Gefängnis wirft, dann werden sie deportiert. Müssen sich wie Sklaven verkaufen, sonst kriegen sie das Geld für die Überfahrt nicht zusammen«, antwortete der Matrose und hastete weiter.

Schuldner! Das Wort jagte Sophia einen Schauder über den Rücken. Schuldner landeten im Gefängnis. War sie, die Ehrenwerte Miss Sophia Grafton, auch nichts weiter als eine Schuldnerin, wie diese schmutzigen, zerlumpten Leute unter Deck? Ihre Augen füllten sich mit Tränen der Hoffnungslosigkeit.

Die Matrosen riefen etwas, der Kapitän gab lautstark Befehle, Matrosen rannten hin und her. Das Schiff glitt von seinem Ankerplatz hinaus auf den Fluss. Sophia blieb an Deck und sah zu, wie London mit seinen Kirchtürmen und der Kuppel der St.-Pauls-Kathedrale immer kleiner wurde, während sie den Windungen der Themse in östlicher Richtung zur offenen See folgten. Der Klang der Kirchenglocken wurde leiser und leiser. Sie passierten die Marschen bei Barking, über denen die Türme und Schornsteine von Eastbury Manor in den Himmel ragten.

Und wenn sie England nie wiedersehen sollte? Sie zog sich ihr Tuch enger um die Schultern, als könnte sie sich so gegen die trostlosen Gedanken wappnen, die in ihr aufstiegen. »Es ist nicht für immer. Der Tabak wird sich bezahlt machen, das sagen alle. Ich komme wieder nach Hause«, schwor sie. »Ich komme wieder«, rief sie den kreischenden Möwen entgegen, die das Schiff begleiteten. »Ich schwöre es. Ganz bestimmt, ich schwöre es.«

Der Wind trug ihr die spöttischen Schreie der Möwen zu. »Wer weiß, wer weiß, wer weiß.«

Kapitel 8

Die Drumhellers

London, Juli 1754

In den Tiefen des Gerichtsgebäudes spähte der Richter über den Rand seiner Brille auf die Gefangenen herab. Die wenigen, die Glück hatten, wurden zu Stockhieben verurteilt. Molly Drumheller kämpfte gegen die Übelkeit einer weiteren Schwangerschaft an und stillte den Säugling unter einem zerlumpten Tuch, während sie zuhörte, wie einem Gefangenen nach dem anderen wegen Diebstahl, Fälschungen oder Mord der Prozess gemacht wurde. Wenn sie jemals eine leise Hoffnung gehegt hatte, so war die längst verflogen. Sie zuckte jedes Mal zusammen, wenn der Richter seinen Hammer niedersausen ließ und ein Urteil verkündete. Immer und immer wieder setzte er seine schwarze Kappe auf und verurteilte mal diesen, mal jenen Gefangen »zum Tod durch den Strang und möge Gott seiner Seele gnädig sein«. Seine Stimme klang monoton, als sei ihm das Ganze lästig. Er wollte endlich fertig werden und zum Abendessen nach Hause gehen.

Es war nicht das erste Mal, dass sich Molly verwundert fragte, wie ihre Familie so tief hatte sinken können. Früher hatten sie einen kleinen Hof besessen, ein Stück Land vom großen Grundstück ihres Vaters. Dort lebten sie in einem kleinen Haus mit niedrigen Balkendecken, das sich gegen den frischen Wind duckte, der vom Meer her über die flache Küstenlandschaft von Suffolk wehte. Damals hatten sie Gänse und Hühner, die unter den Apfelbäumen pickten, außerdem einen Taubenschlag, ein Schwein und einen Stall mit zwei Kühen. Rufus' neu errichtete Schmiede lief gut, sodass sie einen Knecht anstellten, der auf dem Hof half, und zwei Lehrlinge, die Rufus bei der Arbeit zur Hand gingen. Die Jungen waren wohlgenährte, zufriedene Kinder. All das war nun ein goldener Traum aus ferner Vergangenheit.

Doch wie schnell hatte sich ihr Leben gewandelt, als ihr Vater starb. Ihr Halbbruder war wütend, weil ihr Vater dieses fruchtbare Stück Land einer Tochter aus zweiter Ehe überlassen hatte, die den Ruf der Familie in den Dreck zog, als sie den Sohn des Dorfschmieds heiratete. Er hatte das Testament vor Gericht angefochten und gewonnen, beanspruchte das Land für sich und heiratete kurz darauf die Tochter eines anderen Großgrundbesitzers aus der Gegend.

Der Verlust ihres Hofes und der Schmiede bedeutete den Ruin für Molly und Rufus. Ihnen blieb nichts anderes übrig, als in London ihr Glück zu versuchen, wo sie in einem einzigen Zimmer leben mussten. Die schmale, finstere Straße, in der sie wohnten, starrte vor Schmutz. Dort hausten viele arme Familien auf engem Raum, verwundete Veteranen, die aus dem Krieg mit Frankreich übrig geblieben waren und kaum etwas zum Beißen hatten, Taschendiebe,

Betrüger und die trostloseste Sorte von Prostituierten: die alten mit ihren verfaulenden Nasen, die vom Gin lebten und kaum noch in der Lage waren, ihre Ware im Schatten der Häuser feilzubieten. Molly fühlte sich eingesperrt. Sie vermisste die Dünen und den frischen Fisch aus dem Meer und den rauen Wind über East Anglia, der alles sauber fegte. In London sog sie mit jedem Atemzug Schmutz, üble Gerüche und Elend ein.

In dem verzweifelten Versuch, seine Familie zu ernähren, hatte Rufus es mit Taschendiebstählen versucht, doch eine Bande von Taschendieben hatte ihn halb totgeprügelt und ihm die Nase gebrochen. Mit den Narben, die er im Gesicht zurückbehalten hatte, sah er aus wie ein Verbrecher. Irgendwie war es ihm gelungen, die Jungen als Lehrlinge bei einem Bäcker unterzubringen. Damals war ihnen das wie ein unerwarteter Glücksfall vorgekommen.

Nun sah Molly zu dem Fenster empor, das hoch oben in die Decke des Gerichtssaals eingelassen und mit Gitterstäben versehen war, sodass jeder Fluchtversuch zum Scheitern verurteilt war. Darunter beugte sich der Gerichtsschreiber so tief über sein Papier, dass er fast mit der Nase daranstieß, als er versuchte, in dem schwachen Licht den Verlauf der Verhandlungen zu protokollieren.

Der Gerichtsschreiber rief den Namen aus, der als Nächstes auf seinem Zettel stand. Ein zerlumpter Mann und zwei Jungen, die ihm gerade bis zum Ellbogen reichten, traten vor.

»Sie heißen Rufus Drumheller?«

»Ja, Euer Ehren.«

Die Jungen schnieften und ließen den Kopf hängen. In der vordersten Reihe im Gerichtssaal, in dem es nach ungewaschenen Leibern roch, wiegte sich Molly leise weinend hin und her. Sie hoffte verzweifelt, dass die drei zu

Stockhieben verurteilt würden. Als der Gerichtsschreiber den nächsten Namen auf der Liste ausrief, funkelte ein dicker Mann die beiden Jungen und den Mann auf der Anklagebank böse an.

»Toby Drumheller?«, fragte der Schreiber ungeduldig. »Wer von euch ist Toby Drumheller? Antworte, Junge!«

Rufus stupste den größeren der beiden Jungen an.

»Ja, Euer Ehren«, murmelte der Junge trotzig, ohne den Blick zu heben.

»Und du bist Jack Drumheller?«

Der kleinere Junge nickte. »Ja«, brachte er schluchzend hervor.

Die Jungen waren starr vor Angst. Und sie hatten allen Grund dazu.

Der Schreiber las die Anklage vor – Diebstahl und Brandstiftung. Die Jungen waren als Lehrlinge bei dem Bäcker beschäftigt. Sie waren angeklagt, Brot gestohlen und das Feuer gelegt zu haben, das die Bäckerei bis auf die Grundmauern niederbrannte. Der Bäcker trat vor, um seine Aussage zu machen. Die Jungen seien durch und durch schlecht, schmutzig, unehrlich und ungehorsam, voller Fehler, die sich nicht durch Schläge beseitigen ließen – kurzum: Sie seien die schlimmsten Lehrlinge, die er jemals bei sich aufgenommen habe. Aus reiner Gutherzigkeit habe er sie beschäftigt, er habe einer armen Familie helfen wollen. Und so habe man ihm seine Großmut gedankt: die Bäckerei in Schutt und Asche gelegt, die Lebensgrundlage seiner Familie zerstört! Der Bäcker beteuerte, Rufus Drumheller habe Rache geschworen, weil er seine nichtsnutzigen Söhne notwendigerweise züchtigen musste.

Rufus Drumheller, der Vater der Jungen, stand an dem Geländer der Anklagebank und stritt vehement ab, seine Söhne angestiftet zu haben, den Brand in der Bäckerei zu legen. Der Bäcker habe die Jungen halb verhungern lassen, bis sie vor lauter Verzweiflung einen Laib Brot aus dem Ofen gezogen hätten. Dass dabei glühende Kohlen auf den Boden gefallen seien und die Bäckerei in Brand gesetzt hätten, sei ein Unfall gewesen. Sie hätten es weder beabsichtigt noch vorhergesehen. Die Jungen seien jung und hungrig gewesen, doch sie hatten dem Bäcker keinen Schaden zufügen wollen.

Der Bäcker unterbrach ihn wütend und schrie, sie seien allesamt Lügner und Diebe.

Der Richter schnaubte und rief beide Parteien zur Ordnung.

»Meine Herren Geschworenen! Sie haben gehört, welch ein Unglück dem ehrlichen Bäcker widerfahren ist. Sie haben gehört, was diese unehrlichen Gefangenen dazu zu sagen haben. Bedenken Sie Ihren Eid und Ihre Pflicht und tun Sie, was Gott Ihrem Gewissen rät.«

Die Geschworenen nickten und verkündeten innerhalb weniger Minuten, zu welchem Schluss sie gekommen waren: »Schuldig!«

Molly weinte laut auf, beide Jungen brachen in Tränen aus, und in Rufus Drumhellers Gesicht stand pure Verzweiflung.

Der Richter nahm seine schwarze Kappe, die griffbereit auf seinem Pult lag. »Schuldig. Ich verurteile dich, Rufus Drumheller, dich, Toby Drumheller, und dich, Jack Drumheller, zum Tod durch den Strang und möge Gott eurer Seele gnädig …«

Der Gerichtsschreiber zupfte den Richter am Ärmel.

Der Richter hielt inne und sah ihn verärgert an. »Was ist?«

Der Schreiber reckte sich zu ihm hoch und flüsterte ihm etwas ins Ohr.

Ohne seine Kappe abzusetzen, fuhr der Richter fort: »Ich verurteile euch zum Tod durch den Strang … doch in seiner Gnade bietet euch dieses Gericht die Möglichkeit, stattdessen die Deportation nach Virginia zu wählen. Dort verdingt ihr euch als Schuldknechte, um die Kosten für die Überfahrt abzuzahlen, und büßt mit harter Arbeit für eure Missetaten.«

Die Jungen sackten gegen ihren Vater, der ihnen den Arm um die Schultern legte, um sie aufrecht zu halten. Er warf seiner Frau auf der Zuschauerbank einen fragenden Blick zu. Sie sah ihn mit aufgerissenen Augen an und nickte heftig. *Alles ist besser als der Tod, Rufus.*

»Nun? Antworte!«, verlangte der Richter barsch.

»Bitte, Euer Ehren … Deportation. Danke, Euer Ehren.«

Der Richter zuckte die Achseln. Die Elenden entschieden sich nur selten für den Strang, obwohl er insgeheim der Ansicht war, es sei besser, im Handumdrehen ins Jenseits befördert zu werden. In der Kolonie von Virginia ging es rau zu, dort wimmelte es nur so von Menschenfressern, von den wilden Tieren ganz zu schweigen. Doch solange die Schurken von Londons Straßen verschwanden, sollte es ihm recht sein. »Schreiber, machen Sie die Anweisung für die Überfahrt fertig, sie sollen England so bald wie möglich verlassen.«

»Bitte, Euer Ehren, meine Frau, die Mutter der Jungen …«, stammelte Rufus und zeigte auf Molly.

Stirnrunzelnd sah der Richter auf die jämmerliche Gestalt mit ihrem Säugling herunter. Die Kolonie brauchte alle Arbeitskräfte, die sie kriegen konnte, und wenn die Frau hierbliebe, würde sie nur noch mehr Verbrecher in die Welt setzen. Sie konnte also ebenso gut nach Virginia fahren und dort für Nachwuchs sorgen. »Soll auch deportiert werden«, ordnete er an. »Ihr Name?«, blaffte er.

»Molly Drumheller, Euer Ehren.«

»Gleich heute Abend geht ein Schiff, Euer Ehren«, murmelte der Schreiber, während er hastig die Namen der Passagiere notierte. »Die *Betsy Wisdom*, nach Yorktown.« Er erlaubte sich ein zufriedenes kleines Lächeln. Für jeden Sträfling, der durch sein Zutun nach Virginia geschickt wurde, bekam er ein Kopfgeld. Die Drumhellers würden so lange in Schuldknechtschaft bleiben, bis sie die Kosten für die Überfahrt erarbeitet hatten, und er war bald um zehn Schilling reicher.

Molly wurde eingeschärft, sich zu beeilen, und so trocknete sie sich die Augen und hastete davon, um die Habseligkeiten der Familie zusammenzuraffen und sich dann auf den Weg zur Themse zu machen. Am Dock herrschte heilloses Durcheinander, und Molly hielt den Säugling und ihre armseligen Bündel fest an sich gedrückt, während sie an den Wachen vorbeihuschte und sich ängstlich nach ihrem Mann und den Jungen umschaute. Auf den Schiffen standen Namen geschrieben, doch Molly konnte nicht lesen, daher fragte sie erst schüchtern, dann immer drängender, wo die *Betsy Wisdom* vor Anker lag. Sie hatte Angst, die Abfahrt zu verpassen und zurückzubleiben. Dann jedoch wies ihr ein Matrose den Weg, und zu ihrer Erleichterung sah sie ihren Mann und ihre Söhne in einer Gruppe von Sträflingen stehen, die von Polizisten bewacht wurde. Ein Schiff ragte über ihnen auf. Auf den Decks über ihren Köpfen rannten Matrosen hierhin und dorthin und riefen Kommandos, während sie alles zum Ablegen bereit machten. Starr vor Schrecken blickte Molly zum Bug hinauf. Als sie eine gut gekleidete Frau an Deck stehen sah, beruhigte sie sich etwas. Wenn sich eine feine Dame wie sie auf dieses Schiff wagte, würde es vielleicht doch nicht so schlimm werden. Rufus und die Jungen waren mit dem Leben davongekommen, das war die Hauptsache.

Die Matrosen schubsten die Sträflinge und ihre Familien unsanft über den Laufgang an Bord in ein übel riechendes Loch, in das immer mehr Leute hineingezwängt wurden. Die Drumhellers fanden sich in einer winzigen, dunklen Ecke wieder, mit zwei übereinander angebrachten Holzplanken als Kojen.

»Das Klosett?«, fragte Molly flüsternd und zog sich das Umschlagtuch enger um die Schultern. Sie war im vierten Monat schwanger und musste ständig zum Klosett.

»Da!«, sagte ein Matrose und deutete auf ein zerfetztes Stück Segeltuch. Dahinter befand sich ein Loch, durch das man das Wasser sehen konnte. Vom Deck drangen laute Rufe und Schritte zu ihnen herunter.

»Fertig zum Ablegen!«

Die Leute, die eng zusammengedrängt in dem Laderaum saßen, tauschten angstvolle Blicke, doch jetzt war es zu spät. Selbst wenn sie die Wahl gehabt hätten, es sich anders zu überlegen, es gab kein Zurück mehr.

»Aye, aye.« Die Luke über ihren Köpfen schlug krachend zu.

»Fahren wir schon?«, fragte Toby mit weit aufgerissenen Augen. »Wann sind wir in Virginia? Werden wir auch Wilde sehen?«

»Ich habe Hunger«, jammerte Jack.

»Schhhh«, sagte Molly und legte ihm den Arm um die schmalen Schultern.

Der Matrose erschien noch einmal, verteilte harte Kekse, zeigte auf ein Wasserfass und eine Schöpfkelle und verschwand wieder durch die Luke. Die Drumhellers kauerten sich in ihrer Ecke zusammen und versuchten, an ihrem Schiffszwieback zu nagen.

Rufus und Molly sahen einander besorgt an, als sich das Schiff schwankend in Bewegung setzte. Der Säugling begann zu wimmern und Molly gab ihm die Brust. Toby und Jack legten den Kopf auf ihren Schoß.

»Bin froh, dass sie uns nicht gehängt haben«, murmelte Toby schläfrig. Jack hatte sich den schmutzigen Daumen in den Mund geschoben und nuckelte schweigend daran. Molly strich ihm über den Kopf.

»Alles wird gut, Molly«, flüsterte Rufus. »Sieben Jahre, die bringen wir hinter uns, und dann bauen wir uns ein neues Leben auf. Ich habe gehört, dass man leicht an Land kommen kann. Ich baue uns ein Haus, so richtig gemütlich. Wir bekommen auch wieder unseren eigenen Hof, das verspreche ich dir, und eine Kuh oder sogar zwei, so wie früher. Stell dir vor, dann kannst du wieder Butter machen, wie? Wir pflanzen Obstbäume, und Hühner kriegst du auch. Oder sogar Gänse, obwohl sie so viel Lärm machen. Eine Gans zu Weihnachten, was meinst du? Die Jungs werden dick und rund, und vielleicht wirst du auch dick und rund, was, Molly? Auch wenn du so ein zartes kleines Ding bist und …«

»Ich werde bestimmt nie dick und rund, Rufus!«

Rufus lachte. »Wart's ab. Mit jedem neuen Kind wirst du dicker und runder. Bestimmt bekommen wir noch ein, zwei Töchter. Du wirst sehen, Virginia ist nicht so schlimm, wie sie alle sagen.«

»Ha!«, schnaubte ein Mann von der benachbarten Koje. »Virginia ist nicht so schlimm, sagst du? Da wimmelt's nur so von Bestien, so groß wie 'n Haus, und Wilden, die dir die Kehle durchschneiden, dich skalpieren und dein Gehirn essen. Die feinen Herren, die weißen Männer, behandeln einen wie Sklaven, lassen dich halb verhungern und prügeln dich und schinden dich, bis du dich hinlegst und stirbst wie 'n Hund, lange bevor die sieben Jahre rum sind.«

Molly hörte nicht mehr hin. Sie lehnte den Kopf an die Schulter ihres Mannes und schlief bald erschöpft ein. Als sie aufwachte, stampfte das Schiff durch die Wellen, und sie hörte, wie sich Leute übergaben. Einige Kinder weinten. Sie drückte ihre schlafenden Jungen an sich und versuchte, die aufkommende Übelkeit zu unterdrücken. Irgendwo begann eine Frau zu beten.

In dem schwach erleuchteten, überfüllten Laderaum glich ein höllischer Tag dem anderen. Sie spürten, wie sich das Schiff hob und senkte. Auf und nieder, auf und nieder ging es, bis die Passagiere jedes Gefühl für die Zeit verloren hatten. Die ständige Bewegung machte sie seekrank, und es stank nach Erbrochenem. Die Matrosen warfen ihnen Schiffszwieback und Erbspüree herunter, doch kaum jemand konnte etwas essen. Alle hatten Durst, doch Dünnbier, das selbst die Ärmsten zu Hause getrunken hätten, gab es nicht, und das Wasser schmeckte faulig.

Die Drumhellers saßen eng zusammengepfercht in ihrer Ecke. Molly hatte das Gefühl, als hätten die Jungen Fieber, doch dann dachte sie, sie sei diejenige, die Fieber hatte. Ihr war ständig übel, selbst im Schlaf ließ die Übelkeit nicht nach. Der Säugling weinte vor Hunger, wenn sie versuchte, ihn zu stillen. Dann wachte sie eines Tages auf und das Kind war verschwunden. Eine Frau sagte, es sei nun an einem besseren Ort. Molly weinte nicht. Sie ließ sich wieder auf die Holzplanke sinken und hörte ihrem Mann zu, der von Bauernhöfen und Kühen und der Neuen Welt sprach, von Weiden und Wäldern und Flüssen … Ihr war schwindelig, und ihr Mund war so entsetzlich trocken.

Sie träumte von einem dunklen Wald, wandte sich hierhin und dorthin, versuchte zu fliehen, sich zu verstecken, doch aus den Schatten kamen die wilden Tiere und folgten ihr unerbittlich. Ein Tier, so groß wie ein Haus, packte sie um die Taille, schlug seine gewaltigen Zähne in ihren Unterleib und riss sie in Stücke, sie war jedoch zu müde, um sich zu wehren. Schließlich wurde der Schmerz größer als das Bedürfnis, einfach weiterzuschlafen. »Molly! Molly! Wach auf!«, hörte sie jemanden rufen.

Sie wachte kurz auf und stöhnte. Der Schmerz war kein Traum. Ihr Mann stand mit einem blutigen Stofffetzen da und sah verwirrt zu ihr herunter. Zwei Frauen schoben ihn beiseite und beugten sich über sie. Sie hoben ihre Röcke hoch. »Die Arme, sie hat das Kind verloren, dieses arme kleine Ding.«

»Gib mir ein Stück von deinem Unterrock. Nell, komm her, wisch das Blut weg.« Durch einen Schleier sah sie Gesichter, die kamen und gingen. Über ihr hing eine schwankende Laterne. Warum stand die Welt nicht still? Dann erinnerte sie sich. Sie waren auf einem Schiff. Sie und Rufus und die Jungen, sie waren irgendwohin unterwegs ... nach Virginia. Ein Stück Land. Ihre eigene Kuh. Hühner im Obstgarten, die Jungen rund und gesund, frische, frische Luft ...

»Rufus ...«

»Alles wird gut, Molly!«

»Mutter!«

Das wilde Tier hockte im Schatten und wartete. Sie spürte, dass es da war.

»Das sieht mir nicht gut aus.«

»Sei still, Nell!«

»Mutter!« Ein Junge weinte leise. Wer war er? Molly versuchte, sich an die Namen ihrer Söhne zu erinnern. Sie schlug die Augen auf.

Toby. Rufus sagte etwas, irgendetwas von Land und Kühen, und Jack stand mit offenem Mund da. Doch ihre Stimmen kamen von weither, das Rauschen in ihren Ohren übertönte alles. Sie hatte Durst. Sie wollte um etwas zu trinken bitten. Etwas packte sie und trug sie weg. Sie war wieder im Gerichtssaal, der Richter beugte sich mit grimmigem Blick über sie, als das wilde Tier seine Zähne erneut in ihren Leib hieb. »Gnade, Euer Ehren«, keuchte Molly, »Gnade für meine Jungen.« Und dann entglitt sie den Pranken des wilden Tieres und tauchte ein in die Dunkelheit.

Kapitel 9

Die Kolonie Virginia

September 1754

Das Meer wurde ruhiger, als sie sich der Karibik näherten, um dann nach Norden Richtung Virginia zu segeln. Sophia war nicht mehr seekrank, und ihre trübselige Stimmung wandelte sich. Sie legte sich einen hübschen Kaschmirschal um die Schultern und ging an Deck, während Mrs Grey, die sich immer noch elend fühlte, in der Kabine blieb. Der Himmel leuchtete warm und blau. Die leichte Brise war erfrischend, und das Meer schimmerte in wunderbar klarem Aquamarinblau in der Sonne. Sophias offenes Haar wehte im Wind, und das Licht und die Wärme der Sonne belebten sie. Nach den Schrecken der Überfahrt war es einfach herrlich, den strahlenden Himmel zu sehen und lebendig zu sein. Als Kind war sie immer gern mit ihrem Vater gereist, und die Aussicht auf ihr Leben in Virginia weckte ihre Abenteuerlust. Es versprach auf jeden Fall, interessant zu werden, und sie freute sich darauf, den alten Freund ihres Vaters und seine Frau kennenzulernen. Und sie war neugierig auf Wildwood, ihr neues Zuhause. Wenn man nach Mr Barkers Zeichnungen ging, war das Haus recht ansehnlich. Obwohl sie ihre Zweifel hatte, ob der Garten tatsächlich so aussah, wie er ihn darstellte – mit dichten Rosenbüschen und Wegen, gesäumt von hohen Buchsbaumhecken. Sie konnten unmöglich so schnell gewachsen sein. Der Gärtner in Sussex hatte immer gesagt, dass sich Rosen Zeit ließen beim Wachsen, aber vielleicht war der Boden in Virginia ja ungewöhnlich fruchtbar.

Sie hatte so viele Pläne! Sie wollte alles über Tabak lernen – wie er wuchs, wie er nach England transportiert wurde und wie schnell sie genug davon verkaufen konnte, um die Schulden zu begleichen und nach England zurückzukehren. Sie wollte die Aufgabe, die vor ihr lag, zielstrebig und mit Energie angehen und war fest entschlossen, Wildwood zu mögen, in welchem Zustand der Rosengarten auch immer sein mochte.

Als die *Betsy Wisdom* an einem warmen Septembermorgen in Yorktown anlegte, wirkte die sonnenbeschienene Küste heiter und einladend. Das einzig Unangenehme war der entsetzliche Gestank, der aus der offenen Ladeluke drang, als die Sträflinge herausgeführt wurden. Die schmutzigen, ausgemergelten Gestalten hatten kaum noch Ähnlichkeit mit menschlichen Wesen. Sie sahen eher aus wie bleiche graue Würmer, als sie blinzelnd ins helle Sonnenlicht traten. Mrs Grey umklammerte Sophias Arm, als sie das Schiff verließen, und jammerte, dass der Boden unter ihren Füßen immer noch zu schwanken schien. Inmitten des geschäftigen Treibens am Kai stand ein Mann, offenbar ein Sheriff, der die Namen auf der Passagierliste vorlas und die Passagiere vom Unterdeck mithilfe einiger Mitglieder der Bürgerwehr zusammentrieb, bevor sie als

Schuldknechte versteigert wurden. Sie sahen nicht sonderlich vielversprechend aus, fand Sophia.

Ein schwarzer Sklave in schlecht sitzender Livree schob sich an ihnen vorbei und rief: »Graf'n? Graf'n?« Als Sophia ihn fragte, ob er Grafton meinte, antwortete er, ja, wahrscheinlich meine er Grafton. Ob sie »Miss Sophy« sei, wollte er wissen und zeigte auf eine Kutsche mit dem Wappen der de Bouldins auf der Tür. Sie würde die Damen nach Williamsburg bringen, wo »Massa« im Abgeordnetenhaus zu tun habe. Als sie sich der Kutsche näherten, bemerkten sie zu ihrem Erstaunen, dass der Kopf des Kutschers in einem Gebilde steckte, das Ähnlichkeit mit einem Vogelkäfig hatte und mit einem Schloss um seinen Hals gekettet war. Es sah entsetzlich schwer und unbequem aus, vor allem, weil er die Fliegen, die sich auf seinem Gesicht niederließen, nicht wegscheuchen konnte. »Wie kann der arme Kerl denn essen oder schlafen?«, flüsterte Mrs Grey entgeistert.

Ihre Koffer und Truhen wurden auf einen Wagen geladen, der vor ihnen herfuhr und eine warme Staubwolke aufwirbelte, die sie zu ersticken drohte. Sophia und Mrs Grey machten es sich so gut es ging in der Kutsche bequem. Bei näherem Hinsehen erwies sie sich als schäbig und heruntergekommen. Der Lack blätterte ab, die Sitze waren hart und an den Fenstern fehlten die üblichen Ledervorhänge, die sie vor der heißen Sonne geschützt hätten. Auf der langen Fahrt nach Williamsburg wurden sie erbarmungslos durchgeschüttelt, und Mrs Grey wurde von der schwankenden Bewegung der Kutsche übel.

Am späten Nachmittag ertönte endlich der erlösende Ruf: »Ladys, wir sind da!« Sophia und Mrs Grey stiegen aus und betrachteten das hübsche, von einer Buchsbaumhecke umgebene Haus. Der gute Eindruck währte jedoch nicht lange. Das Innere des Hauses war wie die Kutsche in einem erbärmlichen Zustand. Offenbar hielten die de Bouldins nicht sehr auf Ordnung und Sauberkeit. Alles war staubig, die Böden stumpf, die Stuckverzierungen an den Decken fleckig, die türkischen Teppiche von Mäusen angenagt, und in den offenen Kaminen türmte sich die Asche längst verloschener Feuer. Im ganzen Haus roch es unangenehm nach etwas Fauligem oder nach ungeleerten Nachttöpfen. In den Schlafzimmern, in die die Damen geführt wurden, hingen die Vorhänge herunter. Die Ecken der Zimmerdecke waren voller Spinnweben, in denen sich Fliegen verfangen hatten. Von den Fenstern aus konnten sie den überwucherten Küchengarten und ein paar Hütten sehen, die Sophia zunächst für Hundezwinger gehalten hatte. Es waren jedoch die Unterkünfte der Sklaven.

Die beiden Damen sahen einander bestürzt an.

»Vermutlich ist die arme Madame de Bouldin zu krank und kann das Personal nicht anweisen«, murmelte Mrs Grey schließlich.

»Wir müssen uns den Staub abwaschen«, meinte Sophia. Sie zog ein paarmal an einem Glockenstrang. Nach einiger Zeit erschien ein barfüßiges Negermädchen in einem zerlumpten Kleid und erkundigte sich, was sie wollten. Sophia fragte sie nach ihrem Namen und war erstaunt, dass das Mädchen Venus hieß. »Nun, Venus, bitte bringen Sie uns sofort heißes Wasser und Seife.« Venus schlurfte davon, und es dauerte fast eine Stunde, bis sie mit einem Krug lauwarmem Wasser und einem winzigen Stückchen gelber Seife wiederkam. Als Sophia sagte, sie würden das Abendessen in ihren Zimmern einnehmen, weil sie müde seien, zuckte Venus nur die Schultern und verschwand. Die beiden Damen schliefen ein, ohne zu Abend gegessen zu haben.

Thomas de Bouldin lernten sie erst am nächsten Tag beim Frühstück kennen, einem trostlosen Mahl mit dünnem Tee und grobem gelben Brot, das nicht dazu angetan war, ihre Stimmung zu heben. Die Begegnung mit ihrem Gastgeber ernüchterte Sophia jedoch vollends. Er hatte ein rotes Gesicht und eine laute Stimme, war groß und so dick, dass er fast die Knöpfe von seiner fleckigen Weste sprengte. Er trug schmutzige Kniebundhosen und stank trotz der frühen Stunde nach Brandy. Jede Hoffnung, dass sich hinter dieser derben Fassade ein freundliches Herz verbergen könnte, zerschlug sich bald. Nachdem er Sophia in knappen Worten sein Beileid über den Tod ihres Vaters ausgedrückt hatte, teilte er den Damen mit, dass sie zu seiner Plantage im Süden der Kolonie aufbrechen würden, sobald die *Publick Times* vorüber seien.

»*Publick Times* ... was ist das? Und wann sind sie vorbei?«, fragte Sophia.

Thomas fischte eine Fliege aus der Butter, die in der Hitze dahinschmolz. »*Publick Times* ist, wenn die Abgeordneten zusammenkommen. Ich bin Abgeordneter. Wir werden gewählt, um unsere Pflicht zu tun und Gesetze zu erlassen und die Kolonie mithilfe des Gouverneurs zu regieren. Abgeordneter zu sein ist manchmal verdammt lästig, aber gewählt ist gewählt.« Er grinste verschlagen. »Eine ordentliche Portion Whiskey am Wahltag und schon ist alles geregelt.«

»Und wie lange dauern diese Zusammenkünfte der Abgeordneten?«

»Noch einen Monat, schätze ich. Und dann fahren wir auf die Plantage.«

»Wie Sie wünschen, Sir. Wir werden bereit sein«, willigte Sophia ein. Offenbar hielt Thomas das Gespräch damit für beendet, denn er fiel wortlos über sein Frühstück her. Gleichwohl unternahm Sophia den Versuch, höfliche Konversation mit ihm zu machen. »Sir, können Sie mir sagen, was Ihr Kutscher da auf dem Kopf trägt? Es sieht aus wie ein Vogelkäfig«, fragte sie mit leicht erhobener Stimme, um den Lärm zu übertönen, mit dem er das Essen in sich hineinschaufelte.

»Pah, Nigger sind reine Teufel. Der Dummkopf hat versucht davonzulaufen. Weit ist er nicht gekommen, die Miliz hat ihn ordentlich ausgepeitscht. Das dürfte er so bald nicht vergessen. Dann hab ich ihm den Käfig an den Kopf schmieden lassen. In Zukunft wird er sich zweimal überlegen, ob er davonrennt! Diese Nigger brauchen eine feste Hand, wissen Sie. Sonst bringen sie uns alle um, bevor wir's uns versehen.« Dann wünschte er den Damen knapp einen »Guten Tag« und verschwand. Mrs Grey und Sophia sahen sich entsetzt an.

Sophias Eindruck von Thomas wurde auch nicht besser, als sie ihn näher kennenlernte. Offenbar fanden die Leute in Williamsburg ihn jedoch weder seltsam noch sonderlich ungehobelt. Als Mitglied des Abgeordnetenhauses wurde er überall eingeladen, und als sein Mündel war sie ebenfalls willkommen. Mrs Grey begleitete sie stets, und obwohl Sophia ihre unterwürfige Art früher oft auf die Nerven gegangen war, war sie jetzt dankbar für die Gesellschaft der zurückhaltenden, wohlerzogenen älteren Dame. Trotz der Gastfreundschaft, die sie in den wunderschönen Häusern in Williamsburg und auf den umliegenden Plantagen erfuhr, hatte Sophia den Eindruck, dass etwas Rohes und Unbehagliches in der Luft lag. Die Gegenwart der Sklaven wirkte bedrohlich. Fast schien es, als entstünde etwas Böses, das alles durchdrang, wenn ein Mensch ein anderes menschliches Wesen als sein Eigentum beanspruchte, sodass das Gute in den Seelen sowohl der Herren als auch der Sklaven zunichtegemacht wurde.

Wenn sie allein waren, beklagte sich Sophia bei Mrs Grey: »Diese Leute geben vor, Christen zu sein, doch wie können sie das mit ihrem Gewissen vereinbaren? Statt Diener anzustellen, behaupten sie, dass die Sklaven ihnen gehören, wie Pferde und Kühe. Und ihre einzige Sorge ist, wie sie verhindern können, dass die Sklaven sich zusammenrotten, einen Aufstand anzetteln und ihren Besitzern das Dach über dem Kopf anzünden. Wenn es auf meiner Plantage tatsächlich Slaven gibt, schwöre ich, dass ich sie auf der Stelle freilasse.« Allerdings lernten beide Frauen schnell, solche Ansichten im Beisein ihrer neuen Bekannten besser für sich zu behalten. Stattdessen berichteten sie von der neuesten Mode in London und beteiligten sich ansonsten an dem, was die Gemüter in Williamsburg bewegte: Hochzeiten, Skandale, entflohene Sklaven, der Tanzlehrer, der kürzlich aus Italien nach Virginia gekommen war, und wann die Franzosen am Ohio endlich vertrieben wurden.

Dann wurde Mrs Grey eines Abends auf einem Ball einem Tabakpflanzer vorgestellt, dessen Frau vor Kurzem gestorben war. Er bewirtschaftete eine Plantage im Norden der Kolonie und stand nun mit sechs kleinen Kindern allein da. Nach der kürzesten Trauerzeit, die der Anstand zuließ, war er nach Williamsburg geeilt, um sich nach einer neuen Frau umzusehen. Nachdem er den ganzen Abend mit Mrs Grey getanzt hatte, hielt er um ihre Hand an, und sie ergriff die Gelegenheit beim Schopfe. Gleich am nächsten Morgen packte sie ihre Sachen, nahm von Sophia ihren letzten Lohn entgegen und gab ihr zum Abschied einen Kuss. Sie verließ Williamsburg an der Seite ihres zukünftigen Gatten, noch bevor das Aufgebot bestellt war.

In England hätte ein derart überstürzter Entschluss für missbilligendes Stirnrunzeln gesorgt. Den Heiratsantrag eines Mannes anzunehmen, den man erst ein paar Stunden kannte, hätte ebenso Anstoß erregt wie die Eile, mit der sich der Witwer auf die Suche nach einem Ersatz für seine verstorbene Frau gemacht hatte. Doch obwohl sie noch nicht lange in Virginia war, wusste Sophia bereits, dass das, was man in England als feinfühliges Verhalten ansehen würde, hier oft genug von praktischen Erwägungen verdrängt wurde. Eine Ehe so kurzfristig einzugehen, galt keineswegs als ungewöhnlich oder unschicklich. Frauen, vor allem wenn sie nicht mehr ganz jung waren, fanden sich meist ohne Murren damit ab, dass sich ihr zukünftiger Mann nicht die Mühe machte, sie lange zu umwerben. Der Alltag auf einer Plantage ließ ihnen dazu kaum Zeit, selbst wenn ihnen der Sinn danach gestanden hätte.

Eine Plantage, die sich auf Sklavenarbeit stützt! Wie ihr das wohl gefallen wird?, dachte Sophia. Sie war wütend, dass Mrs Grey sie ihrem Schicksal überließ, doch sie konnte nichts daran ändern. Sie fühlte sich ausgeliefert und äußerst unwohl. Thomas trank recht viel. Und es gab eine Gruppe junger Negerinnen, die offenbar allein dazu da waren, ihm als Konkubinen zu dienen – jedenfalls verrichteten sie keine Hausarbeit. Sophia achtete darauf, nachts ihre Zimmertür abzuschließen. Sie beschloss, sich vor allem in Anne de Bouldins Nähe aufzuhalten, sobald sie auf Thomas' Plantage waren. Sie würden dort nicht lange bleiben, sondern bald nach Wildwood aufbrechen. *Doch die arme Anne*, dachte sie. *Wusste sie von Thomas' lasterhaftem Treiben?*

Die Aussicht auf einen Besuch bei den de Bouldins bedrückte Sophia, doch sie wusste nicht, wie sie es anstellen sollte, in Williamsburg zu bleiben. Außerdem musste sie Anne der Höflichkeit halber ihre Aufwartung machen. Zu allem Überfluss hatte sie kaum noch Geld, nachdem sie Mrs Grey bezahlt hatte, und überlegte, ob sie vielleicht etwas von ihrem Schmuck verkaufen könnte. Inzwischen hatte sie Erkundigungen über Wildwood eingeholt und wusste, dass sich die Plantage weit weg im Südwesten der Kolonie befand. Zum Glück lag der Besitz der de Bouldins in dieser Richtung, sodass sie einen Teil der Wegstrecke hinter sich hatte, wenn Thomas sie bis zu seiner Plantage mitnahm. Allerdings hatte sie keine Ahnung, wie weit es von dort aus bis zu ihrem eigenen Grundstück war.

Währenddessen waren die Virginier entzückt von Sophia. Als Tochter eines Viscounts und schöne junge Erbin, die gerade erst aus England angereist war, umgab sie der Reiz des Neuen. Sie bemitleideten sie, weil ihr Vater gestorben war, und nahmen sie unter ihre Fittiche. Die feinen Damen von Williamsburg baten sie fast jeden Tag zum Tee. Wenn sie zum Essen auf einer der Plantagen in der Umgebung eingeladen war, bot man ihr an, über Nacht zu bleiben und am nächsten Tag in der Familienkutsche zu Thomas zurückzukehren. Sophia war erstaunt, wie sehr sich die eleganten Anwesen, in denen sie eingeladen war, von Thomas' schmutziger und heruntergekommener Behausung unterschieden. Wahrscheinlich, so vermutete sie, war sein Haus auf der Plantage ebenso angenehm und hübsch eingerichtet wie die ihrer neuen Bekannten.

Mittlerweile freute sich Sophia darauf, ihre eigene Plantage zu sehen. Dass Wildwood eine ausgedehnte Besitzung war, war allgemein bekannt. Hier bot sich also jede Menge Gesprächsstoff für Sophia und ihre Gastgeberinnen.

Als Sophia verkündete, dass sie dort allein wohnen wollte, waren sie schockiert und warfen einander vielsagende Blicke zu. Eine attraktive junge Plantagenbesitzerin würde nicht lange ohne Ehemann bleiben.

Sophia wusste ihre Freundlichkeit und ungezwungene Gastfreundschaft zu schätzen, auch wenn ihr ihre

Umgangsformen etwas weniger elegant, ihre Ausdrucksweise etwas unverblümter und ihre durch den Alltag auf den Plantagen geprägten Gewohnheiten ein wenig ungehobelter erschienen, als sie es von England gewöhnt war. Zu ihrem Vergnügen gaben sie sich nicht die geringste Mühe, ihre Neugier zu verbergen, und bombardierten sie mit Fragen.

»Und liegt Wildwood an einem Fluss, Miss Grafton?«

»Ja, auf der Karte kann man einen Fluss sehen, der sich durch das Gelände schlängelt. Aber ich weiß nicht, wie er heißt, weil auf der Zeichnung kein Name steht. Der Verwalter sagt, dass dort Orinoco-Tabak wächst. Und soweit ich weiß, ist dies die beste Sorte. Stimmt das?«

Die Damen nickten. Sie waren Frauen und Töchter von Tabakpflanzern. Orinoco-Tabak erzielte die höchsten Preise.

»Und an dem Fluss, an dem Wildwood liegt, haben Sie doch gewiss eine Anlegestelle?« Viele der Plantagen lagen unmittelbar am James River. Sophia hatte staunend mit angesehen, wie Schiffe den Fluss hochfuhren, um die Bestellungen der Plantagenbesitzer anzuliefern und den Tabak abzuholen.

»Das weiß ich noch nicht, aber wahrscheinlich gibt es eine Anlegestelle.«

»Wenn nicht, müssen Sie sogleich eine bauen lassen, meine Liebe. Ein so großer Besitz – da müssen ja Unmengen an Tabak zusammenkommen. Wie groß sind Ihre Lieferungen derzeit, Miss Grafton?«

»Auch das weiß ich noch nicht. All das habe ich selbstverständlich dem Verwalter überlassen.« Mittlerweile musste die erste Tabaklieferung von Wildwood verschickt worden sein. Sophia jedoch wollte nicht, dass die Damen in ihrem kaum verhohlenen Bemühen, ihr Einkommen zu schätzen, noch genauer nachhakten. Daher wechselte sie das Thema. »Vielleicht können Sie mir raten, wie ich mein Haus einrichten sollte.«

Die Damen nickten und steckten die Köpfe zusammen. Sie fühlten sich geschmeichelt, dass eine so hochwohlgeborene Besucherin sie um Rat fragte.

»Ich weiß nicht, ob Mr Barker es schon eingerichtet hat.«

»Oh, da können Sie sich sicher sein, meine Liebe. Er hat gewiss nichts an der Einrichtung getan. Männer brauchen nur ein Bett zum Schlafen und einen Tisch und einen Stuhl für ihre Mahlzeiten. Die haben keine Ahnung, wie man ein Haus einrichtet.« Sie nickten einträchtig.

Sophia seufzte. »Ich leider auch nicht. Ich weiß gar nicht, wo ich anfangen soll, denn ich habe noch nie ein Haus eingerichtet. Natürlich hat mein Vater seine Bücher und seinen Wein bestellt, aber sonst nichts, glaube ich. In unseren Häusern in London und Sussex standen einfach die Dinge, die schon immer in der Familie waren. Den Rest besorgte die Haushälterin, wenn etwas fehlte. Aber hier scheinen die Leute alles Neue aus England herbeizuschaffen. Und ich habe keine Ahnung, was ich bestellen soll.«

Sophia kannte es von London nicht anders, als dass alles verfügbar war. So hatte sie nicht schlecht gestaunt, als sie erfuhr, dass die Virginier so vieles aus England heranschaffen mussten. »Könnten Sie mir freundlicherweise helfen, eine Liste mit den wichtigsten Dingen zusammenzustellen?«

Im Moment hatte sie zwar kein Geld, würde aber bald welches bekommen. Sie zog ihr kleines Rechnungsbuch hervor und notierte sich die Namen der besten Londoner Händler für Bestecke, Gläser, Kerzenhalter, Messerkästen und Teekanister. Sie erkundigte sich, wo es die elegantesten Stoffe für Bett- und Fenstervorhänge gab. Sie fragte auch nach Teeschüsseln aus Delfter Porzellan und hielt die Empfehlungen der Damen fest, wo sie ihre Kleider, Schuhe und Hauben kauften, wer alles ordentlich für die weite Reise verpackte und bei wem man Gefahr lief, die Bestellungen in Meerwasser aufgeweicht zu bekommen. Stirnrunzelnd fügte Sophia Adressen für grobe Leinen- und Wollstoffe hinzu. Ob sie wüsste, dass sie auch Nadeln und Näh- und Stickgarne bestellen musste, fragten die Damen. Sie wusste es natürlich nicht und machte sich eine entsprechende Notiz. Da sie seit ihrem sechzehnten Geburtstag Buch geführt hatte, erkannte Sophia sofort, dass all diese Bestellungen ein Vermögen kosten würden.

Die Damen versicherten ihr, dass sie sich über Mangel an Besuchern nicht würde beklagen können. Lange Besuche waren unter den Plantagenbesitzern gang und gäbe. Sobald sie in Wildwood angekommen war, würde man von ihr erwarten, dass sie Einladungen annahm und selbst aussprach. Sophia lächelte und beteuerte, sie würde entzückt sein, ihre neuen Freundinnen in Wildwood begrüßen zu dürfen, wenn sie das Haus so eingerichtet hatte, dass es ihren Gästen an nichts fehlen würde.

Die Frauen nahmen die Einladung gern an und überlegten insgeheim, welchen ihrer unverheirateten oder verwitweten Brüder oder Cousins sie dazu bringen könnten, sie zu begleiten.

Die nagende Sorge, dass sie fast kein Geld mehr hatte, ließ Sophia nicht los. In Wildwood würde Mr Barker ihr natürlich Geld geben. Sie hatte allerdings keine Ahnung, wie sie die Wegstrecke von der Plantage der de Bouldins bis zu ihrem Anwesen zurücklegen sollte. Sie fragte sich, ob sie jemanden in Williamsburg bitten sollte, ihr auszuhelfen, doch dann verwarf sie diese Idee. Sie kannte niemanden gut genug, um eine solche Bitte auszusprechen. Dass ausgerechnet sie Geldsorgen haben sollte, wollte immer noch nicht recht in ihren Kopf. Es war eine äußerst unangenehme Situation, auch wenn es nur ein vorübergehendes Problem war. Irgendwie musste sie zurechtkommen. Lord Graftons Tochter konnte nicht betteln gehen.

Sie blätterte in ihrem kleinen Rechnungsbuch. Als ihr Vater noch lebte, hatte sie immer pflichtbewusst ihre Ausgaben festgehalten. Im Grunde waren diese Aufzeichnungen vollkommen bedeutungslos gewesen, denn sie hatte sich alles leisten können, was ihr Herz begehrte. Sie nahm sich vor, künftig sparsamer zu wirtschaften, sobald sie in Wildwood war und wieder Geld hatte.

Die *Publick Times* waren fast vorüber. Am Abend sollte der Ball stattfinden, der traditionell den Abschluss der Sitzungsperiode bildete. Thomas hielt nun nichts mehr in Williamsburg, er hatte es eilig, zu seiner Plantage zurückzukehren. Sophia seufzte und öffnete ihre Reisetruhe, um ein Kleid für das Fest herauszusuchen. Ganz unten entdeckte sie das Kleid, das sie bei ihrem ersten Ball getragen hatte. Nach ihrer Vorstellung bei Hofe war es geändert worden. Der Reifrock war nun nicht mehr ganz so ausladend. Die Zofe, die die Truhe vor der Abreise aus Sussex gepackt hatte, war immer der Ansicht gewesen, dass Sophia darin besonders entzückend aussah. Sie holte es hervor und schüttelte es aus. Die Silberfäden glänzten nicht mehr ganz so hell wie früher, doch das Kleid erinnerte sie an ihren ersten Ball und an glücklichere Zeiten. Sie beschloss, es an diesem Abend zu tragen, allen Widrigkeiten zum Trotz, die sich in der Zwischenzeit eingestellt hatten. Und sie würde die Perlen und Ohrringe ihrer Mutter anlegen, genau wie an jenem Abend. Niemand sollte ihr ansehen, dass sie keinen roten Heller mehr besaß.

Sie setzte sich in ihrem spitzenbesetzten Unterkleid vor den Spiegel und begann, sich zu frisieren. Da sie keine

Zofe hatte und sich den Frisör nicht leisten konnte, hatte sie lernen müssen, allein zurechtzukommen. Sie hoffte, dass Venus gleich zur Stelle sein würde, um sie so in ihr Korsett zu schnüren, dass sie in ihr Kleid passte.

Sie schwor sich, dass sie als Erstes eine richtige Zofe einstellen würde, sobald sie auf Wildwood war. Die Damen, die sie hier kennengelernt hatte, hatten Slavinnen, die ihnen beim Ankleiden halfen, sie frisierten, nähten und ihre Hauben stärkten, doch sie würde darauf bestehen, eine Engländerin zur Seite zu haben, so wie es sich gehörte.

Sie drehte den Kopf von einer Seite zur anderen und begutachtete das Ergebnis ihrer Frisierkünste. Sie seufzte. Ihr Haar sah tatsächlich hübsch aus. Trotzdem würde sie künftig nicht auf eine Zofe verzichten.

KAPITEL 10

DER GEBURTSTAGSBALL

Ende Oktober 1754

Der Herbst machte sich in Williamsburg bemerkbar. Die Oktobersonne schimmerte golden durch die roten, gelben und kupferfarbenen Blätter. Das Wetter war den ganzen Tag über warm gewesen, und der Abend versprach, mild zu werden. An diesem Tag waren die Straßen von Williamsburg ungewöhnlich leer, abgesehen von einigen Sklaven, die Erledigungen machten, Dienern, die Botschaften überbrachten, und Frisören und ihren Gehilfen, die mit Lockeneisen, Puderkästchen und Schönheitspflästerchen von einem Haus zum anderen und von einer Familie zur anderen hasteten. Ansonsten blieben die Leute zu Hause, nahmen ein spätes Frühstück ein, warteten auf den Frisör und fingen dann an, sich für den alljährlichen gesellschaftlichen Höhepunkt in Williamsburg fertig zu machen – den *Birthnight Ball*, den Ball zur Feier des offiziellen Geburtstags des Königs.

Die Virginier behaupteten stolz, dass man das Ereignis in Williamsburg mit ebenso viel Pomp feiere wie in London. Der Ball bildete zugleich den Abschluss der zweimal im Jahr stattfindenden *Publick Times*, wenn die Abgeordneten von Virginia und der Rat des Gouverneurs zusammenkamen, um die Angelegenheiten der Kolonie zu besprechen. In dieser Zeit ging es jedoch nicht nur um Politik. Die Sitzungsperioden der *Publick Times* wurden so gelegt, dass sie im Herbst mit dem Ende der Tabakernte und im Frühjahr mit dem Ende der Aussaat zusammenfielen. Wenn die meiste Arbeit auf der Plantage erledigt war, strömten die Pflanzer mit ihren Familien von überall her in der Kolonie nach Williamsburg, um dort Ferien zu machen. Diejenigen, die kein eigenes Haus in der Stadt hatten, kamen bei Freunden unter oder in Gasthäusern, Tavernen und Herbergen, bis diese fast aus allen Nähten platzten.

In der Abenddämmerung erschienen livrierte Sklaven, die an der Straße zum Gouverneurssitz Fackeln anzündeten. Aus den offenen Fenstern des Hauses hörte man, wie das Orchester seine Instrumente stimmte.

In ganz Williamsburg saßen Mädchen vor ihren Spiegeln, flochten sich Bänder ins Haar, puderten sich die Frisur und spekulierten, welche Romanze sich an diesem Abend wohl ergeben mochte.

Bei den Fitzwilliams ging es so zu wie fast überall in Williamsburg. In ihrer Unterkunft über einer Schankwirtschaft drängten sich die sieben Töchter der Familie vor dem einzigen Spiegel, stritten um Spitzen, Strümpfe, Schleifen und Fächer. Sie riefen immer wieder nach der Mutter, die entscheiden sollte, wer ein Vorrecht auf die umkämpften Accessoires hatte. Ihr Vater gab bald den Versuch auf, die Zeitung zu lesen, und hievte sich aus seinem Sessel. Er flüchtete nach unten in die Wirtschaft zu den anderen Ehemännern und Familienvätern, die sich bereits um eine Schale mit starkem Punsch geschart hatten und darauf warteten, dass sich die Damen der Familie fertig herausgeputzt hatten. Kopfschüttelnd klagten sie sich gegenseitig ihr Leid. Töchter seien so teuer, jammerten sie. Ständig brauchten sie neue Kleider, Rüschen, Schleifen, Bänder und allerlei Flitterkram, der in London bestellt werden musste und ein kleines Vermögen kostete. Außerdem verlangten die Damenschneider und Frisöre in Williamsburg horrende Preise für ihre Dienste. Und als sei all das nicht kostspielig genug, hatte sich nun auch noch dieser alberne italienische Tanzlehrer in der Stadt niedergelassen.

»Ein Tanzlehrer!«, schnaubte Mr Fitzwilliam verächtlich. »Was ist denn Tanzen anderes als ein Schritt hierhin und ein Schritt dorthin? Jeder Narr, der zwei Füße hat, kann das. *Wir* brauchten früher keinen Tanzlehrer.« Die anderen nickten zustimmend.

Schließlich waren die Damen bereit. In den von Fackeln erleuchteten Straßen tauchten die ersten Kutschen und Sänften auf, die die elegante Gesellschaft von Virginia zum Gouverneurssitz brachten. In der Menge, die sich dort zusammenfand, freute sich niemand so sehr auf den Ball wie der zweiundzwanzigjährige Colonel George Washington, der vor Kurzem zum Oberst der Miliz von Virginia ernannt worden war. Er trug ein feines neues Leinenhemd, eine Samtweste und Tanzschuhe, die er sich extra aus England hatte kommen lassen. Unbegreiflicherweise waren die Schuhe zu klein für seine großen Füße – dabei hatte er ganz genaue Maße an seine englischen Kommissionäre geschickt. Doch daran ließ sich nun nichts ändern, er würde trotzdem tanzen und sich von seinen schmerzenden Füßen nicht den

Abend verderben lassen. Colonel Washington tanzte für sein Leben gern, und es gab genug reizende Mädchen, mit denen er sich die Zeit vertreiben konnte. Vielleicht fand er sogar eine passende Frau unter ihnen, die sein Gut Mount Vernon mit Geld und Sklaven versorgen würde. Sie musste allerdings hübsch sein – er mochte hübsche Gesichter. Ein verträgliches Wesen musste sie außerdem haben, sodass es sich angenehm mit ihr leben ließ. Er wollte heute Abend jedoch nicht nur auf Freiersfüßen wandeln, sondern verfolgte noch eine andere Absicht. Er musste versuchen, den Gouverneur gnädig zu stimmen, nachdem er versehentlich den zwischen England und Frankreich schwelenden Konflikt um amerikanisches Territorium westlich des Ohio angeheizt hatte. Er war in einer heiklen Mission zum Ohio entsandt worden, um Friedensgespräche mit den Franzosen zu führen, die auf englisches Gebiet vorgedrungen waren. Unerfahren, wie er war, war er jedoch in Panik geraten und hatte zum Angriff geblasen, als seine indianischen Verbündeten das Feuer auf eine kleine Gruppe von Franzosen eröffneten, noch bevor die Friedensgespräche überhaupt in Gang gekommen waren. Dabei war ein französischer Emissär, ein Mitglied des Hochadels, ums Leben gekommen – von verbündeten Indianern erschlagen, sagten die einen, versehentlich erschossen, die anderen. Auf jeden Fall war die Mission auf ganzer Linie gescheitert und hatte die Krise heraufbeschworen, die England um jeden Preis hatte verhindern wollen. Der Gouverneur war entsetzlich wütend gewesen. Colonel Washington dankte der Vorsehung, dass er ihm trotzdem eine Einladung zum *Birthnight Ball* geschickt hatte.

Wenngleich er offiziell in Ungnade gefallen war, galt der hochgewachsene junge Colonel in der Kolonie als Held. Die Franzosen waren den Virginiern ebenso verhasst wie die mit ihnen verbündeten Indianerstämme. Die Franzosen stifteten die Indianer zu Überfällen auf englische Siedlungen an der weit entfernt liegenden nördlichen und westlichen Grenze an, wo sie Hütten, Scheunen und die Ernte in Brand setzten, das Vieh abschlachteten und bisweilen sogar Frauen und Kinder verschleppten, um Lösegeld für sie zu erpressen oder sie als Sklaven zu verkaufen. Manchmal ermordeten sie auch ganze Familien und skalpierten sie, um das Kopfgeld einzustreichen, das die Franzosen für jeden Skalp auslobten. Die meisten Kolonisten wünschten sich von ganzem Herzen, dass Colonel Washington noch mehr Franzosen erschossen hätte, als sich ihm die Gelegenheit dazu bot.

Als er sich an diesem Abend auf seinem Fuchs einen Weg zwischen den Kutschen und Sänften bahnte, winkten und jubelten ihm die Leute zu. Washington schwenkte den Hut zum Dank und verbeugte sich im Sattel sitzend vor den Damen.

Ein auffallend elegant gekleideter junger Mann in einer Sänfte reckte den Hals, um einen Blick auf den vorbeireitenden Helden zu erhaschen. Colonel Washington kam der Sänfte so nahe, dass seine Steigbügel über die Seite schrammten. Der junge Mann lehnte sich mit zufriedenem Lächeln in seinem Sitz zurück und berührte das schwarze Schönheitspflästerchen, das seine dezent geschminkte Wange zierte.

Am Ende der Palace Street befand sich der Sitz des Gouverneurs. In dem hübschen turmartigen Aufsatz auf dem Dach, der sogenannten Laterne, schimmerte ein Licht in der Dämmerung. Vor dem Gouverneurspalast drängten sich die Kutscher durch die Menge und versuchten, einen Platz auf der kreisförmigen Zufahrt zu erobern. Männer in samtenen Kniebundhosen, bestickten

Westen und gepudertem Haar sprangen heraus und öffneten den Kutschenschlag. Die Damen rafften ihre Röcke und Schleppen, damit sie nicht durch den Staub schleiften. Einen Moment lang blitzten Seidenstrümpfe und zierliche Pantöffelchen aus Satin und Damast mit hohen Absätzen und glitzernden Schnallen auf, als sie die Stufen hinunterstiegen.

Die Männer, die die Sänften trugen, zwängten sich zwischen den Kutschrädern und schnaubenden Pferden hindurch. Der junge Mann, der sich Colonel Washington so genau angesehen hatte, wäre fast zertrampelt worden, als er ausstieg und seine Weste zurechtzupfte. Er warf jeder der beiden zerlumpten Gestalten, die ihn getragen hatten, eine Münze zu und bedeutete ihnen mit einer Handbewegung, sie sollten sich davon etwas zu trinken kaufen. Er wusste, dass die beiden als Schuldknechte bei einem Tavernenbesitzer schufteten, der selbst unter den Kolonisten als grausam galt. Was immer auch das Gesetz über die Verpflichtungen eines Dienstherrn sagen mochte, dieser Mann war dafür bekannt, seine Knechte zu schinden, bis sie umfielen. Er schlug sie beim geringsten Anlass, gab ihnen nichts als dünne Suppe zu essen und ließ sie im Stall schlafen, wo sie sich selbst im kältesten Winter das Stroh mit seinen Hunden und Pferden teilen mussten.

»Komm, Rufus«, sagte der eine. »Ein Glas Rum, bevor der alte Teufel sich fragt, wo wir bleiben. Dann geht's den Striemen auf deinem Rücken gleich besser.«

»Nein«, erwiderte der andere mit schmerzverzerrtem Gesicht und steckte die Münze in die Tasche. »Ich heb's für die Jungs auf. Wenn ich sie nicht aus dieser verdammten Schuldknechtschaft erlösen kann, halten sie keine fünf Jahre durch. Sie behandeln Jacky schlimmer als jeden Sklaven. Er macht nachts sein Strohlager nass, und zur Strafe lässt ihn die alte Hexe in einen Krug pinkeln und den Krug leer trinken. Und Toby ist ein Heißsporn, wirklich. Ist schon zweimal ausgepeitscht worden, weil er Widerworte gegeben hat. Und vom Auspeitschen verstehen sie hier was, glaub mir. Der Junge steckt voller Wut. Ich hab Angst, dass man ihn aufknüpft, weil er den Herrn umbringt, bevor er seine Schuld abgeleistet hat ... Mein eigen Fleisch und Blut so misshandelt zu sehen und nichts tun zu können! Ich halt's bald nicht mehr aus, ehrlich. Wenigstens kriegt meine arme Molly es nicht mehr mit.«

Der andere Mann schob sich unauffällig näher. »Glaub bloß nicht, du könntest davonrennen, Rufus«, murmelte er. »Du weißt doch, was dann passiert. Sie finden dich und prügeln dich windelweich, bist du nur noch sterben willst. Und dann geben dir die Herren Richter mit eiskaltem Lächeln noch zwanzig Jahre drauf. Und was wird dann aus deinen Jungen? Du bist ihre einzige Hoffnung, Mann. Halt durch, um ihretwillen. Wir haben nur sieben Jahre, dann lassen wir uns ein Stück Land geben und arbeiten hart und werden reich und fett.«

Von der festlich gekleideten Menge beachtete niemand die zwei zerlumpten Männer, die mit der leeren Sänfte in Richtung Taverne verschwanden. In einer Wolke aus veilchenduftendem Haarpuder schwebten die Gäste des Gouverneurs in die Eingangshalle mit ihrem königlichen Wappen und stiegen die breite Treppe zum ersten Stockwerk hoch. Dort standen ein lächelnder Gouverneur Dinwiddie und seine Frau, Lady Rebecca, unter dem Porträt von König Georg II. und Königin Caroline und begrüßten die Gäste.

Über das lebhafte Stimmengewirr hinweg ertönten aus dem Ballsaal die Klänge des Sklavenorchesters. Livrierte Diener mit Tabletts voller Punch, Likör, Madeira und Port zwängten sich durch die Menge. An den Seiten nahmen bereits die ersten Paare Aufstellung, um nur ja keinen Moment des Tanzvergnügens zu verpassen. Ungeduldig warteten sie darauf, dass Gouverneur und Lady Dinwiddie den Ball eröffneten. Ein wenig abseits stand Colonel Washington am Fenster. Er hatte die Hände auf dem Rücken verschränkt und schien in den Anblick des Gartens, der Laternengirlanden in den Bäumen und der späten Rosen vertieft zu sein, die zwischen akkurat gepflasterten Wegen blühten. Doch sein großer Fuß in dem viel zu engen Schuh klopfte im Takt der Musik, und aus dem Augenwinkel beobachtete er eine hübsche junge Dame in einem blau-silbernen Kleid. Er sah sich nach jemandem um, der ihn ihr vorstellen konnte, bevor er sie zum Tanz aufforderte.

Der junge Mann aus der Sänfte betrat den Saal, richtete den Blick kurz auf den Colonel und setzte dann ein starres Lächeln auf, als die ersten entzückten Rufe ertönten. »Suchen Sie uns, Signor Valentino? Hier sind wir!« Strahlend durchpflügte die stattliche Mrs Fitzwilliam mit ihrem Tross wohlgenährter, unverheirateter Töchter die Menge und beanspruchte den Tanzlehrer mit triumphierendem Lächeln für sich, bevor die anderen Damen eine Chance hatten.

Am anderen Ende des Saals verdrehten einige Männer verächtlich die Augen. Sie hatten nichts für den schillernden Neuling übrig. Selbst für virginische Verhältnisse wirkte Signor Valentino geradezu exotisch – und in Virginia war es üblich, Reichtum und gesellschaftliche Stellung mit prunkvoller Kleidung unverhohlen zur Schau zu stellen. Sie wussten sich auf die Kleidung des Italieners keinen Reim zu machen. Seine Brokatmäntel waren mit Goldlitzen eingefasst, seine Westen über und über bestickt. Und selbst seine

Schuhschnallen waren größer und glitzerten heller, als es in der Kolonie üblich war. Die Gutsbesitzer in Virginia hatten Sklaven von ihren Plantagen, die ihnen als Kammerdiener zur Hand gingen. Signor Valentino jedoch war mit zwei Bediensteten unterwegs, die wie er aus Italien stammten. Sein Kammerdiener Teobaldo achtete darauf, dass er immer adrett und gepflegt aussah. Signor Valentinos Haar war zu jeder Tages- und Nachtzeit perfekt frisiert und gepudert, sein Hemd und die Strümpfe waren ebenso makellos sauber wie seine Schuhe. Seine Umgangsformen waren charmant, seine Verbeugungen anmutig und sein Auftreten so zurückhaltend und entschlossen zugleich, dass ihm niemand widersprach. Er genehmigte sich ab und zu eine Prise parfümierten Schnupftabak aus einer Emailledose, und seine Taschentücher bestanden zu drei Vierteln aus Spitze.

Selbst Signor Francesco, der beim Tanzunterricht für die nötige musikalische Begleitung sorgte, machte einen geckenhaften und übertrieben theatralischen Eindruck, wenn er an seinem Instrument saß. Seine Anwesenheit war ein weiterer Stein des Anstoßes. Die Pflanzer waren verärgert, dass das Sklavenorchester von Williamsburg offenbar nicht gut genug war. »Ein Menuett ist ein Menuett, egal, wer es spielt!«, brummten die Männer und wünschten, sie könnten Signor Valentino und seine Westen, seine Schuhschnallen, seinen Kammerdiener und den musikalischen Begleiter mitsamt seinen exorbitanten Rechnungen zum Teufel jagen.

Ende August war er mit einem Schiff aus Genua gekommen. Der hochgewachsene junge Mann, dessen durchdringende dunkle Augen unter den kräftigen Brauen einen herrlichen Kontrast zu seinem perfekt gepuderten Haar bildeten, hatte sich Zimmer in einer Taverne gemietet und seine Dienste als Tanzlehrer angeboten. Angeblich ging er in den erlauchtesten Kreisen Englands ein und aus. Er versprach, seinen Schülern und Schülerinnen die elegante Körperhaltung und das anmutige Gebaren der aristokratischen Jugend Londons beizubringen.

Die Pflanzer, die aus den entlegensten Ecken der Kolonie angereist kamen, um an den Sitzungen des Abgeordnetenhauses teilzunehmen, waren durchaus nicht davon überzeugt, dass ihre Kinder derlei Unterricht nötig hätten. Die Kinder waren gut so, wie sie waren. Doch die Männer wurden überstimmt. In kürzester Zeit gelang es Signor Valentino, die Damen von Williamsburg um den Finger zu wickeln. Sie hatten ihn ins Herz geschlossen, allen voran Mrs Fitzwilliam. Während der *Publick Times* hatten die jungen Leute die Möglichkeit, sich zu treffen und Kontakte zu knüpfen, bevor sie in die Abgeschiedenheit ihrer Plantage zurückkehrten. Und wie alle jungen Leute liebten sie Bälle und nutzten jede Gelegenheit zu flirten, nach potenziellen Ehepartnern Ausschau zu halten und mit ihren englischen Kleidern anzugeben. Ihre Mütter erkannten die Vorteile, die der Unterricht bei Signor Valentino für ihre heiratsfähigen Kinder haben würde. Selbst ein unscheinbares Mädchen kann im Abendkleid bei Kerzenlicht anziehend aussehen. Wenn sie sich jedoch einen Ehemann angeln will, reicht es nicht, wenn sie untätig am Rand der Tanzfläche sitzt. Sie muss tanzen können. Und die Jungen von den Plantagen waren meist ungehobelte Rüpel, die weiß Gott etwas eleganten Firnis gebrauchen konnten. Tanzunterricht war die perfekte Lösung.

Die Mütter von Williamsburg waren sich rasch einig: Signor Valentino war ein Geschenk des Himmels. Offenbar war er mit einem Empfehlungsschreiben eines königlichen Kammerdieners ausgestattet, das ihn als einen Mann mit mustergültiger Moral und unbestrittener Eleganz auswies, der in London hohes Ansehen und das Vertrauen der erlesensten Familien genoss.

Die Väter dagegen betrachteten den Tanzlehrer weitaus kritischer. Vermutlich war er ein sittenloser Wüstling, der nur nach Virginia gereist war, um sich hier eine reiche Frau zu suchen. Schließlich lenkten jedoch die meisten Väter ein, und die Mütter eilten davon, um die jungen Leute von Williamsburg zum Tanzunterricht anzumelden.

Signor Valentino stellte hohe Ansprüche an seine Schüler, die unter seiner Anleitung deutliche Fortschritte zeigten. Die Umgangsformen im Ballsaal folgten strengen Regeln. Selbst die älteren Damen, die am Rand saßen und zusahen, waren angetan von seinem eleganten Auftreten und seinem mustergültigen Betragen. Er erwies sich keineswegs als liederlicher Wüstling, sondern war im Gegenteil äußerst umsichtig und ungemein höflich. Man konnte ihm nicht nachsagen, dass er sich betrank und gegen das Mobiliar taumelte, auf den Boden spuckte oder sich auf andere Weise vergaß. Seine Weste war immer erfreulich frei von Flecken und Essensresten. Er lehnte es strikt ab, im Beisein von Damen zu schnupfen. Seine Haut zeigte keinerlei Spuren von Pockennarben. Er deutete einen formvollendeten Handkuss an, wenn ihm verheiratete Frauen die Hand reichten. Doch selbst die Adleraugen der misstrauischsten Anstandsdamen konnten an seinem Verhalten seinen Schülerinnen gegenüber nichts feststellen, was Anlass zu Klagen gegeben hätte. Er hatte keine Lieblinge und behandelte die jungen Damen stets korrekt, bisweilen sogar streng, trotz ihrer offenkundigen Versuche, mit ihm zu flirten.

Was ihn jedoch als Muster an Anstand und gutem Benehmen auszeichnete, war die Aufmerksamkeit, die er bei Bällen gerade den älteren Matronen widmete. Sie alle sehnten sich danach, mit Signor Valentino zu tanzen, egal, wie alt sie waren. Er wusste genau, wie er seine Füße zu setzen hatte, bewegte sich im Takt der Musik, trat seinen Partnerinnen nie auf die Füße. Selbst die Rüschen am Rocksaum der Damen waren außer Gefahr. Sehr zum Verdruss der frisch verheirateten oder unverheirateten jungen Damen, die vergeblich seufzten und sich wünschten, in aller Öffentlichkeit mit Signor Valentino tanzen zu dürfen, suchte sich der Tanzlehrer seine Partnerinnen ausschließlich in der Gruppe der Frauen fortgeschrittenen Alters, deren Männer entweder verstorben waren oder sich die Zeit an den Spieltischen vertrieben. Die Auserwählten waren immer hocherfreut, denn sie hatten seit Jahren nicht mehr getanzt. Nun mit einem Mann über die Tanzfläche zu schweben, der ihnen das Gefühl gab, wieder jung und attraktiv zu sein, war wie ein Traum. Noch dazu ging Signor Valentino damit jedem Verdacht auf einen Skandal aus dem Weg. Kein heißblütiger Ehemann einer hübschen jungen Frau, kein liebeskranker Bursche nahm Anstoß an der Wahl seiner Tanzpartnerinnen und forderte ihn zum Duell heraus.

Nachdem ihn die Damen, die in der feinen Gesellschaft von Williamsburg den Ton angaben, für gut befunden hatten, sorgten sie dafür, dass er überall eingeladen wurde. Italienische Tanzlehrer, so belehrten sie ihre Ehemänner mit einer Entschiedenheit, die keinen Widerspruch duldete, hätten in London Zutritt zu den besten Kreisen und erfreuten sich großer Beliebtheit. Schließlich sei er ja kein *Franzose*.

Mrs Fitzwilliam sprach ihnen allen aus der Seele, als sie ausrief: »O nein! Wenn er Franzose wäre, wollte niemand mit ihm zu tun haben. Mr Fitzwilliam sagt, wenn er sich eines wünscht, außer dass die Mädchen allesamt einen

Ehemann abbekommen, dann ist es die Möglichkeit, einen Franzosen zu erschießen.«

An diesem Abend verbeugte sich Signor Valentino vor den anderen Damen, die sich zu Mrs Fitzwilliam und ihren Töchtern gesellten. Er machte jeder ein, zwei blumige Komplimente und stieß insgeheim einen Seufzer der Erleichterung aus, als das Orchester ein Menuett zu spielen begann. Der Gouverneur und Lady Rebecca bahnten sich einen Weg zur Mitte der Tanzfläche und eröffneten den Ball, sodass sich die anderen Tanzwilligen mit ihren Partnern ebenfalls ins Vergnügen stürzen konnten. Signor Valentino verbeugte sich mit einer schwungvollen Bewegung seines Spitzentaschentuchs, streckte der zweiundsiebzigjährigen Grandmother Burwell die Hand entgegen und bat sie um die Ehre des ersten Tanzes. Granny Burwell erhob sich steif, aber erfreut, rückte ihre Witwenhaube zurecht und meinte: »Wir werden den jungen Leuten schon zeigen, wie man richtig tanzt!«

Die Luft im Ballsaal wurde immer drückender, je weiter der Abend voranschritt, obwohl die bodenlangen Fenster zum Garten hin geöffnet waren. Die verheirateten Damen saßen unter den Wandleuchtern und fächelten sich Luft zu, nippten an ihrem Punsch und eisgekühlten Himbeerwasser und behielten die Tanzpartner ihrer Töchter im Auge. In ein paar Tagen würden sie wieder zu Hause sein, um den Winter in der Abgeschiedenheit ihrer Plantage zu verbringen, bis sie sich im kommenden Frühjahr erneut zu den *Publick Times* trafen.

Sie unterhielten sich über die leuchtenden Farben, die das Laub an den Bäumen in den letzten Wochen angenommen hatte und die ihnen noch nie so schön erschienen waren. Sie waren sich einig, dass man morgens neuerdings die ersten Vorboten herbstlicher Kühle spüren könne. Dann versanken sie in Schweigen und hingen ihren Gedanken nach. Wie in jedem Herbst lag auch diesmal ein Hauch von Melancholie über diesem letzten Zusammentreffen der Saison. Krankheit und Tod rafften jedes Jahr einige von ihnen dahin. Und wenn man ihren Ehemännern glauben durfte, war das Geschäft mit dem Tabak nicht mehr so einträglich wie früher. Die Inspektoren, die die Tabakernte begutachteten, waren Schurken. Sie behaupteten, die Qualität gehe immer weiter zurück, verbrannten sogar ganze Ladungen in den Lagerhäusern, um eine Auslieferung zu verhindern. Derweil forderten die Schiffseigner und die Versicherungen ihren üblichen Anteil am Verkaufspreis, und die Londoner Händler schickten den in London ansässigen Kommissionären der Pflanzer horrende Rechnungen, sodass sich Schulden anhäuften, die vom Erlös der nächsten Ernte beglichen werden mussten. Und da die Pflanzer in Virginia alles in England ordern mussten, wurde der Schuldenberg immer höher. Manch ein Plantagenbesitzer war entweder in Geldnöten oder hatte bereits aufgegeben angesichts der Schuldenlast, die stetig wuchs, während ihr Einkommen schrumpfte. Manche waren inzwischen vollkommen verarmt, ein angesehener Bewohner der Kolonie hatte sich vor lauter Verzweiflung das Leben genommen. Zusätzlich zu den finanziellen Sorgen und Unwägbarkeiten bewegte sie die ständige Angst vor einem Sklavenaufstand, bei dem sie und ihre Familien ermordet und ihre Häuser niedergebrannt würden. Nein, die Damen waren keineswegs unbekümmert.

Sie waren jedoch fest entschlossen, diesem letzten gemeinsamen Abend alles an Vergnügungen abzutrotzen, und bemühten sich, trübe Gedanken wegzuschieben. Sie sahen den Tänzern zu und spekulierten, wer von den jungen Leuten wen heiraten würde. Oft wurden am letzten Abend Verlobungen geschlossen und verkündet.

Während sie abwarteten, ob sich ihre Vorhersagen erfüllten, bot die jüngere Generation den Damen reichlich Gesprächsstoff. Sie schüttelten den Kopf angesichts des erschreckenden Niedergangs ihrer Manieren, ihrer Moral sowie ihres allgemeinen Verhaltens. Sie tratschten über ein Duell, das zwei junge Hitzköpfe vom College of William and Mary wegen eines Mädchens ausgefochten hatten, und sie diskutierten, ob das betreffende Mädchen ein freches kleines Biest sei, das die beiden ermuntert hatte. Sie spekulierten, wie viele Morgen Land ein gewisser junger Mann erben würde, welche Familien Absonderlichkeiten in ihrem Stammbaum aufzuweisen hatten; welcher Witwer eine Stiefmutter für seine Kinder brauchte, welches Mädchen ihn zum Mann nehmen sollte, weil sie mit fast zwanzig eine alte Jungfer war; wie viel Geld oder wie viele Sklaven eine bestimmte junge Dame als Mitgift erwarten konnte; ob dieser oder jener junge Mann einen verlässlichen Ehemann abgeben und ob eine weitere junge Dame sich als Herrin auf einer Plantage eignen würde oder ob sie aussah, als könne sie keine Kinder bekommen.

Mrs Fitzwilliam beteiligte sich am allgemeinen Klatsch und Tratsch, während sie gleichzeitig versuchte, ein Auge auf ihre Töchter und deren Partner zu haben, die eine lebhafte Allemande tanzten. Sie beobachtete lächelnd, wie Millicent, ihre Vierzehnjährige, um einen der jungen Carters herumwirbelte, der sich vergeblich bemühte, einen Kuss von ihr zu erhaschen. Bahnte sich da etwas an? Mit vierzehn war das Mädchen vielleicht ein wenig zu jung für die Ehe, doch wenn sich Millie einen Carter angeln konnte, dann würde sie ihr nicht im Weg stehen.

Als sie ihre Tochter Nancy sah, runzelte sie die Stirn. Die Sechzehnjährige tanzte mit Colonel Washington und lächelte ihn ihrer Meinung nach ein bisschen zu schwärmerisch an. Er mochte zwar ein Held sein, besaß jedoch keinen roten Heller und bewirtschaftete ein Anwesen am Potomac, das ihm noch nicht einmal gehörte. Er hatte es von der Witwe seines Bruders gepachtet. Es warf kaum etwas ab, und Sklaven hatte er auch keine. Bei so vielen Schwestern war Nancys Mitgift so knapp bemessen, dass sie nicht mehr als ein Tropfen auf den heißen Stein wäre. Nancy täte also gut daran, sich anderweitig umzusehen. Mrs Fitzwilliam tauschte einen Blick mit ihrer Tochter und schüttelte kaum merklich den Kopf.

Ihre Freundin Mrs Randolph stieß ihr den Ellenbogen in die Rippen. »Hier kommt Signor Valentino!« Sie wedelte aufgeregt mit ihrem Fächer und flüsterte: »Hoffentlich hat er nicht vergessen, dass ich an der Reihe bin!« Signor Valentino begleitete Granny Burwell, die mühsam nach Luft schnappte, zu ihrem Platz, verabschiedete sich mit einer schwungvollen Verbeugung und bot Mrs Randolph den Arm. Die erhob sich strahlend und ließ sich von Signor Valentino zur Tanzfläche geleiten, nicht ohne einen triumphierenden Blick zurück zu der Damenriege zu werfen, die sie über ihre Fächer hinweg neidvoll beäugte.

Signor Valentino brachte Mrs Randolph zu ihrem Platz in der Reihe der Tänzer und betupfte sich mit seinem spitzenbesetzten Taschentuch die schweißnasse Stirn. Es schien, als hätten sich alle Frauen von Williamsburg in diesen überhitzten Ballsaal gezwängt. Durch die steifen Röcke der Contouche, die die modebewusste Virginierin trug, war es schwierig, sich auf der überfüllten Tanzfläche zu bewegen. Und noch dazu war es fast unmöglich, sie zu verlassen, da sich diejenigen, die nicht tanzten, nach vorn drängten, um dem eleganten Tanzlehrer und seiner glücklichen Partnerin beim Tanzen zuzusehen. Er hatte seit dem Beginn des Balls keine Pause gehabt.

Und er wusste, dass Colonel Washington ihn ebenso genau beobachtete wie die Damen. Er gab sich alle Mühe, die leichten Schritte und schwungvollen Verbeugungen des Tanzlehrers nachzuahmen, und wirkte dabei ziemlich lächerlich. Signor Valentinos erster Eindruck vom Colonel war der eines ungelenken, rotwangigen Hinterwäldlers mit großen Füßen. Bei näherer Betrachtung jedoch war der Blick, mit dem er Signor Valentino folgte, eine Spur zu wach und zu durchdringend. Zwischen den Kratzfüßen und Drehungen des Menuetts begann sich der Tanzlehrer zu fragen, ob er sich möglicherweise verraten hatte.

Er und seine beiden Gefährten waren in letzter Zeit zunehmend angespannt und immer auf der Hut. Denn keiner von ihnen war Italiener, und Signor Valentino war ebenso wenig Tanzlehrer wie seine Begleiter Kammerdiener oder Musikanten waren. In ihrem jugendlichen Übermut war ihnen die neue Identität zuerst äußerst unterhaltsam erschienen. Er war in seine Rolle geschlüpft, als sei alles ein einziger Witz. Nun standen Frankreich und England fast wieder im Krieg. Der junge Franzose Henri de Marechal hielt sich als Spion der französischen Regierung in Williamsburg auf. Und weder sein Leben noch das seiner Freunde wäre einen Pfifferling wert, wenn herauskam, wer sie wirklich waren. Inzwischen wurde es immer schwieriger, wachsam zu bleiben und nicht aus der Rolle zu fallen.

Dass sie überhaupt in Virginia waren, hatten sie der bezaubernden Marquise de Pompadour zu verdanken, der einflussreichen Mätresse und Vertrauten des französischen Königs Ludwig XV. In Versailles hatte Madame de Pompadour Gefallen an Henri de Marechal gefunden. Er war der uneheliche Sohn des verarmten Comte de Marechal, der an der Loire ein verfallenes Schloss inmitten verwahrloster Ländereien besaß, die bestenfalls für die Jagd taugten. Die Gräfin und ihre Kinder blieben auf dem Land, während der Graf eine unbedeutende Position bei Hofe bekleidete. Dort hielt er sich eine Geliebte, die starb und ihm Henri hinterließ. Der Graf nahm seine Vaterpflichten durchaus ernst und sorgte dafür, dass Henri am Hof erzogen wurde, zusammen mit den beiden unehelichen Söhnen eines Kardinals. Da die gesellschaftliche Stellung der drei Jungen am Rande des höfischen Lebens recht prekär war, klammerten sie sich wie Brüder aneinander. Der Graf förderte die Freundschaft zwischen den dreien und erlaubte den Söhnen des Kardinals sogar, die Ferien mit Henri im Pförtnerhäuschen seines Schlosses zu verbringen. Er mochte Henri sehr, doch er hatte außer ihm auch einen legitimen Erben und weitere Söhne und eine Tochter, für die er sorgen musste, sodass er nicht in der Lage war, Henri zu unterstützen. Er hatte getan, was er konnte, indem er dem Jungen seinen aristokratischen Namen gab und ihm eine Stellung als Page verschaffte. Später sollte er in den Dienst der Kirche treten. Mithilfe des Kardinals, der froh war, dass seine Söhne mit Henri auf dem Land sein durften, fand er ein Kloster für ihn, auch wenn es nur eine unbedeutende Abtei in der Provinz war.

Am Hofe fiel er Madame de Pompadour ins Auge. Er sah gut aus, war wohlerzogen und erstaunlich galant für einen Jungen in seinem Alter. Dass er hingerissen war von ihr, fand sie rührend, und so gab sie ihm immer wieder kleine Aufträge, die er für sie erledigen sollte. Außerdem machte sie den König auf ihn aufmerksam und klagte, wie bedauerlich es sei, dass ein so vielversprechender Junge wie Henri ein trostloses Dasein in einem Kloster auf dem Land fristen sollte. Den König amüsierte ihre Anteilnahme. Er kenne den Vater des Jungen, sagte er, und wolle sehen, was er für ihn tun könne. Kurz darauf verschwand Henri jedoch vom Königshof. Eine unerwartete Erbschaft machte es dem Grafen möglich, ihn nach Italien zu schicken, wo er seine Erziehung abschließen und Kontakte zu einflussreichen Männern in der katholischen Kirche knüpfen sollte. In Italien gab sich Henri allerdings weit weniger löblichen Zerstreuungen hin und genoss das Leben eines jungen Herzensbrechers, bis sein Geld aufgebraucht war. Er kehrte erst nach Frankreich zurück, als der Graf im Sterben lag. Da war er siebenundzwanzig Jahre alt und so charmant, aufgeweckt und bettelarm wie eh und je. Er hatte sich aber zusätzlich zu seiner französischen Erziehung durch einen Jesuitenpater am Hofe einen Anstrich kontinentaler Kultiviertheit zugelegt.

Als er erneut bei Hofe erschien, brachte ihm Madame de Pompadour dieselbe nachsichtige Aufmerksamkeit entgegen wie früher. Wieder beschloss sie, etwas für ihn zu tun.

Eines Abends nach Henris Rückkehr saß Madame de Pompadour mit dem König beim Abendessen und bemerkte, dass ihn die Nachrichten aus den amerikanischen Kolonien zu verärgern schienen. Der König war tatsächlich verärgert. Wie es aussah, würde sich der Streit zwischen Frankreich und England um territoriale Ansprüche an den Grenzen der Kolonie Virginia zu einem neuen Krieg ausweiten, der entsetzlich viel Geld kosten würde. Und das nur ein paar Jahre nach dem letzten Krieg gegen England. Frankreich habe kaum Informationen, was die Engländer vorhätten, tobte er. Hatten sie diese ewigen Kriege nicht ebenso satt wie Frankreich?

Madame de Pompadour knabberte nachdenklich an einer Gartenammer. Könnte es sein, dass die französischen Spione, die sich bei den Indianern im westlichen Teil der Kolonie Virginia aufhielten, zu weit von Williamsburg entfernt seien?, fragte sie dann. Schließlich würden dort die wichtigen Entscheidungen gefällt, also wären Informationen aus Williamsburg selbst sicherlich viel nützlicher.

Der König stimmte ihr zu. Es wäre tatsächlich vorteilhaft zu wissen, ob England vorhabe, seine reguläre Armee in die Kolonie zu schicken. Das wäre ein Hinweis darauf, dass ein kostspieliger Krieg mit England auf europäischem Boden unausweichlich sei. Falls sie die Sache jedoch ihren kolonialen Milizen überlassen wollten, gäbe es sicherlich eine Reihe von Scharmützeln, die zwar lästig wären, aber auf Amerika beschränkt blieben. Colonel Washington, der die Miliz von Virginia befehligte, war sehr jung und konnte keine formelle militärische Ausbildung vorweisen. Nach seinem missglückten Versuch, mit den Franzosen über ihren Abzug aus dem Ohiotal zu verhandeln, der in ein Massaker unter den Franzosen mündete, hatte es den Anschein, als sei er völlig ungeeignet für seinen Posten. Er würde sich leicht schlagen lassen – oder vielleicht tat er ihnen auch den Gefallen und schoss sich versehentlich ins Bein. Das würde den Franzosen die Mühe ersparen, es selbst zu tun. Wenn England die Offiziere vor Ort jedoch übergehen sollte, wurde die Sache brenzlig. Der König fragte Madame de Pompadour, ob sie möglicherweise eine bessere Idee habe, wie man jemanden in der Kolonie einschleusen könne, um an genauere Informationen zu kommen. Und Madame de Pompadour hatte eine Idee und einen Plan, bei dem sich der Informant mitten unter den Feinden aufhalten würde. Und zwar ... Der König hörte ihr zu, überlegte und nickte. Dann lachte er.

Henri wurde zu einer Audienz beim König gerufen, bei der man ihm mitteilte, dass er sich eine Belohnung verdienen könne, die es ihm ermöglichen würde, seine Zukunft in der Kirche aufzukündigen. Im Gegenzug müsse er einen Auftrag für Frankreich erledigen. Ob er bereit sei, als Spion in die Kolonie Virginia zu reisen?

Henri sah Madame erschrocken an, verneigte sich tief und beteuerte, er stünde Seiner Majestät stets zu Diensten. Er hatte keine Ahnung, wie man Spion wurde. Doch die versprochene Belohnung war so hoch, dass er dafür fast überall hinreisen und fast alles tun würde.

Er sollte ein paar Monate in Williamsburg verbringen, zusammen mit seinen beiden Freunden Thierry und François Charbonneau, den Söhnen des Kardinals. Auch sie hatten kaum etwas, was ihnen den Weg in die Zukunft hätte ebnen können, und waren ebenso begeistert von der Aussicht auf die Belohnung und ein Unterfangen, das ein spannendes Abenteuer zu werden versprach.

Die drei jungen Männer sollten sich natürlich tarnen. Aus Henri wurde Signor Valentino, ein Tanzlehrer. Thierry war Teobaldo, sein Kammerdiener. François, der noch schnell in die Feinheiten der Musik eingewiesen werden musste, sollte als Signor Francesco auftreten, der die Tanzstunden musikalisch begleitete. Kammerdiener und Musikant. Das hatte sich Madame de Pompadour ausgedacht. Ein Tanzlehrer, so führte sie ins Feld, könne sich leicht bei den Damen einschmeicheln. Und wenn er vorgab, Italiener zu sein, würde sich niemand über seinen französischen Akzent wundern. Mit seinem Charme und seinen vorzüglichen Manieren würde sich Henri mühelos Zutritt zu den Häusern der Kolonisten verschaffen, wo er alles mitbekommen würde, worüber man in Williamsburg und Umgebung klatschte und tratschte. Auf diese Weise könne er Informationen über die örtliche Miliz sammeln und erfahren, ob man in der Kolonie davon ausging, dass die englische Armee Richtung Ohio marschieren würde, wer sie befehligen sollte und ob geplant war, von der Garnison in La Nouvelle-Orléans Verstärkung nach Norden zu schicken.

Außerdem sollte er möglichst viel über Colonel Washington in Erfahrung bringen, der eigentlich überhaupt keine Rolle spielen dürfte, da er weder über Reichtum noch über gesellschaftliches Ansehen verfügte. Allerdings schien er trotzdem das Wohlwollen der Virginier mit ihren seltsamen Maßstäben zu genießen, denn sein Name tauchte immer wieder in den geheimen Nachrichten auf, die in Frankreich ankamen.

Keiner der drei jungen Franzosen konnte damit rechnen, es in Frankreich zu etwas zu bringen. Alle drei waren illegitime Söhne ohne die Aussicht auf ein Vermögen. Henri stand ein langweiliges Leben in der Kirche bevor. Das Beste, worauf die anderen beiden in ferner Zukunft hoffen konnten, war die Heirat mit einem Mädchen aus einer respektablen Familie mit einer bescheidenen Mitgift und die Aussicht auf einen legitimen Erben.

Die Vorstellung, Vater eines legitimen Sohnes zu sein, hatte etwas Großartiges, als würde dadurch das Prekäre, das ihrer eigenen gesellschaftlichen Stellung anhaftete, irgendwie aus der Welt geschafft. Virginia versprach ein herrliches Abenteuer zu werden, und durch die Belohnung, die ihnen am Ende winkte, hätten sie für den Rest ihrer Tage ausgesorgt. Sie brachen gut gelaunt nach Italien auf, wo sie auf Kosten des französischen Hofes mit allem Nötigen ausgestattet werden sollten. Unterwegs überlegten sie, was sie mit ihrer Belohnung machen würden. Wenn es nach Henri ging, würde er sich Ländereien mit einem bescheidenen Schlösschen kaufen, wo er seiner Vorliebe für die Jagd, das Glücksspiel und Frauen frönen konnte.

Einen Monat später segelten sie von Genua aus Richtung Virginia. Jeder hatte eine Truhe mit der neuesten italienischen Mode und eine reichlich gefüllte Geldbörse dabei. Diese war jedoch bereits etwas geschmälert, da sie einen guten Teil ihrer Zeit in Genua in den örtlichen Bordellen und Tavernen zugebracht hatten. Sie fragten sich gegenseitig ab, was sie über London wussten – die Namen der Königlichen Familie, die Parks und Lustgärten, das Wetter, die besten Theater und den neuesten Klatsch. Schließlich sollten sie glaubwürdig behaupten können, dass sie einige Zeit in London gelebt hatten. Der unbekümmerte François übte imaginäre Menuette, trommelte mit übertriebenem Schwung auf der Reling herum, verdrehte die Augen und schnitt Grimassen. Thierry und Henri probten ihre Tanzschritte an Deck und stritten sich, wer Hortense sein sollte, wie sie die Dame des Tanzpaares nach einer von Thierrys Eroberungen nannten. Sie stritten sich, ob es in Virginia üblich sei, bei formellen Anlässen ein Schwert zu tragen, wie es offenbar in England der Fall war. Sie machten anzügliche Witze über das Schwert, das Hortenses Füßen in die Quere kam, und lachten schallend. Sie kämpften zu dritt mit imaginären Schwertern. Sie waren jung, und bald würden sie reich sein.

Dass sie allein unter Feinden sein würden und der nächste sichere Hafen die französische Siedlung und Garnison im weit entfernten Louisiana war, kümmerte sie zunächst nicht weiter.

Doch inzwischen war es Oktober geworden, und die Begeisterung für ihr Abenteuer war verblasst. Im Vergleich zu Frankreich war Virginia ein unzivilisiertes Provinznest mit derben, unkultivierten Bewohnern. Alle drei Franzosen hatten Virginia ebenso gründlich satt wie ihre Maskerade als Italiener. Da sie es für sicherer gehalten hatten, wenn François und Thierry so wenig wie möglich in Erscheinung traten, wie es sich für die Diener eines Tanzlehrers gehörte, führten die beiden ein langweiliges und ernüchterndes Leben. Das Schlimmste von allem war, dass sie einen großen Bogen um die Mädchen in Williamsburg machen mussten, damit sie sich nicht in einem leidenschaftlichen Augenblick verrieten.

»Hortense!«, seufzten sie kläglich.

Sie sehnten sich nach Frankreich zurück und wollten eher heute als morgen nach Louisiana aufbrechen. Derweil hob Henri beim Geburtstagsball sein Glas, um dem König mit einem lauten »Gott schütze den König!« zuzuprosten, und beglückwünschte sich, dass der Plan aufgegangen war. Wie Madame de Pompadour vorhergesehen hatte, war Henri tatsächlich an der richtigen Stelle gewesen, um die Williamsburger Klatschgeschichten mitzubekommen, und er hatte gut zugehört. Die Leute waren erstaunlich sorglos, wenn sie in geselliger Runde plauderten, und so hatte er nicht nur Skizzen und Karten von der Region angefertigt, sondern auch einen detaillierten Bericht über den Gouverneur, die Pläne der Engländer, die allgemeine Inkompetenz der Miliz von Virginia und die Tatsache zusammengestellt, dass englische Truppen in Kürze eintreffen sollten. Allerdings wurde Colonel Washington immer wieder lobend erwähnt.

Henri überlegte, wie er Colonel Washington in seinem Bericht schildern sollte. War er geeignet zu führen, sei es eine Truppe oder etwas anderes? Oder war er einfach ein sehr großer, junger Mann mit wettergegerbtem Gesicht, der aussah, als täten ihm die Füße weh? Als sich eine Gruppe von Pflanzern einen Weg von den Kartentischen zum Esszimmer bahnte, fiel der Name Washington erneut. Henri entschuldigte sich bei den schwatzenden Damen, berührte sein Gesicht anmutig mit dem Taschentuch und schlenderte wie zufällig hinter den Männern her.

Im Esszimmer war es noch wärmer als im Ballsaal. Rotgesichtige Männer, die ihr Kartenspiel unterbrochen hatten, standen in kleinen Gruppen zusammen, sprachen dem Alkohol zu und unterhielten sich lauthals. Wieder tupfte sich Henri den Schweiß von der Stirn.

Im Schein unzähliger Kerzen türmten sich die erlesensten Köstlichkeiten auf den Tischen: Wildpasteten, Krebspastete, Schildkrötensuppe, gepökelter Schinken, Syllabubs, Marzipankonfekt, Kuchen und kandierte Früchte. Mittendrin prangte ein Tafelaufsatz mit Ananas aus der Karibik, umgeben von Trauben, Birnen und Pfirsichen aus dem Garten des Gouverneurssitzes. Henri hatte einen Bärenhunger und wollte sich gerade zu den Tischen vordrängen, als ihn ein lautes »Signor Valentino!« herumwirbeln ließ.

Der massige, rotgesichtige Mr Fitzwilliam löste sich aus einer Gruppe von Männern, die sich über den allgemeinen Lärm hinweg unterhielten, und schob sich leicht schwankend durch die Menge zu Henri. Er schlug ihm mit der Pranke auf den Rücken.

»Kommen Sie, trinken Sie etwas, Signor! Überlassen Sie die Damen einen Moment lang sich selbst!« Er winkte einen livrierten Diener heran, der ein Tablett mit hohen Gläsern darauf trug. Mr Fitzwilliam nahm zwei davon, drückte Henri ungeachtet seiner Proteste eines davon in die Hand. Henri zögerte. Die Virginier hatten eine Vorliebe für selbst gebraute alkoholische Getränke, nach denen man sich fühlte, als sei man von einem Pferd getreten worden. Normalerweise machte er einen Bogen um sie, doch ihm war warm und er hatte Durst, also stürzte er die kalte Flüssigkeit in einem Zug herunter, nur um hustend festzustellen, dass es sich um jungen Whiskey handelte. Der unangenehm metallische Geschmack wurde kaum durch ein paar Kräuter verdeckt. Plötzlich spürte er eine körnige Substanz im Mund und dachte zunächst, es sei Sand. Als er jedoch versuchte, sie unbemerkt in sein Taschentuch zu spucken, merkte er, dass es grob zerstoßener Zucker war.

»So ist's recht, hier, trinken Sie noch einen!« Squire Fitzwilliam winkte einen weiteren Sklaven mit einem Tablett heran. Seine Freunde lachten. Die Damen machten einen Mann durstig, sagten sie. Henri versuchte vergeblich, das nächste Glas abzulehnen, das man ihm in die Hand drückte, doch Squire Fitzwilliam duldete keinen Widerspruch. Dann zog er ihn mit sich zu dem lärmenden Kreis von Männern, mit denen er sich eben noch unterhalten hatte. Sie sprachen gerade über Colonel Washington. Und damit niemand merkte, wie sehr er die Ohren spitzte, trank Henri dummerweise sein zweites Glas.

»Washington hat doch nur dafür gesorgt, dass es ein paar lausige Franzosen weniger auf der Welt gibt. Von mir aus können sie alle zum Teufel gehen. Er wird nicht lange in Ungnade bleiben. Das würde dem alten Fairfax überhaupt nicht gefallen.«

Durch den dichter werdenden Alkoholnebel in seinem Kopf versuchte Henri, sich zu erinnern, was die Fairfaxens mit Colonel Washington zu tun hatten. Die Fairfaxens waren eine mächtige Familie. Lord Fairfax war das einzige Mitglied des englischen Hochadels in Amerika. Er galt als exzentrischer alter Mann, der riesige Ländereien in der Kolonie Virginia besaß, zusätzlich zu seinen Besitztümern in England. War er ein Freund von Washington?

»Ja, und wie es heißt, mag der alte Mann Washington lieber als George William Fairfax, seinen eigenen Neffen.«

»Er hat was gegen Sally, George Williams Frau. Sally Cary, so hieß sie ursprünglich. Nennt sie ›die taube Nuss‹. Will unbedingt verhindern, dass sie die nächste Lady Fairfax wird.«

»Also Colonel Washington, er hat einen mächtigen Gönner in diesem engloschen … englischen Lord?«, fragte Henri.

Die Männer nickten. Lord Fairfax hatte beträchtlichen Einfluss in Virginia. Allerdings war es ihm noch nicht gelungen, seinem Protegé ein reguläres Offizierspatent in der englischen Armee zu verschaffen. Alle waren sich einig, dass sich der Gouverneur beizeiten beruhigen und Washington gegenüber wieder gnädig gestimmt sein würde. Immerhin war er auch zum Geburtstagsball eingeladen worden.

»Washington schwört, dass er alles hinschmeißt, wenn er sein englisches Armeepatent nicht bekommt. Einen richtigen roten Rock will er, mit allen Insignien. Und recht hat er.«

»Tja, finde ich auch, aber ob er einen bekommt? Ihr wisst ja, diese Kolonialverwaltung«, sagte ein anderer Mann bitter. »Sie nimmt uns nicht ernst.«

»Dinwiddie wird versuchen, ihn zu halten. Washington kennt die Wildnis zwischen Blue Ridge und dem Ohio wie seine Westentasche. Sie brauchen ihn, wenn sie den französischen Schurken den Garaus machen wollen.«

Unglückseligerweise war auf Henris zweites Glas ein drittes gefolgt. Währenddessen versuchte er, die Verbindung zwischen Colonel Washington, Lord Fairfax und der Kolonialverwaltung zu verstehen. Er trank einen Schluck und hielt sich dann prustend das Spitzentaschentuch vor den Mund. Der Squire klopfte ihm beherzt auf den Rücken. »Da ist Colonel Washington. Sieht aus, als würde er auf Freiersfüßen wandeln.« Er folgte mit den Blicken dem jungen Mann, der gerade in ihrer Nähe vorbeikam. Dann griff er sich zwei Gläser mit Syllabubs von einem Tablett.

Ein untersetzter Mann mit rotem Gesicht und groben Zügen hatte sich zu der Gruppe gesellt, und Mr Fitzwilliam wechselte das Thema. »Ah, hier ist der Mann, auf den wir alle gewartet haben«, sagte er zu dem Mann gewandt. »Thomas de Bouldin! Nun kommen Sie schon, Thomas. Wo bleiben die Lotterielose, die Sie uns versprochen haben?«

Der rotgesichtige Mann grinste hinterlistig, während die anderen ihre Geldbörsen hervorholten. Henri hatte ihn schon ein paarmal an den Spieltischen gesehen und wusste, dass er einer der Abgeordneten war. Aus den Geschichten, die man über ihn erzählte, wusste er, dass er mit dem Geld seiner reichen Frau eine Plantage, einen Wochenritt südlich von Williamsburg gelegen, erworben hatte. Er fragte sich, welche Frau es über sich brachte, ein derart unsympathisches Exemplar von Mann zu heiraten.

Er hatte kleine glitzernde Schweinsäugelchen, eine rot geäderte Nase und eine fleischige, feuchte Unterlippe. Er stank nach Alkohol, und wenn er wie jetzt ein unangenehmes Lächeln aufsetzte, sah man seine verfaulten Zähne. Henri trat unwillkürlich einen Schritt zurück und fragte sich, ob es stimmte, was er gehört hatte: dass die Virginier solch schlechte Zähne hatten, weil sie zu jeder Mahlzeit heißes Brot aßen.

Thomas de Bouldin rülpste und verteilte Lose und nahm dafür das Geld – Sterlingmünzen oder Papiergeld –, das ihm die Männer eifrig hinhielten.

»Thomas, ein Los für den Signor.« Die anderen Männer lachten und schubsten Henri nach vorn.

Henri hatte das Gefühl, als würde der Boden unter seinen Füßen schwanken. Er murmelte schwach, dass er nichts lieber täte, als ein Lotterielos zu kaufen, und tupfte sich wieder die Stirn mit dem Taschentuch ab. Der Whiskey machte ihn benommen.

»Na, Signor ... ist unser Whiskey zu stark für Ihren italienischen Magen?«, fragte Thomas de Bouldin mit verächtlichem Schnauben, griff aber in seine Tasche und holte die Lose hervor. »Ich wünschte, ich hätte Ihr verdammtes italienisches Talent, Geld zu scheffeln. Nur ein Los? Für ein Pfund kriegen Sie sechs. Das können Sie doch sicherlich entbehren, wenn man bedenkt, was Ihre Tanzstunden kosten und wie diese Herren hier« – er deutete auf die Runde – »Ihren Geldbeutel gefüttert haben?«

Die umstehenden Männer nickten. »O ja, das haben wir«, bestätigte einer von ihnen. »Verkaufen Sie ihm eine Handvoll Lose, Thomas!«

Einen Moment lang war Henri vom Loskauf abgelenkt. Durch die offenen Esszimmertüren sah er, wie Colonel Washington einer jungen Frau einen Syllabub reichte. Sie war hübsch, beinahe schön, mit einem einnehmend intelligenten Gesicht, lebhaften Augen und einer zierlichen kleinen Nase, die sie krauszog, während sie sich angeregt mit Colonel Washington unterhielt. Sie war schlank und elegant in einem mit Silberfäden durchwirkten blassblauen Kleid über einem gelbseidenen Unterkleid. Ihr gepudertes, mit Perlen verziertes Haar war höher aufgesteckt, als es in der Kolonie üblich war. Henri, der die elegante Aufmachung der Damen in Versailles gewohnt war, erkannte sofort, dass sie die am schönsten gekleidete Frau in einem Saal voller stämmiger Kolonistentöchter war, die allesamt schlecht sitzende englische Kleider trugen.

Henri war verwirrt. Irgendetwas an ihr kam ihm bekannt vor, doch vermutlich war sie Engländerin, also war es eher unwahrscheinlich. Allerdings konnte er sich unmöglich an jedes Mädchen erinnern, mit dem er es jemals zu tun gehabt hatte. Während er den Blick weiterhin auf Colonel Washington, die junge Dame und den Syllabub gerichtet hielt, den sie sich in den hübschen Mund löffelte, murmelte er: »*Si!* Erweisen Sie mir die Ehre … ein halbes

Dutzend Lotterielose.« Ja, irgendwie kam sie ihm bekannt vor, und trotz seines umnebelten Zustandes war er beunruhigt. Was, wenn sie ihn ebenfalls kannte?

Thomas de Bouldin räusperte sich laut. Henri zuckte zusammen und zog mit fliegenden Fingern das nötige Geld aus seiner Geldbörse. Der dicke Mann riss es ihm aus der Hand und reichte ihm sechs fleckige Zettel. »Bei dem Preis lohnt sich der Einsatz«, erklärte Thomas de Bouldin und verstaute die Münze mit zufriedenem Grinsen in seiner Tasche. Die anderen nickten.

»Und was ist der Preis, wenn ich fragen darf?« Henri spähte dem Dicken über die Schulter, um zu sehen, wohin Washington mit dem Mädchen gegangen war.

Der Dicke grinste anzüglich. »Meine Niggerhure Venus.« Er schnupperte vielsagend an den Fingern. Die anderen Männer lachten und stießen sich gegenseitig an.

»Vierzehn ist sie, ein köstliches kleines Ding. Verspricht, eine gute Brüterin zu werden. Hab sie natürlich selbst geschwängert. Ich verlose sie nur, weil … nun, Sie wissen schon.« Er deutete zu den Kartentischen im Nebenraum. »Der Gewinner kriegt gleich zwei Sklaven – ein gutes Geschäft. Im Frühjahr zu den *Publick Times*, wenn sie bis dahin geworfen hat, sonst im Herbst.« Er lachte laut, befingerte gierig sein Geld und ging rülpsend zu den Kartentischen hinüber.

Henri stand mit offenem Mund da.

Squire Fitzwilliams deutete seinen schockierten Gesichtsausdruck falsch. »Ich weiß«, sagte er und sah dem ungeschlachten Mann nach. »Eine traurige Sache, das Spielfieber. Der Fluch der Pflanzer. De Bouldin hat eine gute Partie gemacht, seine Frau hat reichlich geerbt. Hatte eines der größten Anwesen in der Kolonie, nach denen von Custis, Parke und King Carter. Aber er hat fast alles verloren – das

Geld, das seine Frau mit in die Ehe gebracht hat, das Silber, ihren Schmuck. Und auch einen Sklaven nach dem anderen, bis nicht mehr genug übrig waren für die Feldarbeit und der Tabakanbau sich nicht mehr lohnte. Er verwettet alles, was er in die Finger kriegt, und verliert alles. Es heißt, er habe Schulden bei den Geldverleihern hier, und auch seine Schulden in England werden immer mehr. Die Zinsen allein treiben ihn in den Ruin. Auch wenn er Abgeordneter ist, irgendwann landet er im Schuldgefängnis.«

Ein anderer Mann schüttelte den Kopf. »Seine Londoner Kommissionäre leihen ihm keinen Penny mehr auf seine nächste Ernte. Diese Schurken behaupten, die Qualität sei schlecht, und jedes Jahr bezahlen sie weniger. Zum Teufel mit ihnen!«

Squire Fitzwilliam erläuterte, wie Thomas de Bouldin es schaffte, seinen Gläubigern immer wieder zu entkommen. »In den letzten fünfzehn Jahren hat er seine jungen Sklavinnen behalten. Die Kinder, die er mit ihnen zeugt, bringen ihm genug Geld ein. Er verkauft sie, sobald sie abgestillt sind.«

Henri starrte ihn entgeistert an. »Er verkauft seine eigenen Kinder?«

»Mein lieber Mann, es sind Sklavinnen! Sie wissen ja, das Kind folgt der Mutter – das Kind einer Sklavin ist ebenfalls ein Sklave. So will es das Gesetz. Gar nicht schlecht für uns, nicht wahr, wenn die Natur unser Hab und Gut vervielfacht? Er bringt sie zum Sklavenmarkt, wenn sie vier sind, ist das beste Alter. Dann sind sie gelehrig, und man kann sie zu brauchbaren Sklaven heranziehen«, erzählte Mr Fitzwilliam. »Hab letztes Jahr selbst eine von ihm gekauft. Meine Mädchen brauchten eine neue Zofe. Außerdem sind sie Mulatten. Helle Haut macht sich gut im Haus. Aber Thomas treibt es zu wild. Er verschleißt seine Brüterinnen, also nimmt er die, die er selbst gezeugt hat. Mit seiner Frau hat er keine Kinder, sie ist schon lange krank. Es heißt, dass sie nicht mehr lange zu leben hat. Wahrscheinlich nimmt er sich bald eine neue Frau.«

Henri brachte vor Entsetzen kein Wort heraus. Mit seinen eigenen Töchtern?

»Manche Leute sagen, dass Thomas de Bouldin ein wenig nachhilft, wenn es um das Sterben seiner Frau geht«, sagte ein Mann mit gedämpfter Stimme. »Da ist eine neue Erbin auf der Bildfläche erschienen. Sein Mündel, so heißt es ...« Er deutete auf die Tanzpartnerin von Colonel Washington. »Ist vor Kurzem aus England gekommen.«

»Entzückend! Wird nicht lange unverheiratet bleiben.«

»Eine Waise, das einzige Kind. Der König hat ihrem Vater eines der größten Grundstücke in der ganzen Kolonie überschrieben, aber es ist weit weg im Süden. Bei den Indianern. Ziemlich wilde Gegend. Ich habe gehört, dass sie es sich in den Kopf gesetzt hat, dort zu leben. Wahrscheinlich wird sie skalpiert, bevor sie ihr Land überhaupt in Besitz nehmen kann. Da unten im Süden ist sie ganz auf sich allein gestellt. Aber wie es aussieht, könnte der junge Colonel Washington daran etwas ändern. Hahaha! Eine reiche Frau, die braucht er!«

»Na, wenn der alte Fairfax ihm da nicht zuvorkommt und sie selbst heiratet.«

»Ach was, der doch nicht. Er hasst Frauen. Es hat ihn mal eine sitzen lassen – noch an der Kirchentür, wie ich gehört habe. Ich sag's dir: Washington kriegt sie. Sonst nimmt Thomas sie, wenn seine Frau tot ist.«

Henri unterdrückte ein Schaudern bei der Vorstellung, dass eine Frau den Launen eines Thomas de Bouldin ausgeliefert sein könnte, vor allem eine so hübsche. Er dachte an die schmierigen Zettel, die de Bouldin ihm gereicht hatte.

Am liebsten hätte er sie aus seiner Westentasche gezerrt und verbrannt. Der Mann war ein Ungeheuer.

»Dann muss de Bouldin sich aber ranhalten. Colonel Washington hat heute Abend schon fünfmal mit ihr getanzt.«

»Er sollte sie heiraten, dann kann er diese jämmerliche Plantage am Potomac vergessen. Miserabler Boden für Tabak ...«

Bald war Colonel Washington vergessen und das Gespräch drehte sich wieder einmal um das Lieblingsthema in der Kolonie: den Tabak, die Dreistigkeit ihrer Londoner Kommissionäre und die sinkenden Preise.

Henri verabschiedete sich mit einer knappen Verbeugung und kehrte schwankend in den Ballsaal zurück. Seine Verpflichtungen warteten auf ihn. Er stöhnte insgeheim, als ihm klar wurde, dass nun Mrs Fitzwilliam an der Reihe war. Sie sah ihn hoffnungsvoll und voller atemloser Vorfreude an.

Es war jedoch nicht nur die Vorfreude, die Mrs Fitzwilliam nach Luft schnappen ließ. Auf der Plantage trug sie nie ein Korsett, und heute Abend hatte sie sich besonders fest einschnüren lassen, um sich in ihr bestes Kleid zwängen zu können. Als Signor Valentino sie auf die Tanzfläche führte, wagte sie kaum zu atmen. Dennoch warf sie den Damen am Rand einen triumphierenden Blick zu, während Henri zusah, wie Colonel Washington sich zum nächsten Tanz aufstellte. Seine Partnerin war das Mädchen in Blau.

Henri überkam ein Widerwille gegen die Virginier, die es mit ihren Sklavinnen und Töchtern und wahrscheinlich auch mit ihrem Vieh trieben, gegen ihren grässlichen Whiskey und ihren Hass auf alles Französische. Sein Überdruss und nicht zuletzt die Tatsache, dass er betrunken war, zeigten sich schon bald in seinen ungestümen Tanzbewegungen, die er mit der armen Mrs Fitzwilliam vollführte.

Er hoffte inständig, dass sie alsbald der Schlag treffen würde, und erklärte ihr, dass dies die neueste, wirklich die allerneueste italienische Quadrille sei. Geradewegs aus Venedig und sehr beliebt bei den erlauchtesten Kreisen Europas. Er bewegte sich im Takt der Musik und folgte den vorgeschriebenen Tanzfiguren, hüpfte dann aber hierhin und dorthin, stolzierte übermütig umher und wedelte mit übertriebener Grazie mit seinem Taschentuch.

»W…w…wie heißt dieser Tanz, Signore Valentino?«, keuchte Mrs Fitzwilliam, die Mühe hatte, Schritt zu halten.

»Der Balztanz der Pfauen, Milady«, erwiderte er mit frechem Grinsen. Er verbeugte sich mit solchem Schwung, dass die Rockschöße über seinem Kopf zusammenschlugen. »Im Frühjahr versucht der Pfauenhahn, die Aufmerksamkeit der Henne zu wecken. Er will sie bezaubern, sie blenden! Sagen Sie, werte Dame, ist es mir gelungen? Sind Sie geblendet, *cara signora*?«

»G…geblendet … ja, das bin ich, regelrecht geblendet …« Sie schnappte verzweifelt nach Luft. »Wird … wird dieser Tanz in London … oft getanzt?«, brachte sie mühsam hervor.

»Oh, und ob! Aber nur in den nobelsten Kreisen, Signora!« Signor Valentino lächelte hochmütig. »Im St.-James-Palast. Um den Geburtstag des Königs gebührend zu feiern, habe ich bis heute gewartet, um diesen Tanz mit der einzigen Frau in Williamsburg zu tanzen, die ihn wirklich formvollendet tanzen kann. Mit Ihnen, gnädige Frau!«

»Oh!« Mrs Fitzwilliam fühlte sich geehrt, trotz der Sorge um ihr Korsett.

»Der Lieblingstanz von Prinzessin Amelia!«, beteuerte er. Er machte einen Hüpfer nach links, hüpfte dann nach rechts, als die Tänzer die Plätze wechselten, und beschrieb mit dem Taschentuch einen graziösen Bogen. Wie durch ein Wunder gelang es ihm, nicht hinzufallen. Die Reihe der Tänzer rückte auf, und plötzlich stand er dem Mädchen gegenüber, das den Tanz mit Colonel Washington begonnen hatte.

»Sie!«, rief sie erstaunt aus, ohne einen einzigen Schritt auszulassen. Betrunken, wie er war, dachte Henri zunächst, dass sie seine Art zu tanzen beeindruckte. »Was um Himmels willen machen Sie hier?«, zischte sie, doch bevor Henri antworten konnte, war sie schon wieder davongetanzt.

Sie müsse sich täuschen, murmelte er.

Die nächsten Schritte brachten sie wieder zusammen. Ihre Gesichter berührten sich fast. »Wollen Sie es mir nicht sagen?«, fragte sie und sah ihn über ihren Fächer hinweg an. Ihre braunen Augen funkelten belustigt. »Was für ein Theater Sie hier veranstalten! Sind Sie verrückt?« Ihre Augen verengten sich zu Schlitzen, und sie verbarg ihr Gesicht hinter dem Fächer, während ihre Schultern vor Lachen zuckten.

Anmutig wirbelte sie davon und tanzte um den Mann zu ihrer Rechten. Henri war schwindelig von all den Drehungen. Dann war sie wieder da. Nun war er derjenige, den sie umtanzte. Sie stolzierte hinter ihn, wandte den Kopf zurück und sah ihn über den Fächer hinweg an.

»Pfauen!«, zischte sie ihm ins Ohr. »Bei der Balz! Und dann in diesem bunten Mantel! Signore Valentino. Bitte, können Sie mir sagen, wann der Pfauenhahn sein Rad schlägt und krächzt? Ich kann es kaum erwarten.«

Dann verschwand sie in der Gasse zwischen den Tänzern. Henri sah sich um und bemerkte die erstaunten Blicke der anderen Tänzer.

Zum Glück hörten die Musiker in diesem Moment auf zu spielen, und Henri brachte Mrs Fitzwilliam, die inzwischen eine recht ungesunde Gesichtsfarbe hatte, zu ihren Freundinnen zurück. Sie sank keuchend auf einen Stuhl und fächelte sich Luft zu, während ihre Töchter Henri bestürmten und mehr über den Lieblingstanz von Prinzessin Amelia wissen wollten. Henri murmelte eine Entschuldigung und entwand sich unter Verbeugungen ihren Fängen.

Der Abend schritt voran, die Musiker spielten lebhaftere Melodien, und nun drängten sich auch die jüngeren Leute auf die Tanzfläche. Den Virginiern waren englische Volkstänze lieber als Menuette. Auch die Zuschauer klatschten im Takt der Musik in die Hände und klopften begeistert mit den Füßen. Als die jungen Herren begannen, die jungen Damen durch die Luft zu wirbeln, verschwand Henri aus dem Ballsaal und machte sich leicht schwankend auf die Suche nach dem Mädchen, konnte es aber nicht finden.

Schließlich entdeckte er ihre aufwendige Frisur in der Menge und bahnte sich einen Weg zu ihr. Er konnte gerade noch sehen, wie sie sich mit einem Knicks vom Gouverneur, seiner Frau Lady Rebecca und den zwei Töchtern verabschiedete. Die jüngere von beiden, die erst sieben Jahre alt war, schlang plötzlich die Arme um das Mädchen und gab ihr einen Kuss. Lady Rebecca streckte ihr beide Hände entgegen. Wer immer sie auch sein mochte, sie war auf jeden Fall beliebt. In diesem Moment trat zu Henris Entsetzen ein betrunken schwankender Thomas de Bouldin an ihre Seite, räusperte sich laut, reichte ihr den Arm und ging mit ihr davon. Livrierte Diener verbeugten sich vor ihnen, als sie vorbeiliefen.

Henri hastete nach draußen und sah, wie Thomas dem Mädchen in eine Kutsche half, auf deren Kutschbock ein

Sklave mit einem seltsam geformten Hut auf dem Kopf saß, der wie ein Vogelkäfig aussah. Warum steckte der Kopf des Kutschers in einem Vogelbauer? Er rieb sich die Augen. Die Kutsche schwankte heftig, als sich Thomas de Bouldin hineinhievte und den Schlag schloss. Der Kutscher ließ die Peitsche knallen. Henri starrte der Kutsche nach, die die Einfahrt hinunterfuhr. »*Nom de Dieu!*«, flüsterte er.

Aus dem Schatten lösten sich zwei Gestalten und traten ins Licht der Fackeln. Einer von ihnen war Colonel Washington, der sich mit einem der Berater des Gouverneurs unterhielt, ohne Thomas de Bouldin und das Mädchen aus den Augen zu lassen. Die drei Männer nickten einander knapp zu, und Colonel Washington bedeutete dem betrunkenen Henri höflich, er möge vorangehen. Unsicheren Schrittes stieg Henri die Stufen zum Gouverneurssitz hoch.

Hinter ihnen ertönte ein lauter Knall und der Himmel leuchtete in den schillernden Farben eines prachtvollen Feuerwerks. Der Geburtstagsball war offiziell vorüber.

Kapitel 11

Nach dem Ball

In den Tagen nach dem Ball ließ Henri der Gedanke nicht los, woher ihn das Mädchen kennen mochte. Hatte sie ihn mit jemandem verwechselt? Würde sie ihn verraten? Er suchte überall nach ihr, wagte aber nicht, sich allzu offen nach ihr zu erkundigen. Williamsburg leerte sich allmählich. In den Straßen standen schwer beladene Kutschen, Karren mit Sklaven und Männer hoch zu Ross zur Heimreise auf die Plantagen bereit. Frauen riefen »Auf Wiedersehen!« aus Kutschen und Fenstern. Die goldene Herbstsonne wich frostiger Kälte, und morgens war alles mit Raureif bedeckt. Es dauerte kaum eine Woche und ein eisiger Wind fegte das leuchtende Laub von den Bäumen und scheuchte die Bewohner der Stadt an den Kamin. In den Straßen hing der Geruch von Holzfeuern. In Williamsburg verbreitete sich die Nachricht, dass sich die Spannungen zwischen den Engländern und Franzosen an der nördlichen Grenze nach Ohio zu einem handfesten Krieg ausgeweitet hatten.

Unter dem Kommando von General Braddock landete ein Regiment englischer Soldaten in Virginia, übernahm die

Führung von Colonel Washingtons chaotischer Bürgerwehr und marschierte zum Ohio. Durch den Krieg wurde Henris ohnehin schon heikle Position noch gefährlicher. Außerdem merkte er, dass der Berater von Gouverneur Dinwiddie, den er am Abend des Geburtstagsballs mit Colonel Washington gesehen hatte, ihn inzwischen genau beobachtete und in der Stadt Erkundigungen über Henris Diener und Musiker einholte.

Als wäre all das nicht besorgniserregend genug, erfuhr Henri, dass die Bergkette im Westen, die Blue Ridge Mountains, unter einer frühen Schneedecke lag. Sie saßen in Williamsburg fest, bis die versprochenen indianischen Führer kamen, um sie zu der französischen Garnison am Mississippi zu bringen. Henris Bericht war fertig. Er konnte kaum hoffen, noch mehr Informationen zu sammeln. Alle drei wollten ihren Bericht lieber heute als morgen abliefern, in La Nouvelle-Orléans ein Schiff besteigen und nach Hause fahren, um ihre Belohnung zu kassieren. Doch es verging ein Tag nach dem anderen ohne ein Zeichen von den Führern.

Während sie warteten, versuchten sie, ihre italienische Maskerade aufrechtzuerhalten, auch wenn die ganze Sache schon lange keinen Spaß mehr machte. Henri stattete den Damen Besuche ab, war charmant wie eh und je, trank Tee und Madeira, saß am Kaminfeuer und hörte sich die Klatschgeschichten an. Er verhehlte auch nicht, dass er nach England zurückkehren wolle, sobald das Wetter es zuließ. Er sei unruhig, erklärte er, weil man in London auf ihn wartete, damit er die jungen Damen auf die Frühjahrssaison vorbereitete.

Bildete er es sich nur ein oder rückte die Damenwelt von Williamsburg ein wenig von ihrem Liebling ab?

Die Straßen waren voller roter Uniformjacken, und die Bewohner von Williamsburg beklagten sich immer wieder, wie hochnäsig sich die Engländer ihrer Bürgerwehr gegenüber verhielten. Colonel Washington war ein erfahrener Mann, der die Grenze kannte, was man von General Baddock nicht sagen konnte. Sie spekulierten, wann und wie General Braddock angreifen und den Franzosen eine Lektion erteilen würde. Nachts hielt Henri alles fest, was er gehört hatte. Nach und nach erfuhr er mehr über die geografischen Gegebenheiten. Er kam zu dem Schluss, dass General Braddock würde warten müssen, bis im Frühjahr das wärmere Wetter die Berge passierbar machte, bevor er mit seinen Männern zum Ohio vordringen und angreifen konnte. Soweit Henri dem Gerede in der Stadt entnehmen konnte, war es schwierig genug, eine große Armee durch die wilde Bergregion zu führen, sodass ein Angriff gegen die Franzosen frühestens im Sommer stattfinden konnte. Währenddessen verging Woche um Woche, ohne dass die versprochenen Führer kamen.

Mitte Dezember tauchte ein wandernder Kesselflicker in der Stadt auf. Er hatte einen schäbigen Eselskarren voller Zinn- und Blechkram dabei. Das meiste war derart verbeult und kaputt, dass man es kaum brauchen konnte. Er spürte Henri in dem Gasthaus auf, in dem er mit seinen Gefährten untergekommen war. Unter dem Vorwand, ihm einen alten Kerzenleuchter verkaufen zu wollen, bettelte er ihm eine Münze ab und schob ihm dafür ein schmutziges Stück Papier in die Hand. Dann verließ er Williamsburg unter lauten Klagen, dass man als ehrlicher Mann in dieser Stadt keine Geschäfte machen könne.

Der Zettel enthielt eine verschlüsselte Botschaft, die besagte, dass eine Gruppe von Indianern mit ihrem Dolmetscher unterwegs sei, um Henris Bericht abzuholen und ihn nach Louisiana zu bringen. Die Indianer kämen allein schneller voran, weil die weißen Männer den Winter in der Wildnis nicht gewohnt seien. Henri und seine Begleiter würden in Williamsburg warten müssen und im Frühjahr nach Europa zurückkehren.

Henri war wütend. Er wusste, dass er, wenn er seinen Bericht erst einmal abgeliefert hatte, kein Mittel mehr in der Hand hatte, ihre Heimkehr durchzusetzen.

Währenddessen fielen Thierry und François immer häufiger aus ihrer Rolle als Signor Teodoro und Francesco. Sie langweilten sich, sehnten sich nach Hortense und verbrachten ihre Abende in den Tavernen der Stadt. Der Alkohol lockerte ihnen die Zunge, und so entschlüpfte ihnen die eine oder andere gefährliche Bemerkung über die englischen Truppen. Dann bandelte Thierry mit einem Mädchen aus Williamsburg an, die in der Taverne ihres Vaters arbeitete. Eines Nachts stand er betrunken unter Nancys Fenster und beglückte seine Angebetete mit einem anzüglichen französischen Lied. Drei englische Soldaten, die gerade vorbeikamen, verfluchten die Franzosen als Teufel und schlugen Thierry bewusstlos. Am nächsten Morgen erklärte Henri allen, die es hören wollten, dass die Vorliebe seines italienischen Dieners für dieses französische Lied allein mit der Unflätigkeit der Worte zu tun habe. Nach diesem Zwischenfall rückten die Leute in Williamsburg noch ein Stückchen weiter von den drei Italienern ab. Es war nur eine Frage der Zeit, bis einer von ihnen erneut den Verdacht nährte, dass sie Franzosen waren. Sie mussten Williamsburg verlassen, und zwar bald.

Als Thierry sich so weit erholt hatte, dass er auf einem Pferd sitzen konnte, hatte Henri seine Besuche in den Williamsburger Wohnzimmern genutzt, um so viele Informationen wie möglich über die Gegend westlich der Stadt zu sammeln. Er hatte sogar in Erfahrung gebracht, wie man nach La Nouvelle-Orléans kam. Offenbar lag es in südwestlicher Richtung, wo sich der gewaltige Mississippi in den Golf von Mexiko ergoss. Es gab zwei Routen. Eine wurde als »der Weg nach Westen« bezeichnet. Dieser führte durch einen Einschnitt in der riesigen Bergkette nach Kentuckee, wo er irgendwann auf den Mississippi stoßen würde, wenn er lange genug in westlicher Richtung ging. Es gab noch eine andere Route, die vor allem die Siedler und Jäger nahmen. Sie folgte Flüssen und Büffelfährten durch niedrigere Berglandschaften bis zum Tinassi River im Südwesten. Der Tinassi oder vielleicht auch ein anderer Fluss strömte Richtung Westen bis zum Mississippi. Die Garnison in der Nähe von La Nouvelle-Orléans lag am Mississippi. Henri hatte keine Ahnung von den Entfernungen, die es zu bewältigen galt, er wusste nur, dass alles weit weg war und es Indianer gab. Von den Gräueltaten an den Grenzen der Kolonie hatte er gehört: Wilde Indianer hatten englische Siedlungen angegriffen, um Rache zu üben, weil die Weißen Verwandte von ihnen umgebracht hatten. Sie wischten sich die Tränen mit den Skalpen der Siedler ab, hieß es.

Henri ahnte, dass die Reise gefährlich und beschwerlich sein würde. Vielleicht war es ihnen möglich, mit den Stämmen zu verhandeln, sodass sie ihr Territorium unbeschadet durchqueren konnten. Schließlich hatten die drei Männer nicht die Absicht, gegen die Indianer zu kämpfen oder ihnen ihr Land wegzunehmen. Er hatte nur eine vage Vorstellung, wie sie nach Louisiana gelangen sollten. Außerdem war der Weg durch die Wildnis mitten im Winter noch gefährlicher als zu anderen Zeiten. Allerdings war es inzwischen ebenso gefährlich, in Williamsburg zu bleiben, und ihr Geld ging zur Neige. Niemand wollte mehr Tanzunterricht haben, und ihre Zimmer im Gasthof waren teuer.

Mit seinem letzten Geld bestach Henri einen der Sklaven des Gastwirts, ihnen einfache Kleidung, Musketen, Munition und Jagdmesser zu besorgen. Sie würden sich als Jäger verkleiden. Henri lernte alles auswendig, was er in seinem Bericht festgehalten hatte, und verbrannte die verräterischen Papiere, um für den Fall, dass man sie schnappte, keine Beweismittel zurückzulassen. Ihre teuren Kleider ließen sie in ihren Zimmern liegen. Mochte der Wirt sie verkaufen und damit ihre Rechnung begleichen. Am Weihnachtstag brachen sie vor Morgengrauen auf, während die braven Williamsburger nach den ausschweifenden Festessen am Vorabend noch schliefen. Sie stahlen fünf Pferde aus einem Mietstall, zwei Packpferde und drei Reitpferde, zogen sich ihre Hüte tief ins Gesicht und führten ihre beladenen Packpferde Richtung Süden in den trostlosen, kalten Morgen. Es schneite leicht, und Henri hoffte, dass der Schnee ihre Spuren verwischen würde.

Als sie die Stadt gerade hinter sich gelassen hatten, sprang plötzlich ein Mann hinter einem Baum hervor, wedelte mit einer Muskete und rief: »Halt!« Henris Pferd stieg hoch, und er fluchte. Sein Hut fiel herunter, und er hatte Mühe, sein Jagdmesser zu zücken. Der Mann ließ die Muskete sinken, und Henri erkannte einen der Elenden, die in Williamsburg die Sänften trugen.

»Dummkopf! Sind Sie verrückt?«, tobte Henri, tastete aber dennoch nach seinem Geldbeutel und warf dem heruntergekommenen Wegelagerer ein paar Münzen zu.

In diesem Moment trat ein Junge aus den Schatten des Baumes. »Bitte, Euer Ehren«, sagte er und sammelte hastig erst die Münzen, dann Henris Hut auf, den er Henri reichte. »Tun Sie Vater nichts. Wir haben gehört, wie Leute im Wirtshaus über Sie geredet haben. Sie meinten, dass Sie gar keine Italiener sind. Und wenn sie Sie festnehmen und Sie Franzosen sind, dann hängen sie Sie auf. Vater hat Sie beobachtet, er dachte sich, dass Sie verschwinden würden. Bitte töten Sie uns nicht, Euer Ehren, nehmen Sie uns mit. Unsere Herren sind so grausam, mein Bruder ist krank und sie schlagen uns so schlimm.«

An seiner Seite tauchte ein kleinerer Schatten auf, der ebenfalls ein jämmerliches »Bitte« hervorbrachte.

Der Wegelagerer legte die Arme um die Jungen. Sie standen mitten auf dem schmalen Weg, sodass die Reiter nicht an ihnen vorbeigekommen wären. »Wir werden arbeiten, Sir, wir machen alles, was anfällt. Ich kann Pferde beschlagen. Sie brauchen einen Schmied, egal, wohin Sie gehen. Nehmen Sie uns mit oder bringen Sie uns um. Das Leben als Schuldknecht ist die Hölle, und wenn sie uns schnappen, wird es noch schlimmer. Ich habe die Muskete meines Dienstherrn gestohlen, und wenn Sie uns nicht mitnehmen, erschieße ich die Jungen und dann mich selbst.«

»Kinder? Unmöglich!«, murmelte Thierry ärgerlich.

»Bitte, Euer Ehren, Vater hat versucht, meinen Herrn daran zu hindern, dass er uns schlägt«, setzte der kleinere Junge mutig an und nieste. »Und die Richter haben ihn einen Unruhestifter genannt und unsere Zeit auf zehn Jahre erhöht. Das überleben wir nicht und Vater auch nicht. Bitte, Sir.« Der Junge war spindeldürr, und seine Zähne klapperten vor Kälte. Henri fluchte fürchterlich, doch er war in einer Zwickmühle. Er konnte sie nicht stehen lassen und riskieren, dass sie der Bürgerwehr sagten, in welche Richtung sie geritten waren. Ebenso wenig konnte er drei solch jämmerliche Gestalten umbringen. Sie mussten sie mitnehmen, bis sie irgendwo hinkamen, wo sie sich allein durchschlagen konnten. Henri wies den Mann an, sich auf eines der Packpferde zu setzen. Dann beugte er sich herunter, griff sich den kleineren Jungen und setzte ihn vor sich in den Sattel. François ließ den älteren widerstrebend hinter sich aufsitzen. Henri spürte, dass der kleine Junge vor Kälte zitterte, und nahm ihn mit unter seinen Umhang. So ritten sie weiter, trotz Thierrys Protest.

Sie kamen langsam voran. Der Wind war bitterkalt, und die gefrorenen Schlammfurchen bereiteten den Pferden Schwierigkeiten. Nach zehn Tagen, in denen sie eher vorwärtsgestolpert als geritten waren, begann es so heftig zu schneien, dass sie kaum die Hand vor Augen sehen konnten und nicht wussten, ob sie vielleicht vom Weg abgekommen waren. Sie versuchten, sich einen Unterschlupf zu bauen, um dort das Ende des Schneesturms abzuwarten. Sie schafften es nur mit Mühe, Feuer zu machen, und wären sicher an Kälte und Hunger gestorben, wenn nicht plötzlich vier Cherokeekrieger und ein durchtrieben aussehender hugenottischer Dolmetscher aus dem Schneegestöber aufgetaucht wären. Als Henri sie nach dem Weg fragte, stellte sich heraus, dass sie unterwegs nach Williamsburg waren, um seinen Bericht zu holen.

Der Dolmetscher fragte verärgert, warum sich die Franzosen überhaupt auf die gefährliche Reise gemacht hätten. Es sei abgemacht, dass die Indianer seinen schriftlichen Bericht abliefern und dafür Gewehre und Rum kassieren würden. Henri erwiderte, es gebe keinen schriftlichen Bericht. Er und seine Gefährten hätten jeder einen Teil des Berichts auswendig gelernt und müssten die Informationen persönlich überbringen. Der Mann Rufus sei Schmied, den man für die Pferde brauche, und seine beiden Söhne seien Diener.

Die Indianer versanken in feindseliges Schweigen. Sie wussten nichts davon, dass sie außer dem Dolmetscher noch andere Weiße durch die Wildnis geleiten sollten. Henri versicherte ihnen, der Befehlshaber der französischen

Garnison werde sie für ihre Mühe mit zusätzlichen Gewehren, Decken und einem Fass Brandy belohnen. Der Dolmetscher besprach sich mit den Indianern, und schließlich stimmten sie widerstrebend zu, Henri und seine Begleiter zu führen.

Sie zwangen sie, durch Schnee und Wind weiterzureiten. Je höher sie in die Berge kamen, desto schmaler wurde der Weg. Die schwarzen Umrisse der Bäume erhoben sich drohend vor dem bleiernen Himmel. Weder die drei Franzosen noch die Drumhellers waren es gewohnt, sich bei solchem Wetter ständig im Freien aufzuhalten. Ihnen war kalt, und sie waren völlig durchnässt und bekamen Husten und Fieber. Henri hatte Schüttelfrost, sein Kopf schmerzte, der ganze Körper tat ihm weh, er bekam kaum Luft und konnte nicht mehr schlucken. Trotzdem versuchte er, Thierry anzuspornen, der hustete und sich kaum noch auf dem Pferd halten konnte. Rufus glühte vor Fieber. Er schlang eine Decke um die beiden Jungen und drückte sie fest an sich, damit sie nicht von dem Packpferd fielen, das mühsam daherstolperte. Ein niedriger Ast fegte François aus dem Sattel, und er war zu schwach, um wieder aufzustehen. Henri befahl dem Dolmetscher anzuhalten. Sie würden weder dem Franzosen noch den Indianern etwas nützen, wenn sie starben. Sie mussten eine Pause einlegen, sich aufwärmen und wieder zu Kräften kommen.

Die Indianer wollten François und die Drumhellers zurücklassen, sie seien zu entkräftet für die Weiterreise und würden bald sterben. Insgeheim gab Henri ihnen recht. Die Drumhellers sahen aus wie der leibhaftige Tod. Er weigerte sich jedoch, ohne sie und ohne François weiterzureiten, und behauptete, er, François und Thierry hätten unterschiedliche Informationen weiterzugeben. Zwischen dem Dolmetscher und den Indianern brach eine weitere hitzige

Diskussion aus, die sie in einer Mischung aus Französisch und Cherokee führten. Wie es schien, wollten die Indianer die Franzosen foltern, um an die Informationen zu kommen, doch der gerissene Dolmetscher, der sich selbst eine Belohnung von dem Garnisonskommandanten erhoffte, wollte sie am Leben lassen.

Schließlich kamen sie überein, dass die Weißen lebendig mehr wert waren als tot, und die Cherokee willigten ein, dass sie die Reise unterbrachen. Rasch bauten sie einen engen, fensterlosen Unterschlupf, den sie als Winterhaus bezeichneten. Sie alle krochen hinein und saßen vom Fieber geschüttelt und dicht gedrängt unter Büffelhäuten um ein qualmendes Feuer. Draußen herrschte erbarmungsloser Winter. Es schneite und fror, dann taute es ein wenig, gleich darauf schneite es wieder. Tag und Nacht glitten ineinander. Im Inneren des Winterhauses verloren die fiebernden Drumhellers und die Franzosen jedes Gefühl für Zeit. Sie kauten schwach auf ein paar Brocken steinharten Fleisches, saugten an einer Handvoll Schnee und husteten und husteten.

François ging es besonders schlecht. Seine Wangen glühten, sein Gesicht war ausgemergelt und er hustete, als würde er ertrinken. »Hilf mir, Henri«, keuchte er immer wieder in der Dunkelheit. »Mutter Gottes, hilf mir zu atmen! Meine Brust tut so weh!« Doch Henri war selbst so krank, dass er nicht mehr für François tun konnte, als ihn festzuhalten, wenn er hustete und nach Luft rang. Eines Morgens spürte Henri etwas Feuchtes auf seiner Hand – im Licht einer plötzlich auflodernden Flamme sah er, dass François' Mund und Kinn voller Blut waren.

François hatte die Augen weit aufgerissen und sah mit wildem Blick umher. Der Tod stehe draußen, sagte er immer wieder. Er versuchte, an dem Fell vorbeizukommen, das vor dem schmalen Eingang hing. »Sieh doch, der Tod ist da«, rief François angstvoll und zeigte auf das Fell, das sich leicht im Lufthauch bewegte. Henri murmelte, es sei nur der Wind. Doch François weinte und beschwor ihn, den Tod nicht hereinzulassen. Ab und zu fiel er in einen unruhigen Schlaf, dann wieder wähnte er sich als Junge in Frankreich. Um seinen Freund zu besänftigen, beschrieb der fiebernde Henri die Felder und Wälder rings um das Schloss seines Vaters, wo die Jungen jedes Jahr den Sommer im Pförtnerhaus verbracht hatten. Die Frau des Pförtners hatte dafür gesorgt, dass sie gut zu essen hatten, und den Kopf geschüttelt, wenn sie ihre schmutzigen Hosen und Schuhe sah. Früh am Morgen hatte der Pförtner sie zum Angeln mitgenommen, wenn der Nebel noch auf den Feldern lag, bevor die Glocke in der Kapelle zur Morgenandacht rief. Sie erinnerten sich daran, wie ein Keiler auf die Jagdhunde losgegangen war, wie man den verwundeten Hunden die Eingeweide wieder in den Bauch gestopft und sie einfach mit dickem Faden zugenäht hatte. Wie sie sich später darin überboten hatten, die Mädchen aus dem Dorf zu verführen.

»Ja«, flüsterte François. »Dort fahren wir wieder hin, nicht wahr, Henri? Bald ist es doch wieder Sommer. Und Hortense …«

»Natürlich. Wir dürfen Hortense nicht vergessen.«

Henri hielt die Hand seines Freundes in seiner letzten Nacht. Er nickte immer wieder ein, während Thierry seinen Bruder beschwor, am Leben zu bleiben. Zum Ende hin glaubte François, Henri sei der Priester, und bettelte ihn an, ihm die Absolution zu erteilen. Seine Bitten drangen kaum in Henris Träume, doch Thierry rüttelte ihn wach. »Du musst.«

Henri hatte Mühe, sich an die Worte zu erinnern. Schließlich krächzte er: »*Dominus noster Jesus Christus te absolvat: et ego auctoritate ipsius te absolvo ab omni vinculo excommunicationis, suspensionis, et interdicti, in quantum possum, et tu indiges. Deinde ego te absolvo a peccatis tuis, in nomine Patris, et Filii, et Spiritus Sancti. Amen.«*

»Amen«, flüsterte François, schloss die Augen und starb.

In der Nacht wurde sein Körper kalt und steif, während Henri neben ihm lag. Er wusste, dass er ihn bestatten sollte, doch der Boden war gefroren, und er und Thierry waren zu schwach zum Graben. Am Morgen quälten sich Henri und Thierry zitternd vor Kälte unter ihren Büffelfellen hervor und zogen und schoben den Leichnam vor das Winterhaus. Zu mehr reichte ihre Kraft nicht. In der Nacht kamen wilde Tiere, und am nächsten Morgen war der Leichnam verschwunden.

Wenn Henri nicht in fiebrigem Schlaf vor sich hin dämmerte, hörte er den Unterhaltungen des Dolmetschers und der Indianer zu, die halb auf Französisch, halb auf Cherokee geführt wurden. Dabei ging es um Tierpfade und Überfälle, um die Feigheit der Weißen, den Wert von Skalps von Männern, Frauen und Kindern, die Jagd und die Gewohnheiten von Tieren, Geistern und Gestaltwandlern, die die Gegend bevölkerten.

Im Traum erschien ihm oft das Mädchen in Williamsburg. »Wer bist du?«, flüsterte er. »Ein Pfau!«, lachte sie und wirbelte in einer Wolke aus seidenen Röcken davon, die sich in das Rad eines Pfaus verwandelten, bevor sie sich wie die Hexe im Märchen in Luft auflöste.

Henri hatte auch andere Träume, in denen die anmutige Madame de Pompadour erschien. Er träumte von Italien und dem Geschmack von Orangen, von vergoldeten Palästen, von Pferden und Jagdhunden, von den seltenen Besuchen auf dem väterlichen Schloss mit seinen mottenzerfressenen Wandteppichen, der großen Feuerstelle, in der sich geröstetes Wildbret am Spieß drehte, runden Brotlaiben und Weinfässern. Er saß meist an der Tafel mit den weniger angesehenen Gästen, während seine Halbbrüder am anderen Ende des Raumes neben dem Vater saßen, doch er hatte es warm und konnte sich satt essen. Er hatte den verführerischen Duft von gebratenem Fleisch in der Nase, schmeckte herben Wein und gezuckerten Kuchen ...

Wenn er erwachte, erschien ihm die Wirklichkeit umso schlimmer. Virginia war die Hölle mit seinen bestialischen Bewohnern, den undurchdringlichen Wäldern, den zugefrorenen Flüssen, der bitteren Kälte und dem rauchigen Geschmack von Pemmikan, das so hart war, dass man es kaum kauen konnte. Sobald er einschlief, erschien das Mädchen aus dem Gouverneurspalast wieder, um ihn zu necken. »Ganz schön verrückt!«, hörte er sie sagen, so deutlich, als stünde sie neben ihm. »Verrückt, verrückt, verrückt.« Ihr Lachen hing noch in der Luft, wenn sie wieder verschwand. Er streckte die Hand aus, um sie zu fangen, doch seine Finger griffen immer ins Leere.

Kapitel 12

Eine unerwartete Begegnung

Dank seiner Jugend und Zähigkeit begann sich Henri allen Widrigkeiten zum Trotz zu erholen. Er war zwar schwach, doch er war eher lebendig als tot. Nun musste er dafür sorgen, dass er wieder zu Kräften kam, und zusehen, dass auch Thierry gesund wurde. Sie tranken einen bitteren Tee, den die Indianer aus Baumrinde brauten, und aßen getrocknete Maiskörner, die in geschmolzenem Schnee eingeweicht und dann zu Brei verkocht wurden. Ab und zu verirrte sich ein mageres Kaninchen in eine der Fallen, die die Indianer aufgestellt hatten. Henri zwang sich aufzustehen und draußen ein paar Schritte zu gehen. Überraschenderweise waren Rufus und seine Söhne nicht gestorben, obwohl sie nur noch aus Haut und Knochen bestanden. Er flößte ihnen den Tee und Maisbrei ein, obwohl sie schwach protestierten, und drängte sie, sich aufzusetzen und aufzustehen.

Schließlich hatte Henri genug davon, das Kindermädchen zu spielen, und sagte, sie täten ihm zwar leid, aber er habe schon genug damit zu tun, sich und Thierry durchzubringen. Er sei nicht für sie verantwortlich.

»Entweder ihr werdet gesund oder ihr sterbt«, erklärte er unverblümt. Das brachte Rufus dazu, den Tee zu trinken und seine Söhne zu zwingen, es ihm gleichzutun. »Ihr müsst aufstehen und herumgehen«, sagte Henri. Er versuchte, Thierry aufzumuntern. Sie hätten überlebt, und nun müssten sie es nur noch bis Louisiana schaffen. Dann ging es aufs Schiff Richtung Frankreich, und in ein paar Monaten würden sie ihre Belohnung kassieren.

»Scher dich zum Teufel!«, stöhnte Thierry nur und schloss die Augen.

Henri hatte keine Ahnung, wie lange sie krank gewesen waren. Er wusste, dass sie ihr Lager an einem zugefrorenen Fluss aufgeschlagen hatten, weit westlich von Williamsburg. Als er eines Morgens aufwachte, hörte er das Rauschen und Gurgeln fließenden Wassers. Das Eis war geschmolzen – und das bedeutete, dass der Frühling angebrochen war.

Die Zähigkeit, die ihn hatte überleben lassen, half ihm nun, wieder zu Kräften zu kommen. Jeden Tag entfernte er sich ein Stück weiter vom Lager, sah, wie der Frühling die Gegend allmählich verwandelte. Er ärgerte sich über die anderen, die sich keine Mühe gaben, ihre Schwäche zu überwinden. Das Wetter war milder geworden, und die Hügel jenseits des Flusses zeigten das erste zarte Grün. Die Schneeschmelze hatte den Fluss anschwellen lassen, das Wasser rauschte lärmend über die Steine. Henri spürte die Sonnenwärme auf der Haut. Thierry und die Drumhellers kauerten im Winterhaus, bis es Mittag wurde und die Sonne am stärksten war. Dann krochen sie ins Freie, um sich zu wärmen.

Allmählich verlor Henri die Geduld mit ihnen. Bei seinen täglichen Wanderungen am Fluss dachte er darüber nach, wie Thierry und er ihren Führern entwischen könnten, um sich allein auf den Weg nach La Nouvelle-Orléans zu machen. Leider gab es bei all seinen Überlegungen eine entscheidende Schwachstelle. Die indianischen Führer hatten ihnen die in Williamsburg gestohlenen Musketen abgenommen, sodass Henri nur noch das Jagdmesser als Waffe hatte.

Eines Morgens verließ Henri das Lager noch vor Morgengrauen. Dem Dolmetscher sagte er, er wolle zum Fluss, Fische fangen. Er habe es gründlich satt, ständig auf Pemmikan herumzukauen. Die Indianer zuckten die Achseln. Sie glaubten nicht, dass er mit einem Messer Fische fangen würde. Er würde wiederkommen. Wenn nicht, dann würde er sterben oder gefangen genommen.

Die aufgehende Sonne blitzte zwischen den Bäumen hervor, als Henri flussaufwärts den Weg entlangging, den sie gekommen waren. Gab es in der Nähe eine Plantage mit Pferden? Wenn ja, könnten Thierry und er sich davonschleichen, die Pferde stehlen und versuchen, nach Westen zu reiten und sich dabei am Stand der Sonne zu orientieren. Rufus und die Jungen müssten sie allerdings zurücklassen. Die Sonne auf seinem Rücken wurde immer wärmer. Er hielt Ausschau nach Pumas und Schlangen, die ein Sonnenbad nahmen, und nach Indianern. Er schritt kräftig aus und genoss die Bewegung und die wiederkehrende Kraft in seinen Beinen. Er begann zu schwitzen und spürte, wie unter seinem Hemd etwas krabbelte. Schließlich kam er zu einer Stelle, an der das Ufer auf der gegenüberliegenden Seite des Flusses flach abfiel. Auf seiner Seite bildeten Steine ein Wasserbecken.

Nun lebte er schon seit Monaten in diesen Kleidern und wahrscheinlich hätte ihn nicht einmal mehr sein eigener Vater wiedererkannt. Mit einem Wams und Hosen aus schlecht gegerbten Tierhäuten sah er aus wie ein verlauster Waldschrat. Sein Haar war stumpf, er hatte einen wilden Bart und überall kroch und krabbelte etwas. Er beschloss, ein Bad zu nehmen und das Getier loszuwerden. Rasch entledigte er sich seiner Kleider und hängte sie über das Geäst eines umgestürzten Baumes, sodass sie in der Sonne auslüften konnten. Dann ging er vorsichtig über die nassen Steine und schnappte nach Luft, als er in das eiskalte Wasser tauchte.

Er schrubbte sich mit Sand vom Flussbett sauber, bis ihm das Wasser zu kalt wurde. Zitternd kletterte er ans Ufer. Als er sich auf dem Boden ausstreckte, um sich von der Sonne trocknen zu lassen, musste er an den adretten Signor Valentino denken, der sich jeden Morgen hatte rasieren lassen und immer nach Veilchen duftete. Beim Anblick seiner stinkenden Lederkleider erschauderte er. Er setzte die Mütze auf, nahm seine Hose und das Wams und schüttelte alles gründlich aus, um auch die letzten Krabbeltiere loszuwerden. Er wollte gerade ein letztes Mal mit der Hose gegen den Baum schlagen, als er ein Rascheln im Unterholz am gegenüberliegenden Ufer hörte. Er schnappte sich seine Kleider und versteckte sich hinter einem der Steine. Wahrscheinlich waren es Indianer, die einen Überfall planten. Er hatte gehört, wie der Dolmetscher von indianischen Frauen und ihren Foltermethoden berichtete. Sie schabten den Gefangenen mit scharfkantigen Muscheln die Haut ab oder verbrannten sie bei lebendigem Leibe. Die Indianer hatten verächtlich gelacht. Ja, die Weißen heulten immer wie Säuglinge, wenn das passierte. Kein Indianer würde sich Schmerz oder Angst anmerken lassen, selbst wenn man ihn folterte.

Vielleicht hatte er Glück und sie hatten ihn nicht gehört oder gesehen. Er hielt den Atem an.

Allerdings schlichen sich Indianer lautlos an, daher musste es wohl ein Tier sein, und zwar ein großes, dem

Lärm nach zu urteilen, den es veranstaltete. Ein Panther oder ein Puma, der den großen flachen Stein am anderen Ufer ansteuerte? Oder, was noch gefährlicher wäre, ein Bär, der nach dem langen Winter ausgehungert war und im Fluss Fische fangen wollte? Am schlimmsten wäre sicherlich eine Bärin mit einem Jungen, das sie um jeden Preis verteidigen würde. Er hielt die Stelle, von der die Geräusche kamen, genau im Auge und betete, dass es nur ein durstiger Hirsch war.

Am anderen Ufer erspähte er eine große braune Gestalt zwischen den Büschen. Sie näherte sich dem flachen Felsen, der in den Fluss ragte. Henri nahm an, dass es ein Bär war. Sein Versteck war so nah, dass dieser bald Witterung aufnehmen würde. Er packte sein Jagdmesser und sah sich nach dem Bärenjungen um. Er wusste, dass es keinen Sinn hatte, vor einem Bären davonzulaufen. Sie waren so schnell wie ein Pferd im vollen Galopp. Da sie gut klettern konnten, half es auch nicht, sich auf einen Baum zu flüchten. Dann fiel Henri die Kinnlade herunter und er rieb sich verwundert die Augen. Das große braune Tier hatte einen menschlichen Kopf. Und hinter ihm tauchte ein rosafarbener, mit breiten Bändern festgebundener Hut auf.

Dann traten zwei Gestalten aus dem Unterholz in die Sonne. Die eine war eine hellhäutige Sklavin in einem braunen Kleid und mit einem Korb in der Hand. Dass sie schwanger war, war nicht zu übersehen. Hinter ihr ging ein schlankes weißes Mädchen in einem geblümten Baumwollkleid. Über einem Arm trug sie ebenfalls einen Korb, über dem anderen eine Decke. Der rosafarbene Hut mit seiner breiten Krempe verbarg ihr Gesicht. Henri konnte nur die braunen Locken sehen, die darunter hervorquollen. Um die Schultern hatte sie ein Tuch aus indischem

Musselin gelegt, und als modebewusster Franzose erkannte er sofort, dass es ein ziemlich kostbares Tuch war.

»Dieser Stein sieht trocken aus, Venus. Hier können wir uns hinsetzen und frühstücken und warten, bis sie weg sind. Machen Sie sich keine Sorgen, sie sind uns nicht gefolgt. Diese Burschen haben es eilig, Thomas nach Williamsburg zu schaffen. Diesmal fährt er ohne Sie. Und das nächste Mal ... bis dahin überlege ich mir etwas.« Beide setzten ihre Körbe ab. Das Mädchen mit dem rosafarbenen Hut breitete die Decke auf dem sonnenbeschienenen Stein aus. Stirnrunzelnd spähte Henri hinter seinem Stein hervor, um sie genauer betrachten zu können.

Die hohe, klare Stimme klang englisch, und er hatte sie schon einmal gehört.

Die schwangere Sklavin sank seufzend auf die Knie. »Vielleicht sind sie weg, wie Sie sagen, aber ich hab trotzdem Angst. Denn irgendwann sind sie wieder da, und dann verkauft er uns, mich und das Kind. So macht Massa es immer, verkauft die Sklavenmädchen und ihre Kinder. Oder er behält sie, dass sie neue Kinder kriegen.«

»Ich weiß, Venus. Er ist ein böser Mann. Wenn ich nur wüsste, wie ich Sie auf meine Plantage mitnehmen kann, dann würde ich es tun, das schwöre ich. Und dann ließe ich Sie frei.«

»Freilassen? Ich weiß nicht, Miss Sophy. Was mach ich dann? Wo gehe ich hin, dass sie mich nicht schnappen und zu Massa zurückbringen? Ich gehe mit zu Ihrer Plantage. Dort kann ich bleiben und für Sie arbeiten. Ich kann gut arbeiten. Seth würde mitkommen, wenn Sie ihn nehmen.« Seufzend öffnete Venus ihren Korb und holte Schinken, Brot, Käse, Butter und Kuchen hervor. »Miss Sophy, ich habe Hunger.«

Das Mädchen mit dem rosafarbenen Hut setzte sich auf die Decke, öffnete ihren Korb und zog Papier, einen kleinen Farbkasten und Pinsel hervor. »Essen Sie, Venus, langen Sie zu. Ich werde ein wenig malen.« Sie nahm einen rechteckigen Kasten aus dem Korb, schöpfte mit einem kleinen Krug Wasser aus dem Fluss und hielt dann zufrieden seufzend das Gesicht in die Sonne. Einen Moment lang glaubte Henri zu träumen. Unter dem extravaganten Hut sah er ein Gesicht, das trauriger und schmaler war als bei ihrer letzten Begegnung, sich aber unauslöschlich in sein Gedächtnis gebrannt hatte. Sie war das geheimnisvolle Mädchen vom Ball des Gouverneurs.

Sie tauchte einen Pinsel ins Wasser, nahm ein Blatt Papier, richtete den Blick auf die andere Flussseite und sagte: »Ich male diese Weide mit den Ästen im Wasser. Und den großen Stein dahinter.«

Grinsend trat Henri aus seinem Versteck.

Sophia sah einen nackten, ausgemergelten Mann mit zerzaustem Bart, einem Bündel unter einem Arm und einem irren Lächeln, der sich mit einer Hand schamhaft eine Fellmütze vorhielt, während er mit der anderen Hand ein Jagdmesser umklammerte. Sie schrie. Ihr Farbkasten flog auf den Boden, als sie aufsprang, während die Sklavin das Brötchen fallen ließ, in das sie gerade beißen wollte, und kreischte: »Miss Sophy, der bringt uns um! O Missus, o Missus ...«

In dem aussichtslosen Bemühen, den Anstand zu wahren, schob Henri das Kleiderbündel an die Stelle der Mütze, nahm die Mütze in die Hand mit dem Messer und verbeugte sich so graziös vor den Damen am anderen Ufer, als befänden sie sich in den Gärten von Versailles. Er versuchte, die Situation in bester Signor-Valentino-Manier zu meistern, musste jedoch einsehen, dass er sich nur Gehör verschaffen konnte, wenn er recht uncharmant brüllte, um die kreischende Sklavin zu übertönen.

»Seien Sie gegrüßt, meine Damen! Ich fürchte, ich habe Sie erschreckt. Bitte, sagen Sie Ihrer Zofe, sie möge aufhören zu schreien. Und bitte entschuldigen Sie meinen … ungewöhnlichen Aufzug. Nicht geeignet für die Augen feiner Damen, ich weiß. Aber ich hatte auch nicht damit gerechnet, an einem so einsamen und gefährlichen Ort auf so entzückende Gesellschaft zu treffen. Hier gibt es kriegerische Indianer und Pumas und, ähm, Bären. Ja, Bären gibt es auch. Und giftige Reptilien. Ich rate Ihnen dringend, sofort nach Hause zurückzukehren … aber wenn Sie vorher vielleicht den einen oder anderen Brosamen von Ihrem reich gedeckten Tisch erübrigen könnten? Ich gebe zu, ich habe Hunger.« Henri machte einen vorsichtigen Schritt zur Flussmitte, und Venus schrie noch lauter als vorher.

»Venus, hören Sie auf zu schreien. Ich kann sonst nicht zielen.« Aus einem Etui, das sie um die Taille trug, hatte sie etwas hervorgeholt, das sie nun auf Henri richtete. Eine kleine Pistole. Henri blieb stehen.

»Vielleicht ist Ihr Vormund oder Ihr … ähm … Ehemann in der Nähe, um Sie zu beschützen?« Henri stand nun bis zu den Oberschenkeln im Wasser. Er dachte an Thomas de Bouldin. War er irgendwie auf der Plantage dieses verdammten Burschen gelandet? Was war, wenn de Bouldin plötzlich auf der Suche nach dem Mädchen auftauchte und ihn ganz in ihrer Nähe fand, noch dazu splitterfasernackt? Was war, wenn de Bouldins Frau inzwischen gestorben und das Mädchen mit ihm verheiratet war?

»Bis jetzt bin ich nicht verheiratet, dem Himmel sei Dank.«

Henri wusste nicht, was er auf diese leidenschaftlich vorgebrachte Bemerkung erwidern sollte. »Tatsächlich, eine so charmante Dame wie Sie ... so anmutig, so hold ... nicht verheiratet ... ähm ... niemand hat bisher Ihr Herz gestohlen«, schwatzte Henri vor sich hin. Es war schwierig, die blumigen Nettigkeiten hervorzubringen, mit denen er die Damen von Williamsburg für sich eingenommen hatte, wenn die Füße allmählich taub vor Kälte wurden. Er musste unbedingt aus dem eisigen Wasser, bevor es nicht wiedergutzumachenden Schaden an seiner Männlichkeit anrichtete.

Er trat vorsichtig von einem Fuß auf den anderen, damit seine Beine nicht völlig abstarben, grinste und versuchte es noch einmal. »Sicherlich werden Sie, Verehrteste ... ähm ... schon recht bald einem Herrn begegnen, der Ihres edlen Wesens würdig ist ... Muster weiblicher Vollkommenheit ... ähm ... Ihre Gefühle nicht ganz unempfänglich ...« Er wusste nicht mehr weiter, also beschrieb er mit dem Messer in der Hand einen eleganten Bogen und verneigte sich formvollendet. Signor Valentino, wie er leibte und lebte.

Das Mädchen blinzelte. »Welch ein Unfug!«, sagte sie. »Ich habe in meinem ganzen Leben kein derart wirres Zeug gehört.« Sie ließ die Pistole sinken. »Sie sind es also. Signor Valentino, früher wohnhaft in Williamsburg. Stolziert vorzugsweise wie ein Pfau auf heißen Kohlen daher, angetan in goldenen Jacken mit mehr Spitze an Hals und Handgelenken, als ein ganzer Kurzwarenladen zu bieten hat.« Sie kicherte ziemlich undamenhaft. »Ihr derzeitiger Aufzug ist ebenso ... ungewöhnlich.«

Sie blinzelte erneut. »Das muss ein ganzer Waschbär sein, den Sie da auf dem Kopf haben. Und wahrscheinlich ist Ihnen ziemlich kalt im Wasser. Schließlich stehen Sie bis zu ... bis zum ...« Sie brach in hemmungsloses Gelächter aus.

»Ah … ja. Lassen Sie es mich erklären.« Mit der Hand, in der er immer noch das Messer hielt, rückte er sein Kleiderbündel zurecht. Die Fellmütze auf seinem Kopf stank bestialisch in der Sonne. Und was genau wollte er eigentlich erklären?

Sie ließ ihn gar nicht weiterreden. »Und, *Signor*, wenn ich mich nicht irre, sind Sie der Fluch meiner Kindheit, Henri de Marechal. Erinnern Sie sich nicht an mich? Chambord? Und dann Versailles? Sie haben mich überredet, mit Ihrem Pony durch den Spiegelsaal zu reiten, weil Sie hofften, dass man mich bestraft. Stattdessen kam es anders. Ich hatte meinen Spaß und Sie …«

»Was?«, sagte Henri verdutzt. »Chambord? Ich glaube nicht, dass es dort Engländerinnen gab, außer vielleicht ein paar Huren. Die Damen bei Hofe haben normalerweise nicht … und Versailles? Ich meine … O nein! Aaaaah! *Mon Dieu!* Nicht *Sie*!«, rief er gequält. Plötzlich erinnerte er sich. Das fünfjährige Mädchen mit seinen feinen Kleidern, die in Fetzen an ihm herunterhingen, mit den nackten Füßen und dem schmutzigen Gesicht, mit dem es bewundernd zu ihm aufblickte. Ein grässliches kleines Mädchen, das seine einzige Chance zunichtegemacht hatte, jemals an einer königlichen Jagd teilzunehmen. Hässliches Äffchen hatte er sie insgeheim genannt. Er wusste noch, dass er sie am liebsten umgebracht hätte. *Mademoiselle Singe! Quelle horreur!* Sie schickt der Teufel!«

»Dann erinnern Sie sich also an mich?«

Henri schüttelte sich. Und ob er sich an sie erinnerte! Damals hatte er sie leidenschaftlich gehasst und hatte alles darangesetzt, ihr das Leben zur Hölle zu machen, und war auf ganzer Linie gescheitert. Er hasste sie immer noch.

Als Anerkennung für irgendeinen Dienst, den Henris Vater dem Hof erwiesen hatte, lud der König ihn und seinen zuvorkommenden Sohn Henri nach Chambord ein, wo zu Ehren des englischen Gesandten, Viscount Grafton, eine Woche lang gejagt werden sollte. Als Henris Vater höflich dankend ablehnte, weil die Familie de Marechal nur Arbeitspferde besaß, die für einen solchen Anlass nicht geeignet waren, wischte der König diesen Einwand mit der Bemerkung beiseite, der Comte und Henri könnten sich Pferde aus dem königlichen Reitstall aussuchen. Henri liebte die Jagd, und kaum ein Dreizehnjähriger war jemals zu einer derart erlesenen Jagdgesellschaft eingeladen worden. Und dann würde er nicht auf seinem alten Pony reiten, sondern auf einem edlen Pferd! Wie er beim Klang der Hörner durch den Wald fliegen würde! Henri war fast krank vor Aufregung, als sie nach Chambord aufbrachen, dem königlichen Jagdschloss im Loiretal, das inmitten von dunklen, geheimnisvollen Wäldern voller Wild lag.

Chambord! Henri konnte es kaum abwarten, bis die letzten Vorbereitungen für den ersten Tag der Jagd abgeschlossen waren. Noch vor Morgengrauen zogen sich Henri und sein Vater an. Kurz darauf erschien der Kammerdiener des Königs, um den Vater zum König zu bringen. An Frühstück war nicht zu denken, und so sprang Henri aufgeregt zwischen den Hunden, den Hundeführern, den tänzelnden Pferden und Stallburschen, den Fackeln und Jagdhörnern umher und wartete auf das Signal aufzusitzen. Er betete, sein Vater möge sich beeilen. Als er ihn schließlich kommen sah, lief er auf ihn zu und rief, er werde diesen Tag nie vergessen. Doch der Comte de Marechal unterbrach ihn mit ernster Miene und erklärte ihm, dass er im Schloss bleiben müsse.

Henri starrte ihn entgeistert an. »Das geht nicht, Vater, mein Pferd ist schon gesattelt! Nein, nein!«

Sein Vater seufzte und sagte: »Denk daran, du bist nur ein Page und verdankst deine Stellung der Großzügigkeit Seiner Majestät. Er hat eine hohe Meinung von dir, deshalb hat er befohlen, dass du hierbleibst und die Tochter des englischen Gesandten beaufsichtigst. Das Kind benimmt sich wie eine Wilde, aber seine Mutter ist tot und der Vater vergöttert die Kleine. Es heißt, dass sie Lord Grafton auf allen Reisen begleitet, und der König hat soeben erfahren, dass er darauf bestanden hat, sie nach Chambord mitzubringen. Selbstverständlich ist der König entsetzlich wütend – diese Engländer wissen einfach nicht, was sich gehört, aber es lässt sich nicht ändern. Das Kind macht nur Ärger, läuft ständig seinem Kindermädchen davon, das zu fett ist, um hinterherzulaufen. Wer weiß, wie oft die Diener sie schon aus den Springbrunnen fischen mussten. Letztens fanden die Stallburschen sie im Reitstall unter den Hufen des Lieblingspferdes des Königs, das derart verängstigt war, dass es sie fast totgetrampelt hätte. Und gestern hat sie sich hier auf Chambord in den Hundezwinger geschlichen, weil sie kleine Hunde so mag, und hat einen ganzen Wurf wertvoller Welpen freigelassen. Sie sind im Wald verschwunden, vermutlich haben die Wildschweine sie inzwischen gefressen. Ich brauche dir nicht zu sagen, wie ärgerlich der König wegen der Hunde ist, die er für die Hirschjagd vorgesehen hatte. Doch er ist fest entschlossen, diesem Abkommen zuzustimmen und Frankreich aus einem weiteren Krieg herauszuhalten. Die Verhandlungen sind an einem heiklen Punkt angelangt. Sollte dem unglückseligen Mädchen etwas zustoßen, könnte das weitreichende Folgen haben. Seine Majestät hat Lord Grafton zugesichert, dass sich sein bester und vertrauenswürdigster Page um sie kümmert. Daher musst du hierbleiben und sie im Auge behalten, während wir weg sind. Pass auf, dass sie nicht ertrinkt, die

Pferde sie nicht tottrampeln und sie nicht kopfüber in den Schweinekoben fällt. Wer weiß, was die Schweine mit ihr anstellen würden. Du darfst ihr also nicht von der Seite weichen. Sorg dafür, dass ihr nichts zustößt, mit allen Mitteln.«

»Aber Vater! Ich soll die *Jagd* verpassen, um auf ein *Mädchen* aufzupassen?«, jammerte Henri.

»Schh! Hier kommt Mademoiselle Sophia«, sagte sein Vater, als das dicke Kindermädchen angewatschelt kam, um ihren Zögling in andere Hände zu geben. Nach ihrem Gesichtsausdruck zu urteilen konnte sie Sophia nicht schnell genug loswerden.

»Mademoiselle, darf ich Ihnen meinen Sohn Henri vorstellen? Er hat die Ehre, Ihr Freund und Beschützer zu sein, während Ihr Papa auf der Jagd ist.« Sophia blinzelte Henri an und grinste. Henri erwiderte ihren Blick voller Abscheu. Sie schob ihre schmutzige Hand in seine, doch er zuckte angewidert zurück.

Der König, der englische Gesandte und ihr Gefolge kamen aus dem Schloss, das Signal zum Aufsitzen ertönte. Pferdegeschirre klapperten, die Hunde zerrten an ihren Leinen. Die Reiter tranken noch einen Schluck Brandy, dann machten sich die Treiber auf den Weg. Ein Horn wurde geblasen, die Jagd begann.

Henri warf seinem Vater einen verzweifelten Blick zu, doch der sagte streng: »Henri, der König bezeugt dir damit seine Gunst. Wir sind beide auf sein Wohlwollen angewiesen. Und nun geh und pass auf dieses Kind auf, bis sein Vater zurückkehrt.« Mit diesen Worten saß der Comte de Marechal auf und gesellte sich zu den zahlreichen Reitern, die der königlichen Jagdgesellschaft folgten. Wieder erklang das Horn und Henri sah den Jägern nach, wie sie auf das geheimnisvolle Dunkel des Waldes zuritten. Schließlich waren sie kaum noch zu sehen, und das Hundegebell wurde immer schwächer. Er war den Tränen nahe.

Mit grimmiger Miene betrachtete er das abscheuliche Kind und sagte ihm auf Französisch, es sei so hässlich wie ein Affe. Er würde sie Fräulein Affe nennen – *Mademoiselle Singe*. Sophia sprach kein Französisch und strahlte ihn an. Er musste aufpassen, dass ihr nichts passierte, doch er schwor sich, dass er ihr das Leben so schwer wie möglich machen würde. Er würde sie herumkommandieren, wie der Hundeführer es mit den Hunden tat. Er weigerte sich, Englisch mit ihr zu sprechen, sondern redete nur Französisch. Er fütterte sie mit Bonbons, auf die er voller Gehässigkeit gespuckt hatte, und ließ sie auf seinem Pony reiten, das er mit einem spitzen Stock anstupste, damit es schneller lief und bockte, sodass sie herunterfiel.

Leider schienen ihr seine Versuche, sie zu peinigen, überhaupt nichts auszumachen. Er konnte machen, was er wollte – sie himmelte ihn mit erstaunlicher Hartnäckigkeit an. Er fand es sehr schwierig, sie zum Weinen zu bringen.

Als die ganze Gesellschaft nach Versailles zurückgekehrt war und Henri Hoffnung schöpfte, den Quälgeist Sophia endlich loszuwerden, hing sie immer noch wie eine Klette an ihm. Ihre Beharrlichkeit brachte ihn fast zur Weißglut, doch er wagte nicht, seinen Unmut zu zeigen, seinem Vater zuliebe. Henri musste also die Zähne zusammenbeißen und abwarten, bis Lord Graftons diplomatische Mission beendet war. Er gab sich alle Mühe, sie in Schwierigkeiten zu bringen. Und sie erinnerte sich richtig: Er war es gewesen, der sie auf das Pony gesetzt und zu ihrem Ritt durch den Spiegelsaal von Versailles angestiftet hatte. Trotz der Verwüstungen, die sie dabei angerichtet hatte, bekam sie jedoch nicht die Tracht Prügel, die er ihr gewünscht hatte. Stattdessen wurde er bestraft, und zwar von seinem wütenden Vater.

Als der Tag ihrer Abreise endlich kam, klammerte sich Sophia an Henri. Inzwischen hatte sie genug Französisch gelernt, um zu betteln: »Henri, wenn ich groß bin, kommst du dann nach England und heiratest mich?«

Und der König hatte gelächelt und gesagt: »Ich glaube, Henri, dass du eine derart gute Partie nicht ausschlagen kannst. Es ist also abgemacht, nicht wahr? Glückwunsch!«

In diesem Moment hasste Henri alle Erwachsenen, doch er hatte keine Wahl. Also verbeugte er sich anmutig, bot dem Mädchen seinen Arm und führte es zu der wartenden Kutsche, als sei sie eine Prinzessin. Zu seinem Entsetzen schlang Sophia die Arme um ihn und gab ihm einen Kuss. Er hätte sie am liebsten erwürgt. *Bitte, bitte, fahr zurück nach England, du Satansbraten*, betete er stumm, als sich die Kutsche in Bewegung setzte. Sophia winkte und schickte ihm Luftküsse und lehnte sich dabei so weit aus dem Fenster, dass sie fast herausgefallen wäre. »Möge dein Schiff im Kanal sinken«, murmelte Henri, während er zurückwinkte.

Doch hier in der Wildnis war er ganz froh, sie zu sehen. »Aber natürlich, *Mademoiselle Singe!* Wie schön, Sie wiederzusehen. Drehen Sie sich um!«, rief Henri.

»Warum?«

»Weil ich jetzt ans Ufer komme, und zwar auf Ihre Seite des Flusses. Aber von mir aus können Sie ruhig hinsehen«, sagte er gleichgültig. Bis jetzt hatte sich noch keine Frau beschwert. Er hob sein Kleiderbündel über den Kopf und watete ans Ufer. Sophia hatte sich züchtig abgewandt, doch er hörte, wie Venus nach Luft schnappte.

»Sieh nicht hin, Venus!«

»Meine liebe *Mademoiselle Singe*, erlauben Sie mir, Ihnen zu erklären, wie ich in diese merkwürdige Lage geraten bin …«, setzte er an und begann hastig, sich anzuziehen. Seine Fellmütze schien mit jedem Augenblick durchdringender zu stinken. Dann fiel sein Blick auf das Essen, das unberührt vor ihm ausgebreitet war. »Oh Sophia, mein kleines Äffchen, ist das etwa Schinken? Und das … Kuchen? Ich habe seit Monaten nichts als getrocknetes Leder gegessen, ich sterbe vor Hunger!«

Sophia, die ihm immer noch den Rücken zuwandte, sah ihn über die Schulter hinweg an. »Ich hätte mir ja denken können, worauf Sie mit Ihrem ›Wie schön, Sie wiederzusehen‹ hinauswollten. Und ich bin die Ehrenwerte Sophia Grafton, wenn ich bitten darf. Wie Sie sicher bemerkt haben, bin ich inzwischen erwachsen. Wenn Sie möchten, können Sie mich Miss Grafton nennen, nicht Sophia und sicherlich nicht Fräulein Affe. Und dann dürfen Sie vielleicht einen Happen zu sich nehmen …«

»Oh, sehr erwachsen, selbstverständlich. Ist mir gleich aufgefallen. Miss Graft… Sophy, bitte!« Henri sank in die Knie und fiel über die Brötchen und den Schinken her.

»Nichts ist dir aufgefallen. Du hast mich auf dem Ball gar nicht erkannt!«

»Ich habe ein elegantes Fräulein mit einer teuren Perlenkette gesehen. Woher sollte ich wissen, dass sich dahinter der fünfjährige Satansbraten mit seinen schmutzigen Kleidern verbirgt?«, gab Henri so scharf zurück, wie es ihm mit vollem Mund möglich war.

Sie lächelte, und für einen Moment blitzte ihr altes Temperament auf. »Du hattest versprochen, nach England zu kommen und mich zu heiraten. Vor dem König. Und du hast dein Versprochen nicht eingelöst. Typisch Franzose.

Meine Taufpatin hat immer gesagt, dass man den Franzosen nicht trauen kann, und sie hatte recht.«

»Mmm. Schinken! Wie köstlich! Ich nehme auch das letzte Stück noch, wenn ich darf ... meine liebe Sophia, du warst damals fast noch ein Säugling. Der König und seine Hofdamen mögen dich ja ganz niedlich gefunden haben, aber sie haben sich täuschen lassen. Hartnäckig, ja, das warst du. Wenn du etwas haben wolltest, konntest du sehr hartnäckig sein. Du warst es gewohnt, deinen Willen durchzusetzen. Du warst verwöhnt und frech.«

»War ich nicht! Ich habe dich angebetet und alles getan, was du mir gesagt hast. Du warst nicht gerade nett zu mir, ich hatte jede Menge blauer Flecken. Aber mit dir war es lustig, viel spannender als mit meinem Kindermädchen. Als wir nach England zurückgefahren sind, habe ich dich schrecklich vermisst. Es war solch eine herrliche Zeit. Und dann warst du auf einmal wieder da und fegtest durch den Ballsaal des Gouverneurs, als stünden deine Rockschöße in Flammen. Die arme Mrs Fitzwilliam.« Sie prustete los vor Lachen.

»Ich war nicht mehr Herr meiner Sinne. Ein paar Männer haben mich gezwungen, ein fürchterliches Gebräu namens *Julerp* zu trinken. Schrecklich!«

»Es war nicht zu übersehen, dass du betrunken warst.« Sophia wurde nachdenklich. »Aber welcher Wahnwitz hat dich dazu gebracht, nach Virginia zu kommen? England steht kurz vor einem Krieg mit Frankreich wegen irgendwelcher Territorien hier in den Kolonien. Obwohl ... in Williamsburg sprachen alle von dem *italienischen* Tanzlehrer ... Aha! Ich frage mich ...«

Henri zuckte die Achseln. Er hatte den Mund voller Brot und Schinken und hätte unmöglich antworten können, selbst wenn ihm eine plausible Erklärung eingefallen wäre.

»Wie merkwürdig, dich in Williamsburg zu sehen, Sophy, und erst recht hier in der Wildnis. Aber ich vermute, dass man deinen Vater in diplomatischer Mission hierhergeschickt hat, oder?«, fragte er. Er fand es seltsam, dass niemand Lord Graftons Namen erwähnt hatte, während er in Williamsburg war, dabei hatte er doch immer die Ohren gespritzt, wenn geklatscht und getratscht wurde.

Als er mit dem Brot und Schinken fertig war und außerdem zwei in Brandy eingelegte Pfirsiche vertilgt hatte, durchsuchte er den Korb nach weiteren Köstlichkeiten.

»O Henri«, sagte Sophia traurig, »wärst du doch bloß nach England gekommen und hättest mich geheiratet. Es hätte sich für dich gelohnt. Die Graftons hatten immer schon große Ländereien in England, und ich bin die einzige Erbin meines Vaters. Obwohl, das muss ich zugeben ... es im Moment ein ... Problem mit dem englischen Erbe gibt.«

»Oh! Wie bedauerlich.«

»Ja, aber ich besitze auch eine Plantage hier in Virginia. Wildwood heißt sie. Sie ist Teil meiner Mitgift und hat nichts mit den Problemen in England zu tun. Vielleicht solltest du es dir überlegen, ob du mich nicht doch heiratest«, sagte sie leichthin.

Henri hörte auf zu essen und überlegte. Lord Grafton war ein bedeutender Mann, gehörte zum Hochadel und war reich. Wenn Sophia seine einzige Erbin war, wäre es sicherlich angenehmer gewesen, sie wegen ihres Geldes zu heiraten, als sich in das Abenteuer zu stürzen, das ihn nach Virginia gebracht hatte. Außerdem war sie nicht gerade unansehnlich. Er verabscheute sie zwar, doch als Franzose wusste er, dass es nicht unbedingt notwendig war, seine Zukünftige zu mögen, vorausgesetzt, die Mitgift war groß genug. Wenn er jetzt um Sophias Hand anhielt und ihr sagte, er wolle sein Versprechen einlösen, wäre Lord Grafton damit einverstanden? Würde er über die Tatsache hinwegsehen, dass er Franzose war? Und seinen Einfluss geltend machen, um Sophias Verlobten aus der Kolonie zurück nach Frankreich zu bringen? Würde Sophia ihm bei einer solchen Posse helfen? Würde sie verstehen, dass es nur als Posse gemeint war? Würde Lord Grafton ihm glauben? Nein, wenn er es sich recht überlegte, war es wohl doch keine gute Idee.

»Früchtebrot? ... Wie köstlich ...«, rief er.

Sophias Augen verengten sich zu Schlitzen. »Ich verstehe immer noch nicht, warum du dich in Williamsburg als italienischer Tanzlehrer ausgegeben hast ... doch, ich glaube, ich weiß es. In ganz Williamsburg redeten alle darüber, dass es Krieg mit Frankreich geben könnte und ob englische Truppen die Franzosen am Ohio angreifen würden.« Sie überlegte. »Henri, kann es sein, dass du ... hast du für Frankreich spioniert?«

Henri zuckte mit den Schultern und suchte fieberhaft nach einer glaubwürdigen Erklärung.

»Spioniert! Natürlich hast du spioniert, sonst hättest du dir niemals eine derart seltsame Verkleidung zugelegt. Tanzlehrer, dass ich nicht lache! Ein Wunder, dass man dich nicht enttarnt und aufgehängt hat. Allerdings siehst du jetzt auch nicht viel besser aus, als wenn du am Galgen baumeln würdest. Und besser riechen würdest du als Leiche auch nicht.« Sie zog die Nase kraus. »Deine Mütze ist wirklich ... puh!«

Henri warf die Mütze ins Gebüsch. »Nun, du musst mir erzählen, warum du in Virginia bist und warum du mit diesem *cochon* von einem Pflanzer auf dem Ball warst. Sie sagten, er sei verheiratet. Ich hatte aber gehört, dass seine Frau nicht mehr lange zu leben hätte und er sich nach einer Nachfolgerin umsehen würde. Aber ... *du* findest ihn doch wohl nicht anziehend genug, um seine Geliebte zu sein, oder? Und ich kann mir nicht vorstellen, dass dein Vater ihn mag«, murmelte Henri und machte sich über das Früchtebrot her.

Sie legte ihm die Hand auf den Arm. »Iss nicht so schnell, sonst wird dir übel. Mein Vater ist letztes Jahr gestorben. Vor seinem Tod hat er Thomas de Bouldin zu meinem Vormund bestimmt. Das Leben bei ihm ist wie die Hölle auf Erden. Du musst mir helfen, von ihm wegzukommen, und Venus auch. Die arme Venus erwartet ein Kind von Thomas. Du bist listig und mutig. Du bist der Einzige, der uns retten kann.«

Bei dem Laut, den Henri mit vollem Mund ausstieß, war nicht klar, ob er neugierig war, wie Sophia in eine derart verzweifelte Lage geraten konnte, oder ob er einwandte, bei Weitem nicht listig und mutig genug zu sein, um an dieser Lage etwas zu ändern.

»Oh? Wie schrecklich! Du musst mir genau erzählen, was passiert ist«, bat er und aß das restliche Früchtebrot.

Kapitel 13

Sophias Geschichte

»Thomas hält mich gefangen, und ich habe Angst um mein Leben.«

»Sophy, jetzt übertreibst du aber sicherlich. Wenn ich mich recht entsinne, warst du der Liebling deines Vaters. Er hätte einen solch gefährlichen Burschen doch nicht zu deinem Vormund gemacht.«

Sophia seufzte. »Mein Vater kannte Thomas, als sie beide Schuljungen waren. Thomas ging nach Virginia, um hier sein Glück zu machen, und mein Vater hatte keine Ahnung, was für ein Mensch er geworden ist. Mit dem Tod meines Vaters hat sich alles verändert. Angefangen hat es alles mit dem Grundstück hier in der Kolonie, das der König meinem Vater geschenkt hat, als er aus seinen Diensten ausschied und sich zur Ruhe setzte.

Dann hat mein Vater einen Verwalter eingestellt, der Erfahrung mit dem Tabakanbau hatte. Er kam vor vier Jahren hierher, hat sich das Land angesehen und kam zu dem Ergebnis, dass es ein Vermögen einbringen würde, wenn man den besten Tabak darauf pflanzte. Allerdings musste viel Geld in die künftige Plantage gesteckt werden, um das Land zu roden, die Saat auszubringen und ein Haus zu bauen. Mein Vater zog seine Anwälte zurate, die ihm empfahlen, unsere Ländereien in England zu beleihen und so das Geld für diese Investition aufzubringen.

Nach Papas Tod habe ich dann erfahren, dass er immer wieder neue teure Darlehen aufgenommen hat, mit dem Anwesen in Sussex als Sicherheit. Und das zu einer Zeit, in der dieser Besitz immer weniger einbrachte. Leider neigte Papa dazu, solche Dinge zu verdrängen. Gleichzeitig hatte er immer einen ziemlich aufwendigen Lebensstil. Für ihn war es einfach unvorstellbar, dass ein Grafton sparen sollte. Außerdem glaubte er, dass der Tabak alle finanziellen Probleme lösen würde. Als mein Vater starb, war seltsamerweise noch kein Tabak bei unseren englischen Kommissionären angekommen. Und die ganze Zeit wurden die Schulden immer drückender. Papa hat mit mir nie über Gelddinge gesprochen. Und dann war ich in Trauer und habe erst im vergangenen Sommer davon erfahren, als die Anwälte unserer Familie mir mitteilten, dass das Anwesen der Graftons vermietet werden müsse.«

»Und warum verkaufst du diese Plantage nicht?«

»Wildwood ist Teil meiner Mitgift und nicht mit Schulden belastet. Darum hat Papa Thomas zu meinem Vormund ernannt. Er dachte, Thomas in Virginia sei von all seinen Freunden am besten geeignet, mir mit Rat und Tat zur Seite zu stehen, wenn es um die Leitung der Plantage geht. Ich habe Thomas' Einladung angenommen, ihn zu besuchen. Das eigentliche Ziel meiner Reise nach Virginia jedoch war es, die Plantage in Besitz zu nehmen und dafür zu sorgen, dass ich mit dem Verkauf des Tabaks genug Geld aufbringen kann, um die Schulden in England zu begleichen. Bevor es zu spät ist.«

»Du? Eine Pflanzerin?«, schnaubte Henri verächtlich und versuchte, nicht laut loszulachen. »Eine Frau? Und noch dazu ein feines englisches Fräulein?«

Sophia warf den Kopf zurück. »Und warum nicht? Ich werde es lernen, weil mir gar nichts anderes übrig bleibt. Und ich habe Thomas' Einladung aus zweierlei Gründen angenommen. Erstens gehörte es sich, dass ich Anne de Bouldin meine Aufwartung mache, weil sie krank war. Und außerdem liegt Thomas' Plantage auf dem Weg nach Wildwood.«

»Und wo ist Wildwood?«, fragte Henri.

»Irgendwo südwestlich von hier. Aber ich weiß nicht, wie ich dorthin kommen soll. Von dem bisschen Geld, das ich aus England mitgebracht habe, habe ich das meiste in Williamsburg ausgegeben. Außerdem kann ich mich wohl kaum allein auf den Weg machen.« Sie wies auf den Fluss und die Wälder. »Auf dem Ball traf ich Colonel Washington, der ein richtiger Gentleman zu sein scheint. Daher hatte ich mir überlegt, dass ich mich ihm anvertraue und ihn um Rat frage und vielleicht um Hilfe bitte. Dann erkannte ich dich – *il Signor Valentino*, der in aller Munde war – trotz deiner seltsamen Maskerade. Ich beschloss, stattdessen dich zu fragen. Ich hätte mir irgendeine Ausrede ausdenken müssen, warum ich ausgerechnet den Tanzlehrer um Beistand bitte. Du kannst dir ja vorstellen, was sich die Leute dabei gedacht hätten. Aber bevor ich mit dir reden konnte, bestand Thomas darauf, dass wir nach Hause fahren, weil wir am nächsten Morgen früh aufbrechen wollten.

Ich hatte keine Zeit, dir eine Nachricht zu schicken. Als wir Williamsburg hinter uns ließen, hatte ich das Gefühl, als hätte ich meine Chance zu fliehen verpasst. Unterwegs verstärkte sich das Gefühl noch. Zum Glück ritt Thomas auf seinem Pferd, sodass ich die unbequeme Kutsche für mich hatte. Die Negerfrauen folgten auf einem offenen Karren. Bei einigen von ihnen konnte man nicht übersehen, dass sie schwanger waren. Wir waren eine Woche lang unterwegs, auf schlechten Straßen, in Gasthäusern voller Flöhe und auf ein paar jämmerlichen Bauernhöfen. Die Landschaft hier ist ja ganz hübsch. Und ich dachte, wenn wir erst einmal auf der Plantage sind, dann wartet ein einladendes Haus auf uns mit weiß getünchten Ställen und Scheunen und ordentlich bestellten Feldern, wie ich es auf den Plantagen rings um Williamsburg gesehen habe. Doch dann bogen wir in eine überwucherte Zufahrt ein, die zu einem verfallenen Haus führte, das teils aus Holz, teils aus Ziegeln bestand. Im Hintergrund entdeckte ich ein paar baufällige Schuppen und dahinter Felder und einen Wald. Alles sah furchtbar heruntergekommen und trostlos aus.

Mein Schlafzimmer war vollgestopft mit allen möglichen Möbelstücken, die früher einmal sicher ganz ordentlich ausgesehen haben. Doch die Vorhänge am Bett und an den Fenstern waren zerfetzt und schmutzig, die Kerzenleuchter angelaufen und die Waschschüssel und der Wasserkrug hatten einen Sprung. Überall raschelten Mäuse im Gebälk. Durch den Staub musste ich ständig niesen. Es war nicht der Empfang, den ich erwartet hatte, schließlich war ich in diesem Haus zu Gast. Doch ich sagte mir, dass Madame de Bouldin krank sei und sich nicht um den Haushalt kümmern könne.

Ich erklärte Thomas, dass ich hoffte, mich während meines Besuchs nützlich machen zu können, und bei der Versorgung seiner Frau helfen würde. Doch er erwiderte, das sei das Vorrecht des Ehemanns. Er ließ mich einen kurzen Blick in Annes Zimmer werfen, aber ich konnte nur ein bleiches Gesicht auf dem Kissen erkennen. Thomas sagte, sie schlafe fast die ganze Zeit. Trotz des schlechten

Eindrucks, den ich von Thomas gewonnen hatte, fand ich es rührend, wie er sich um seine arme, kranke Frau kümmerte und darauf bestand, ihr morgens und abends eigenhändig ihre Medizin zu geben.«

»Aha, er hat ihr die Medizin also selbst verabreicht?«, sagte Henri nachdenklich. Er dachte an das, was die Männer beim Ball des Gouverneurs gesagt hatten, und war plötzlich ganz aufmerksam.

»Schon bald wünschte ich, ich könnte meinen Besuch abkürzen und zu meinem neuen Zuhause weiterreisen. Die Atmosphäre im Haus war bedrückend, der Schmutz, die Stille und Annes Krankheit hingen wie eine dunkle Wolke über allem. Die Sklaven, die im Haushalt arbeiteten, waren mürrisch und faul, außer, wenn man ihnen Prügel androhte. Ich überredete Venus, die Vorhänge zu waschen, und bot ihr dafür ein warmes Schultertuch und ein Unterkleid an. Das arme Mädchen hatte nur ein dünnes Kleid und freute sich über etwas Warmes. Thomas' Sklaven müssen sehen, wie sie sich vor der Kälte schützen, meist tragen sie nur ein paar zerfetzte Lumpen am Leib.

Die Tage vergingen, und mir wurde klar, dass ich auf der Plantage bleiben musste, bis Thomas das nächste Mal zu den Sitzungen des Abgeordnetenhauses fahren würde. Allerdings waren die nächsten *Publick Times* erst zu Beginn des Frühjahrs geplant. Außerdem wusste ich, dass Wildwood weiter südwestlich von hier lag, während Thomas in nordöstlicher Richtung nach Williamsburg unterwegs wäre. Annes Zustand war unverändert. Thomas wollte nicht, dass ich sie störe. Er selbst verließ das Haus nach dem Frühstück und kam erst zum Abendessen zurück, was ein Segen war. Ich verbrachte die Tage in meinem Zimmer am Feuer und las oder nähte und wartete darauf, dass der Winter vorüberging und ich nach Wildwood aufbrechen konnte. Die

Anwälte in England hatten mir die Besitzurkunde für mein Grundstück und eine Landkarte mitgegeben, auf der Wildwood eingezeichnet war. Eigentlich sollte ich Thomas beides zur Aufbewahrung geben, das habe ich natürlich nicht getan. Erst hatte ich gehofft, dass Thomas Nachbarn haben würde, die mir vielleicht hätten helfen können, doch wir sind hier so weit weg von allem. Selbst die Mitglieder der Bürgerwehr für diese Gegend müssen meilenweit reisen, um zusammenzukommen. Und es kommt auch niemand zu Besuch, was ungewöhnlich ist für Virginia, wo sich die Familien auf den Plantagen ständig gegenseitig einladen.

Nach Weihnachten taute es. Thomas verkündete, dass er geschäftlich verreisen müsse. Er werde zwei Wochen lang unterwegs sein. Ich bot ihm noch einmal an, mich um Anne zu kümmern. Diesmal stimmte er zu, schärfte mir aber ein, ihr unbedingt ihre Medikamente zu verabreichen. Ihre Medizin sei ungeheuer wichtig. Er hat mir immer wieder gesagt, wie viele Löffel sie morgens und abends mit Wasser vermischt zu ihrem Tee bekommen sollte. Und er warnte mich, dass sie kaum etwas aß, höchstens ein bisschen Grütze, die die Köchin extra für sie zubereitete.«

»Und hast du ihr diese Medizin gegeben?«

»Ich habe es versucht, aber sie hat sich geweigert, sie zu nehmen. An dem Morgen nach seiner Abreise ging ich mit einem Tablett mit Tee und der Medizin in Annes Zimmer. Die Sklavin, die gerade Feuer machte, schickte ich weg und sagte, ich würde mich selbst um ihre Herrin kümmern. Als ich die Vorhänge zurückzog, sah ich, dass die Bettvorhänge und die Bettdecke aus feinem Chintz noch schmutziger waren als in meinem Zimmer. Ein Bein des Himmelbettes war kaputt, stattdessen hatte man ein Fass darunterschoben. Sie warf einen Blick auf das Tablett, dann sah sie mir in die Augen, als ich ihr half, sich aufzusetzen. Sie legte mir ihre schmale Hand an die Wange und flüsterte: ›Miss Grafton. Sie haben ein freundliches Gesicht. Geben Sie mir meine Medizin jetzt noch nicht. Ich möchte erst Tee trinken.‹

Ich hatte Angst, dass sich ihr Zustand verschlechtern würde, wenn sie ihre Medizin nicht nahm, doch ich tat, worum sie mich bat. Sie lächelte schwach und klopfte auf das Bett, ich sollte mich setzen. Ich half ihr, etwas Tee zu trinken und ein paar Löffel Grütze zu essen, bevor sie wieder in die Kissen sank. Sie sah gebrechlich aus, doch früher musste sie einmal sehr schön gewesen sein.

Sie fragte mich, ob ich ihr vorlesen würde. Es sei lange her, dass sie das Vergnügen gehabt habe, ihre Lieblingspsalmen zu hören. Auf ihrem Nachttisch lag eine Bibel. Ich las ihr daraus vor, während sie ihren Tee trank. Ich dachte, sie würde wahrscheinlich gleich wieder einschlafen. Als ich aufblickte, stellte ich fest, dass sie lebhafter wirkte als zuvor und ins Feuer starrte. ›Nehmen Sie Ihre Medizin mit dem letzten Schluck Tee‹, sagte ich und hob die Teekanne hoch. Doch sie winkte ab und flüsterte: ›Nein! Sie macht mich müde. Ich schlafe die ganze Zeit, und wenn ich nicht schlafe, merke ich, wie ich immer schwächer werde. Ich kann nichts essen, nur ein bisschen Grütze ab und zu. Immer diese Müdigkeit. Thomas ... die Medizin ... er besteht darauf, dass ich sie nehme ... aber ...‹

Sie sah so grau und ausgezehrt aus wie die Bettler in den Straßen von London, doch das war kein Wunder: Die Grütze, die Thomas ihr servieren ließ, war farblos und ekelhaft. Ich fand es seltsam, dass Thomas sie nicht besser versorgte, und nahm an, dass er wie die meisten Männer einfach keine Ahnung von der Krankenpflege hatte. Ich dachte daran, was unsere Haushälterin meinem Vater zubereitet hatte, als er krank war. So begann ich, ihr selbst etwas Nahrhaftes anzurichten: Milchtoast und Brühe und Eiercreme. Nach und nach ging es ihr besser, obwohl sie sich weiterhin weigerte, ihre Medizin zu nehmen.

Wenn sie wach war, las ich ihr Psalmen vor, und wenn sie schlief, saß ich bei ihr und nähte. Oft unterhielten wir uns, sie fragte mich, wer ich sei und wie es mich nach Virginia verschlagen habe. Ich erzählte ihr von meinem Vater, von seiner Freundschaft mit Thomas, als sie beide Kinder waren, und von meinem fröhlichen, sorglosen Leben in England. Anne hörte mir gerne zu. Ich war erstaunt, wie gut sie sich erholte.«

»Und hast du erwartet, dass Thomas dir dankbar sein würde?«, fragte Henri mit freudlosem Lachen.

»Natürlich! Ich erlaubte mir also, Mackland, dem Aufseher, zu sagen, dass ich den Haushalt für die Herrin regeln würde. Und ich verfügte, dass die Hausklaven – das junge Dienstmädchen Venus, eine Frau in mittlerem Alter namens Saskia, die als Haushälterin und Köchin arbeitete, ihr Sohn Cully, der bei Tisch bediente, und St. Peter, der arme Kutscher – von nun an im Haus bleiben und ihre Anweisungen von mir bekommen würden.

Der Aufseher, der nach Alkohol stank, erwiderte verächtlich: ›Noch sind Sie nicht Herrin hier, und wenn ich sage, dass sie auf dem Feld arbeiten, dann arbeiten sie auf dem Feld.‹ Ich sah ihn von oben herab an und sagte, dass Thomas ihn für seine Aufsässigkeit bestrafen würde, wenn ich ihm davon erzählte. Das glaubte er mir und meinte mürrisch, ich könne tun und lassen, was ich wolle.

Ich war froh, dass ich mit Anne eine sinnvolle Beschäftigung hatte. Die Hausklaven waren erleichtert, dass sie nicht mehr aufs Feld mussten. Ich ließ sie die Böden putzen und polieren, die Teppiche ausklopfen, die Betten lüften und die Vorratskammer schrubben. Sie waren missmutig und widerwillig. Anstatt ihnen zu drohen, versprach ich ihnen ein Hähnchen zum Abendessen und ein Glas Rum, wenn sie alle Arbeiten zufriedenstellend erledigten. Danach strengten sie sich mehr an. Ich dachte, wenn ich es schaffte, dass Anne sich erholte und das Haus sauber und ordentlich aussah, könnte ich mit gutem Gewissen nach Wildwood aufbrechen. Ich mochte Anne mit jedem Tag lieber.

Eines Tages jedoch wollte sie ein wenig hin- und herlaufen. Ich rief Venus, sie sollte mir helfen, sie zu stützen. Wir gingen in der Eingangshalle auf und ab, bis Anne mit der Hand an Venus' runden Bauch kam. Unter dem weiten Kleid war ihre Schwangerschaft kaum zu sehen. Ärgerlich fragte sie Venus, ob Thomas der Vater sei. Venus riss angstvoll die Augen auf und nickte. ›Aber ich wollte das nicht, Missus!‹, sagte sie.

Annes Stimme klang so hart, wie ich sie noch nie zuvor gehört hatte. ›Schlampe! Du hast ihn verführt! Und das ist der Dank, nach allem, was ich für dich getan habe, als du noch ein Kind warst. Sonst hätte er dich nicht angerührt. Ich hätte dich auspeitschen sollen, bis du nicht mehr wusstest, wo du warst. Verschwinde!‹

Was sie sagte, war grausam und gemein und erschreckend. Als ich Anne half, sich wieder hinzulegen, muss sie an meinem Gesichtsausdruck gesehen haben, was ich dachte. Sie erklärte verärgert, dass die Sklavinnen wie Tiere seien, die jede Chance nutzten, ihren Herrn zu verführen. Und Männer seien eben nur Männer. Die Sklavinnen seien schuld, wenn Thomas sie schwängerte. Normalerweise verkaufe er die Kinder, wenn sie sechs Jahre alt waren, nur die besonders hübschen Kinder blieben im Haus. Es sei nicht angenehm, Kinder im Haus zu haben, die Thomas so ähnlich sähen. Wenn es nach ihr ginge, würden sie viel früher verkauft, aber was scherte sich ein Mann schon um die Gefühle seiner Ehefrau. Saskias Sohn Cully war eines seiner Kinder. Er sei noch nicht verkauft worden, weil er hinke und nicht für die Arbeit auf dem Feld tauge, doch er lerne, bei Tisch zu bedienen. Mulatten seien als Hausssklaven sehr begehrt. Wenn Cully sich gut mache, werde er einen guten Preis erzielen, wenn es so weit war. In ihrer Stimme lag die Ergebenheit einer betrogenen Ehefrau, jedoch keine Spur von der Empörung, die sie als Christin hätte empfinden müssen. Und das bei einer Frau, die sich stundenlang Psalmen vorlesen ließ!

Anne sah, wie schockiert ich war, doch sie zuckte nur mit den Schultern. So sei es eben in Virginia, sagte sie. Sklaven seien ein wertvoller Besitz, wie ein gutes Pferd. Sie habe selbst viele Sklaven als Mitgift mit in die Ehe gebracht, auch die vierjährige Venus, die gerade abgestillt und der Mutter weggenommen worden sei. ›Was meinen Sie, wie wir sonst die Plantagen bewirtschaften würden, wenn wir keine Sklaven hätten?‹, sagte sie. Neger seien von Natur aus wild und böse und dazu ausersehen, weißen Herren und Herrinnen zu dienen. Anne war überzeugt, dass sie ihre Pflicht erfüllt hatte, indem sie Christenmenschen aus ihnen machte, und erklärte, dass sie geduldig das Schicksal ertragen müssten, das Gott ihnen aufgebürdet habe. Sonntags las sie ihnen sogar aus der Bibel vor.

Oh Henri, die Sklaverei macht die Sklavenbesitzer zu Monstern und zu Heuchlern, die ihren christlichen Glauben verraten. Ich muss leider zugeben, dass ich nie ernsthaft darüber nachgedacht habe, was das für mich und für Wildwood bedeutet. Doch ich fürchte, dass Mr Barker Sklaven für Wildwood gekauft hat. Ich möchte nicht, dass ich auch ein solches Monster werde, also muss ich sie freilassen.«

»Sehr löblich, liebe Sophy, aber wer soll dann deinen Tabak anbauen? Du steckst in einer Zwickmühle.«

»Es darf nicht passieren. Meine Taufpatin hat immer gesagt, dass diejenigen, die mit afrikanischen Sklaven handeln, der Hölle geweiht sind. Ich wusste nie, was sie damit meinte, bis ich hierher nach Virginia kam«, gab Sophia bitter zurück.

»Und war Thomas dir dankbar, dass du dich so gut um Anne gekümmert hattest?«, fragte Henri. Er war zu satt und müde, um sich noch länger mit Sophias Problemen herumzuschlagen. Er schloss die Augen.

»Was meinst du wohl? Am folgenden Nachmittag kam er mit zwei Fremden zurück. Einer von ihnen war offensichtlich krank. Thomas rief nach Cully und befahl ihm, die Männer in einem Zimmer im Obergeschoss einzuquartieren. Dann ging er geradewegs in Annes Zimmer. Ich stellte mir vor, wie glücklich er sein würde, Anne so gut erholt vorzufinden. Eine halbe Stunde später kam er aus ihrem Zimmer gestürmt. Er tobte vor Wut und schrie mich an, warum ich seine Anweisungen missachtet hätte. Ich versicherte ihm, ihr Zustand habe sich erstaunlich gebessert, auch ohne die Medikamente. Sein Gesicht war puterrot. Ich dachte, er würde mich ohrfeigen oder der Schlag würde ihn treffen. Er fluchte und sagte, Anne würde nun alles nachholen, was sie an Medizin verpasst habe. Er rannte in ihr Zimmer zurück, und ich hörte einen kurzen Aufschrei, dann kehrte Stille ein. Als er wieder herauskam, schloss er die Tür ab und steckte den Schlüssel ein. Ich habe Anne nicht wiedergesehen.

Von Saskia erfuhr ich, dass Thomas hohe Schulden bei den beiden Männern hatte, die ihn begleitet hatten. Die Sklaven glaubten, dass sie Sklavenhändler seien und dass Thomas sie verkaufen würde, um seine Schulden zu bezahlen. Saskias größte Angst war, dass Cully verkauft werden würde. Sie meinte, dass sein krankes Bein ihn bisher vor diesem Schicksal bewahrt hatte.

Zunächst hatten die Sklaven jedoch nichts zu befürchten, weil es dem kranken Mann zusehends schlechter ging. Ich habe ihm ein paarmal etwas Grütze gebracht. Lieber hätte ich ihn vergiftet, statt ihm zu helfen, gesund zu werden. Leben und Tod jedoch liegen in Gottes Hand, nicht in meiner.

Seine Augen waren ganz rot, und er zitterte und stöhnte. Er hatte Fieber, und alle Glieder taten ihm weh. Ich dachte mit grimmiger Befriedigung, dass Gott ihn vielleicht für all das Böse leiden ließ, das er getan hatte. Der andere Mann, den Thomas mitgebracht hatte, ließ ihn nicht aus den Augen und folgte ihm wie ein Schatten.

Cully sollte dem Kranken zu essen bringen und berichtete, er sei mit roten Punkten übersät. Ich fürchtete, es seien die Pocken. Aber Thomas meinte, es seien nur die Masern. Die Kinder des Mannes hätten sie gehabt, als sie losfuhren. Er wünsche, es seien die Pocken und beide würden daran zugrunde gehen, murmelte er.

Ich weiß nicht, ob Anne die Masern bekam oder ob sie einfach zu geschwächt war oder ob ihr etwas Schlimmeres zugestoßen war. Jedenfalls dauerte es nach Thomas' Rückkehr keine zwei Wochen, da starb sie. Sie wurde ohne großes Zeremoniell hinter dem Obstgarten begraben. Ein Pfarrer war auch nicht dabei, nur Thomas und zwei Sklaven, die das Grab ausgehoben hatten. Als sie weg waren, blieb ich am Grab stehen und sprach ein Gebet für ihre Seele.«

Henri riss die Augen auf. »Sophy, das hört sich an, als sei Thomas ein Mörder. Er hat seine Frau vergiftet.«

»Ja, inzwischen glaube ich, dass es so war. Als ich in mein Zimmer zurückkam, fehlte die Ledermappe mit der

Besitzurkunde und der Landkarte. Mir war sofort klar, dass Thomas sie genommen hatte, und ich bekam Angst. Ich hatte nur noch den Wunsch, dieses Haus zu verlassen. Ich musste jedoch die Karte und die Urkunde finden und eine Möglichkeit, nach Wildwood zu kommen.

Ein paar Tage später kam Thomas gut gelaunt von seiner Runde über die Plantage zurück, weil einige der Sklavinnen Kinder zur Welt gebracht hatten. Er war normalerweise so mürrisch und reizbar, weil die beiden Männer immer noch im Haus waren und auf das Geld warteten, das er ihnen schuldete. Ich beschloss also, die Gelegenheit zu nutzen, während er sich ein Glas Rum in dem heruntergekommenen Loch eingoss, das er seine Bibliothek nennt.

Ich ging also an die Tür zu der Bibliothek und gratulierte ihm mit geheuchelter Freude, dass er nun einige Sklaven mehr habe. Dann lächelte ich und sagte, ich sehne mich danach, endlich meine Besitzung zu sehen. ›Warum?‹, fragte er. Ich könne sie sowieso erst erben, wenn ich einundzwanzig sei. Bis dahin sei es fast noch ein Jahr. Es sei denn, fügte er mit listigem Grinsen hinzu, ich würde heiraten. Er gab zu, die Dokumente aus meinem Zimmer an sich genommen zu haben.

›Damit sie in Sicherheit sind, falls mal ein Feuer ausbricht‹, meinte er. ›Die schwarzen Teufel würden uns bei lebendigem Leib verbrennen, wenn ich sie nicht an die Kandare nähme.‹

Ich seufzte und setzte ein äußerst dummes Gesicht auf, dann riss ich die Augen auf, ungefähr so – wach auf, Henri, und hör zu –, und sagte, dass ich versucht hätte, die Dokumente zu lesen, aber die Urkunde sei so lang. Ich hätte nicht verstanden, was darinstand, und auf die Landkarte könne ich mir auch keinen Reim machen. Wie sollte ich bloß eine Landkarte von Virginia begreifen? Ach, alles sei so verwirrend. Ob er es mir zeigen könne?

Er lachte über meine Unwissenheit. ›Ein hübsches Mädchen muss sich über solche Sachen nicht den Kopf zerbrechen, wenn sie einen Mann an ihrer Seite hat, der ihr helfen kann.‹

›Oh Thomas, bestimmt sind Sie so schlau, dass Sie eine Karte lesen können. Bitte, erklären Sie mir doch, wo meine Plantage liegt‹, bettelte ich. ›Ist es weit von hier?‹

›Ich zeige es Ihnen.‹ Er nahm sich noch ein Glas Rum, zog mich näher zu sich und öffnete eine kleine lederne Truhe, die voller Papiere war. Thomas zog ein Blatt hervor. Ich sah, dass es seine Heiratsurkunde war. Einen Augenblick lang betrachtete er sie nachdenklich, lächelte und murmelte, die brauche er jetzt nicht mehr. Dann meinte er, in Virginia würde ein Mädchen sich schämen, wenn sie in meinem Alter noch nicht verheiratet sei. Ich solle mir besser einen Ehemann suchen. Er lachte, als sei das ein guter Witz. Ich entdeckte meine Ledermappe. ›Ist meine Plantage denn nah bei Ihrer?‹, fragte ich.

›Nein. Kommen Sie her, dann zeige ich's Ihnen auf der Karte‹, sagte er mit einem anzüglichen Grinsen. Er breitete die Dokumente auf dem Tisch aus. ›Und verhelfe Ihnen auch zu einem Ehemann.‹

Ich brauchte die Informationen, die er mir geben konnte, doch es war schrecklich, so nah bei ihm zu stehen. Er drängte sich an mich. Also versuchte ich, seine Aufmerksamkeit von mir auf die Papiere zu lenken, und schwatzte lauter dummes Zeug, wie klug Männer doch seien und wie geschickt, wenn es um Geschäftliches gehe.

Thomas hat nun wirklich keinen Grund, eitel zu sein, doch natürlich fühlte er sich geschmeichelt, plusterte sich auf und begann, mir alles zu erläutern.

Er hielt ein Dokument hoch, das er die *Patenturkunde* nannte. ›Das ist die Überlassungsurkunde von Ihrer Majestät an Ihren Vater. Es steht auch eine Menge über die Dienste drin, die Ihr Vater geleistet hat. Aber das müssen Sie nicht lesen. Und dies ist die Übertragung des Titels und eine Beschreibung des Grundstücks. Das müssen Sie auch nicht lesen.‹

Dann strich er das letzte Dokument glatt, ein großes Stück Pergament mit Linien und anderen Zeichen. ›Und hier ist die Landkarte. Ihr Besitz ist hier, im äußersten Süden der Kolonie, der Bereich innerhalb der gestrichelten Linien. Hier sehen Sie auch das Wappen der Graftons. Und Williamsburg liegt hier.‹ Thomas zeigte auf ›W'burg‹ im Osten am anderen Rand der Landkarte und fuhr mit dem Finger Richtung Westen. ›Wir sind hier. Diese schwarze Linie ist der Fluvanna River, die südliche Grenze meines Besitzes. Hmm?‹ Sein Finger wanderte von der Karte zu meinem Mieder. Ich versuchte, mich wegzudrehen, ohne dabei die Karte aus den Augen zu verlieren. Als er mit einem fettigen Finger am Fluvanna River entlang zu einer Route mit weiteren schwarzen Linien bis zum Wappen der Graftons fuhr, atmete er schwer. Ich hatte Mühe, ihn mir vom Leib zu halten, und konnte nicht richtig zuhören, doch er sagte etwas über den New River und Berge und ein Tal zwischen Frog Mountain und Little Frog Mountain.

Ich versuchte, mich dumm zu stellen, und kicherte. Frog Mountain sei doch ein lustiger Name. ›Ist es weit bis dort?‹, fragte ich. ›Ich würde schrecklich gerne einen Berg sehen, der aussieht wie ein Frosch.‹ Zum Glück kehrte seine Hand zur Karte zurück, doch er stand so dicht neben mir, dass ich seinen Atem spüren konnte. Ich glaube aber, dass er mir gezeigt hat, wo die Flüsse aufeinandertreffen. Und er sagte etwas über einen Weg, der über Land führt. Irgendwo ist ein Handelsposten, weil in dieser Gegend Jäger und Siedler unterwegs sind, die Richtung Westen ziehen. Ich sagte, das komme mir gar nicht weit vor, und Thomas meinte, zu Pferd würde man ein paar Wochen brauchen. Und dann sagte er, es sei überraschend, dass Seine Majestät jemandem einen Besitz in diesem Teil der Kolonie übertragen habe. Wenn er die Landkarte und die Urkunde nicht gesehen hätte, dann hätte er es nicht für möglich gehalten. Natürlich sei er selbst noch nicht dort gewesen, bei all den Indianerüberfällen auf Siedlungen im Westen der Kolonie.

›Oh, gibt es ein Problem?‹, fragte ich.

›Liegt mitten im Indianergebiet. Die Krone hat bisher versucht, Siedler aus den Indianergebieten in diesem Teil der Kolonie fernzuhalten. Aber wenn Sie dort einen Besitz haben, wird es wohl ein Abkommen mit den Indianern geben. England schließt nur zu gerne Abkommen mit diesen mörderischen Teufeln. Ich sage ja immer, zur Hölle mit ihnen. Das Land gehört dem, der es bewirtschaftet und Gewinne damit erzielt. Hatte mal ein paar von den roten Teufeln als Sklaven, aber die taugen nicht zur Arbeit. Sind gestorben. Schwarze sind da schon brauchbarer‹, schwadronierte er und versuchte, sich an mich zu drängen. Angewidert trat ich einen Schritt zurück. ›Aber was für ein riesiger Besitz, ist ein Vermögen wert.‹ Er leckte sich die Lippen und starrte mich gierig an. ›Man sagt, dass dieser Bursche, dieser Barker, ihn Wild Copse genannt hat. Jede Menge Holz, denke ich. In England ist Holz aus Virginia sehr begehrt. Wirklich wertvoll. Ich wünschte, ich hätte mehr davon.‹

›Die Plantage heißt Wildwood, nicht Wild Copse. Oh, wie gerne würde ich sie sehen!‹

›Wenn Sie lieb sind, bringe ich Sie hin. Ich denke, dem Haus würde es nicht schaden, wenn eine Frau nach dem Rechten sieht, hmm?‹ Er rückte noch ein Stückchen näher, doch es gelang mir, ihm zu entwischen. So abstoßend er auch sein mochte, ich wagte nicht, ihn zu offensichtlich zurückzuweisen. Thomas bot die einzige Möglichkeit, nach Wildwood zu kommen, obwohl das keine angenehme Aussicht war. Ich zierte mich also, kreischte möglichst kokett ›Oh Sir!‹ und floh. Thomas brüllte vor Lachen und ließ mich gehen.

Am nächsten Tag passte er mich ab und machte mir ohne Umschweife einen Heiratsantrag. Wenn ich unbedingt meine Plantage sehen wolle, dann als seine Frau. Wir würden heiraten. Empört warf ich ein, dass Anne kaum ein paar Tage tot sei. Er grinste anzüglich und meinte, ich solle an meinen guten Ruf denken – ob ich dächte, dass ich nach Annes Tod mit ihm allein im Haus wohnen könne, ohne einen Skandal heraufzubeschwören? Nein, wir würden heiraten, sobald er von den Frühjahrssitzungen der *Publick Times* zurückkehre. Er werde in Williamsburg das Aufgebot bestellen.

Ich tat so, als würde ich zustimmen, und bettelte darum, dass er mich nach Williamsburg mitnahm. Ich wollte dort in der Kirche getraut werden. Thomas' Plantage ist so abgelegen, dass es meilenweit keine Kirche gab. Wenn ich nur irgendwie nach Williamsburg gelangen könnte, würde ich mich dem Gouverneur anvertrauen und ihn um seinen Beistand bitten. Thomas sah mich listig an und erklärte, in Virginia sei es üblich, dass die Mädchen in ihrem Haus getraut würden. Ich müsse hierbleiben und meine Hochzeit vorbereiten. Er versuchte, mich zu küssen, und wieder gelang es mir davonzulaufen.

Der Mann, der bei seiner Ankunft so krank war, erholte sich, und ich hörte, wie Thomas zu ihm sagte: ›Sie dürfen mir gratulieren. Ich werde wieder heiraten, eine reiche Frau. Dann kriegen Sie Ihr Geld.‹

Dann bekam der andere Mann die Masern. Der erste behielt Thomas im Auge, so wie sein Freund es getan hatte, mit einer Pistole in der Hand. Thomas wurde ungeduldig und wütend. Er bestand schließlich darauf, dass sie alle drei heute nach Williamsburg aufbrechen sollten, obwohl der zweite Mann aussah wie der leibhaftige Tod und kaum auf einem Pferd sitzen konnte. Thomas wird in einem Monat zurück sein, mit einem Pfarrer, der uns trauen soll. Gott sei Dank, dass du hier bist. Bring Venus und mich zu meiner Plantage, bevor er es tut. Wir wagen nicht, alleine aufzubrechen. Henri? Hörst du mir überhaupt zu?«

Kapitel 14

Retter

Mühsam öffnete Henri die Augen. »Sophy ... was für eine schreckliche Geschichte! Aber ich kann dir nicht helfen. Mein Begleiter und ich müssen nach La Nouvelle-Orléans aufbrechen, sobald es ihm besser geht. Es ist sehr dringend, aber wir waren krank und haben schon viel zu viel Zeit verloren. Thierry wartet flussabwärts auf mich, zusammen mit ein paar indianischen Führern und einem Dolmetscher. Ich sollte jagen oder fischen, wir brauchen etwas zu essen.«

»Aber du kannst uns doch nicht einfach hierlassen, nach allem, was ich dir erzählt habe«, rief Sophia empört. »Das kannst du nicht machen!«

Henri war sehr müde, außerdem hatte er Magenschmerzen. Die Sonne stand schon tief, und er würde den Rückweg zum Lager im Dunkeln zurücklegen müssen, ein gefährliches Unterfangen. Er hatte keine Lust, mit Sophia zu diskutieren. »Ich komme wieder, sobald ... ähm ... sobald ich erledigt habe, was ich in La Nouvelle-Orléans erledigen muss. Ganz bestimmt.«

»Und wie lange dauert das?«

»Nicht lange, Sophy, eine Woche, vielleicht zwei. Bevor Thomas aus Williamsburg zurück ist. Natürlich lasse ich nicht zu, dass dieser Mann dich heiratet. Ich gebe dir mein Wort«, versprach er.

Sophia seufzte und sah ihn dankbar an. Henri wusste immer genau, was eine Frau gerade dachte, und stellte erleichtert fest, dass sie ihm glaubte. Henri hatte nur eine vage Vorstellung von der virginischen Geografie und war sich ziemlich sicher, dass sie wochenlang nach La Nouvelle-Orléans unterwegs sein würden. Und wenn sie erst einmal dort waren, würden Thierry und er so bald wie möglich nach Hause fahren. Er belog sie nur ungern, aber es war immerhin nicht das erste Mal, dass er eine Frau anlog. Es war erstaunlich oft nötig, Frauen anzulügen.

»O Henri!«, hauchte sie. »Ich wusste doch, dass ich mich auf dich verlassen kann. Lass mich dich wenigstens für deine Reise ausstatten. Wir haben reichlich zu essen – Schinken in der Räucherkammer und Dörrobst vom letzten Herbst und einen selbst gemachten Käse. Es dauert nicht lange, die Sachen zu holen. Thomas und seine Freunde sind weg, also kann ich dir ein Pferd mitgeben. Die Ställe und die Pferde darin sind das Einzige auf der Plantage, um das sich Thomas wirklich kümmert. Wenigstens die Pferde behandelt er gut.«

»Käse? Und ein Pferd?« Das war wirklich sehr nett von dem armen Mädchen, wenn man bedachte, dass er es seinem Schicksal überlassen würde. Schinken, Käse und Obst waren allemal besser als Pemmikan, aber es war schon sehr spät. »Das ist lieb von dir, Sophy, aber ich muss …«

»Und ich glaube, wir haben noch ein ganzes Früchtebrot in der Speisekammer.«

»Ich muss mich aber beeilen«, sagte er. Vielleicht waren seine Bauchschmerzen doch nicht so schlimm. Er stand auf und streckte die Hand aus, um Sophia auf die Beine zu helfen.

Lächelnd ergriff sie die Hand und ließ sich hochziehen. »Natürlich. Je eher du aufbrichst, desto eher kommst du zu mir zurück. Und zu Venus natürlich.«

»Und Venus.« Es war unvorstellbar, dass er eine schwangere Sklavin mitnehmen würde! Er musste lächeln, so absurd erschien ihm der Gedanke.

»Kommen Sie, Venus«, sagte Sophia und sammelte ihre Malsachen und die Decke ein.

Henri folgte Sophia und Venus über einen überwucherten Pfad durch einen kleinen Wald. Durch die Bäume konnte er Felder und ein verfallenes Haus ausmachen, das von Schuppen und Scheunen umgeben war. In den Feldern hackten einige Sklaven den Boden auf und gruben einen großen Baumstumpf aus. Auf einem anderen Baumstumpf saß ein Aufseher und behielt sie im Auge. Er hatte eine Peitsche griffbereit neben sich liegen, in seinem Gürtel steckten zwei Pistolen und auf dem Boden stand ein Krug, wie er normalerweise für Selbstgebrautes verwendet wurde. Der Aufseher spuckte aus und nahm die Peitsche zur Hand. »Du da, Seth«, rief er drohend. »Streng dich mehr an!«

Ein hochgewachsener Sklave richtete sich auf. »Der Boden ist noch hart gefroren, Massa«, erwiderte er, doch er schwang seine Hacke mit mehr Wucht als zuvor.

»Und du, Nott«, brüllte der Aufseher einen Sklaven an, der sich ebenfalls aufgerichtet hatte und sich den Rücken massierte. »Nicht nachlassen, sonst kriegst du die Peitsche zu spüren.«

Sophia hielt Henri zurück, bevor er aus dem Wäldchen ins Freie treten konnte. »Er darf dich nicht sehen. Das ist Mackland, der Oberaufseher«, flüsterte sie. »Er ist ein brutaler Bursche, der dem armen St. Peter den Käfig um den Kopf geschmiedet hat. Und er fällt ständig über die Negerfrauen und -mädchen her, wie Thomas. Thomas ist es egal, wer neue Sklaven zeugt«, fügte sie wütend hinzu. »Und man erzählt sich, dass Mackland sich notfalls auch an einem Tier vergreift, wenn er keine Sklavin findet, die ihm passt.« Sie schüttelte sich. »Er ist unberechenbar und gefährlich, vor allem, wenn er betrunken ist. Und er hasst Seth. Er drängt Thomas, ihn zu verkaufen. Ich glaube, er hat Angst vor Seth.«

Hinter ihnen zischte Venus etwas, das wie ein Fluch klang. Henri drehte sich rasch um und sah den Hass, der in Venus' Augen glühte. Schnell nahm ihr Gesicht wieder den üblichen leeren Ausdruck an. »Da drüben«, sagte Sophia leise, »ist die Scheune, wo die Wagen stehen und die Kühe gehalten werden. Und dort sind die Ställe.« Sie zeigte auf ein verfallenes Gebäude, vor dem sich ein vor Schmutz starrender Hof erstreckte. Daneben stand ein Schweinestall. Eine Sklavin ging gerade auf ein von Schlamm umgebenes Gebäude zu, das Henri für den Hühnerstall hielt. »Die Sklavenunterkunft«, murmelte Sophia. »Die Aufseher haben den Schlüssel und schließen nachts alle ein, außer die unglücklichen Frauen, nach denen ihnen gerade der Sinn steht. Ich behalte Venus bei Nacht bei mir, und wir sichern die Tür mit einer Truhe.«

Mackland rief etwas in Richtung Haus. »Lazer! *Lazer!* Komm her! Seth muss mal wieder die Peitsche zu spüren kriegen und Nott auch. Wenn der Tabak nicht gepflanzt ist, bevor er zurückkommt, streicht uns de Bouldin einen Teil von unserem Lohn.«

»Nein, Massa, wir arbeiten doch«, riefen die Sklaven.

Aus dem Inneren des Hauses drang ein Schrei, und dann tauchte ein jüngerer Mann auf. Er hatte den Hut schief aufgesetzt und tastete nach der zusammengerollten

Peitsche an seinem Gürtel, während er langsam herangeschlendert kam. Er schien nicht mehr ganz sicher auf den Beinen zu sein.

»Das ist der andere Aufseher, Lazer. Sie bedienen sich an Thomas' Rum, wenn er weg ist, und füllen die Flaschen mit Wasser auf, bevor er zurückkommt. Thomas weiß Bescheid. Aber sie packen die Sklaven hart an und sorgen so dafür, dass die Arbeit getan wird, also drückt er ein Auge zu«, sagte Sophia.

Lazer mochte zwar betrunken sein, aber er konnte immer noch kräftig ausholen. Der dünne Lederriemen zischte durch die Luft. Seth schrie auf, fiel zu Boden und hielt sich schützend die Arme über den Kopf. Es folgte ein weiterer Peitschenhieb, dann noch einer. Lazer wickelte seine Peitsche wieder auf, zog sich die Hose hoch und versetzte Seth ein paar heftige Tritte. Dann drehte er sich um, verabreichte Nott ein paar Peitschenhiebe und schlenderte zurück ins Haus. Das Klirren von Fußfesseln war zu hören. Der Sklave Meshack, der, wie Henri erst jetzt sehen konnte, an Seth gekettet war, half ihm auf.

»Oh Seth. Seth«, murmelte Venus. Henri drehte sich um, um sie anzusehen, und trat einen Schritt zurück. Ihre Augen waren zu Schlitzen verengt, sie hielt den Blick auf Lazer gerichtet. »Soll der Teufel ihn in die Hölle holen, wo er hingehört. Er wird keinen leichten Tod haben. Ich kann es sehen ...«, flüsterte Venus. »Er macht die Augen auf, sieht den Tod, der ihn holen kommt. Der Teufel ist dicht hinterher. Ich weiß es. Ich sehe es alles.«

»Still, Venus«, bat Sophia. »Bald wird es dunkel. Dann schließen sie die Sklaven ein und gehen zurück zu ihrem Rum.«

Die Sonne ging langsam unter, und die beiden Aufseher trieben die müde schlurfenden Sklaven mit ihren klirrenden

Ketten mit Peitschenhieben zurück zu ihrer Unterkunft. »Rein mit euch!«, befahl Mackland, schlug die Tür zu und schloss ab. Dann schlenderte er ins Haus zurück.

Sophia zog Henri in die Scheune. »Ich komme zurück, so schnell ich kann. Gib mir deine schmutzigen Kleider. Ich verbrenne sie und bringe dir einige Sachen von Thomas.«

»Aber Sophy, diese Männer, wie wirst du mit denen zurechtkommen?«, murmelte Henri und zog sich die Kleider aus. Die arme Sophie tat, was sie konnte, um ihm zu helfen, und im Gegenzug würde er sie einem Mörder und zwei betrunkenen Wüstlingen überlassen. Natürlich hatte er ein schlechtes Gewissen, aber was sollte er machen?

»Damit.« Sie griff in das bestickte Etui, das sie um die Taille trug, und zog eine kleine, fein gearbeitete Waffe heraus. »Eine Damenpistole für die Handtasche«, sagte sie ungerührt. »Mein Vater hat sie aus Spanien mitgebracht, als Kuriosum. Sie hat hier vorne diesen kleinen Dolch. Die Spitze kann man in das Gift in dieser Flasche tunken, die hier befestigt ist. Maurisches Kunsthandwerk. Hübsch, nicht wahr?«

Henri hielt inne. »Ist sie geladen?«

»Natürlich! Wie du heute früh schon fast erleben durftest, bevor ich dich erkannt habe. Sonst würde sie kaum zur Verteidigung taugen. Ich habe mir in Williamsburg reichlich Munition besorgt und Schießen geübt. Inzwischen kann ich ganz gut zielen. Und Mackland und Lazer wissen, dass ich die Waffe immer bei mir habe. Nun gib mir den Rest deiner Sachen!«

Sophia und Venus verschwanden. Nackt und frierend kroch Henri ins Heu, um sich warm zu halten, bis Sophia zurückkam.

Doch es war dunkel und das Heu war warm und weich. Zum ersten Mal seit Monaten lag er bequem. Er schlief ein und träumte, er sei wieder in Frankreich, und das Mädchen neben ihm rief seinen Namen ... er drehte sich grinsend auf die andere Seite und wollte sie an sich ziehen, als sie ihn unsanft an der Schulter rüttelte. Er fuhr auf und wusste einen Moment lang nicht, wo er war. Wer waren die fremden Leute, die um ihn herumstanden? Dann erkannte er Sophia, die eine Laterne und ein Bündel Kleidung trug. »Endlich, Henri! Du hast so fest geschlafen, dass ich dachte, du bist gestorben. Zieh das hier an!«, befahl sie.

Er rieb sich den Schlaf aus den Augen, dann griff er nach dem Hemd, das sie ihm entgegenhielt. Anstandshalber drehte er sich um und zog sich die Hose an. »Ich hatte Angst, du hättest mich vergessen ... Ahhh!« Er genoss das Gefühl von sauberem Leinen auf der Haut. Thomas' Hose war ihm zwar zu groß, aber mit einem Stück Schnur, das er auf dem Boden fand, konnte er sie hochhalten.

»Wie spät ist es?«, fragte er und versuchte, sich die Schnur wie einen Gürtel um die Taille zu binden. »Und das Essen? Du hast doch nicht etwa das Früchtebrot vergessen?«

»Ich vergesse nie etwas. Und es ist fast zehn«, erwiderte Sophia forsch. »Später, als ich geplant hatte, aber die Vorbereitungen dauerten länger als erwartet. Lass uns jetzt aufbrechen.«

»Was?« Endlich saß die Hose an Ort und Stelle. Henri drehte sich um und sah, dass Sophia Reitkleidung trug. Venus, die neben ihr stand, hatte sich einen Reiseumhang umgelegt. Hinter ihr ragten Seth und Nott und Meshack auf. Henri roch Aufregung und Angst und Verzweiflung.

»Welche Vorbereitungen? Und warum siehst du aus, als wolltest du jagen gehen, Sophy?«

»Nicht jagen, reiten. Weil wir dich begleiten.«
»Was?«

»Wir ziehen alle nach Wildwood. Ich habe die Truhe mit den Dokumenten aus Thomas' Arbeitszimmer. Wir haben die Karte, die wird uns den Weg weisen. Alles ganz einfach.«

»Das geht nicht, Sophy! In kürzester Zeit sind uns die Aufseher auf den Fersen.«

»Um die Aufseher habe ich mich gekümmert. Ich habe den Rest von Annes Medizin in eine Flasche Rum gegossen, die ich gut sichtbar auf das Regal gestellt habe. Vermutlich hat Anne die ganze Zeit geschlafen, weil die Medizin Opiate enthielt. Markham und Lazer haben den Rum in sich hineingeschüttet und liegen nun besinnungslos auf dem Boden im Esszimmer. Venus und ich haben sie gefesselt. Meshack, Seth und Nott haben sich ihre Stiefel, Waffen und Peitschen genommen. Dann haben wir die Sklavenquartiere aufgeschlossen, und Nott hat die Fesseln der Männer zersägt und Peter den Käfig um seinen Kopf abgenommen. Die Sklaven sind frei, sie können gehen.«

»Ihr kommt mit mir?«, rief er fassungslos. »Du hast Thomas' Sklaven befreit? Was um alles in der Welt hast du dir dabei gedacht? Mackland und Lazer werden sich früher oder später befreien und die Miliz benachrichtigen!«

»Das wird eine Weile dauern«, erwiderte Sophia trotzig. »Wir haben sie ziemlich gut gefesselt. Wenn sie sich irgendwann losmachen, werden sie glauben, dass die Sklaven sie festbinden und davonlaufen konnten, weil sie betrunken waren und nicht aufgepasst haben. Bis dahin sind wir weit weg. Sie werden sich überlegen müssen, wie sie sich vor Thomas' Zorn retten können. Ich glaube nicht, dass sie versuchen, uns zu folgen, vor allem, wenn sie annehmen, dass wir nach Süden durch das Gebiet der Indianer gegangen sind, wo mein Besitz liegt. Als Kind musste Mackland mit ansehen, wie seine Eltern skalpiert wurden. Er hat mehr Angst vor Indianern als vor Thomas, und Lazer wird nicht alleine gehen. Außerdem haben sie keine Waffen – ich habe alles an Pistolen, Schießpulver und Munition im Haus den Sklaven gegeben. Ein paar Gewehre habe ich für uns zurückbehalten. Wenn Thomas in einem Monat zurückkehrt, sind die Aufseher verschwunden. Er wird die Bürgerwehr alarmieren, aber es gibt nur sehr wenige Mitglieder in dieser Gegend. Und Anne hat immer geklagt, dass sie faul und zu nichts zu gebrauchen sind. Die meisten Sklaven wollen nach Florida, zu den Spaniern. Die Sklaven aus Charleston haben ihnen von einem Ort in Spanish Florida erzählt. Fort Mosay oder so ähnlich, wo sie frei sein können, wenn sie sich zum Katholizismus bekennen und der spanischen Armee dienen. Sie haben vor, durch den Sumpf im östlichen Teil der Kolonie zu gehen. Die Sklavenpatrouillen nehmen in diesem Gebiet nicht gerne die Verfolgung auf, weil einige entflohene Sklaven sich mit den Indianern dort verheiratet haben. Außerdem gibt es Alligatoren und Schlangen und Sandbänke, die einen verschlucken und in denen man spurlos verschwinden kann. Ich hoffe, Thomas' Sklaven werden in Sicherheit sein.«

»Sophy, das ist Wahnsinn!«

Sophia schüttelte den Kopf. »Nein, ist es nicht! Ich bin noch nicht fertig. Venus steht zu kurz vor der Niederkunft, um eine so mühsame Reise zu unternehmen, also kommt sie mit mir. Seth will Venus nicht allein lassen, Meshack ist Seths Halbbruder, und Nott ist mit beiden verwandt, ein Cousin, glaube ich. Der Rest der Familie wurde verkauft, und sie wollen zusammenbleiben. Ich habe Thomas meinen Schmuck dagelassen, als Bezahlung für die Dinge, die ich genommen habe – die Pferde und Wagen und Sklaven –, sowie einen Kaufvertrag, der belegt, dass sie jetzt mir gehören. Ich habe selbst eine Kopie eingesteckt und eine auf den Tisch gelegt. Seine Unterschrift habe ich gefälscht. Und sogar ziemlich gut. Es sieht also alles völlig legal aus. Ich habe versprochen, alle Sklaven freizulassen, sobald wir genügend Zeit haben, die Freilassungsurkunden auszustellen. Wenn sie bleiben und für mich arbeiten wollen, werde ich ihnen Land geben. Seth, Meshack und Nott sind einverstanden.

Die Männer haben alle Maultiere eingespannt. Wir nehmen die Kühe und ein Kalb und die Schweine und für jeden von uns ein Pferd aus dem Stall. Die anderen Sklaven haben die übrigen Pferde genommen und das restliche Vieh in den Wald getrieben, weil sie es nicht in den Sumpf mitnehmen konnten. Das Maismehl und das, was in der Räucherei war, und die Decken und Steppdecken haben wir untereinander aufgeteilt.

Flussabwärts auf dem Weg zu meinem Besitz gibt es einen Handelsposten und eine Fähre auf dem Weg zu meiner Plantage – beides ist auf der Karte eingezeichnet. Also habe ich einiges an Silberzeug, Kerzenständer und andere Sachen eingepackt, die wir eintauschen können, falls wir weitere Vorräte brauchen, bevor wir dort ankommen. Ich habe an alles gedacht. Mein Schmuck ist sehr wertvoll, sodass Thomas sich nicht beklagen kann. Und nun komm.«

Henri starrte sie sprachlos an.

»Henri, meinst du wirklich, ich hätte dir dein Versprechen abgenommen? Du hast nicht die Absicht, zurückzukehren und mich zu holen. Außerdem würdest du wahrscheinlich Monate brauchen, um nach La Nouvelle-Orléans und wieder zurückzukommen. Ich wollte vorher schon unbedingt hier weg. Nun ist es für keinen von uns mehr möglich hierzubleiben. Wir müssen uns durch die Wildnis schlagen. Es gibt Indianer, und es ist gefährlich, also müssen und werden wir uns dir und deinen Begleitern anschließen. Du hast Führer, und je größer unsere Gruppe ist, desto sicherer ist es für alle. Sobald wir meine Plantage erreichen, werde ich mich erkenntlich zeigen und dich und deinen Freund mit Pferden und allem ausstatten, was ihr für eure Reise nach Louisiana braucht.«

Vier Pferde standen fertig gesattelt bereit. »Henri, du, ich, Meshack und Venus werden reiten. Nott und Seth lenken die Wagen.«

»Ich weigere mich, diese Kavalkade, diese ... diese großartige Prozession zu leiten!«, brach es aus Henri hervor. »Entlaufene Sklaven. Wagen ... Kühe. Glaub bloß nicht, du könntest die ganze Meute in die Wildnis führen wie Moses. Du bist nicht Moses, und du wirst nicht weit kommen. Thomas wird euch mit der Miliz folgen, die Sklaven werden gefangen genommen, ausgepeitscht, aufgehängt oder lebendig begraben. Und das hast du dann auf dem Gewissen, egal, ob du eine Frau bist oder nicht. Du wirst an den Pranger gestellt oder ins Gefängnis gesteckt oder ebenfalls ausgepeitscht. Und deine feine Plantage wird konfisziert. Du weißt doch, wie barbarisch diese Leute sind – einem entlaufenen Sklaven zu helfen, ist schlimmer als Mord. Unmöglich. Ich werde dir nicht helfen zu entkommen. Du hast ja keine Ahnung, wie gefährlich die Wildnis ist, die Tiere, die Indianer ...« Atemlos hielt er inne. Sophia hatte die Pistole auf ihn gerichtet.

»Ich werde auf dich schießen, wenn es sein muss. Ins Knie. Dann kommst du ohne uns nicht mehr weg. Und die Wunde kann eitern, dann muss dein Bein amputiert werden. Zum Glück habe ich eine Säge dabei. Es wird nicht so einfach sein, auf einem Bein bis Louisiana zu hüpfen. Ich sage dir, Henri, wir alle sind in einer ausweglosen Situation. Und wir werden heute Abend von hier fortgehen, und zwar mit dir.« Sophias Augen verengten sich zu Schlitzen. Sie hielt die Pistole ruhig und unbeirrt auf Henri gerichtet.

Der Sklave hinter ihr murmelte: »Sollen wir ihn fesseln, Miss Sophy?« Seth nahm ein Stück Seil in die Hand.

Henri überlegte, welche Möglichkeiten ihm blieben. Die Miliz war nicht so unfähig, wie Sophia glauben wollte. Sie würden sie bald einholen, und dann wäre er nicht in der Lage, Sophia und ihren Begleitern zu helfen. Es war besser, wenn sie ihn nicht fesselten, so konnte er rechtzeitig entkommen. Er zuckte resigniert die Achseln. »Wie du willst, Sophy. Ich bin einverstanden. Wir haben ein paar Cherokee bei uns, die uns führen können. Wenn wir zu unserem Lager kommen, überlegen wir, wie es weitergeht. Vielleicht können wir einen von ihnen dazu bringen, dich nach Wildwood zu begleiten.«

Nott half Sophia aufzusitzen. Seth hievte eine nervöse Venus auf den breiten Rücken eines Arbeitspferdes. »Mach dir keine Sorgen«, sagte er. »Dieses Pferd ist groß, aber es ist brav und ruhig und langsam. Hab es extra für dich ausgesucht. Dir kann nichts passieren. Du musst es ein bisschen treten, dann läuft es los.« Seth und Nott kletterten jeder auf einen voll beladenen Wagen, vor den ein paar Maultiere gespannt waren, und Meshack ritt, mit einer geladenen Muskete bewaffnet, auf einem weiteren behäbigen Arbeitspferd hinter den Kühen her.

Die Tiere waren unruhig, als hätten sie es ebenfalls eilig aufzubrechen. Die Maultiere rüttelten an ihren Geschirren, während die an den Wagen angebundenen Kühe eindringlich muhten und an den Seilen zerrten. Die Pferde, selbst das ruhige, langsame, auf dem Venus saß, schienen wachsam zu sein, schüttelten die Köpfe und wieherten.

Sophias Pferd, ein nervöses Jagdpferd, blähte die Nüstern und trat zurück und scharrte auf dem Boden. »Was ist denn mit denen los?«, rief Sophia und drehte ihr Pferd im Kreis. »Brrr! Was ist los? Ist irgendwo ein wildes Tier?«

»Riechst du Rauch?«, fragte Henri und schnüffelte.

»Wir müssen die Türen von der Räucherkammer offen gelassen haben, als wir die Schinken herausgeholt haben. Nun ist das Feuer aufgeflammt. Brrr!«, rief Sophia wieder.

Hinter ihnen hörten sie in der Dunkelheit eine Frau keuchen: »Miss Sophia, Miss Sophia! Warten Sie auf uns, wir kommen mit Ihnen! Venus braucht uns, wenn das Kind kommt. Miss Sophia, lassen Sie uns nicht zurück!«

»Saskia?«, rief Sophia und spähte in die Dunkelheit. »Ich dachte, du wärst mit den anderen gegangen.«

»Mama und ich gehen mit Ihnen«, hörten sie eine junge Stimme rufen.

»Die anderen wollten uns nicht mitnehmen, wegen Cully, weil er nicht richtig gehen kann. Sie sagen, er ist zu jung, um in die Sümpfe zu gehen, es ist zu hart für ihn. Hier können wir auch nicht bleiben. Wenn Massa Thomas zurückkommt, dann sagt er, dass wir den anderen geholfen haben wegzulaufen. Und dann verkauft er uns, wenn er uns nicht zu Tode peitscht, weil sonst niemand mehr da ist zum Peitschen. Wir können nicht hierbleiben. Miss Sophia, bitte!«

Henri protestierte, es sei unmöglich. Er sollte verdammt sein, wenn er noch eine Frau und ein Kind mitnehmen würde, aber Sophia beachtete ihn gar nicht. »Natürlich, Saskia. Cully, du gehst zu Seth. Venus, Saskia kann sich hinter Sie setzen.« Meshack half Saskia auf das Pferd, auf dem Venus saß, und Cully kletterte auf den Wagen, mit dem die Maultiere anscheinend sofort loslaufen wollten.

Nott hatte Mühe, das Zugpferd an den Zügeln festzuhalten. »Was ist los mit dir?«, fragte er das Tier. Es schnaubte, und sofort wurden die anderen Tiere noch unruhiger. Die

Maultiere rollten die Augen, die Pferde wieherten und die Kühe brüllten und zogen an den Seilen, mit denen sie an den Wagen festgebunden waren. Und es roch nach Rauch.

Selbst das Pferd, auf dem Venus saß, setzte sich schwerfällig in Bewegung. »Seth«, rief sie. Seth sprang ab, griff in das Zaumzeug und führte das mächtige Tier im Kreis herum.

»Was ist das für ein Geräusch?«, fragte Henri knurrend.

Sie drehten sich um und blickten zurück. Im Inneren des Hauses flackerte hier und da ein Licht auf. Sophia sagte erschrocken: »Unmöglich! Lazer und Mackland können sich nicht befreit haben! Aber sie gehen umher, sie haben Laternen ...« Das flackernde Licht im Haus wurde heller, die Fenster in den oberen Stockwerken waren nun ebenfalls erleuchtet. Dann hörten sie etwas bersten und knistern.

Zuerst begriffen sie nicht, dass es unmöglich die Aufseher sein konnten, die Lampen im ganzen Haus verteilten. Dann schlug eine gelbe Flammenzunge aus dem Dach. »Es sind keine Laternen, es ist Feuer!«, schrie Henri.

»Aber die Aufseher sind da, wo wir sie haben liegen lassen!«, rief Sophia entsetzt. Das Feuer breitete sich rasch aus. Aus dem Innern des Hauses war ein Krachen zu hören, Funken stoben aus Fenstern und Dach, flogen in alle Richtungen. Ein plötzlicher Hitzeschwall zwang sie, sich wegzudrehen.

»Lasst uns gehen, bevor es jemand sieht«, sagte Henri und zerrte am Geschirr der Maultiere, die an den ersten Wagen angehängt waren. »Kommt schon.«

»Sie sitzen in der Falle!«, rief Sophia. »Die Aufseher! Nein, nein! Sie werden beide verbrennen!« Ein Windstoß ließ die Flammen in mehreren Fenstern auflodern, Glasscheiben zerbarsten und ein Funkenregen ergoss sich über alles. Sophias Pferd stieß ein angsterfülltes Wiehern aus, trat heftig nach hinten aus und stieg in dem verzweifelten Versuch hoch, seine Reiterin abzuwerfen und davonzujagen. Sophia hatte Mühe, im Sattel zu bleiben, doch das Pferd bäumte sich auf.

Henri ließ die Maultiere stehen, packte Sophias Zaumzeug und zerrte ihr Pferd weg. »Komm schon! Das Haus muss trocken wie Zunder gewesen sein, sonst hätte es nicht so schnell Feuer gefangen«, rief er und zog das Pferd zum Fluss. Der leichte Wind trieb immer wieder neue Funkenwolken zu ihnen, und das Feuer loderte immer heller. Die Tiere schubsten und stießen sich gegenseitig an, als sie losliefen.

»Wir können sie doch nicht sterben lassen! Wir müssen sie retten!«, schrie Sophie. Doch Henri ließ sie nicht anhalten, sondern zerrte sie immer weiter von den lodernden Flammen weg. Niemand würde die Aufseher retten.

Hinter Sophia schnappte Saskia nach Luft und hustete, als der Rauch sie einhüllte. »Das waren Sie nicht, Miss Sophy. Peter hat das Feuer gelegt, und zwar gründlich. Als sie ihm den Kopf in den Käfig gesteckt haben, hat er geschworen, sie umzubringen, sobald er die Gelegenheit dazu hat. Sie haben noch andere Dinge getan, schlimme Dinge, von denen Sie nichts wissen und die Sie sich nicht vorstellen können. Böse Männer, Miss Sophy. Böse. Lassen Sie sie verbrennen, der Teufel soll sie holen.«

»Genau! Sie verbrennen und landen beim Teufel«, rief Venus. »Wie ich es vorhergesehen habe. Ich wünschte, Massa würde auch verbrennen. Aber er stirbt bald, ich weiß es. Ich sehe sein Gesicht ganz dunkel, er wird schwarz wie ich, dann fällt er auf der Straße um und ist tot. Von innen verbrannt. Ich wäre froh, wenn der Teufel kommt und ihn holt.«

Henri hielt Sophias Zügel umklammert, damit ihr Pferd nicht in den dunklen Wald davonpreschte. Eine Viertelstunde später trieben sie das letzte Vieh den Weg zum Fluss hinunter. Dort blickten sie sich ein letztes Mal um. Vom Haus war nur noch ein glühendes Gerippe übrig. Die Sklavenquartiere und die Scheune, in der Henri geschlafen hatte, brannten lichterloh. Es würde alles verbrennen.

»Aber ich habe sie gefesselt«, rief Sophia hysterisch. »Wenn ich nicht ...«

Henri hielt sein und ihr Pferd an, beugte sich vor und schüttelte Sophia heftig. »Sophy, du hast sie auch betäubt. Wenn du das nicht getan hättest, wären weder du noch die Sklaven entkommen. Du wolltest nicht, dass sie sterben, aber du kannst den Sklaven kaum Vorwürfe machen, wenn sie es wollten. Jetzt müssen wir uns beeilen, denn ganz bestimmt sieht jemand das Feuer und gibt Alarm. Zum Fluss«, sagte Henri und zerrte ihr Pferd weiter. »Der Pfad am Fluss führt zurück zu unserem Lager. Wenn wir die Tiere antreiben, können wir es bis zum Morgen schaffen.«

Sophia ließ den Kopf hängen. »Was habe ich bloß getan?«, stöhnte sie vor sich hin. Sie stellte sich vor, wie das Feuer die bewusstlosen Männer einschloss. In wenigen Augenblicken war sie zur Mörderin geworden. Sie hatte nie ein Menschenleben zerstören wollen und war außer sich vor Entsetzen, aber sie wurde mitgerissen, war ein Teil der Kolonne von Wagen, Tieren und Menschen, die sich auf dem Weg zum Fluss drängten. Henri führte immer noch ihr Pferd.

Er wandte sich zu ihr um und sagte scharf: »Sophy, du hast diese Leute in Gefahr gebracht. Und du bist dafür verantwortlich, dass sie zu deiner Plantage gelangen. Tränen und hysterische Anfälle sind eine Schwäche, die weder du noch sie sich leisten können. Denk an sie, nicht an die Aufseher.« Er ließ das Zaumzeug ihres Pferdes los.

Sophia hatte das Gefühl, als hätte er ihr eine Ohrfeige verpasst. Sie schniefte und ritt eine Weile schweigend weiter. Schließlich wischte sie sich mit dem Ärmel über die feuchten Augen und murmelte: »Ja, du hast recht.« Was als kühnes Fluchtabenteuer begonnen hatte, hatte plötzlich eine schreckliche Wendung genommen. Um ihre Angst in den Griff zu bekommen, musste sie, wie Henri sagte, ihre ganze Kraft darauf richten, alle zu ihrer Plantage zu bringen. Sie ritten eine Weile stumm nebeneinander her, dann fragte Sophia: »Wie viele sind in deiner Gruppe? Je mehr, desto besser, nehme ich an.«

»Zwei Franzosen haben mich nach Virginia begleitet. Einer von ihnen ist allerdings im Winter gestorben, nachdem wir Williamsburg verlassen hatten. Der andere ist noch im Lager. An der Stadtgrenze schlossen sich uns ein Engländer und seine beiden Söhne an. Sie haben als Schuldknechte gearbeitet und sind davongelaufen. Wir haben Führer, Cherokee-Indianer, die es eilig haben, uns loszuwerden und in den Krieg zu ziehen. Und dann ist da noch ein Dolmetscher.«

»Führen die Indianer Krieg gegeneinander? Meinst du, wir werden möglicherweise angegriffen?«

»Ich weiß es nicht. Ich habe gehört, dass Indianer niemals im Dunkeln angreifen, also hoffe ich, dass wir bis zum Morgen sicher sind.«

»Glaubst du, es stimmt?«

»Ich weiß es nicht.«

»Oh!« Das war eine neue Sorge. Berichte über Indianerangriffe an den weit entfernt liegenden Grenzen waren eine Sache, doch die Möglichkeit, selbst Opfer eines Überfalls zu werden, war etwas ganz anderes. Sie blickte sich ängstlich um, ihre Gedanken an die Aufseher traten in den Hintergrund. Was lauerte da im Wald neben ihnen?

»Du hast gesagt, dass es eine Karte gibt, auf der dein Besitz eingezeichnet ist. Hast du sie mitgebracht?«, fragte er.

»Natürlich, Henri, wofür hältst du mich? Ich habe die ganze Truhe dabei, in der Thomas seine Dokumente aufbewahrt hat.«

Henri sah sich um und stöhnte. Die Wagen waren hoch beladen, sie knarrten laut und bewegten sich schwerfällig. Obenauf saßen Seth und Nott, mit den Musketen und Peitschen der Aufseher bewaffnet. Meshack hatte sich eine Donnerbüchse unter den Arm geklemmt. Er bildete den Schluss ihrer Prozession und trieb die Kühe vor sich her. Henri ging als Erster. »Sophy, bleib hinter mir. Sei wachsam und halt die Pistole schussbereit.«

Die Frühlingsnacht wurde empfindlich kalt, als die Gruppe unter Henris Führung vorsichtig den Weg am Fluss entlangging. Durch das Geäst der Bäume schimmerten Sterne, und der Mond stand tief am Himmel. Er schien so hell, dass sie, als sie aus dem Wald herauskamen, den Weg sehen konnten. Gleichzeitig jedoch ließ er die Schatten undurchdringlicher erscheinen. Wenn der Pfad in Dunkelheit getaucht war, blieben die Wagenräder an Baumwurzeln hängen oder steckten in den Spurrillen auf dem Weg fest. Oft mussten sie anhalten, damit Meshack und Nott die Maultiere die Wagen vor- und zurückziehen lassen konnten oder um Äste abzuhauen, die den Rädern der schwer beladenen Wagen Halt geben sollten. Mehr als einmal hörten sie einen Puma in der Ferne schreien, was die Tiere in helle Aufregung versetzte. Sie kamen nicht schneller voran, als die Kühe laufen konnten, und sie machten unterwegs viel Lärm. Henri war klar, dass jeder Indianer im Umkreis von mehreren Meilen von ihrer Anwesenheit wusste.

Aus dem Unterholz drangen leise Geräusche – ein Knacken, wenn ein Zweig zerbrach, ein leises Rascheln, als würde sich in der Dunkelheit etwas anpirschen. Henri versuchte, seiner Angst mit Vernunft zu begegnen, und sagte sich, dass die Indianer völlig lautlos unterwegs wären.

Auch Sophia, die hinter ihm war, hörte die Geräusche. Sie hielt eine Hand an der geladenen Pistole und versuchte, mit der anderen ihr Pferd zu lenken. Das unbekannte Gelände und die Geräusche der Nacht machten es noch nervöser als sonst. Cully schlief unter einem Berg von Decken. Meshack, Venus und Saskia, die den Abschluss ihrer Karawane bildeten, unterhielten sich. Schließlich, als der Morgennebel am Fluss aufstieg, schwiegen auch sie. Im grauen Dämmerlicht hatte alles etwas Unwirkliches.

Henri war verwirrt, er erkannte weder die Orientierungspunkte noch das Gelände, das er am Vortag durchquert hatte. Er musste weiter flussaufwärts gegangen sein, als er gedacht hatte, weil sie eigentlich schon bald am Lager hätten sein müssen. Er drehte sich im Sattel hin und her und hielt Ausschau nach etwas, das ihm vertraut erschien.

Es wurde heller. Nur das Rumpeln und Knarren der Wagen, das Rauschen des Flusses und das Zwitschern der Vögel waren zu hören. Gelegentlich ertönte ein Peitschenknall, wenn Meshack versuchte, die Kühe zur Eile zu treiben. Das Knacken im Unterholz und das Rascheln trockener Blätter waren verstummt. Was auch immer ihnen in der Nacht gefolgt war, war verschwunden. Oder es wartete. Henri blieb stehen und schaute sich um. Die Sonne war aufgegangen, und Licht fiel schräg durch die Bäume. Alles sah weniger bedrohlich aus als in der Nacht, doch Henri spürte, dass etwas nicht stimmte.

»Was ist?«, fragte Sophia und schloss zu ihm auf.

»Unser Lager. Ich bin sicher, wir sind nah dran. Ich erinnere mich an diesen Stein.« Er deutete auf einen seltsam geformten Felsblock halb im, halb über dem Wasser, auf dem ein Baum wuchs. »Aber ich rieche kein Lagerfeuer.«

Henri trieb sein Pferd vorwärts. Um die nächste Wegbiegung lag die Lichtung, doch da war kein Lager. Wo das Winterhaus gestanden hatte, waren nur verkohlte Überreste zu sehen. Von den Führern fehlte jede Spur, ebenso wie von den Pferden und Thierry oder den Drumhellers. Dann sah er den Körper am Boden. Es war der Dolmetscher. Er lag mit dem Gesicht nach unten in einer Pfütze aus Blut und Gehirnmasse. Der Kopf war mit einem Beil gespalten worden.

Wo war Thierry? Henri hatte grausame Geschichten von Menschen gehört, die gefangen genommen und entkommen waren, die von Schlägen und Hunger berichteten, doch sie hatten Glück gehabt. Weniger glückliche Gefangene wurden gefoltert, bei lebendigem Leib verbrannt oder langsam getötet, indem ihnen die Haut mit geschärften Muschelschalen abgeschabt wurde.

Sophia und die anderen hatten die Lichtung fast erreicht. Er rief ihnen zu, sie sollten ihre Waffen bereithalten, das Lager sei angegriffen worden. Aus dem Wald ertönte ein schwacher Schrei: »Henri!«

Er saß ab und rief: »Thierry! Mutter Gottes! Wo bist du? Wo?«

»*Ici!*«

Henri stürzte in den Wald und fand Thierry schließlich, der in einen Hohlraum unter einem umgestürzten Baum gekrochen war. Sein Fuß hatte sich in einer Wurzel verfangen. Henri, Meshack und Nott schafften es, seinen

Fuß zu befreien, und Henri zerrte Thierry hervor. Thierry spuckte Erde aus und sagte mit erstickter Stimme: »Ich dachte, du wärst endgültig verschwunden. Gott sei Dank, dass du zurückgekommen bist, sonst wäre ich gestorben! Gestern, nachdem du gegangen warst, musste ich mich erleichtern und ging hinter diesen Baum, als die Teufel aus dem Wald kamen. Sie nahmen die Führer gefangen, brachten den Dolmetscher um, brannten das Winterhaus nieder, nahmen die Pferde und zogen wieder ab. Es müssen Creeks gewesen sein. Ich schaffte es, rechtzeitig unter den Baum zu kriechen, und dachte, sie würden mich finden. Ich betete, dass sie mich töten würden, bevor sie mich skalpierten ... Der Engländer und seine Söhne verließen das Lager zur selben Zeit wie ich ... ich weiß nicht, vielleicht sind sie tot oder sie haben sie gefangen genommen ...« Thierry sackte auf den Boden, er zitterte am ganzen Körper. »Gott verfluche Virginia«, sagte er und ließ den Kopf in die Hände sinken.

»Henri!«, rief Sophia. »Sieh nur!«

Erst kam Rufus aus dem Wald, dann krochen seine zwei dünnen Jungen zwischen den Bäumen hervor. Toby war kreidebleich und bebte wie Espenlaub. Jack hatte das Gesicht verzogen, als wollte er weinen, konnte es aber nicht. »Ruhig, Jungs«, sagte Rufus und legte seinen Söhnen den Arm um die Schultern. Er zitterte auch, und seine Stimme klang brüchig. »Wir sind in Sicherheit. Wir gingen ...« Er deutete auf die Bäume. »Ein weißes Kitz. Toby und Jack folgten ihm in den Wald. Da hörten wir Schreie ... Dann ...« Er deutete auf den Körper des Dolmetschers. »Wir versteckten uns in den Büschen, wir waren uns sicher, dass sie uns finden und töten. Aber sie hatten es auf die Führer und die Pferde abgesehen ... Wir haben sie beobachtet. Sie haben den Dolmetscher umgebracht ... Schnell ...«, sagte er. »So schnell. Er flehte sie an, ihn zu verschonen.« Schwach sank er neben Thierry zu Boden. Seine Augen blickten leer.

»Henri, wir müssen haltmachen und die Tiere ausruhen lassen. Und ihn ... beerdigen.« Sophias Stimme zitterte, als sie auf die Leiche wies.

Nott half ihr herunter, band die Pferde fest und ließ sie grasen. Henri befahl Meshack und Rufus, Wache zu halten. Er schickte die Jungen an die Arbeit, sie sollten die Kühe melken. Seth band einen hölzernen Eimer los und sagte: »Nun geht schon, melkt die Kühe. Nimm deinen Bruder mit.« Jack nahm Toby, der immer noch benommen wirkte, an die Hand und zog ihn mit sich zu den Kühen. Auf der Lichtung war es still, nur die Tiere waren zu hören. Seth, Nott und Henri hoben ein Grab aus und beerdigten den Dolmetscher. Zum Schluss standen sie alle für einen Augenblick da, während Henri ein Vaterunser murmelte.

Sophia sah Rufus' Söhnen beim Melken zu, sagte Venus, sie solle sich ausruhen, und bat Saskia, Feuer zu machen. Dann kramte sie in einem der Wagen herum und kehrte mit einer Teekanne, einer Dose, einem Silberlöffel und ein paar Porzellantassen zurück. »Wir müssen frühstücken«, sagte sie.

»Frühstücken?«, wiederholte Henri ungläubig.

»Wir sind alle zu müde, um weiterzufahren. Nach allem, was passiert ist, sind deine Freunde mehr tot als lebendig. Wir sollten wenigstens Tee trinken.«

»Tee?«, fuhr Henri auf. »Dies ist keine *fête champêtre*! Die Krieger werden zurückkommen. Wenn es nicht dieselben sind wie gestern, dann sind es andere. Im Wald wimmelt es vor Indianern, die sich gegenseitig bekämpfen.«

»Henri, sieh dich um! Wir sind in der Wildnis. Wir haben keine Ahnung, wohin die Krieger gegangen sind.

Die Wahrscheinlichkeit ist groß, dass die Indianer uns finden, egal, ob wir hierbleiben oder weiterziehen.«

Henri sah, dass die anderen ebenso dachten wie Sophia. Saskia und Venus bauten unbeirrt das Lagerfeuer auf und erhitzten einen Stein, um Maiskuchen zu backen. Cully hinkte zum Fluss und schöpfte Wasser in einem Topf, den er auf das Feuer setzte. Henri sah Sophia zu, wie sie die Dose öffnete und dann seelenruhig wartete, bis das Wasser kochte. »Jack, wenn du mir die Milch bringen könntest …«

Henri ging wütend davon.

Sophia löffelte Tee in die Kanne, ließ den Tee ziehen und goss ihn dann ein. In kleinen Schlucken trank sie ihre Tasse leer. Sie bereitete eine zweite Kanne zu, füllte die Tassen noch einmal und aß die Maiskuchen, die Saskia ihr reichte. Als sie fertig war, erhob sie sich, spülte und trocknete das Geschirr, verstaute die Teesachen sorgfältig in ihrem Korb und stellte ihn dann auf den Wagen zurück.

»Komm, wir sehen uns die Karte an«, rief sie Henri zu und holte sie aus seiner Tasche.

Wutschnaubend kehrte Henri zurück und rollte die Karte auseinander. Er beschwerte sie an den Ecken mit Steinen und starrte darauf. Sie war mit groben Strichen mit schwarzer Tinte gezeichnet. In der oberen rechten Ecke war ein Kompass eingefügt. Die wichtigsten Orientierungspunkte waren wellenförmige Linien, die von Norden nach Süden verliefen und vermutlich eine Bergkette darstellten, und ein paar mit einfachen Strichen skizzierte Hütten mit rauchenden Schornsteinen, die hier und da auftauchten. Es gab dicke schwarze Linien, die wie Flüsse aussahen und von denen feinere Linien abzweigten. Wahrscheinlich zeigten sie schmalere Flüsse.

»Sophie, hast du eine Ahnung, wo wir sind?«, knurrte Henri. Er ärgerte sich immer noch über die Teezeremonie und war wütend, dass er sie bei der Karte um Hilfe bitten musste, weil sie die Einzige war, die eine ungefähre Vorstellung hatte, wo sie sich befanden.

Sophia beugte sich über die Karte. »Das ist es, was Thomas mir gezeigt hat. Ich glaube, wir sind hier irgendwo.« Sie zeigte auf eine dicke schwarze Linie, die von Osten nach Westen verlief. »Siehst du, der James River beginnt an der Küste, und dann steht hier ›Fluv-a river‹, der James River wird zum Fluvanna River. Thomas' Besitz ist irgendwo an diesem Fluss, wie immer er auch heißt.« Sie fuhr mit dem Finger die Linie nach. »Er erstreckt sich nach Westen über die Berge. Diese Buckel dort müssen die Berge sein. Eine Schlangenlinie verläuft durch sie hindurch, siehst du? Dann scheint die Flusslinie zu enden. Aber ich meine, Thomas hätte gesagt, dass die Karte den Biberpass nicht zeigt … nein, den Otterpass. Der Otterpass ist die Stelle, wo der Fluss durch die Berge fließt und sich mit einem anderen Fluss auf der anderen Seite vereinigt. Mit diesem hier? Wahrscheinlich. Wenn du dieser Linie folgst, stößt du auf die kleine Zeichnung einer Hütte. ›C Station‹ steht da. Es ist ein Handelsposten, und wenn man dem Fluss weiter folgt, kommt man zum ›fr. M‹. Das muss der Frog Mountain sein, und ›lit fr. Mt‹ ist dann Little Frog Mountain. Wildwood ist dort, in diesem Tal.« Sophia tippte mit dem Finger auf die gepunktete Linie um das Wappen. »Obwohl der Name ›Wildwood‹ nicht eingezeichnet ist, weil der Name noch nicht feststand, als die Karte gezeichnet wurde. Das Haus gab es auch noch nicht. Nach der Besitzurkunde ist es dieses Gebiet innerhalb der gebrochenen Linie mit dem Wappen der Graftons. Der

Fluss fließt durch die Plantage. Sieht nicht so aus, als sei es schrecklich weit weg. Es wird euch nicht lange aufhalten, uns dorthin zu begleiten, und dann gebe ich euch Pferde und Lebensmittel mit.«

»Wie viele Tagesreisen?«

»Vielleicht vierzehn Tage, wenn man Thomas glauben darf«, antwortete sie. Henri wollte gerade sagen, dass er keine ganzen vierzehn Tage verschwenden könne, als er südlich von Sophias Land eine schwarze Linie sah, die vermutlich einen Fluss darstellte. ›Tinassi‹ stand in kleinen Buchstaben daran. Das änderte alles. Es bedeutete, dass er nach Südosten statt nach Westen gehen konnte, und der Tinassi würde ihn zum Mississippi bringen, ohne dass er die Berge überqueren musste. Es wäre also vielleicht sinnvoll, Sophias Plantage zu passieren, vor allem, wenn sie dann mit Pferden und Verpflegung ausgestattet weiterreisen konnten.

Dann fiel er ihm ein unheilvolles Detail auf. »Siehst du die kleinen Dreiecke auf der Karte? Ich denke, das sind indianische Dörfer. Wie es scheint, sind sie sogar auf deinem Land. Die Indianer hassen Siedler, Sophy.« Für Henri zeugte es von typisch englischer Arroganz oder Dummheit, ein großes Herrenhaus mitten im Grenzbereich zu bauen. In Williamsburg hatte er genug schreckliche Geschichten von Angriffen der Indianer auf die Siedler im Grenzgebiet gehört, um zu ahnen, dass sie den Verwalter der Graftons wahrscheinlich tot, das Haus niedergebrannt und die Plantage verwüstet vorfinden würden. Trotzdem würde er sie, die Neger und die Engländer sich selbst überlassen.

»Mr Barker hat nie irgendwelche Streitigkeiten mit Indianern erwähnt. Obwohl Colonel Washington mir erklärt hat, dass der graftonsche Besitz bisher nicht vermessen worden ist. Aber ich glaube nicht, dass es von Bedeutung ist. Die Karte zeigt ganz klar, was mir gehört.«

»Es kann sehr wohl von Bedeutung sein«, sagte Henri grimmig. Hatte Sophia nicht die Geschichten über Siedlerfamilien gehört, die in der Grenzregion abgeschlachtet und skalpiert worden waren? Hatte sie eine Ahnung, welches Risiko sie einging? *Geschieht ihr recht, wenn sie skalpiert wird*, dachte er. Je eher er und Thierry Sophia mitsamt ihren Problemen hinter sich ließen, desto besser.

Kapitel 15

Wildnis

Nach einer Nacht, in der sie kaum ein Auge zugetan hatten und die Männer bei jedem Rascheln in den Bäumen mit der Waffe in der Hand aufgesprungen waren, brachen sie im ersten Morgengrauen auf. Henri führte die Karawane an. Thierry ging hinten, und Venus und Saskia ritten neben dem Wagen, in dem Cully saß. Sie konnten nicht schneller gehen, als sie die Kühe treiben konnten. Am Ende des Tages waren sie alle gereizt und sahen sich ständig ängstlich um, weil sie sicher waren, dass ihnen jemand folgte.

Sophia und Henri ritten nebeneinanderher und überlegten, wie viel Zeit ihnen blieb, bevor der Brand auf Thomas' Plantage entdeckt wurde. Henri war schon länger in der Kolonie als Sophia und wusste mehr als sie über die örtlichen Milizen und die Patrouillen und die Angst vor entlaufenen Sklaven, als sie es tat. Er hielt es für wahrscheinlich, dass irgendjemand, vielleicht sogar ein weit entfernt lebender Nachbar, das Feuer in der Nacht gesehen und Alarm geschlagen hatte. Wenn herauskam, dass das Haus mitsamt den Nebengebäuden bis auf die Grundmauern niedergebrannt war und außerdem zwei verkohlte Leichen in den Ruinen lagen und die Slaven verschwunden waren, würden sie die Verfolgung aufnehmen und jedem eine hohe Belohnung versprechen, der sie einfing. Notfalls würden sie Sklavenjäger dazuholen, die sich darauf spezialisiert hatten, Sklaven aufzuspüren.

Die Virginier lebten in ständiger Angst vor einem großen Sklavenaufstand und verfolgten entflohene Sklaven erbarmungslos, um zu verhindern, dass sie sich mit anderen entkommenen Sklaven zusammentaten. Wenn man sie wieder einfing, wurden sie grausam bestraft, um ein Exempel zu statuieren.

Sophia und Henri hatten keine Ahnung, ob man erkennen konnte, dass es sich bei den Leichen um die Aufseher handelte. Würden sie vielleicht denken, dass Sophia eines der Opfer sei? Wenn eine niedergebrannte Plantage und zwei Leichen nicht ausreichten, um die Miliz in Gang zu setzen, würde auch der Mord an einer Engländerin keine Verfolgungsjagd auslösen. Nachdem er eine Woche lang immer wieder nervös über die Schulter geblickt hatte, meinte Henri jedoch, die Miliz müsse in südöstlicher Richtung gegangen sein und folge den anderen Slaven in die Sümpfe. Erst wenn sie sie einholten, würden sie feststellen, dass Saskia, Cully, Venus, Seth und Meshack nicht bei den anderen Sklaven waren. Wenn Thomas davon ausging, dass Sophia noch am Leben war, würde er vermuten, dass sie die Sklaven nach Wildwood gebracht hatte, und ihnen dann einen Sklavenjäger hinterherschicken. Die Sklavenjäger waren oft Indianer oder Halbblutindianer, die entlaufene Sklaven auch dort noch verfolgen konnten, wo es der Miliz zu unwegsam und gefährlich war.

»Aber bis dahin sind wir in Wildwood und in Sicherheit«, sagte Sophia hoffnungsvoll. »Mr Barker und die Sklaven, die er gekauft hat, werden uns helfen, wenn die Miliz kommt, obwohl ich vorhabe, die Sklaven freizulassen.«

Ihre Naivität ärgerte Henri. »Wenn die Miliz kommt, hilft dir gar nichts, Sophy. Es sei denn, Wildwood ist eine von einem Wassergraben umgebene Festung.«

Als jedoch kein Verfolger auftauchte, ließ die Spannung unter den Reisenden ein wenig nach. Sophia, die an das wechselhafte und meist recht kalte englische Frühjahr gewöhnt war, fand das Wetter wunderbar warm. Der Fluss wurde breiter, und Sophia machte Henri auf die malerische Landschaft aufmerksam. Sie wünschte, sie hätte Zeit, ihren Malkasten hervorzuholen oder wenigstens ein paar Wildblumen zu zeichnen.

Rufus ging mit Henri und Thierry angeln, und Saskia briet ihre Beute über dem Lagerfeuer. Gelegentlich pflückten sie duftende wilde Erdbeeren. Cully, Jack und Toby überboten sich gegenseitig, wer die meisten finden und essen konnte. Später jammerten sie dann, dass ihnen der Bauch wehtat. Sophia bestand darauf, jeden Abend ihren Tee zu trinken, obwohl sich die beiden Franzosen darüber lustig machten.

Trotz Henris Warnung, dass die Gefahr nicht vorüber sei, war Sophia gut gelaunt und zuversichtlich. Sie genoss es, abends am Lagerfeuer zu sitzen und unter dem Sternenhimmel zu schlafen. Zu Henri und Thierry sagte sie, dass es doch ganz nett sei, eine Woche oder so wie die Zigeuner zu leben. Sie war überzeugt, dass sie fast am Ziel seien. *Vermutlich werden wir noch ein paar Tage bis Wildwood brauchen*, dachte sie erleichtert. Und nach und nach entspannten sich alle.

Eines Nachts schlief Seth ein, während er Wache halten sollte.

Ihr ländliches Idyll wurde am nächsten Morgen jäh zerstört. Sie erwachten noch vor Morgengrauen, weil Cully erschrocken aufschrie und Saskia so kreischte, dass ihnen das Blut in den Adern gefror. Die Männer sprangen auf und griffen sofort nach ihren Waffen. Im Dämmerlicht sahen sie zwei Krieger mit bemalten Gesichtern. Sie starrten den schlafenden Cully an und befühlten dann die Decken, unter denen er lag. Henri befahl Thierry und den anderen, ihre Musketen niederzulegen. Saskia konnte er gerade noch davon abhalten, mit einer eisernen Pfanne auf die Männer loszugehen. Er könne ein wenig Cherokee sprechen, murmelte er. Am besten beruhigten sie sich und frühstückten erst einmal. Die Krieger seien eher neugierig als feindselig, und er werde sie einladen, mit ihnen zu essen.

Saskia fügte sich und begann, Maiskuchen zu backen. Dabei ließ sie ihren Sohn nicht aus den Augen und war bereit, sich wie ein Panther auf jeden zu stürzen, der es wagte, Cully anzufassen. Während das Essen zubereitet wurde, schlenderten die Krieger umher, nahmen in die Hand, was ihnen interessant erschien, betrachteten es eingehend und legten es wieder weg.

Henri fragte sie, ob sie Chickasaws oder Creeks gesehen hätten. Sie schüttelten den Kopf und prahlten damit, wie viele sie umbringen würden, wenn sie ihnen begegnen sollten. Dann fragte er sie, ob sie wüssten, wo der Otterpass sei, von dem aus sie zum New River gelangen würden. Vom Otterpass hatten sie noch nie gehört. Die Namen, die die Weißen den Flüssen gaben, waren uninteressant für sie. Allerdings hatten sie tatsächlich von einem Fluss gehört, der durch die Berge floss. War es weit bis dorthin? Die Indianer zuckten mit den Schultern. »Wie viele Tage zu reisen?« Sie schüttelten den Kopf. Sie hatten keine Ahnung, wie viele Tage man brauchte. Henri verhandelte eine Weile mit ihnen. Schließlich erklärten sie sich einverstanden, die Weißen zu führen. Dafür bekamen sie eines der Gewehre und etwas Munition.

Der Fluss schlängelte sich durch die Landschaft. Henri hatte gehofft, dass die Führer einen direkten Weg über Land zu den Bergen und dem Pass wüssten, doch seine Hoffnung trog. Die Führer gestikulierten und zeigten auf die Wagen und Kühe und bedeuteten ihm, dass es unmöglich sei, damit die Steigungen zu bewältigen oder sie durch das Unterholz zu ziehen. Sie seien gezwungen, auf dem Büffelpfad zu bleiben, während die Krieger vor der Kolonne hergingen und immer wieder für längere Zeit verschwanden. Henri war klar, dass sie nach ihren Feinden Ausschau hielten. Sobald sie wieder auftauchten, schlichen sie um Cully herum und fragten unbeirrt immer wieder, wie viele Biberfelle er wert sei. Wie Saskia behielt auch Henri den Jungen im Auge. Indianer entführten Kinder, um sie als Sklaven arbeiten zu lassen, bisweilen auch, um den Platz eines verstorbenen indianischen Kindes einzunehmen. Er sorgte dafür, dass sie Cullys lahmes Bein sahen.

Er und Sophia starrten am Ende eines jeden Tages auf Sophias Karte und versuchten, aus den Markierungen zu schließen, wo sie waren und wie weit sie am Fluss gekommen waren. Inzwischen waren sie seit zwei Wochen unterwegs, und immer noch folgten sie dem Fluvanna, der sich zwischen niedrigen Hügeln schlängelte.

»Hätten wir nicht schon am Otterpass sein müssen?«, fragte Sophia ängstlich.

»Ich hätte nicht gedacht, dass es so weit sein würde.« Auch Henri hatte sich die Strecke kürzer vorgestellt.

Saskia unterbrach sie. Sie sah besorgt aus. »Cully ist heiß wie Feuer und will sich nicht bewegen. Die Augen tun ihm weh, sind ganz rot. Er ist so krank, bestimmt hat er die Pocken.«

Sophia stand auf, um sich Cully anzusehen. Seine Augen waren tatsächlich sehr rot und geschwollen. Er fühlte sich elend, hustete und zitterte und beteuerte, dass ihm kalt sei, obwohl die Abendluft mild war. Er wollte, dass seine Mutter ihn mit allen Decken zudeckte, die sie finden konnte.

»Hoffen wir, dass es die Masern sind«, sagte Sophia. »Die Männer, die Thomas mitgebracht hatte, hatten Masern. Cully hat ihnen Essen gebracht und war einige Zeit in ihrem Zimmer. Er muss sich angesteckt haben, wie der zweite Mann auch.« Sie besah sich seine Arme und die Brust. »Cully hat kleine Punkte. Aber sehen sie nach Pocken aus?« Sie seufzte. »Ich hoffe, es sind nur die Masern. Keine Sorge, Saskia. Wenn es Masern sind, ist Cully bald wieder auf den Beinen. Ich hatte auch Masern. Alle Kinder in unserem Dorf in England hatten sie. Achten Sie darauf, dass er gut zugedeckt ist, dann wird er schnell gesund.«

Die Wagen zogen langsam am Flussufer entlang, als eine Reihe von Flößen an ihnen vorüberglitt, voll von Büffeljägern und Siedlern, ihren Familien, ihrem Vieh und ihrem gesamten Hab und Gut. Die Reisenden riefen, sie seien nach Kentuckee unterwegs.

»Wir brauchen ein Floß«, sagte Henri und sah ihnen nach, wie sie mit beneidenswerter Geschwindigkeit ihren Blicken entschwanden. »Oder besser mehrere.«

Nach drei Wochen waren sie immer noch nicht an den Bergen angelangt. Für Sophia hatte die Reise ihren Reiz verloren. Ihre Begleiter waren müde und murrten. Cullys Flecken verblassten, und Venus war so rund, dass sie sich kaum noch bewegen konnte. Reiten konnte sie nun auch nicht mehr, also saß sie bei Seth auf dem Wagen.

»Na, Mädchen, sagst du mir heute wieder, wie ich diese Maultiere führen soll?«, sagte er jeden Morgen grinsend, während er ihr aufsteigen half.

»Ich kann dir nichts sagen, was du nicht schon weißt, Seth«, antwortete sie kess. Der Wagen rüttelte sie durch. Manchmal musste sie sich an Seth festklammern, um nicht herunterzufallen. Sie lächelten beide ohne erkennbaren Grund.

Wenn sie anhielten, wollte Venus, dass Saskia ihren Bauch abtastete, um zu sehen, ob das Kind bald kommen würde. Saskia erklärte immer wieder, dass es noch nicht so weit sei. Schließlich meinte Saskia, das Kind sei nach unten gerutscht. Und Venus rief in regelmäßigen Abständen: »Ja! Ich fühle etwas! Jetzt kommt es!« Saskia verlor die Geduld, versetzte ihr eine Ohrfeige und sagte scharf, sie solle sich die Puste sparen. Wenn das Kind wirklich kam, würde sie sie brauchen, das würde sie schon noch sehen. Danach stöhnte Venus nur noch leise vor sich hin, wenn Saskia in der Nähe war. Saskia achtete gar nicht auf sie. So ging es weiter, bis Venus immer öfter stöhnte, und als das Stöhnen lauter wurde, musste selbst Saskia zugeben, dass das Kind bald kommen würde.

Sophia bestand darauf, dass sie anhielten. Sie hatte zwar keine Ahnung von Geburten, doch sie war sich sicher, dass Venus nicht in einem Wagen niederkommen sollte, der über Stock und Stein rumpelte. Dies führte zu einer heftigen Auseinandersetzung mit Henri, der auch keine Ahnung von Geburten hatte, aber nicht einsah, warum sie anhalten sollten. Rufus und Meshack zogen sich vorsichtshalber zurück und ergriffen für keinen von beiden Partei. Sophia rief gebieterisch: »Wir halten an!«

Henri brüllte, sie würden ganz sicher nicht anhalten, schließlich sei es nur ein Kind. Die arme Venus erschrak und begann zu weinen. Seth und Nott entschieden die Sache zu Sophias Gunsten, indem sie einfach die Maultiere ausspannten und zu einer saftigen Wiese führten.

Einer der Wagen wurde umgeräumt, um Platz für ein Lager zu schaffen. Saskia schickte Seth los, ganze Armladungen von Zweigen zu holen. Sie stapelte die Zweige aufeinander und breitete eine Decke darüber. Dann halfen sie und eine ziemlich nervöse Sophia Venus, sich daraufzulegen. Als es Abend wurde, begann Venus aus vollem Halse zu schreien. Henri und Thierry gingen leise fluchend umher und schimpften auf Frauen, die Kinder bekamen.

Die Geburt brachte alle Männer aus dem Gleichgewicht, vor allem Seth. Die beiden Krieger verschwanden. Rufus machte sich am Geschirr der Maultiere zu schaffen und ging ansonsten ruhelos auf und ab. Toby und Jack steckten sich die Finger in die Ohren und versuchten, sich so weit wie möglich von den Wagen fernzuhalten. Cully hätte sich den beiden am liebsten angeschlossen, doch Saskia befahl ihm, in der Nähe zu bleiben, wo sie ihn sehen konnte. Jedes Mal, wenn Venus aufschrie, verzog er verzweifelt das Gesicht und bettelte, seine Mutter möge dafür sorgen, dass Venus aufhörte.

Nach einem Tag und einer Nacht kam das Kind schließlich zur Welt, ein kleines Mädchen. Sophia fühlte sich erschöpft und war zutiefst dankbar, dass Saskia offenbar wusste, was zu tun war. Sie war erschüttert, dass sie so hilflos gewesen war. Als das Kind endlich zum Vorschein kam, war sie fast in Ohnmacht gefallen. Sie war froh, als Saskia sie losschickte, einen Eimer mit heißem Wasser und ein Taschentuch zu holen. Als der Morgen dämmerte, halfen sie der stolzen Venus, sich aufzusetzen, um das Neugeborene zu stillen. Saskia zog die Decke unter Venus hervor, um sie im Fluss einzuweichen. Sofort färbte sich das Wasser blutrot.

Die Männer schauten schockiert drein und wandten den Blick ab. »Pah!«, murmelte Saskia verächtlich und schlug die nasse Decke gegen einen Stein. Danach kochte sie sie aus und hängte sie zum Trocknen über einen großen Ast in die Sonne, wo sie nicht zu übersehen war. Dort hing sie wie eine Geburtsfahne. Die großen Blutflecke ließen sich noch erahnen. Die Männer fühlten sich unbehaglich.

Venus bestand darauf, dass die Kleine auf den Namen Susan getauft wurde. Sophia bot sich als Taufpatin an. »Was ist das?«, wollte Venus wissen.

Sophia überlegte, wie sie es erklären sollte, und sagte schließlich: »Eine Taufpatin ist wie eine Tante, eine ganz besondere Tante. Wenn der Mutter etwas zustößt, verspricht sie, sich um das Kind zu kümmern.«

Venus war beunruhigt. Mit ihren fünfzehn Jahren kannte sie nur eines, das Sklavenmüttern »zustieß«, und das war, dass ihnen die Kinder weggenommen wurden, um sie zu verkaufen. Oder sie selbst wurden verkauft, ohne ihre Kinder. Venus war noch zu jung, um den Tod in Betracht zu ziehen – der Gedanke, dass sie sterben könnte, war ihr während der Geburt durchaus in den Sinn gekommen, doch das war nun vorbei.

»Heißt das, dass Sie mir Susan wegnehmen?«, fragte Venus misstrauisch.

»Du bist jetzt frei, Mädchen, und dein Kind auch. Niemand nimmt sie dir weg«, beruhigte Saskia sie.

Henri wollte so schnell wie möglich weiter, also zelebrierte er eine hastige Taufe mit Wasser aus dem Fluss und ein paar lateinischen Worten. Sophia steuerte das bei, was sie in Erinnerung hatte, und schwor in Susans Namen dem Teufel und all seinen Umtrieben ab. Die Krieger tauchten wieder auf, wirkten mürrisch und wortkarg. Und so machten sie sich alle wieder auf den Weg. In Seths Wagen saßen

Venus und Susan zwischen einem Spinnrad und einer Milchkanne auf einem frischen Lager aus Blättern und Zweigen, über die sie eine trockene Decke gebreitet hatten.

Am nächsten Morgen kurz vor der Morgendämmerung stand Saskia auf, um Feuer zu machen, auf dem sie das Frühstück zubereiten wollte. Als sie zu Cully ging, der ihr Anmachholz holen sollte, sah sie, dass seine Schlafdecken nicht mehr im Wagen lagen. Ihr Sohn war verschwunden, ebenso wie die Krieger, mehrere Säcke Maismehl und zwei Pferde. Ihr Wehklagen weckte alle auf. »Mein Junge!«, rief sie verstört. »Sie haben meinen Jungen mitgenommen. Cully ist weg!« Sie rief immer wieder seinen Namen, doch sie bekam keine Antwort. Die anderen suchten im Gebüsch und am Fluss, doch von dem Kind fehlte jede Spur. Saskia war untröstlich. Schluchzend saß sie an dem Wagen. »Ich hätte besser auf ihn aufpassen sollen! Ich dachte, er kann ja nicht richtig gehen, also nimmt ihn mir niemand weg. Darum hab ich so etwas Schlimmes getan, damit er in Sicherheit ist und seine Mama auf ihn aufpassen kann. Und jetzt ist er weg. Das ist meine Schuld, weil ich so etwas Schlimmes getan habe.«

Sophia kniete neben Saskia. »Was haben Sie Schlimmes getan? Oh Saskia, ich kann mir nicht vorstellen, dass Sie Cully etwas Schlimmes angetan haben. Sie lieben Cully doch.«

Saskia sackte an Sophias Schulter zusammen. »Ich habe ihm ins Bein geschnitten, als er ein Säugling war, damit er nicht gut gehen kann und Massa ihn nicht verkauft.« Sie schluchzte jämmerlich. »Ich wollte ihn nicht verletzen, er war doch mein Kind. Ich habe es gemacht, damit ich ihn behalten kann. Armer Kleiner, geweint hat er, hat mich angesehen, als wollte er fragen, Mama, warum tust du mir weh? Und ich weinte auch, weil er Schmerzen hatte und blutete. Ich habe es doch nur getan, um ihn zu behalten!

Aber nun hat man ihn mir trotzdem weggenommen! Oh, mein Cully!«

»Lieber Gott im Himmel«, flüsterte Sophia und legte die Arme um Saskias bebende Schultern. »Henri? Können wir nach ihm suchen?«

Henri zuckte mit den Schultern. »Aber wo? Wir haben keine Ahnung, in welche Richtung die Krieger mit Cully gegangen sind. Aber weißt du was, Saskia? Indianer verlangen oft ein Lösegeld für die Leute, die sie entführen.«

»Was ist Lösegeld?«, fragte Saskia schluchzend.

»Lösegeld bedeutet, dass man den Indianern etwas im Austausch gegen Cully gibt. Wenn sie Cully unbedingt haben wollten, dann ist er am Leben, Saskia.«

»Und hat Angst und weint nach seiner Mama. Wir wissen nicht, wohin sie Cully gebracht haben. Wie können wir Lösegeld für ihn geben, wenn wir das nicht wissen? Oh Miss Sophy, ich dachte, mein Kind ist in Sicherheit.«

Sophia versuchte, sie zu trösten, versprach ihr, dass sie alle für seine Sicherheit beten und eine Möglichkeit finden würden, ihn zurückzubekommen.

»Wir brauchen einen indianischen Vermittler«, sagte Henri.

»Und wo willst du einen suchen?«, fragte Sophia gereizt.

Sie zogen weiter. Jetzt mussten die Franzosen zu Fuß gehen. Sie hatten jetzt nur noch ein einziges behäbiges Arbeitspferd und kamen überein, dass Saskia darauf reiten sollte, mit Jack und Toby hinter sich im Sattel. Die Maultiere sollten die Wagen ziehen. Sie hatten noch Sophias Jagdpferd, aber es war ein übellauniges Tier, das außer Sophia alle biss. Thierry hatte versucht, es zu reiten. Es hatte ihn jedoch abgeworfen, zweimal getreten und so heftig in die Schulter gebissen, dass er tagelang Schmerzen hatte. Rufus und Nott gingen abwechselnd zu Fuß und lenkten den zweiten Wagen. Die Franzosen wechselten sich mit Meshack bei der Wache ab. Der Verlust des Maismehls traf sie hart. Hunger und die schwüle Hitze raubten ihnen das letzte Fünkchen Energie.

Die Landschaft änderte sich. Die Bäume waren voll belaubt. Jenseits der Wälder erhoben sich erst Hügel und dann Berge auf beiden Seiten des Flusses, der sich langsam und träge durch sein Bett zu winden schien. Tatsächlich war er an manchen Stellen sehr tief und hatte eine starke Strömung, wie Henri feststellte, als er versuchte, Fische zu fangen.

Dann bekamen erst Toby, dann Jack und schließlich Rufus die Masern. Venus ging zu Fuß weiter, weil es Rufus so schlecht ging, dass er sich nicht mehr auf den Beinen halten konnte. Die Jungen waren zu schwach, um auf dem Pferd zu sitzen. Sie betteten Rufus hinten auf Seths Wagen, wo vorher Venus und Susan gelegen hatten, und die Jungen drängten sich neben ihn. Die drei Drumhellers hatten sich nach den Strapazen des Winters noch nicht recht erholt, und die Masern brachten sie an die Schwelle des Todes. Es war heiß, die Sonne spiegelte sich im Fluss und die vom Fieber geschüttelten Drumhellers waren nur noch Haut und Knochen. Als sie zu einem Wäldchen kamen, bestand Sophia darauf, dass sie im Schatten Rast machten und sich ausruhten, bis die drei wieder bei Kräften waren.

Als sie fünf Tage später jedoch immer noch am Leben waren, drängte Henri auf die Weiterfahrt. Ihre Lebensmittelvorräte gingen zur Neige, und sie mussten versuchen, den Handelsposten zu erreichen. Wenn die Drumhellers überlebten, gut und schön. Starben sie, dann starben sie eben. Widerstrebend musste Sophia einräumen, dass er recht hatte.

Eine Woche später strömte der Fluss zwischen niedrigen Hügeln hindurch. In der Ferne konnten sie Berge ausmachen. Sophia sank der Mut. Sie hatte Hunger, die Füße taten ihr weh, weil ihr Pferd ein Hufeisen verloren hatte und sie laufen musste. Auf ihrer Nase schälte sich die sonnenverbrannte Haut. Sie kam langsam zu der Erkenntnis, dass sie sich verlaufen hatten. Auf der Karte hatte es so einfach ausgesehen, doch mittlerweile bezweifelte sie, dass darauf Verlass war. Auf beiden Seiten des Flusses wuchsen die Bäume dicht an dicht und ihre Äste hingen bisweilen so über dem Pfad, dass sie sich hindurchzwängen mussten. Sie hatte das Gefühl, als würde die Landschaft sie verschlingen.

Der Pfad schlängelte sich durch den Wald, und zwischen den Bäumen belauerten sie wilde Tiere. Nachts hielten die Männer abwechselnd Wache bei den Kühen und Maultieren, wenn es im Wald raschelte und in der Ferne die Kojoten heulten, die Hirsche schnaubten und die Keiler laut grunzend miteinander kämpften. Manchmal sahen sie Rotwölfe, die durch die Dunkelheit streunten, wenn die Augen das Feuer widerspiegelten, das sie die ganze Nacht über brennen ließen. Thierry erschoss einen Rotluchs, als der sich gerade über ein Kalb hermachte, das er erlegt hatte. Sie zerteilten die Überreste des Kalbs und rösteten sie über dem Feuer. Sie konnten es sich nicht erlauben, etwas Essbares liegen zu lassen. Aus Kiefernholz stellten sie Fackeln her, deren Glimmen die Raubtiere fernhielt. Ab und zu glitt ein Floß mit Jägern oder einer Siedlerfamilie mit einem Stapel Hausrat auf dem Fluss vorbei. »Wenn wir doch bloß ein Floß hätten«, seufzte Sophia.

»Du bräuchtest eine ganze Flotte von Flößen«, gab Henri zurück.

Inzwischen vertrauten sie alle auf Henri. Er behielt einen klaren Kopf, wenn das Flussufer steinig wurde und der

Büffelpfad plötzlich im Wald verschwand. Zusammen mit Thierry verfolgte er ihn über Hügel und Bergrücken, die zu steil waren für die Wagen. Er überlegte, wie sie einen Weg durch den tiefer gelegenen Teil des Waldes schlagen könnten, um an einer Stelle wieder auf den Pfad zu stoßen, wo das Ufer breiter war. Wenn das nicht möglich war, schlugen sie Äste von den Bäumen und legten sie so auf dem Boden aus, dass die Wagen Halt hatten und sie die Maultiere die steileren Strecken hochtreiben konnten. Sobald sie sich vom Fluss entfernten, verlor Sophia die Orientierung. Henri jedoch schien einen sechsten Sinn für die richtige Richtung zu haben. Thierry dagegen war ein hervorragender Jäger. Um ihre schwindenden Maismehlvorräte zu ergänzen, erlegte er Opossums und Eichhörnchen mit der Muskete oder verletzte sie wenigstens so schwer, dass man den Rest mit der Hand erledigen konnte – die Musketen zielten nicht besonders genau.

Als Sophia hörte, wie Thierry auf Französisch auf Henri einredete, dass sie das nächste Floß besteigen sollten, das vorbeikam, schrak sie zusammen. Mittlerweile zweifelte sie, ob sie Wildwood in dieser unversöhnlichen Wildnis jemals finden würden. Doch wenn Henri und Thierry sie im Stich ließen, würden sie mit Sicherheit sterben. Sie musste dafür sorgen, dass die beiden Franzosen bei ihnen blieben, bis sie Wildwood erreichten.

Als sie am nächsten Abend ihr Nachtlager aufschlugen, sagte Sophia, sie wolle zum Fluss hinuntergehen. »Willst du angeln? Du fängst doch nie etwas, wenn du angeln gehst«, sagte Henri.

»Nein, ich will ein Bad nehmen«, rief sie über die Schulter zurück. »Ich wette, dabei geht mir mehr ins Netz als der eine oder andere Fisch«, murmelte sie. Lady Burnham hätte die Hände über dem Kopf zusammengeschlagen.

Sophia entdeckte einen umgestürzten Baum im Fluss, durch den sich nahe am Ufer ein Wasserbecken gebildet hatte. Das würde reichen. Henri rief ihr hinterher, sie solle auf Schlangen aufpassen. Sophia versuchte, nicht an Schlangen zu denken. Rasch zog sie sich aus, hängte ihre Sachen über einen Strauch und ging bis zur Taille ins Wasser. Darüber, was in dem Schlamm unter ihren Füßen lag, wollte sie lieber nicht nachdenken. Sie planschte deutlich hörbar, sodass Henri wusste, wo sie war. Als seine Rufe plötzlich verstummten, war sie sich sicher, dass er sie beobachtete. Sie schwamm ein bisschen hin und her, dann wusch sie sich die Haare. Nachdem sie noch eine Weile geplanscht hatte, ging sie triefend nass zurück zu ihren Kleidern.

Als Sophia später am Abend mit Venus zusammen das Essen zubereitete, bemerkte sie, dass Henri sie mit anderen Augen zu betrachten schien. Gleichzeitig wirkte er ungewöhnlich still und geistesabwesend. Als würde er nachdenken. *Nun, sollte er ruhig darüber nachdenken.* Sophia gewöhnte sich an, bei jeder sich bietenden Gelegenheit zu baden.

Zwischen den Hügeln wurde der Flusslauf schmaler. Das Wasser war tief und hatte eine kräftige Strömung. Henri hoffte, dass sie endlich am Otterpass angelangt waren, doch es gab keine Möglichkeit, sich Gewissheit zu verschaffen. Der Büffelpfad schien verschwunden zu sein, bis Thierry ihn schließlich aufspürte. Er wand sich durch den Wald oberhalb vom Fluss und verwandelte sich in einen steinigen Weg, der mit den Wagen kaum zu bewältigen war. Doch sie hatten keine Wahl. Sie schlugen Äste von den Bäumen, die sie unter die Wagenräder schoben. Seth und Nott trieben die Maultiere erbarmungslos vorwärts. Zwei der Kühe stürzten einen Abhang hinunter, brachen sich die Beine und mussten getötet werden. Sie brieten und aßen so viel von dem frischen Fleisch, wie sie nur konnten. Da die Kühe mager waren, war das Fleisch zäh und trocken. Was sie nicht essen konnten, verdarb rasch in der Hitze.

Sie schlugen sich durch den Wald. Manchmal dachten sie, sie seien auf dem Pfad, doch dann wieder waren sie sich nicht sicher. Befanden sie sich am Fuß der Berge, die sie angesteuert hatten? Vielleicht hatten sie den Otterpass verfehlt und einen anderen Weg in die Berge eingeschlagen? Wenn sie den Fluss nicht vor sich sahen, machte sich Henri Sorgen, dass sie in die falsche Richtung gingen. »Hörst du das?«, fragte Sophia eines Abends, als sie alle müde und mutlos waren. Sie hockte an dem Feuer, das Meshack an einer Quelle aufgebaut hatte. Sie löffelte die letzten Teekrümel in die Teekanne, die sie unbeirrt jeden Abend auspackte, und wartete darauf, dass das Wasser kochte. Sie hielt beharrlich an ihrem Ritual fest, weil es das Letzte war, das sie an ihr früheres geordnetes Leben erinnerte. »Ich höre etwas in der Ferne. Klingt wie Wasserrauschen. Hörst du es auch?«

Henri ging los, um das Geräusch zu erkunden, und kam eine halbe Stunde später aufgeregt zurück. »Sophy, du hattest recht. Vor uns liegt ein viel größerer Fluss, der über die Felsen strömt. Der Pfad ist wieder auszumachen. Dem Himmel sei Dank.«

»Bitte, Gott, lass es den richtigen Fluss sein. Dann ist es nicht mehr weit bis zu dem Handelsposten. Dort soll eine Mühle stehen. Wir tauschen irgendetwas gegen Mehl ein.« Sie versuchte, entschlossen und optimistisch zu klingen. »Wir haben jede Menge Silberzeug.« Vor lauter Hunger hatte sie das Gefühl, als würden ihr bald die Zähne aus dem Mund fallen. Sie goss Wasser auf den Tee und gab dann ein wenig von dem Maismehl in den Topf, das sie noch übrig hatten. Die Mischung durfte nicht zu dünnflüssig werden, sonst konnte sie keine Maisfladen daraus backen.

Sorgfältig teilte sie den Brei so ein, dass für jeden ein Fladen herauskam, und buk sie auf den heißen Steinen.

Henri mahnte zur Vorsicht. Sie sollten sich nicht darauf verlassen, dass der Handelsposten noch da stand, wo sie ihn vermuteten. Möglicherweise war er überfallen worden.

»Aber wir haben überhaupt keine Indianer gesehen, Henri. Nicht, nachdem die Krieger Cully mitgenommen haben.«

»Ich weiß. Das ist seltsam. Auf der Karte sind Indianerlager eingezeichnet.«

Schließlich ließen sie den Wald hinter sich. Es war jedoch schwer zu sagen, ob der Fluss in westliche Richtung floss, weil er Schlangenlinien beschrieb, die auf der Karte nicht eingezeichnet waren. Nach der Sonne zu urteilen, machten sie einen Umweg, der sie viel Zeit kostete. Alle waren mutlos, bis auf Venus. Sie hatte sich ein Tragetuch für Susan gemacht und sang der Kleinen beim Gehen vor. In ihren Liedern erzählte sie ihr von dem herrlichen Morgen, von kleinen Kindern, die von ihren Müttern in den Schlaf geschaukelt wurden, von Müttern, die keinen Massa mehr zu fürchten hatten und bald eine eigene kleine Hütte haben würden. Sie sang leise, damit die trauernde Saskia sie nicht hörte.

Rufus lenkte den Wagen, da er zu schwach für lange Strecken war, also ging Seth neben Venus her. »Du kannst gut laufen, Venus. Alle anderen sind hundemüde, aber du singst. Tut meiner Seele gut, dich zu hören. Du siehst nicht einmal müde aus.«

»Wie sehe ich denn aus?«, fragte Venus leise mit gesenktem Kopf.

»Prima. Du siehst gut aus, wie immer. So hübsch wie der Morgen. Und Susan ist auch hübsch. Jedenfalls für einen Säugling. Sie sieht dir ähnlich.«

»Besser, sie sieht mir ähnlich als jemand anderem!«, gab Venus scharf zurück.

»Ja, stimmt.«

»Susan ist mein Kind. Nur meins!«

»Sie ist dein Kind, aber ich kann sie eine Weile tragen. Ruh deine Arme aus.«

Venus überlegte einen Augenblick, dann sagte sie: »Du musst sie so an der Schulter tragen, siehst du? Wenn du müde bist, nehme ich sie wieder.« Sie gab ihm Susan.

»Müde? Ach was, die Kleine wiegt doch nichts! Fühlt sich gut an, das warme, kleine Ding.«

»Sie sieht so winzig aus an deiner breiten Schulter.«

So zogen sie weiter, Tag für Tag, müde und mutlos. Hatten sie sich verlaufen und den Handelsposten verpasst? Oder waren sie fast da? Diese Frage stellten sie sich gegenseitig schon nicht mehr, sondern konzentrierten sich darauf vorwärtszukommen. Nur Venus und Seth waren so in ihre aufkeimende Liebe vertieft, dass sie gar nicht merkten, wie hungrig sie waren.

Kapitel 16

Malinda

Zuerst war es nicht so schlimm. Der Wind trug ihnen ab und zu einen unangenehmen Geruch zu. Je weiter sie gingen, desto stärker roch es nach etwas Fauligem, bis der Gestank so durchdringend wurde, dass sie sich die Nase zuhalten mussten. Sophia würgte. »Puh! Ekelhaft! Ist das ein Stinktier?«

»Das ist kein Stinktier«, sagte Saskia. »Höchstens ein totes.«

»Um so zu stinken, müsste es schon so groß wie ein Büffel sein«, sagte Henri.

Sophia presste sich ihr Taschentuch an die Nase und wünschte, sie könnte es in Lavendelwasser tränken.

Sie sahen nach, ob vielleicht ein totes Tier in einem Tümpel lag, wie sie sich gelegentlich bildeten, wenn ein umgestürzter Baum das Wasser aufstaute, doch da war nichts.

»Was immer es sein mag, es ist jedenfalls grässlich«, erklärte Sophia. »Können wir etwas schneller gehen? Je eher wir hier wegkommen, desto besser.«

Es half nicht. Im Gegenteil, der widerlich süßliche Gestank wurde immer schlimmer.

Venus drückte ihr Gesicht an Seths Schulter. »Pfui, was stinkt denn da so fürchterlich?«, murmelte sie.

»Sieh mal«, sagte Seth und zeigte nach oben. Über einer Baumgruppe, auf die sie zusteuerten, kreisten Bussarde.

Schließlich fanden sie es auf einer kleinen Lichtung, wo der Pfad breiter wurde und ein Bach in den Fluss mündete. Die Hütte, die halb ins Flussufer gebaut war, war kaum als menschliche Behausung zu erkennen. Sie sah eher aus wie der aus Holzstämmen zusammengefügte Anbau einer Höhle, aus dem ein gemauerter Schornstein ragte. Die Fenster waren mit Fettpapier bedeckt, und die Tür aus grob behauenen Brettern stand offen. Hinter der Hütte sahen sie Felder, auf denen Baumstümpfe aus dem Boden ragten. Die unreife Ernte war niedergebrannt worden. Bis auf den Flügelschlag der Bussarde und das Summen der Fliegen war es still.

Sie fanden zwei tote Kühe und ein Kalb im Schlamm. Die Schädel der Kühe waren gespalten. Die Kadaver, aus denen die Bussarde Fleischbrocken rissen, waren in der Hitze aufgequollen und über und über mit Fliegen bedeckt. Die weiß schimmernden Knochen ließen darauf schließen, dass die Tiere schon eine Weile tot waren. Ein Stück weiter sahen sie rundliche Buckel liegen, aus denen steife Beine mit Hufen hervorstaken, vermutlich Maultiere, ob zwei oder drei, konnte man nicht erkennen, weil die Tierkörper in der Hitze angeschwollen und aufgeplatzt waren. Sie waren schwarz vor Fliegen, und auch die Bussarde hatten sich bereits eingefunden.

Henri und Thierry vergruben die Nase in der Armbeuge und gingen zu einem weiteren mit Fliegen bedeckten Brocken, der nicht weit von der Hütte lag. Die

Bussarde ließen widerwillig von ihrer Beute ab, als die beiden sich näherten, und blieben nicht weit davon ärgerlich krächzend hocken. Der Brocken trug zerlumpte Hosen und geflickte Stiefel. In der Hand hielt er eine Hacke. Hatte er sich damit verteidigen wollen? Vom Kopf war nur noch der blanke Schädel mit leeren Augenhöhlen übrig. An einem Hautfetzen im Nacken hingen noch ein paar Haare. Die Bussarde hatten eifrig an der Schädeldecke gepickt und versucht, mit dem Schnabel an das Hirn zu kommen.
»Skalpiert«, sagte Henri. »Indianer.«

»Barmherziger!«, flüsterte Sophia. Rufus erbrach sich über die Seite des Wagens.

Aus dem Innern der elenden Hütte war ein Schrei zu hören. »Da drinnen lebt jemand«, sagte Saskia. Niemand hatte es eilig nachzusehen, doch der schrille Schrei ertönte noch einmal und Henri ging hinein. Gleich darauf kam er mit entsetzter Miene wieder heraus. Die Frauen sollten sich darum kümmern, erklärte er. Sophia hielt sich das Taschentuch an die Nase. An der Tür blieb sie stehen. Das Licht, das durch die Türöffnung drang, war so schwach, dass sie nicht sehen konnte, was sich im Innern der Hütte befand. Saskia trat zu ihr. Venus blickte zu Seth auf und sagte entschieden: »Ich bleibe hier. Wer weiß, was da drinnen ist. Ich will es nicht sehen.«

Die beiden Frauen hörten ein Wimmern und nahmen einen anderen Geruch als draußen wahr. Es roch nach Blut. Eine Frauenstimme flehte: »Wasser, Malinda. Ich brauche Wasser.«

Drinnen war es dunkel. Sophia packte Saskia an der Schulter. »Wo ist sie, Saskia? Ich kann nichts sehen.«

»Oh Miss Sophy«, hauchte Saskia. »Dort drüben.«

Als sich ihre Augen an das Dunkel gewöhnt hatten, konnten sie an der Wand ein Bett ausmachen. Auf dem

Bett sahen sie eine Frau, die halb sitzend, halb liegend mit beiden Händen etwas an ihre Brust drückte.

»Was ist passiert?«, fragte Sophia und blinzelte. »Hat sie eine Verletzung an der Brust?«

»Nein«, sagte Saskia, die näher zu der Frau gegangen war.

Die Gestalt auf dem Bett sagte verdrossen: »Bist du das, William? Wo warst du? Ich habe dich gerufen. Sind Indianer gekommen? Du hattest Angst, dass sie kommen könnten ... ich habe Schreie gehört, aber ich konnte nichts tun ... es war eine schwere Geburt, wie Mutter gesagt hat. Wo ist Mutter? Sie weiß, was zu tun ist. Mutter, bist du da? Du wolltest nicht, dass ich William heirate, aber jetzt ist das Kind da. Es ist ein Junge. Er hat geweint, aber ich habe ihn gefüttert. Jetzt ist er still. Er schläft.« Sie hielt sich den Finger an die Lippen. »Ich will auch schlafen, aber es tut weh ... Mutter?«

»Sie ist verwirrt, die arme Seele«, sagte Sophia. Plötzlich sog Saskia scharf die Luft ein. »Oh Miss Sophy! Es ist noch schlimmer!«

Die Frau hielt einen Säugling an sich gedrückt. Zuerst sah es aus, als sei es beim Trinken eingeschlafen. Dann sahen Sophia und Saskia, dass er an einer Schnur hing, die zwischen den Beinen der Frau lag, während frisches Blut auf die Lache aus getrocknetem Blut sickerte. Zitternd starrte die Frau auf etwas, das die anderen beiden nicht sehen konnten. Sophia sagte: »Wir sind nicht William und auch nicht Ihre Mutter, aber wir sind hier, um Ihnen zu helfen.« Und zu Saskia gewandt zischte sie: »Saskia, was sollen wir tun?« Der Säugling regte sich leise. »Gott sei Dank, er lebt. Ich kümmere mich darum. Und du sieh, was du für sie tun kannst.«

Saskia schüttelte den Kopf. »Ich weiß nicht, was man da tun kann. Was mit dem Kind hätte rauskommen sollen, ist dringeblieben.« Sie verscheuchte die Fliegen, die auf dem Neugeborenen und der Mutter krabbelten. »O Jesus, das Kind ...«

Sophia bemerkte, dass es nicht das Kind war, das sich bewegte. Es waren die Fliegen, mit denen es über und über bedeckt war. Sie wedelte mit der Hand, um sie aufzuscheuchen, und sah an der wächsernen Haut des Säuglings, dass er tot war. Ihr Magen rebellierte, und sie hatte Mühe, die aufsteigende Übelkeit herunterzuschlucken.

Die Frau summte ein Schlaflied und wiegte das Kind, als seien sie nicht da.

»Sie wird auch sterben. Ich kann nichts für sie tun«, flüsterte Saskia Sophia ins Ohr.

»Wie kannst du dir so sicher sein? Oh Saskia, können wir es nicht versuchen?«

»Ich weiß nicht, was. Vielleicht kann ich versuchen, das herauszuholen, was noch in ihr drin ist. Beim Massa hab ich mal gesehen, wie eine andere Sklavin das gemacht hat. Aber bestimmt macht es das alles nur noch schlimmer, da kommt eine Menge Blut mit raus. Das Mädchen bei Massa ist gestorben. Massa war wütend, hat uns ausgepeitscht.«

Die Frau hob den Blick und betrachtete sie, ohne sie wirklich wahrzunehmen.

»Wie heißen Sie?«, fragte Sophia.

»Lavinia ... aber du weißt doch, dass William mich immer Lavinny nennt, Mutter. Es tut weh. Es tut so weh, obwohl das Kind doch da ist. Hilf mir, Mutter.«

»Ich bin nicht Ihre Mutter. Ich bin ... ich bin Sophia. Wir helfen Ihnen, Lavinia ... Lavinny, lassen Sie mich ... lassen Sie mich das Kind nehmen.« Sie streckte ihr die Arme entgegen.

Lavinia drückte den Säugling noch fester an sich und versuchte, sich wegzudrehen. »Nein, Mutter! William hat sich einen Sohn gewünscht. Ich muss ihm seinen Sohn zeigen, Mutter. Sag ihm, er soll hereinkommen. Er wird sich freuen, wenn er ihn sieht. Und Wasser ... Durst ... ich habe Malinda zur Quelle geschickt, aber sie ist nicht wiedergekommen. Böses Mädchen.«

»Malinda?« Sophia sah Saskia fragend an. Wer immer Malinda sein mochte, sie lag wahrscheinlich tot irgendwo da draußen.

Sophia versuchte es noch einmal. »Ich zeige William das Kind, Lavinny. Er ... wartet vor der Tür und hat mich gebeten, ihm den Kleinen zu bringen, während ... während Saskia sich um Sie kümmert.« Doch sie konnte den Säugling nicht nehmen, weil er immer noch an dieser schwarzen Schnur hing, die zwischen Lavinias Beinen endete. Sie warf Saskia einen verzweifelten Blick zu.

»Ich brauche ein Messer«, befahl Saskia.

Sophia ging zur Tür. »Ein Messer. Sofort.« Henri hatte gerade einen Spaten vom Wagen geholt. Rasch trat er zu ihr und reichte ihr sein Jagdmesser.

Saskia nahm das Messer und durchtrennte die schwarze Nabelschnur. Dann streckte Sophia die Arme aus. Lavinia zögerte kurz, dann gab sie ihr den mit Fliegen bedeckten verwesenden Leichnam ihres Sohnes. »Hat es ... hat er einen Namen?«

»John«, stöhnte Lavinia. »Johnny. Zeig ihn William. Versprich mir, dass du ihn William zeigst, Mutter.«

»Ich brauche Wasser. Ist in dem Eimer welches?«, fragte Saskia.

Sophia tauchte die Schöpfkelle in den Eimer und schüttelte den Kopf. »Leer!«

»Ich muss versuchen, ihr die Stirn zu kühlen. Sie glüht wie heiße Kohlen«, sagte Saskia und schaute sich um.

»Geben Sie mir Ihr Taschentuch, damit ich etwas habe, was ich eintunken kann. Und besorgen Sie mir Wasser.«

Sophia reichte ihr das Taschentuch und war dem Geruch des Todes nun schutzlos ausgeliefert. Sie musste das Kind beerdigen. »Ich schicke einen der Männer zum Wasserholen, Saskia.«

»Mutter«, stöhnte Lavinia wieder. »Wo ist Malinda? Ich habe Malinda vergessen. Ist sie zur Quelle gegangen? Sag ihr, dass ihr Bruder da ist.«

»Hier bin ich, Ma«, sagte eine leise Stimme. »Ich hab dir doch gesagt, dass ich dir kein Wasser bringen konnte, weil Pa mich festgebunden hat. Ich komme nicht an den Eimer.«

Saskia und Sophia drehten sich um. Ein Kind mit verfilzten Haaren und einem zerlumpten Kleid hockte in der Ecke und starrte sie an. Sie war mit einem Seil an einem Pflock festgebunden, der in die Erde gerammt war. »Ich war auch ganz brav«, erklärte sie zaghaft. »Hab keinen Lärm gemacht, wie Pa gesagt hat. Krieg ich noch mehr Johnnycakes? Die auf dem Teller hab ich alle aufgegessen. Pa hat gesagt, er macht mir welche, wenn ich leise bin.« Das Kind streckte ihnen einen zerbeulten Zinnteller hin. »Hat er aber nicht.«

»Malinda«, keuchte die Frau auf dem Bett. »Malinda.«

Saskia nahm den Eimer, ging zur Tür und rief nach Nott. »Schnell, ich brauche Wasser. Hol es weiter oben am Bach. Nicht hier, wo die toten Maultiere sind, hörst du?«

Sophia legte den toten Säugling auf den Boden und versuchte mit zitternden Händen, Malinda loszubinden. »Wie alt bist du, Malinda?«, fragte sie.

Das Kind hielt fünf Finger hoch. »So viele, sagt Ma. Sie und Pa sagten, ich soll leise sein, sonst würde das Kind nicht kommen. Aber Ma war nicht leise. Die Indianer waren nicht leise. Pa meinte, sie wissen nichts von dem Kind. Da wollte er hingehen und es ihnen sagen. Ich konnte nicht für Ma zur Quelle gehen, weil ich angebunden war.«

Als Sophia sie losgebunden hatte, wollte Malinda zu ihrer Mutter, doch Saskia machte sich an ihr zu schaffen. Lavinia stöhnte und bat sie aufzuhören. Sophia nahm den toten Jungen auf den Arm und zog Malinda mit der freien Hand nach draußen, wo Henri und Thierry gerade ein Grab ausgehoben hatten. Darin lag das, was von William übrig war. Toby und Jack starrten mit grausiger Faszination auf den Leichnam. Sophia wünschte, sie hätten ihn mit Erde bedeckt, bevor Malinda ihn sah. Sie rief Venus zu, sie möge kommen und helfen, dass Malinda nicht in die Hütte zurücklief, während Seth sich um Susan kümmerte. Als Venus protestierte, fuhr Sophia sie in derart gebieterischem Ton an, dass sie das Kind hergab und mürrisch gehorchte.

»Wir brauchen noch ein Grab«, sagte Sophia. Henri warf einen Blick auf den Säugling auf ihrem Arm und begann wieder zu graben.

Dann kehrte Nott mit sauberem Wasser für Saskia zurück. Sophia wusste selbst nicht, woher die Idee plötzlich kam, doch sie bat ihn, stehen zu bleiben, benetzte ihre Fingerspitzen mit dem Wasser und machte ein Kreuzzeichen auf der Stirn des Kindes. »Im Namen des Vaters, des Sohnes und des Heiligen Geistes taufe ich dich auf den Namen ... John.«

Sophia griff unter ihren Rock, riss ein Stück ihres fadenscheinigen Unterrocks ab und wickelte das tote Kind darin ein. Als das kleine Grab neben Williams fertig war, legte sie das winzige Bündel hinein. Dann bat sie Henri, auf der anderen Seite ein weiteres Grab auszuheben, und wies mit dem Kopf zur Hütte. Saskia glaube nicht, dass die Mutter lange überleben würde, flüsterte sie. Henri schaufelte die beiden Gräber zu und bedeckte die lose Erde mit Steinen. Sophia rief Malinda zu sich. Gemeinsam knieten sie nieder. Sophia sprach den dreiundzwanzigsten Psalm und das Vaterunser.

»Ma wartet auf mich«, sagte das Mädchen und lief in die Hütte, bevor Sophia sie aufhalten konnte. Henri meinte, sie sollten weiterfahren, doch Sophia unterbrach ihn barsch und sagte, sie müssten bleiben. Das Grab für die Frau lag offen da, mitleidlos und erwartungsvoll.

Sophia hoffte, dass Saskia mit dem fertig war, was sie hatte tun müssen, und dass Lavinia ihre Tochter erkannte und Malinda ein letztes Mal ihren Liebling nannte. Sie konnte ihr nur das Versprechen geben, dass sie sich um Malinda kümmern würden.

»Wir müssen Malinda mitnehmen«, erklärte Sophia.

»Ich sehe mal nach, ob noch etwas zu essen da ist«, sagte Thierry. »Ich wünschte, wir wären vor den Bussarden hergekommen.«

Bei dem Gedanken an Essen drehte sich Sophia der Magen um. Sie stolperte zurück in die übel riechende Hütte, in der es nach heißem, frischem Blut roch. Saskia hatte Lavinia in eine verwaschene, blutbefleckte Decke gehüllt und tupfte ihr immer wieder die schweißnasse Stirn ab. Lavinias Atem ging stoßweise, und sie zuckte wild. Malinda umklammerte die Hand ihrer Mutter. »Ma«, rief sie. »Ma!«

»Nimm Malinda zu dir, Mutter«, rief die Sterbende zitternd. »Malinda ist ein liebes, ein ruhiges Mädchen, Mutter.«

»Ich verspreche es«, sagte Sophia. »Ich kümmere mich um sie.«

Malinda rief verzweifelt: »Ma! Ich will nicht weg, ich will hier bei dir bleiben!«

»Und Johnny ... weiß William ... hat er ... Johnny ... gesehen?«

»Ja«, antwortete Sophia. »Er ist jetzt bei seinem Sohn.«

»Ist William froh?«

»Ja, er ist glücklich. Er ... er kommt bald ... zu Ihnen.«

»Gut«, seufzte Lavinia. Sie schloss die Augen, und nach und nach ließen die heftigen Zuckungen nach. Nach wenigen Minuten hob und senkte sich ihre Brust nicht mehr.

Saskia suchte nach ihrem Herzschlag, dann zog sie die blutverschmierte Decke über Lavinias Gesicht. »Sie ist tot. Konnte nichts für sie tun. Hab's versucht, aber das Fieber war so schlimm. Und dann hat sie so geblutet, als ich es herausgezogen habe. Es war in ihr verfault.«

»Ma! Ma!«, schrie Malinda und zerrte die Decke weg. Vorsichtig löste Sophia das Mädchen von seiner Mutter und bedeckte das Gesicht wieder.

»Malinda, du musst jetzt ein mutiges Mädchen sein und dich von deiner Mutter verabschieden. Sie ist ... weggegangen. Sie ... geht in den Himmel zu deinem Vater und Johnny. Doch sie kann erst in den Himmel kommen, wenn wir sie beerdigt haben. Meine Mutter und mein Vater sind auch im Himmel, sie werden sich um sie kümmern. Und du kommst mit mir in mein Haus. So wollte es deine Mutter.«

Malinda warf einen letzten Blick auf den zugedeckten Leichnam, holte zitternd Luft und ließ sich von Sophia nach draußen bringen. Dann sah sie zu, wie die anderen ihre Mutter begruben und auch dieses dritte Grab mit Steinen bedeckten. Sie starrte Sophia mit dunklen unergründlichen Augen an und schwieg. Sie sprach nie wieder ein einziges Wort.

KAPITEL 17

GIDEON WOLFPAW VANN IST VERLIEBT

Als ich zum Fluss hinunterging, schwamm der älteste Wels unter einem Felsen hervor und begrüßte mich mit dem Namen, den ich bei den Tsalagi trage. Er sagte, dass Krieger einige Siedler getötet hätten, dass die Weißen eines Tages Soldaten schicken würden, um sie zu rächen, und dass eine Gruppe von Schweineessern mit Tieren und Wagen und Frauen und Kindern auf dem Großen Pfad entlangkäme, nicht auf dem Wasser. Sie seien in einem schlechten Zustand, hungrig und krank, und vielleicht würden sie nicht überleben. Wenn sie es aber täten, würden sie den Handelsposten der Brüder Caradoc vor dem nächsten Mond erreichen. Sie würden mich bitten, sie zu führen, und ich solle zustimmen. Ich fragte, wohin sie unterwegs seien, doch der Wels schwamm davon. Eine Mahnung lag in der Luft. Aus der Richtung, aus der die Schweineesser kamen, näherte sich die Gefahr wie der Nebel, der manchmal die Berge verhüllt und sich über dem Fluss ausbreitet. Ich legte meine Angelschnüre aus und dachte darüber nach.

Ich bin ein geliebter Mann bei meinen Leuten, der Sohn eines weißen Mannes, eines hochgewachsenen Jägers mit roten Haaren, und einer geliebten Frau der Tsalagi, die Träume seit frühester Jugend so genau deuten konnte, dass sie in der Ratssammlung sitzen durfte. Ich bin ein Mann zweier Welten, was mir besondere Kräfte verleiht. Wie meine Mutter kann ich Geister hören und manchmal auch sehen. Sie lehrte mich alles über die Heilkraft der Pflanzen und brachte mir bei, Zwiesprache mit Tieren zu halten. Ich lernte zu jagen und Schmerzen zu ertragen und nahm im richtigen Alter an den Initiationsriten für junge Krieger teil. Ein Kämpfer war ich jedoch nie. Stattdessen lernte ich von den heiligen Gebeten der Schamanen, von ihren Liedern und Formeln für die Jagd auf Wild, für die Bitte um Vergebung, bevor man einen Hirsch tötet, für die Heilung von Wunden, für eine gute Maisernte, für Schutz im Kampf. Ich kenne die Zeremonien und Tänze, die man für den Großen Wirbelwind und die Gelbe Klapperschlange vollführt. Ich verstehe zu schweigen und aufmerksam zu sein. Auf diese Weise kommt das Wissen.

Doch mein Vater war Weißer, daher weiß ich, dass es Übel gibt, die von den Weißen kommen und gegen die uns kein Zauber und keine heiligen Lieder schützen. Meine Mutter erzählte mir von einem solchen Übel. Es war etwas, das unsere Leute krank machte und sterben ließ, vor langer Zeit, als sie noch ein Mädchen war. Die Schamanen sagten, es sei ein Übel, das von den gefleckten Fröschen komme, die wir irgendwie beleidigt hätten. Sie führten Beschwörungen durch, um das Übel zu vertreiben. Und die Leute aßen das faule Fleisch von Bussarden, um die Krankheit abzuwehren. Als die Leute glühend heiß wurden, anschwollen und mit Flecken übersät waren, versuchten sie es mit der Wasserkur. Dennoch starben die Menschen. Der Tod ging von einem

Ort zum nächsten, die widerhallten von den Trauerliedern für die Alten und die Kinder und sogar für kräftige junge Krieger und Mädchen.

Das kam von den Weißen. Ich habe Angst vor dem, was noch von ihnen kommen mag. Immer mehr Weiße kommen ins Tal, manchmal zu Fuß, manchmal in Kanus und auf Flößen. Manchmal allein, manchmal sind es nur Männer, die Pelz haben wollen, manchmal kommen sie mit ihren Frauen und Kindern, und dann wollen sie Land. Ich werde oft gebeten, sie nach Kentuckee zu führen, wo unsere Feinde, die Chickasaw und Shawnee, leben. Ich zeige ihnen, was man tun muss, um nicht mit ihnen in Schwierigkeiten zu geraten, welche Tiere unrein und welche rein sind, die sie essen können, wie sie sich verhalten müssen, damit sie die Geister nicht beleidigen.

Ich erkläre ihnen, dass sie bei mir nur sicher sind, wenn sie tun, was ich sage. Und sie glauben es tatsächlich, weil bekannt ist, dass bisher keine Weißen getötet oder gefangen genommen wurden, wenn sie mit mir zusammen waren. Einige glauben, dass die Shawnee die Gefährten eines geliebten Mannes nicht angreifen, der mit der Geistwelt spricht. Ich glaube das nicht. Zurückhaltung liegt weder den Chickasaw noch den Shawnee, vor allem im Frühling, wenn ihre jungen Männer unruhig und kriegshungrig sind.

Vögel und Tiere und Fische sprechen mit mir, auch die Berge und der Himmel und das Wasser und die Pflanzen. Alle haben ihre eigene Sprache. Sie warnen vor Gefahren und Feinden. So kann ich Hinterhalte umgehen und Angriffe verhindern. Und so kann ich die Weißen auf einem sicheren Weg führen.

Aber je mehr von ihnen zusammen sind, desto mehr streiten sie sich untereinander. Sind es Männer, Jäger, wollen sie Pelze, Bärenöl, Salz, Lauge und Felle, für die sie rostige Gewehre und Munition, Perlen und glänzende Schmuckstücke anbieten und das giftige Getränk, das die Weißen lieben und das einem Mann alle Sinne stiehlt, um ihm stattdessen Wut und Schwäche zu geben.

Der Wels hat mich schon vor langer Zeit gewarnt, dass ihr Feuerwasser Gift für die Tsalagi ist, dass die Geister jener, die es trinken, immer mehr davon wollen, dass sie zusammenschrumpfen und in die Dunkelheit wandern. Ich trinke es nicht. Und ich habe meinen Bogen und meine Pfeile und Fallen, also brauche ich ihre Waffen nicht. Ich brauche auch ihre Münzen nicht – unsere Leute haben Felder für die Ernte und Büffel und Mut. Das ist alles, was man braucht. Aber wenn ich weiße Männer führe, die den sicheren Weg nicht allein finden, geben sie mir ihre Münzen.

Und jetzt habe ich Verwendung für die Münzen.

Der alte Caradoc hat eine Tochter, Caitlin, deren Augen die Farbe des Himmels haben und die in dem gleichen singenden Tonfall spricht wie ihr Vater und ihre Onkel. Ihre Stimmen sind rau wie Steine. Doch wenn Caitlin spricht, ist ihre Stimme wie Wasser, das über Steine plätschert. Es gefällt mir, wenn sie laut über die Scherze ihres Vaters lacht oder singt, während sie ihre Arbeit verrichtet, Wasser holt, kocht oder ihre Kühe und Hühner versorgt. Vom ersten Augenblick an, als sie noch ein Kind war, wusste ich, dass sie das Mädchen war, das ich als Junge in den Flammen und im Rauch gesehen hatte. Und ich wollte sie zur Frau. Ich lernte ein Lied, einen Zauber, der die Zuneigung einer Frau weckt, obwohl ich nicht weiß, ob ein Liebeszauber bei einer weißen Frau wirkt.

Ich wollte es singen, um zu sehen, ob es wirkt. Der Wels jedoch riet mir, abzuwarten und erst einmal etwas über die Lebensweise ihres Volkes zu lernen. Also beobachte ich sie seit sieben Jahren, lerne und bin ihr Freund. In dieser Zeit habe ich den Caradocs oft Wild geschenkt, wie es ein Krieger für eine Frau tut, die er zur Frau haben will. Meist habe ich ihnen Wandertauben und Fische und Eichhörnchen geschenkt. Im letzten Jahr tötete ich einen Bären vor seinem Winterschlaf, als er richtig fett war. Und dieses Jahr habe ich ihnen Rehe gebracht. Caradoc dankt mir für das Wild und lässt nicht erkennen, ob er weiß, warum ich es bringe. Aber Caitlin ist größer geworden. Wenn sie mir für das Wild dankt, lächelt sie für mich auf eine Weise, die neu ist. Sie hat jetzt fünfzehn Sommer. Wenn ich näher komme, senkt sie den Blick, dann sieht sie mich an, und dann sieht sie wieder zu Boden. Ihre Wangen werden dabei rosig wie der Sonnenaufgang.

Ich sagte dem Wels, dass ich mein Lied für sie im Wald gesungen habe. Die Zeit, auf die ich gewartet habe, ist gekommen. Nachdem der Wels verschwunden war, gab ich den Fisch, den ich gefangen hatte, den Frauen, die Mais und Kürbisse pflanzen. Ein Fisch auf jedem kleinen, mit Mais bepflanzten Hügel lässt den Mais groß werden. Ich nahm getrocknetes Büffelfleisch und einen neuen Korb, den meine Großmutter geflochten hatte, und machte mich mit meinem Kanu flussaufwärts auf den Weg zum Handelsposten. Der große Fluss ist langsam, es hat seit vielen Tagen nicht geregnet, und ich komme schnell voran. Als ich am dritten Tag ankomme, steht die Sonne tief am Himmel. Der Beutel mit den Münzen wiegt schwer in meiner Hand.

Der alte Caradoc schätzt diese Münzen sehr. Er und seine Brüder sind Waliser. Ihr Name, so sagen sie mir, bedeutet »die, die über das endlose Wasser fahren«. Sie sagen, ihr Gott habe sie vor acht Jahren hierhergeführt, weil sie in ihrem Land Böses getan hätten. Sie hätten Schiffe auf dem

Wasser an die Küste gelockt, wo große Felsen die Schiffe zerschmetterten. Wenn dies geschah, nahmen die Leute dort die im Wasser schwimmenden Waren und tauschten sie gegen Münzen ein, bis die Caradocs viele Münzen hatten. Die Menschen auf den Schiffen starben, obwohl sie nicht die Feinde der Caradocs waren.

Das war falsch, und diese Toten sollten durch den Tod der Caradocs gerächt werden, so wie es Blutrache geben muss, wenn ein Clanmitglied getötet wird. Soldaten ihres Volkes nahmen sie gefangen. Im Gefängnis, wo sie auf den Tod warteten, tadelte ein geliebter Mann der Weißen sie streng für ihre bösen Taten, ihren Verrat gegen das eigene Volk. Die Brüder versprachen diesem geliebten Mann, künftig ehrlich zu leben, wenn er ihnen half, aus ihrer Gefangenschaft zu entkommen. Er tat es, und in der Nacht flohen sie mit allen Münzen, die sie tragen konnten, fanden ein großes Wasser und überquerten es mit ihren Frauen und Kindern. Sie kamen auf Flößen hierher, die mit vielen Dingen beladen waren. Diese Dinge hatten sie mit ihren Münzen gekauft. Am Ufer bauten sie Hütten aus Holz. Bald darauf starben ihre Frauen und Kinder und zwei ihrer Brüder. Ihr Boot wurde in einem Sog heruntergezogen, als sie versuchten, flussaufwärts gegen den Strom zu fahren. Alle Kinder ertranken außer Caitlin, die von ihrem Vater gerettet wurde.

Jetzt haben die Caradocs eine Fähre. Sie haben sich über das Land ausgebreitet, mit ihren Häusern und Feldern, ihren Tieren und einem Lager für den Handelsposten. Flöße bringen neue Waren für die Caradoc-Brüder, die sie an Jäger und Siedler verkaufen: Fässer mit Weizenmehl und Feuerwasser, Nägel, Hufeisen und Pflugscharen, Zuckerblöcke, Fässer mit Molasse und Salzheringen. Manchmal bringen sie Dinge, um die Caitlin ihren Vater bittet, wie Stoffballen und Kochtöpfe. Im Gegenzug nehmen die Händler Pelze und getrocknetes Salz mit, gegerbte Hirsch- und Büffelhäute, Biberpelze, Holz, getrockneten Mais und Bohnen und Körbe, die unsere Frauen aus Schilf flechten.

Obwohl die Weißen im Großen und Ganzen recht dumm sind, haben sie einige interessante und nützliche Dinge. Im vergangenen Jahr brachten die Flöße einen runden Stein und ein großes hölzernes Rad in Einzelteilen. Die Maultiere schleppten alles zu dem Ort, wo ein Bach aus dem Berg sprudelt, ein Stück von der Hütte der Caradocs entfernt. Die Brüder bauten ein weiteres Holzhaus für dieses große Schaufelrad, das sie zusammensetzten. Bei unseren Leuten ist das Mahlen von Mais Frauenarbeit. Aber dieses Rad und der Stein, die der Wasserfall dreht, mahlen in Windeseile so viel Mais wie zwanzig Frauen. Der alte Caradoc und seine Brüder tauschen den gemahlenen Mais gegen Pelze, getrocknete Fische und Körbe von unseren Leuten. Sie tauschen ihn auch gegen alles, was immer vorüberziehende Weiße bei sich haben. Sie nennen dieses Haus, in dem gemahlen wird, eine Mühle.

Sie verkaufen auch Flöße und Flachboote, die die beiden jüngeren Brüder bauen. Es sind keine guten Flöße. Sie sind schwer und schwierig zu lenken, im Gegensatz zu einem Kanu. Oft sind sie leck und müssen mit Pech geflickt werden, oder sie sinken. Außerdem kann man mit ihnen nur mit der Strömung flussabwärts fahren, dann werden sie auseinandergenommen. Wer flussaufwärts will, muss den Büffelpfad nehmen. Es gibt Pelzhändler und Jäger mit ihren Fellen, die diesen Weg nehmen. Sie sagen, als Engländer wagen sie es nicht, das französische Territorium zu durchqueren und an der Stadt vorbei nach Süden zu gehen.

Weil die Strömung stark ist, muss das Floß auseinandergenommen werden. Da sie über Land zurückkehren müssen, kostet es mehr, wenn die Caradocs Menschen und ihre Sachen den Fluss hinunterbringen. Wenn die Reisenden Münzen haben, zahlen sie mit Münzen. Anderenfalls fordert der alte Caradoc ein Huhn, einen Kochtopf, ein Spinnrad, einmal sogar ein Kalb. Die Leute beschweren sich, müssen ihm aber geben, was er verlangt.

So kommt es, dass die Caradocs viele Sachen haben und es ihnen gut geht. Aber seit ihre Mutter und ihre Tanten im Jahr nach ihrer Ankunft gestorben sind, muss Caitlin die ganze Arbeit machen. Sie muss sich um die Kühe, Schweine und Hühner und ihren Garten kümmern. Im ersten Jahr fand ich sie zur Erntezeit weinend dasitzen, weil das Wild den größten Teil der Feldfrüchte, die ihre Mutter und Tanten gepflanzt hatten, gefressen hatte. In jenem Jahr waren sie sehr hungrig. Ich brachte ihnen getrockneten Mais und Trockenfleisch, sodass sie überlebten. Im Frühjahr zeigte ich ihr, wie unsere Frauen Mais, Bohnen und Kürbisse zusammen pflanzen, damit die Bohnen am Mais hochklettern können und die Kürbisranken das Wild fernhalten. Ich habe ihr auch gesagt, dass sie Fische zwischen den Gemüsepflanzen vergraben sollte. Insgeheim sprach ich einen Zauberspruch, um ihr Gemüse wachsen zu lassen. Ich brachte ihr Pfirsichkerne und erklärte ihr, wo sie sie hinter der Holzhütte pflanzen sollte. Im nächsten Jahr war Caitlins Ernte gut. Ich zeigte ihr, wie man Kürbisscheiben und Bohnen und wilde Pflaumen auf Netzen ausbreitet und in der Sonne trocknet, damit man sie auch im Winter noch essen kann. Ich zeigte ihr auch, wie man Trockenfleisch macht und wo Erdbeeren und Hickorynüsse und Dattelpflaumen wachsen, und sagte ihr, wie meine Großmutter Brot aus gemahlenen Kastanien und getrockneten Bohnen macht. Caitlin freut sich immer, wenn ich ihr solche Dinge erzähle, und sie fragt mich sehr oft um Rat.

Im Holzhaus des Caradocs gibt es Betten zum Schlafen und einen hölzernen Bottich, um Butter zu machen. Caitlin wäscht Kleider nicht im Fluss. Sie hat eine Wanne aus Metall, die so groß ist, dass ein Mann darin Platz hätte. Die füllt sie mit heißem Wasser und scheuert die Kleider mit der Seife, die sie herstellt. Und es gibt ein seltsames hohes Ding, das ein Bild zurückwirft, wie stilles Wasser. Es ist umgeben von Verzierungen, die wie Blätter und Reben aussehen, und auf der Wasseroberfläche ist in einer Ecke eine Linie, wo sie zerbrochen ist. Caitlin ist stolz auf dieses Ding und darauf, dass sie von Tellern aus Zinn essen. Sie hebt die Asche aus dem Feuer auf, um ihre Töpfe zu schrubben und ihre Seife zu machen. Ihren Tisch reibt sie mit Wachs von den Bienen ein. Sie näht Decken aus kleinen Stoffstücken von alten Kleidern und von ihren kostbaren Stoffballen. Sie sagt, ihre Mutter und Tanten haben sie gelehrt, diese Decken zu machen. Sie sehen schön aus, und als ich eine davon bestaunte und meinte, dass selbst meine Großmutter eine solche Arbeit bewundern würde, bestand sie darauf, dass ich sie ihr als Geschenk mitnehme.

Weil Caradoc und seine Brüder weit weg an dem großen endlosen Wasser geboren wurden, wo sie früher fischten, glaubten sie, sie verstünden Wasser, verstünden Boote. Aber sie lernten, dass weiße Männer den Fluss nicht verstehen. Jenseits des Handelspostens der Caradocs gibt es zwei gefährliche Stellen. Da sind die Untiefen, wo das laute Wasser ein Floß oder ein Flachboot warnt, dass es schnell an den Felsen zerschmettern kann, wenn es nicht sorgfältig ins sichere Wasser gelenkt wird. Etwas weiter ist die Stelle, an der der Fluss zwischen den Bergen schmal wird. Dies ist die tiefste und gefährlichste Stelle von allen, wie die Caradocs erfahren mussten.

Die weißen Männer nennen es den Sog, wo die geheime Kraft des Flusses Männer und Boote plötzlich hinunterzieht. Niemand sieht den Strudel, bis es zu spät ist. Jedes Kanu oder Floß, das diese Stelle kreuzt, stört die Geister der Ertrunkenen, die unter der Oberfläche warten und bis in alle Ewigkeit vom mächtigen Gott des Wassers gefangen gehalten werden. Er lässt sie nie mehr frei. Sie ersticken und ertrinken immer wieder aufs Neue, bis diese toten Geister ein lebendiges Wesen in die Tiefe reißen können, das ihren Platz einnimmt. Anderenfalls müssen sie auf ewig unter der Wasseroberfläche leiden und können nicht ins Land der Dämmerung gehen. Die toten Geister offenbaren ihr Leiden nicht. Stattdessen macht der Flussgott über dem Wasser Musik, und die Toten erscheinen glücklich, feiern und tanzen unter Wasser. Der Sog lässt sich nur an wenigen Stellen überqueren, doch die, die dies versuchen, müssen sich vor der Musik hüten.

Nur wenige unvorsichtige junge Krieger haben die Musik gehört und sind entkommen. Sie haben beschrieben, wie Krieger, die sie begleiteten, im Maul eines riesigen Fisches davongetragen wurden. Oder wie sie selbst in einem Wasserwirbel immer tiefer hinuntergezogen wurden, wo viele Männer und Frauen sie mit offenen Mündern bei ihrem Namen riefen, die Hände nach ihnen ausstreckten, um sie in dem Moment zu packen, in dem die Krieger von einer Strömung erfasst wurden, die sie nach oben zog und schließlich an Land trug.

Ich zeigte den drei verbliebenen Caradoc-Brüdern, wie man die gefährlichen Untiefen umschifft, wie man ein Floß so steuert, dass böse Geister unter dem Sog nicht gestört werden.

Die Sonne steht tief am Himmel, als ich das Kanu ans Ufer ziehe. Es ist eine gute Zeit zum Fischen. Bevor ich zum Holzhaus gehe, fülle ich den Korb mit Fischen, die ich gefangen habe. Dabei höre ich, wie die Caradoc-Brüder auf ihren Geigen spielen. Sie haben sie aus poliertem Kiefernholz gebaut und mit langen Pferdehaaren bespannt. Sie machen ein Geräusch wie rauschender Wind, wenn sie am Abend zusammen spielen.

Sie nicken mir zu und spielen weiter, als ich zum Haus komme. Ich setze mich und höre zu. Sie spielen eine Weile. Sie mögen Besucher, weil die Besucher ihnen zuhören. Sie spielen lebhafter, bis ich denke, dass der Wind uns davonträgt. Caitlins Gegenwart erfüllt die Luft. Sie wirft mir einen Blick zu und lächelt. Sie lauscht den Musikern, während sie näht. Sie sitzt auf dem Sitz, den ihr Vater und ihre Onkel ihr an Seilen an einen Balken an der Decke gehängt haben. Mit dem Fuß klopft sie im Takt der Musik, manchmal summt sie ein wenig.

Als die Männer aufhören zu spielen, sage ich: »Ich bringe Ihnen Nachrichten, dass bald Reisende hier entlangkommen«, und zeige auf den Großen Pfad.

Ich reiche Caitlin den Korb mit den Fischen. Sie sind noch kühl vom Wasser. Caitlins Zähne sind klein und weiß wie Flussperlen, wenn sie lächelt. »Oh, der schöne Korb! Und so viele Fische! Danke, Gideon.« Sie mag diese Forellen. Sie wälzt sie in Maismehl und brät sie in Bärenfett. Dies ist eine gute Art, sie zu essen. Ich weiß, dass sie mich bitten wird, bei ihnen zu bleiben und mit ihnen zu essen. Und an der Art, wie sie mich ansieht, merke ich, dass sie nicht mehr Gideon, den Freund ihres Vaters, sieht, sondern Gideon, den Krieger. Ich achte darauf, vor ihren Augen sehr aufrecht zu gehen. Sie beobachtet mich, senkt dann den Blick und wird rot. Zum ersten Mal bemerkt es der alte Caradoc. Er sieht uns beide überrascht an, dann richten sich seine schmalen Augen auf mich.

Die Caradocs wischen ihre Geigen und Bögen mit Lappen ab, die sie mit Bärenfett getränkt haben, und legen sie weg. Caitlins Vater sagt: »Vor zwei Tagen waren ein paar Flatheads da, haben etwas Salz gegen Decken eingetauscht. Haben getrauert. Viele ihrer Leute sind tot. Wir dachten, es müsse eine Schlacht gewesen sein, aber sie sagten, ein böser Zauber hätte sie geholt. Vielleicht hast du die Choctaw gesehen?«

Ich schüttele den Kopf. Choctaw. Sie binden die Köpfe ihrer Kinder ab, um sie flach zu machen. Diese Nachricht gefällt mir nicht. Sie sind Feinde und sollten eigentlich weiter westlich sein. Aber das ist nicht der, der kommt, oder diese andere Sache, die sich nähert. Ich verstehe nicht. Ich muss aufmerksam sein und tun, was ich kann.

Aber ich bin ein Mann. Ich will eine Frau, und ich bin hier, um eine zu bekommen, deshalb werde ich später darüber nachdenken. Jetzt sage ich ihnen etwas, das ihnen gefallen wird. »Weiße und Sklaven, die hier auf dem Großen Pfad mit Wagen und Pferden unterwegs sind. Ich denke, sie werden Flöße brauchen.« Ich nenne sie nicht »Schweineesser«, obwohl es ein Name ist, bei dem die älteren Menschen – auch der alte Wels – die Weißen und ihre schwarzen Sklaven nennen. Es ist kein guter Name. Tsalagi essen keine Schweine oder Wildschweine. Das ist unreine Nahrung, wie Eulen oder Füchse.

»Auf dem Großen Pfad? Nicht viele Jäger wagen sich zu dieser Jahreszeit auf den Großen Pfad. Zu gefährlich.«

»Ja.« Es gibt umgestürzte Bäume auf dem Großen Pfad. Es ist der Choctaw, der eine Falle vorbereitet hat. Aber die Falle wird nicht funktionieren ... Ich kann nicht sagen, warum. Wieder fühle ich eine Mahnung. Aber im Moment denke ich an andere Dinge, und die Mahnung verschwindet. »Sie werden euch bitten, ihnen ein Floß zu bauen. Ich werde mit ihnen gehen. Sie brauchen einen Führer, und ich kenne den Fluss. Je nachdem, wie weit sie gehen wollen, werde ich vielleicht lange weg sein«, füge ich hinzu und beobachte Caitlin genau.

Caitlin sieht mich an und beißt sich auf die Lippe, blickt dann schnell wieder auf ihre Näharbeit. Dann sagt sie: »Natürlich bleibst du zum Abendessen, Gideon.« Und ohne meine Antwort abzuwarten, legt sie ihre Näharbeit beiseite und geht ins Haus. Ich höre, wie sie sich am Feuer zu schaffen macht.

»Ich will Caitlin«, sage ich. Der alte Caradoc starrt mich überrascht an. »Als meine Frau.«

»Meine Caitlin?« Er runzelt die Stirn. »Nein!«

»Caitlin«, wiederhole ich. Ich reiche ihm den Beutel. Das Gewicht des Beutels überrascht ihn. Er öffnet ihn und nimmt die größte Münze heraus, eine große gelbe Münze. Statt mich anzustarren, starrt er nun die Münze an. »Eine Dublone!«, ruft einer seiner Brüder, der den Hals reckt, um einen Blick darauf zu erhaschen. Er packt den Beutel und schüttet weitere Münzen aus. Er schiebt sie sich gierig in die Handfläche. Dann sieht mich der alte Caradoc wütend an. Ich merke, dass er mich töten möchte, damit er die Münzen behalten kann, ohne seine Tochter herzugeben. »Du kannst eine ehrliche christliche Frau nicht kaufen! Vor allem Caitlin nicht.«

Weiße glauben, dass man alles mit Münzen kaufen kann, denke ich höhnisch. »Ich will sie nicht kaufen. Ich gebe dir diese Münzen, die du schätzt, weil ich sie schätze. Ich brauche keine Münzen.« Da der alte Caradoc ein wenig Angst vor mir und meiner Verbindung zu den Geistern hat, überlegt er, was er als Nächstes sagen soll. Ich weiß, dass er nicht mehr den Wunsch hat, mich zu töten, und er will mich nicht beleidigen. Für viele der Stämme sind Weiße Feinde, die ihnen das Land wegnehmen und die gefangen genommen und gegen Lösegeld wieder freigelassen oder den Frauen gegeben werden, damit sie sie foltern und töten. Der alte Caradoc und seine Brüder glauben, dass ihr Handelsposten nicht angegriffen wurde, weil alle wissen, dass ich ihr Freund bin.

Obwohl die Caradocs gierig sind und immer mehr Münzen und andere Dinge besitzen wollen, glaube ich nicht, dass einer der Stämme sie angreifen wird. Viele Angehörige unseres Stammes und anderer Stämme lassen nämlich ihren Mais hier von den Steinen mahlen, die das Wasserrad bewegt. Ich habe gesehen, dass die Caradocs sorgfältig darauf achten, gerecht zu handeln, Mais und Salz richtig abwiegen und nicht heimlich etwas für sich selbst zurückbehalten oder diejenigen betrügen, die ihnen Felle und Pelze bringen, wie es einige weiße Händler tun.

Sie sagen, dies sei der Befehl ihres Gottes, der sie hat leben lassen. Sie dürften keine unrechtmäßigen Dinge mehr tun, müssen richtig abwiegen, dürfen nicht so tun, als seien Pelze kaputt oder schlecht, wenn sie es nicht sind. Wenn sie ehrliche Händler sind, gehorchen sie den Gesetzen ihres Gottes. Das schützt sie vor Blutrache für ihre falschen Taten, als sie dumme junge Männer waren. Sie sagen, dass ihre Brüder, die ertrunken sind, ihr Gelübde vergessen haben. Sie haben einige indianische Jäger um einen Stapel Büffelhäute betrogen und brachten Unglück über sich selbst und ertranken bald danach mit ihren Familien. Der alte Caradoc und die beiden letzten Brüder glauben, sie werden auch sterben, wenn sie ihr Gelübde brechen.

»Caitlin wird bei mir in Sicherheit sein«, sage ich und weiß, dass er Angst um sie haben wird, wenn sie ihn verlässt. »Wir leben beim Stamm meiner Mutter, in unserem Ort jenseits des Frog Mountain. Meine Großmutter ist einverstanden, und der Rest des Clans hat endlich akzeptiert, dass dies mein Wunsch ist.« Ich erwähne nicht, dass alle es vorgezogen hätten, wenn ich ein Mädchen unseres Stammes genommen hätte. Ein Kind gehört dem Stamm der Mutter, und ein Bruder der Mutter, nicht sein Vater, ist dafür verantwortlich, einen Jungen zu lehren, was er wissen muss. Meine Mutter war vom Wolf-Clan, den Beschützern des Volkes. Meine Söhne und Töchter werden keinem Clan angehören, und Caitlin hat keinen Bruder. Dennoch werde ich die Tsalagi in ihnen so viel lehren, wie ich kann. Und vielleicht wird mein alter Onkel, der Bruder meiner Mutter, für meine Söhne den Rest erledigen.

Der alte Caradoc beißt auf eine Münze, doch seine Gedanken sind nicht mehr bei den Münzen. Er verzieht das Gesicht, um mir zu zeigen, dass er nachdenkt. »Hmm. Siedler kommen in die Wildnis. Jeden Monat sind es mehr, auf der Suche nach Land, bringen ihre Frauen und Kinder mit. Meine Brüder und ich denken an einen weiteren Handelsposten weiter flussabwärts, vor der Mündung des Tinassi. Dann würden wir auch die Flöße aus dem Talequo River bekommen. Und wir brauchen dort einen Partner, weil wir drei hier gebraucht werden. Caitlin hat mir geholfen, seit sie ein kleines Mädchen war, sie weiß, wie man einen Handelsposten führt. Dann brauchen wir eine Stelle mit einem ebenen Ufer, tief genug für einen Landungssteg.« Er streicht sich übers Kinn und sieht mich von der Seite an. »Wie wäre es, wenn du eine Hütte am Fluss statt in deinem Ort bauen würdest? Wir haben an der großen Biegung des Flusses eine Stelle gesehen, die bestens für einen Handelsposten geeignet ist. Das Ufer würde für einen Landungssteg reichen.«

Ich nicke. Caradoc meint den Ort, an dem sich der Fluss verbreitert und auf die untergehende Sonne, das Land der Dämmerung, zufließt. Und er hat recht, denke ich. Es gibt jetzt viele Flöße und Flachboote und Händler auf dem Flussweg. Die Weißen lernen allmählich die Gefahren der Untiefen und des Soges kennen und können sie umschiffen oder zumindest nicht ertrinken.

»Reparaturen«, meint Caradoc, als könnte er meine Gedanken lesen. »Vielleicht sogar eine Schmiede. Man sagt, dort ist Eisen in den Bergen. Und Siedler brauchen Töpfe, Hufeisen. Hammer und Nägel, Fassreifen und dergleichen. Sie tauschen Pelze und Pottasche ein. Sobald du eine Anlegestelle gebaut hast, beliefern wir dich. Und du kannst die Ware gegen Hirschhäute und Biberpelze tauschen. Die Salzlecke dort, die die Tiere anzieht – du kannst uns Salz schicken.« Er reibt sich die Hände. »Wir könnten Maultiere besorgen, die Flöße mit dem Salz und den Pelzen hierherziehen, Staken geht nicht. Und du könntest eine Mühle wie unsere aufbauen. Die Leute müssen ihren Mais gemahlen haben.« Er wartet.

Ich sage, das ist wahr, und ich würde die Hütte an der Stelle bauen, die er beschrieben hat. Er nickt und grunzt und sagt widerwillig: »Ich erlaube dir, sie zu fragen, aber nur, wenn ein Pfarrer euch traut. Keine heidnische Zeremonie. Wir sind gottesfürchtige Leute, Gideon.« Der alte Caradoc hat eine zerlesene Bibel. Caitlin hat sie einmal genommen, um mir zu zeigen, wo die Namen ihrer Vorfahren und der Name ihres Vaters und ihrer Onkel und Tanten geschrieben standen. Sie zeigte mir auch ihren Namen und das Datum ihrer Geburt und den Namen ihrer Mutter. Sie hieß auch Caitlin. Die Caradocs waren überrascht, dass ich ebenso lesen konnte wie Caitlin. Aber sie billigen mich, weil ich es kann. Ich erzählte ihnen, dass auch mein Vater, der Jäger mit roten Haaren, eine Bibel besessen hat. Er brachte mir bei, die Bibel zu lesen, bevor er wegging. Meine Mutter sagte, das Buch habe eine andere Art von Macht, und ich sollte lernen, darin zu lesen.

Ich nicke. Mit »Pfarrer« meint Caradoc John Baptist, einen Schamanen der Weißen, der auch dieses Buch verwendet. Er hat ein Haus aus Zweigen und Häuten auf der Insel gebaut, wo die Erdhügelbauer einmal gelebt haben. Es war ein heiliger Ort, wo Treffen zwischen Stämmen stattfanden, und selbst in Zeiten des Krieges wurde dort nichts und niemand getötet. Die Geister der Dorfbewohner sind da, und niemand stört John Baptist. Er hat ein haariges Gesicht wie ein Büffel, und manchmal hat er Trancen und Visionen. Manchmal kommt er, um mit den Caradocs Feuerwasser zu trinken. Dann holen die Caradocs ihre Geigen und singen ihre heiligen Lieder. Er hat auch eine Bibel. Die Caradocs sagen, er kann einen Mann und eine Frau zu Ehemann und Ehefrau machen, obwohl ich nicht glaube, dass er das wirklich kann. Das können nur der Mann und die Frau, die bereit sind. Er führt auch eine Zeremonie durch, bei der die Menschen in den Fluss geworfen werden, als wollte er sie ertränken – obwohl er es nicht tut. Es ist, als sei das Wasser ein Heilmittel gegen Krankheit. Weiße sagen, das gefällt ihrem Gott, und Caitlin wurde auch in den Fluss gestoßen. Sie wollte, dass ich diese Zeremonie auch mitmache, aber ich lachte und lehnte ab.

»Abgemacht!«, sagt der alte Caradoc, und er schlägt mir freundlich auf den Rücken. »Frag sie heute Abend.«

Caitlin sagt, dass das Essen fertig ist und wir essen müssen. Die Fische liegen in einer blau-weißen Schale mit Weidenbäumen. Sie hatte Kresse an der Quelle hinter dem

Haus geholt. In dem hinteren kleineren Haus halten sie Käse und Butter kühl. Auf dem Tisch steht ein Tontopf mit dieser Butter, die sie gemacht hatte, und etwas von dem Brot, das die Weißen so sehr mögen – aus gemahlenem Mais, der mit weißem Mehl vermischt wird statt mit gemahlenen Kastanien oder Bohnen. Es ist seltsames Brot, sehr weich, ein Brot für Frauen, nicht für Krieger. Aber mit Butter und den gekochten Weißdornbeeren, die Caitlin »Kompott« nennt, schmeckt es nicht schlecht. Caitlin hat sich die Haare mit einem Band zusammengebunden, das sie nicht getragen hatte, als ich kam.

Nach dem Essen gehen die Brüder mit ihrem Whiskeykrug wieder auf die Veranda. Ich bleibe im Haus und trinke einen Schöpflöffel mit Quellwasser aus dem Eimer, während Caitlin die Teller und Platten mit Asche und Flusssand schrubbt.

»Komm«, sage ich, als sie fertig ist, »wir können gehen.« Caitlin nimmt ein Tuch und legt es sich um die Schultern. Wir gehen vom Haus zur Mühle. Wir sitzen in der Dämmerung am Ufer, umgeben von den kleinen Lichtpunkten der Glühwürmchen, sehen zu, wie sich das Mühlrad dreht, und lauschen dem Lied, das das rauschende Wasser singt. Ich sage ihr, dass ich ihren Vater gebeten habe, sie meine Frau werden zu lassen, und was ihr Vater gesagt hatte.

»Oh Gideon!«, ruft sie. Obwohl es dunkel ist, sehe ich, wie sich ihre Augen vor Überraschung weiten. »Dich heiraten!« Dann lächelt sie, als könne sie nicht anders. »Aber Gideon, du musst mich fragen, ob ich will. Das Mädchen, das im letzten Jahr mit ihrem Mann und einem Kind vorbeikam, hat mir genau gesagt, wie es geht. Wenn ein Mann ein Mädchen heiraten möchte, muss er das Mädchen mit süßen Worten fragen. Er muss sie umwerben. Dann heiraten sie und feiern eine Hochzeit, mit Blumen, wenn sie ihr Gelübde ablegen.«

Das Mädchen mit dem Mann und dem Kind war froh gewesen, Caitlin kennenzulernen. Es gab keine anderen Frauen in der Gruppe, mit der sie und ihr Mann unterwegs waren. In unserem Stamm sind die unverheirateten Mädchen Freundinnen, sie sind immer zusammen. Aber hier gibt es keine anderen Mädchen für Caitlin, keine Freundinnen. Meine Großmutter sagt, sie müsse einsam sein. Caitlin hatte sich gefreut, eine Gefährtin zu haben. Ein Sturm kam, und die Männer mussten die Flöße reparieren, bevor sie weiterreisen konnten. Die beiden Mädchen saßen einige Tage lachend und flüsternd am Feuer und Caitlin schaukelte den Säugling, während seine Mutter ständig redete, als hätte sie viel zu lange schweigen müssen. Dann beruhigte sich das Wetter, und beide Mädchen weinten, als das Floß mit der neuen Freundin und dem Kind losfuhr.

Jetzt streicht Caitlin ihr Haar glatt und schaut weg, als würde in der Dunkelheit etwas sehr Interessantes passieren. Sie wartet. Ich lächle insgeheim und warte auch. Schließlich seufzt Caitlin.

»Dir muss doch irgendetwas einfallen, was du sagen könntest, Gideon«, sagt sie. »Oder willst du mich vielleicht nur als Geschäftspartner? Und das wäre dann wohl Vaters Idee! Zum Beispiel könnte ein junger Mann sagen, wie hübsch ein Mädchen aussieht, wenn es ein Band im Haar hat. Oder dass sie ein hübsches Lächeln hat ... oder gutes Brot backen kann ... oder ... oder dass sie wie ein Engel singt. Gideon!«

Dann sage ich ihr, dass ich weiß, dass all diese Dinge wahr sind, aber es gibt noch mehr. »Deine Seele ist für immer mit meiner Seele verschmolzen«, erkläre ich. »Wir werden Gefährten sein für den Rest unseres Lebens. Wir werden uns gegenseitig vor dem Regen schützen und uns gegenseitig in der Kälte wärmen, werden eine Decke und ein Leben und ein Herz teilen. Ich will keine andere Frau.«

»Oh!« Caitlin hält den Atem an. Dann legt sie mir die Hand auf die Brust. »Oh Gideon! Ja, ja, ich werde dich heiraten!« Ihre Berührung ist Feuer auf meinem Herzen.

Am nächsten Tag breche ich früh auf. Ich verspreche Caitlin, dass ich kommen und sie holen werde, wenn ich das Haus für den neuen Handelsposten fertig habe, den ihr Vater ihr geben will. Caitlin sagt, sie sei glücklich, und weint dabei. Sie möchte, dass ich mich beeile, aber wir brauchen lange für unseren Abschied. Ich werde mich beeilen.

Kapitel 18

Noch ein Heiratsantrag

Henri ging voraus und kundschaftete die Gegend aus. Er erklomm die Hügel auf beiden Seiten des Flusses, in der Hoffnung, einen rauchenden Schornstein oder einen anderen Hinweis auf den Handelsposten zu sehen, doch der Wald war undurchdringlich. Immer wieder stießen sie auf gefällte Bäume, die den Pfad versperrten. Henri befürchtete, dass dies eine Falle von Indianern war, die einen Überfall planten. Jeder Baum, der quer über dem Pfad lag, bedeutete, dass sie anhalten mussten, während die Männer ihn zersägten und die drei Frauen mit Waffen in der Hand Wache hielten. Obwohl sie keine Indianer sahen, spürten sie ihre Anwesenheit, wenn der Wind aus einer bestimmten Richtung wehte und sie ein unheimliches Geräusch hörten, das wie Wehklagen oder Singen klang. Wie bei einem Echo war es jedoch unmöglich festzustellen, woher es kam oder wie weit entfernt es war.

Mit dem heißen Wetter kamen Mückenschwärme von den brackigen Buchten entlang des Flusses und stürzten sich auf sie. Dadurch wurden sie alle noch reizbarer, als sie es sowieso schon waren. Auf Thomas' Plantage hatte Sophia die Wagen mit allem beladen, was sie zu fassen bekam. Sie beteuerte, sie habe nur das Nötigste mitgenommen, da ihr Haus ja nicht möbliert sei. Also schleppten sie nicht nur Sophias Reisetruhe mit, sondern auch Nähkästchen, einen Schreibkasten, Geschirr, eine Milchkanne, verschiedene Töpfe und eine riesige Kupferpfanne, in der Obst eingekocht wurde. Außerdem hatten sie Bettzeug und Nachttöpfe dabei, einen Stickrahmen, mehrere Laternen, die letzten Kerzen aus Anne de Bouldins Vorräten, Thomas' Truhe mit Dokumenten, einen Pflug, etliche Werkzeuge mit kaputtem Griff, die Munition der Aufseher und zwei Säcke mit Tabaksamen.

Henri höhnte, man würde sie als Diebin hängen. Sophia gab zurück, dass sie schließlich im Austausch ihren wertvollen Schmuck zurückgelassen habe. Außerdem würde es mindestens einen Monat dauern, bis jemand merkte, was in Thomas' Haushalt fehlte. Die Sklaven seien verschwunden, Anne sei tot. Und sie bezweifelte, dass es eine Frau gäbe, die so verzweifelt nach einem Ehemann suchte, dass sie bereit wäre, Thomas zu heiraten. Thomas selbst sei zu schludrig, um das Verschwinden von Haushaltsgegenständen zu bemerken. Sie räumte jedoch ein, dass er die Werkzeuge, Waffen, Wagen und Pferde vermissen würde. Und dass seine Truhe mit den Dokumenten nicht mehr in seinem Arbeitszimmer stand, würde ihm sicherlich auch auffallen. Aber ihr Schmuck sei viel mehr wert als das, was sie mitgenommen hatte. Ihre Perlen allein ...

Henri schnaubte und erwiderte, da ihr Schmuck zusammen mit dem Haus ein Raub der Flammen geworden sei, sei ihre Argumentation sinnlos.

Sophia änderte rasch ihre Taktik. »Ein Grund weniger, ein schlechtes Gewissen zu haben. Wäre ich nicht so vorausschauend gewesen, so viele nützliche Dinge mitzunehmen, wären sie auch verbrannt und verloren gegangen. Wenn die Leute das abgebrannte Haus sehen, werden sie glauben, dass alles darin zerstört ist. Und ich werde diese Sachen brauchen«, sagte Sophia unbekümmert. »Die Damen in Williamsburg waren sich ganz sicher, dass Mr Barker das Haus nicht eingerichtet hat. Ich habe alles durchdacht und hatte die ehrliche Absicht, für das zu bezahlen, was ich auf die Wagen geladen habe.«

Als der Pfad steiniger wurde und die Wagen nur noch im Schneckentempo dahinrumpelten, bestand Henri darauf, die Wagen zurückzulassen, was Sophia rundweg ablehnte. Rufus und die Neger, die über die Realitäten des Überlebenskampfes besser Bescheid wussten, pflichteten ihr bei. Sie bestanden darauf, dass sie den Pflug, die Sägen, Äxte und andere Gerätschaften auf der Plantage brauchen würden, auch wenn Sophia selbst vielleicht keine Verwendung dafür hatte. Saskia betonte, dass sie ohne die Steppdecken, die Töpfe und das Geschirr nicht zurechtkämen. Und Sophia wies darauf hin, dass sie die Musketen, das Schießpulver und die Munition kaum hätten zurücklassen können. Schließlich gab Henri auf, darüber zu streiten. Ihre Reise konnte sowieso kaum noch schlimmer werden.

Doch es kam alles noch schlimmer. Eines der Maultiere starb. Sie mussten also Sophias Pferd vor den Wagen spannen, auch wenn ihm ein Hufeisen fehlte. Das Tier war inzwischen zu mutlos, um Widerstand zu leisten oder zu beißen. Seine Rippen standen hervor, und es hatte keine Energie mehr, um sich zu treten. Die Kühe waren dürr und gaben keine Milch mehr. Sie mussten jede Gelegenheit nutzen, sie weiden zu lassen. Ein Wagenrad brach, und es kostete sie viel Zeit, den Wagen zu entladen. Bis das Rad so weit wieder instand gesetzt war, dass der voll beladene Wagen gleichmäßig rollte, dauerte es eine Weile.

Als sie einen Bach überquerten, fing Seth eine Schnappschildkröte. Saskia kochte daraus eine dünne Schildkrötensuppe. Dann fand Thierry einige Pilze und versicherte ihnen, es seien Pfifferlinge. Er mischte sie in ein Ragout aus Opossumfleisch. Außer Malinda waren alle so hungrig, dass sie es aßen. Malinda zog die Nase kraus, schüttelte den Kopf und weigerte sich, das Essen anzurühren. Alle anderen wurden schrecklich krank.

Malinda kauerte mit dem Daumen im Mund da, bis sie sich erholt hatten. Sie war so ein ernstes, stilles kleines Ding, dass sie oft vergaßen, dass sie überhaupt da war. Seit dem Tod ihrer Mutter hatte sie kein Wort mehr gesprochen, trottete nur stumm neben den anderen her. Dabei erwies sie sich als ungewöhnlich ausdauernd für ein Kind in ihrem Alter. Neben ihrem Schlafplatz bereitete Sophia ein Lager aus Stroh und Decken für Malinda. Wenn Sophia nachts aufwachte, sah sie, dass Malinda mit weit geöffneten Augen ruhig dalag. Jack hatte Gefallen an Malinda gefunden. Er hüpfte und kasperte herum, schnitt Gesichter und tat alles, um ihr ein Lächeln zu entlocken. Er zeigte ihr, wie man Steine auf dem Wasser springen ließ, und nahm sie auf den Arm, wenn sie das Ufer hinunterkullerte und ins Wasser fiel. Malinda blieb stumm und ernst, doch sie ließ ihn kaum aus den Augen und ging so dicht neben ihm wie möglich.

Dann wanderte Jack in den Wald und verschwand. Sie mussten Toby mit Gewalt daran hindern, ihn zu suchen. Rufus war verzweifelt. Sie gingen so weit in den Wald, wie sie sich hineinwagten, und riefen immer wieder seinen Namen. Malinda saß zitternd da und weinte leise. Als Thierry verlangte, dass sie Rufus und Toby zurückließen, um nach Jack zu suchen, während der Rest weiterging, zog Sophia ihre Pistole und sagte, sie würden bleiben, bis sie Jack gefunden hätten – und bald darauf kehrte Jack aus dem Wald zurück. Er blickte sich verwirrt um und erzählte etwas von einem kleinen weißen Reh, das so traulich neben ihm hergetrabt sei, dass er ihm tief in den Wald hinein bis zu einer Lichtung mit einer Quelle mit süßem Wasser gefolgt sei. Er habe getrunken, und als er aufgeblickt habe, sei das Reh verschwunden gewesen.

Jack konnte ihnen nicht sagen, wie er von der Quelle durch den Wald zu ihnen zurückgefunden hatte. Sophia erinnerte sich an eine Geschichte, die sie in Williamsburg gehört hatte. Ein englisches Kind, Virginia Dare, war verschwunden und hatte sich in ein weißes Reh verwandelt. Saskia und Venus sahen einander an und murmelten etwas von Geistern.

Thierry murrte, dass er das Reh hätte erlegen können, wenn er davon gewusst hätte. Dann hätten sie etwas Nahrhaftes zu essen gehabt. In Lavinias und Williams Hütte hatten sie nur ein Fass mit Maismehl gefunden, in dem sich Käfer breitgemacht hatten. Sie hatten versucht, etwas daraus zu kochen. Der moderige Geschmack und die Insekten darin hatten die Maiskuchen jedoch ungenießbar gemacht. Und mit Malinda hatten sie noch ein Kind mehr durchzufüttern.

Wenn Henri und Thierry sich nicht zankten, bemühte sich Henri, Thierry bei Laune zu halten. Sie stellten sich Wildwood vor und überlegten, wie lange sie dort würden bleiben und Sophias Gastfreundschaft genießen können, bevor sie sich mit ihren neuen Pferden und frischen Vorräten auf den Weg nach Louisiana machten. Auf jeden Fall würden sie reichlich zu essen haben.

Sophia hörte ihnen zu und beschloss, sich einen Schabernack mit ihnen zu erlauben. Sie beschrieb in den schillerndsten Farben, was sie ihnen auf Wildwood zum Abendessen servieren lassen würde.

Sie verstummten, als sie von Brathähnchen, Hammelfleisch mit Erbsen, mit Speck gespicktem Fasan, geröstetem Wildbret, Entenfrikassee, Pflaumentörtchen, Sahnesaucen mit Brandy, zartem Gebäck und Gewürzen, Rindfleisch, Hummer und Pudding erzählte. Sie fabulierte von Gerichten, die sie noch nie zubereitet hatte – ihre Kochkünste, die sie sich in Mrs Betts' Küche angeeignet hatte, waren rudimentär, wenngleich durchaus solide. Mit ihren kulinarischen Fantasiegeschichten sorgte sie jedoch für Ruhe unter den Franzosen.

Obwohl Thierry und Henri bei ihren Worten das Wasser im Mund zusammenlief, hielten sie sie für einen weiteren Beweis dafür, dass es dem englischen Adel an Würde und der angemessenen *amour propre* mangelte. Die Franzosen waren schockiert, dass ein Mädchen aus adeligem Hause sich mit häuslichen Angelegenheiten wie Kochen abgeben musste. Dafür gab es doch Köche. Sie verdrehten die Augen und zuckten die Schultern, als Sophia ihnen erklärte, dass die Generation ihrer Taufpatin solche Fertigkeiten für ungeheuer wichtig hielt. Keine blaublütige Französin, egal, welcher Generation sie entstammte, würde jemals einen Fuß in eine Küche setzen.

Aber sie mussten ihr zuhören, und Sophia hoffte, Hunger und Gier würde die beiden Männer an sie ketten, bis sie ihr Ziel erreicht hatte.

Gierig hörte Henri zu, wenn sie die Köstlichkeiten aufzählte, die sie erwarteten, fragte nach Einzelheiten, leckte sich die Lippen, stöhnte vor Sehnsucht und murmelte:

»Oh Sophy!« Thierry meinte, Henri klänge, als sei er verliebt. Henri erwiderte, er sei bloß hungrig. Sophia sei die unangenehmste, herrischste Frau, die er je erlebt habe. Außerdem sei sie so wenig weiblich, dass man sie kaum als Frau bezeichnen könne.

Allerdings befand sich Henri im Widerstreit mit seinen Lenden, seit sich Sophia angewöhnt hatte, abends zu baden. Er kam einfach nicht dagegen an, er musste ihr nachspionieren. Es gelang ihm nicht, die Woge des Verlangens zu ignorieren, die ihn überrollte, so sehr er auch versuchte, mit Vernunft gegen seine Gefühle anzugehen und sich in Erinnerung zu rufen, dass sie die letzte Frau der Welt war, die er freiwillig wählen würde. Sie war nicht lieb und nachgiebig, wie eine Frau es sein sollte. Französinnen waren so. Sie aber hatte eine eiserne männliche Entschlossenheit, ihre Plantage zu erreichen. Noch dazu war sie viel zu sehr von sich eingenommen und es offenbar gewohnt, andere herumzukommandieren, als seien sie ihr allesamt untertan. Sie erregte ihn nur, weil es so lange her war, seit er eine Frau gehabt hatte. In Williamsburg wäre jedes Techtelmechtel viel zu riskant gewesen.

Sein Verlangen nach Sophia, so irrational es auch sein mochte, blieb jedoch unerfüllt und wurde allmählich zu einer Obsession. Henri ging ihr immer heimlich nach, wenn sie sich auf die Suche nach einem Badeplatz machte. Er war sich ihrer Gegenwart bewusst, wann immer sie in seine Nähe kam, egal ob in oder aus dem Wasser. Sie erregte ihn, und dabei spielte es keine Rolle, dass sie mit zerzausten Haaren und zerrissenen Kleidern herumlief.

Und er konnte nicht umhin, ihr Durchhaltevermögen anzuerkennen. Sophia beklagte sich nie über Hunger, Blasen an den Füßen oder Insektenstichen an den Armen. Sie ging unermüdlich weiter, wie alle anderen. Sie wollte nicht, dass Thierry ihr Pferd erschoss, damit sie etwas zu essen hatten, und drohte, ihn und jeden anderen zu erschießen, der es versuchte.

Thierry, Rufus, seine Söhne und die Neger beschwerten sich über alles. Es gab viel zu murren. Ihr Vorrat an Maismehl war fast aufgebraucht. Obwohl sie manchmal Glück hatten und ein paar Fische fingen, passierte das viel zu selten. Sie hatten die geräucherten Schinken aus Thomas' Räucherei, aber nun waren sie hart und so ungenießbar wie Eisen. Sophia und Saskia rechneten ihnen vor, dass die Schinken mehrere Tage lang in einem großen Kessel kochen mussten, nachdem sie vorher gewässert worden waren. Außerdem brauchten sie einen Ofen mit einem Feuer, das unablässig brannte. In seiner Verzweiflung schlug Henri vor, einen improvisierten Ofen zu bauen. Beide Frauen bezweifelten, dass es gelingen würde, den Schinken darin richtig zuzubereiten. Und wenn der Versuch fehlschlüge, könnten sie den Schinken nur noch wegwerfen. Außerdem würde es sie viel zu viel Zeit kosten. Sie mussten den Handelsposten so bald wie möglich erreichen. Das Vieh ernährte sich kümmerlich von dem, was es am Wegesrand fand, und war nur noch Haut und Knochen. Sie waren zwar mitten im Wald, doch es gelang ihnen nicht, Wild zu jagen. Nach Thierrys folgenreichem Experiment mit den Pilzen machten sie auch einen großen Bogen um Pflanzen, von denen sie nicht ganz genau wussten, ob sie essbar waren.

Der Hunger lenkte Henri von der bangen Frage ab, welche Falle die Indianer ihnen gestellt hatten und warum es so bedenklich lange dauerte, bis sie zuschnappte. Der Hunger drängte sogar seine lüsternen Gedanken an Sophia und ihre köstlichen Mahlzeiten beiseite. Eine Frage konnte er jedoch nicht verdrängen: Wo zum Teufel waren sie? Er hielt verzweifelt nach etwas Ausschau, das mit den auf der Karte eingezeichneten Orientierungspunkten übereinstimmte.

So fügten sich die langen, heißen Tage zu einer endlosen Reihe aneinander.

Eines Abends, als es bereits dämmerte, saßen er und Sophia auf einem Felsen, der noch heiß von der Sonne war. Sie ließen die Füße ins kühle Flusswasser baumeln und hatten die Karte zwischen sich ausgebreitet. Es war zu einem nächtlichen Ritual geworden, dass sie versuchten, Entfernungen zu berechnen, ihren Standort zu bestimmen und das auf der Karte wiederzufinden, was sie an diesem Tag an Orientierungspunkten gesehen hatten. Dieses kleine Ritual war bedeutungslos, doch es half ihnen, die schwache Hoffnung aufrechtzuerhalten, den Handelsposten irgendwann zu erreichen.

Henri starrte düster auf die Karte mit ihren Buckeln, Kreuzen und Linien, die als Flüsse markiert waren, die verwirrenderweise mehrere Namen hatten. Da war der Tinassi, der auch Talequo und Clinches und N'lichuky genannt wurde. Es gab einen Ort, der mit einem großen Totenkopf und gekreuzten Knochen gekennzeichnet war, und dann gab es eine unbenannte Linie, die zwischen »fr. M« und »lit fr. Mt« verlief. Auf der Karte waren dort eine Flussgabelung und das von einer gepunkteten Linie umgebene Wappen der Graftons zu sehen. Weder er noch Sophia hatten die leiseste Ahnung, wo sie waren.

Henri schlug nach den Mücken, die in Schwärmen über dem Fluss tanzten und sich in seinen Haaren und Augen festsetzten. Hitze und Hunger machten ihn träge, wie alle anderen auch. Selbst Thierry fand es zu anstrengend, sich zu beklagen. Venus fürchtete, dass sie nicht mehr genug Milch hatte und Susan verhungern würde. Saskia, ehedem eine stattliche Frau, war nur noch ein Schatten ihrer selbst. Jack und Toby hatten aufgetriebene Bäuche, obwohl ihre Arme und Beine dünn waren. Rufus sah aus wie ein lebendes Skelett. Sophias Wangenknochen standen scharf in ihrem schmalen Gesicht hervor.

»Henri, was ist, wenn wir uns verlaufen haben und ich alle in die Wildnis geführt habe und wir hier sterben? Ich denke immer an Lavinia und William und das arme Kind. Und Malinda. Was wäre passiert, wenn wir nicht gekommen wären?« Ihre Unterlippe zitterte.

Henri hatte Sophia in vielen Stimmungen erlebt, aber er hatte sie noch nie weinen sehen. Ohne nachzudenken, legte er ihr den Arm schützend um die Schultern. »Es ist nur weiter, als es auf der Karte aussieht. Mach dir keine Sorgen, Sophy, alles wird gut. Ich weiß, dass wir in südlicher Richtung gehen, und wir sind immer noch am Fluss. Irgendwann müssen wir einfach auf den Handelsposten stoßen. Dann stocken wir unsere Vorräte auf, besorgen uns ein Floß und suchen uns einen Führer, der mit den Indianern verhandeln kann. Vielleicht finden wir sogar heraus, wohin sie Cully gebracht haben, und holen ihn zurück. Irgendwann erreichen wir deine Plantage. Thierry und ich genießen dieses herrliche Abendessen, das du uns versprochen hast, und erholen uns gut, bevor wir aufbrechen. In Versailles werden alle staunen, wenn wir von unseren Abenteuern hier erzählen.«

Sophia seufzte. »Ich habe nachgedacht.«

»Worüber?«

»Wenn mir etwas zustoßen sollte – durch Indianer oder ich falle in den Fluss und ertrinke oder ... du weißt schon, all die Dinge, die jedem von uns zustoßen können.«

»Nun werd bloß nicht schwermütig!«

»Wenn mir jetzt etwas zustößt, bin ich noch nicht einundzwanzig, und wenn die Miliz uns einholt, werden sie mich zurückbringen. Und Thomas wird mich zwingen, ihn zu heiraten, damit er mein Land und die Sklaven für sich beanspruchen kann, die Mr Barker gekauft hat. Und er wird Venus und die anderen wieder in Ketten legen. Bevor ich das geschehen lasse, sterbe ich lieber. Ich schwöre, dass ich nie Sklaven haben werde, und ich schwöre, dass ich alles tun werde, um zu verhindern, dass ein menschliches Wesen solchem Elend ausgesetzt wird. Die Neger haben sich einverstanden erklärt, für mich zu arbeiten, im Austausch gegen ein Stück Land. Die Sklaven von Mr Barker werde ich ebenfalls freilassen, und ich hoffe, sie bleiben zu denselben Bedingungen auf Wildwood.«

»Aber das Gesetz in Virginia erlaubt keine freigelassenen Sklaven.«

»Mag sein, aber du weißt selbst, dass wir unterwegs kaum jemandem begegnet sind, außer den Leuten auf den Flößen. Und wie lange es dauert, bis wir in Wildwood sind. Papa sagte immer, dass es verdächtig danach aussähe, als läge die Plantage absichtlich am äußersten Rand der Kolonie, wegen der Franzosen. Möglicherweise ist Wildwood so weit entfernt, dass niemand dieses Gesetz jemals durchsetzen wird. Und außerdem habe ich einen Plan.«

»Aber wenn die Miliz uns fängt, bringen sie die Sklaven zu Thomas zurück. Du kannst es nicht verhindern.«

»Ah, aber es gibt eine Möglichkeit. Was wäre, wenn du ein Stück Papier besäßest, auf dem steht, dass du sie gewonnen hast? Als Ausgleich für Spielschulden?«

Henri dachte darüber nach. »Ah ... So etwas habe ich tatsächlich.« Die Lotterielose, die Thomas ihm verkauft hatte, steckten immer noch in seinem ansonsten leeren Geldbeutel. Und er erinnerte sich, dass Venus der Preis sein sollte, den man gewinnen konnte.

»Gut. Wenn nötig, kannst du sagen, dass Venus und Susan dir gehören. Ich kann einen Schuldschein ausstellen, der belegt, dass du Seth und die anderen beim Spiel gewonnen hast. Dass Thomas alles verspielt, ist allgemein bekannt. Es kann also gut sein, dass die Miliz es glaubt.«

»Hmm, Sophy. Wer hätte je geahnt, dass Frauen so klug sind?«

»Das ist nur ein Teil meines Plans.«

»Und der Rest?«

»Nachdem ich sichergestellt habe, dass Thomas seine Sklaven nicht zurückbekommen kann, muss ich dafür sorgen, dass er meine Sklaven oder mein Land nicht bekommt, indem er mich heiratet. Und es gibt nur eine Möglichkeit, das zu verhindern, nämlich ...«

»Fang nicht wieder davon an, dass du dich umbringst, Sophy! Es ist eine Sünde.«

»Das meine ich nicht. Sollte ich bereits verheiratet sein und mein Eigentum meinem Mann gehört, dann könnte Thomas es nicht an sich reißen. Ich möchte, dass du mich heiratest, Henri.«

»Was?« Henrys Arm lag immer noch um Sophias Schultern, aber seine Hand schwebte über ihrem klaffenden Mieder. Er zog den Arm weg, setzte sich auf und sah sie stirnrunzelnd an. »Was hast du gesagt?«

»Heirate mich. Was einer Frau gehört, gehört auch ihrem Mann. Wenn ich schon mit dir verheiratet wäre, würde alles, was mir gehört, dir gehören. So ist das Gesetz. Wildwood und die Sklaven, die Mr Barker gekauft hat, würden nach dem Gesetz dir gehören. Die Wahrscheinlichkeit zu überleben ist bei dir größer als bei mir. Und außerdem hast du damals versprochen, mich zu heiraten – der König kann es bezeugen.«

»*Non, merci!* Ich will weder dich noch deine Plantage! Ich werde mich nicht als Sklavenbesitzer ausgeben. Ich werde wie ein zivilisierter Mann nach Frankreich zurückkehren und nie wieder etwas mit dieser amerikanischen Hölle zu tun haben. Mit meiner Belohnung des Königs werde ich ein Gut kaufen, auf dem französische Bauern das Land bestellen. Ich werde ein Mädchen mit einer ansehnlichen Mitgift finden und heiraten, französische Kinder haben, auf die Jagd gehen und nach Paris reisen, wenn ich mich langweile. Ich werde leben, wie ein Franzose leben sollte, einen Erben zeugen und den Rest meiner Tage damit zubringen, das Leben zu genießen. Mein liebes Mädchen, du musst zugeben, dass wir selbst unter günstigsten Voraussetzungen nicht zueinanderpassen, und unter den gegenwärtigen Umständen erst recht nicht. Und wenn du mir die ganze Kolonie Virginia und ihren Tabak auf einem Silbertablett anbieten würdest, könnte mich nichts dazu bewegen hierzubleiben. Selbst wenn ich dir vor langer Zeit versprochen habe, dich zu heiraten, denk bitte daran, dass ich dieses Versprechen nicht freiwillig gegeben habe. Du warst damals schon herrisch und hast mich vor dem König und den Hofdamen in eine unmögliche Lage gebracht. Aber der ist jetzt nicht hier. *Non, non, non.*«

»Hör auf, ständig *non, non, non* zu näseln! Und hör auf, auf diesem kindischen Unsinn herumzureiten! Es wäre nur eine Vereinbarung, eine Formalität, die keinerlei Auswirkungen auf deine Pläne haben muss.«

Henri seufzte, setzte eine langmütige Miene auf und begann so geduldig, als würde er mit einem Kind reden, die Schwachstellen in ihrem Plan aufzuzeigen.

»Sophy, *ma chère*, auch wenn ich dich heiraten wollte, was nicht der Fall ist, gibt es niemanden, der uns hier am Ende der Welt trauen kann. Ich bin Katholik und kann nur von einem Priester getraut werden. Sonst ist es nicht gültig. Und du bist Engländerin und somit eine protestantische Ketzerin. Selbst wenn es hier einen Priester gäbe, wie würden wir eine Annullierung oder gar eine Scheidung einfädeln? Hm? So etwas ist teuer und fast unmöglich. Auf jeden Fall dauert es viele Jahre. Man muss Anwälte bemühen und die Erlaubnis des Papstes einholen, glaube ich, und Gott weiß, was sonst noch alles. Ich nehme an, eine Annullierung lässt sich immer durchsetzen, aber auch das ist nicht einfach. Und ich denke, man muss ein Gesuch an ein kirchliches Gericht richten und ...«

»Ach, wer schert sich denn um diese Sachen? Scheidung oder Annullierung, was haben wir damit zu tun?« Mit einer beiläufigen Handbewegung wischte Sophia diese Einwände beiseite. »Und nun ist wohl nicht der richtige Moment, dein katholisches Gewissen zu prüfen, das dich, wenn ich mir diese Bemerkung erlauben darf, bisher nicht sonderlich gequält hat.« Sie zog ihre zerfetzten Röcke ein wenig höher über die Knie und spritzte sich Wasser auf die langen, schlanken Oberschenkel. Dabei beugte sie sich vor, sodass dank des klaffenden Mieders ihre Brüste zu sehen waren.

Henri versuchte, sich davon nicht ablenken zu lassen. Das erwies sich jedoch als so schwierig, dass er keuchte, als er sagte: »Und kannst du mir bitte erklären, warum ich trotz einer Ehe mit dir in der Lage wäre, eine Französin zu heiraten?«

»Ganz einfach. Hier in Virginia wäre unsere Ehe gültig, weil sie einen bestimmten Zweck erfüllen soll. In Frankreich dagegen wäre sie ungültig, und zwar aus all den Gründen, die du genannt hast. Wenn du also in Frankreich bist, kannst du die ganze Sache guten Gewissens ignorieren. Eine glückliche und bequeme Lösung, meinst du nicht?«

»Was?« Das alles war ihm zu kompliziert und zu abgebrüht. Und das von einer Frau! Außerdem starrte Henri wie gebannt auf Sophias Mieder, bei dem sich ein weiterer Knopf gelöst hatte. Sie spritzte sich Wasser an den Hals, um sich abzukühlen. Tropfen rannen ihr über die Brust, und jetzt war ihr Mieder nass ...

»Wirklich, Henri, es ist ganz einfach und logisch. Wenn wir einen Geistlichen finden, der uns traut, werden wir heiraten. Ich glaube, wir brauchen den Geistlichen nur, um die Heiratsurkunde zu unterschreiben, die beweist, dass wir verheiratet sind. Oder wir könnten es bei einer Handfeste belassen – einem Brauch der Bauern in Schottland, wo ein Mangel an Geistlichen herrscht, wenn ich recht informiert bin. Dann erklären wir uns eben selbst für verheiratet. Ich habe Thomas' und Annes Heiratsurkunde in Thomas' Truhe, zusammen mit meinen Besitzurkunden. Ich kann sie kopieren und eine Urkunde fälschen. Wenn ich eine Urkunde vorlegen kann, die beweist, dass wir verheiratet sind, kann mir Thomas nichts mehr anhaben.«

»Was?« Bigamie und Urkundenfälschung! Henri starrte Sophia an und war zwischen Bewunderung und Erstaunen hin- und hergerissen.

»Du brauchst mich nicht so anzusehen. Du glaubst doch wohl nicht, dass ich dich ernsthaft heiraten will, Henri. Keine vernünftige Frau würde sich das im Traum einfallen lassen. Sollte mir jedoch etwas zustoßen, dann gibt es wenigstens die Urkunde, die besagt, dass du mein Eigentum erbst, nicht Thomas. Zugegeben, es ist ein bisschen unpraktisch, wenn ich sterbe und du in Frankreich bist. Aber ich bin sicher, dass dir etwas einfällt, da der Besitz recht wertvoll ist ... Henri, hörst du mir überhaupt zu? Lieber Himmel, wie heiß es heute Abend ist!« Sie spritzte sich noch mehr Wasser auf Arme und Nacken, scheinbar ohne zu bemerken, dass ihr Rock höher und höher rutschte, während ihr Fuß im Wasser baumelte.

»Mmm.« Henri hatte nicht mehr das geringste Interesse an theoretischen Erörterungen. Er rückte näher, obwohl

Sophia, die sich weiterhin mit Wasser bespritzte, es nicht zu bemerken schien.

»Da du niemals der legitime Erbe deines Vaters sein kannst, würde ich annehmen, dass ein *manoir* nicht das Schlechteste für dich wäre – und das Haus sieht aus, als könnte es sogar für einen Franzosen gut genug sein – und obendrein noch eine riesige Plantage. Ich habe nicht den Wunsch, einen Mann aus Virginia zu heiraten und hierzubleiben. Ich will nach England zurück. Und wenn ich heirate, dann heirate ich einen soliden englischen Ehemann. Ich will nichts weiter als vor Thomas sicher sein, während ich hier bin. Da mein Aufenthalt wahrscheinlich einige Jahre dauern wird, möchte ich ein Haus, das so behaglich ist, wie es ein Haus an diesem schrecklichen Ort nur sein kann.

Du kannst die Plantage haben, sobald ich die Schulden auf meinem englischen Besitz abgetragen habe. Danach will ich nichts mehr mit Wildwood zu tun haben – das Ganze hat bisher nichts als Ärger gemacht. In der Zwischenzeit kannst du nach Frankreich zurückkehren und dir eine süße kleine französische Frau suchen, die den ganzen Tag *oui* sagt. Ich habe nicht vor, dir nach Frankreich nachzureisen und dich der Bigamie zu bezichtigen, oder? Ich sage dir Bescheid, wenn ich wieder in England bin. Dann kannst du Wildwood entweder verpachten und die Gewinne behalten oder es verkaufen. Es ist mir egal.«

Henri dachte angestrengt nach und versuchte zu entscheiden, welche der beiden Schandtaten, die Sophia vorhatte, schwerer wog. *Wahrscheinlich Bigamie*, dachte er. Aber wäre ihre Abmachung wirklich Bigamie? Technisch gesehen vielleicht nicht. Er überlegte, dass für ihn als Katholiken eine Ehe sowieso nur dann gültig wäre, wenn sie mitten in der Wildnis einen katholischen Priester fänden. Eine

Ehe, die von jemand anderem geschlossen wurde, hätte in den Augen der Kirche keine Bedeutung. Sobald er wieder in Frankreich war, konnte er sie wohl guten Gewissens ignorieren. Er würde nie darüber sprechen, und wenn er Sophias Plantage als sein Eigentum beanspruchen wollte, würde er einfach mit der Heiratslizenz wedeln und behaupten, dass seine erste Frau, die darauf genannt wurde, an Pocken gestorben war.

Ein schlechtes Gewissen war ihm fremd, und so hatte er auch jetzt keinerlei Gewissensbisse. Eigentlich hatte er nichts zu verlieren. Außerdem … Er grinste. »Du bist ja ganz schön intrigant. Warum eigentlich nicht? Wenn es eine Möglichkeit gibt, dich zu heiraten, bin ich einverstanden und heirate dich. Allerdings hat es seinen Preis …«, sagte er und fuhr mit dem Finger am Rand ihres Mieders entlang.

»Und welchen?« Sophia sah ihn mit großen, unschuldigen Augen an.

»Dass du dich so verhältst, wie es sich in einer Ehe gehört. Ein Ehemann hat Rechte, vergiss das nicht.«

»Ah, so ist also dein Teil des Handels? Also gut. Wenn wir verheiratet sind, wie wir das auch immer hinbekommen, werde ich selbstverständlich das Bett mit dir teilen.«

Henri brauchte keine weitere Ermutigung und beugte sich vor, um ihr Mieder endgültig aufzureißen und sie auf den Rücken zu drehen. Doch Sophia entwand sich seinem Griff und sprang behände auf. »Erst wenn wir verheiratet sind, Henri!«

Sie lief lächelnd davon, zupfte ihren Rock zurecht, strich sich die Haare glatt und knöpfte ihr Mieder zu, so gut sie konnte.

Henri lag auf dem Felsen und sah ihr nach. Er knirschte mit den Zähnen. Vielleicht würde er eine Weile auf seine

Hochzeitsnacht warten müssen, aber dann würde er Sophia beweisen, wer die Oberhand hatte. O ja, als ihr Mann würde er das Sagen haben. Sie wollte ihn necken? Er würde ihr einen Vorgeschmack auf das geben, was sie im Ehebett erwartete, und wenn sie dann mehr wollte – und sie würde ganz sicher mehr wollen, alle Frauen wollten das –, dann würde er sie betteln lassen. Diese Vorstellung gefiel ihm.

Kapitel 19

Hochzeiten am Fluss

Juni 1755

Der Nebel über dem Fluss hielt sich hartnäckig. Seit dem Tag vor zwei Wochen, als Sophia und Henri und ihre zerlumpten, wund gelaufenen und ausgehungerten Begleiter am Handelsposten der Caradocs aus dem Wald gekommen waren, regnete es ohne Unterlass. Ein hübsches, blauäugiges Mädchen in selbst genähtem Kleid und Schürze schien bei den Caradocs Regie zu führen. Die drei Männer, die sie als ihren Vater und ihre Onkel vorstellte, starrten die bejammernswerten Neuankömmlinge mit ihren lädierten Wagen und dem ausgemergelten Vieh an und kratzten sich verwundert am Kopf. Es kam nicht oft vor, dass jemand den Büffelpfad entlangging, ohne von Indianern angegriffen zu werden. Die Händler, die mit ihren Packpferden unterwegs waren, reisten nie ohne bewaffnete Wachen.

Das Mädchen Caitlin hatte sich sofort um die Reisenden gekümmert. Sie zeigte den Männern, wo sie die Wagen ausspannen und die Tiere grasen lassen konnten und wo sie Viehfutter finden würden. Die Frauen, die beiden Jungen und Malinda brachte sie ins Haus. »Die armen Leute«, murmelte sie. Sie bewunderte das Kind, nahm Malinda in den Arm und gab den Kindern Milch mit etwas Honig zu trinken. Später bekamen alle Suppe und Maismehlklöße, aber nicht zu viele, weil ihnen sonst übel werden würde, wie sie meinte. Jack und Toby weinten und bettelten und versuchten, etwas Trockenfleisch zu stibitzen. Caitlin gab ihnen einen Klaps auf die Hand und versprach ihnen, dass sie mehr haben dürften, wenn sich ihr Magen wieder an Nahrung gewöhnt habe. Sie braute Tee aus jungen Kiefernadeln und süßte ihn mit Honig. Für ihre schmerzenden und blutenden Füße gab sie ihnen Salbe aus Bärenöl und zerstampfter Senneswurzel. Dann verteilte sie Steppdecken, und schon bald schliefen die erschöpften Reisenden auf der Veranda ein. Malinda schmiegte sich an Sophia und schloss ausnahmsweise die Augen.

Bei ihrer Ankunft am Handelsposten war die kleine Susan apathisch und hatte trübe Augen, sodass Venus Angst hatte, sie würde sterben. Sie hatte fast keine Milch mehr, und die Kleine hatte längst aufgehört, vor Hunger zu weinen. Am Handelsposten machte Saskia aus einem sauberen Lappen schnell einen Nuckel für Susan zurecht, den sie mit einem Gemisch aus Milch und Hirse tränkte. Daran konnte die Kleine saugen. Nach einigen bangen Tagen stellte Venus fest, dass die Milch wieder floss, seit sie ausreichend Nahrung zu sich nahm. Bald waren alle wieder satt und ausgeruht. Auch die Tiere wurden lebhafter, die Kühe gaben ein wenig Milch. Susan, die zuletzt nur noch leise gewimmert hatte, wenn sie hungrig war, brüllte nun als vollem Halse. Sie hörten die verschlafene Stimme von

Venus, wenn sie sie anlegte: »Alles in Ordnung, Susan. Alles ist gut. Mama füttert dich jetzt, schhhhh, meine Kleine.«

Der Handelsposten, Caradoc Station, war eine kleine Siedlung für sich. Nach ihrer Reise war sie wie eine wohltuende Oase der Zivilisation und Ordnung. Auf einer weitläufigen Lichtung am Fluss stand ein großes, zweistöckiges Holzhaus mit einer breiten Veranda auf drei Seiten. An einem Ende waren Ballen mit Häuten gestapelt. Der Hauptraum im Inneren war in der Mitte geteilt. Auf einer Seite stapelten sich Fässer mit Salz, Maismehl und Hirsesirup, Stoffballen, Eisentöpfe, Speckseiten, Decken, Körbe, Werkzeuge und Hufeisen. Auf der anderen Seite gab es einen großen, gemauerten Kamin, einen Lebensmittelschrank mit kunstvoll geschnitzten Türen und Regale an den Wänden, auf denen eine Bibel, Caitlins Kochtöpfe, Zinnteller und eine bunte Sammlung von Porzellanplatten und -tellern standen. Auf einen großen Holztisch mit Bänken auf beiden Seiten hatte Caitlin einen großen Tontopf gestellt, den sie mit frischen Wildblumen oder Blütenzweigen füllte. Ein Bach, der sich über einen Hügel in den Fluss ergoss, trieb eine Getreidemühle an. Außerdem gab es Scheunen und einen Schweinestall, einen Hühnerhof, ein Lagerhaus und eine Art Bootswerft mit einem halb fertigen Floß. Dahinter erstreckte sich ein Feld mit etwas, das wie hochgewachsenes Gras aussah. Die Caradocs zeigten stolz darauf. Sie hätten verdammtes Glück gehabt, dass es sich bei den Samen, die ein paar Leute auf einem Floß gegen einen eisernen Topf und eines ihrer Hühner eingetauscht hätten, um Hirse gehandelt habe. Wenn man sie aufkochte, entstand ein süßer Sirup, den sie seitdem verkauften. Sie machten sogar Whiskey daraus.

Die Frauen halfen Caitlin bei ihrer Arbeit. Die beiden Jungen kümmerten sich um das Vieh und wurden zum

Unkrautjäten in den Gemüsegarten geschickt. Malinda musste die Hühner füttern, die Eier einsammeln und den Boden fegen, während die Männer die Wagen entluden und reparierten und den Caradocs beim Bau des Floßes halfen. Thierry weigerte sich, bei den handwerklichen Arbeiten zu helfen. Das sei keine Arbeit für ihn, murmelte er. Edelleute gingen auf die Jagd. Er versorgte sie regelmäßig mit Kaninchen, Opossums und jungen Wandertauben, die Caitlin an einem Spieß röstete.

Über dem Fluss schien ständig ein schwerer Nebel zu liegen. Jenseits der Lichtung, der Felder und auf dem gegenüberliegenden Ufer stand undurchdringlicher Wald. Sophia verstand nun, warum Mr Barker den Besitz der Graftons Wildwood genannt hatte. Sophia und Henri hatten den Caradocs die Karte gezeigt und gefragt, ob sie von Wildwood wüssten und wie weit es bis dort noch sei.

Die Caradocs schätzten, dass man vielleicht zehn Tage flussabwärts unterwegs sei. Caitlin und Gideon würden bald heiraten und dann in diese Richtung reisen. Warum also warteten sie nicht bis zur Hochzeit und machten sich dann alle gemeinsam auf den Weg? Je größer die Gruppe sei, desto besser. Brauchten Sophia und Henri ein Floß? Auf dem Fluss kam man schneller und sicherer voran. Vorausgesetzt, sie wussten, wie man die gefährlichen Stellen umschiffte, doch das konnte Gideon ihnen zeigen. Sie fuhren mit dem Finger die durchbrochene Linie nach, die die Grenze des Grafton-Besitzes markierte, und stießen einen anerkennenden Pfiff aus, als sie sahen, wie weit er sich auf beiden Seiten des Flusses erstreckte. »Sieht aus, als umfasse Ihr Besitz auch ein Stück vom Fluss! Das habe ich ja noch nie gehört!«, rief Caitlins Vater.

Sie kannten Mr Barker, weil er vor vier Jahren zum ersten Mal mit Sklaven und einem weißen Aufseher zum

Handelsposten gekommen sei und berichtet habe, er sei zur Plantage der Graftons unterwegs. Seitdem sei er mehrmals wieder hier gewesen, um Flöße abzupassen, die die bestellten Waren und landwirtschaftliches Gerät brachten. Manchmal kam auch ein Brief von seiner Frau. Diese Briefe regten ihn immer sehr auf. Er las sie immer und immer wieder und schrieb sofort zurück, sodass seine Antwort vom nächsten Floß mitgenommen wurde und auf die lange Reise zurück nach England ging. Außerdem schrieb er Briefe an seine Bank in England. Später, wenn er dem Whiskey der Caradocs zugesprochen hatte, beklagte er sich, wie teuer eine junge Frau und ein Kind seien, wahrscheinlich könne er nichts weiter tun, als seine Bank anzuweisen, sie mit allem Nötigen zu versorgen.

»Hat auch seine Vorräte hier gekauft. Maismehl, Schießpulver und Pökelfleisch. Und Whiskey. Damit ihm nicht kalt würde! Na, kalt konnte es ihm damit sicher nicht werden!« Alle Caradoc-Brüder lachten herzlich.

Sophia tauschte zwei hübsche silberne Kerzenleuchter, die Anne gehört hatten, gegen zwei Flöße, die sie alle mit dem gesamten Hab und Gut nach Wildwood bringen sollten.

Der jüngste Caradoc betrachtete jedoch die Besitzurkunde, kratzte sich am Kopf und meinte, da gäbe es wohl ein Durcheinander. Es sei ja gut und schön, wenn der englische König Land und Flüsse verschenke, aber nach der Karte befände sich das Eigentum der Graftons teilweise auf indianischem Gebiet. Auf dem Papier möge es Sophia zwar gehören, aber vielleicht sei die Sache doch nicht ganz so einfach. Es gab häufig Angriffe auf angehende Siedler. Hatte Mr Barker denn nicht geschrieben, dass sie die Indianer mehrere Male hätten zurückdrängen müssen?

Sophia war empört. Natürlich lag ihr Land in Virginia. Ein Patent vom König war ein Patent vom König. Das galt mehr als alles andere. Der König hätte ihrem Vater wohl kaum französisches Eigentum übertragen. Und was das Territorium der Indianer anging, so hatte Mr Barker in einem Brief an ihren Vater von Abkommen gesprochen.

»Ist schon gut, kleines Fräulein«, beschwichtigte sie der Onkel.

»Schlimmer als unsere Caitlin«, sagte er leise zu Caitlins Vater.

Inzwischen hatten Sophia und Caitlin sich angefreundet. Caitlin vertraute ihrer neuen Freundin an, sie sei mit Gideon Vann verlobt – einem »Halbblut«, wie sie und die Caradocs ihn nannten. Das Paar habe vor, weiter flussabwärts einen Handelsposten und eine Getreidemühle aufzubauen. Fröhlich erzählte sie Sophia alles über Gideon, wie er auf die Jagd gegangen sei und Wild und einmal sogar einen Bären an die Tür des Handelspostens gelegt habe. »Weißt du, Sophy, das bedeutete, dass er mich heiraten wollte. Nur wusste ich es damals nicht. Ich war erst dreizehn, als er zum ersten Mal Wild brachte. Denk nur, drei Jahre lang wusste Gideon, dass er mich heiraten wollte. Oh Sophy, warte nur, bis du ihn kennenlernst! Bestimmt findest du, dass er der beste Mann auf der ganzen Welt ist.«

Sophia bat die Caradocs, ihr auf der Karte zu zeigen, wo Caitlin und Gideons ihren Handelsposten aufbauen wollten. Der jüngste Caradoc-Bruder fuhr mit dem Finger bis zum Rand des Besitzes der Graftons und sah sie trotzig an. Wie es schien, lag der neue Handelsposten am Fluss tatsächlich auf dem Land der Graftons. »Es sieht aus, als sei es am Rande meiner ... Aber das ist natürlich kein Problem, egal, ob es mein Eigentum ist oder nicht«, versicherte Sophia den Caradocs hastig, die sie plötzlich herausfordernd ansahen. »Gut zu wissen, dass Caitlin und Gideon unsere Nachbarn sein werden.«

Schließlich kehrte Gideon zurück. Sophia hatte angenommen, dass er Wildwood kannte, doch er zuckte die Achseln und sagte, er habe ihr Haus nicht gesehen.

Caitlins Vater berichtete er, das Haus und der Landungssteg seien bereit für Caitlin. Es sei eine gute Lage, meinte er, nur zwei Täler westlich von dem Ort, an dem sein eigener Stamm lebte. Im Tal gebe es viel Wild, und der Fluss sei voller Fische. Der Handelsposten und die Felder, die sie ringsherum bestellen würden, wären den dort jagenden Stämmen nicht im Weg. Es sei ein guter Standort für Indianer, um Pelze und Häute zu tauschen.

Als die Caradocs ihm erklärten, wie es kam, dass Sophia das Tal gehörte, mochte Gideon es kaum glauben. Er fand es verwirrend, dass ein Mann, der weit jenseits des großen Wassers wohnte, meinte, ein Tal verschenken zu können, das er noch nie gesehen hatte, als wäre es eine Decke oder eine Pistole oder ein Fell. Gideon sah außerdem, dass Caitlins Vater es bereute, keinen höheren Preis für den Bau der Flöße gefordert zu haben.

Wieder spürte er die Mahnung in der Luft. Aber Caitlin mochte Sophia und bettelte, ob sie nicht alle zusammen reisen könnten, weil Gideon den Fluss kannte und sie nicht. Gideon war froh, dass Caitlin eine Freundin gefunden hatte. Er hatte sich außerdem bereit erklärt, Henri und Thierry zum Mississippi zu führen, sobald er Caitlin in ihr neues Haus gebracht hatte.

Nun warteten sie darauf, dass John Baptist zum Handelsposten kam und sie traute. »Ich wünschte, er würde sich beeilen!«, sagte Caitlin zu Sophia. Ein Tag nach dem anderen verging, ohne dass er auftauchte. Die Caradocs erklärten, John Baptist sei nicht von der englischen Kirche, sondern von einer nicht näher genannten Sekte von Nonkonformisten ordiniert worden. Nonkonformisten seien sie gewöhnt, sagten sie, in Wales gebe es sehr viele davon. Sophia meinte, ein Mann Gottes sei ein Mann Gottes, egal, von wem er ordiniert worden sei. Die Caradocs waren mit dieser Antwort zufrieden und nickten zustimmend. Das sei in Virginia ebenso wahr wie in Wales.

Sophia schlug Henri vor, dass John Baptist sie bei dieser Gelegenheit ebenfalls trauen könne. Zum Teufel mit dem Aufgebot und den Ungereimtheiten seiner Ordination. Für ihre Zwecke sei er vollkommen ausreichend. Henri zuckte die Achseln und stimmte zu. Die Zeit verging, ohne dass John Baptist erschien. Schließlich war Henri so verärgert, dass er sich bereit erklärte, ihn zu holen, doch die Caradocs zuckten mit den Schultern und meinten, irgendwann werde er schon kommen. Am nächsten Nachmittag kündigte eine laute, Kirchenlieder schmetternde Bassstimme seine Ankunft an.

Die Hochzeit wurde für zwei Tage später festgesetzt. Caitlin vertraute Sophia an, sie hätte gern mehr Zeit, das Hochzeitsfrühstück vorzubereiten, aber »wenn wir noch länger warten, hat John Baptist so viel Whiskey getrunken, dass er kleine rote und grüne Drachen vor den Augen sieht. Und ich will keine Drachen, wenn ich Gideon heirate! Wie schön, dass du Henri heiratest. Das ist das Schönste auf der Welt, Sophy, dass wir alle zusammen heiraten.«

Sophia verfolgte missmutig die Hochzeitsvorbereitungen. Sie wollte nichts weiter, als diese Zeremonie hinter sich zu bringen, die diese Leute Hochzeit nannten. Sie wusste selbst nicht, warum sie so mürrisch war, und bedauerte inzwischen sogar ihren raschen Entschluss, Henri zu heiraten. Als Kind hatte sie Henri faszinierend gefunden.

Jemanden wie ihn hatte sie noch nie gesehen, und damals war sie bereit gewesen, alles zu tun, was er ihr befahl. Er war nicht sonderlich nett zu ihr gewesen, doch das störte sie nicht, weil immer etwas Aufregendes passierte, wenn sie mit ihm zusammen war. Er übte nach wie vor eine intensive Wirkung auf sie aus, und sie musste sich eingestehen, dass er von allen Männern, die sie kennengelernt hatte, neben dem irischen Edelmann der Einzige war, der sich wahrscheinlich als ein lohnender Bettgenosse erweisen würde. Aber sie liebte Henri nicht, das wusste sie. Es wäre nicht klug, ihn zu lieben. Henri hatte durchaus seine guten Seiten – er hatte die Drumhellers nicht getötet, ohne ihn wären sie nicht alle mehr oder weniger heil am Handelsposten der Caradocs angekommen. Außerdem hatte er einen ausgezeichneten Orientierungssinn. Aber Henri liebte sie nicht, er mochte sie nicht einmal. Sie bezweifelte, dass er jemals ein verlässlicher Ehemann sein würde, egal, mit wem er verheiratet war. Vermutlich taugten Franzosen einfach nicht zu verlässlichen Ehemännern. Lady Burnham hatte oft gesagt, dass es mit der Moral der Franzosen nicht weit her wäre.

Aber ihre Zeit als Mann und Frau würde sowieso nur von kurzer Dauer sein, denn Henri und Thierry wollten ja verschwinden. Das wäre es dann. Mit ihm und Thierry nach Louisiana zu gehen, war ebenso ausgeschlossen wie der Gedanke, die beiden nach Frankreich zu begleiten. Trotz allem war Sophia unendlich neugierig, wie eine Hochzeitsnacht mit Henri sein würde. Sie würde ihr Leben als Ehefrau genießen, solange sie die Möglichkeit dazu hatte.

Diese Überlegungen schlugen ihr aufs Gemüt, und zu sehen, wie glücklich Caitlin war, machte alles noch schlimmer. Sophia ermahnte sich, dass ihre eigene Situation die Hochzeit des jüngeren Mädchens nicht überschatten durfte. Um Caitlins willen wollte sie sich Mühe geben, sich mit ihr auf die Hochzeit zu freuen.

Sie mussten einen der kostbaren Schinken für das Hochzeitsfrühstück zubereiten. Also schrubbte und wässerte sie mit Saskia zusammen den größten Schinken in Caitlins großem eisernen Topf. Sie ließen ihn einen ganzen Tag und eine ganze Nacht kochen, bis das Haus von einem köstlichen Duft erfüllt war, der allen das Wasser im Mund zusammenlaufen ließ. Caitlin krempelte die Ärmel bis zu den Ellbogen hoch und begann zu mischen und zu backen, als gelte es das Leben. Malinda ging ihr dabei eifrig zur Hand. Nach Caitlins Anweisungen siebte sie Insekten aus dem Mehl und hackte Stücke von einem harten grauen Zuckerhut, die sie dann begeistert mit einem Hammer zerkleinerte. Sie rührte, mischte und maß, bis sie von oben bis unten mit einer Mehlschicht bedeckt war. Als Caitlin sagte, noch nie hätte ihr jemand so fleißig geholfen, strahlte sie vor Freude.

Als am Morgen der Hochzeit die Sonne aufging, lag der Schinken zum Abkühlen auf Caitlins blau-weißem Servierteller mit dem Weidenmuster. Saskia bestrich ihn noch mit einer Glasur aus Hirse. Daneben stand eine Schale mit getrockneten Äpfeln, die sie über Nacht eingeweicht hatten, damit sie wieder prall und rund wurden, um sie dann im Schinkenfett zu braten. Saskia hatte außerdem aus Maismehl, Milch, Eiern und Honig einen Pudding nach indianischem Rezept zubereitet. Sie hatten zwei wilde Truthähne auf einen Spieß gesteckt, den Malinda drehte, während Venus mit der schlafenden Susan auf dem Schoß das Fleisch mit Bärenfett begoss. Es gab einen Krug mit Brombeerwasser und einen anderen mit Muskatellerwein, den Caitlin im letzten Herbst gemacht hatte – »als Erfrischung für die Damen«, wie die Caradoc-Männer sagten. Sie selbst gönnten sich etwas Stärkeres aus der hauseigenen Destille.

Caitlin hatte einen guten Teil des Vortages damit verbracht, eine Pastete aus Schmalzteig zuzubereiten, die sie mit geräuchertem Wild und Taubenfleisch füllte. Das Rezept stammte noch von ihrer Mutter und stand auf einem Papierfetzen, der in der Bibel der Caradocs steckte. Aus getrockneten wilden Trauben und etwas von dem kostbaren Weizenmehl, das sie vor einem Monat von einer Familie aus Pennsylvania getauscht hatten, hatte Caitlin außerdem kleine Kuchen gebacken, die sie *bara brith* nannte. Stolz erklärte sie Sophia, dies sei eine walisische Spezialität. Aus dem Häuschen an der Quelle holte sie einen Käse und ein Stück Butter, wusch das Salz von der Butter und schmückte sie mit wilden Erdbeeren.

»So!«, sagte sie stolz und deckte ein Stück Musselin darüber, um die Fliegen fernzuhalten.

Nach einem hastigen Frühstück räumten die vier Frauen den Tisch ab und fegten und räumten das Zimmer gründlich auf. Die Männer wurden nach draußen verbannt, wo sie sich auf der Veranda vor dem Regen schützten. Ein Whiskeykrug stand in greifbarer Nähe. Dann holten die Caradocs ihre Geigen hervor, um den Bräuten ein Ständchen zu bringen, während die Frauen und Malinda das Haus schmückten. Caitlin und Sophia waren früh am Morgen im Regen hinausgegangen, um Weißdorn, wilde Klettertrompeten und Magnolien zu sammeln, und damit verwandelten sie den Hauptraum des Hauses in eine grüne, blühende, süß duftende Laube. Caitlin steckte Malinda eine Blüte hinters Ohr und sagte ihr, sie solle stillsitzen, während sie und Sophia sich anzogen.

Die Männer stimmten als Erstes Caitlins Lieblingslied »Guide Me, O Thou Great Jehovah« an. Im Inneren des Hauses sang Caitlin mit.

Thierry war davongestapft, er wollte mit der Hochzeit nichts zu tun haben. Gideon hatte erklärt, das Wasserholen sei Sache der Frauen, und war angeln gegangen. Die anderen Männer bildeten eine Eimerkette und beförderten einen Eimer Wasser nach dem anderen vom Fluss den Hang hinauf zum Haus. Die Frauen erhitzten es in dem eisernen Kessel, in dem sie zuvor den Schinken gewässert hatten, und nahmen abwechselnd ein Bad in der Waschwanne. Malinda wollte auch baden, also durfte sie ebenfalls in die Wanne. Dann wuschen sie sich gegenseitig die Haare mit Regenwasser aus einem Fass, das Caitlin für diesen Zweck bereitstehen hatte.

Unterdessen wurde der Gesang auf der Veranda lauter, je öfter der Krug die Runde machte. Henri lehnte allerdings dankend ab, wenn er bei ihm ankam.

»Meinst du, John Baptist wird zu betrunken sein, um uns zu trauen?«, fragte Sophia Caitlin, als sie vor dem gesprungenen Spiegel standen und sich gegenseitig das feuchte Haar kämmten.

Caitlin seufzte. »Ich hoffe nicht! Aber vorsichtshalber sollten wir uns mit dem Anziehen beeilen. Oh Sophy, was machst du denn da?«

Sophia hatte sich ihre Truhe aus dem Wagen bringen lassen und suchte darin nach sauberen Sachen. Sie hatte sich für ihr Abenteuer in Virginia bestens ausgestattet, und die meisten dieser neuen Kleider hatte sie noch nie angehabt. Auf Thomas' Plantage hatte sie sich nicht die Mühe gemacht, sich fein herauszuputzen, sondern hatte abwechselnd zwei ihrer ältesten Tagkleider getragen. Aber ihr Reitkleid war in einem jämmerlichen Zustand, nachdem sie damit monatelang durch Schlamm, Staub, Regen und Dornen gelaufen war. Sie fand, sie sei es Caitlin schuldig, am Tag ihrer Hochzeit ein wenig hübscher auszusehen. Während der langen Reise hatte sie keinen Gedanken daran verschwendet, wie sie aussah. Heute jedoch wollte sie sich schön machen, damit sich Henri daran erinnerte, wenn er Wildwood den Rücken kehrte.

Sie blickte auf und sah, wie Caitlin und Malinda den Inhalt der Truhe bestaunten.

»Oh Sophy! Wie schön!«, rief Caitlin und fuhr vorsichtig mit dem Finger über ein spitzenbesetztes Hemd.

Sophia errötete. Plötzlich schämte sie sich, dass sie so viele hübsche Kleider besaß, während Caitlin nur zwei braune selbst gemachte Kleider und ein paar Unterkleider aus grobem Stoff hatte. »Ich bin … ich stelle eine Aussteuer für dich und mich zusammen.«

»Eine Aussteuer? Was um alles in der Welt ist das?«, lachte Caitlin.

»Das wirst du gleich sehen.«

Sophia zog zwei neue, einfache Reisekleider aus feiner, leichter Wolle hervor, zu denen lange Kapuzenjacken gehörten, sogenannte Brunswicks. Für sich legte sie eine graue mit schwarzen Bändern auf eine Seite des Küchentisches, für Caitlin eine blaue, mit karierten Bändern eingefasste auf die andere Seite. Zu jedem Kleid fügte sie ein Paar Holzpantinen hinzu, wie sie sie getragen hatte, wenn sie auf den schlammigen Wiesen ihres Hauses in Sussex spazieren ging, und mehrere Paar Wollstrümpfe und Strumpfbänder.

Caitlins Augen wurden immer größer, als Sophia die beiden neuen Morgenkleider ausschüttelte, die die Londoner Schneiderin nur deshalb angefertigt hatte, weil sie meinte, dass sie für die Kolonie allemal gut genug wären. Eines der Kleider wäre ein hübsches Hochzeitskleid für Caitlin. Es war mit kleinen blauen Blümchen übersät und hatte spitzenbesetzte Ärmel. Das Blau passte gut zu

Caitlins Augen. Sie wählte das rot-weiß gemusterte für sich und legte dann zwei weitere Kleider auf jeden Stapel. Die restlichen Sachen aus der Truhe verteilte sie gleichmäßig auf beide Stapel – weiße Stecktücher, Hauben mit Bändern und für jede von ihnen ein weiches Schultertuch aus feinem indischem Stoff, außerdem Unterkleider mit Spitzen und Unterröcke, ein Nachthemd und einen Morgenmantel, Batisttaschentücher, Seidenstrümpfe und mit Perlen und Schnallen besetzte Seidenpantoffeln mit hohen Absätzen. Sie waren ein wenig zu groß für Caitlin, aber sie waren sehr hübsch. Caitlin besaß sonst nur noch eine kleinere Ausgabe der klobigen Schuhe, die auch ihr Vater und ihre Onkel trugen. Die Korsettstäbe ließ Sophia unten in der Truhe liegen. In der Wildnis brauchten sie sich nicht einzuschnüren.

Caitlin strich wehmütig über eines der Schultertücher. »Oh, hast du aber schöne Sachen! Ich hätte mir nie träumen lassen, dass es so schöne Kleider gibt. Wie für eine Königin!«

Sophia lächelte und legte Caitlin den Stapel mit dem blau geblümten Musselinkleid obenauf in die Arme. »Die sind für dich. Deine Aussteuer. Eine Aussteuer sind die Kleider, mit denen du dein Leben als verheiratete Frau beginnst. Und das Kleid zuoberst auf dem Stapel ist dein Hochzeitskleid.«

»Für mich? Nein! Nie im Leben!«, rief Caitlin aufgeregt. »Das hätte ich mir nicht träumen lassen, dass ich jemals solche feinen Sachen habe!« Sie brach in Tränen aus, legte die Kleider vorsichtig auf den Tisch zurück und nahm Sophia fest in den Arm. »Oh Sophy, du bist so lieb. Danke, danke, danke.«

»Liebe Caitlin, denk doch nur, wie gut und freundlich du zu uns gewesen bist. Jetzt hör auf zu weinen, sonst sieht Gideon deine roten Augen und denkt, du bist unglücklich und hast kalte Füße bekommen. Außerdem willst du doch an deinem Hochzeitstag nicht schniefen, oder? Probier erst einmal dieses Unterkleid und das Kleid an, dann sehen wir, ob Saskia sie kürzer machen muss ... Ja, das Kleid ist zu lang. Damit fällst du hin. Bleib stehen, während wir es abstecken.«

Malinda starrte wie gebannt auf die hübschen Kleider. Sophia gab ihr einen Kuss und holte eine mit Spitzen besetzte Haube hervor. Sie hatte Hauben nie gemocht. Ihr Haar war lang und schwer. Wenn sie es aufsteckte, dachte sie immer, sie würde mit einer Haube darauf aussehen, als hätte sie ein Vogelnest auf dem Kopf. Sie setzte Malinda die Haube auf und zupfte ihre feuchten Locken unter dem Rand hervor. Dann nahm sie ein einfaches Leinenunterkleid und sagte: »Caitlin, hilfst mir, daraus ein Kleid für Malinda zu machen?«

Sie nahmen eine Schärpe und rafften, schoben und drapierten so lange, bis sie ein bodenlanges Kleid für das Kind zurechtgemacht hatten. Malinda stand derweil ganz still, als hätte sie Angst zu atmen und damit den Zauber zu brechen.

»Es ist zu lang. Kannst du damit gehen, Malinda? Nein? Sophy, wir müssen es mit diesen Bändern vorne etwas hochbinden.« Endlich kamen Malindas nackte Zehen unter dem Saum zum Vorschein.

»Aber nicht rennen«, sagte Caitlin. »Sonst fällst du.«

»Auch nicht mit Jack«, sagte Sophia. »Aber wie süß du aussiehst, Liebes! Du bist unsere Brautjungfer, einverstanden?«, rief sie und bemerkte plötzlich, wie hübsch Malinda mit ihrer niedlichen Stupsnase und den großen braunen Augen war. Mit der Haube, die eigentlich zu groß für ihren kleinen Kopf war, und Sophias zusammengerafftem Unterkleid hatte Malinda Ähnlichkeit mit einem Bündel

Wäsche. Sie errötete vor Freude und hatte offensichtlich Spaß daran, sich bewundern zu lassen. Sie setzte sich und sah den Frauen zu, wie sie sich zurechtmachten.

Die Brautkleider hängten sie an einen Haken an der Wand. Da Caitlin kleiner war als Sophia, mussten sie auch das Nähkästchen vom Wagen holen. Saskia kürzte in Windeseile den Saum an Caitlins neuen Kleidern, damit er nicht über den Boden schleifte. Draußen auf der Veranda hatten die Festlichkeiten Fahrt aufgenommen. Nachdem sie ihr Repertoire an Kirchenliedern erschöpft hatten, gingen die Musiker zu Liebesballaden und Tanzmelodien über. Caitlins Vater und ihr jüngster Onkel begannen, einen Jig mit Toby und Jack zu tanzen, und sangen dabei aus voller Kehle, während ihr anderer Bruder fiedelte und John Baptist mit dem Whiskeykrug im Rhythmus der Musik auf den Boden hämmerte. Beim Refrain stimmte er ein:

> *You must make me a Holland shirt,*
> *Blow, blow, blow, winds, blow,*
> *Without a stitch of needlework,*
> *Blow, ye winds that arise, blow, blow.*
>
> *You must wash it in yonder spring,*
> *Blow, blow, blow, ye winds, blow,*
> *Where there's never a drop of water in,*
> *Blow, ye winds that arise, blow, blow.*

»Während Saskia dein Kleid umsäumt, schreibe ich die Urkunden«, erklärte Sophia. Außer ihrer Truhe und dem Nähkästchen hatte sie ihr Schreibzeug und die kleine Truhe mit den Dokumenten aus dem Wagen geholt. Sie nahm die Heiratsurkunde von Thomas und Anne heraus und schrieb sie für sich und Caitlin sorgfältig ab. Sie fragte sich, ob jemand, der diese Urkunden las, merken würde, dass sie nicht echt waren. Allerdings war sie, seit sie Williamsburg hinter sich gelassen hatte, niemandem begegnet, der auch nur annähernd so aussah, als bekleide er eine offizielle Stellung. John Baptist zählte nicht, fand sie.

»In England werden Ehen im Gemeindebuch eingetragen, aber da es hier keine Gemeinde gibt, ist das nicht möglich. Also habe ich diese Urkunden für uns geschrieben. Falls sie überhaupt jemals gebraucht werden.«

Caitlin spähte Sophia über die Schulter, als sie Flusssand über die Tinte streute und dann vorlas, was sie geschrieben hatte: »›Caradoc Station am New River in der Kolonie Virginia am sechsundzwanzigsten Juni im Jahre des Herrn siebzehnhundertfünfundfünfzig. Vor dem unterzeichneten Pfarrer, John Baptist, erschienen heute mit der Zustimmung ihres Vaters Caitlin Caradoc, sechzehn Jahre alt und unverheiratet, und Gideon Vann, Cherokee, um in den heiligen Stand der Ehe zu treten.‹ Die Braut und der Bräutigam müssen unterschreiben. Und zwar hier.«

»Oh Sophy!« Caitlin blickte bewundernd auf die Urkunde und unterschrieb dann langsam und ordentlich mit ihrem Namen, wo Sophia das Wort »Braut« geschrieben hatte.

Dann verfasste Sophia ihre eigene Urkunde und las sie Caitlin vor. »›Caradoc Station am New River in der Kolonie Virginia am sechsundzwanzigsten Juni im Jahre des Herrn siebzehnhundertfünfundfünfzig. Vor dem unterzeichneten Pfarrer John Baptist erschienen heute die Ehrenwerte Sophia Grafton, Tochter des verstorbenen Viscount Grafton aus Sussex, zwanzig Jahre alt und unverheiratet, und Henri de Marechal, um in den heiligen Stand der Ehe zu treten.‹«

»Sie klingen ziemlich offiziell, nicht wahr?« Sophia war zufrieden mit ihrer Arbeit. »Ich glaube, sie müssen von John

Baptist unterzeichnet werden.« Aber konnte John Baptist schreiben? *Nein,* entschied sie, *ich werde seine Unterschrift einfach fälschen. Er wird zu betrunken sein, um zu schreiben, und zu betrunken, um zu bemerken, dass ich seinen Namen gefälscht habe.*

»Urkunden! Es ist ein Segen, dass du hier bist, Sophy. Du weißt über so viele Dinge Bescheid, mehr als Tad, und sorgst dafür, dass alles seine Ordnung hat. Ich bin so froh, dass wir uns zusammen auf den Weg machen, wenn eure Flöße fertig sind. Es ist wie mit einer älteren Schwester. Mir war nicht klar, dass es dein Land ist, wo Gideon das Haus gebaut hat und wir unseren Handelsposten aufmachen wollen. Wie kann man wohl feststellen, wem welches Stück Land gehört?«

»Oh! Ich habe keine Ahnung. Ich glaube, zu Hause hat man es mit Hecken und Steinmauern gemacht«, antwortete Sophia vage. Sie versuchte sich daran zu erinnern, was ihr Colonel Washington über die Vermessung des Landes und die Grenzen erklärt hatte. Schließlich kam sie zu dem Schluss, dass es irgendetwas geben musste, das ihr Eigentum von dem Gebiet abgrenzte, auf dem Gideons Leute lebten, sonst hätte Mr Barker es erwähnt.

»Zum Teufel mit Grenzen! Die Hauptsache ist doch, dass wir Nachbarn sein werden. Du und ich, wir können uns gegenseitig Gesellschaft leisten und uns ständig besuchen.«

Sophia wischte die Schreibfeder ab und dachte, wie beruhigend es war, dass Caitlin und Gideon in der Nähe sein würden. Was um alles in der Welt würde sie tun, wenn sie jemals beschlossen, sich anderswo niederzulassen? Malinda war lieb und aufgeweckt und begriff schnell, was man von ihr wollte, aber sie war eben noch ein Kind. Plötzlich dachte Sophia, dass sie Malinda eines Tages mit nach England nehmen und behaupten würde, sie habe sie adoptiert. Und jeder Mann, der sie umwarb, musste wissen, dass er sie nicht ohne Malinda bekommen würde. Der Gedanke an einen zukünftigen englischen Ehemann ließ sie auf einmal zweifeln, ob es richtig war, Henri heute zu heiraten. Entweder war die Ehe mit Henri ein Schwindel, und dann hatte sie Sittenlosigkeit und Betrug auf dem Gewissen. Wenn sie aber doch irgendwie gültig war, würde sie sich der Bigamie schuldig machen, wenn sie den soliden Engländer heiratete, der ihr vorschwebte. Aber, so sagte sie sich schließlich, nun war nicht der richtige Zeitpunkt für Gewissensqualen. Es gab einfach keine andere Möglichkeit.

Die Männer auf der Veranda lärmten noch lauter als zuvor. Sie sangen immer wieder das gleiche Lied. Rufus hatte sich reichlich aus dem Krug bedient und sang bei »Blow, blow, blow« eifrig mit. Jack war losgeschickt worden, die Tiere zu füttern. Nun war er wieder da und spielte mit einer Steinschleuder, die Caitlins Vater ihm gemacht hatte. Nott, Seth und Meshack waren an einem Ende der Veranda zusammengesackt und sahen Jack zu, wie er auf die Hühner in Caitlins Gemüsegarten zielte. Leise unterhielten sie sich darüber, ob es klug gewesen war, mit den Weißen nach Süden zu ziehen, statt mit ihren Freunden nach Osten in die Sümpfe zu gehen.

»Große Schlangen in den Sümpfen«, murmelte Seth. »Ich hasse Schlangen, sind schlimmer als der Teufel. Venus hat auch Angst vor Schlangen. Außerdem sind wir jetzt frei, sagt Miss Sophy. Hat uns ein Papier gegeben, wo's draufsteht. Wenn sie uns was von ihrem Land gibt, wie sie versprochen hat, dann können Venus und ich uns eine Hütte bauen, Gemüse pflanzen, ein paar Hühner halten. Vielleicht auch eine Kuh.«

»Klingt gut. Meinst du, Miss Sophy hält ihr Versprechen? Sie sagt Ja, aber man kann weißen Leuten nicht trauen.«

»Sie heiratet, Nott. Ist egal, ob wir Miss Sophy trauen können oder nicht. Sie muss tun, was Mist' Henri sagt.«

»Wenn die beiden heiraten, sind sie einer Meinung. Und wenn du genau hinguckst, Meshack, siehst du, dass Miss Sophy sagt, wo's langgeht. Außerdem, Mas' Henri ist Franzose, Mas' Terry auch. Er liegt ihm in den Ohren, mit ihm nach Westen weiterzuziehen. Er will unbedingt weg.«

»Wie kommt es dann, dass er heiratet? Was will Miss Sophy mit ihm anfangen, wenn er weg ist? Was soll ihr das nützen? Es gibt wirklich seltsame weiße Leute.«

»Weiß ich auch nicht, warum sie heiraten. Aber wenn sie sagt, sie gibt uns Land, dann tut sie es, damit wir bleiben und für sie arbeiten.«

»Pah! Klar arbeiten wir für sie! Sie macht uns wieder zu Sklaven.«

»Glaube ich nicht, dass sie das tut, Nott. Sie sagt Leuten gern, was sie machen sollen, aber ...«

»Aber auf Wildwood sind auch Sklaven. Und wenn da Sklaven sind, ist da auch ein Aufseher. Und was passiert, wenn wir dort ankommen? Der Aufseher lässt uns arbeiten. Dann sind wir wieder Sklaven, so sieht's aus. Oder wir sind keine Sklaven mehr, aber die anderen doch? Wir bekommen Land, bauen unsere eigene Hütte, die Sklaven aber nicht? Gefällt mir nicht. Klingt nach Schwierigkeiten.«

»Vielleicht lässt Miss Sophy alle frei, Meshack.«

»Ach was, nichts wird sie tun. Wir hätten mit den anderen in den Sumpf gehen sollen, Schlangen hin oder her. Eines Tages kommen die Patrouillen. Ich weiß es. Sie finden uns. Sie finden uns immer«, beharrte Meshack. »Und du hast gesehen, was dann passiert. Wenn dieses Mal die Patrouillen kommen, ich schwöre, ich töte sie, oder ich sterbe dabei, aber ich werde nicht wieder Sklave sein.«

»Amen«, sagte Seth.

»Ja. Amen«, sagte Nott.

Plötzlich ging die Haustür auf und Caitlin trat auf die Veranda. Sie trug ihr neues Kleid und hatte die Haare mit ein paar hübschen, mit Strass besetzten Kämmen hochgesteckt, die Sophia ihr gegeben hatte. »*Tad!* Onkel Geraint, Onkel Owen, wir sind bereit für die Hochzeit!«, rief sie, um sich über der Musik und dem Geklopfe mit dem Whiskeykrug Gehör zu verschaffen.

»Ooooh!«

Caitlins Vater hielt mitten im Tanz inne. »Caitlin! *Cariad.* Du siehst aus wie deine arme ertrunkene Mam an dem Tag, an dem wir geheiratet haben!« Er wischte sich die Augen. »Eigentlich sollten wir dich auf ein Pferd setzen. Wir brauchen ein Pferd.« Er sah sich um, als müsste von irgendwoher ein Pferd kommen.

Caitlin verdrehte die Augen. »Tad sagt, in Wales muss die Braut so schnell wie möglich wegreiten und vom Bräutigam eingefangen werden – so haben sie es mit meiner Mam gemacht. Aber mit meinem feinen neuen Kleid kommt das überhaupt nicht infrage. Außerdem regnet es. Und wenn ich davonreite, beschließt Gideon vielleicht zu verschwinden, anstatt mich zu fangen. Ich möchte ihn lieber jetzt gleich heiraten.«

Ihr Vater zögerte. »Wir müssten das Pferd erst satteln … Wir nehmen den Besen«, rief er dann. »Wo ist der Besen?«

»*Priodas coes ysgub*«, riefen Caitlins Onkel im Chor und stampften mit den Füßen.

»Besen!«, brüllte John Baptist. Er zwinkerte den Bräuten vielsagend zu und hob den Krug an die Lippen.

Caitlin seufzte. »Ohne den Besen geht bei einer walisischen Hochzeit nichts.«

»Warum, um alles in der Welt?«

»Mam und Tad hatten einen, in Wales haben alle einen, das ist bei Hochzeiten eben so. Ich habe es Gideon erklärt: Meine Onkel halten meinen Besen quer. Gideon und ich müssen uns bei den Händen halten und darüberspringen. Ich glaube, in Wales wird die Ehe dadurch rechtmäßig, oder jedenfalls war es früher so. Du und Henri, ihr solltet besser auch über den Besenstiel springen, dann sind alle zufrieden. Tad sagt, in Wales reicht das. Wenn man über den Besenstiel gesprungen ist, ist man verheiratet, aber bei Gideon und mir hat er auf John Baptist bestanden. Ein Mädchen, das im letzten Jahr hierherkam, erzählte mir, wie es war, als sie geheiratet hat. Ein Geistlicher muss ›Hiermit erkläre ich euch zu Mann und Frau‹ sagen, sonst ist es alles nicht echt.«

»Ist John Baptist ein echter Geistlicher?«, fragte Sophia, obwohl es ihr eigentlich egal war. Für ihre Zwecke war er gut genug.

»Er sagt ja. Angeblich ist er Engländer. Aber dann ist er in Ungnade gefallen und kam hierher, um auf dieser kleinen Insel flussabwärts zu leben. Was er getan hat, sagt er nicht.«

Unterdessen stritten die drei Caradocs darüber, wie hoch sie den Besenstiel halten mussten. Caitlin ging mit einem scharfen »Tad!« dazwischen. Sie riss ihnen den Besen aus der Hand und schleuderte ihn in die Ecke. »Erst wenn John Baptist uns getraut hat. Dann machen wir es auf Walisisch. Kommt alle rein und seht euch um. Wir haben alles so schön gemacht. Kommen Sie jetzt, John Baptist, auf die Beine mit Ihnen. Ich möchte, dass Sie dort stehen, vor dem Kamin.«

Caitlin ordnete nun an, wer wo und neben wem zu stehen hatte. Alle befolgten ihre Anweisungen, ohne zu murren.

Seth räusperte sich. »Miss Caitlin, Venus und ich, wir würden auch gerne heiraten, wenn Sie fertig sind. Sklaven können ja nicht wirklich heiraten, aber Miss Sophia sagt, wir sind keine Sklaven mehr. Warum sollten wir dann nicht heiraten?«

»Oh Seth!«, hauchte Venus.

Sophia drehte sich um. »Ihr seid keine Sklaven mehr, Seth, keiner von euch. Natürlich könnt ihr auch heiraten.«

»Mit uns zusammen«, sagte Henri mit fester Stimme und ignorierte das Gemurmel von John Baptist. »Mach Platz, Sophy, damit sich Venus und Seth zu uns stellen können.«

Saskia streckte die Hand aus. »Gib mir Susan«, sagte sie zu Venus. »Wer weiß, was dem armen Ding passiert bei all dieser Heiraterei.« Venus gab ihr die Kleine und strahlte Seth an.

John Baptist räusperte sich und blickte zur Decke hinauf. Er schwankte leicht und brüllte: »Wenn alle endlich so weit sind, mögen sich die Paare bei den Händen fassen.« Die drei Paare gehorchten.

»Lasst uns beten. Er ... Herr im Himmel, wir stehen vor dem Thron der Gnade, weil diese Menschen heiraten wollen. Caitlin heiratet Gideon, Sophia heiratet Henry und Venus heiratet Seth. Lieber Herr im Himmel, wir wissen, dass es kein Aufgebot gegeben hat. Aber allwissender Gott, du weißt, wer deine Kinder sind, jeder weiß davon und niemand hat irgendwelche Einwände. Ein Aufgebot brauchen wir nicht. Man muss ja nicht ständig alles wiederholen. So, und nun einer nach dem anderen.

Caitlin Caradoc, nimmst du Gideon Vann zu deinem Mann und versprichst, seine Frau zu sein ... in Gesundheit und Krankheit und Reichtum – wahrscheinlich nicht viel Reichtum hier in diesem Teil von Virginia, obwohl sich die Caradocs nicht beschweren können –, aber auch in Armut? Wenn es das ist, was Gott euch schickt, was immer auch geschieht, bis, äh, die kalte Hand des Todes euch auseinanderreißt? Und willst du ihm gehorchen ... seine Kinder zur Welt bringen und seine Kleider nähen und seinen Garten bestellen und das Feuer schüren? Das Vieh füttern und nachts ...«

»Ja!«, rief Caitlin. »Ja! Ich will!«

»Gut. Und Gideon Vann, willst du Caitlin zu deiner Frau nehmen, in Krankheit und Gesundheit – sie war immer gesund, denke ich? Feines Mädchen, kenne sie, seit sie ein kleines Ding war und mir gerade bis zum Knie ging. Sie wird dir nicht groß mit Krankheiten zur Last fallen. Und ... war sonst noch was? Willst du dich um sie kümmern, wie es sich für einen Mann gehört? Wilde Tiere vertreiben, wenn sie um euch herumstreichen? Vorausgesetzt, sie tut das, was ich ihr gesagt habe ... und gehorcht dir?«

Gideon sah verwirrt aus und ließ sich so viel Zeit mit seiner Antwort, dass John Baptist ungeduldig »Nun?« brüllte.

»Du musst auch Ja sagen. Sag es einfach, Gideon! Bitte! Sonst sind wir nicht verheiratet«, flüsterte Caitlin.

»Ja.«

»Gut. Henry, nimmst du Sophy zu deiner Frau? In Krankheit und Gesundheit für den Rest ihres Lebens, wie ich es Caitlin schon gefragt habe? Ihr habt es alles schon mal gehört. Wir haben es alle gehört, kein Grund, weshalb wir das alles noch einmal herunterbeten müssen.«

»*Je suppose. Oui*«, murmelte Henri.

»Er meint Ja«, warf Sophia ein.

»Ich habe ihn gehört. Du musst nicht für ihn sprechen. Sophia, heiratest du Henry Marshallman? Und jetzt kommt wieder diese Sache mit reicher und ärmer und kränker und gesünder, bis dass der Tod euch scheidet. Komm schon, gib mir deine Antwort genauso schnell wie seine. Nimmst du Henry nun oder nicht?«

»Ja. Ja, ich will.«

»Und du, Mädchen, die du keine Sklavin mehr bist, wie heißt du, Mädchen?«

»Venus«, antwortete Venus.

»Venus und ... wer bist du nun wieder?«

»Seth«, sagte Seth sehr laut.

»Nicht so laut, ich bin nicht schwerhörig. Aber ich muss doch wissen, wen ich vor dem Angesicht Gottes traue, nicht wahr? Ihr habt ja gehört, was ich eben sagte, was Mann und Frau versprechen. Und da ihr frei seid, nehme ich an, ihr könnt ebenfalls Mann und Frau sein. Was sagt ihr dazu?«

»Ich sage, dass wir heiraten und zusammen leben und zusammen sterben, ehe sie uns voneinander trennen«, erklärte Seth und sah Venus dabei in die Augen. »Und Susan ist unser Kind und von niemandem sonst.«

»Amen«, sagte Venus leise. »Amen. Oh Seth!«

»Na, dann schätze ich, ihr seid verheiratet wie alle anderen auch. Der Herr im Himmel sei gelobt, ihr seid alle verheiratete Männer und Frauen! Ihr wisst schon, wer mit wem verheiratet ist, und die anderen wissen es auch. Nun lasset uns beten.« John Baptist klammerte sich wie ein Ertrinkender an die Bibel und setzte heftig schwankend zu einem langen, ausschweifenden Gebet an, in dem es um Regenwetter, Noahs Arche, den guten Hirten, gute

Schafe und Kinder ging, die im Glauben an den Herrn erzogen werden sollten. Das brachte John Baptist auf neue Gedanken, die mit Ehebetten und Kinderkriegen zu tun hatten. Toby kicherte. Caitlin errötete. Sophia, die verzweifelt versuchte, nicht loszuprusten, fing Henris Blick auf. Beide senkten hastig den Kopf und bebten vor unterdrücktem Gelächter. Malinda stand mit weit aufgerissenen Augen da und lauschte.

»Der Besen! Wir sind erst fertig, wenn sie über den Besenstiel springen!« Caitlins Vater unterbrach John Baptist mitten im Satz. Er holte den Besen aus der Ecke. Sein jüngster Bruder und er hielten den Besenstiel hoch. »Komm mit, Caitlin, du und Gideon.«

»Tad, das ist viel zu hoch! Haltet ihn tiefer! Wir sind doch keine Riesen.«

Wieder entspann sich ein heftiger Streit darüber, wie hoch der Besenstiel nach alter walisischer Sitte gehalten werden musste, damit eine Eheschließung als offiziell anerkannt galt. Dann hielt Caitlin Gideon eine Hand hin. »Komm, sonst geben sie nie Ruhe. Wir müssen zusammen springen. Damit sollen wir zeigen, dass wir als Mann und Frau immer einer Meinung sind.« Gideon nickte. Caitlin raffte ihre Röcke und zog die eleganten Pantoffeln aus, die ihr sowieso zu groß waren. »Eins, zwei, drei!« Sie überquerten den Besenstiel mit einem Satz. Die Caradocs stampften mit den Füßen und johlten.

»Jetzt ihr.« Caitlins Vater nickte Henri zu.

»Natürlich!«, sagte Sophia, raffte ihrerseits die Röcke und nahm Henri bei der Hand. Sie sprangen. Die Caradocs brüllten begeistert. *Zumindest in Wales gelten wir nun als verheiratet*, dachte Sophia.

Dann waren Venus und Seth an der Reihe. Seth sprang und stieß einen lauten Freudenschrei aus, nahm Venus in die Arme und wirbelte sie herum. Die Caradocs brüllten wieder, stampften auf den Boden, vollführten einen spontanen Tanz und reichten den Krug herum. Dann nahm der jüngste Caradoc seine Geige und setzte zu einem walisischen Liebeslied an. John Baptist erinnerte sich an den Whiskeykrug und bot ihn den drei frisch verheirateten Männern an. Gideon und Henri lehnten höflich ab, doch Seth nahm das Angebot dankend an, während Venus Susan fütterte, die angefangen hatte zu weinen.

Sophia nahm ihr Schreibzeug und verfasste eine Heiratsurkunde für Venus und Seth. »Ihr braucht einen Nachnamen auf der Heiratsurkunde«, sagte sie. Venus und Seth sahen sich an.

»Ich kenne keinen anderen Namen«, sagte Seth. »Sklaven haben meistens keine anderen Namen.«

»Aber du bist jetzt frei, Seth. Wie soll Venus von nun an heißen?«

»Ein anderer Name! Ich will einen schönen für Venus, mich und Susan. Den feinsten Namen, den es gibt.«

»Hmm«, überlegte Sophia. »Wie wär's mit Venus und Seth Hanover? In England ist das ... ähm ... der König ... der Nachname des Königs.«

»Klingt gut.« Keiner von beiden konnte schreiben, also trug Sophia ihre Namen ein, dann unterschrieb sie mit dem Namen von John Baptist. Sie nahm sich vor, auf Wildwood als Erstes eine Schule zu errichten, in der die befreiten Sklaven lesen und schreiben lernten. Dann stand sie auf, um Caitlin und Saskia beim Tischdecken zu helfen. Caitlin band sich eine Schürze über ihr neues Kleid und zerschnitt den Schinken mit dem Jagdmesser ihres Vaters.

Auf der Veranda griffen die Caradocs wieder zu ihren Geigen – was war eine Hochzeit ohne Musik – und widmeten sich in den Pausen ihrem Krug. Rufus hatte der Whiskey wehmütig gemacht. Er wollte seinen Söhnen schildern, wie es war, als er und Molly geheiratet hatten. Toby und Jack hörten jedoch nicht zu, sondern schlichen sich immer wieder an den Tisch und versuchten, Stückchen vom Schinken und der verführerisch duftenden Pastete zu ergattern. Aber Rufus erwischte sie und schleifte sie am Kragen zurück zur Veranda. »Eure Mutter, Gott gebe ihrer Seele Frieden, hat euch Manieren beigebracht! Bringt ihr Schande über ihr Andenken, dann werde ich euch die Ohren lang ziehen, jawohl!«

»Ohhhh! Paaaa!«, jammerten sie. Sie hatten schrecklichen Hunger, aber etwas in Rufus' Blick hielt sie davon ab, es noch einmal zu versuchen.

Am Nachmittag hörte es auf zu regnen. Die Sonne kam zum Vorschein. Die Überreste des Festmahls lagen auf dem Tisch, von den Truthähnen waren nur ein paar sauber abgenagte Knochen übrig und die Pastete war bis auf ein paar armselige Krümel verschwunden. Den Rest des Schinkens hatten sie in ein Stück Musselin gewickelt und in den Lebensmittelschrank gelegt. Sogar die Jungen waren so satt, dass sie nur noch lustlos an einem letzten *bara brith* nagen konnten, das mit Caitlins süßer Butter bestrichen war. Die Geiger schnarchten auf der Veranda. Malinda lag zusammengerollt unter dem Tisch und schlief.

Vor Sonnenuntergang waren die Caradocs, John Baptist, Rufus, Meshack und Nott aufgewacht und hatten festgestellt, dass der erste Krug leer war. Caitlins Vater taumelte davon, um den nächsten zu holen. Henri und Seth gingen die Tiere füttern. Gideon war verschwunden. Caitlin kicherte und sagte Sophia, sie wisse nicht, wohin er gegangen sei. Sie hatte Gideon jedoch vor der walisischen Sitte des *shivaree* gewarnt, bei der ein frischgebackenes Ehepaar in seiner Hochzeitsnacht mit viel Lärm gestört wurde. Gideon hatte gelacht und gesagt, das wolle er nicht. Er würde sich auf die Suche nach einer Stelle machen, wo sie niemand finden würde. Caitlin wurde rot und Sophia lachte.

Als es Abend wurde, kam Seth zurück, aber von Henri war nichts zu sehen. Sophia glaubte, er würde Thierry zu suchen. Der war nämlich geflüchtet, weil er weder an der Hochzeitszeremonie noch am Festmahl teilnehmen wollte und sich außerdem geweigert hatte, Henris Trauzeugen zu spielen. Dann dämmerte es ihr: Henri hatte sich vermutlich gedacht, dass sie nun die gewünschte Heiratsurkunde in den Händen hielt und sie und ihre Begleiter damit in Sicherheit waren. Während alle anderen betrunken waren, hatten die beiden Franzosen die Gelegenheit beim Schopf gepackt, zwei Pferde der Caradocs gestohlen und die Flucht ergriffen. Sie würde ihn nie wiedersehen.

Sophia war überrascht über das traurige, leere Gefühl, das sich in der Magengrube ausbreitete. Erst jetzt wurde ihr klar, wie sehr sie sich auf ihre Hochzeitsnacht gefreut hatte. Aber offensichtlich dachte Henri nicht, dass es sich lohnte, ihretwegen zu bleiben. Am liebsten hätte sie geweint, doch sie wollte Caitlin nicht erschrecken. Zusammen mit Caitlin, Venus und Saskia räumte sie den Tisch ab. Danach saßen die Frauen bei einem Glas Muskatellerwein zusammen. Zwei von ihnen warteten darauf, dass ihr Mann zurückkam. Caitlin war glücklich und aufgeregt und hielt nach Gideon Ausschau. Venus war ruhiger, doch sie schien innerlich zu leuchten. Während sie Susan fütterte, flüsterte sie ihr immer wieder zu: »Seth und ich haben geheiratet, Susan. Du bist unser Kind, Seth ist dein Pa. Jeden anderen Pa kannst du vergessen, weil ich Seths Frau bin! Wir sind jetzt die Familie Hanover. Wir sind frei, und niemand kann uns verkaufen.«

Sophia, die streng genommen nun Mistress de Marechal war, versuchte ihrer Enttäuschung mit Vernunft zu begegnen. Eigentlich war es gut, dass Henri verschwunden war. Jetzt musste sie sich nicht mehr fragen, wann er wohl gehen würde. Sie und die anderen würden Wildwood mit oder ohne Henri erreichen. Sie ermahnte sich streng, dass sie eben das bekommen habe, was sie wollte. Alles war gut. Sie hatte nichts zu bereuen.

In ihren Augen brannten ungeweinte Tränen.

Die Caradoc-Brüder spielten wieder auf, diesmal ein klagendes Lied, das »Suo Gran« hieß, wie Caitlin ihr sagte.

»Ein Liebeslied?«, fragte Sophia mürrisch.

»Ein walisisches Wiegenlied«, erwiderte Caitlin und errötete. »Für den Kindersegen«, flüsterte sie Sophia zu. »Und da kommt Gideon.« Sie stand auf und ging zu ihm. Gideon legte ihr den Arm um die Schultern. Sophia sah ihnen nach, bis sie von der Dämmerung verschluckt wurden.

»Venus.« Seth winkte ihr von der Tür aus zu. Venus lief zu ihm. Susan schlief an Saskias Schulter. Hand in Hand gingen Seth und Venus fort.

Sophia stand am äußersten Ende der Veranda und starrte in die Dämmerung. Wenigstens blieb es ihr erspart, ihre Hochzeitsnacht im Haus zu verbringen, wo jeden Augenblick ein betrunkener Caradoc oder John Baptist hereinpoltern konnte. Jetzt endlich konnte sie weinen. Als ihr die erste Träne über die Wange lief, hörte sie eine Stimme sagen: »Madame de Marechal?«

Sie schaute erschrocken auf, und da stand Henri und sah sehr zufrieden mit sich aus. Er streckte die Hand aus. Was? Er war nicht fortgegangen? Sophias Herz machte einen Satz. Sie wischte sich die Tränen ab, ergriff seine ausgestreckte Hand und zusammen gingen sie zum Fluss hinunter. Henri wies auf die ersten Sterne. Hinter ihnen fiedelten die Caradocs, die Musik wurde immer leiser. Sie konnten das Rauschen des Mühlbachs hören. Glühwürmchen flirrten wie kleine Lichtpunkte um sie herum. Fledermäuse flatterten in den Abendhimmel, der noch einen schmalen rosafarbenen Streifen zeigte. Sie gingen immer weiter, bis das Haus und die Wagen nicht mehr zu sehen waren. An einer Schwarzbirke blieb Henri stehen und zog eine Art Vorhang zurück, der von den niedrigen Zweigen hing. Es war eine von Caitlins Steppdecken. »Ihr *boudoir de campagne*, gnädige Frau!«

Sophia musste sich bücken, um hineinsehen zu können. »Oh Henri! Wie wundervoll!« Hier also war Henri die ganze Zeit gewesen! Unter den Zweigen lag eine von Caitlins mit Maisspelzen gefüllten Matratzen, über die er weitere Steppdecken gebreitet hatte. In der Dunkelheit rauschte und murmelte der Fluss. Henri hielt weiter den Vorhang hoch und ließ Sophia als Erste hineinkriechen. Dann folgte er ihr und zog sie auf die Matratze.

»Das Haus kam nicht infrage. Hier sollte es nicht allzu feucht sein. Nun, gnädige Frau, sind wir verheiratet?«, fragte er und fuhr mit den Lippen an ihrem Hals entlang.

»*Oui*, Monsieur«, flüsterte Sophia und zitterte, als er begann, ihr Mieder aufzuknöpfen.

Er löste ihre Haare und tat all die Dinge, von denen er wusste, dass Frauen sie mochten. Langsam und erfahren, bis sie seinen Namen hauchte und er sicher war, dass sie nicht vorhatte, die Unnahbare zu spielen. Viel später, als er einschlief, lächelte er zufrieden in der Dunkelheit und wusste sich wieder auf vertrautem Terrain. Frauen waren alle gleich. Wer hatte jetzt das Sagen? Er hatte wieder die Oberhand gewonnen, und so sollte es bleiben, bis er ging. Es würde ihr eine Lehre sein. Er streckte sich wohlig aus und schlief sofort ein.

Sophia schmiegte sich an seinen Rücken und lauschte seinen regelmäßigen Atemzügen. *Egal, was die Zukunft bringt, ich werde mich immer an diese Nacht erinnern und sie nie bereuen, sei sie nun unmoralisch oder nicht,* dachte Sophia glücklich, als sie neben ihm einschlief.

Sie wachte auf, als es in ihrem kleinen Zelt hell wurde. Ihr ganzer Körper schmerzte auf eine angenehme Weise. Sie spürte, wie eine Woge des Glücks in ihr aufbrandete, als sie an die vergangene Nacht dachte. Wenn es heute Morgen so weiterginge, würde sie sich lieber waschen, bevor Henri aufwachte. Sie wickelte sich in eine Decke und tauchte in das graue Licht der Morgendämmerung, begleitet von den ersten Rufen der Vögel über dem nebelverhangenen Fluss.

Sie ging zum Ufer, ließ die Decke auf einen Felsen fallen und schlüpfte dann langsam ins Wasser. In dem Moment bemerkte sie, dass sich auf dem Fluss etwas bewegte. Für einen Wasservogel war es zu groß. Lautlos ließ sie sich ins Wasser gleiten, bis nur noch ihr Kopf herausragte, und beobachtete, wie eine Reihe von Indianerkanus mit Kriegern, Frauen, Kindern und alten Leuten und ihrem Hab und Gut wie Geister im Nebel vorbeifuhren. Sie rieb sich die Augen. Dann schlug sie sich die Hand vor den Mund, um nicht überrascht aufzuschreien. Dort, in einem der Kanus, saß Cully! Sie wartete, bis das letzte Kanu verschwunden war, stieg aus dem Wasser, wickelte sich in die Decke und eilte zurück zu ihrem Schlafgemach unter der Birke.

Henri wachte gerade auf. Er reckte sich und lächelte, als sei er ebenso zufrieden mit der vergangenen Nacht wie Sophia. Er drehte sich zur Seite. »Nun, mein hässlicher kleiner Affe«, murmelte er, ohne die Augen zu öffnen, »soll ich dich noch einmal daran erinnern, wer dein Herr und

Gebieter ist? Und wenn dein Herr und Gebieter dir befiehlt zu betteln, dann wirst du ...«

»Henri, steh auf!«

Henri riss die Augen auf. Sophia lag nicht bewundernd und unterwürfig an seiner Seite, sondern streifte sich hastig ihr Kleid über und kommandierte herum. »Beeil dich! Ich habe gerade Indianer auf dem Fluss gesehen, eine lange Reihe von Kanus. Sie hatten Cully. Geh und such Gideon!«

Beunruhigt setzte Henri sich auf und griff nach seinem Hemd. »Waren es Krieger? Wie weit entfernt waren sie, Sophy? Haben sie die Fähre angegriffen?« Natürlich waren die Caradocs bewaffnet, aber er hörte keine Schüsse. Konnten sie einem Angriff standhalten? Wahrscheinlicher war jedoch, dass die Caradocs und John Baptist von der Nacht zuvor noch zu betrunken waren, um überhaupt mitzubekommen, dass sie angegriffen wurden. Vermutlich hatten die Indianer sie ermordet und skalpiert, ohne dass sie Widerstand geleistet hätten. »Und was hast du am Fluss gemacht?«

»Ich wollte baden.« Sophia flocht sich mit flinken Fingern die Haare. »Ich glaube nicht, dass es Krieger waren. Sie hatten Frauen und Kinder und ihre Habe dabei, oder zumindest sah es so aus. Vielleicht haben die Chickasaws angegriffen und sie sind auf der Flucht ... Obwohl ich nicht glaube, dass Cherokees vor irgendetwas fliehen würden. Gideon wird es wissen. Aber Gott sei Dank, Cully ist am Leben, und Gideon kann die Verfolgung aufnehmen. Was werden die Indianer wohl als Lösegeld nehmen?«

Kapitel 20

Nach der Hochzeit

Juli 1755

Unbewaffnet bahnten sich Sophia und Henri vorsichtig einen Weg zwischen den Bäumen hindurch zurück zum Handelsposten, um zu sehen, ob er noch stand und die Bewohner noch lebten. Es hatte jedoch gar keinen Angriff gegeben – zum Glück, denn die Caradocs und John Baptist waren nach der Hochzeitsfeier in einem derart schlechten Zustand, dass sie sich unmöglich hätten verteidigen können. Saskia weinte, als sie hörte, dass Cully am Leben war, und wollte den Kanus nachlaufen. Sophia überredete sie, es nicht zu tun. Gideon würde wissen, wo sie nach ihm suchen sollten. Außerdem konnte er ihnen am besten sagen, wie man mit den Indianern verhandelte, die ihren Sohn entführt hatten. Wenn Saskia ebenfalls entführt würde oder sich verlief oder schlimmstenfalls getötet würde, wäre sie Cully keine Hilfe.

Saskia war verzweifelt, weil sie warten musste, aber sie hatte keine Wahl. Von Gideon und Caitlin war jedoch weit und breit nichts zu sehen. Es dauerte vier Tage, bis sie wieder auftauchten. Caitlin flüsterte Sophia zu, sie und Gideon hätten ihr Lager in einer Höhle aufgeschlagen, und errötete.

Als Sophia Gideon erzählte, dass sie Cully gesehen habe, erklärte er sich bereit, seiner Spur zu folgen und zu versuchen, ihn auszulösen. Er weigerte sich jedoch, seine Entführer möglicherweise mit Whiskey zu Cullys Freilassung zu bewegen. Mit Gift würde er nicht einmal ein Kind freikaufen wollen. Nachdenklich machte er sich auf den Weg und überlegte, wie er verhandeln sollte.

Venus und Seth verschwanden so oft mit Susan, dass sich Saskias Frustration und Angst wegen Cully in wütenden Angriffen gegen Venus Luft verschafften. Sie warf ihr vor, sich nicht genügend an der Arbeit zu beteiligen. Als Seth versuchte zu vermitteln, ging Saskia auf ihn los. Sie stritten sich heftig, bis Nott kam und Saskia beruhigte. Er scheuchte die anderen davon, legte die Arme um Saskia und sagte, sie müsse sich ein wenig länger gedulden, doch sie würden Cully zurückbekommen. Da sei er sich ganz sicher. Saskia brach in Tränen aus.

Henri und Thierry drängten die Caradocs, die Flöße fertigzubauen, aber den Caradoc-Brüdern ging es nach der Hochzeitsfeier tagelang so elend, dass sie nicht nur sehr langsam weiterarbeiteten, sondern nach Sophias Meinung auch sehr schludrig. Erbarmungslos wies sie auf Stellen, wo sich immer wieder Teile lösten. John Baptist nahm schließlich Reißaus und flüchtete sich betrübt auf seine Insel.

Währenddessen gab es ein bisschen Abwechslung, als eine Reihe überfüllter Flöße an der Handelsstation ankam. Darauf waren mehrere Generationen einer Familie mit ihrem Vieh unterwegs. Ihre Kinder hatten sie mit Seilen an den Seiten festgebunden. Sie kamen an Land und kauften Schießpulver und Maismehl und etwas Speck von Caitlin. Die Neuankömmlinge hatten zwei Pferde, die sie gegen eine von Sophias Kühen eintauschen wollten, da ihre eigene Kuh gestorben war. Es waren keine besonders guten Pferde, aber Sophia flüsterte Henri zu, sie sollten sie besser nehmen.

Mit unglücklicher Miene zupfte Malinda Sophia am Rock und zeigte auf die Kinder, die an dem Floß angebunden waren. Sophia beugte sich zu ihr herunter und erklärte ihr, auf diese Weise solle verhindert werden, dass sie ins Wasser fielen und ertranken. Dennoch beruhigte sich Malinda nicht. Also fragte Sophia die Frauen auf dem Floß, ob sie nicht ans Ufer kommen könnten. Einen ganzen Nachmittag lang hallte der Handelsposten am Fluss wider vom Geschrei und Lachen der Kinder. Alle Kinder, sogar Toby und Jack, spielten Blindekuh und Verstecken. Malinda machte mit und riss vergnügt den Mund auf, ohne dass ein einziger Laut herauskam.

»Kann die nicht reden?«, fragte eines der Siedlerkinder und zeigte auf Malinda. »Sie sagt ja gar nichts.«

»Malinda ist zu schlau, um zu reden«, erwiderte Jack stolz.

Die Siedlerkinder sahen Malinda nachdenklich an. »Hab ich ja noch nie gehört«, meinte das älteste schließlich.

Caitlin backte süße Kekse, die die Kinder mit Buttermilch herunterschlangen, während ihre Mütter Tee tranken. Caitlin hatte Mitleid mit ihnen, sie sahen verängstigt und abgehärmt aus. Sie machte Maisbrot und kochte einen riesigen Topf Suppe aus den letzten Kartoffeln vom vergangenen Herbst, getrocknetem Gemüse und Eichhörnchen, die Thierry an diesem Morgen erlegt hatte, und sie bestand darauf, dass alle zum Abendessen blieben. Am nächsten Morgen, als die Siedler aufbrachen, gab sie den Frauen einen Tontopf mit Honig und einen Korb mit Eiern mit.

»Sie waren wirklich freundlich. Wir alle haben es genossen. Wie schön wäre es, wenn wir einfach hierbleiben könnten, statt den ganzen Weg nach Kentuckee zurückzulegen. Meinen Sie, dass wir es schaffen?«, fragte eine der ängstlichen Frauen flüsternd. »Wo Sie doch mit einem Halbblut verheiratet sind, wissen Sie vielleicht, wo die Indianer sind?«

Caitlin sagte, sie wisse es nicht. Die Frau sah nicht so aus, als wollte sie aufs Floß zurück, doch ihr Mann hatte ihre Kinder schon wieder festgebunden, also ging sie.

Nachdem die drei neuen Flöße unterschiedlich weit gediehen waren, stellten Caitlin und ihr Vater die Waren zusammen, die sie auf den neuen Handelsposten mitnehmen würden. Sie überlegten, was auf den Flößen und was auf den Wagen transportiert werden sollte. Meshack und Nott würden mit den Wagen den Pfad am Fluss entlangfahren, das Vieh mitnehmen und die Flöße einholen, wenn sie für die Nacht festmachten. Die beiden waren nicht besonders glücklich darüber, weil sie Angst hatten, leichte Beute für die Indianer zu werden, doch Sophia versprach jedem von ihnen eine Kuh, wenn sie sich einverstanden erklärten. Trotzdem war noch genug übrig, was auf den Flößen verstaut werden musste, sodass Sophia befürchtete, sie würden untergehen wie ein Stein. Die Möglichkeit, in den Fluten zu versinken, versetzte Saskia in derartige Angst, dass sie darauf bestand, Nott auf einem der Wagen zu begleiten.

In der Zwischenzeit verstrich Woche für Woche ohne ein Zeichen von Gideon. »Er kann doch wohl nicht tot sein, oder, Sophy?«, fragte Caitlin immer wieder mit angstvoll aufgerissenen Augen. »Oder ob er es satthat, verheiratet zu sein? Das kann es doch noch nicht sein, oder?« Sophia war sicher, dass Gideon zurückkehren würde, konnte aber nachfühlen, wie elend es Caitlin ging. Saskia schwankte ständig zwischen der wilden Hoffnung, Gideon könne jeden Augenblick mit Cully auftauchen, und der jämmerlichen Angst, dass er nie wiederkommen würde.

Sophia und Caitlin stellten beide fest, dass sie nicht viel Appetit hatten. Sophia schob es auf die Hitze und Caitlin auf ihre bedrückte Stimmung. Als Sophia eines Morgens draußen Eier einsammelte, sah sie Caitlin, die sich hinter dem Hühnerstall übergab. Sophia wurde flau im Magen. Sie suchte die Eier zusammen, bei deren Anblick ihr noch mulmiger wurde, und musste sich prompt ebenfalls übergeben. So ging es von da an jeden Morgen. Schließlich meinte Saskia, sie müssten beide schwanger sein.

Caitlin legte sich ehrfürchtig die Hand auf den Bauch und flüsterte: »Ein Kind! Das Wiegenlied hat funktioniert!«

O nein!, dachte Sophia entsetzt und bat Saskia und Caitlin, ihr Geheimnis für sich zu behalten und Henri nichts zu sagen. Sie verstanden es zwar nicht, stimmten aber zu. Caitlin schwebte regelrecht davon, um es ihrem Vater zu erzählen.

Ein heißer, schwüler Tag folgte auf den nächsten. In den drückenden Nächten, in denen sich kein Lüftchen regte, summten die Mückenschwärme, die auf dem träge dahinfließenden Fluss prächtig gediehen. Sophia hatte das Gefühl, als sei es ihr noch nie in ihrem Leben so schlecht gegangen. Sie hatte Mühe, ihr Unwohlsein zu verbergen, doch dann richtete sich alle Aufmerksamkeit auf Thierry, der ernsthaft krank wurde. Er bekam so hohes Fieber, dass er sich nicht mehr rühren wollte. Er musste sich übergeben und zitterte trotz der Hitze vor Schüttelfrost. Caitlin packte ihn in warme Decken, erhitzte Steine, die sie darunterlegte, und versuchte, heilenden Tee aus wild wachsenden Pflanzen zu brauen. Henri versicherte Thierry, er würde nicht ohne ihn gehen.

»Wir sind in ein paar Monaten zu Hause, Thierry, versprochen«, sagte er immer wieder und wischte dem Freund die Stirn mit einem feuchten Tuch ab, das zu glühen schien, wenn er es herunternahm.

Caitlins Stimmung ließ sich mühelos an der Wahl der Lieder ablesen, die sie sang. Sie wechselte zwischen Schlafliedern und traurigen Liebesballaden. Seth, Nott, Meshack und die Jungen jäteten Unkraut im Gemüsegarten und töteten Insekten, und Rufus kümmerte sich um das Vieh. Nachts hielten die Männer abwechselnd Wache. Alle ehemaligen Sklaven waren angespannt und nervös. Sie rechneten ständig damit, dass Sklavenfänger oder die Miliz aus dem Wald auftauchen würden. Rufus und seine Jungen fürchteten, nach Williamsburg zurückgeschleppt zu werden. Die Männer achteten darauf, dass ihre Waffen immer geladen und griffbereit waren. Sie hatten es ebenso eilig wie Henri, endlich nach Wildwood aufzubrechen, und warteten ungeduldig auf Gideons Rückkehr.

Venus erbettelte ein Tuch von Sophia, mit dem sie sich Susan auf den Rücken band, während sie die Hausarbeiten verrichtete, die sie sich mit Saskia und Caitlin teilte. Sophia übernahm alles an Näharbeiten, vor allem, weil sie dabei sitzen konnte. Wenn sie saß, war ihr weniger übel und schwindelig.

Caitlin fragte Venus immer wieder, wie es sich anfühlte, ein Kind zu bekommen, und ließ sich alles haarklein schildern. Wie schmerzhaft es war, wollte sie wissen und lauschte mit großen Augen, wenn Venus genüsslich beschrieb, wie sie vor Schmerzen laut geschrien habe. Sophia versuchte, nicht hinzuhören.

Der ranzige Gestank der Pelze, die auf der Veranda trockneten, verschlimmerte ihre Übelkeit noch. Wenn sie es nicht mehr aushielt, Venus' Erzählung über die Geburt ein weiteres Mal anzuhören, suchte sie Zuflucht auf der kleinen Bank in dem Haus an der Quelle. Dort konnte sie für einen Moment die schwüle Hitze und alles andere hinter sich lassen. Zwischen Butter, Käse und Buttermilch bot das Häuschen gerade genug Platz für eine Person. Es war zwar feucht, aber kühl. Oft überkam sie eine unerklärliche Schwermut. Sie weinte viel und las in Lady Burnhams Gebetbuch, in der Hoffnung, dadurch ihre bedrückte Stimmung zu erhellen. Wenn sie die Worte ihrer Mutter und Lady Burnhams auf dem Vorsatzblatt sah, fühlte sie sich ruhiger. Sie war sich aber auch sicher, dass weder ihre Mutter noch ihr Vater oder Lady Burnham ihre jetzige Situation gutheißen würden. Sophia wusste, dass sie weiterhin alles daransetzen musste, die Gruppe, die sie um sich geschart hatte, nach Wildwood zu bringen. Aber manchmal ging es ihr so schlecht, dass ihr alles egal war. Sie hoffte, sie kam ihrer Pflicht nach.

Was immer diese Pflicht auch sein mochte. In England hatte sie stets gewusst, was man von ihr erwartete, selbst wenn sie sich nicht immer danach gerichtet hatte. Aber in Virginia war es oft schwierig, wenn nicht gar unmöglich zu wissen, was richtig war. Während sie nachdachte, knabberte Sophia gedankenverloren eine Handvoll Brunnenkresse, die in der Quelle wuchs. Sie schmeckte kühl und frisch und war das Einzige, was sie herunterbrachte.

Es war fast August, als Gideon zurückkam, doch er brachte Cully mit. Saskia, die vor lauter Sorge um Jahre gealtert schien und dunkle Ringe unter den Augen hatte, stieß einen Freudenschrei aus, als sie ihren Sohn sah. Sie fiel auf die Knie und umklammerte Cully, als wollte sie ihn nie wieder loslassen. Schluchzend dankte sie Gideon.

Gideons finstere Miene wurde weich, als Caitlin ihm von dem Kind erzählte. Dann berichtete er ihnen, was er erfahren hatte, als er seinen Stamm eingeholt hatte, warum sie stromaufwärts gefahren waren und wie er sie überredet hatte, Cully freizulassen.

Zwei junge Krieger aus seinem Dorf, die sich auf die Suche nach Chickasaw-Kriegern gemacht hatten, waren mit einem fetten erlegten Bären sowie Pferden, Decken, Maismehl und einem Negerkind zum Stamm zurückgekehrt. Das Kind hatten sie Weißen abgenommen, die am Fluss lagerten. Als man sie verhöhnte, weil sie keine weißen Skalpe vorzuweisen hatten, prahlten die Krieger, sie würden die Weißen in ein paar Tagen erneut überfallen. Es gab keine Eile, die Weißen waren leichte Beute, jedes Kind konnte sie skalpieren. Jetzt hatten sie frisches Fleisch, wollten erst einmal feiern und tanzen und Ball spielen, wie die jungen Männer es oft tagelang taten. Aber nachdem sie eine Weile geschlemmt und getanzt hatten, konnten die Krieger sich kaum noch auf den Beinen halten. Mit fleckigen und geschwollenen Gesichtern lagen sie auf ihren Decken, auch ihre Körper waren mit Flecken übersät. Sie zitterten vor Kälte, obwohl sie vor Fieber glühten. Die Schamanen brachten sie zur Wasserheilung zum Fluss, doch das Fieber ging nicht weg. Es dauerte keine Woche, da waren sie tot.

Bald wurden auch andere Stammesmitglieder krank und starben. Nicht nur Kinder, Frauen und alte Leute wurden dahingerafft, sondern auch kräftige junge Krieger. Die Schamanen suchten unablässig nach der Ursache und entschieden schließlich, dass die Flecken durch gefleckte Frösche verursacht wurden. Die Leute mussten sie irgendwie beleidigt haben. Zur Heilung brachte man sie zum Wasser, wo die Frösche lebten, und dort tauchten sie die vor Fieber glühenden Menschen in den Fluss. Sie spuckten ihnen den Saft von gefleckten Pflanzen auf den Kopf. Sie ließen die Kranken sogar geröstete Frösche essen, um dem Bösen entgegenzuwirken. Trotzdem starben die meisten.

In dieser Zeit hatten Creeks das Dorf überfallen, das Haus niedergebrannt, in denen die Ratsversammlungen stattfanden, und viele Gefangene und Sklaven genommen, weil viele Krieger zu schwach zur Gegenwehr waren. Die Feinde hatten sie im Triumph ihren eigenen Leuten vorgeführt, obwohl die Krieger, die sie mitgenommen hatten, zu schwach waren, um sie zu foltern und zu töten. Stattdessen demütigten sie sie dadurch, dass sie sie zu Sklaven ihrer Frauen machten. Aber egal, wie sehr man sie auch schlug, sie wurden krank, bekamen Fieber und Flecken, konnten nicht mehr aufstehen und starben. Bald wurden auch die krank, die sie gefangen genommen hatten.

Die Kriege und die Gefangennahme von Feinden, durch die die Stämme jedes Frühjahr miteinander in Berührung kamen, fanden auch in diesem Frühjahr statt. Die Fleckenkrankheit wütete wie ein unersättliches Feuer in den Siedlungen der Indianer. Es verbreitete sich von einem Stamm zum nächsten und tötete Gideons Leute und ihre Feinde gleichermaßen. In wenig mehr als einem Mond hallte das Land von Klagen um die Toten wider, darunter Gideons Großmutter und die meisten seines Dorfes.

Nachdem kein Zauber und keine Behandlung der Schamanen dem Sterben des Volkes Einhalt gebieten konnte, hatte ein alter Mann im Traum gesehen, dass die Weißen diese tödliche Krankheit mitgebracht hatten. Ihre Pferde und Decken und das schwarze Kind, das sie ihnen gestohlen hatten, waren verflucht und auf irgendeine Weise unrein. Um den Fluch zu brechen, sagte er, müssten die Überlebenden die Pferde töten, ihre Häuser verlassen, damit Wind und Regen sie reinigten, und zu dem Ort zurückkehren, wo die Pferde gestohlen worden waren und die Decken und Cully dort verbrennen. Die Überlebenden nahmen bedrückt Abschied von ihren Toten, sammelten ihr Hab und Gut zusammen und fuhren voller Trauer flussaufwärts, wie er es ihnen gesagt hatte.

»Flecken? Oh Gideon, das klingt, als hätten sie alle Masern bekommen!«, rief Sophia. »Die Krieger, die Cully gestohlen haben, müssen sich bei ihm mit Masern angesteckt haben, wie Rufus und die Jungen. Obwohl es nicht sein kann, dass so viele Menschen an Masern sterben. An Masern stirbt man kaum.«

Gideon sah sie an. Er glaubte nicht mehr so recht daran, dass die Weißen die Fleckenkrankheit verursachten. Schließlich litten sie selbst darunter, doch die Weißen schienen eine Kraft oder einen Zauber zu haben, der sie und die Neger vor dem Tod bewahrte. Das war eine bedeutende Kraft. Die Stämme würden nicht wagen, das Land zu betreten, das von Leuten bewohnt wurde, die im Besitz dieser Kraft waren.

Er erwähnte nicht, dass er gerade noch rechtzeitig gekommen war, bevor es für Cully zu spät war. Die Indianer, die ihn entführt hatten, waren gestorben. Man war zu dem Schluss gekommen, dass Cully verflucht sei und als Opfer verbrannt werden müsse, um die Geister zu beschwichtigen. Nur durch beharrliche Verhandlungen mit den verbleibenden Ältesten im Großmütterrat, in deren Hand das Schicksal von Gefangenen und Geiseln lag, hatte er verhindern können, dass Cully getötet wurde. Sie erinnerten Gideon daran, dass seine eigene Großmutter an der seltsamen Krankheit gestorben war, die den Negern und Weißen zu folgen schien. Hat ihr Geist ihn nicht angefleht, sie zu rächen? War es nicht die Pflicht eines Clanmitglieds, den Tod eines anderen Mitglieds zu rächen? Wartete nicht ihr Geist darauf, dass das Kind verbrannt wurde, damit er und andere Geister befreit würden und in das Land der Dämmerung gehen konnten? Hatte er so lange von seinem Volk entfernt gelebt, dass er nicht mehr wusste, was seine Pflicht war?

Gideon hatte dagegengehalten, es sei besser, Cully arbeiten zu lassen, weil so viele junge Frauen, die normalerweise die Aussaat und die Ernte besorgten, gestorben waren. Die Großmütter besprachen diesen praktischen Einwand. Die Schamanen jedoch hatten Anweisung gegeben, ihn zu verbrennen, und sie wollten nicht gegen deren Rat handeln. Außerdem bedeutete der Auszug aus ihrem angestammten Lager, dass ihre Maisfelder vertrocknen und absterben würden, ohne abgeerntet zu werden. Sie würden nicht wie in jedem anderen Jahr das Fest des Grünen Maises feiern, das der Maisernte gewidmet war, und der kommende Winter würde hart werden. Sie hatten nichts zu essen. Es waren auch nur noch wenige Krieger da, die zur Jagd gehen konnten. Und Cully müssten sie außerdem durchfüttern.

Gideon erwiderte, der Geist seiner Großmutter habe ihm nicht gesagt, dass das Kind verbrannt werden solle. Er hatte ihnen im Tausch gegen Cully gemahlenen Mais vom Handelsposten als Lösegeld angeboten, damit sie den Winter über versorgt wären. Die Großmütter berieten sich. Schließlich stimmten sie zu, das Maismehl anzunehmen und Gideon Cully mitnehmen zu lassen, bevor das Lösegeld gezahlt war – und bevor noch mehr Böses von dem Jungen ausgehen konnte. Weder die Großmütter noch Gideon zweifelten daran, dass Gideon mit dem Maismehl wiederkommen würde.

Er überlegte, ob er und Caitlin von ihrem Plan mit dem Handelsposten abrücken sollten, aber vielleicht war diese Krankheitswelle ein Omen, dass die Reisenden andere Übel mit sich brachten. Wenn dem so war, war es seine Pflicht, sie zu verstehen, und vielleicht konnte er lernen, welche Zauber und Beschwörungen man gegen sie einsetzen könnte. Er musste zu dem flachen Felsen hinaufgehen, von dem aus man das Tal überblickte, wo der Wind oft die Geister seiner Vorfahren hintrieb. Er würde ein Opfer darbringen, Tabak verbrennen und fragen, was er tun müsse.

Gideon brachte auch noch andere Neuigkeiten mit. Jäger hatten berichtet, dass die Engländer, die Franzosen und ihre indianischen Verbündeten am Ohio Krieg gegeneinander geführt hätten. Viele Menschen seien gestorben, darunter auch der englische General Braddock. Colonel Washington habe dafür gesorgt, dass er begraben wurde. Dann habe er Wagen über dem Grab hin und her fahren lassen, sodass man es nicht mehr erkennen konnte und sein Leichnam nicht geschändet, ausgegraben oder von wilden Tieren gefressen würde.

So erfuhr Henri, dass sein Bericht wertlos war, dass es keine Garantie mehr für seine und Thierrys Heimreise gab und keine Belohnung auf sie wartete, falls sie jemals nach Frankreich zurückkehren sollten. Er fluchte heftig auf Französisch, wünschte Sophia zum Teufel und stürmte wütend davon.

Am nächsten Tag küsste Gideon Caitlin zum Abschied, versprach ihr, so bald wie möglich zurückzukehren, und sagte ihr, sie solle sich keine Sorgen machen. Er spannte zwei Maultiere der Caradocs vor den größten Wagen und belud ihn, ohne die Caradocs zu fragen, mit Fässern voller Maismehl. Dann fuhr er zurück in die Richtung, aus der er gekommen war. Caitlin weinte, als er allmählich ihren Blicken entschwand. Sophia legte ihr den Arm um die Schultern. »Wir müssen versuchen, guten Mutes zu sein«, seufzte sie.

Kapitel 21

Ankunft in Wildwood

Nachdem Gideon Cully zum Handelsposten gebracht hatte, fuhr er zu seinem Stamm zurück. Bis er mit dem versprochenen Wagen voller Maismehl bei ihnen war, verging noch mehr Zeit, da der Stamm inzwischen weitergezogen war. Als Gideon Ende August mit dem leeren Wagen zurückkehrte, hatte Caitlin ihren Vater und seine Brüder besänftigen können. Sie schäumten vor Wut, als sie herausfanden, dass Gideon den Jungen mit ihrem Maismehl ausgelöst hatte. Caitlin wusste, dass persönliches Eigentum für Gideon keine Bedeutung hatte. Er sagte, die Cherokee teilten alles miteinander und seien entsetzt, dass bei den Weißen einige viel und einige wenig hatten. Als die Caradoc-Männer ärgerlich einwandten, dass dies nicht ihre Sicht der Dinge sei und sie hart genug für ihren Besitz gearbeitet hätten, stampfte Caitlin wütend mit dem Fuß auf und schrie sie an: »Welch eine Schande! Ihr habt vor Gott versprochen, anderen Gutes zu tun, wenn ihr dem Henker entkommt! Was könnte es Besseres geben, als Cully zu retten und ihn seiner armen Mutter wiederzugeben?«

Mit einer zornigen Caitlin war nicht zu spaßen, und die Caradoc-Brüder kapitulierten.

Es war Erntezeit. Caitlin wollte nicht zu ihrem neuen Zuhause aufbrechen, bevor sie nicht den größten Teil an Obst und Gemüse eingekocht und getrocknet hatte. An einem heißen Morgen Ende September verpackte sie schließlich ihre in der Sonne gedörrten Bohnen, Tomaten, Kürbisscheiben, Pfirsiche und Äpfel in Säcke. Ihren Onkeln erteilte sie strenge Anweisungen, wie sie mit dem verfahren sollten, was noch nicht ganz reif oder trocken war. »Füllt sie nicht zu früh in die Säcke, erst, wenn sie richtig getrocknet sind, sonst sind sie voller Würmer«, wies sie ihre Onkel an. »Wahrscheinlich würde es ihnen gar nicht auffallen. Sie essen alles«, sagte sie zu Sophia. »Aber ich möchte mir nicht vorstellen, dass sie Würmer essen. Ich wünschte, sie hätten Frauen, die sich um sie kümmern. Ich weiß nicht, wie sie ohne mich zurechtkommen sollen.«

Meshack, Nott und Saskia machten sich mit den Wagen und dem Vieh auf den Weg. Nott meinte, Cully könne mit ihnen auf dem Wagen sitzen. Saskia bestand jedoch darauf, dass er auf einem der Flöße mitfuhr, und band ihn eigenhändig am Geländer fest. Die Wagen fuhren los und waren bald nicht mehr zu sehen. Die Onkel von Caitlin machten die Seile los und winkten, als die Flöße mit Stöcken vom Landungssteg in die Strömung geschoben wurden. Weil Caitlins Vater und Gideon den Fluss wie ihre Westentasche kannten, steuerte Caitlins Vater das Floß an der Spitze des Floßverbandes. Gideon ruderte auf einer Seite, und Cully hielt die Augen nach unter Wasser liegenden umgestürzten Bäumen und Felsen auf. Dahinter kamen die anderen beiden Flöße. Caitlins Vater rief ihnen zu, sie sollten dicht zusammenbleiben, denn der Fluss sei trügerisch mit seinen Strömungen und möglichen

Hindernissen unter der Wasseroberfläche. Thierry steuerte das zweite Floß, während Henri und Toby ruderten, dann folgte Seth mit dem dritten, auf dem Rufus, Venus und Jack an den Rudern standen.

Caitlin winkte, bis sie ihre Onkel nicht mehr sehen konnte, dann setzte sie sich mit einem Korb voller Stoffreste auf einen Stapel Decken zwischen ihrem Vater und Gideon und nähte zufrieden an einem Kleid. Malinda saß neben ihr, spielte mit den Stoffläppchen und untersuchte jedes Stück genau. Sie hatte eine Puppe mit einem Holzkopf und einem Körper aus Maiskolben, die ihr Meshack gemacht hatte. Als Caitlin mit dem Kleid fertig war, hielt Malinda ihr die Puppe und ein Stück geblümten Kattun hin und ahmte ihre Näharbeit nach. Caitlin verstand, was sie meinte. »Ja, wir können deinem Kind auch ein Kleid machen.« Sie schnitt ein Puppenkleid zu, fädelte einen Faden ein und zeigte Malinda, wie sie es mit kleinen, gleichmäßigen Stichen zusammennähen sollte.

Malinda biss sich auf die Lippe und widmete sich ihrer Näherei. Stunden später hob sie stolz das fertige Kleid hoch. Caitlin bewunderte ihre Geschicklichkeit und half ihr, der Puppe das Kleid über den Kopf zu ziehen. Malinda nahm ihre Puppe in den Arm, steckte den Daumen in den Mund und schlief an Caitlins Knie gelehnt ein.

Caitlin war überrascht, wie ordentlich Malinda das Puppenkleid genäht hatte, obwohl es ihre ersten Nähversuche waren. Malinda lernte schnell. Bei ihr konnte man sich immer darauf verlassen, dass sie ihre Aufgaben gewissenhaft erledigte. Sie sammelte Eier ein, ohne sie fallen zu lassen, schloss das Gatter, das die Jungen immer wieder vergaßen, und merkte sich den Unterschied zwischen Unkraut und Gemüse, zupfte das eine heraus, während sie das andere goss. Malinda nahm unaufgefordert die trockene

Wäsche von der Leine, faltete sie ordentlich zusammen, wie sie es bei Caitlin gesehen hatte. Wenn sie mit einem Messer Brocken von den harten Zuckerhüten hackte, war sie vorsichtig und verletzte sich nicht. Die Jungen hingegen schnitten sich unweigerlich, sodass der Zucker blutverschmiert war. Sie klopfte die frische Butter zu Scheiben und salzte sie, bevor sie sie in Musselin einschlug und zum Kühlhaus brachte. Während Sophia darauf bestand, für Malinda verantwortlich zu sein, betrachtete sich Malinda selbst als Caitlins Vertreterin, folgte ihr auf Schritt und Tritt und machte ihr alles nach.

Gideon gab den anderen Flößen ein Zeichen, wenn sie Hindernisse umfahren mussten. Die Strömung machte es schwierig, das Floß auf Kurs zu halten und gleichzeitig Steinen und Bäumen unter der Wasseroberfläche auszuweichen, die den Boden des Floßes aufreißen konnten. Sophia versuchte zu helfen, setzte sich an die Vorderkante des Floßes und hielt Ausschau nach möglichen Gefahren. Henri stritt sich mit Thierry auf Französisch darüber, wie sie am besten nach Frankreich zurückkehren könnten. Inzwischen waren sie sich nicht mehr sicher, dass sie in La Nouvelle-Orléans willkommen wären, und überlegten, am besten einen Bogen um die Behörden zu machen. Thierry meinte, sie sollten sich bis zum Hafen von Savannah im Osten durchschlagen. Henri war der Ansicht, die Engländer in Savannah würden sie ebenso als Spione aufknüpfen wie die Engländer in Williamsburg. Thierry meinte, in Savannah könnten sie sich als hugenottische Flüchtlinge ausgeben – als Hugenotten hätten sie doch wohl nichts zu befürchten.

Wohin sie auch gingen, ein Problem würde sie hartnäckig verfolgen: Sie hatten kein Geld, um ihre Passage nach Hause zu bezahlen. Wie sollten sie an Geld kommen?

Henri sagte immer, er werde sich etwas ausdenken, doch bisher hatte er keinen Plan.

Die ständigen Streitereien drehten sich unablässig im Kreis wie wütend summende Hornissen. Sophia versuchte, die Stimmen der beiden Männer zu ignorieren, nahm ihr Notizbuch aus dem Etui an ihrer Taille und ging die Liste der Dinge durch, die sie nach Auskunft der Williamsburger Damen unbedingt für das Haus bestellen musste. Dann begann sie, einen Garten zu skizzieren. Sie zeichnete den ummauerten Garten von Wildwood, wie er auf dem Plan von Mr Barker ausgesehen hatte. Sie setzte einige Sträucher, dann einen kleinen Brunnen, eine Sonnenuhr und eine Steinbank hinzu. Dann lehnte sie sich gegen den hölzernen Floßaufbau und schlief ein. Als sie erwachte, stand die Sonne tief am Himmel und die Flöße waren an Baumstümpfen am Ufer festgemacht. Die Kühe standen knietief im Wasser, und die Maultiere grasten alles ab, was sie finden konnten. Henri wischte sich mit dem Unterarm über die schweißnasse Stirn und sagte: »Wach auf, Schlafmütze. Wenn du mit Caitlin Feuer machst, vertreibt der Rauch diese verdammten Moskitos. Wir vertreten uns die Beine und bewegen die Pferde und Maultiere, bevor es dunkel wird. Und ich fange dir einen Fisch fürs Abendessen.«

Sophia reckte sich, gähnte und griff nach ihrer Teekanne und dem silbernen Teekanister mit dem kleinen Schloss und Schlüssel, den sie sorgfältig in ein Tuch gewickelt aufbewahrte. Der englische Tee war schon lange aufgebraucht, aber Caitlin hatte den Kanister mit einem Pulver aus getrockneten und gestoßenen Sumachbeeren gefüllt. Mit kochendem Wasser aufgebrüht, ergab das ein saures und erfrischendes Getränk. Dieser Tee war eines der wenigen Dinge, die Sophia vertrug.

Henri hob Sophia auf die Arme, trug sie durch das Wasser und brachte sie ans Ufer. Sie bedankte sich mit einem Kuss und half Caitlin mit dem Feuer. Caitlin hatte Brombeerranken mit reifen, saftigen Früchten gefunden. Während das Teewasser in dem kupfernen Topf langsam zu kochen begann, pflückten sie, Sophia und Malinda einen Eimer voll Beeren, die noch warm von der Sonne waren. Als die Dämmerung anbrach, lagen Steine zum Aufheizen neben dem knisternden Feuer. Caitlin und Sophia klopften mit purpurfarbenen Händen flache Maisfladen zurecht, um sie darauf zu backen. Malinda ging mit Cully und Jack Glühwürmchen fangen.

»Ich mag es, verheiratet zu sein. Du auch?«, sagte Caitlin gut gelaunt. »Alles ist so aufregend. Gideon und ich werden unseren eigenen Handelsposten haben! Tad nennt ihn schon Vann Station. Klingt wunderbar, nicht wahr? Und unser eigenes Holzhaus wartet auf uns. Tad und meine Onkel werden uns besuchen und staunen, wie nett ich es mit meinen Steppdecken und all meinen Töpfen gemacht habe. Und dann ist das Kind auch da. Die Wiege, die Tad damals für mich gebaut hat, werde ich in die Ecke stellen. Gideon und ich werden dafür sorgen, dass sie nicht lange leer bleibt. Ich habe zu Gideon gesagt, ich will so viele Kinder, dass vor lauter Kindern der Boden nicht mehr zu sehen ist. Und er will das auch.«

Wenn Sophia in die Zukunft blickte, bot sich ihr ein ganz anderes Bild. Da waren nur sie selbst und im Kinderzimmer ein Säugling, den sie sich noch nicht recht vorstellen konnte, und Malinda. »Mmm, ja, natürlich. Nun, ich habe meinen Garten geplant, während wir auf dem Fluss waren. Ich sehe uns schon dort sitzen und unseren Kindern beim Spielen zuschauen.« *Bis ich zurück nach Hause fahre*, dachte sie. Würde Caitlin sie vermissen, wenn sie nach England zurückkehrte? Auf jeden Fall würde sie Caitlin vermissen.

Caitlin hatte etwas gesagt. »Was?«, fragte Sophia.

»Sophie, du hörst nicht zu!« Caitlin schüttelte belustigt den Kopf. »Ich sagte, du bist komisch. Stell dir vor, du sitzt untätig in einem Garten, wenn das Unkraut gejätet werden muss!«

»O nein, ich wollte nicht im Küchengarten sitzen! In dem Garten, den ich meine, wächst kein Gemüse, das wird irgendwo anders gepflanzt. Eigentlich dachte ich an Blumen, Rittersporn und Reseda und Heliotrop.«

»Red keinen Unsinn! Die kannst du doch nicht essen!« Caitlin prustete vor Lachen.

Dann tätschelte sie sich den Bauch. »Hast du es Henri schon erzählt?«

»Nein. Und du sagst kein Wort, Caitlin! Versprich es mir!«

Caitlin schüttelte missbilligend den Kopf. »Ich werde nichts sagen. Eigentlich hätte er es inzwischen doch merken müssen, wo dir immer so schlecht ist.« Caitlin hatte mittlerweile wieder einen gesunden Appetit, während Sophia immer noch fand, dass alles Essbare ekelhaft aussah und roch. Ihr wurde ständig übel, doch Henri war nicht aufgefallen, dass sie kaum etwas aß und nur zaghaft etwas von dem nahm, was sie auf dem Teller hatte. »Ist das alles, was du essen willst?«, fragte er und aß dann ihren Teller leer.

Die Männer kamen mit Fischen zurück. Caitlin fertigte mit geschickten Fingern ein Gitter aus nassen Stöcken an, um sie über dem Feuer zu braten. Ihr Vater holte sein Taschenmesser hervor und nahm die Fische aus. Sophia sah, wie die Eingeweide auf den Boden glitten, und schaffte es gerade noch rechtzeitig, sich hochzuhieven und in die Büsche zu stürzen, bevor sie sich übergab.

Eine Woche später erreichten sie eine Stelle, wo der Fluss breiter wurde und auf beiden Seiten von sanften Hügeln gesäumt war. Gideon deutete auf einen großen Umriss in der Ferne – dies sei der Frog Mountain, rief er. Sophia kniff die Augen zusammen. Während sie noch überlegte, ob der Berg wirklich wie ein Frosch aussah, wäre sie fast ins Wasser geschleudert worden, als das Floß auf ein Hindernis stieß und mit einem unheilvollen Schaben zum Stehen kam. Die anderen Flöße machten am Ufer fest. Gideon tauchte unter und stellte fest, dass das Floß auf einer Sandbank festsaß. Der Boden hatte sich gelöst und es begann, sich nach einer Seite zu neigen. Die Männer schafften es, das Floß freizubekommen, obwohl sie dabei den Schaden noch schlimmer machten. Sie schleppten es an Land und begannen mit dem lästigen Entladen und der Reparatur. Die Bretter, aus denen das Floß gefertigt war, waren gespalten. Also hieß es, einen Baum zu fällen und neue Bretter zu hobeln. Die Werkzeuge dafür jedoch waren auf Meshacks Wagen, daher mussten sie warten.

Als Meshack und Nott endlich mit den Wagen kamen, machten sie sich auf die Suche nach Kiefern. Sie sammelten Harz, das sie auf den Rat von Caitlins Vater hin mit Tiermist vermischten, um damit die Flöße zu versiegeln Ungeduldig, wie Thierry war, stapelte er reichlich Brennholz auf die Glut, um die erste Ladung Harz zu erhitzen. Caitlins Vater rief ihm noch warnend zu, die Flammen nicht zu hoch brennen zu lassen. Doch da war es schon zu spät. Der Topf mit dem Harz entzündete sich, und eine Feuersäule schoss empor. Thierry und Rufus schrien auf und machten einen Satz zur Seite, doch ihre Haare und Augenbrauen waren versengt. Caitlins Vater schüttelte den Kopf. »Lasst es euch gesagt sein: Pech liebt Feuer. Man darf es nur vorsichtig erhitzen.«

Vier Tage später saßen sie immer noch in ihrem Lager am Ufer fest, weil sie warten mussten, bis die Schicht aus Harz und Tiermist getrocknet war. Sophia erwachte in ungewöhnlich guter Stimmung und stellte erfreut fest, dass ihr nicht mehr übel und schwindelig war. Wunderbarerweise hatte sich der Nebel ständigen Unwohlseins gelichtet, der sie seit Wochen umgab. Sie war voller Energie und konnte es kaum erwarten, in ihr neues Zuhause zu kommen und es herzurichten. Sie hatte einen Bärenhunger und aß Maiskuchen, Honig und Fisch zum Frühstück. Dann schlug sie Henri vor, die Pferde zu satteln und vorauszureiten, wenn Gideon meinte, dass es sicher sei. Gideon sagte, jeder Stamm im Tal glaube, dass ein Fluch auf dem Land der Graftons läge und es jetzt nur von den Toten bewohnt würde. Wenn Sophia, Henri und Thierry die Toten nicht fürchteten, drohe ihnen keine Gefahr.

»Warum sollten wir uns vor toten Leuten fürchten, Gideon? Sie können uns nichts anhaben«, rief Sophia.

Gideon sah ihren Gesichtern an, dass sie wirklich glaubten, die Toten seien verschwunden. Und wie schon so oft fiel ihm auf, wie unwissend die Weißen waren, die nicht die ganze Fülle von Leben und Tod und Menschen und Tieren und Himmel und Wasser erlebten, sondern nur den kleinen Teil der Existenz wahrnahmen, von dem sie glaubten, dass er ihnen gehörte. Er sagte jedoch nichts, sondern erklärte ihnen, dass es einen Pfad auf den Froschberg gab. Wenn sie dem folgten, würden sie zu einem Felsen mit dem Profil eines Mannes und einer flachen Oberseite gelangen, von dem aus sie das Tal überblicken konnten.

Während er ihnen den Weg beschrieb, überlegte Gideon voller Unbehagen, dass das typisch war für die Weißen: Wenn sie einem Ort einen Namen wie Froschberg gaben, dann würden sie diesen Ort für sich beanspruchen. Als Gideon ein junger Mann war, wurde der große Nebenarm, der vom Fluss abzweigte und in südwestlicher Richtung durch das Tal auf das Land der Dämmerung zufloss, auf Tsalagi »der Fluss, der sich hinter dem Pass gabelt und hinter den Bergen verschwindet« genannt. Wenn die Tsalagi einen Ort benannten, so enthielt der Name eine Information – »hohes Gras, wo Hirsche das Salz lecken«, »Höhle, wo die Bären schlafen«, »Ebene, wo die Büffel zusammenkommen«, »tückisches Wasser mit vielen Fischen im Frühling«. Die Stämme jagten und kämpften, bauten ihre Dörfer und bestellten ihre Felder überall. Aber wenn die Weißen einem Ort einen Namen gaben, nahmen sie ihn gleichzeitig in Besitz. Und zwar für sich allein.

Und er wusste, dass die Weißen das Tal auf diese Weise an sich reißen würden, wenn sie zum ersten Mal darauf hinunterblickten.

Sophias Vorschlag, vorauszureiten und Wildwood zu sehen, gefiel Henri. Er war des Wartens überdrüssig und hatte auch keinen Spaß mehr am Angeln. Thierry, der gern frisches Fleisch jagen wollte, sagte die Idee ebenfalls zu. Und so machten sie sich zu dritt auf den Weg – Sophia, Thierry mit seiner Muskete und Henri mit der Karte, den Urkunden und den Skizzen vom Haus.

Sophias Jagdpferd hatte sich erholt und etwas von seiner früheren Munterkeit zurückgewonnen. Es war offenkundig froh über die Bewegung und tänzelte ungeduldig den sonnenbeschienenen Pfad durch die Bäume hinauf. Hinter ihm folgten die beiden schwerfälligen Gäule, auf denen Henri und Thierry ritten.

Schließlich holten sie Sophia ein. Sie hatte angehalten. Hinter ihr konnte man den breiten, flachen Felsen und das darunterliegende Tal sehen. »Beeilt euch!«, rief sie aufgeregt. »Die Karte.«

Sie saßen ab, nahmen die Karte aus dem Lederbeutel, breiteten sie auf dem Felsen aus und beschwerten die Ecken mit Steinen. Dann schauten sie sich aufmerksam um. Unter ihnen lag das Tal mit dem Fluss und den Bergen auf der anderen Seite. Henri versuchte, sich zu orientieren. »Also hier ist der Fluss«, sagte er und zeigte auf die Karte, »und hier ist diese große Biegung, die wir da unten sehen. Das müssen das Haus und der Handelsposten von Gideon und Caitlin sein.« Er wies auf ein kleines Holzhaus und einen Landungssteg, der in den Fluss ragte, und tippte dann auf die entsprechende Stelle auf der Karte.

Sophia folgte mit dem Finger dem Verlauf des Flusses bis zum Rand der Karte, wo er nach Westen abbog. Dann sah sie wieder ins Tal.

»Ja, ich kann die Flussbiegung erkennen, aber das Haus sehe ich nicht. Mr Barker hat uns die Zeichnungen geschickt, sodass ich weiß, wie es aussieht. Aber wo genau es ist, weiß ich nicht. Und der Tabak? Sehen die Felder dort unten nicht eher wie Weiden mit Baumstümpfen aus?« Alle drei legten die Hand über die Augen und spähten hinunter ins Tal.

»Um diese Jahreszeit ist der Tabak längst geerntet. Vermutlich hängt er in den Trockenschuppen«, meinte Henri schließlich. »Oder ist vielleicht schon auf dem Weg nach Yorktown oder Savannah.«

»Natürlich!«, rief Sophia. »Kommt, wir wollen das Haus finden. Ich sehne mich so danach, es endlich zu sehen. Ich konnte Mr Barker nicht Bescheid sagen, dass wir unterwegs sind. Er wird also ganz schön überrascht sein, wenn wir plötzlich vor der Tür stehen. Hoffentlich können die Diener auf die Schnelle ein Abendessen für uns zubereiten.« Sie zeigte auf eine Hütte, die an einem tiefer gelegenen Abhang stand. Das Gelände ringsum war gerodet. »Mr Barker muss einen Pächter haben«, sagte Sophia, »vermutlich ein Hof, der das Haus mit allem Nötigen versorgt. Ich sehe einen Mann dort unten. Er wird uns den Weg weisen. Es kann nicht weit sein. Wahrscheinlich ist es von Bäumen verdeckt.«

Thierry band die Pferde los, und Henri half Sophia auf die Füße. Sie wollten gerade die Karte einpacken, als sie hinter sich lautes Schnüffeln und Grunzen hörten. Ein paar Wildschweine kamen aus dem Wald getrottet, darunter eine Bache mit riesigen Stoßzähnen, gefolgt von ihren Frischlingen. Schnaufend blieben sie stehen. Henri stieß einen warnenden Schrei aus – eine Bache mit ihren Jungen war gefährlich – und erschreckte einen der Frischlinge so, dass er wild quiekte und auf Sophias Pferd zurannte. Das Pferd bäumte sich auf, wieherte panisch und hätte das Tier fast zertrampelt. Mit bedrohlichem Schnauben ging die Bache zum Angriff über.

»*Sanglier!*«, schrie Henri.

Thierry packte seine Muskete, zielte, feuerte im letzten Moment, und die Bache krachte zu Boden. Der Rest der Rotte machte kehrt und verschwand eilig im Wald.

Vorsichtig näherten sich Thierry und Henri der Bache, um sich zu vergewissern, dass sie tatsächlich tot und nicht nur verwundet war und sie im nächsten Augenblick angreifen würde. Als sie sicher waren, fesselten sie ihr die Beine mit Kletterpflanzen. Dann suchten sie lange und robuste Äste, um daraus eine Trage für den gewaltigen Kadaver zu machen, die sie hinter sich herziehen konnten. »Wenigstens haben wir jetzt frisches Fleisch«, knurrte Henri, der Mühe hatte, das Tier auf der Trage festzubinden. Währenddessen hielt Thierry die Pferde fest, die nichts für Wildschweine übrighatten, seien sie nun tot oder lebendig.

Thierry schnaubte: »Dein *manoir* ist ein *bauge*.«

»Was ist ein *bauge*?«, fragte Sophia.

»Eine Schlammpfütze, in der sich die Wildschweine suhlen.«

»*La rivière baugée*«, witzelte Henri.

Sie saßen wieder auf und ritten auf das gerodete Stück Land zu. Ihre Beute zerrten sie hinter sich her. Die Gestalt, die sie gesehen hatten, stand abwartend mit einem Wassereimer in der Hand da und sah ihnen entgegen. Der Mann stellte sich als eine alte Negerin in Männerkleidern und -stiefeln heraus.

Misstrauisch beäugte sie das Schwein und seine Stoßzähne. »Ist es tot?« Sie stellte den Eimer ab und sagte ihnen, dass sie Zaydie heiße. Ein Engländer habe sie und sechs Sklaven in Virginia gekauft, zusammen mit Maultieren und landwirtschaftlichem Gerät, und mit einem Aufseher auf einem Floß hergebracht. Der Engländer habe den Männern befohlen, Bäume zu fällen, ein Haus und eine Scheune zu bauen, einen Garten anzulegen und Obstbäume und Tabak zu pflanzen. Für einen Besitzer, der weit weg wohnte. Alles müsse erledigt sein, bevor der Besitzer komme, sonst würde es ihnen allen leidtun. Der Aufseher sei ein grausamer Mann gewesen, der habe sie hart arbeiten lassen. Aber hinter seinem Rücken hätten die Sklaven über den Engländer gelacht. Was er verlangt habe, sei unmöglich gewesen.

Zaydie sagte ihnen, dass der Mann sie billig gekauft habe, damit sie kochte, das Haus versorgte und sich um den Garten kümmerte. Für alle anderen Arbeiten sei sie zu alt. Nicht dass es im Haus viel zu tun gegeben habe, es sei ja nur die Blockhütte da. Die Indianer hätten sie mehrere Male angegriffen, zwei Sklaven umgebracht und sie skalpiert, bevor der Engländer und der Aufseher sie mit ihren Gewehren vertrieben hätten. Aber die beiden weißen Männer hätten sich ständig gestritten. Mehrmals im Jahr sei der Engländer flussaufwärts zum Handelsposten gefahren, um seine Briefe abzuholen, und mit Maismehl und Schießpulver und Nägeln und anderen Vorräten zurückgekommen. Später habe er nur noch Krüge mit Alkohol mitgebracht. Die Sklaven hätten den Aufseher brüllen gehört, dass sein Lohn für Whiskey draufgegangen sei. Schließlich habe der Aufseher das wenige restliche Geld genommen und sei mit den Worten davongegangen, nur ein Narr würde denken, bergiges Land sei gut für Tabak. Der Engländer sei zu betrunken gewesen, um aufzustehen, und habe ihm nur fluchend hinterhergeblickt. Dann sei er krank geworden, außer Whiskey habe er nichts mehr zu sich genommen, bis keiner mehr da war. Danach sei es ihm sehr schlecht gegangen, manchmal habe er geschrien, dann wieder zitternd in eine Decke gewickelt auf dem Boden gesessen und zugesehen, wie sie die Hühner versorgte und den Garten umgrub. Irgendwann habe er nur noch auf seinem Strohlager gelegen und im Winter sei er schließlich gestorben.

Die anderen Sklaven waren davongelaufen, wie Zaydie berichtete. Sie selbst hatte sich überlegt, dass sie ebenso gut bleiben konnte. Sie hatte Angst vor Indianern, aber sie war zu alt, um mit den anderen in den Sümpfen zu leben. Mehr Freiheit, als sie hier hatte, würde sie wahrscheinlich sowieso nicht bekommen. Sie hatte etwas Gemüse im Garten, eine Axt, um Brennholz zu hacken, und im Winter konnten die Kühe und Hühner in einem Unterstand an der Scheune stehen. Zum Leben reichte es.

Sophia fragte schwach, wie der Engländer geheißen habe.

»Massa Barker.«

»Sind Sie sicher, dass es Mr Barker war? Weil Mr Barker nämlich der Verwalter von Lord Grafton, meinem Vater, war. Und der Mann, den Sie beschreiben, klingt gar nicht wie unser Mr Barker.«

»Hm.« Zaydie sah Sophia stirnrunzelnd an. »Von Grafton hat er schon mal was gesagt, wenn er betrunken war. Dann hat er auch schon mal was von seiner Frau gesagt, wie er sich wünschte, er wäre nicht nach Virginny zurückgekehrt.« Die alte Frau zeigte mit dem Finger. »Da hinten ist er begraben. Ich hab ihm eine Grube geschaufelt, so gut es ging, und ein paar Steine aufs Grab gelegt, wegen der Tiere. Da waren ein paar Papiere, hat er vom Handelsposten geholt, liegen drinnen auf dem Tisch. Als er tot war, hab ich ein paar zum Anzünden genommen, wenn ich kein Anmachholz hatte, aber die meisten liegen noch da. Er sagte, ich könnte seine Kleider haben, wenn er stirbt, weil ich mich um ihn gekümmert hab. Ich trage sie, hab ja sonst nichts anderes.« Auf Sophias Frage, ob es noch ein anderes Haus gäbe, zuckte Zaydie nur die Achseln.

»Ich lebe hier, sonst nirgendwo. Von einem anderen Haus weiß ich nichts.«

»Vielleicht ist es das … das Büro des Verwalters«, sagte Sophia. »Ich hole die Briefe, dann suchen wir das Haus in der Skizze.« Henri half ihr absitzen, und sie folgte Zaydie durch eine Tür, die schief in den Angeln hing.

Im Inneren des kleinen dunklen Hauses roch es nach frisch geschnittenem Holz, Asche, Schweiß und etwas Fauligem. In einem großen steinernen Kamin rauchte Glut, daneben war ein Strohlager mit einigen schmutzigen Decken.

Auf einem Tisch aus verzogenen Kiefernbrettern türmten sich Kochtöpfe, Lumpen, einige rostige Werkzeuge, ein paar Zinnteller und Drahtstücke. Als sich ihre Augen an das Dämmerlicht gewöhnt hatten, stellte Sophia fest, dass der Raum mit dem Kamin der einzige überdachte Teil der Hütte war. Es gab drei weitere mehr oder weniger weit gediehene Räume, als hätten die Erbauer immer wieder an einer anderen Stelle weitergearbeitet. Zaydie zeigte auf einen Stapel mit Papieren, die Spuren von Mäusezähnen aufwiesen. »Das sind seine Papiere.« Dann schlurfte sie wieder hinaus ins Freie. Sophia war schockiert über den verwahrlosten Zustand des Büros, aber damit würde sie sich zu gegebener Zeit beschäftigen. Sie raffte die Papiere zusammen und zog den einzigen Stuhl an die Tür, um genügend Licht zum Lesen zu haben.

Draußen stritten sich Henri und Thierry wieder einmal auf Französisch. Diesmal ging es darum, ob sie sich am nächsten oder am übernächsten Tag auf den Weg machen sollten. Sophia seufzte und dachte, wie gut sich die französische Sprache doch für Gezänk und empörtes Aufbrausen eignete. Sie sortierte die Briefe nach dem Datum und begann zu lesen. Die Handschrift ihres Vaters ließ ihr Tränen in die Augen steigen. »Lieber Papa«, flüsterte sie, »wenn wir über Virginia gesprochen haben, hätten Sie nie erwartet, dass ich hier sitzen und Ihre Briefe lesen würde.«

Die traurige Litanei von geliehenem Geld und Zinsen und stetig wachsenden Schulden war ihr nur allzu vertraut. Aber die letzten beiden Briefe brachten mehr zum Vorschein, als die Anwälte ihr gesagt hatten. Der vorletzte Brief von Lord Graftons Anwälten an Mr Barker stammte aus dem letzten Sommer, den sie mit ihrem Vater in Sussex verbracht hatte. Darin teilten sie dem Verwalter unmissverständlich mit, dass Lord Grafton nicht bereit sei, weitere Mittel zur Verfügung zu stellen, bis der Tabak den ersten Gewinn einbrachte. Er habe seine englischen Ländereien bis zum Äußersten beliehen, weil er davon ausgegangen sei, dass die Plantage inzwischen eine beachtliche Rendite erwirtschaften würde, und er sei zurzeit zu unwohl, weitere Vorkehrungen zu treffen.

Der letzte Brief bestätigte jedoch eine noch schlimmere Befürchtung. Darin beteuerten die Anwälte, selbst Mr Barkers Eingeständnis, dass das Haus, das er für Lord Grafton entworfen habe, niemals gebaut worden sei, werde sie nicht dazu veranlassen, noch mehr Geld zu schicken, damit es nun tatsächlich errichtet werden könne. Es habe auch keinen Zweck, wenn er sich mit seiner Forderung direkt an Lord Grafton wende. Lord Grafton sei zu krank, als dass man ihn im Augenblick belästigen dürfe, und wenn es nach den Anwälten ginge, werde Mr Barker wegen Betrugs im Gefängnis von Newgate landen, sobald er nach England zurückkehre.

Mehrmals legte Sophia den Brief nieder und rief »Nein, nein! Das kann nicht sein!«, nur um ihn dann weiterzulesen. »Papa hätte das niemals zugelassen.« Sie las die Briefe noch einmal und versuchte die Stelle zu finden, wo sie etwas falsch verstanden hatte. Sie war sich sicher, dass irgendwo in den Papieren ein Hinweis darauf stehen müsse, dass zumindest eine, wenn nicht gar zwei Tabaklieferungen losgeschickt worden seien. Denn sie waren doch bestimmt losgeschickt worden. Oder etwa nicht?

Doch Sophia konnte nicht länger die Augen vor der Realität verschließen. Es war kein Haus errichtet und kein Tabak angebaut oder verschifft worden. Mr Barker hatte nur ein paar Sklaven gekauft, nicht die Dutzende, von denen in seinen Briefen immer die Rede war.

Der letzte Brief der Anwälte verdeutlichte außerdem das wahre Ausmaß der Schulden. Die Anwälte mussten gelogen haben, als sie ihr vorschlugen, ins Witwenhaus zu ziehen. Aus ihrem letzten Brief an Mr Barker ging hervor, dass der gesamte Besitz der Graftons, einschließlich des Witwenhauses, bald in den Händen der Gerichtsvollzieher sein würde. Der angebliche Mieter, für den sie das Haus räumen sollte, existierte wahrscheinlich überhaupt nicht. Vermutlich hatten die Anwälte gehofft, dass sie so reagieren würde, wie sie es getan hatte. Ihr Entschluss, nach Virginia zu fahren, hatte sie lediglich der Mühe enthoben, sie vor die Tür zu setzen.

Sie hatte wirklich alles aufs Spiel gesetzt. Bei der Flucht vor Thomas war sie zur Mörderin geworden, sie hatte das Leben der Sklaven in Gefahr gebracht und ihr eigenes Ansehen durch eine Scheinheirat beschmutzt. Sophia hatte das Gefühl, als würde ihr jemand den Boden unter den Füßen wegziehen und sie in eine große Leere stürzen. Sie ließ den Kopf in die Hände sinken. »Liebster Papa, der Besitz der Graftons ... weg, alles weg. Wie konnte das geschehen? Wie konnten Sie mit all Ihrem Stolz auf die Familie so etwas zulassen? Alles, was Mr Barker geschrieben hat, war reine Lüge, der Tabak, das Haus ... Aber warum haben die Anwälte so getan, als würde alles gut werden, wenn es in Wahrheit so schlimm stand? Hätten sie das Risiko nicht vorhersehen können?«

Obwohl es ein warmer Tag war, wurde ihr kalt vor Angst, während sie über ihre Situation nachdachte. Sie war mittellos, ohne Heimat, und ein Kind war unterwegs. Henri würde bald verschwinden. Sie war für alle verantwortlich – die Neger, die Drumhellers, Malinda. Und für das Kind natürlich. Vor ihrem inneren Auge sah sie Lavinia vor sich, wie sie ihr totes, von Fliegen bedecktes neugeborenes Kind an sich drückte. Würde sie selbst in ein paar Monaten dieses Schicksal erleiden? Wildwood war in einem ebenso erbärmlichen Zustand wie Lavinias und Williams kleiner Besitz.

Wie betäubt trat sie vor die Hütte. Henri sah von dem Wildschwein auf. »Nun, Sophie, wir sind fast fertig. Wir lassen ein Stück für die alte Frau da und geben den Rest dem Koch im Herrenhaus«, sagte er. Seine Kleidung und seine Hände waren voller Blut. »Ich sollte wohl besser ein Bad nehmen, bevor wir zu Abend essen.«

Sophia umklammerte den Türpfosten. Sie machte den Mund auf, aber es kam kein Ton heraus. Ihre Tabakfelder, ihr Haus, ihre Scheune und ihr Stall, der Blumengarten, den sie Caitlin beschrieben hatte. Alles, was sie in Virginia zu finden erwartet hatte, existierte nicht.

»Es gibt keinen Koch, kein Bad, kein Abendessen. Nichts«, brachte sie schließlich mit rauer Stimme hervor. Sie wies mit der Hand auf die Hütte. »Mein Herrenhaus? Das ist mein Herrenhaus. Wildwood. Das ist mein Haus. Der Obstgarten liegt dort am Hang.« Sie zeigte auf eine unordentlich zusammengefügte Steinmauer, die ein von Unkraut überwuchertes Feld mit ein paar kümmerlichen Apfelbäumen umgab. »Ich habe auch einen Brunnen, und da drüben ist der Küchengarten.« Sie deutete auf eine weitere Fläche, die von Steinen umgeben war, was aber ein Kaninchen nicht daran hinderte, in aller Ruhe die Reste des Gemüses zu fressen. »Und dort sind die ... die Pferdeställe ...« – sie zeigte auf den Unterstand, vor dem ein paar Hühner pickten – »... mit den Pferden, die ich euch versprochen habe.«

Sie begann hysterisch zu lachen. »Oh, und da ist jede Menge *Land*.« Sie wies auf das Tal. »Mehr als genug. Aber es ist kein Tabak gepflanzt worden und kein Geld mehr da. Ich habe keine Ahnung, was ich mit all dem *Land* anfangen soll ... Mr Barker hat gelogen ... die Anwälte haben gelogen, mein Vater hat gelogen.« Sophias Lachen endete in einem heftigen Schluckauf, und dann brach sie in Tränen aus. »Ruiniert! Ich kann nicht zurück nach England. Es gibt kein Haus, nur diese Hütte hier. Das Kind und ich werden sterben!«, schluchzte sie. »Wie Lavinia.«

Henri starrte sie an. »Was sagst du da? Kein Haus? Keine Pferde? Wie kann das sein?« Und dann: »Kind? Wessen Kind?«

»Wessen Kind wohl, du Dummkopf?«, schrie Sophia ihn an.

»Du bist ... *enceinte?*«

Sophia schluckte und machte sich nicht die Mühe zu antworten.

Henri überlegte, dass es mehr als wahrscheinlich war. Er war noch nie einer Frau begegnet, die im Bett so begierig war. Aber Sophy im Bett war eine Sache, eine schwangere Sophy eine andere. Als ihm die unerfreuliche Neuigkeit richtig bewusst wurde, fluchte er stumm. Das Beste, was er und Thierry tun konnten, war, ihre elenden Klepper zu besteigen und davonzureiten, ohne sich noch einmal umzusehen. Lauf weg. Geh irgendwohin. Verlass diese Engländerin und ihre elende Wildnis am Ende der Welt, in der es von Wilden nur so wimmelte, ihre klägliche Gefolgschaft, mit der sie unterwegs war, das halb gehäutete Wildschwein und diese vor sich hin murmelnde Negerin.

Denn wenn nicht ... noch während er mit dem Gedanken spielte davonzulaufen, spürte Henri, wie eine unsichtbare Falle zuschnappte. Er war Franzose, und als Franzose wusste er, dass Familienbande über allem standen. Obwohl er kein legitimer Marechal-Sohn war, hatte der Graf ihm immer wieder eingebläut, dass der alte Name der Marechals und sein blaues Blut ihm gehörten. Sie seien das einzige Vermächtnis, das er ihm mitgeben könne, doch es sei ein Vermächtnis, das es zu schätzen galt. »Alles kann man kaufen, außer der Blutsverwandtschaft«, hatte sein Vater ihn gelehrt.

Henri mochte zwar bezweifeln, ob seine Eheschließung überhaupt gültig war, aber eines wusste er: Sein Vater hätte darauf bestanden, dass es das Kind eines de Marechal war, das da heranwuchs, sei es nun legitim oder nicht. Und wahrscheinlich war es ein Junge – die de Marechals bekamen in der Regel Jungen. Es wäre Henris väterliche Pflicht, seinen Sohn zurück nach Frankreich zu bringen, an den Ort, an den er gehörte. Einen de Marechal, unter welchen Umständen er auch immer gezeugt worden sein mochte, im unzivilisierten englischen Virginia bei den Engländern, den Indianern und den Negern zu lassen, war undenkbar. Das war ihm sofort klar.

Er legte sein Messer beiseite und überlegte angestrengt. In Frankreich konnte er den Jungen als seinen natürlichen Sohn großziehen, wie sein Vater es bei ihm getan hatte. Nein, er würde das Kind als seinen Erben adoptieren, sobald sie in Frankreich waren. In seinem Kopf bildete sich langsam ein Plan heraus. Wenn er Louisiana erreichte, würde er einen Bogen um die Garnison und überhaupt um alle Behörden machen und sich als hugenottischer Witwer mit seinem kleinen Sohn ausgeben.

Das größte Problem war, dass er nicht wusste, wie er die Überfahrt bezahlen sollte. Sophia hatte ihr letztes Geld für ihre Unterbringung bei den Caradocs ausgegeben. Er musste einen Weg finden, um an etwas Geld zu kommen, sodass es auch für Thierry reichte. Und in Frankreich würde er ebenfalls Geld brauchen, um das Kind großzuziehen. Ihm war klar, dass dies ein viel größeres Problem sein würde. Aber vielleicht ließe sich Madame de Pompadour erweichen und würde ihm helfen, wenn er ein Kind bei sich hätte.

Er wischte sich die blutige Hand an der Hose ab und legte Sophia einen Arm um die Schultern. »Natürlich bleibe ich bei dir, Sophy. Das Land muss doch für etwas gut sein. Uns fällt schon etwas ein, damit es einen ordentlichen Profit abwirft.«

Er hatte nur nicht die geringste Ahnung, was. Er wusste, dass Land in Frankreich wie in England die Grundlage für Reichtum war. Aber er war sich nicht sicher, wie man es in Virginia zu Geld machte, außer mithilfe von Tabak. Alles, was er über den Tabakanbau erfahren hatte, war jedoch, dass es eine komplizierte Angelegenheit war, für die man viele Sklaven brauchte. Aber er war Sophias Ehemann, und ihr Land gehörte jetzt ihm. Er konnte davon Gebrauch machen, wie immer er wollte. Vielleicht könnte er es verkaufen. Oder wenigstens einen Teil davon. Er erinnerte sich an die Frau, die mit Mann und Kindern auf dem Floß gekommen war und am Handelsposten der Caradocs haltgemacht hatte. Sie hatte gesagt, sie wäre froh, wenn sie nicht den weiten Weg nach Kentuckee zurücklegen müssten, um sich niederzulassen. Ja! Er würde hier im Tal Land roden und es an Siedler verkaufen. Er zweifelte nicht einen Augenblick daran, dass es genügend Interessenten geben würde.

Sein Gewissen plagte ihn ein wenig. Was würde Sophia tun, wenn er ihr Land verkaufte und ihren Sohn nach Frankreich mitnahm?

Er müsste ja nicht alles verkaufen, redete er sich besänftigend zu. Großmütig entschied er, dass er ihr ein Stück Land lassen würde. Sophia sollte nicht ohne ein Dach über dem Kopf und einen Garten dastehen, wenn er ging.

»Mir fällt schon etwas ein. Nur Mut, Sophy.«

Er wurde mit einem tränenreichen Lächeln belohnt. »Oh Henri, wie stark du bist! Was würde ich nur ohne dich tun?«, flüsterte sie. Einen kurzen Moment lang hatte Henri ein schlechtes Gewissen. Er nahm sich vor, Sophia sogar einen kleinen Teil des Geldes zu überlassen, das der Verkauf des Landes einbringen würde. Angesichts von so viel Edelmut lösten sich seine Gewissensbisse auf der Stelle in nichts auf. Er machte sich daran, das Wildschwein weiter zu zerlegen. Auf Sophias Schulter hatte er einen blutigen Handabdruck hinterlassen.

Sophia dachte bei sich: *Ich bin mir sicher, dass er sich irgendetwas überlegt hat. Wer weiß, was er im Schilde führt. Eine Weile werde ich mich noch auf ihn verlassen können, aber nicht mehr lange. Dann muss ich allein weitermachen. Ich muss nachdenken …*

Sie sah sich um. In ihrer Situation konnte sie es sich nicht leisten, lange zu überlegen, denn der Winter stand vor der Tür. Im Augenblick war sie jedoch derart fassungslos, dass sie keine Ahnung hatte, wo sie anfangen sollte. Sie ging ebenso wie Henri davon aus, dass Land Reichtum bedeutete, und sie wusste sehr wohl, dass der Wohlstand der Graftons auf dem Grund und Boden beruhte, den Wilhelm der Eroberer der Familie zugesprochen hatte. Sie wusste auch, dass fast alle großen alten Vermögen in England mit Grundbesitz einhergingen, aber sie hatte sich nie Gedanken darüber gemacht, wie Land und Geld genau zusammenhingen. Ihre landwirtschaftlichen Kenntnisse beschränkten sich auf das, was sie in der Zeit in Sussex mitbekommen hatte, doch eigentlich hatte sie damals nicht mehr getan, als über die Landstraßen zu reiten oder einen Blick über die Hecken zu werfen, hinter denen die Landarbeiter der Graftons auf den Feldern arbeiteten oder Schafe hüteten. Sie erinnerte sich an den

Gärtner und seine Vorträge zur Pflege ihrer rosafarbenen Rosen. Das half ihr allerdings in der jetzigen Situation auch nicht weiter.

Sie setzte sich wieder auf den Stuhl, den sie zur Tür gezogen hatte, und ließ den Kopf in die Hände sinken. Sie hatten den Sommer in der Wildnis kaum überlebt, wären fast verhungert, wenn sie nicht gerade noch rechtzeitig den Handelsposten der Caradocs erreicht hätten. Wie sollten sie bloß den Winter überleben?

Es gab kaum einen Unterschlupf und nichts zu essen. Die Aussicht, bald auf eine gut bewirtschaftete Plantage zu kommen und in einem angenehmen Haus zu wohnen, hatte sie die ganze Zeit vorwärtsgetrieben. Was sie tatsächlich vorfand, war erschütternd. Statt eines funktionierenden Gehöfts mit einer Molkerei, einem Koch, einem Hühnerhof und einem blühenden Küchengarten wie in Sussex stand sie nun vor einer halb verfallenen Hütte, einer alten Sklavin und einem toten Wildschwein. Sie hatte keine Ahnung, was sie tun sollte.

Aber wenn sie nicht wie die arme Lavinia sterben wollte, musste sie sich etwas überlegen.

Je größer ihre Gruppe war, desto größer waren ihre Überlebenschancen, doch zwei kräftige Männer, Henri und Thierry, würden sie bald verlassen. Aber auch die anderen konnten sich von einem Tag auf den nächsten entscheiden zu gehen. Sie hatte schon gehört, dass Meshack bedauerte, nicht mit nach Florida gegangen zu sein, weil es für ihn sicherer gewesen wäre. Er hatte Angst vor der Miliz und den Patrouillen der Sklavenfänger und konnte jeden Augenblick beschließen, sie zu verlassen. Nott war ebenfalls der Meinung, dass es sicherer gewesen wäre. Auch er schien unentschlossen, ob er bleiben sollte oder nicht. Wenn Nott ging, würden sich Saskia, Venus und Seth ihm wahrscheinlich anschließen. Rufus machte sich Sorgen, dass man auch ihn und seine Jungen gefangen nehmen würde, wenn die Patrouillen oder Sklavenfänger kämen. Was sollte ihn davon abhalten, mit den Jungen nach Kentuckee zu ziehen? Sie überlegte angestrengt. Es war lediglich ihr Versprechen, ihnen Land zu geben, das sie dazu bewegt hatte, bei ihr zu bleiben. Wenn sie tatsächlich die Grundstücke markierten, die sie wollten, und sie die Besitzurkunden ausstellte, wenn sie ihnen so viel Land gab, wie sie wollten, wenn sie sofort anfingen, ihre Hütten zu bauen, dann würde die Aussicht, sich hier niederzulassen, sie vielleicht halten. Und wenn die Miliz oder die Sklavenfänger kamen? Nun, sie konnten schwören, dass die Sklaven Henri gehörten. Und sie waren alle bewaffnet. Und sie würde schießen, wenn es sein musste, sie würde jeden erschießen.

Der Gedanke, Leute zu erschießen, wirkte belebend. Sophia fühlte Zuversicht aufkeimen und dachte an die Caradocs. Sie hatten an ihrem Handelsposten eine ansehnliche Ansiedlung aufgebaut. Wenn die kräftigen Männer blieben, würde ihnen hier vielleicht etwas Ähnliches gelingen. Caitlin und Gideon würden mit ihrem Handelsposten an der Biegung des Flusses sein. Also waren sie in der Wildnis nicht völlig auf sich allein gestellt.

Wo sollten sie anfangen? Vermutlich würden sie bis zum Frühjahr warten müssen, um Nutzpflanzen und Tabak zu säen. Caitlin und Gideon würden es wissen. Das halb fertiggestellte Wildwood musste bewohnbar gemacht werden. Caitlins Vater wusste, wie man Hütten baute, ebenso wie Gideon. Für das Vieh würde die Scheune reichen, wenn man sie reparierte. Sie hatten ihr Hab und Gut von den Flößen, außerdem die Kühe, ein Maultier, drei Pferde und einige Hühner, die Caitlin ihr geschenkt hatte.

Zaydie beobachtete die weißen Leute. Ihr war es egal, ob sie sich anschrien oder weinten oder jammerten oder mit sich selbst redeten, wie die weiße Frau es gerade tat. Hauptsache, sie ließen sie in Ruhe und versuchten nicht, sie wieder zu verkaufen.

Wenn sie das taten, würde sie sie mit einem Fluch belegen. Und sie kannte viele gute Flüche. Andererseits würde es nicht schaden, sich nützlich zu machen. Sie wollte bleiben, hatte keine Lust, ihre alten Knochen noch irgendwo anders hinzuschleppen. Also humpelte sie zu der weißen Frau hinüber.

»Ihr weißen Leute geht wieder?«, fragte sie hoffnungsvoll.

»Nein, wir bleiben«, antwortete die weiße Frau. »Wir werden hier leben.«

Zaydie schwieg. Das war keine gute Nachricht. Aber sie hatten ein totes Schwein, das die beiden Männer gerade zerlegt hatten, und damit mussten sie etwas anfangen. Das Schwein versprach, ein paar saftige Schinken abzugeben. Sie leckte sich die Lippen. Es war lange her, seit sie Fleisch gegessen hatte. Die meiste Zeit hatte sie Hunger, aber sie wusste, wie man Schinken räucherte. Der Gedanke an Schinken ließ ihr das Wasser im Mund zusammenlaufen.

»Ihr habt ein Wildschwein, und dort ist eine Räucherkammer, da ist nichts drin.« Sie zeigte auf etwas, das wie ein Steinhaufen mit einer Art Schornstein aussah. Die weiße Frau schien mit offenen Augen zu träumen. Unverwandt starrte sie auf das Wildschwein und auf die beiden Männer.

Zaydie fragte sich, ob die Frau wusste, wie man Schinken pökelte. Denn wenn sie Schinken machen wollten, sollten sie es tun, bevor das Fleisch in der Wärme verdarb. Sie hätte zwar gern gesehen, wie Weiße verdorbenes Schweinefleisch aßen, auf dem die Maden herumkrochen. Es war jedoch besser, ihnen zu sagen, wie man es machte, denn sie mochte Schinken und hoffte, dass sie ihr etwas abgeben würden.

Sie hatte keine Zähne mehr, daher könnte sie den Schinken nicht mehr kauen, höchstens wenn er klein geschnitten wäre. Oder sie würde nur an einem Stück saugen, um den Geschmack im Mund zu haben. »Sie können Schinken machen. Hickoryholz gibt's dort oben.« Sie zeigte auf den Berg. »Oder Sauerbaumholz, das ist auch gut«, sagte Zaydie diensteifrig. Es konnte nicht schaden, mit der neuen Herrin auf gutem Fuß zu stehen. Und Schinken war wirklich etwas, was sie gern noch einmal gegessen hätte, bevor sie starb!

Zaydie versuchte es noch einmal. »Salz ist da drinnen. Hab ich von der Salzlecke da drüben geholt. Machen Sie Salzlake, legen Sie das Fleisch schnell ein. Bei der Hitze kommen Maden, bevor Sie blinzeln können. Sie weichen es zunächst in der Lake ein. Dann müssen Sie es kräftig mit der Holzasche abreiben und in ein sauberes Tuch wickeln. Sieben Tage lang. Dann müssen Sie es räuchern, drüben in der Räucherkammer. Hickorybäume gibt's genug. Hickoryrauch macht den besten Schinken.«

»Wie lange?«

Die weiße Frau zeigte endlich Interesse.

»Ein paar Monate. Fast bis der Winter vorbei ist, aber nicht ganz.«

Die Frau schaute Zaydie an. »Winter.«

»Aber vielleicht wollen Sie ja vor dem Sommer nichts essen.« Zaydie war verärgert.

Zu Zaydies Überraschung straffte die Frau plötzlich die Schultern, als sei sie gerade aufgewacht. Sie drehte den Kopf hierhin und dorthin und betrachtete, was vor ihnen lag, statt in die Ferne zu blicken. Sie stand auf und begann den Leuten zu sagen, was sie tun sollten.

Sophia überschlug, wie viele Münder sie zu füttern und was sie an Essbarem hatten. »Wir müssen Schinken aus dem Wildschwein machen, Henri. Ich bleibe hier und kümmere mich mit Zaydie darum. Sie weiß, wie es geht. Ich werde auch den Bauch pökeln. Caitlin sagte mir, dass sie mit dem Schlachten immer warten, bis das Wetter kalt wird, sonst legen die Fliegen Eier im Fleisch. Aber wir können nicht warten. Hier gibt es Salz und Holzasche. Zaydie, du sammelst die Holzasche aus dem Kamin. Im Haus ist ein großer Topf. Ich mache Feuer und koche die Salzlake auf. Während sie abkühlt, holst du etwas Hickoryholz, Henri. Thierry, du reitest zurück und bittest Caitlin, dir Sackleinen zu geben, um den Schinken darin einzuwickeln. Dann hängen wir ihn in die Räucherkammer.«

»*Oui, mon general!*«, murmelte Thierry und verdrehte die Augen.

»Henri, du musst herausfinden, wie man von Gideons Landungssteg am besten hierhergelangt, damit die Männer mit den Wagen nach Wildwood fahren können, wenn die Flöße dort ankommen.« *Wir haben die Kühe,* dachte sie, *und ein paar Hühner, und Caitlin und Gideon haben Maismehl und getrocknetes Gemüse. Aber reicht das, um alle bis zum Sommer durchzufüttern, wenn die Ernte reif ist?*

Sophia warf einen weiteren Blick auf den kläglichen Gemüsegarten und die mageren Hühner und begann zu zittern. Lavinias Geist huschte zwischen den Apfelbäumen umher. »Geh weg!«, flüsterte Sophia. Es stimmte, was sie Gideon gesagt hatte: Sie weigerte sich, an Gespenster zu glauben.

Eine Woche später mühten sich die Wagen den Hang hinauf. Es war kälter geworden, der Herbst kündigte sich an. Zaydie hatte in der Räucherkammer Feuer gemacht und wartete darauf, dass es beständig und nicht zu heiß brannte, sodass sie das gepökelte Fleisch in den Rauch hängen konnten. Alle machten sich mit fieberhafter Eile an die Arbeit, sogar Thierry. Mr Barker hatte ihnen einige englische Werkzeuge hinterlassen. *Wenigstens etwas von Papas Geld war gut angelegt*, dachte Sophia. Mit diesen Werkzeugen und den Gerätschaften, die Sophia von Thomas mitgenommen hatte, fällten die Männer Bäume und schälten die Rinde ab. Seth, Nott und Meshack hobelten Stämme für eine Scheune und neue Häuser. Gideon und Caitlins Vater wussten, wie man Blockhütten baute, das Holz einkerbte und die Stämme zusammenfügte. Caitlins Vater zeigte Toby, Jack und Cully, wie man Dachschindeln aus gespaltenen Zedernbrettern schnitt und glättete. Die Jungen hatten Blasen an den Händen und wollten nicht mehr weitermachen. Caitlins Vater drohte an, ihnen die Ohren lang zu ziehen, wenn sie aufhörten. Malinda musste Wasser von einer Quelle in der Nähe holen, mit dem sie Erde, kleine Stöcke und Zweige zu einer Masse mischten, die sie in die Fugen zwischen den Holzstämmen stopften. Sie alle arbeiteten vom Morgengrauen bis es dunkel wurde. Dann aßen sie Maisbrot und Fleisch von den Tieren, die Thierry erlegte und auf einem Stock über dem Feuer röstete, bis sie schließlich erschöpft am Kamin einschliefen.

Sophia, die darauf bedacht war, dass Seth und Meshack und Rufus und Nott blieben, forderte sie auf, sich ein Grundstück auszusuchen, damit sie die Abgrenzungen markieren und die Besitzurkunden ausstellen konnte. Die Männer merkten, dass Henri von dieser Idee nicht sonderlich angetan war. Also machten die vier sich eilig daran, die Grundstücke für ihre Höfe am Fluss festzulegen. Sie konnten es kaum glauben, dass sie eigene Felder und Hütten haben würden. »Wenn jemand kommt und sagt, es ist nicht meins, und ich muss wieder Sklave sein, dann ich töte ihn«, erklärte Meshack.

»Amen«, sagte Seth und trieb mit aller Macht Holzpflöcke in den Boden. »Amen.«

»Ich könnte mir ein bisschen mehr nehmen.« Nott grinste und rückte mit seinen Markierungen so weit, wie er es wagte.

Rufus wählte eine Stelle abseits von den anderen, am äußersten südlichen Ende des Tales am Fuße des Little Frog Mountain. Er sagte sich, dass Miss Grafton – die ja jetzt Mrs de Marechal war – umso weniger an der Größe seines Grundstücks auszusetzen haben würde, je weiter entfernt es lag. Er hatte dabei an die Jungen gedacht und überlegt, was er ihnen hinterlassen könnte, um ihnen einen Start im Leben zu verschaffen. Also hatte er ein großes Stück Land abgesteckt, weit größer als das, was Nott, Seth oder Meshack für sich beanspruchten. Meshack pfiff durch die Zähne, als er es sah. »Aber er ist weiß«, sagte Seth höhnisch, »er kann sich nehmen, was er will.«

Rufus hatte es gehört. Plötzlich bekam er Angst, dass Gier vielleicht alles zunichtemachen würde, was er sich für die Jungen wünschte. Er wollte das Land unbedingt, aber Sophia war eine feine Dame und Herrin über die Plantage. Selbst wenn sie gesagt hatte, sie dürften sich so viel Land nehmen, wie sie bebauen konnten, hatte sie immer noch das Sagen und er unterlag ihrer Macht. Rufus traute dem Adel nicht. Was sollte sie daran hindern, ihre Meinung zu ändern und das Land zurückzufordern? Sie hatte zwar versprochen, ordentliche Besitzurkunden zu schreiben, sobald sich die Männer für ein Stück Land entschieden und es ihr gezeigt hatten, damit sie die Grenzen auf einer Karte einzeichnen konnte. Und selbst wenn sie gegen die Größe von Rufus Parzelle nichts einzuwenden hatte, was war, wenn es Henri nicht gefiel? Er überlegte hin und her. Er könnte ein kleineres Stück markieren – mit Mollys Bruder hatte er sich so lange über Grund und Boden gestritten, dass die Erinnerung daran immer noch schmerzte. Aber am unteren Hang des Little Frog Mountain gab es eine Quelle, deren Wasser nach Eisen schmeckte. Er war sich sicher, dass es dort Erz gab. Er war Schmied und sehnte sich danach, diesen Hang zu besitzen.

Tagsüber, während er Stämme hobelte, rang er mit sich, überlegte, was er tun sollte, versuchte abzuschätzen, wie wahrscheinlich es war, dass Sophia seinen Wunsch ablehnte. Nachts konnte er nicht schlafen. Der Gedanke quälte ihn, dass ihm solch ein gutes Stück Land beinahe gehörte, aber eben nur beinahe.

Rufus beschloss, dass Bescheidenheit und Unterwürfigkeit beim Adel die beste Taktik waren. Er ging zu Sophia, die über einen Eimer gebeugt stand und Füllmasse mit den bloßen Händen mischte. Er erklärte ihr, er habe ein Grundstück markiert und würde es ihr zeigen, wenn sie einen Moment Zeit hätte. Aber er fürchtete, er habe sich möglicherweise zu viel Land genommen. Und es tue ihm leid, wenn es gierig aussähe, doch er habe an die Jungen gedacht ... Während er sprach, machte er lauter kleine Verbeugungen.

Sophia richtete sich auf. Sie war schlammbespritzt und sah müde aus, gar nicht wie eine elegante Großgrundbesitzerin. Sie versicherte, Rufus solle sich ruhig so viel Land nehmen, wie er bewirtschaften könne. Land sei der einzige Lohn, den sie ihm und den Jungen dafür zahlen könne, dass sie für sie arbeiteten. Tatsächlich interessierte es Sophia nicht, wie viel Rufus nahm. Sie besaß viel zu viel Land und hatte keine Ahnung, wie sie alles verwalten sollte. Er solle seine Parzelle markieren, und sie würde die Besitzurkunde mit dem genauen Standort und den Abmessungen schreiben. Rufus atmete erleichtert auf. Er dankte ihr überschwänglich. An jenem Abend setzte er seine Markierungen kühn noch ein Stück weiter oben am Little Frog Mountain, als er ursprünglich geplant hatte, sodass sein Land weit oberhalb der Quelle mit dem eisenhaltigen Wasser endete.

Henri konnte dem Gedanken, große Grundstücke abzugeben, nicht viel abgewinnen. Sophia meinte jedoch, je früher jeder einen Anteil am Land habe, desto besser. Es würde sie davon abhalten zu gehen. Sie benutzte die Dokumente aus Thomas de Bouldins Truhe als Vorlage, stellte Urkunden für alle Grundstücke aus und zeichnete in groben Umrissen jede einzelne Parzelle auf, die sie den Leuten überließ. Das bedeutete, dass die ehemaligen Sklaven einen Nachnamen benötigten. Sophia fragte sie, ob sie auch einen königlichen Namen haben wollten so wie Seth und Venus. Nott und Saskia, die übereingekommen waren, dass sie zusammenleben würden, entschieden sich nach einigem Hin und Her für den Namen Stuart. Meshack bevorzugte den Namen Tudor. So unterschrieben Henri und Sophia Besitzurkunden für Meshack Tudor, Venus und Seth Hanover und Saskia und Nott Stuart.

Meshack grinste, als er seine Urkunde entgegennahm.

Venus und Seth hielten ihre Urkunde stolz in der Hand, während Venus bereits ihre Hütte plante.

»Ich denke, wir sind jetzt so gut wie verheiratet, Saskia«, sagte Nott. »Was meinst du? Gefällt dir der Name Saskia Stuart gut? Mir gefällt er nämlich.«

»Hmm, wir werden sehen«, erwiderte Saskia. »Dass du mir dieses Papier bloß nicht verlierst.«

Rufus betrachtete die kostbare Urkunde, als sei sie der Schlüssel zum Himmelreich. Sie war von Henri und Sophia de Marechal unterschrieben und trug Henris Siegel, der seinen Siegelring in einen Klecks Kerzenwachs gedrückt hatte. Er konnte es kaum fassen, dass das Land und die Quelle plötzlich ihm gehörten. Als Gegenleistung hatte er nichts weiter zu tun, als eine festgelegte Anzahl von Tagen im Jahr auf den Feldern der Marechals zu arbeiten.

Nachdem Sophia die Urkunde ausgestellt hatte, hatte Henri bestimmt, wie viele Tage sie zu welcher Jahreszeit abzuleisten hatten. Erst danach hatten sie die Urkunde unterzeichnet. Mit Henri zu verhandeln war schwieriger als mit Sophia, doch letztendlich hätte Rufus allen Bedingungen zugestimmt, um ein solches Stück Land zu besitzen. Er konnte es kaum glauben. Er hatte so wenig Glück in seinem Leben gehabt, und jetzt besaß er einen Hof, der noch größer war als der, den er und Molly in Suffolk hatten. Nach der Unterzeichnung der Urkunden ging er in das Tal hinunter, wann immer er konnte, und markierte in der Dämmerung, wo sein Haus stehen und wo er die Scheune errichten würde. Er hatte Molly einen Obstgarten versprochen ... Nachts träumte er von seinem Gehöft, das er bauen würde. Und vielleicht würde er eines Tages sogar eine Schmiede besitzen, wie er einst eine besessen hatte.

Alle neuen Grundbesitzer waren bestrebt, vor dem Winter Hütten zu errichten, aber nur Gideon und Caitlins Vater hatten Erfahrungen im Hausbau. Henri war wie Gideon der Ansicht, dass es am sinnvollsten wäre, wenn alle zusammen eine Hütte nach der anderen bauten. Henri legte Strohhalme in einen Hut, den Malinda hielt, während Meshack, Rufus, Nott und Seth je einen Strohhalm zogen. Rufus bekam den längsten Strohhalm, seine Hütte war also als Erste an der Reihe, dann folgten Meshack, Seth und Nott. Sophia zog den kürzesten Halm, sodass sie Wildwood zuletzt reparieren würden.

Tagelang hallte der Wald wider vom Krachen der gefällten Bäume. Die Männer murrten, weil es so lange dauerte, bis ein Haus fertig war. Sie schnitten lange Latten zurecht, die die halb verfallene Scheune eingrenzten. Sie hobelten Stämme und kerbten sie ein, um sie zusammenfügen zu können. Caitlins Vater schüttelte den Kopf, weil sie keine Zeit hatten, das Holz trocknen zu lassen. Die Scheune wurde notdürftig repariert, damit sie nicht endgültig in sich zusammenfiel. Sophia, Caitlin, Venus, Saskia und Zaydie halfen, die Zweige von den gefällten Bäumen zu entfernen. Wenn die eingekerbten Stämme dann zusammengefügt waren, mischten sie Schlamm, Zweige und kleine Steine und packten die Masse in die Ritzen zwischen den Stämmen. Ihre Hände waren rot und wund von der Nässe. Caitlin und Sophia wurden immer runder und trugen anstandshalber eine Schürze über dem Mieder, das sich nicht mehr zuknöpfen ließ. Caitlin amüsierte sich über ihren runden Bauch.

Der Oktober kam, dann wurde es November. Eine nach der anderen wurden die Hütten von Rufus, Nott, Seth und Meshack an den Stellen aufgebaut, die sie sich ausgesucht hatten. Jede Hütte hatte zwei Räume, einen großen gemauerten Kamin, einen Schornstein und ein Schindeldach, das sie mit Kiefernharz bestrichen. Schließlich wurden die vier Räume von Sophias Haus Wildwood, die bisher unbewohnbar gewesen waren, fertiggestellt und überdacht. Die drei Jungen hatten Schwielen und Splitter an den Händen, nachdem sie zahllose Schindeln mit Holzpflöcken hatten befestigen müssen, weil sie keine Nägel hatten.

Die neuen Hütten im Tal standen leer, als der Winter einsetzte. Obwohl alle Siedler am liebsten sofort in ihre eigenen Häuser gezogen wären, beschlossen sie, zusammengepfercht in Wildwood zu leben, bis der Frühling kam. Auf diese Weise sparten sie Feuerholz und konnten die kärglichen Vorräte teilen.

Sophia spürte, wie Lavinias Geist über allem schwebte. »Geh weg!«, sagte Sophia und arbeitete verbissen immer härter.

Das Tal war ein Feuerwerk aus flammenden Farben, die sich leuchtend von dem strahlend blauen Herbsthimmel abhoben. Die Siedler achteten kaum darauf. Sie nahmen vor allem die Kälte und die frühe Dunkelheit wahr. Und ihren ständigen Hunger. Gideon zeigte auf den Hang über dem flachen Felsen, der wie ein Männerkopf geformt war. Dort seien Höhlen, in denen Bären Winterschlaf hielten. Thierry schaffte es tatsächlich, einen jungen Bären zu erlegen, der gerade daran hochkletterte. Ein paar Tage lang aßen sie Bärenfleisch. Die Frauen waren froh über das Bärenfett, mit dem sie ihre schmerzenden Hände einrieben. Thierry ging lieber auf die Jagd, als beim Hausbau zu helfen, den er als Bauernarbeit betrachtete. Je weiter der Herbst voranschritt, desto weiter führten ihn seine Streifzüge auf der Suche nach allem, was sie essen konnten. Gideon zeigte ihm, wie man Fallen für Kaninchen und Tauben stellte, weil die größeren Tiere verschwunden waren.

In der Dämmerung, wenn es zu dunkel war, um weiterzubauen, führte Caitlin die anderen Frauen und Malinda durch den Wald. Dort sammelten sie Kastanien, Fuchsreben und reife Persimone, deren orangefarbene Haut im schwindenden Tageslicht noch gut zu erkennen war. Bei diesen Ausflügen blieb ihnen nie viel Zeit, weil es schnell kalt und zu dunkel wurde. Sie dünsteten die Persimonen und kochten die Trauben mit etwas Hirse ein. Die Schinken in der Räucherkammer wollten sie für die Zeit nach der Jahreswende aufheben. Gideon hatte sie nämlich gewarnt, dass es im Januar und Februar noch weniger zu essen geben würde.

Wenn die Kinder ihre Werkzeuge und ihre Schindeln weglegen durften, mussten sie Feuerholz sammeln. Sie klagten über Schmerzen, Hunger und Kälte. Abends, wenn sie am Feuer saßen, nahm Saskia eine Nadel aus dem Nähkasten und entfernte die Splitter aus ihren Händen. Nott und Seth trugen die Stiefel der Aufseher, aber Meshack, der normalerweise barfuß ging, fabrizierte für sich und die drei Jungen Schuhe aus Rinde und Wilddarm. Dann machte er auch ein Paar für Rufus, von dessen Schuhen inzwischen kaum mehr übrig war als die Sohlen, die er sich an die Füße band.

Als die Hütten fertig waren, teilte Sophia die Dinge auf, die sie von Thomas' Plantage mitgenommen hatte. So bekam jeder einen kleinen Vorrat an Haushaltsgegenständen – Töpfe und Pfannen, Zinn- oder Porzellanteller. Die Teekanne behielt sie für sich.

Caitlin hatte darauf bestanden, dass Gideon ihr das getrocknete Gemüse und Obst und das Maismehl holte, das sie vom Handelsposten der Caradocs mitgebracht hatte. Daraus kochte sie Suppen, die jedoch bei so vielen hungrigen Menschen ziemlich dünn gerieten. Gelegentlich gab es Fleisch dazu, wenn Thierry ein Eichhörnchen schoss, doch dann erlitt Thierry einen weiteren Fieberkrampf, sodass er nicht mehr auf die Jagd gehen konnte. Heftig zitternd saß er am Kamin, in Henris alten Mantel gehüllt. Als es ihm zwei Wochen später wieder besser ging, war weit und breit kein Wild mehr zu finden.

Weihnachten kam, und der Schnee zwang sie, im Haus zu bleiben. Sie drängten sich um den Kamin auf Wildwood. Die Kerzen waren aufgebraucht, und die einzige Beleuchtung kam vom Feuer und von Funken sprühenden Kiefernwurzeln. Caitlins Vater holte seine Geige hervor. Er und Caitlin sangen all die Weihnachtslieder, die ihnen einfielen. Dann sang Sophia »The boar's head in hand bear I, bedecked with bay and rosemary«, das ihr Vater in seiner Zeit in Oxford gelernt hatte. Rufus und die Jungen versuchten, sich an die Worte des »Cherry Tree Carol« zu erinnern, Mollys Lieblingslied. Sie sangen die Lieder so lange, bis alle mitsingen konnten. Malinda machte den Mund auf und zu und tat so, als würde sie mitmachen, bis Jack sie kitzelte und sie lautlos kichernd aufgab.

Henri war der Einzige, der nicht mitsang. Er saß finster dreinblickend da und dachte an das Weihnachtsessen, das in Versailles nach der Nachtmesse am Heiligabend aufgetischt wurde.

Sie waren so hungrig, dass sie beschlossen, das geräucherte Wildschwein zu Weihnachten zu essen, noch bevor es richtig abgehangen war. Es war zäh und schmeckte seltsam. Alle wurden krank.

Ende Januar hatten sie die letzten Reste vom Mais- und Kastanienmehl aufgebraucht, und auch von den Trauben in Hirse war nichts mehr da. Sie töteten und zerlegten das älteste Pferd, das jedoch nur noch aus Haut und Knochen bestand. Saskia kochte eine Suppe aus dem Fleisch, die fürchterlich schmeckte. Sie aßen sie trotzdem.

Und wieder mussten sie hungern.

Kapitel 22

Der Hungerwinter

Februar 1756

Es gab nichts mehr zu essen und es war sehr kalt. Die Kälte spürten sie in den Knochen, je dünner sie wurden. Dass sie ununterbrochen Holz fürs Feuer hacken mussten, raubte ihnen den letzten Rest an Kraft. Auch Caitlin hatte praktisch keinen Proviant mehr. Gideon war daran gewöhnt, im Winter hungrig zu sein, aber er versuchte, für seine schwangere Frau kleine Wildtiere zu finden, und manchmal fing er einen Fisch. Caitlin wollte nicht, dass er sich flussaufwärts auf den Weg nach Caradoc Station zu ihren Onkeln machte, um neue Vorräte zu holen. Der Himmel wurde grau, und es schneite und fror und taute, und dann schneite es wieder.

Als es schließlich aufhörte zu schneien und eine schwache Sonne die Winterlandschaft funkeln ließ, nahm Thierry seine Büchse und ritt zu dem flachen Felsen, wo er im Herbst die Bache getötet hatte. Falls es irgendwo Wild gab, würde es Spuren im Schnee hinterlassen. Er fror bis auf die Knochen, selbst seine Seele schien zu frieren. Der ewige Hunger machte ihn halb verrückt. Er war schwach und seine Glieder schmerzten noch von seinem letzten Fieberanfall. Er hasste diese Wildnis von ganzem Herzen und würde dieses elende Dasein nicht länger ertragen, wenn er nicht etwas Essbares erlegen konnte. Er hatte gehofft, ein paar Eichhörnchen, einen wilden Truthahn oder ein Opossum zu finden, irgendetwas, doch er war schon so oft erfolglos umhergestreift, ohne Beute zu machen.

In der Hoffnung, vielleicht auf ein weiteres Wildschwein zu treffen, ging er auf den flachen Felsen zu. Aber dort waren weit und breit keine Spuren von Wildschweinen zu sehen, nur die düstere Winterlandschaft, egal, wohin er blickte. Nach Osten hin erstreckten sich endlose Bergketten und schwarze kahle Bäume. Er verspürte den widersinnigen Wunsch, sein Pferd mit Peitschenhieben voranzutreiben, wegzureiten und zu fliehen. Aber wohin? Er ließ das abgemagerte Tier sich seinen Weg suchen. So gelangten sie, ohne es geplant zu haben, ins nächste, weiter östlich gelegene Tal, bis sein erschöpftes Pferd schließlich bei jedem zweiten Schritt stolperte. Thierry saß ab und führte es am Zügel weiter. Er war zu müde, um sich Gedanken darüber zu machen, wohin er ging. Nur der Wunsch zu verschwinden, trieb ihn immer weiter. Es gab kein Wild. Er würde gehen, bis er nicht mehr gehen oder stehen konnte, sich dann hinlegen und aufgeben.

Im nächsten Tal kam er zu einer Baumgruppe und einem Fluss, der nur teilweise zugefroren war. Das Pferd weigerte sich weiterzugehen. Es war erst früher Nachmittag, doch die Sonne stand tief am Winterhimmel und der Wind wehte kräftig. Thierry band das Pferd fest, um es zu tränken. Dann sank er zu Boden und lehnte sich an einen Kastanienbaum. Er hätte die Büchse nicht mitnehmen sollen, es war die Waffe, mit der sich am besten zielen ließ. Die anderen würden sie brauchen. Wenn sie nicht starben, bevor das Wild wiederkam. Die Augen fielen ihm zu. Ihm war kalt, und er würde noch viel mehr frieren, wenn es Nacht wurde. Er hoffte, einzuschlafen und nie mehr aufzuwachen. Wilde Tiere oder Bussarde würden ihn und das Pferd finden. Er hatte keine Kraft mehr, seinem Schicksal zu widerstehen. Er beneidete seinen Bruder. François hatte Glück, dass er schon tot war und diesen schrecklichen Hunger nicht miterleben musste.

Irgendwann nahm er ein fernes Rascheln war, wie ein Flüstern oder wie trockenes Laub, durch das der Wind fuhr. Das Geräusch wurde lauter, dann wieder leiser, lauter und leiser. Es war ein rhythmisches Auf und Ab, wie das Meer, und stimmte ihn seltsam friedlich. Hier gab es kein Meer. Er würde das Meer nie wiedersehen, auch Frankreich würde er nie wiedersehen. Er stellte sich vor, dass der Tod dieses Geräusch machte. Der Tod, der langsam, aber sicher näher schlich. Vielleicht sollte er doch besser beten, bevor er starb. Er war nicht religiös, aber Franzose und Katholik.

Er sah das Gesicht seiner Mutter vor sich, wie sie sich über ihn beugte und ihm beibrachte, den Rosenkranz zu benutzen – ein Geschenk seines Vaters. Es war ein kleiner Rosenkranz, für die Hände eines Kindes gemacht. Seine fünf Dekaden bestanden aus kleinen Korallenperlen, zwischen denen durchbrochene goldene Paternosterperlen saßen. Dort, wo die Balken des Kreuzes sich trafen, war unter einem Bergkristall ein winziges, auf Elfenbein gemaltes Bild des gekreuzigten Christus zu sehen. Drei Jahre später hatte er ihn an François weitergeben müssen, nachdem sein Vater ihm einen anderen schönen Rosenkranz aus Bernstein und Silber geschenkt hatte. Er sei für einen großen Jungen geeignet, hatte der Kardinal gesagt, doch er besaß nicht den Zauber des kleinen Bildes unter dem Bergkristall.

Es war dieser erste Rosenkranz mit dem Bergkristallbild, den er jetzt vor sich sah, als er zum »Ave Maria« ansetzte. Er hatte Mühe, sich an die Worte zu erinnern. Der Wind wehte, das Geräusch wurde lauter und eindringlicher. »*Plenia gracia*«, sagte er ein wenig lauter. Der Lärm machte ihn ärgerlich. Das Pferd wieherte. »*Dominus tecum* …« Er versuchte nicht hinzuhören. Was auch immer es war, es war ihm egal. »*Salve Regína, Mater misericórdiæ; Vita dulcédo, et spes nostra, Salbe. Ad te …*«

Wieder wieherte das Pferd und zerrte mit mehr Kraft an seinem Gurt, als Thierry ihm zugetraut hätte. Nun waren die Worte vollends aus seinem Kopf verschwunden, und so hievte er sich mitten im Gebet mühsam auf die Beine. Er band das Pferd los und begann das Zaumzeug zu lösen. Vielleicht hatte es Angst, vielleicht witterte es einen Berglöwen. Sollte das Pferd doch selbst entscheiden, was es tun wollte. Von ihm aus konnte es immer weitergehen, bis es vor Erschöpfung hinfiel oder ein Berglöwe es erwischte. Es war ihm egal. Und wieder hörte er das Meeresrauschen.

Bevor er ihm das Zaumzeug abnehmen konnte, zog das Pferd in die Richtung, aus der das Geräusch kam, und schleifte ihn mit. Es trabte um die Bäume herum und warf den Kopf zurück, sodass Thierry mit dem Zaumzeug in der Hand dastand. Er blinzelte. Der Teufel quälte ihn mit Halluzinationen.

Wie ein grausamer Scherz lag vor ihm eine riesige Lichtung. Es war einmal ein Maisfeld gewesen, und trockene Maiskolben raschelten im Wind wie wispernde Gespenster. Fast etwas Essbares, das ihn verhöhnte. Vielleicht war das die Hölle. Er streckte die Hand aus und ergriff einen der knisternden Stängel, dann betrachtete er ihn genauer. Er berührte eine trockene Quaste. Seine Hand war zwar taub vor Kälte, doch er spürte etwas Festes. Es war ein dicker, getrockneter Maiskolben. Er starrte verständnislos darauf, fragte sich, ob es wohl noch mehr davon gab. Er packte einen zweiten Stängel, dann einen dritten, fühlte die getrockneten Quasten und weitere getrocknete Maiskolben. Er schloss die Augen, um den Anblick zu verdrängen, sehnte sich nach der tröstlichen Erinnerung an seine Mutter im warmen Feuerschein zurück ... Doch als er die Augen wieder öffnete, hatte er immer noch den Maiskolben in der Hand.

Er sah sich um, dann machte er erst einen, dann den nächsten Schritt in das Maisfeld und griff wild um sich. Überall getrocknete Maiskolben, so weit das Auge reichte. Allmählich dämmerte ihm, dass es ein nicht abgeerntetes Feld war. Es schien endlos zu sein, die getrockneten Stängel raschelten und schwankten im Wind. Er begriff, dass dies das Geräusch gewesen war, das er für Meeresrauschen gehalten hatte. Er ging von einem Stängel zum nächsten und fand überall dieselben prallen Kolben. Er war von Mais umgeben.

Hinter ihm machte sich das Pferd geräuschvoll über einen Maiskolben her. Thierry ließ es ein wenig fressen und zog es dann weg, bevor das ausgehungerte Pferd eine Kolik bekam, weil es sich den leeren Magen zu schnell vollgestopft hatte. Er musste an sich halten, um nicht selbst über den Mais herzufallen, doch er wusste, dass man ihn einweichen und kochen musste, bevor man ihn essen konnte. Er riss einen Kolben nach dem anderen ab und stopfte sich die Taschen damit voll, dann stieg er auf sein Pferd. Morgen würden sie mit den Wagen wiederkommen und ernten.

Er führte das widerstrebende Pferd zurück auf den Weg, den sie gekommen waren. Er warf einen letzten Blick auf das Maisfeld, um sich zu vergewissern, dass es wirklich da war. Er hatte das alles nicht geträumt. Die Maiskolben, die er sich unters Hemd geschoben hatte, kratzten und drückten. Nun hatte er es eilig zurückzureiten.

Dann erstarrte er. Am anderen Ende des Getreidefeldes bewegte sich etwas, eine dunkle Gestalt, die sich gegen den Schnee abhob. Der Jäger in ihm war hellwach. Indianer? Ein Berglöwe? Wenn ja, dann musste er schießen. Einem Berglöwen wäre sein erschöpftes Pferd hoffnungslos unterlegen, und auch gegen Indianer hätte es vermutlich keine Chance. Doch als er nach seiner Büchse griff, sah er, dass die Gestalt nicht durch das Maisfeld auf ihn zuschlich, sondern sehr langsam in eine andere Richtung ging. Hinter der dunklen Gestalt kamen weitere, ähnliche Gestalten. Er kniff die Augen zusammen. Wildschweine! Sie fraßen den Mais! Mit offenem Mund starrte er wie betäubt auf das Feld. Er war zu müde, durchgefroren und hungrig und die Entdeckung des Maisfeldes hatte ihn derart erschüttert, dass er kaum wagte, die Schweine für ebenso wirklich zu halten wie sein Hemd mit den Maiskolben darunter. Er war jetzt zu schwach, um eines der Wildschweine zu erlegen und es nach Wildwood zu schaffen. Aber morgen oder am darauffolgenden Tag würden er und Henri mit den Maultieren und dem Wagen zurückkehren.

Sie waren gerettet.

Er begann hysterisch zu schreien und zu lachen. »*Sanglier!*«, rief er immer wieder. »*Maize!* Essen! Essen! O Gott, Essen!« Tränen liefen ihm übers Gesicht. Er war überwältigt, glitt vom Pferd und sank auf die Knie. »Wie kann das sein?«

Plötzlich erkannte er, dass ihm ein Wunder widerfahren war, von einem Gott, an den er nicht geglaubt hatte. Er hatte den Rosenkranz gebetet, und die Jungfrau hatte ihn gehört und ihm die Schweine und den Mais geschickt. Welche Barmherzigkeit! »Heilige Mutter Gottes, Maria, reine Jungfrau ... Heilige Königin des Himmels, Mutter der Barmherzigkeit«, schluchzte er. »Ave Maria«, schrie er wild in den Himmel. »Ave Maria!«

»Ave Maria«, kam es vom Berg zurück. »Ave ... ve ... ve ... ria ... ria ... ria«, dröhnte es über die ganze Landschaft hinweg.

Schließlich raffte sich Thierry auf. Er setzte sich aufs Pferd, trieb es langsam, aber beharrlich wieder den Berg hinauf. Oben angekommen, drehte er sich um und sah noch einmal auf das Maisfeld hinunter. Die Vorstellung, es auch nur für einen Tag zurückzulassen, widerstrebte ihm. Als er nach Westen blickte, war der Horizont nicht mehr grau, sondern glänzte rot, golden und orange im Sonnenuntergang, wie es im Winter oft vorkam.

Während er so dastand und in den Himmel blickte, tauchte für einen Augenblick das Bild der Jungfrau auf, die in den Farben der letzten Sonnenstrahlen gekleidet war. Sie hob segnend die Hand und verschwand. Thierry rieb sich die Augen. War ihm die Jungfrau wirklich erschienen? Er hatte keinen Zweifel, dass sie ihn zum Maisfeld geführt hatte. Er sah zu, wie der gleißende Wintersonnenuntergang in der Abenddämmerung verblasste. Schließlich bekreuzigte er sich und legte ein feierliches Gelübde ab. Eines Tages würde er in das Tal mit dem Maisfeld und den Wildschweinen zurückkehren und einen Priester und eine heilige Reliquie oder einen anderen anbetungswürdigen Gegenstand mitbringen. Er würde dafür sorgen, dass der Lieben Frau zum Dank für ihre wunderbare Rettung ein Schrein geweiht wurde.

Dieser Aufgabe würde er sein künftiges Leben widmen.

Kapitel 23

Geburten

März 1756

Die Siedler hatten sich schließlich auf ihre eigenen Hütten und Gehöfte verteilt. Drei Tage zuvor war Gideon mit Saatgut gekommen, sodass sie nun Mais, verschiedene Kürbissorten und Bohnen pflanzen konnten. Er schämte sich, dass er und die anderen Männer die Arbeit von Frauen verrichteten. Andererseits konnte man die Aussaat nicht Frauen wie Sophia, Saskia und Venus überlassen, wenn die keine Ahnung davon hatten. Caitlin kannte sich damit aus, doch sie war inzwischen zu schwerfällig. Ihre Niederkunft stand zu kurz bevor, als dass sie noch auf den Feldern arbeiten konnte.

Der Vann-Handelsposten und der dazugehörige Landungssteg lagen am Flussbogen zwischen Frog Mountain und Little Frog Mountain. Das Häuschen, das Gideon gebaut hatte, war kleiner als Wildwood. Aber es war gemütlich, bequem eingerichtet und sehr ordentlich. Die Ritzen zwischen den Stämmen waren dicht mit Schlamm und Zweigen verfüllt. Mit Caitlins Steppdecken, Vorhängen, dem Spiegel, ihrer Platte mit dem Weidenmuster und ihren Kochtöpfen wirkte es fröhlich und einladend. Caitlin hatte alles für das Kind vorbereitet, und Gideon sollte sie nach Wildwood bringen, wenn es so weit war.

Sophia und Caitlin hatten hin und her überlegt, welches Kind als Erstes kommen würde. Als Sophia sah, wie Caitlin auf Gideons Arm gestützt langsam durch den Obstgarten kam, wusste sie die Antwort. Es sei denn, ihr eigenes Kind beschloss, zur gleichen Zeit zu kommen, um Caitlins Gesellschaft zu leisten. Es war ein sonniger Nachmittag. Die kleinen Apfelbäume zeigten bereits die ersten Blüten, die Caitlin alle paar Schritte bewunderte.

Als ob sie sie nie wiedersehen würde, wisperte Lavinias Geist.

»Geh weg! Du gehörst in dein Grab!«, murmelte Sophia und stampfte heftig mit dem Fuß auf. So durfte sie nicht denken. Als die Vanns ankamen, begrüßte sie ihre Freundin mit einem glücklichen Lächeln. »Nun, Caitlin, ist es so weit?«

»Ich glaube schon. Ich bin mir nicht sicher, schließlich habe ich noch nie ein Kind bekommen. Aber es muss bald so weit sein, nicht wahr? Ich bin froh, dich endlich wiederzusehen, Sophy. Ich hatte immer alle Hände voll zu tun und konnte dich nicht besuchen. Jetzt passen Venus, Jack und Toby am Handelsposten auf, ob vielleicht ein Floß mit Siedlern oder Jäger kommt. Ich fühle mich besser, wenn ich bei dir bin, Sophy.«

Sophia war froh, ihre Freundin zu sehen, und begierig ihr zu zeigen, was sich seit ihrem letzten Besuch alles verändert hatte. In der Küche hatten sie einen Brotbackofen in den gemauerten Schornstein gebaut. Es regnete auch nicht mehr durchs Dach, seit es mit Holzschindeln repariert worden war. Auf der Rückseite der Hütte war eine neue Veranda entstanden, von der aus man den Obstgarten und das Tal überblicken konnte, bis hinunter zu den Grundstücken von Seth, Nott, Meshack und Rufus. Von der Veranda aus zeigte Sophia Caitlin die Holzhäuser und betonte, wie tröstlich sie es fand, den Rauch aus ihren Schornsteinen aufsteigen zu sehen. Es fühlte sich an wie ein Dorf.

Henri, Gideon, Seth, Rufus, Nott und Meshack ritten davon, um festzulegen, was wo gepflanzt werden sollte. Thierry war auf der Suche nach der Büffelherde, die Gideon am Ende des Tales gesichtet hatte. Seit Thierry das Maisfeld entdeckt hatte, das Gideons Leute im vorangegangenen Sommer zurückgelassen hatten, bestand ihre Kost fast nur aus Maisbrei, Maiskuchen und Wildschweinfleisch. So dankbar sie dafür waren, so sehr sehnten sie sich doch nach etwas Frischem. Gideon hatte ihnen gesagt, wo wilde Zwiebeln wuchsen. Zaydie und Malinda hatten einen Korb davon geholt, doch Sophia war skeptisch, da sie sehr stark rochen.

Die beiden Frauen genossen einen seltenen Augenblick der Ruhe und des Friedens. Caitlin hatte Sassafrastee mitgebracht. Zu Ehren von Caitlins Besuch holte Sophia aus einem Korb unter dem Bett die Teetassen aus Porzellan hervor, die einst Anne de Bouldin gehört hatten. Die beiden saßen in trautem Schweigen auf der hölzernen Bank, die an einer Seite der Veranda befestigt war. Malinda war bei ihnen und nippte an ihrem Tee. Sie war so still und unauffällig, dass sie sie häufig vergaßen. Sie spielte stundenlang mit ihrer Puppe, wenn ihr niemand eine Aufgabe auftrug oder wenn Jack nicht da war. Sie nähten Babysachen und überlegten, wie man Weißbrot am besten gehen ließ, für den Fall, dass sie jemals wieder in der glücklichen Lage sein würden, etwas Weizenmehl zu haben, und wie man

Brombeeren in Honig einkochte, falls sie einen Bienenstock fänden. Sie beobachteten die Wolken, die sich über den Bergen zusammenballten, und hofften, dass die Männer nicht in einen Sturm gerieten.

Caitlin ließ immer wieder die Näharbeit sinken und schnappte nach Luft. Schließlich schickte sie Malinda in die Küche, einen Topf mit frischem Teewasser aufs Feuer zu setzen. Dann sagte sie: »Sophy? Versprichst du mir etwas?«

»Hmm?«

»Wenn ich sterbe, versprichst du, dich um das Kind zu kümmern? Und auch um Gideon?«

»Sprich nicht vom Sterben!«

»Aber Frauen sterben bei der Geburt. Sieh dir nur deine eigene Mutter an. Und Malindas Mutter. Und du bist der einzige Mensch auf der ganzen Welt, dem ich mein Kind anvertrauen würde.«

»Caitlin, nicht! Es wird alles gut.«

»Aber falls nicht, dann … macht es das leichter zu sagen, Gottes Wille geschehe … Ich hatte plötzlich Angst, weil ich nie dazu gekommen bin, dich zu fragen … Ich hatte vorher keine Angst vor dem Sterben, am Anfang, als ich wusste, dass ich ein Kind bekomme. Da war ich einfach nur glücklich, aber … jetzt kann ich an nichts anderes denken als an das Kind und Gideon, die ganz allein auf der Welt dastehen und niemanden haben, der sich um sie kümmert. Und das macht mir Angst. Ich hätte nicht solche Angst, wenn du Ja sagst. Bitte!«

»Natürlich werde ich mich kümmern, wenn Gideon mich lässt. Das verspreche ich. Und … und versprichst du es mir umgekehrt auch?«

»Natürlich, wenn Henri einverstanden ist. Oh Sophy.« Sie fassten sich bei den Händen und schlossen einen Pakt auf Leben und Tod.

Dann legte sich Caitlin die Hand auf den prallen Bauch und lächelte nervös. »Gut. Weil ich nämlich glaube, dass es allmählich kommt. Seit gestern habe ich dieses ... dieses enge Gefühl. Es kommt und geht. Heute Morgen fühlt es sich stärker an. Aber es ist nicht schlimm, noch nicht. Venus sagt, es wird schlimm, und ich müsste mir ein Messer unters Bett legen, um die Schmerzen in zwei Hälften zu schneiden.«

»Das ist Unsinn! Malinda soll Saskia holen.«

Sophia stand gerade mühsam von der Bank auf, als Caitlin »Oh! Oh!« rief. Sie verzog das Gesicht und wölbte den Rücken. Ihre Augen wurden groß, und sie umklammerte Sophias Hände. »Diesmal war es stärker! Was passiert jetzt, Sophy? Geht es schnell, wie wenn Kälber geboren werden? Oder Schweine? Was ist, wenn das Kind stecken bleibt? Ich musste schon Kälber und Ferkel mit den Händen herausziehen, wenn sie nicht kommen wollten. Kann das bei Frauen auch passieren?«

»Das wissen wir beide nicht genau. Aber mach dir keine Sorgen, Caitlin. Frauen kriegen ständig Kinder. Saskia weiß, was zu tun ist. Vielleicht solltest du ... dich fertig machen ... du solltest im Bett liegen, wenn es losgeht.« Sophia versuchte, beruhigend und gelassen zu klingen, als sie Caitlin aufhalf, doch es war erschreckend, wie wenig sie über Geburten wusste. Sie zwang sich, nicht mehr an Lavinia zu denken. Lavinia wäre nicht gestorben, wenn Saskia bei der Geburt bei ihr gewesen wäre, und Saskia würde bei Caitlin sein. Die Geburt würde gut gehen, sagte sie sich.

Bei ihrer Mutter war sie nicht gut gegangen. Und bei Lavinia auch nicht.

In ihrem Innersten hatte Sophia Angst, um Caitlin und um sich selbst, doch sie wusste, dass dies nicht der richtige

Moment war, Angst zu zeigen. »Komm und sieh dir an, was ich vorbereitet habe«, sagte sie und zog Caitlin hoch. »Es ist alles für dich bereit.«

Zwei Wochen zuvor hatte Sophia in der Hütte der de Marechals eine Ecke abgeteilt, sodass sie und Caitlin so etwas wie einen eigenen Raum für die Geburt hatten. Sophia hatte bisher nur eine einzige Geburt miterlebt, und das war die von Venus' Tochter Susan gewesen. Sie hatte nicht vor, ihre Qualen für alle Welt sichtbar zu erdulden. Henri und Thierry hatten ein Bett in die Ecke geschoben. Die Rosshaarmatratze, die normalerweise auf dem mit Seilen bespannten Rahmen lag, hatten sie weggenommen. An ihrer Stelle hatte Saskia eine dicke Schicht Stroh ausgebreitet. »Muss man nachher verbrennen, wegen dem Blut. Bringt Unglück, wenn man's nicht tut«, hatte sie gesagt. Eine hölzerne Wiege stand erwartungsvoll in der Ecke, mit einer hübschen kleinen Decke, die Caitlin genäht hatte.

Malinda rannte los, um Saskia zu holen. Sophia half Caitlin, sich bis auf ihr Unterkleid auszuziehen, das sich über ihrem runden Bauch spannte. Dann deckte sie sie mit einer Decke zu und machte es ihr auf der Strohmatratze so bequem wie möglich.

Caitlin kicherte nervös. »Was sagst du dazu? Mitten am Tag im Bett zu liegen! Das ist doch nicht normal. Liest du mir ein paar Psalmen vor? Dann wird uns die Zeit nicht so lang.« Caitlin setzte sich mühsam auf und nahm ihre Näharbeit zur Hand. »Kein Grund, untätig zu sein«, sagte sie. Sophia nahm das Gebetbuch von Lady Burnham und begann zu lesen. Als sich der Abend näherte, hörte sie Caitlin immer wieder nach Luft schnappen.

Saskia kam und lief geschäftig hin und her, um alles zusammenzusuchen, was sie für die Geburt brauchte, unter anderem ein Messer. Malinda saß still in der Ecke, umklammerte ihre Puppe und betrachtete das Messer besorgt. Malinda liebte Caitlin und Sophia wusste, dass Malinda nicht dort sein sollte, während Caitlin das Kind zur Welt brachte. In der kleinen Hütte gab es keine Möglichkeit, dem Stöhnen – oder schlimmer noch, den Schreien – zu entgehen. Venus hatte schrecklich geschrien. Sophia wollte nicht, dass Malinda eine weitere Geburt mitbekam. Mittlerweile verzog Caitlin schmerzhaft das Gesicht, wenn die Wehen kamen, und sagte dann: »Das war nicht so schlimm.« Sophia war sich sicher, dass es bald schlimmer werden würde.

Sollte sie es wagen, eine Sechsjährige allein zum Handelsposten der Vanns zu schicken, damit sie bei Venus bleiben konnte? Aber Malinda hatte die Angewohnheit, allein durch die Gegend zu streunen. Meist besuchte sie Meshack, den sie besonders mochte. Sie kam immer wieder unbeschadet zurück. Obwohl Sophia sie die ersten Male ausgeschimpft hatte, konnte sie nicht leugnen, dass Malinda vernünftiger war, als sie alle vermuteten. Da sie sie nicht gern ausschimpfte, ließ sie das Mädchen schließlich gehen, wohin es wollte.

Sophia rief Malinda zu sich und nahm ihr Gesicht in beide Hände. »Malinda, du musst zum Handelsposten gehen, und zwar allein. Venus ist da. Du musst ihr mit Susan helfen. Sie macht dir auch Abendessen. Du bist ein großes, tapferes Mädchen. Du kennst ja den Weg durch den Obstgarten. Geh gleich los, bevor es dunkel wird. Nimm deine Puppe mit, sie wird dir Gesellschaft leisten.« Malinda nickte und schob sich die Puppe unter den Arm. »Du brauchst keine Angst zu haben.« Malinda schüttelte den Kopf und sah Sophia ernst an.

»Und weil du so ein braves Mädchen bist, sollst du mein Schultertuch tragen.« Auf Malindas Gesicht breitete sich ein begeistertes Lächeln aus. Sie liebte Sophias feines Tuch mit den Farben und dem komplizierten Muster. Sie hielt ganz still, während Sophia es ihr um Kopf und Schultern wand und es ihr schließlich unter dem Kinn zusammenband. »Hübsch siehst du aus, Liebes. Und jetzt los!«

Malinda trottete davon. Das Märchen von dem kleinen Mädchen mit der roten Kappe, das im Wald auf den Wolf traf, kam Sophia in den Sinn. Aber das Risiko mussten sie eingehen.

Caitlin schnappte nun immer öfter nach Luft. Dann legte sie ihre Näharbeit beiseite, und ihr »Oh!« wurde allmählich immer lauter. Als es Abend wurde, versuchte sie gar nicht mehr zu nähen.

»Es wird ein bisschen schlimmer«, gestand sie und keuchte. »Lies mir wieder aus den Psalmen vor, Sophy. Es hilft, wenn ich deine Stimme höre. Glaubst du, dass es lange dauert, Saskia?«

Als es dunkel war, krallte Caitlin die Hände in die Decke. »»Du sollst mit Schmerzen Kinder gebären ...‹«, sagte sie mit zitternder Stimme, dann biss sie sich auf die Lippe und hielt den Atem an, bis die Wehe abebbte. »Das war nicht ... so schlimm«, sagte sie und versuchte zu lächeln, doch ihre Augen verrieten alles. Sophia hielt ihre Hand und redete beruhigend auf sie ein. Das Kind werde bald da sein, sagte sie.

Es wurde Mitternacht. Inzwischen sagte Caitlin nicht mehr, es sei nicht so schlimm. Und das Kind war noch immer nicht da. Die ganze Nacht über wechselten sich Saskia und Sophia ab, wischten ihr das Gesicht mit einem feuchten Tuch ab und hielten ihr die Hand. Endlich kam der Morgen, dann verging langsam ein Tag, der immer schlimmer wurde, gefolgt von einer langen, schrecklichen Nacht. Am zweiten Morgen hatte Caitlin dunkle Ringe unter den Augen und ihre Sommersprossen wirkten grell in ihrem weißen Gesicht, während sie sich quälte und stöhnte. Sophia versuchte nicht, über ihr Versprechen nachzudenken, sich um das Kind zu kümmern, falls Caitlin starb.

Caitlin litt Höllenqualen, malmte mit den Zähnen und weinte vor Schmerz und Erschöpfung. Für Sophia fühlte es sich an, als sei das Kind schon eine Ewigkeit unterwegs. Sie und Saskia beugten sich über das Bett. Zwischen den Wehen befühlte Saskia Caitlins prallen Bauch mit den Händen und nickte und versuchte, ihr Mut zu machen. »Ist bald vorbei.« Das sagte sie schon den ganzen Nachmittag, aber es war noch lange nicht vorbei, sondern wurde immer schlimmer. Caitlin weinte und schrie bei jeder Wehe. Sophia wischte ihr sanft mit einem feuchten Tuch über das Gesicht.

Caitlins sah sie aus ihren blauen Augen flehend an. »Ich kann nicht, ich kann das nicht mehr aushalten, o Jesus! Oh, barmherziger Gott, verschone mich! Ich werde sterben!«, keuchte Caitlin. Tränen liefen ihr über die Wangen. »Wo ist Gideon? Bitte, hol Gideon, Sophy.«

»Cully ist losgegangen, um ihn zu suchen. Liebes, du kannst es schaffen, bitte, du musst nur noch ein wenig länger durchhalten«, murmelte Sophia und strich Caitlin über das feuchte Haar. Am liebsten wäre sie aus der Hütte gelaufen, die nun schon zwei ganze Tage lang zur Folterkammer geworden war. Sie ermahnte sich, nicht so zu denken, nicht jetzt, wo ihr selbst etwas Ähnliches bevorstand. Zaydie huschte hinter den Vorhang und flüsterte, sie sehe, dass »sie« Caitlin beäugten, und werde nicht zulassen, dass »sie« an ihr vorbeikamen.

»Hör auf!«, zischte Sophia sie an. »Hat Cully die Männer noch nicht gefunden?« Ihr Rücken schmerzte. Sie war entsetzlich müde. Ihre schreckliche Angst, dass Caitlin sterben könnte, wurde noch dadurch verstärkt, dass Gideon vielleicht nicht rechtzeitig zurückkommen würde, um sich zu verabschieden. Sie wusste, dass sie für Caitlin und das Kind beten sollte. Ihr Verstand war jedoch zu benommen, und so brachte sie lediglich die Worte heraus: »Bitte, Gott, bitte, Gott, bring Gideon zurück, bevor es zu spät ist.«

Zaydie murmelte etwas von Hühnerfedern und verschwand. In diesem Frühjahr hatte es ständig geregnet. Jetzt donnerte und blitzte es, und dann prasselte Regen auf das Dach. *Zumindest regnet es nicht mehr durch*, dachte Sophia. Ein kleiner Trost in all diesem Elend.

Saskia, die immer unruhig war, wenn sie Cully aus den Augen lassen musste, machte sich Sorgen, weil er allein in dem Sturm unterwegs war. Er hatte das behäbige alte Arbeitspferd genommen, doch das Tal war lang und die Männer konnten überall sein. Cully würde vielleicht ewig brauchen, um sie zu finden.

Am zweiten Abend fiel Caitlin für einen Augenblick in einen unruhigen Schlaf. Sophia kühlte mit einem nassen Tuch immer wieder Caitlins Stirn. Sie spritzte sich etwas kaltes Wasser ins Gesicht, und Saskia rieb sich die Augen. Außer ein paar Bissen kalten Maiskuchen hatten sie beide kaum etwas gegessen. An Schlaf war nicht zu denken. Die beiden Frauen fühlten sich benommen und hätten sich am liebsten an Ort und Stelle zusammengerollt, um wenigstens ein paar Minuten zu schlafen.

Zaydie kam mit Sumachtee hereingehumpelt. Saskia und Sophia tranken ihn dankbar, dann nutzten sie den Augenblick, um die Augen zu schließen. Beide schliefen mit dem Kopf auf den Armen ein. Als sie aufwachten, sahen sie, wie Zaydie Caitlin eine Tasse an den Mund hielt. Dann schüttelte sie eine Handvoll Zweige und Federn über sie, während sie inbrünstig vor sich hin flüsterte. »Ich lass die Geister sie nicht mitnehmen«, murmelte Zaydie, als Saskia und Sophia sie vom Bett wegzogen.

Caitlin riss die Augen auf, wölbte den Rücken gegen den Schmerz und rief: »Warum kommt das Kind nicht heraus? Ich kann es nicht länger ertragen. Ich werde sterben, ich will Gideon. Bitte, Sophy! Hol Gideon!« Sie umklammerte Sophias Hände und heulte wie ein Tier, während Saskia ihr den Bauch massierte, dann zwischen ihre Beine griff und sie anspornte: »Gut! So ist es gut, sehr gut, es kommt! Los jetzt! Pressen, du musst pressen!« Saskia musste schreien, um den Lärm des gewittrigen Frühjahrssturms zu übertönen, der an dem Schindeldach rüttelte und Regentropfen durch den Kamin schickte, wo sie zischend im Feuer landeten. Caitlin keuchte und schluchzte. »Ich kann nicht, ich kann nicht! Sophy, du hast es versprochen! Erinnere dich an dein Versprechen ... das Kind ... du hast es versprochen ... oh ... Jesus Christus!«

»Versprechungen hin oder her, du musst jetzt heftig pressen!«, befahl Saskia und packte Caitlins Handgelenke, während Caitlin die Füße gegen das Fußbrett stemmte. Sie stöhnte und presste und gab einen schrecklich unmenschlichen Schrei von sich. Plötzlich nahm Saskia etwas in die Hand und zog es von Caitlin weg, etwas, das mit Blut und weißem Schleim bedeckt war. Saskia durchtrennte die Nabelschnur, wischte dem Etwas rasch über Mund und Augen und gab ihm dann einen sanften Klaps auf den Rücken. Erst herrschte Stille, dann erfüllten die Schreie eines Säuglings den Raum.

»Ein Mädchen«, sagte Saskia und hielt es hoch. »Ein prächtiges Mädchen. Gut, sie weint.« Saskia wischte dem Kind das Gesicht ab, wickelte es in eine Decke und legte es in die Wiege. Dann wandte sie sich Caitlin zu, massierte ihr wieder den Bauch. Ihre Hände füllten sich mit etwas Blutigem und Pulsierendem. »Du musst mir helfen. Hol das Messer.«

Sophia hatte das Gefühl, als würde sich das Zimmer um sie drehen. Sie schloss die Augen und kämpfte mit aller Macht gegen die drohende Ohnmacht an. Als sie sie wieder öffnete, lag Caitlin ganz still auf dem blutbefleckten Bett. Sie hatte die Augen geschlossen, ihr Gesicht war unnatürlich weiß. Sophia sah sich nach Saskia um, aber Saskia war nicht da. »Caitlin?« Sophia drückte Caitlins Hand, doch Caitlin reagierte nicht. »Caitlin? Caitlin? Wach auf! Oh Caitlin, Liebes, wach auf!« Keine Antwort. »Nein! Caitlin! Aufwachen!« Und Gideon war nicht zurückgekommen, um sich zu verabschieden ... das Einzige, was sich Caitlin am Ende gewünscht hatte. Jetzt war sie tot.

Sophia begann zu weinen. In der Tür stand Zaydie mit dem Rücken zu ihnen und wedelte mit ihren trockenen Zweigen und Federn in der Luft herum. »Sie nehmen eine Mutter und das Kind auch, wenn sie können. Aber ich lasse keine Geister herein. Hab keine Angst. Halt Caitlin fest und das Kind auch, bis sie weg sind. Halt das Kind fest, sage ich!«

Sophia war zu müde, um zu protestieren und Zaydie zu sagen, sie solle den Unfug lassen. Sie nahm den in eine Decke gewickelten Säugling auf den Arm und ergriff Caitlins schlaffe Hand.

Caitlins Gesicht war so weiß, weißer als Sophia es je für möglich gehalten hätte. Aber plötzlich flatterten ihre Lider, und sie öffnete die Augen. »Ein Mädchen, hast du gesagt?«, flüsterte sie. »Preiset den Herrn! Ich möchte es sehen.«

»Das ist gut, rede ruhig weiter«, sagte Saskia, die mit einer Schüssel mit heißem Wasser und einem Lappen hereingeschlurft kam. Die Erschöpfung machte sie langsam und ungeschickt. »Ich mache dich frisch, und dann fütterst du sie.«

Im Zimmer roch es nach Blut und Schweiß. Sophia hielt Caitlin das Kind hin, sodass sie es sehen konnte. Unterdessen wusch Saskia Caitlin, streifte ihr ein sauberes Unterkleid über und hievte sie irgendwie von dem blutgetränkten Strohlager auf eine frische Strohschicht. Dann legte Saskia ihr das Kind in die Arme. Caitlin brachte ein schwaches, erschöpftes Lächeln zustande, als sie sah, wie ihre Tochter ihr kleines rosa Mündchen bewegte, als wollte sie »Oh!« sagen.

Die drei müden Frauen bewunderten das Kind schweigend, während das Feuer im Kamin knisterte und der Regen auf das Dach prasselte. »Wie heißt sie?«, fragte Sophia und schob einen Finger in die winzige Faust der Kleinen. Es erschien ihr undenkbar, dass dieses süße Kind Caitlin solche Qualen bereitet hatte.

»Sie heißt Rhiannon, wie die walisische Heldin«, murmelte Caitlin und betrachtete ihr neugeborenes Kind voller Bewunderung. »Rhiannon, warte nur, bis dein Pa dich sieht. Und Tad erst! Sie werden sagen, dass es auf der ganzen Welt noch nie so ein hübsches Kind gegeben hat. Eine Prinzessin, das bist du! Oh Sophy, ich dachte die ganze Zeit, ich würde sterben und könnte nicht hier sein und mich um sie kümmern! Ich dachte, ich würde sie nicht einmal sehen können!«

Sie legte Rhiannon an die Brust und begann, ein Wiegenlied zu summen. Die Kleine trank, und schließlich schliefen Mutter und Kind ein. Caitlins Gesicht sah inzwischen fast wieder normal aus. Sie war zwar erschöpft, aber nicht mehr leichenblass. Sophia steckte die Decke um den Arm fest, der Rhiannon hielt, damit die Kleine nicht herunterfallen konnte, und dann sank sie auf einen Stuhl.

»Gelobt sei Gott im Himmel, das hätten wir überstanden«, murmelte sie. Caitlins Schreie klangen ihr noch in den

Ohren, und der Schreck steckte ihr noch in den Knochen. Sie hatte wirklich gedacht, Caitlin sei tot. Vor ihr lag ein Bündel blutiger Laken, die darauf warteten, ausgekocht zu werden. Das blutige Stroh musste verbrannt werden. Ihr schmerzte der Rücken dermaßen, als würde er entzweibrechen. Wenn es solche Mühe kostete, neues Leben in die Welt zu bringen, war es ein Wunder, dass die Menschheit nicht längst ausgestorben war. Sie rieb sich den steifen Hals und schloss die Augen. Sie träumte, dass Lavinia von der Ecke des Zimmers aus zusah. Sophia versuchte ihr zu sagen, dass Malinda nicht da sei, als eine Hand auf ihrer Schulter sie wachrüttelte.

Es war Zaydie. »Du hast irgendwas angeschrien. Ich weiß, es war da, aber jetzt kann ihr nichts mehr passieren. Sie sind weg, wollten sie mitnehmen. Aber ich kenne den Zauber und hab sie verjagt.«

Sophia rieb sich die Augen. »Danke, Zaydie, ich weiß. Danke!« *Es ist mir egal, auch wenn es Hexerei war. Hauptsache, Caitlin und das Kind leben*, dachte Sophia.

Sie legte ihre Hand auf Zaydies. »Danke!«

Zaydie warf einen Blick auf Caitlin und den Säugling und nickte. »Alles in Ordnung bei ihnen«, wiederholte sie. Dann sah sie Sophia durchdringend an. »Bei dir auch, Miss Sophy. Bei dir wird es leichter als bei ihr. Mach dir bloß keine Sorgen nicht.« Sie gab Sophia einen letzten Klaps auf die Schulter. Dann machte sie eine Bewegung mit den Händen, als wollte sie Hühner vor sich her scheuchen, während sie aus der Tür schlurfte.

Sophia nahm ihr Gebetbuch, legte es aber wieder hin und dachte, dass nichts in diesem Gebetbuch das hätte bewirken können, was Zaydie mit ihren Federn bewirkt hatte. Lady Burnham und ihre Mutter wären entsetzt... Nun, dies war Virginia. Lady Burnham und ihre Mutter waren tot, und sie musste zurechtkommen, so gut sie konnte, auch wenn sie ihre Seele dem sicheren Verderben auslieferte.

Am nächsten Tag kehrte Gideon mit Cully zurück, der stolz darauf war, die Männer trotz des Sturms gefunden zu haben. Saskia machte viel Getue um ihn. Cully jedoch entwand sich ihren Umarmungen und sagte, er sei jetzt acht und zu alt, um verhätschelt zu werden. Männer sollten nicht von ihren Müttern verhätschelt werden. »Hm!«, knurrte Saskia. »Darüber reden wir noch.« Im Augenblick war sie zu müde, um sich mit ihrem Sohn zu streiten.

Caitlin saß im Bett. Sie sah blass und müde, aber glücklich aus. Gideon hielt seine Tochter im Arm, betrachtete sie einen Augenblick lang und flüsterte ihr dann in ihr winziges Ohr, dass sie bei den Cherokee Singender Wind zwischen den Bergen heißen sollte. Caitlin wünschte, ihr Vater und Onkel wüssten Bescheid, dass Rhiannon wohlbehalten auf die Welt gekommen war. Als Gideon anbot, flussaufwärts zum Caradoc-Handelsposten zu fahren, wollte Caitlin lieber auf einen Jäger oder Händler warten, dem sie die Nachricht mitgeben konnte. Sie wollte nicht, dass Gideon sie verließ.

Sophia tat ihr Möglichstes, um für Caitlin etwas Nahrhaftes zu essen zu finden, doch außer Maisgrütze gaben ihre mageren Vorräte kaum etwas her. Sie kochte eine Brühe von einem dürren Kaninchen, das Thierry gefangen hatte, rettete ein paar kostbare Eier und mischte daraus eine Art Eierpunsch mit dem bisschen Milch, das die Kühe gaben. Sie machte Tee aus Gewürzbaumblättern, den sie mit dem letzten Honig süßte.

Sie mussten sich irgendwie bis zum Sommer durchschlagen. Caitlins Onkel sollten mit einem Mühlrad kommen und am Handelsposten der Vanns eine Mühle bauen, aber es gab nichts zu mahlen, bis der Mais reif war. Sie waren froh, als sie drei kaputte Pflüge fanden, die Mr Barker gekauft hatte. Meshack und Rufus hatten sie repariert, und die Männer hatten auf dem fruchtbaren Boden im Tal Gemüse gepflanzt und Mais ausgesät.

Die Tage wurden länger. Das frische Gras auf den Weiden brachte ihnen mehr Milch. Ein Stierkalb hatte den Winter überlebt und trottete nun in dem eingezäunten Gelände umher. Zaydies Hühner scharrten nach Würmern und legten mehr Eier. Es dauerte nicht lange, da schlüpften auch ein paar Küken. Ein Habicht stahl die meisten Küken, bevor Henri und Thierry ein Dach für den Hühnerhof bauen konnten. Vier waren jedoch noch übrig.

Nach einer Woche ging es Caitlin besser und sie bestand darauf, in ihr eigenes Haus zurückzukehren. An einem warmen Tag gingen sie und Gideon mit Rhiannon davon. Das Kind lag in einem Wiegenbrett aus Baumrinde, das sich Gideon auf den Rücken geschnallt hatte. Er war froh, dass ihn kein Indianer mit dem Kind sehen konnte, aber er fand, dass Caitlin immer noch schwach und blass aussah.

Henri sagte Thierry, er habe einen Plan, wie sie bald nach Hause gelangen könnten. Er würde Land im Tal roden und es an vorbeifahrende Siedler verkaufen. Thierry wandte ein, dass es viel Arbeit sei, weiteres Land zu roden, und außerdem hätten die meisten Siedler wenig Geld. Henri zuckte die Achseln und meinte, dass einige bestimmt genug hätten. Er erwähnte weder Thierry noch Sophia gegenüber, dass er beabsichtigte, seinen Sohn mitzunehmen. Er sagte auch nicht, dass sie mit ihrer Abreise warten mussten, bis das Kind abgestillt war. Sophia würde hoffentlich einsehen, dass es für das Kind von Vorteil wäre, in Frankreich aufzuwachsen. Jetzt war allerdings nicht der richtige Zeitpunkt, Sophia seinen Plan zu unterbreiten. Sie war äußerst reizbar.

Sie schwankte zwischen wachsender Angst vor dem, was ihr bevorstand, und Neid auf Caitlin, die es überstanden hatte. Zwei Wochen nach Rhiannons Geburt hatte Sophia das Gefühl, dass ihre Schwangerschaft nie enden würde. Sie war zu rund, um lange stehen zu können. Also saß sie die meiste Zeit und flickte und nähte alles, was ausgebessert werden musste. Allerdings war inzwischen auch das Sitzen unangenehm. Jeden Abend hievte sie sich mühsam von ihrem Stuhl, jeden Morgen schob sie sich ebenso mühsam aus dem Bett und redete sich ein, dass das Kind heute aber ganz gewiss kommen würde. Sie war gereizt und schimpfte mit Malinda, die ihr ständig im Weg zu sein schien. Schließlich schickte sie das Mädchen für einen Tag zu Caitlin, um ihr mit Rhiannon behilflich zu sein. Malinda liebte es, die Kleine in ihrer Wiege zu schaukeln. Sie machte sich hastig auf den Weg, noch bevor Sophia ihr einschärfen konnte, vorsichtig zu sein.

Sophia entschied, dass es nun an der Zeit sei, die Tabaksamen auszusäen, die sie von Thomas mitgenommen hatte. Keiner der Weißen hatte die geringste Ahnung, wie man Tabak anpflanzte, aber Sophia wusste, dass Seth, Nott und Meshack Erfahrung damit hatten. Sie hatte jedoch nicht damit gerechnet, dass sie ihr Ansinnen rundweg ablehnen würden. Nichts würde sie dazu bringen, Tabak zu pflanzen. Das sei Sklavenarbeit, erklärten sie der verblüfften Sophia, die all ihre Hoffnungen auf den Tabak gesetzt hatte. Sie brach in Tränen aus und tobte und schrie, doch die Männer ließen sich nicht umstimmen: »Nein, Miss Sophy. Kommt nicht infrage.«

Danach redete Henri geduldig auf sie ein. Es dauerte jedoch eine ganze Weile, bis sie letztendlich einsah, dass der Tabakanbau ohne eine große Schar von Feldarbeitern nicht möglich war. Wenn sie sich keine Sklaven anschaffen wollte, würde sie nie genügend Arbeitskräfte haben. Also konnte sie auch keinen Tabak anpflanzen. Außerdem brauchten sie das Land für Mais und Gemüse und für Viehfutter. Sophia erkannte schließlich, dass es aussichtslos war, und brach in Tränen aus. Alle ihre Hoffnungen hatten sich zerschlagen. Sie war so dick, dass sie sich kaum noch rühren konnte, und so wütend, dass sie alles um sich herum verabscheute. Sie hasste Henri und wollte, dass die Neger das Land zurückgaben, das sie ihnen überlassen hatte. Henri packte sie an den Schultern und erklärte ihr ganz ruhig, dass niemand das Land zurückgeben werde. Es gehörte ihr nicht mehr. Außerdem waren sie alle aufeinander angewiesen, wenn sie überleben wollten. Dies war Virginia, nicht England, und sie war nicht mehr die feine Gutsherrin. Sie würde sich besser fühlen, wenn das Kind auf der Welt war.

Sophia brachte nicht mehr die Energie auf, sich zu streiten, und gab den Gedanken an den Tabak auf. Es war ihr egal, alles war ihr egal. Sie wartete tagein, tagaus, doch nichts passierte. Ab und zu fühlte sich ihr Bauch seltsam an, aber diese Empfindungen kamen und gingen. Sie versuchte, sich darauf vorzubereiten, dass sie die Geburt möglicherweise nicht überleben würde. Nachdem sie Caitlins Niederkunft miterlebt hatte, erschien ihr das nur zu wahrscheinlich. Sie dachte ständig an ihre Mutter und an Lavinia. Lady Burnham hätte ihr vermutlich geraten, zu beten und alles anzunehmen, was Gott und das Schicksal für sie bereithielten. Sie versuchte, ihre Gedanken auf die Zeit nach der Geburt zu richten, und suchte in ihrem Gebetbuch nach den Worten für die Aussegnung der Wöchnerinnen.

»Allmächtiger, ewiger Gott, wir sind gekommen, um Dir freudigen Herzens untertänigsten Dank zu sagen, dass Du diese Frau, Deine Dienerin, durch die großen Schmerzen und Gefahren der Niederkunft geleitet hast.«

Sie schlug das Gebetbuch mit einem Knall zu und schleuderte es quer durchs Zimmer. Ihr war nicht nach untertänigstem Dank zumute, und an Schmerzen und Gefahren wollte sie auch nicht erinnert werden. Sie fühlte sich unförmig und unansehnlich und war wütend auf alles und jeden. Wer immer diese Worte auch geschrieben haben mochte, eine besorgte werdende Mutter kurz vor der Niederkunft war es jedenfalls nicht gewesen. Je mehr sie versuchte, die Worte »große Schmerzen und Gefahren« zu vergessen, desto lebhafter stand ihr vor Augen, was Caitlin durchgemacht hatte. Seltsamerweise schien Caitlin vergessen zu haben, wie schrecklich Rhiannons Geburt gewesen war. Sophia erinnerte sich nur allzu gut daran.

Malinda kam nach Hause. Zwei Tagen später jedoch schickte Sophia sie zurück zum Handelsposten und befahl ihr, dort zu bleiben, bis sie Nachricht bekamen, dass das Kind da war.

Sophia konnte nicht mehr schlafen. Sie schwitzte ununterbrochen. Nachts machte sie höchstens ein kurzes Nickerchen. Wenn es nicht der Ruf eines Nachtvogels war, der sie hochschrecken ließ, dann war es Zaydies Schnarchen aus dem Nebenraum.

Eines Nachts, kurz nachdem sie zu Bett gegangen waren, spürte sie, wie sich ihr Unterleib spannte. Sie war aber so müde, dass sie halb im Sitzen einschlief. Sie wachte auf, als ihr Bauch sich zusammenzuziehen schien, dann wieder entspannte, um sich gleich darauf wieder anzuspannen. Das Gefühl war aber keineswegs unerträglich, wie sie überrascht und erleichtert feststellte. Wenn das alles war, brauchte sie Saskia ja nicht mitten in der Nacht zu wecken, sondern konnte bis zum Morgen warten. Sie beachtete die Anspannung in ihrem Bauch nicht weiter und nickte wieder ein.

Plötzlich schreckte sie auf. Sie hatte das Gefühl, als hätte eine unbarmherzige eiserne Faust sie gepackt, die sie nicht mehr atmen ließ. »Henri!«, keuchte Sophia und schüttelte ihren Mann, der tief und fest schlief. »Henri! Hol Saskia!«

Sophia schüttelte ihn noch einmal ziemlich unsanft, und schließlich stöhnte er und fragte: »Warum?«

»Warum, meinst du, wecke ich dich mitten in der Nacht? Weil es ... das ... Kind! Ohhhh!« Sophia schnappte nach Luft. »Ohhhh ... Gott! Hol Saskia! Sofort!«

Benommen griff Henri nach der Kerze, konnte sie nicht finden, fuhr sich mit der Hand durchs Haar und schwang die Füße aus dem Bett. Er hatte von Frankreich geträumt. Er träumte oft davon, dass er wieder in Frankreich war, und war immer ganz verwirrt, wenn er in Virginia aufwachte. Er tastete auf dem Boden nach seiner Hose und zog sie sich im Dunkeln an. »Saskia, *bien sûr*, sofort«, murmelte er und stolperte über einen Schemel, als er zur Tür hastete.

»Beeil dich!«, kreischte Sophia hinter ihm.

Saskia hatte angeboten, bei Sophia und Henri auf einem Strohlager zu schlafen, bis das Kind kam. Doch zu der Zeit, als sie dieses Angebot gemacht hatte, war das kleine Haus schon voller Leute: Caitlin, Gideon und das Kind waren da, außerdem Thierry, Malinda und Zaydie, die darauf bestand, auf ihrem alten Bett aus Lumpen am Kamin zu schlafen, obwohl die Männer ihr eine kleine, gemütliche

Hütte ganz in der Nähe gebaut hatten. Zaydies Hütte hatte einen gemauerten Kamin, ein mit Seilen bespanntes Bett und eine gute Strohmatratze. Meshack, der sehr geschickt war, hatte ihr sogar einen Tisch und zwei Stühle gezimmert. Caitlin hatte ihr eine Decke gegeben. Es sah ganz gemütlich und komfortabel aus, doch Zaydie hatte nur einen kurzen Blick hineingeworfen und war zu ihrem Lager am Feuer zurückgekehrt. Sie werde es sich überlegen, hatte sie gemeint.

Malinda hätte am liebsten weiterhin neben Sophia geschlafen, doch nach der Hochzeit hatte ihr Henri unmissverständlich mitgeteilt, dass dort sein Platz sei. Sie versuchte, sich an Zaydie zu kuscheln, aber Zaydie wollte davon nichts wissen und schickte sie auf ihr eigenes Strohlager.

Jetzt stolperte Henri über Malindas leere Strohmatratze. Im Dunkeln suchte er verzweifelt nach seinen Stiefeln, denn im Frühling wimmelte es überall von Klapperschlangen und Kupferkopfschlangen, und er hatte Angst, gebissen zu werden. Und auf Zaydie wollte er ebenso wenig treten wie auf eine Giftschlange. Wenn sie einmal eingeschlafen war, konnte sie so leicht nichts stören. Sie drohte jedoch, jeden zu verfluchen, der sie schüttelte oder versuchte, sie zu wecken, bevor sie tatsächlich aufwachen wollte.

»Die Lampe, wo ist denn bloß die Lampe?«, murmelte Henri. »Und meine Stiefel!« Es schepperte, als er mit dem Ellbogen gegen die Lampe stieß.

»Henri, geh jetzt!«, kreischte Sophia aus dem Schlafzimmer. In ihrer Stimme schwang etwas mit, das zuvor nicht da gewesen war. »Ich brauche Saskia! Sofort! Ooooh! Ooooh!«, schrie sie. »Hilf mir!«

Von Zaydies Nachtlager war ärgerliches Murren zu hören. Henri lief barfuß in die Dunkelheit hinaus.

Sophia riss den Mund auf und wollte schreien. Plötzlich jedoch fühlte sie sich wie losgelöst von dem, was mit ihrem Körper geschah, obwohl sie entsetzliche Schmerzen hatte. Sie wusste, dass eine gewaltige Kraft sie unerbittlich in ihren Klauen hielt. Das Zimmer glitt ins Nichts, bis da nur noch diese pulsierende Schwere war, die unaufhörlich drückte. Sie schnappte nach Luft und versuchte, sich aufzurichten und sich irgendwo festzuhalten. »Hilf mir!«, rief sie weinend. »Hilf mir!«

Im nächsten Moment beugte sich Zaydie über sie und sagte etwas, das Sophia nicht verstehen konnte, als eine weitere Wehe heranrollte. Wie vom Weiten hörte sie sich schreien. Eine Hand packte sie, und eine Stimme sagte: »Jetzt kommt es ...«

Als Henri eine Stunde später mit Saskia zurückkam, wurde es bereits hell. Saskia hatte sich erst anziehen müssen und keuchte, weil Henri sie im Sturmschritt den Hügel hinauf zum Haus gescheucht hatte. Zaydie kam ihnen an der Schlafzimmertür entgegen. »Seid still. Ist vorbei.«

Henris Herz setzte einen Moment lang aus. Hinter Zaydie sah er Sophia reglos daliegen, ihr Haar war auf dem Kissen ausgebreitet. »Ist sie ...« Er konnte das Wort nicht aussprechen.

»Nein, ist sie nicht. Aber das hat sie nicht deinen lahmen Füßen zu verdanken. Hier, nimm das Kind«, wies Zaydie ihn an. »Ich habe zu tun.« Erst jetzt merkte Henri, dass sie ein Bündel im Arm hielt. Sie reichte es ihm. Das Bündel fühlte sich unglaublich leicht an. Er spähte unter die Decke, in die es gehüllt war, um zu sehen, ob wirklich ein Kind darin war. »Ein Mädchen«, sagte Zaydie. »Wir brauchen Wasser, Saskia«, befahl sie und wandte sich ab.

»Ein Mädchen?«, rief Henri. Er verspürte einen Stich der Enttäuschung. Es hätte eigentlich ein Sohn sein müssen. Die de Marechals bekamen immer Söhne. Ein Mädchen zählte kaum als ein de Marechal. Er fühlte, wie sich das Bündel bewegte, und betrachtete es stirnrunzelnd. Sein erster Gedanke war, dass das Gesicht des Säuglings zerdrückt aussah. Wie ein kleiner Frosch. Die Kleine öffnete die Augen, und ihr eindringlicher, ernster Blick traf ihn völlig unvorbereitet. Es war, als schaute sie geradewegs in seine Seele und erkannte ihn. Er hatte den Eindruck, als würde sie ihn ebenso stirnrunzelnd ansehen wie er sie. Als sei sie genauso enttäuscht wie er. Gleich darauf verzog sie ihr kleines Froschgesicht unter dem zerzausten dunklen Haar und spitzte die Lippen zu einem O. Ihr Mund war winzig und ganz weich. Plötzlich erfasste ihn ein ungeahntes Gefühl der Zärtlichkeit für dieses Kind, das er gezeugt hatte. Seine Tochter! »*Bonjour, chérie. Je suis ton papa.*« Er blinzelte gegen die Tränen an. »*Ma belle petite!*«

»Sophy ... ein Mädchen!« Er sah zu Sophia hinüber, die von Saskia und Zaydie bemuttert wurde. »Ich ...« Henri lag es auf der Zunge, dass er eigentlich kein Mädchen wollte, aber jetzt merkte er, dass er sehr wohl ein Mädchen wollte, nämlich genau dieses. Die Gefühle schnürten ihm die Kehle zu. Er hatte eine Tochter!

»Ich weiß. Ich habe sie Catherine genannt, nach meiner Mutter. Wir werden sie Kitty rufen.«

Die Kleine spreizte die kleinen Finger und ballte sie dann zur Faust, wand sich ein wenig und schloss die Augen. Sie war einfach perfekt! »Kitty!«, flüsterte er liebevoll. Er küsste ihr Haar. Es war sehr weich, wie Gänsedaunen. Sie war so klein! Sie gehörte ihm! Seine eigene kleine Prinzessin de Marechal! Er war rettungslos verliebt.

Caitlin kam keuchend den Weg hoch. »Saskia hat Cully zu mir geschickt. Ich wollte dir helfen, aber sieh sich das einer an!« Sie küsste Sophia und bewunderte das Kind in Henris Armen. »Kitty!«, rief sie. »Außer Rhiannon gibt es kein schöneres Kind auf der ganzen Welt. Und sie hat schon einen ordentlichen Haarschopf. Und wie schnell es gegangen ist.«

Sophia lachte schwach. »Sie hatte es so eilig, dass Zaydie sie gerade noch auffangen konnte.«

Kitty verzog das Gesicht und gab ein quietschendes Geräusch von sich, das Henri entzückend fand. Dann atmete sie tief ein und öffnete den Mund. Sie wurde puterrot und begann zu weinen. »Was ist los mit dir? Was sollen wir tun?«, rief Henri erschrocken. Er drückte das Kind noch fester an sich. Und Kitty schrie umso lauter.

»Sie hat Hunger, will, dass ihre Mama sie füttert. Lass das Kind los! Lass los!« Widerstrebend überließ er Zaydie seine Tochter, die sie zu Sophia brachte. Plötzlich fühlten sich seine Arme ohne das warme, leichte, winzige Bündel leer an. Er wollte sie wiederhaben.

Zaydie half Sophia, die Kleine anzulegen, und Henri brachte es nicht über sich wegzugehen. Er konnte es kaum abwarten, bis Sophia fertig war und er seine Tochter wieder auf dem Arm halten konnte. Er stand so nahe am Bett, dass er gegen Sophias Ellbogen stieß und Kitty beim Trinken störte. Sofort begann sie zu schreien. »Raus mit dir«, sagte Zaydie aufgebracht zu Henri. »Verschwinde! Männer haben hier nichts zu suchen.«

»Aber ich möchte ...«

»Egal, was du möchtest. Raus!«, fuhr Zaydie ihn an und schob ihn aus der Tür.

Die Sonne ging auf und Henri machte sich auf die Suche nach Thierry, um ihm die frohe Botschaft zu überbringen. Thierry hatte sich seit der Niederkunft von Caitlin in die Scheune verzogen. Er konnte sich nicht vorstellen, diese Schreie noch einmal zwei Tage und zwei Nächte auszuhalten. Henri platzte fast vor Stolz, als er an der Scheune ankam. Thierry war gerade dabei, das beste Pferd zu satteln. Bevor Henri etwas sagen konnte, meinte Thierry: »Ich weiß von dem Kind. Ich bin froh, dass es geboren ist. Jetzt wirst du Virginia nie mehr verlassen. Ich muss zurück nach Frankreich. Dort gibt es etwas, das ich tun muss, bevor es auch für mich zu spät ist.« Henri erklärte hastig, dass es natürlich nicht zu spät sei und er selbstverständlich nach Frankreich zurückkehren werde. Schließlich hätten sie doch Pläne geschmiedet, wie sie es anstellen wollten. Das Kind müsse er aber mitnehmen ...

Thierry schüttelte den Kopf und zurrte den Sattelgurt fest. »Ich kann nicht warten. Ich habe ein feierliches Gelübde vor der Heiligen Jungfrau abgelegt, als ich den Mais gefunden habe. Ich muss nach Hause, um es zu erfüllen. Jetzt werde ich nach La Nouvelle-Orléans reiten, dort arbeiten oder betteln oder die Mission der Jesuiten suchen und ihre Hilfe erbitten – egal was. Und dann fahre ich nach Frankreich.«

»Du? Du hast ein Gelübde abgelegt? Und das soll ich dir glauben?«, erwiderte Henri verblüfft und wütend. »Wie kannst du mich hier zurücklassen? Nennst du das Freundschaft?«

»Ich schwöre, ich bin dein Freund. Eines Tages werde ich zurückkehren, um mein Gelübde einzulösen. Dann bist du vielleicht bereit, mit mir zu gehen. Bis dahin, *au revoir, mon ami.*« Thierry umarmte Henri kurz, schwang sich in den Sattel und ritt davon, ohne sich noch einmal umzusehen.

»Nächste Woche bist du wieder da«, schrie Henri der kleiner werdenden Gestalt nach. »*Je m'en fous!*«, fluchte er wütend. »Ein feierliches Gelübde? Du? Ha!«

In einer Ecke der Scheune hockte Malinda, die alles beobachtet hatte. Sie hatte beschlossen, nicht länger beim

Handelsposten zu bleiben. Als Caitlin aufbrach, um nach Sophia zu sehen, war sie ihr heimlich gefolgt. Henri bemerkte sie nicht. Malinda überlegte, besser noch eine Weile zu warten, bevor sie ins Haus ging.

Sie steckte den Daumen in den Mund, drückte ihre Puppe an sich und dachte an den alten Indianer, den sie gerade im Obstgarten gesehen hatte. Er war schon einmal dort gewesen, dann war er wieder verschwunden. Er war wie ein weißer Mann gekleidet, aber sie wusste, dass er kein Weißer war. Er hatte sie nicht bemerkt. Die meisten Menschen sahen es nicht, wenn sie kam und ging, denn sie war klein und sehr leise. Und sie war sehr aufmerksam. Er beobachtete das Tal, in dem die Neger lebten.

Sie mochte ihn nicht.

Der Indianer hieß Dayugidaski. Auf Englisch bedeutete sein Name Slave Catcher. Sklavenfänger.

Kapitel 24

Meshack

Er war mit den anderen in dieses Tal gezogen, weil er nicht von Nott und Seth getrennt werden wollte, obwohl er es eigentlich besser hätte wissen müssen. Es hatte schon so viele Trennungen gegeben. Sklavenhändler erschienen auf der Plantage, beobachteten die Sklaven bei der Arbeit. Sie sahen sich die Frauen an, begutachteten die Kinder und entschieden, wer mit Stricken oder Ketten gefesselt weggeführt werden sollte. Diejenigen, die auf diese Weise verschwanden, sah man nie wieder. Einmal waren es seine beiden Töchter. Das nächste Mal sein Sohn. Ein anderes Mal war ihre Mutter ausgewählt worden, aber sie schlug den Händlern ein Schnippchen und lief zur Scheune und erhängte sich, bevor sie sie auch mitnehmen konnten.

Er hatte es bereut, nicht zu den Spaniern nach Florida gegangen zu sein. Er spürte es in den Knochen, dass sie ihn und die anderen hier finden würden. Er hatte es Zaydie gesagt, und sie pflichtete ihm bei. Sie kamen immer irgendwann. Sie hatte versprochen, die Geister mit Zaubersprüchen zu bitten, ihnen zu sagen, wie viele und wann. Aber es war Malinda, die ihn warnte, dass sie hier waren.

Malinda war eines Nachmittags in seine Hütte gekommen, als er gerade einen neuen Hühnerstall entwarf, der hoffentlich die Hühner drinnen und die Füchse und Falken draußen halten würde. Sie erschien lautlos wie immer und wartete einfach, dass sie jemand bemerkte. Immer wieder jagte sie ihnen einen Schrecken ein, wenn sie so plötzlich auftauchte. Meshack hatte auch diesmal einen Satz gemacht und geflucht, weil er sich mit dem Hammer auf den Daumen geschlagen hatte. Er lutschte an der Hand und sagte: »Himmel, hast du mich aber erschreckt! Brauchst du einen neuen Kopf für deine Puppe?« Malinda hatte die Angewohnheit, den Holzkopf ihrer Puppe so lange zu verdrehen, bis er sich vom Körper löste. Jedes Mal tat dann Meshack so, als sei er zutiefst bestürzt, weil die arme Puppe nun keinen Kopf mehr hatte. Dann fertigte er ihr einen neuen mit einem anderen Gesicht und anderen Haaren an.

Diesmal jedoch schüttelte Malinda den Kopf, hielt ihre Puppe hoch, um zu zeigen, dass der Kopf tatsächlich noch an Ort und Stelle war, und winkte Meshack in die Hütte.

Das Kind war seltsam. Was wollte sie in der Hütte? Meshack zuckte die Achseln und ließ ihr wie immer ihren Willen. Er folgte ihr und wartete, bis sich seine Augen an das Dämmerlicht im Innern der Hütte gewöhnt hatten. »Hast du Hunger? Ich hab noch kaltes Maisbrot, wenn du willst.«

Malinda schüttelte den Kopf. Sie stand neben der Tür und zeigte darauf.

»Warum zeigst du auf die Tür, durch die du gerade gegangen bist? Die Tür ist offen, das sehe ich.«

Malinda schüttelte erneut den Kopf, zeigte wieder auf die Tür und hob den Zeigefinger.

»Oben? Wo oben? Auf dem Dach? Was ist es? Stimmt etwas nicht? Hat der Wind eine Schindel heruntergefegt?«

Malinda zeigte auf das Dach, schüttelte wieder den Kopf und deutete in die Richtung von Wildwood. »Jemand da oben?«

Malinda nickte.

»Miss Sophy?« Sie schüttelte den Kopf und zeigte wieder. »Mist' Henri?« Wieder ein Kopfschütteln.

Malinda hielt inne, dann wölbte sie die Hände um ein imaginäres rundes Ding und tat so, als würde sie abbeißen. Sie zeigte wieder nach oben.

»Willst du einen Apfel? Apfelbäume? Warum zeigst du darauf? Äpfel sind noch nicht fertig. Sie sind jetzt klein und grün, machen dich krank.«

Malinda legte die Hand an die Stirn, als wollte sie die Augen beschatten, reckte den Hals und blickte umher, als hielte sie nach etwas Ausschau. »Suchst du was in den Apfelbäumen? Hast du was verloren? Was willst du, Kind? Was für ein Spiel soll das sein? Ich habe zu tun!« Sie sah ihn an, zeigte und hielt sich wieder die Hand an die Stirn. Dabei schaute sie an ihm vorbei und verengte die Augen.

»Keine Ahnung, was du willst«, seufzte Meshack, »aber jetzt kann ich keine Spiele spielen. Ich bin beschäftigt. Muss diesen Hühnerstall fertig kriegen. Der Fuchs hat letzte Nacht zwei Hühner erwischt. Er kommt bestimmt wieder und holt noch mehr.«

Malinda ließ die Hand sinken und stampfte frustriert mit dem Fuß auf. Sie atmete tief durch und zog mit beiden Händen an Meshacks rechtem Arm. Sie griff nach seiner Hand und krümmte seine Finger zur Faust, sodass nur noch der Zeigefinger gerade war. Sie zog Meshack zur Tür, hielt sich aber von der Öffnung fern und hob seine Hand so, dass der Zeigefinger auf den Obstgarten zeigte.

Dann ließ sie die Hand fallen und zeigte ihrerseits auf den Obstgarten. Sie drehte sich zu Meshack um, nahm wieder ihre suchende Pose ein und starrte ihn an. Dann zeigte sie wieder auf ihn. Ernst wiederholte sie diese Gesten, während Meshack sich alle Mühe gab, sie zu verstehen.

»Du zeigst auf den Obstgarten, ja?«

Malinda nickte und verengte die Augen. Sie hielt seinen Blick fest, ohne zu lächeln.

Nun verstand er, dass es kein Spiel war. Malinda wollte ihm etwas sagen.

»Jemand ist im Obstgarten? Und beobachtet uns hier unten?«

Sie nickte heftig.

Meshack spürte, wie ihn kalte Angst packte. Es gab nur einen Grund, weshalb jemand einen entlaufenen Sklaven beobachtete und nicht direkt zu ihm kam: weil der Beobachter das Halbblut war, bekannt unter dem Namen Slave Catcher. Dieser Slave Catcher hatte ihn und die anderen bis hierher verfolgt, weil es eine Belohnung gab. Mit Cully zusammen machte das sechs Sklaven, die eine hohe Belohnung einbrachten. Und sechs kriminelle Sklaven brachten sogar eine noch höhere, weil sie Massas Haus und Scheune niedergebrannt und die Aufseher getötet hatten.

Slave Catcher war berüchtigt, alle Sklaven hatten Angst vor ihm. Er rühmte sich damit, jeden Mann, jede Frau, jedes Kind oder Tier aufspüren zu können. Slave Catcher hatte Zeit und Vorräte, Schläue und Geduld auf seiner Seite, und er erwischte jeden Ausreißer, den er fangen sollte. Er wagte sich sogar in die Sümpfe, wenn die Belohnung hoch genug war. Sie sagten, er sei so erfolgreich, weil er besondere Kräfte habe. Angeblich konnte er in die Gedanken eines jeden entlaufenen Sklaven eindringen und herausfinden, wohin er sich geflüchtet hatte.

Wenn mehrere Sklaven entkamen, die er nicht allein schnappen konnte, würde er die Miliz zu ihnen führen. Seine Arbeit hatte Slave Catcher reich gemacht. Man erzählte sich, dass er mittlerweile fünfzig Sklaven und ein großes Stück Land besaß. Meshack wusste, was mit entlaufenen Sklaven geschah, die wieder eingefangen wurden. Bestenfalls wurden sie ausgepeitscht. In der Regel wurde ihnen die Sehne an der Ferse durchgeschnitten, um sie zu Krüppeln zu machen, oder sie wurden gebrandmarkt. Im schlimmsten Fall wurden sie an die Besitzer der Bleiminen oder auf die Westindischen Inseln verkauft. Entlaufene Sklaven, die es schon mehrmals versucht hatten, wurden kastriert oder gehängt, um anderen Sklaven zu zeigen, was ihnen drohte.

Meshack hatte nicht die Absicht, sich einfangen zu lassen. Möglicherweise würde er sterben, doch er würde mit allen Mitteln verhindern, dass man ihn zurückbrachte. Aber er musste sich einen Plan zurechtlegen.

Er ging in die Hocke, sodass er Malinda direkt in die Augen schauen konnte. Sie betrachtete ihn so ernst wie eine kleine Eule. »Hör mir gut zu, Malinda. Der Mann, der uns beobachtet, ist schlecht. Geh nicht in den Obstgarten. Er sollte dich nicht sehen, sprich nicht mit ihm. Du bist ein braves Mädchen. Es ist gut, dass du es mir gesagt hast. Aber es ist besser, wenn du es niemandem sonst erzählst«, sagte er eindringlich. »Das bleibt also unser Geheimnis. Ich kümmere mich darum. Und du gehst jetzt zurück zu Miss Sophy und bleibst da, wo sie dich sehen kann, hörst du? Wenn du das tust, kann dir nichts passieren. Ich kann dich nicht selbst hinbringen, weil er uns sehen könnte. Er weiß jetzt, dass du in allen Hütten ein- und ausgehst und immer allein nach Hause zurückkehrst. Wenn ich dich jetzt begleite, weiß er, dass du es mir gesagt hast. Dir passiert nichts. Dich will er nicht.«

Sie deutete auf ihn. Ihr kleines Gesicht war voller Angst, und er verstand ihre Frage. »Meshack ist auch sicher, keine Sorge, aber ich muss nachdenken. Der Mann, den du gesehen hast, ist schlau.«

Malinda nickte.

»Aber ich bin schlauer«, sagte Meshack und hoffte inständig, dass es stimmte. »Danke, Kind.« Er richtete sich auf. »Du bist ein gutes Mädchen, dass du zu Meshack gekommen bist und es ihm erzählt hast. Am besten gehst du nicht durch den Obstgarten zurück.« Ihr verächtlicher Blick sagte so deutlich »Das weiß ich doch!«, als hätte sie es ausgesprochen. Meshack musste lächeln. »Geh jetzt.« Er sah ihr nach, wie sie einen Umweg machte, um zu den de Marechals zu kommen. Er dachte daran, wie schlau Malinda es angestellt hatte, ihn auf den Sklaveneintreiber aufmerksam zu machen. Meshack schüttelte den Kopf und murmelte: »Die Kleine ist schlau wie ein Fuchs. Spricht zwar nicht, ist aber intelligenter als die meisten Leute. Sie kapieren's bloß nicht.«

Seitdem schlief er tagsüber immer mal ein paar Stunden lang. Nachts versteckte er sich in den Büschen am Fluss und wartete und lauschte den Zikaden. Er hatte den anderen erzählt, dass man sie aufgespürt hatte. Seth und Nott wollten ihre Familien nehmen und davonrennen, aber Zaydie hatte sie gewarnt, dass Slave Catcher vermutlich andere Männer mitgebracht hatte. Nicht einmal Slave Catcher würde versuchen, allein mit sechs entlaufenen Sklaven fertigzuwerden. Sie würden in der Nacht kommen und erst ihn und dann die anderen überraschen, während sie schliefen. Sie wusste, welches Risiko sie damit eingehen würde. Schließlich hatte sie oft genug mit ansehen müssen, wie die eingefangenen Sklaven bestraft wurden.

Slave Catcher, den Patrouillen und der Miliz gelang es meist, die entlaufenen Sklaven wieder einzufangen. Slave Catcher spürte sie auf, und sie verfolgten die Sklaven so lange, bis diese müde waren. Patrouillen und Miliz brauchten lediglich abzuwarten. Entlaufene Sklaven waren gefährlich, wenn sie frisch und ausgeruht und zu allem entschlossen waren.

Meshack war vorbereitet. Tatsächlich hatte er sich vorbereitet, kaum dass seine Hütte fertig gewesen war. Er wusste, dass sie bald kommen würden, vielleicht schon heute Nacht. Also wartete er, bis es dunkel war, um die letzten Vorbereitungen zu treffen.

Aus der Strohmatratze formte er eine menschenähnliche Gestalt, die er ins Bett legte und mit einem Bärenfell bedeckte. Es schmerzte ihn, das Fell opfern zu müssen, doch daran war nichts zu ändern. Die Schlagläden über den Fenstern band er mit Schnüren aus Hirschdärmen so fest zusammen, dass sie sich nicht mehr öffnen ließen. Dann legte er noch nicht abgelagerte Eschenholzscheite auf das Feuer. Das Holz brannte trotzdem ruhig und beständig. Er sorgte dafür, dass das Feuer ordentlich knisterte und vielleicht mehr Wärme abgab, als die meisten Leute an einem Sommerabend für nötig hielten. Im flackernden Feuerschein tanzten die Schatten an den Wänden, sodass die Gestalt auf dem Bett aussah, als würde sie atmen.

An den Wänden hatte er getrocknete Tannenzapfen aufgetürmt und überall Tannennadeln verstreut. Cully hatte ihm geholfen, sie körbeweise zu sammeln. Er hatte verdutzt gefragt, warum Meshack so viel davon brauchte. Und Meshack hatte ihm erklärt, dass er etwas entworfen habe. Er baute und bastelte immer etwas, von Schuhen über Pflöcke für Schindeln bis hin zu einem Spieß, der sich von selbst drehte. Immer wieder dachte er sich neue Dinge aus und probierte so lange, bis sie funktionierten.

Er holte den Topf mit Harz aus der Ecke und stellte ihn zum Aufwärmen ans Feuer, achtete darauf, dass er nicht zu nah an die Flammen kam. Er nahm eine lange geflochtene Schnur aus Hirschdarm aus einem Eimer Wasser und band sie an den Griff des Topfes. Den Topf platzierte er auf einen Hocker, der genau die richtige Höhe hatte. Dann stellte er ihn so vor den Kamin, dass der Inhalt sich direkt in die Flammen ergießen würde. Er hatte es immer und immer wieder berechnet und ausprobiert, aber der Zeitpunkt war entscheidend.

Die Tür zu seiner Hütte ließ er einen Spaltbreit offen, schlüpfte hinaus und wickelte dabei die nasse Schnur so ab, dass sie direkt zum Gemüsebeet neben der Hütte führte. Eine weitere geflochtene Schnur hatte er an einer Stange befestigt, die mit einem Riegel verbunden war. Auch diese Schnur rollte er ab, sodass sie neben der ersten lag.

Fünf Tage, nachdem Malinda ihn gewarnt hatte, spürte er, dass sie kommen würden. Meshack drückte sich zwischen zwei Kürbisreihen auf den Boden, sodass die ausladenden Blätter ihn bedeckten. Er hatte das Gemüse bei Sonnenuntergang reichlich gegossen und die großen Blätter bogen sich unter den Wassertropfen, die sich darauf gesammelt hatten. Er legte das Ohr auf den Boden, um sich zu vergewissern. Ja, über dem Zirpen der Zikaden konnte er das Getrappel hören und spüren, wie die Erde unter ihren Hufen bebte. Er wartete, in jeder Hand eine Schnur.

Venus und Seth und Susan, Saskia, Nott und Cully hatten sich versteckt. Sie waren auf den schmalen Pfad zur Bärenhöhle gegangen, wo sie vorsorglich Musketen und Vorräte gelagert hatten. In der Höhle roch es schrecklich.

Gideon hatte ihnen versichert, dass die Bären erst zum Winterschlaf zurückkehren würden. Seth und Nott wollten bei Meshack bleiben und ihm helfen, aber er weigerte sich. Sie müssten ihre Familien schützen. Er war nicht bereit, sie in seinen Plan einzuweihen. Nach einigem Hin und Her pflichteten Seth und Nott ihm bei. Falls er ums Leben kommen sollte, wären sie in der Bärenhöhle sicherer, als wenn sie versuchen würden, vor Slave Catcher davonzulaufen. In der Wildnis wären sie leichte Beute für ihre Verfolger. Solange sie in der Höhle waren, könnten Slave Catcher und wer immer bei ihm war sie nicht einfach packen, sondern müssten sie einzeln herausschleppen. Der Höhleneingang war schmal. Je tiefer man in den Berg eindrang, desto größer wurde die Höhle, sodass die Miliz sie nicht einfach ausräuchern konnte. Und es gab Hinterhalte, von denen aus sie ihre Verfolger angreifen könnten. Meshack hatte sogar ein paar Fallen und Schlingen hergestellt, mit denen sie den Eingang zur Höhle sichern sollten.

Den de Marechals, Rufus und den Vanns hatte Meshack nichts gesagt. Er zog es vor, sich auf sich selbst zu verlassen.

Vorsichtshalber hatte er seine wenigen Besitztümer in seiner Scheune verstaut. Darunter waren auch zehn Porzellanteller, die Sophia ihm gegeben hatte. Ihre Zartheit hatte ihn in ihren Bann gezogen. Andächtig war er mit der Fingerspitze über die Blütenblätter, die winzigen Dornen und die eleganten Farben gefahren. »Sehen mehr wie Blumen aus als echte Blumen«, hatte Meshack anerkennend gesagt. Meissner Teller nannte Sophia sie. Sie gehörten zum Schönsten, was sie aus Thomas' Haus mitgebracht hatte. Meshack hatte vorsichtig die rosafarbene Glasur berührt, doch dann hatte er instinktiv die Hand zurückgezogen. »Die Dornen sind aber spitz«, hatte er hinzugefügt. Ein Scherz.

Sophia hatte gesagt, dass ihr die Dornen noch gar nicht aufgefallen seien. Und da Meshack sie bemerkt habe, sollte er die Teller behalten. Der unbekannte Porzellanmaler hätte sich sicherlich gewünscht, dass derjenige, der die Dornen zu schätzen wusste, die Teller haben sollte. Er war sehr stolz darauf, und es machte ihn glücklich, sie anzuschauen. Dazu hatte er passende Löffel und Gabeln aus Horn geschnitzt. Zum Essen benutzte er das Porzellan nie, dafür war es zu fein. Allein der Besitz solch schöner Dinge verschaffte ihm eine ungeheure Befriedigung, waren sie doch der Beweis, dass er kein Sklave mehr war.

Es war eine mondlose Nacht, voll von den üblichen Geräuschen der Zikaden, der Nachtvögel und der wilden Tiere in der Ferne. Die Männer und Pferde warteten. Vom Boden aus konnte er vage die dunklen Schatten erkennen, die ihm aus dem Obstgarten entgegenkamen. Er zählte insgesamt fünf. Seine Hütte würden sie als Erste erreichen.

Am unteren Ende des Obstgartens blieben sie stehen und blickten sich vorsichtig um. Sie sprachen kein Wort, stiegen in einiger Entfernung ab und gingen leise zur Hütte. Meshack konnte in der Dunkelheit gut sehen. Drei der Männer waren mit Gewehren bewaffnet, einer trug zusammengerollte Seile und der letzte schleppte etwas mit, das schepperte, wenn er sich bewegte. Ketten und metallene Fußfesseln. Es würde leise vor sich gehen. Die Schlafenden wurden erst gefesselt und geknebelt und schließlich zusammengekettet, bevor sie wussten, wie ihnen geschah. Meshack brach der Schweiß aus. Sie erreichten die Hütte und verständigten sich mithilfe von Signalen, wie sie es immer taten. *Geh hinein, ergreif ihn, während er schläft, dieser hier ist der Größte. Wenn wir ihn knebeln, kann er die anderen nicht wecken. Wir kriegen sie alle.*

Einer nach dem anderen traten sie ein. Nur der Mann mit den Ketten und Fesseln wartete draußen. Meshack wusste, dass das Slave Catcher war.

Meshack zählte bis drei, holte tief Luft und zerrte an dem Seil in seiner rechten Hand. Er senkte den Kopf, hielt den Atem an und wartete. Aber nichts passierte. Er zog fester, riss dann mit einem heftigen Ruck an dem Seil. Im Innern der Hütte war ein Scheppern zu hören, als der Kessel mit dem flüssigen Kiefernharz seinen Inhalt ausschüttete, sodass es sich ins Feuer und über den Boden zu den aufgestapelten Tannennadeln ergoss.

Eine Stimme rief: »Der Nigger liegt nicht im Bett!«, und dann: »Das Feuer brennt auf einmal so hoch. Es riecht nach Pech.« Dann folgte ein lautes »Verdammt! Raus hier!«

Mit einem Ruck zog Meshack an dem zweiten Seil. Die Tür zur Hütte schloss sich mit einem Knall, der schwere Riegel fiel krachend herunter und versperrte sie von außen. Tagelang hatte er an dieser Vorrichtung gearbeitet, bis alles stimmte und die lange Holzstange das richtige Gewicht hatte, um mit Wucht herunterzufallen und sich zu verkeilen. Von innen ließ sich die Tür nun nicht mehr öffnen.

Schreie und Flüche drangen aus der Hütte, als sich das Harz entzündete. Eine Flammensäule schoss aus dem Schornstein. Die Tannenzapfen und -nadeln brannten sofort lichterloh. An einer Stelle, wo die Holzstämme der Hütte nicht ganz dicht zusammengefügt waren, glomm es rot in die Nacht. Laut schreiend versuchten die Eingeschlossenen, die Tür von innen zu öffnen, aber Meshack hatte eine Halterung entworfen, in die der schwere Riegel fiel, und das stramm gezogene Lasso hielt ihn fest. Der Mann, der draußen gewartet hatte, ließ Ketten und Fußfesseln fallen und mühte sich vergeblich mit der Tür ab. Die Schreie drinnen wurden immer lauter.

Slave Catcher schob und drückte mit aller Kraft. Plötzlich ließ Meshack die Leine los, sodass Slave Catcher den Riegel anheben und die Tür öffnen konnte. Die Flammen, die so mit frischer Luft versorgt wurden, loderten mit einem wütenden Fauchen auf und verschlangen ihn.

Meshack wurde von einem heftigen Hitzeschwall getroffen, der ihm in Gesicht und Lunge brannte. Er schlug die Hände vors Gesicht und duckte sich unter die nassen Kürbisblätter. Dann spähte er durch die Finger zur Hütte. Für den Bruchteil einer Sekunde erschienen in der Türöffnung die Umrisse von Gestalten, die torkelten und zuckten wie Marionetten. Schließlich fielen sie auf die Knie. Ihre Schreie wurden von Slave Catchers Gebrüll übertönt, der mit den Armen wedelte und versuchte, die Flammen zu ersticken und aus der Hütte zu fliehen. Blind vor Schmerz und Feuer drehte er sich um die eigene Achse, bis er über die Ketten stolperte, sich darin verhedderte und dann stürzte.

Meshack hielt den Kopf gesenkt und ertrug die sengende Hitze auf dem Rücken, während seine Hütte niederbrannte. Der widerwärtige Gestank nach verbranntem Menschenfleisch lag in der Luft. Als die Flammen erloschen und die Hitze abebbte, kam er aus seinem Versteck. Er näherte sich der Gestalt, die sich vor seiner Hütte auf dem Boden krümmte. Slave Catcher war am Leben, aber es würde nicht mehr lange dauern. Die Flammen hatten sein Gesicht fast bis auf die Knochen verbrannt. Schmerzensstarr bleckte er die Zähne. Seiner Kehle entfuhren erstickte, wimmernde Laute. Meshack machte keinerlei Anstalten, ihm zu helfen, sondern betrachtete ihn nur. »Ich bin jetzt frei«, sagte Meshack in freundlichem Plauderton. »Also werde ich dir ein wenig Gesellschaft leisten. Ich wünschte, die Sklaven, die du erwischt und zurückgebracht hast, wären jetzt alle hier.«

Er setzte sich hin und wartete. Die Flammen hatten Slave Catchers Augenlider weggebrannt, und so starrte er Meshack unverwandt an. Von Zeit zu Zeit gab er schreckliche Geräusche von sich, während er langsam starb.

Als Meshack im Grau des nahenden Tages schließlich aufstand und sich reckte, war von der Hütte nur noch ein schwelender Haufen übrig. Er holte die Schaufel und den Sack, den er bereitgestellt hatte. Was von Slave Catcher und seinen Schergen blieb, würde er in den Sack schaufeln und ihn tief im Wald vergraben, weit weg von den Feldern. Ihre Überreste sollten nicht beim Pflügen zum Vorschein kommen, und er wollte nicht, dass ihre verfluchte Asche seine Felder vergiftete. Die Fesseln und Ketten und all das Böse, das an ihnen haftete, würde er ebenfalls vergraben.

Er war nicht sicher, wie er erklären sollte, dass er so plötzlich an die Pferde und Sättel gekommen war. Ihm würde schon irgendetwas einfallen. Es waren fünf Pferde und mehrere Musketen. In einer der Satteltaschen steckten sogar ein wenig Geld und etwas Trockenfleisch. Das Fleisch warf er in den Sack, zusammen mit den Leichenresten. Die Knochen waren nur teilweise verbrannt, und die Schädel zeigten kaum Brandspuren. Er überlegte kurz, dann packte er auch das Geld und die Satteltaschen in den Sack. All das war böse, alles außer den Pferden. Für jeden Haushalt eines. Pferde konnten nicht böse sein.

Während er schaufelte, überlegte er, wie er erklären würde, was passiert war. Die de Marechals und die Vanns würden entsetzt sein, weil seine Hütte abgebrannt war, und besorgt nachfragen, was geschehen sei. Er würde erklären, es sei ein Unfall gewesen, und dabei angemessen zerknirscht dreinschauen. Er habe den Boden mit Harz versiegeln wollen, dabei sei das Harz zu nah ans Feuer gekommen und schon sei alles in Flammen aufgegangen. Welch ein Glück, würde er sagen, dass er seine Teller und die Möbel vorsorglich in der Scheune verstaut habe – er wollte nicht, dass Sophia traurig war, weil sie dachte, diese schönen Dinge seien ein Raub der Flammen geworden.

Er würde sich eine größere Hütte bauen, die sogar noch besser werden würde als die erste. Er konnte gar nicht aufhören zu lächeln. Es sah aus, als würde er noch eine Weile hier wohnen.

Kapitel 25

Häusliches Glück

September 1756

Venus und Saskia schauten Cully zu, wie er mit der einjährigen Susan spielte. Sie quietschte vor Vergnügen, wenn er sie herumschleuderte. Sie liebte Cully über alles. »Das nächste ist unterwegs«, sagte Venus. »Werd schon ganz schön rund.« Sie strich sich über den Bauch. »Ich weiß, es wird wieder ein Mädchen.«

»Ach was, das kannst du erst wissen, wenn es da ist.«

»Keine Ahnung, woher ich das weiß, aber ich weiß es eben.«

»Du sagst immer, du weißt dies und du weißt das«, erwiderte Saskia. »Dass Slave Catcher hinter uns her ist, wusstest du aber nicht.«

»Ich weiß, was ich sehe. Mehr kann ich nicht wissen. Ich sehe Mädchen und mich und Seth in der Hütte. Rund um den Tisch, den Seth gebaut hat. Und alle reden auf einmal.«

»Wenn du solche Dinge siehst, siehst du dann auch Thomas in diesen beiden?«, fragte Saskia und blickte zu Cully und Susan hinüber. »Ich will es nicht sehen. Aber meinst du, dass Cully nach seinem Vater kommt?« Sie seufzte. »Ich wünschte, er hätte nichts von Thomas. Auf meinen Cully lasse ich nichts kommen, das ist gewiss. Er ist ein guter Junge.«

»Schau ihn dir doch an, Saskia. Da ist nichts von Thomas in deinem Cully. Er sieht gut aus, nicht wie der alte Thomas. Susan ähnelt Thomas überhaupt nicht, so weit ich sehen kann.«

»Nein, sie ähnelt ihm wirklich nicht. So ein hübsches Kind! Du hast sie rechtzeitig vor Thomas gerettet. Das ist das Wichtigste. Sieh nur, wie sie mit ihrem Bruder lacht und spielt. Sie wissen es beide nicht.«

»Oh Saskia, wenn ich darüber nachdenke, was passiert ist, was er getan hat, was er Susan womöglich angetan hätte ...«

»Denk nicht darüber nach, Kind. Denk nie wieder daran. Jetzt bist du in Sicherheit. Dir kann nichts passieren.«

»Fast wäre es aus gewesen mit unserer Sicherheit, als Slave Catcher hierherkam.«

Saskia nickte. »Was ich nicht begreifen kann, ist, warum es so lange gedauert hat, bis er gekommen ist. Thomas' Haus ist niedergebrannt. Wir sind schon ein ganzes Jahr weg, und dann kommen sie und suchen uns. Warum hat Thomas ihn nicht früher geschickt?«

»Weil es nicht Thomas war, der ihn geschickt hat, deshalb.«

»Aber wer sollte Slave Catcher sonst schicken?«

»Wer genau es war, weiß ich nicht. Vielleicht der Sheriff oder die Patrouillen, irgendein Weißer, der gesehen hat, dass alles verbrannt ist, die Aufseher tot, wir Sklaven weg. Aber Thomas war es nicht. Er ist tot.«

»Ha, was redest du da? Ich wünschte, er wäre tatsächlich tot, aber Thomas ist nicht tot.«

»Ist er wohl.« Venus hielt kurz inne. Sie sah es ganz deutlich vor sich. Thomas' Gesicht war seltsam lila für einen Weißen, und er lag auf der Straße. Sie wusste, dass es nicht einfach nur ein Wunschtraum war. Er war tot.

Aber Saskia glaubte nicht, dass Venus alles Mögliche »wusste«. *Vielleicht hatte Saskia recht*, dachte Venus, *vielleicht aber auch nicht*. Vielleicht war das alles nur in ihrem Kopf. Sie versuchte, etwas anderes »zu wissen«, aber alles was sie sah, waren lauter kleine Mädchen.

»Seth hofft, dass es diesmal ein Junge ist«, sagte sie entgegen ihrer eigenen Überzeugung, dass sie ein Mädchen erwartete.

»Und Nott nimmt, was immer er an Kindern kriegen kann. Noch ist es nicht so weit.« Saskia grinste. »Aber er arbeitet dran.«

»Bestimmt.« Venus kicherte.

»Hinten baut er noch zwei Zimmer an die Hütte. Mit der Veranda ist er fertig. Es soll alles bereit sein, wenn sie kommen.« Sie saßen auf der Treppe vor Saskias Hütte. Stolz fuhr Saskia mit der Hand über das Holz. Die Stufen hingen nicht durch. Nott war ein geschickter Handwerker. Er war gründlich und gewissenhaft, nicht wie Seth, der alles hastig zusammenzimmerte. Was er baute, hielt meist nicht lange.

»Ihr habt einen schönen Blick auf den Fluss«, stellte Venus fest. »Friedlich.«

»Nott steht früh auf und geht angeln. Er isst gern gebratenen Fisch zum Frühstück.«

Cully kam auf sie zugehumpelt, mit der breit grinsenden Susan auf der Schulter. »Richtig anstrengend, die Kleine.«

»Wir müssen los.« Venus stand auf und streckte die Arme nach Susan aus. »Muss noch die Kuh melken und die Hühner füttern.«

»Und das Abendessen machen«, fügte Saskia hinzu und stand ebenfalls auf.

»Und die Kindersachen flicken. Außerdem muss ich sehen, dass ich ihre Steppdecke fertig kriege, bevor es kalt wird.«

»Und buttern muss ich auch noch.«

»Seth sagt, dass die Tomaten reif sind. Müssen jetzt trocknen. Ich habe ihn gebeten, was zu bauen, worauf ich sie trocknen kann.«

»Die Gurken müssen eingelegt werden. Nott hat mir fünf Körbe voll gebracht. Wenn er so gerne eingelegte Gurken isst, dann muss er mir auch noch mehr Salz aus dem Sumpf bringen.«

»Gibt immer reichlich zu tun. Bald ist Brombeerzeit, dann müssen wir sie einkochen, das braucht ewig. Und dann muss ich ...«

»Haaahahaha!« Cully krümmte sich vor Lachen. »Wenn man euch hört, könnte man denken, ihr prahlt damit, dass ihr so schrecklich viel zu tun habt. Wie bei einem Wettkampf! Wer am meisten arbeiten muss, gewinnt. *Ooooh, ich muss die Gurken einlegen! Ooooh, ich muss den Garten umgraben!*«, äffte er die beiden Frauen nach.

Seine Mutter und Venus starrten ihn entgeistert an. Natürlich prahlten sie. Dieser Teil der Unterhaltung gehörte einfach dazu, wenn sich die Frauen gegenseitig besuchten. Und sie hätte nicht stattfinden können, wenn sie noch Sklaven auf Thomas' Plantage gewesen wären, keine Hütten, keinen Garten, keine Kühe oder Hühner oder Ehemänner oder Kinder hätten. Dass sie Zeit hatten, sich ihren häuslichen Pflichten zu widmen und für ihre Familien zu sorgen, ohne Angst haben zu müssen, verkauft zu werden, war ein ungeheurer Reichtum für sie. Cully wusste nicht, dass es bei diesem Gespräch nicht um Arbeit ging, sondern um Freiheit.

Kapitel 26

Das Brombeerpicknick

September 1766

Der Septembernachmittag war wie geschaffen für das alljährliche Fest, das Cully das »Brombeerpicknick« getauft hatte. In der Sonne war es heiß, doch die willkommene Kühle des Herbstes lag bereits in der Luft, als die Siedler den Pfad zum Frog Mountain hochstiegen. Dort auf der großen Lichtung hinter dem flachen Felsen, von dem aus man das Tal überblicken konnte, war ihr Picknickplatz. Die Männer waren mit Körben und Krügen beladen, die Frauen trugen die Decken. Susan Hanover, Kitty de Marechal und Kittys jüngere Brüder Francis und Georgie hatten Holzeimer dabei. Ihre kleine Schwester, die zweijährige Charlotte, bestand darauf, ihr eigenes Körbchen zu tragen. Rhiannon hatte einen großen Korb, den die Vanns für etwas Maismehl und Munition von den Cherokee bekommen hatten. Ihre kleinen Brüder Bryn und Cadfael sollten ihr helfen, ihn zu füllen. Der neunzehnjährige Jack trug

Malindas Eimer und hielt ihre Hand. Toby, der mit seinen zweiundzwanzig Jahren schon zu den Männern gehörte, ging neben seinem Vater und Meshack. Er trug einen Krug mit Apfelwein. Cully humpelte hinterdrein und scheuchte die jüngeren Mädchen der Familie Hanover fröhlich vor sich her.

Sophia, Venus, Caitlin und Saskia hatten ihre Schürzen abgenommen und sich eine frische Haube aufgesetzt. Sie alle wollten zu diesem besonderen Anlass so hübsch wie möglich aussehen, und so strichen sie den Rock glatt und zupften das gestopfte Halstuch zurecht, bevor sie das Haus verließen, wie es unzählige Frauen vor ihnen getan hatten und wohl auch immer wieder tun werden.

Brombeeren wuchsen reichlich in den Bergen, und die Kinder wurden regelmäßig zum Pflücken geschickt. Sie mussten nicht nur Brombeeren, sondern auch wilde Erdbeeren und Zwiebeln sammeln, die im Frühjahr wuchsen. Im Herbst waren es Papayas, Persimonen, Walnüsse, Bucheckern und Hickorynüsse. Aber das Brombeerpicknick war etwas Besonderes. Es war fast wie ein Feiertag, der einzige, den sich die Siedler gönnten, nachdem die Mais- und die Weizenernte eingebracht und Obst und Gemüse gepflückt und getrocknet waren. Wochenlang gab es hastig zubereitete Mahlzeiten mit Maisbrot und Buttermilch, die ebenso hastig heruntergeschlungen wurden, weil die Ernte keinen Aufschub duldete. Für das Brombeerpicknick jedoch überboten sich die Frauen gegenseitig in ihren Kochkünsten. Die Körbe waren gefüllt mit Wildpasteten und Brot mit dünnen Schinkenscheiben, Frischkäse und Obst sowie kleinen Kuchen mit Trockenfrüchten aus dem letzten Jahr. Meshack brachte Whiskey mit. Rufus steuerte Apfelwein bei, während Sophia ihre Teesachen sorgfältig in einem besonderen Korb verstaute.

Die Decken wurden ausgebreitet, und die Männer machten Feuer. Nachdem eines der Kinder ihr einen Eimer Wasser von einer nahe gelegenen Quelle geholt hatte, setzte Sophia einen Topf mit Teewasser auf. Während es kochte, bereitete sie mit den anderen Frauen Salate aus ihren Küchengärten zu, die sie zu den anderen Speisen stellten. Sie mussten immer wieder die Kinder verscheuchen, die allesamt beteuerten, sie seien viel zu hungrig, um Brombeeren zu pflücken. Schließlich bekam jedes einen Kuchen, bevor sie mit der strengen Anweisung losgeschickt wurden, nicht zurückzukommen, ehe nicht ihre Eimer gefüllt waren. Jedes Jahr wurden die Kinder ermahnt, beim Pflücken nicht zu viele Beeren zu essen, doch es half nie. Sie stopften sich mit Brombeeren voll, fielen dann über das Picknick her und klagten vor dem Schlafengehen regelmäßig über Bauchschmerzen.

Wenn die Eimer voll waren und die Kinder sich ihr Essen verdient hatten, genossen sie das Picknick. Die Frauen lobten gegenseitig ihre Koch- und Backkünste und priesen die Art, wie Caitlin die Früchte so hübsch auf den Weinblättern angerichtet hatte.

Dann spielten die Kinder Blindekuh und Fangen und die Erwachsenen genossen einen seltenen Moment der Ruhe mit ihrem Tee, Apfelwein oder Brandy. Es war eine kurze Atempause nach Wochen harter Arbeit. Gleich am nächsten Tag würde es weitergehen, doch einen Augenblick lang war es herrlich, die Hände in den Schoß zu legen. Wohlig streckten sie sich auf den Decken aus. Sie erinnerten sich an ihre Anfänge im Tal und sahen zu, wie sich die Sonne ein wenig früher dem Horizont näherte als in der Woche zuvor.

»Charlotte, komm her und sieh dir den Sonnenuntergang an«, sagte Sophia und griff nach ihrem jüngsten

Kind. Charlotte war noch zu klein, um Beeren zu pflücken, daher blieb sie bei den Erwachsenen und spielte still hinter Sophias Rücken. »Schau, Liebling, was für schöne Farben. Das da ist Rosa.«

»Rosa«, sagte Charlotte und kroch auf den Schoß ihrer Mutter.

»Lila.«

»Lila«, wiederholte Charlotte.

»Blau.«

»Blau!«, sagte Charlotte fröhlich und hielt ihre Arme hoch. Sie waren bis zum Ellbogen mit Brombeersaft gefärbt. »Wie ich!«

»Um Himmels willen, Charlotte, was hast du gemacht?«

»Hab Kleider gewaschen.« Sie hielt ein zerknittertes blaues Ding in der Faust. Hinter Sophia stand ein Eimer mit Brombeeren, von denen nur noch Mus übrig war.

»Mein Taschentuch! Oh Charlotte, deswegen bist du so still gewesen. Du hast in den Brombeeren gespielt, die Kitty gesammelt hat. Sie wird schrecklich böse sein. Das war unartig.« Zumindest war das Taschentuch sauber gewesen.

»Unaaatig«, bestätigte Charlotte munter. »Unaaatig.«

Kitty sah, wie Charlotte mit ihren lilafarbenen Händen winkte, und kam angelaufen, um ihren Eimer zu begutachten. »Charlotte hat die Beeren in die Finger gekriegt, die ich gepflückt habe. Sie sind alle zermatscht!«, kreischte Kitty.

»Ich weiß. Ist doch nicht so schlimm, Kitty, Liebes. Ich mache Likör daraus. Dazu müsste ich sie sowieso auspressen. Charlotte hat mir die Mühe erspart.«

»Oh Mutter, immer nimmst du Charlotte in Schutz«, murrte Kitty und stampfte mit dem Fuß auf. »Papa«, wandte sie sich an ihren Vater, in der Hoffnung, dass er Charlotte ausschimpfen würde. »Mutter hat Charlotte …«

»Hier, Kitty, deine Mutter hat Pfirsichkrapfen gemacht.« Henri hielt ihr einen Korb entgegen. »Nimm sie mit und teile sie mit den anderen.«

Kitty zögerte. »Aber Charlotte wird ...«

»Ich habe zu spät gemerkt, was sie mit deinen Beeren angestellt hat, aber es ist wirklich nicht so schlimm«, beruhigte Sophia sie. »Runzel die Stirn nicht so, Kitty, sonst bleibt dein Gesicht noch stehen und die Runzeln gehen nicht mehr weg. Und sieh dir nur diesen Sonnenuntergang an. Du kannst unmöglich ärgerlich sein, wenn du so etwas Schönes vor dir hast. Hier, nimm die Krapfen.«

Kitty war halbwegs besänftigt und stapfte davon.

Verträumt betrachtete Sophia den Sonnenuntergang. »Hier haben Papa und ich Wildwood zum ersten Mal gesehen«, erzählte sie Charlotte, die zu jung war, um die Geschichte zu kennen, während alle anderen Kinder sie schon oft genug gehört hatten. »Genau hier von diesem Felsen aus, mit deinem Papa und Thierry. Thierry hat dem Fluss den Namen *Bowjay* gegeben. Dann hat er ein Wildschwein geschossen. Peng!«, machte sie an Charlottes Hals. Charlotte kicherte und wand sich aus ihrer Umarmung, um zu Georgie und Francis zu laufen.

Henri lag auf einen Ellbogen gestützt auf der Decke und aß das letzte Stück Wildpastete. »Ich frage mich, ob Thierry es je bis nach Frankreich geschafft hat, um sein geheimnisvolles Gelübde einzulösen.«

»Thierry würde es hier nicht wiedererkennen«, sagte Sophia. Die Hanovers, die Stuarts, Meshack und Caitlin murmelten zustimmend. Gideon schwieg.

Sophia sah Henri an. »Ich denke gerade an das Erntedankfest früher in Sussex. Die Leute, die auf dem Landgut arbeiteten, bekamen jedes Jahr einen Tag frei, wenn die Ernte eingebracht war. Es gab einen Gottesdienst und ein Abendessen in der Scheune. Die Männer trugen einen gerösteten Ochsen durch die Scheune, und am Abend wurde getanzt.«

»Im Haus meines Vaters gab es etwas Ähnliches. Zur Weinlese wurden Thierry und François und ich meist aufs Land geschickt, um zu helfen. Tagelang wurde Wein gemacht. Dann wurden im Obstgarten Tische für die Arbeiter und ihre Familien aufgestellt. Das Essen kam aus der Schlossküche.« Er seufzte. Die Erinnerungen an Frankreich stimmten ihn melancholisch. Sein Traum, Kitty nach Frankreich zu bringen und seine Söhne nachzuholen, sobald er seine Tochter in einer geeigneten Klosterschule untergebracht hatte, tauchte in regelmäßigen Abständen wieder auf, ebenso wie das schlechte Gewissen, weil er es bisher nicht geschafft hatte, diesen Traum in die Tat umzusetzen.

Trotzdem war Henri wie alle anderen zufrieden mit dem, was sie erreicht hatten. Beim alljährlichen Brombeerpicknick zogen sie Bilanz und stellten befriedigt fest, dass sie sich die Wildnis untertan gemacht hatten.

Mittlerweile gab es kaum noch Büffel und Panther, Tiere, die einst die Felder zertrampelt und das Vieh gerissen hatten. Hirsche, Bären und Wildschweine waren immer noch da und eine willkommene Quelle für Fleisch. Im Tal waren jedoch inzwischen so viele Bäume gefällt worden, dass sich ihr angestammter Lebensraum nun auf das Gelände am Fuß der Berge beschränkte.

Die kleinen, hastig errichteten Hütten, die im ersten Jahr im Tal entstanden waren, hatten die Bewohner um zusätzliche Zimmer und überdachte Terrassen erweitert. Sie hatten mit Fettpapier bespannte Fenster und Schlagläden und Türen, die tatsächlich schlossen. Die Häuser waren von Zäunen, Feldern und Weiden umgeben, auf denen

Kühe und Maultiere grasten. Jedes Jahr wurde mehr Land urbar gemacht und bestellt.

Wildwood, am Hang des Frog Mountain, in dem Sophia und Henri mit den Kindern lebten, war das größte Haus von allen. An der Rückseite erstreckte sich eine ausladende Veranda, von der aus man in westlicher Richtung das Tal überblicken konnte. Das windschiefe Gebäude mit seinen halb fertigen Räumen, das Mr Barker hinterlassen hatte, besaß inzwischen zwei Stockwerke. Auf jeder Etage gab es vier Zimmer, jeweils zwei rechts und links von dem großen, mittig gelegenen Treppenhaus. Es roch nach Kieferbrettern. Im Obergeschoss teilten sich die Mädchen ein Schlafzimmer, die Jungen bewohnten ein anderes und die anderen beiden Räume wurden für die Lagerung von getrocknetem Obst, Gemüse und Säcken mit Weizen- und Maismehl genutzt. Der gemauerte Kamin in der Küche war so groß, dass man eine Rehkeule oder ein ganzes Schwein darin rösten konnte. Meshack hatte einen speziellen Spieß erfunden, der sich mithilfe von Gewichten drehte. Das Eisen dafür stammte aus dem Erz, das Rufus am Little Frog Mountain entdeckt hatte. Unterhalb der Küche befand sich ein gemauerter, mit Stroh ausgelegter Keller, in dem Kohl und Äpfel für die Wintermonate lagerten.

Nach Saskias Anweisungen hatte Seth in jeder Hütte einen Brotbackofen gebaut. Die Frauen waren sich einig, dass der Duft nach frisch gebackenem Brot aus einer bloßen Unterkunft ein Zuhause machte. Auf einer Seite von Wildwood hatte Sophia Salat und wilde Kräuter angepflanzt und Pfade aus zerkleinerten Steinen angelegt, die sich in hübschen Mustern zwischen den Beeten wanden, genau wie im Kräutergarten in Sussex. Das war ihre kleine trotzige Geste gegen die Wildnis. Sie hatte darauf bestanden, hinter dem Haus der Vanns neben ihrem Handelsposten einen ähnlichen Garten für Caitlin anzulegen.

Wenn das Haus der Familie de Marechal das größte war, so war das Haus der Vanns das gemütlichste und fröhlichste. Das Haus der Hanovers war das vollste und lauteste, das der Stuarts das sauberste und das von Meshack Tudor das interessanteste. Es war voller nützlicher Gerätschaften, die er erfunden und gebaut hatte. Das Haus der Drumhellers war mit Abstand das schlimmste. Im Gegensatz zu den anderen hatte Rufus nichts an seiner ursprünglichen Hütte verändert, die er sein Cottage nannte. Sie war nach wie vor nicht mehr als ein Unterschlupf mit zwei Räumen, von denen einer einen Kamin hatte. Mit seinen Söhnen lebte er inmitten von Kleiderhaufen, schmutzigen Töpfen und Zinntellern, die die Hunde sauber leckten, sodass die Drumhellers sie kaum jemals spülten oder abschrubbten.

Allerdings wäre es ein Irrtum gewesen, vom Zustand der Hütte der Drumhellers auf ihre finanzielle Lage zu schließen. Rufus hatte seine Energie anderweitig eingesetzt. Er hatte eine Scheune errichtet, die an die Fachwerkgebäude in Suffolk erinnerte, mit einem Kuhstall am einen und einer Kornkammer am anderen Ende. Sogar einen Taubenschlag hatte er gebaut, der so aussah wie der von ihrem früheren Hof. Er hatte Apfelbäume gepflanzt. In seinem kleinen Obstgarten tummelte sich eine lärmende Gänseschar, dank einer Gans und eines Ganters, mit denen drei Jahre zuvor ein paar Siedler für das Beschlagen ihrer Pferde bezahlt hatten. Für die Gänse und die Kühe hatte Rufus einen Teich angelegt. Rings um die Hütte, die Scheune und den Obstgarten zog sich eine mühsam aus Felsgestein errichtete Mauer, die den Steinmauern in Suffolk glich. Von Weitem war die Wirkung beeindruckend.

Die de Marechals lebten am einen Ende des Tales, die Drumhellers am anderen. Die Hütten von Meshack, Nott und Seth standen dicht beieinander in der Mitte. Seth hatte zwei weitere Zimmer angebaut, um seine wachsende Familie unterzubringen. Die elfjährige Susan hatte inzwischen fünf lebhafte und lärmende jüngere Schwestern. Daneben stand die Hütte von Saskia und Nott, und die Kinder gingen in beiden ein und aus. Meshack lebte allein in der Hütte, die er nach dem Brand gebaut hatte. Cully flüchtete sich oft zu ihm, wenn ihm die sechs Mädchen und die Mütter zu viel wurden. Manchmal schlossen sich Seth und Nott ihm an, wenn ihnen nach etwas Ruhe zumute war. Dann saßen die vier bis spät in die Nacht zusammen und tranken Meshacks Whiskey.

An jedem Haus türmte sich ein Holzstapel, in jeder Scheune standen Tonnen voller getrockneter Maiskolben und Maisstängel für das Vieh. Seit dem ersten Hungerjahr gab es hinter jeder Hütte Fässer mit Sauerkraut. Jede Familie hatte einen Keller, in dem Gemüse und andere Vorräte gelagert wurden. Auf den mit Seilen bespannten Betten mit den Maisstrohmatratzen lagen warme Büffelfelle und Steppdecken. Sie hatten so reichlich zu essen, dass es in jeder Küche einen Schrank mit winzigen Löchern in den hölzernen Türen gab. Hier wurden die Reste vor Fliegen geschützt aufbewahrt. Alle Hütten hatten Quellen oder Bäche in der Nähe und ein kleines Kühlhaus am Wasserlauf, sodass Buttermilch, Käse und Quark frisch blieben. Jeder besaß eine kleine Räucherkammer. Im Herbst wurden die Schweine in den Wald getrieben, wo sie Eicheln und Kastanien fraßen, bis sie dick und rund waren. Nach dem Schlachten im Dezember hing das Fleisch bis zum späten Frühjahr im Rauch, dann wurde es mit Holzasche abgerieben und im Kamin aufgehängt. Um die Gemüsegärten herum pickten Hühner.

Der Boden im Tal war fruchtbar. Sie hatten jedes Jahr eine reiche Ernte. Nach dem ersten schrecklichen Winter war das Gespenst des Hungers nur noch eine Erinnerung. In der Ebene erstreckten sich Felder mit Kürbissen, Bohnen, Kartoffeln, Rüben, Kohl und Tomaten, so weit das Auge reichte. Jenseits dieser Felder lagen Flächen, die zwar schon gerodet, aber noch nicht bestellt waren, da die Baumstümpfe noch weggebrannt werden mussten.

Es gab inzwischen auch eine Getreidemühle, in der Mais und Weizen gemahlen wurden. Wie versprochen, waren die Onkel von Caitlin den Fluss heruntergekommen, um Gideon mit dem Mühlstein und Meshack mit dem Entwurf des Mühlrads zu helfen. Die Mühle stand an einem Bach, eine halbe Meile von der Hütte und dem Handelsposten der Vanns entfernt. In stillen Nächten hörte man im Tal neben den Eulen, den Hirschen und den Wildschweinen auch das unablässige Klappklapp des Mühlrads.

Auf dem Fluss herrschte jetzt mehr Verkehr als früher. Gideon und Caitlins Onkel hatten an der Biegung des Flusses einen größeren Landungssteg für Vanns Handelsposten gebaut. Bei der Hütte der Vanns stand nun ein großer Lagerschuppen für Weizenmehl, Maismehl, Speck und geräucherte Fische, die sie neben Schießpulver, Stoffballen, Eisenpfannen und anderen Waren verkauften. Gideon hatte eine Fähre gebaut, auf der er Jäger, Pelzhändler und die Siedler beförderte, die mit dem Wagen zum Büffelpfad am gegenüberliegenden Ufer kamen. Dieser Pfad grenzte an das Land, das Henri zu verkaufen hoffte. Er führte direkt durch den westlichen noch zu Wildwood gehörenden Teil des Tals und über die Berge auf Indianerland nach Kentuckee. Über Land war der Weg kürzer, aber auch gefährlicher als auf dem Fluss, nicht nur wegen der Indianer, sondern auch wegen der Räuberbanden, die hier inzwischen ihr Unwesen trieben.

Sie wussten, wo sie im Frühjahr wilde Erdbeeren, im Juni wilde Schwarzkirschen und im Herbst Brombeeren, Bucheckern, Kastanien, Walnüsse, Hickorynüsse und Persimonen fanden. Sie räucherten nicht nur Rehkeulen und Wildschweine über schwelendem Hickoryholz, sondern auch einige der großen Flussfische, nachdem sie gelernt hatten, mit Netzen zu fischen, wie die Cherokee sie verwendeten. Sie hatten Weizen, Mais und Hirse angepflanzt. Zu besonderen Anlässen buken die Frauen Kuchen, helles Brot und *bara brith* aus Weizenmehl. Sie hatten Hirsesirup, mit dem man alle möglichen Speisen süßen und in den man Brot eintunken konnte. Caitlin verkaufte den Sirup am Handelsposten.

Malinda ging weiterhin schweigend ihrer Wege. Von dem Indianer im Obstgarten hatte sie niemandem erzählt. Er war nicht zurückgekommen, nachdem Meshacks Hütte abgebrannt war. Meshack war jedoch sehr fröhlich gewesen und hatte sich wegen seiner Hütte nicht gegrämt. Er hatte sogleich mit dem Bau einer neuen Hütte begonnen, an einer besseren Stelle, die näher an seiner Quelle lag. Bei der Arbeit hatte er laut gesungen. Die neue Hütte war größer als die alte. An einer Seite gab es einen Raum, wo Meshack seine Werkzeuge aufbewahrte. Dort stand auch ein großer Tisch, an dem er seine Erfindungen baute.

Das Erste, was er in dieser Werkstatt hergestellt hatte, war eine Puppenfamilie für Malinda – eine Mutter, einen Vater, ein Mädchen und einen kleineren Jungen. Sie alle hatten sorgfältig geschnitzte Gesichter. Die Haare aus

Maisgrannen hatte er mit Walnusssaft dunkel gefärbt, und die hölzernen Gliedmaßen ließen sich bewegen. Er hatte Caitlin etwas Baumwollstoff und eine Nadel und Nähgarn abgebettelt und zu Caitlins Überraschung Kleider für die Puppen daraus genäht. Zum guten Schluss hatte er ihnen sogar kleine Schuhe aus Rinde angezogen. Malinda bestand darauf, diese Puppen überallhin mitzunehmen, sodass Sophia ihr dafür vier große Taschen auf die Schürze genäht hatte. Malinda drehte den Puppen nun nicht mehr die Köpfe ab.

Manchmal, wenn Henri auf die Jagd gegangen war und ein Opossum oder Eichhörnchen übrig hatte, ritt die sechzehnjährige Malinda mit den Puppen in ihren Schürzentaschen durch das Tal zur Hütte der Drumhellers am Little Frog Mountain. Sie fegte den Boden, lüftete und stellte ihnen einen Topf mit Suppe auf das Feuer. Manchmal kochte sie auch die Wäsche aus und hängte sie zum Trocknen auf die Leine. Malinda redete mit niemandem, nicht einmal mit Sophia. Aber wenn Jack sie neckte wie eh und je, lachte sie lautlos.

Malinda kümmerte sich auch um Meshack. In seinem Haus musste sie allerdings weder fegen noch die Wäsche waschen, denn Meshack hielt alles gewissenhaft sauber und ordentlich. Sie wusste auch, dass er in Fett gebackene Kuchen liebte, vor allem mit Pfirsichen und wilden Pflaumen. Ihre Kuchen waren köstlich. Sie wässerte getrocknete Früchte, machte einen Teig, wie Sophia es ihr gezeigt hatte, und tauchte die prall gefüllten Teigtaschen in siedendes Fett, bis sie knusprig und golden an die Oberfläche stiegen. Sie wusste genau, wann sie sie herausholen musste.

Wenn sie abgekühlt waren, bestrich sie sie mit etwas Honig, wenn es welchen gab, oder streute ein wenig Salz darauf, wenn kein Honig da war, um die Süße hervorzulocken. Sie legte die Kuchen in einen Korb, den sie auf Meshacks Veranda stellte.

Bevor Charlotte, Kitty und der Brombeereimer sie ablenkten, hatte Henri Sophia erklärt, wie er mit seinem langjährigen Plan, Land an Siedler zu verkaufen, weiter verfahren wollte. »Jetzt, wo die Ernte vorbei ist, habe ich nicht übel Lust, mich wieder an die Arbeit zu machen. Dieses Mal bringe ich es zu Ende. Ich fange dort an, wo Platz für zwei Höfe ist.« Er zeigte auf die gegenüberliegende Seite des Flusses. »Es kommen immer mehr Siedler hier vorbei. Wenn ich nur genug Land roden und eine Hütte bauen könnte. Ich denke, dort ist Platz für mindestens zwei.«

»Mmm«, murmelte Sophia. Henri erzählte ihr seit Jahren von seinen Plänen. Obwohl sie wie eine Bärin um ihre Jungen gekämpft hätte, wenn er wirklich versucht hätte, ihre Söhne nach Frankreich zu bringen, hatte sie inzwischen keine Sorge mehr, dass er es tatsächlich versuchen würde. Nach der Ernte machte sich Henri immer wieder daran, sein Vorhaben in die Tat umzusetzen, doch sobald das kalte Wetter einsetzte, verlor er den Mut. Allein konnte er die Arbeit kaum bewältigen, und Henri, der sich nur allzu leicht entmutigen ließ, gab auf.

Obwohl sich die Siedler bei der Aussaat und Ernte auf den Feldern oder bei Reparaturen und größeren Arbeiten an den Häusern und Grundstücken gegenseitig halfen, waren die anderen Männer nicht bereit, Henri bei seinem Unterfangen zu unterstützen. Sie mochten Henri zwar, trauten ihm jedoch nicht ganz, wenngleich keiner von ihnen hätte sagen können, warum. Auf jeden Fall hatten sie ihre eigenen Höfe und Felder und ihr Vieh zu versorgen und waren damit vollauf beschäftigt. Nach mehreren Anläufen sprach Henri zwar oft von seinen Plänen, tat aber kaum etwas, sie Wirklichkeit werden zu lassen.

Die Idee, Land an fremde Siedler zu verkaufen, beunruhigte die ehemaligen Sklaven zutiefst. Nott, Meshack und Seth befürchteten, dass die Neuankömmlinge Sklavenbesitzer sein könnten, die ihren Status als Freie anzweifeln und ihr Land für sich beanspruchen würden. Sklaven konnten kein Eigentum besitzen. Obwohl Sophia und Henri ihnen immer wieder versicherten, ihre Freilassungspapiere und die Besitzurkunden bezeugten, dass sie keine Sklaven mehr seien und ihr Land ihnen gehöre, hatte die Erfahrung sie gelehrt, dass das Leben immer wieder mit unliebsamen Überraschungen aufwartete. Die Freiheit war kostbar und ungewiss, und man sollte die Weißen nicht unbedingt beim Wort nehmen. Und selbst wenn man einigen Weißen durchaus trauen konnte, war bei den meisten Vorsicht angebracht. Jedenfalls machten sie – mochte es nun Gewohnheit oder Höflichkeit oder auch die nagende Angst sein, sie könnten eines Tages wieder in Knechtschaft geraten – feine Unterschiede, wie sie die Weißen ansprachen. Sie nannten Sophia und Henri immer noch Miss Sophy und Mist' Henri. Caitlin war Miss Caitlin, aber Gideon war Gideon und Rufus war Rufus, nicht Mist' Rufus. Und das war in Ordnung so. Mehr Weiße wollten sie im Tal nicht haben.

Was Rufus anging, so war er nicht bereit, Henri bei seinem Vorhaben zu helfen, weil er mit einem eigenen Unterfangen beschäftigt war. Und tatsächlich war es der Erfolg, den Rufus bei seinen verschiedenen Unternehmungen hatte, der Henri in letzter Zeit angespornt hatte, sich mit ihm zu messen. Eine dieser Unternehmungen war Rufus' Apfelwein.

Unterhalb von Wildwood waren die Apfelbäume gediehen, nachdem Seth und Rufus sie im ersten Frühjahr gedüngt und beschnitten hatten. Im Jahr darauf hatte

Caitlin den Obstgarten erweitert, indem sie einige Pfirsichsämlinge pflanzte, die ihr Vater mitgebracht hatte. Sie brachten Jahr um Jahr eine größere Ernte. Jeder nahm sich die Früchte, die er wollte. Pasteten mit getrockneten Pfirsichen und Äpfeln waren im Winter ein wichtiger Bestandteil ihres Speisezettels. Der Obstgarten gehörte allen. Es wäre Sophia oder Henri nie in den Sinn gekommen, ihn für sich zu beanspruchen, obwohl es vermutlich niemandem aufgefallen wäre, wenn sie es versucht hätten.

Mit Meshacks Hilfe hatte Rufus irgendwann eine Apfelweinpresse gebaut und machte nun Apfelwein für jeden, der ihm Äpfel brachte und ihn den einen oder anderen Krug für sich behalten ließ. Er hatte eine besondere Methode, ihn zu vergären, sodass daraus ein starkes Getränk entstand, das ähnlich wie Brandy schmeckte. Er verkaufte ihn an Jäger und Siedler, die an Vanns Handelsposten haltmachten, und verdiente nicht schlecht daran.

Aber das war noch längst nicht das Ende seiner Geschäftstüchtigkeit. Im ersten Herbst hatte er die Grenzmarkierungen für sein Stück Land weiter oben auf der dicht bewaldeten Seite des Little Frog Mountain gesetzt. Wie er vermutet hatte, verlief eine Erzader in der Nähe seiner Quelle. Die umliegenden Wälder würden ihm mehr als genug Holzkohle liefern. Nach der Aussaat im ersten Frühling beschloss Rufus, eine Schmiede zu bauen. Er machte sich daran, Steine für den Schornstein zu sammeln, musste jedoch feststellen, dass es in dem Gebiet um die Quelle von Klapperschlangen nur so wimmelte. Er tötete alle, die ihm in die Quere kamen, häutete sie und brachte die Häute zum Handelsposten. Er wollte sie an Gideon verkaufen, damit dieser Hutbänder und Peitschen daraus herstellte.

Gideon nannte ihn einen Narren, weil er die Schlangen getötet hatte. In diesem Teil des Little Frog Mountain, den die Indianer Rattlesnake Springs nannten, habe es immer Klapperschlangen gegeben. Als Rufus erklärte, dieses Land gehöre nun nicht mehr den Schlangen, sondern ihm und er werde sie loswerden, warnte ihn Gideon. Klapperschlangen gehörten dem Gott des Donners und sie seien ein Clan. Es sei nicht recht, eine Klapperschlange zu töten. Auf eine solche Tat müsse Blutrache folgen, so wie Blutrache genommen werde, wenn jemand das Mitglied eines indianischen Clans umbrachte und der Mörder oder ein Mitglied seines Clans mit dem Leben bezahlen musste. Wer eine Klapperschlange töte, werde bald weitere Klapperschlangen sehen. Für jede tote Schlange würden mehr Schlangen kommen, um auf den Mörder zu warten und ihn mit glitzernden Augen und hervorschnellenden Zungen zu verwirren, damit er sich im Wald verlief und starb.

Gideon riet Rufus, das Eisenerz dort zu lassen, wo es war. Rufus jedoch hatte es sich in den Kopf gesetzt, eine Schmiede zu bauen, also gab Gideon ihm einige Wurzeln und sagte, wenn er gebissen würde, solle er ein wenig von der Wurzel kauen und den Rest auf den Biss reiben, vorzugsweise mit etwas nassem Tabak. Aber er wusste, dass sich Rufus die Schlangen zu Feinden machte und sie Rache nehmen würden.

Trotz der Schlangen gelang es Rufus, seinen Schmiedeofen und die Schmiede zu bauen. Für eine Weile ließen sich die Schlangen vertreiben, wenn er Lärm machte und mit einer Stange auf das Unterholz einschlug. Aber sie kamen immer wieder zurück, um in der Wärme des Schornsteins zu nisten. Er trug die Wurzeln und den Tabak, den Gideon ihm gegeben hatte, in einer Tasche an der Taille und hängte ein Stück Schlangenwurzel an einem Nagel an die Tür der Schmiede.

Als Schmied wurde er bald unentbehrlich, nicht nur für die anderen Siedler, sondern auch für Jäger und Reisende mit Pferden und Maultieren, die beschlagen werden mussten. Bisweilen kamen auch Kolonnen von Packpferden auf dem Büffelpfad vorbei. Die Landarbeit überließ Rufus meist seinen Söhnen, während er Werkzeuge und Pflüge reparierte und Rechen, Hacken, Töpfe, Äxte, Nägel und Hämmer fertigte. Er machte auch Fassreifen, nach denen eine große Nachfrage bestand. Jedes Stück versah er mit dem grob skizzierten Bild einer aufgerollten Schlange und den Buchstaben RS für Rattlesnake Springs.

Toby half ihm am Blasebalg, wenn er nicht auf den Feldern gebraucht wurde. Er war ein kräftiger junger Mann geworden und inzwischen stärker und größer als sein Vater. Sein Hammerschlag war mächtig, und er konnte gut mit den Pferden umgehen. Durch nichts ließ er sich aus der Ruhe bringen. Jack dagegen war klein, drahtig und flink. Ihm konnte nichts die Laune verderben. An der Schmiede selbst hatte er kein Interesse. Er war jedoch sehr geschickt darin, Reisenden oder auch Caitlin eine Hacke oder einen Topf aus der Schmiede des Vaters zu verkaufen.

Meshack war fasziniert von der Schmiede und dem Verfahren, aus Eisen etwas herzustellen. Er arbeitete oft mit Rufus zusammen, um die Schmiedekunst zu erlernen und Hufeisen, Töpfe, Nägel und Werkzeuge herzustellen, die sie an Vanns Handelsposten verkauften oder eintauschten oder sogar flussaufwärts zum Handelsposten der Caradocs schickten. Je mehr Meshack lernte, desto wichtiger wurde er für Rufus. Das wusste Meshack sehr wohl und versuchte, mit Rufus einen größeren Anteil an den Gewinnen auszuhandeln, als dieser bereit war zu zahlen. So kam es, dass die beiden eine Partnerschaft eingingen, die mit viel Gezänk verbunden war und deren Bedingungen ständig neu festgelegt werden mussten. Inzwischen horteten beide einen kleinen Schatz an Münzen und Geldscheinen, die ihre Arbeit abwarf.

In Konkurrenz zu Rufus und seinem Apfelwein stellte Meshack Whiskey her. Er hatte sich Rat von Caitlins Vater geholt und hinter seiner Hütte ein großes Feld mit Hirse bepflanzt. Als die Hirse reif war, bat er Sophia um den großen Kupferkessel und versprach, dafür zu bezahlen, sobald er konnte. Er wusste noch, wie die Destille bei den Caradocs ausgesehen hatte, und versuchte, sie aus dem Gedächtnis nachzubauen. Nach einigen Fehlschlägen und ein paar unglücklichen Probeläufen mit Seth, Nott und Rufus als Tester schaffte er es schließlich, aus dem mit Hirse gesüßten Maisbrei einen Whiskey herzustellen, der viel weicher schmeckte als der, den er bei den Caradocs probiert hatte.

Bald kam ein schwunghafter Handel in Gang, weil die Pelzhändler und Jäger und die gelegentlich auftauchenden Führer der Packpferdkolonnen gern etwas anderes trinken wollten als Rufus' starken Apfelschnaps. Manchmal fragte ihn jemand, wer sein Besitzer sei. Dann fixierte Meshack den Fragenden mit starrem Blick und sagte: »Ich gehöre niemandem. Ich bin ein freier Mann. Du würdest keinen Whiskey kriegen, wenn ich nicht frei wäre, klar?«

Meshack war ein großer, kräftiger Mann, der mühelos einen Baum nach dem anderen fällen konnte. Und er hatte einen durchdringenden Blick. Wenn er seinen Whiskey nicht verkaufen wollte, würde er ihn auch nicht verkaufen. Nach und nach hatte er sich den Ruf erworben, ein großer, verrückter, freier Nigger zu sein, der jeden, der ihn mit zu vielen Fragen reizte, packte und in den Fluss warf.

Normalerweise sahen die Leute keinen Grund, sich mit Meshack anzulegen. Jäger und Pelzhändler waren in der Regel keine Grundbesitzer, sodass sie keine Sklaven besaßen. Ihnen war es einerlei, wer ihnen den Whiskey verkaufte. Eines Tages dann war Meshack stolz zu Sophia gegangen, um ihr das Geld für den Kupferkessel zu geben. Er hatte vor sich hin gekichert, als er ihr die Münzen reichte.

Als Meshack beim Brombeerpicknick seinen Whiskey herumreichte, forderte Rufus alle auf, seine neue Partie Apfelschnaps zu probieren. Er prahlte, dass die Pelzhändler seinen Schnaps lieber trinken würden als Meshacks Whiskey, und er erzählte Seth und Nott ausführlich, wie viel Erz er abbaute.

Henri sah zu, wie Kitty barfuß und im geflickten Kleid mit den Pfirsichkrapfen loszog, um sich kopfüber in ein lärmendes Fangspiel mit den anderen zu stürzen. »Sophy«, sagte er, »Kitty wird langsam erwachsen. Sie ist schon ganz schön groß.«

»Ja, stimmt. Ich musste den Saum aus ihren Röcken herauslassen.« Sophia nickte.

Um sie herum packten Caitlin, Venus und Saskia ihre Körbe zusammen und riefen nach ihren Kindern. Sie wollten zurückgehen, bevor es dunkel wurde. Die älteren Kinder mussten die Eimer mit den Beeren tragen, die Erwachsenen schulterten ihre Körbe, und dann wand sich die Prozession hügelabwärts ins Tal.

»Leuchtkäfer!«, riefen die Kinder, drückten dem nächstbesten Erwachsenen ihren Eimer in die Hand und rannten kreischend davon, um die kleinen, glimmenden Lichtpünktchen zu fangen.

»Vergesst nicht, dass ihr jeder einen Teil eines Gedichts lernen müsst, das ihr morgen in der Schule aufsagen sollt«, rief Sophia ihnen nach und hoffte, dass sie sie gehört hatten. Sie hatte mühsam für jedes Kind ein Gedicht mit Sandstein auf einem Stück Schiefer geschrieben, denn nun, da die Ernte eingebracht war und die Kinder nicht mehr auf den

Feldern gebraucht wurden, wollte sie den Schulunterricht wieder aufnehmen.

»Ja, wissen wir«, riefen die Kinder zurück.

Bald nach Kittys Geburt hatte Sophia ihren Plan umgesetzt, eine Schule zu eröffnen. Bis die Kinder groß genug waren, sollte es eine Schule für Erwachsene sein. Zunächst stieß sie mit ihrer Idee nicht auf allzu viel Gegenliebe. Rufus erklärte, er könne lesen und schreiben und rechnen, mehr brauche er nicht. Als das kalte Wetter sie in ihrem zweiten Winter im Tal ans Haus fesselte, unterrichtete sie Saskia, Venus, Meshack, Seth und Nott, sodass sie schließlich einfache Rechenaufgaben lösen, ordentlich schreiben und zumindest ihre Besitzurkunden und in Caitlins Bibel lesen konnten. Die hatte sie sich zu diesem Zweck ausgeliehen, weil weit und breit kein anderer Lesestoff aufzutreiben war.

Die Vorstellung, in der Bibel zu lesen, löste bei den ehemaligen Sklaven wenig Begeisterung aus. Anne de Bouldin hatte sie gezwungen, ihr jeden Sonntag zuzuhören, wenn sie ihnen daraus vorlas, und erklärt, das Alte Testament liefere den schlagenden Beweis, dass Neger kaum besser seien als Tiere und auf der Welt seien, um den Weißen als Sklaven zu dienen. Sophia sagte, es gebe auch andere Geschichten, wie die von Moses und den Israeliten, die das Rote Meer überquerten, um der Sklaverei zu entkommen. Als sie die Flucht der Israeliten mit der Flucht vor Thomas verglich, schaffte sie es, zumindest einen Funken von Interesse zu wecken. Der Teil, wo sich das Rote Meer für die Juden teilte, um gleich darauf ihre ägyptischen Verfolger zu verschlingen, gefiel ihren Schülern. Als aber der Frühling kam, ließ ihnen die Feldarbeit weder Zeit noch Lust, weiterhin lesen zu üben.

Außerhalb der Erntezeit kamen die Kinder jeden Morgen für zwei Stunden zu ihr. Sie beeilte sich mit ihren morgendlichen Verrichtungen, setzte den Brotteig noch vor dem Morgengrauen an. Einige Zeit später unterbrach sie den Unterricht, um den Teig durchzukneten und Laibe zu formen, bevor sie weiterging. Zuerst kam die Rechenstunde. Danach setzte sie sich mit ihren Flick- und Näharbeiten hin und hörte zu, wie die Kinder Bibelverse vorlasen oder aufsagten, die sie auf ihre Schieferplatten geschrieben und auswendig gelernt hatten. Sophia erinnerte sich nur zu gut, welch eine widerspenstige Schülerin sie selbst gewesen war, und wollte den Kindern so viel Bildung mitgeben, wie es unter den Umständen möglich war. Sie war eine strenge Lehrerin und ließ sehr zum Leidwesen der Kinder keine Fehler durchgehen. Wer falsch rechnete, musste zusätzliche Aufgaben machen. Und wer zu faul war, ein Gedicht oder einen Bibelvers zu lernen und richtig aufzusagen, musste Gedicht oder Vers zehnmal auf seine Schiefertafel schreiben. Diese Strafarbeit war den Kindern besonders verhasst. Sie murrten und jammerten und stampften wütend mit dem Fuß auf. Sophia jedoch blieb so hart wie ihre alte Gouvernante damals, die Sophias Wutanfälle ungerührt über sich ergehen ließ. So lernten die Kinder allmählich, dass es besser war, ihre Aufgaben gleich beim ersten Mal gewissenhaft zu erledigen.

Anfangs saßen Cully, Toby und Jack an einem Ende des langen Holztisches, der als »Esstisch« bezeichnet wurde, weil es neben dem Brotofen noch den »Kochtisch« gab. Später waren sie zu alt, um mit den kleineren Kindern gemeinsam zu lernen. Malinda bestand immer darauf, neben Jack zu sitzen. Notfalls stieß sie Cully oder Toby mit dem Ellbogen weg. Jack schien Malinda verstehen zu können, obwohl sie nie auch nur ein einziges Wort sagte. Die beiden führten lange Gespräche, die nur aus flinken Gesten und Blicken bestanden. Er war ihr Sprachrohr, weil er verstand, wenn sie eine Frage oder einen Gedanken hatte, den sie in Worte gefasst haben wollte. So konnte er Sophia sagen, was Malinda meinte. Sie lernte schnell, und Sophia konnte an ihrem Blick erkennen, ob sie etwas begriffen hatte oder nicht. Es kam selten vor, dass sie ihr etwas zweimal erklären musste.

Kitty, Rhiannon und Susan saßen nebeneinander an einer Seite des Tisches und flüsterten und kicherten. Susan hatte immer ein wachsames Auge auf ihre Halbschwestern Patsy, Polly und Pearlie. Die beiden jüngsten Schwestern gingen noch nicht zur Schule. Die kleine Pen tapste hinter Venus her, und Peach, ein wohlgenährter Säugling, lag noch in der Wiege.

Susan kommandierte gern herum und sorgte dafür, dass ihre kleinen Schwestern nicht vergaßen, wer das Sagen hatte. Im Unterricht ermahnte sie sie ständig: »Patsy, sitz still. Nein, du musst den Schreibstein so halten. Polly, du sollst Patsy nicht treten. Nein, Pearlie, du hast genug getrunken, lass den Wassereimer in Ruhe. Patsy, hör auf damit, sonst setzt es was!« Dabei hörte sie sich wie ihre Mutter an. Für eine Elfjährige war sie jedoch sehr verantwortungsbewusst. Man konnte sich immer darauf verlassen, dass sie auf die Kleinen achtgab, damit sie nicht in die Giftsumachsträucher liefen, in den Fluss fielen, giftige Beeren aßen oder von Rufus' Gänsen gescheucht wurden.

Wesentlich gelassener kümmerte sich Rhiannon Vann um ihre kleinen Brüder – den sechsjährigen Bryn und den fünfjährigen Cadfael – und half ihnen bei ihren Rechenaufgaben. Alle drei Vann-Kinder glichen Gideon mit seinen dunklen Haaren, den dunklen Augenbrauen und seinem zurückhaltenden Wesen. Rhiannon war ein ziemlich ernstes Kind. Bryn war der lebhafteste der drei, und Cadfael hatte das sonnige Gemüt seiner Mutter geerbt. Er war immer bereit, geduldig mit Charlotte zu spielen, die ihn vergötterte.

Francis und Georgie de Marechal waren ein wenig jünger als die Söhne der Vanns und wesentlich wilder. Sophia hatte sie davon überzeugt, dass die Schule sie in Windeseile so erwachsen machen würde wie Jack. Ihn verehrten sie wie einen Helden, weil er ihnen Steinschleudern bastelte und sie mit seinem Taschenmesser Stöcke schnitzen ließ, wenn Sophia nicht hinsah. Sie saßen ihrer großen Schwester Kitty gegenüber, am entgegengesetzten Ende von den älteren Jungen und Malinda. Sie zappelten mit den Beinen und traten sich gegenseitig unter dem Tisch, während sich ihre Mutter Lernspiele ausdachte, um ihre Aufmerksamkeit zu fesseln.

Charlotte war noch zu klein für den Unterricht. Sie war ein Kobold mit seidigem weißblonden Haar und blaugrünen Augen, die umhertapste und auf allem herumkaute, was sie in die Finger bekam. Sie konnte erstaunlich behände klettern. Lautes Krachen war an der Tagesordnung, gefolgt von durchdringendem Geheul, wenn sie ein Möbelstück erklommen hatte und heruntergefallen war. Der Unterricht musste immer wieder unterbrochen werden, weil Charlotte sich gerade eine Handvoll Brotteig in den Mund stopfte, der in einer Schüssel aufgehen sollte, oder an einem Schuh nagte.

Charlotte scheint so viel lebhafter und frecher zu sein als ihre Geschwister, dachte Sophia oft erschöpft, wenn sie das Kind wieder einmal im letzten Moment rettete. Charlotte legte ihr dann die Hand an die Wange und gurrte: »Mutter, bin unaaartig.« Und Sophia schmolz dahin.

Verglichen mit ihrer Schwester und den beiden Brüdern, die alle drei braune Haare und braune Augen hatten, war die blonde Charlotte ein Wechselbalg. Henri erzählte den anderen, die französischen Feen hätten sie von weither mitgebracht, dort, wo Papas Zuhause sei. Sie stamme von einem wunderschönen Schloss, das tief im Wald versteckt liege. Dort gebe es Einhörner und Ritter mit magischen Schwertern und Prinzessinnen, die in Türmen schliefen, genau wie in den Märchen, die ihre Mutter ihnen erzählte.

»Ich will Einhörner sehen, Papa!«, bettelte Kitty jedes Mal, wenn er davon erzählte. »Warum gibt es in unserem Wald keine Einhörner?«

»Einhörner sind Zauberwesen. Sie sind sehr schön und können nur in Frankreich leben. In Virginia würden die Menschen nicht begreifen, wofür Einhörner da sind. Sie würden Schinken daraus machen.«

Neben der Hausarbeit und der Arbeit im Küchengarten gab sich Sophia alle Mühe, den Kindern eine Schulbildung angedeihen zu lassen. Als Unterrichtsmaterial dienten ihr das Gebetbuch, Verse aus Caitlins Bibel, ein alter Almanach, den sie in der Scheune gefunden und der offenbar Mr Barker gehört hatte, und das, was sie von ihren eigenen Geografiestunden in Erinnerung hatte. Sie erzählte den Kindern Märchen, griechische und römische Sagen und was sie von der Geschichte Englands noch wusste: die Rosenkriege, die Tudors und der Bürgerkrieg und die Enthauptung von Maria Stuart – eine blutrünstige Schauergeschichte, die die Kinder hinreißend fanden.

Sie hatte versucht, den älteren Jungen Latein beizubringen. Da sie sich aber nicht mehr an die zweite Deklination erinnern konnte, gab sie es schließlich zur großen Erleichterung ihrer Schüler auf. Henri zeigte keinerlei Interesse an einem regelmäßigen Unterricht für die Kinder. Ab und zu brachte er Kitty ein paar Worte Französisch bei, doch wenn das Wetter schlecht war und er nach einer Ausrede suchte, im Haus zu bleiben, stellte er fest, dass er sich noch an die Fabeln von La Fontaine erinnerte, die er als Kind gehört hatte.

»Kennt ihr die Geschichte vom Fuchs und den Trauben? Oder vom Tod und dem Holzfäller?«, fragte er die Kinder dann und spielte sie ihnen in einer Mischung aus Französisch und Englisch vor. Auf diese Weise eigneten sie sich einen kleinen französischen Wortschatz an, wenn auch keine Grammatik. Sophia brachte ihnen ein paar englische Balladen bei, an die sie sich erinnerte.

Weihnachten sangen sie die Lieder, die sie an ihrem ersten trostlosen Weihnachten gesungen hatten. Wenn Caitlins Vater oder ihre Onkel den Handelsposten besuchten, fiedelten sie zu Caitlins Kirchenliedern oder spielten den Kindern das lebhafte »Blow, Ye Winds, Blow« vor. Beim Refrain stampften sie alle begeistert mit den Füßen. Sophia nahm sich vor, den Mädchen zu zeigen, wie man Wildblumen malte, vorausgesetzt, sie konnte irgendwo Papier und Farben bekommen. Sie beschloss, Italienisch nicht mit auf ihren Lehrplan zu setzen, weil sie sich daran nur noch vage erinnerte.

Wenn ihr überhaupt nichts mehr einfallen wollte, erzählte sie den Kindern von ihrer Einführung am Hof des Königs. Es war nicht einfach, den Pomp und die Zeremonien zu schildern, die ihnen vollkommen fremd waren. Das blau-silberne Ballkleid hatte sie schon längst nicht mehr. Es war schon recht früh ein Opfer der Wildnis geworden, als irgendein kleines Tier die Holztruhe durchnagte, das Kleid und die silbernen Fäden zerfetzte und daraus ein Nest baute.

Aber sie beschrieb die ausladenden Kleider der Damen, die funkelnden Juwelen, die Elfenbeinfächer mit ihren zarten Bildern und die Schwerter und Hüte der Herren. Sie erzählte ihnen, wie sie einen tiefen Knicks vor Prinzessin Amelia auf ihrem Thron gemacht hatte. Und sie ahmte König George nach, den mürrischen kleinen Mann mit deutschem Akzent, den sie nicht hatte verstehen können. »Boesie? Boeten?«, rief Sophia empört und runzelte die Stirn. »Und schreiben Sie auch Boesie, Miss Grafton?«, fragte sie die entzückte Charlotte mit gespieltem Ärger.

»Neeeein!«, kicherte Charlotte und schüttelte den Kopf.

»Und mein Rock war so breit.« Sophia streckte die Arme aus. »Und so schwer, dass man damit einen Mann hätte umwerfen können. Die Damen mussten seitwärts durch die Türen gehen«, erklärte sie und zeigte den Kindern, wie. Die älteren Jungen hatten diese Geschichte schon zu oft gehört und fanden sie nicht mehr amüsant. Die Mädchen und die jüngeren Kinder jedoch konnten nicht genug davon bekommen. Immer wieder musste Sophia ihnen zeigen, wie sie drei Knickse gemacht und sich dann rückwärts vom König entfernt hatte, wobei ihr fast die Beine den Dienst versagten, weil das Kleid so schwer und die ständige Knickserei so anstrengend war.

Eine Zeit lang gingen Kitty, Rhiannon und Susan nur noch seitwärts durch die Türen und kicherten und kreischten dabei: »Oh, là, là, mein Kleid! Sieh nur, es hat ihn umgeworfen!« Es dauerte nicht lange, bis Patsy, Polly und Pearlie sie nachmachten und Venus sie ärgerlich fragte, warum sie nicht vernünftig durch die Türen gehen konnten.

Von dem Bourdalou sage ich lieber nichts, dachte Sophia.

KAPITEL 27

NEUIGKEITEN

1767

Obwohl sie schon so lange auf Wildwood lebten, wuchsen die Kinder der de Marechals in dem Glauben auf, dass »Heimat« anderswo war. Ob »Heimat« nun Frankreich oder England bedeutete, hing davon ab, ob sie mit ihrer Mutter oder ihrem Vater redeten. Als sie klein waren, hatten sie gelernt, dass es an weit entfernten Orten namens England und Frankreich himmlische Wesen gab, die man Könige und Königinnen nannte. Diese Orte schienen eine Ähnlichkeit mit Gideons Land der Dämmerung und mit dem Himmel zu haben, von dem Caitlin ihnen berichtet hatte.

Dank Henris Erzählungen malte sich Kitty Frankreich als ein märchenhaftes Land mit ausgedehnten Wäldern, Einhörnern und Schlössern aus. In ihrer Vorstellung war es unweigerlich mit Klosterschulen und einem französischen Ehemann verbunden. Jeder an diesem magischen

Ort sprach die Sprache, die ihr Vater ihr einzutrichtern versuchte. Diese Sprache war der geheime Schlüssel zu seinem Zauberland.

Einerseits klang das interessant und sie betete ihren Vater an. Also gab sie sich alle Mühe, die seltsam klingenden Worte zu lernen. Andererseits sagte er, dass sie Rhiannon, Susan und Cully zurücklassen und über den Ozean segeln musste, um dort zu leben. Und der Gedanke gefiel ihr überhaupt nicht.

»Papa sagt immer, ich bin Französin und werde eines Tages in Frankreich leben. Aber ich will nicht weg von hier«, flüsterte sie ihrer Mutter zu. »Muss ich nach Frankreich? Ich würde lieber hierbleiben, Mutter.«

»An deiner Stelle würde ich mir keine Sorgen machen, Liebling«, beruhigte Sophia sie.

Sophia, die mehr Zeit mit den Kindern verbrachte als Henri, gab sich besonders viel Mühe, die Idee von England als Heimatland in den Köpfen der Kinder zu verankern. Sie beschrieb London, die Lustgärten, die Kutschen, die Theater, Cheapside, die königlichen Paläste und das Anwesen der Graftons in Sussex, die Gärten, die Dorfschule und ihre Schüler, die Molkerei, die Schafe und die Umrisse des Long Man. Sie erzählte ihnen die Geschichten von Hugh de Graftonne und Wilhelm dem Eroberer, von Robin Hood und König Arthur und seinen Rittern der Tafelrunde.

Sie erzählte ihnen von Lady Burnham und ließ Susan, Kitty, Rhiannon und Malinda Mustertücher nähen, auf die sie die Worte »Die Pflicht an erster Stelle«, ihren Namen und ihrer Alter sticken mussten. Kittys Tuch war am schlimmsten von allen, weil sie Nadelarbeiten hasste und es immer schaffte, sich davor zu drücken, wenn sie sich bei ihrem Vater beschwerte. Wenn Sophia darauf bestand, dass sie noch einmal von vorn anfing, heulte Kitty entsetzt auf.

Sophia fiel es immer schwerer, sich neue Dinge auszudenken, die sie den Kindern beibringen konnte. Nach und nach hatte sie eine bunte Sammlung von Lesestoff angehäuft, die ihr die Caradocs und die Vanns beschafft hatten. An den Handelsposten tauschten die Reisenden alles ein, was sie entbehren konnten, um ihre Vorräte aufzufüllen. Gelegentlich war auch ein Buch darunter. Oder der Teil eines Buches.

So war Sophia an ein Buch mit Predigten gekommen, in dem einige Seiten fehlten, an einen Teil eines Romans mit dem Titel *Ränkespiel der Liebe* und an ein erbauliches Werk, in dem es darum ging, wie sich heimliche Eheschließungen verhindern ließen. Nur die ersten Seiten waren herausgetrennt worden, was darauf hindeutete, dass der Vorbesitzer es nicht sonderlich spannend gefunden hatte. Auch die Kinder fanden es alles andere als interessant. Und Sophia gab den Versuch bald auf, sie daraus lesen zu lassen. Dann fielen ihr die ersten zwanzig Seiten von einem Buch namens *Der Garten des Cyrus* von Sir Thomas Browne in die Hände. Zunächst hatte sie befürchtet, dass es sich um eine schlüpfrige Liebesgeschichte handelte. Stattdessen erwies es sich als eine schwer verständliche Abhandlung über Kunst und Natur.

Von allen Siedlern war es Gideon, der ihr das meiste Lesematerial beschaffte. Er hatte bei seinem Vater, einem schottischen Trapper, lesen gelernt. Nachdem sein Vater in die Wildnis gezogen war, hatte ihm seine Mutter eingeschärft, dass es sich lohne, den Zauber zu kennen, mit dem die Weißen Papier sprechen ließen. Er hatte großen Respekt für Bücher und zeigte Sophia eines, das er von Caitlins Vater bekommen hatte. Eine Gruppe von Chickasaws hatte es bei den Caradocs eingetauscht, als Caitlin noch ein Kind war. Es sah kostbar aus mit seinem goldgeprägten Ledereinband und dem goldenen Kreuz darauf. Caitlins Vater hatte angenommen, dass es sich um eine Bibel handelte, und hatte es gegen einige Decken und Whiskey eingetauscht. Später entdeckte er, dass die Pergamentseiten des Buches braune Flecken aufwiesen und dass es auf Spanisch geschrieben war, allerdings in einer ordentlichen, klaren und lesbaren Handschrift.

Enttäuscht hatte er es Gideon gegeben. Im Gegensatz zu Caitlins Vater wollte Gideon unbedingt wissen, was in dem Buch stand. Im darauffolgenden Jahr kam ein Sklavenfänger aus Florida zum Handelsposten. Er hatte einen entlaufenen Sklaven dabei, den er bei den Spaniern erwischt hatte. Er wollte ihn in Savannah zu seinem Besitzer zurückbringen. Die Caradoc-Brüder hielten ihn vierzehn Tage lang bei sich fest, da er Whiskey und Karten liebte und reichlich Geld für beides hatte.

Derweil war der Sklave in der Scheune angekettet. Als Dank dafür, dass er ihm ein bisschen Spanisch beibrachte, sägte Gideon seine Ketten durch und der Sklave entkam ein weiteres Mal. Als der Sklavenfänger sich so weit erholt hatte, dass er die Verfolgung aufnehmen konnte, war der Sklave auf und davon. Gideon konnte nun genug Spanisch lesen, um festzustellen, dass das Buch sehr alt war und die Dinge beschrieb, die er kannte: das Tal, den Fluss und den flachen Felsen, der wie der Kopf eines Mannes geformt war. Das erschien ihm wie eine Art Omen. Wenn er abends Zeit hatte, übersetzte Gideon mühsam ein, zwei Abschnitte.

Sophia ließ die Kinder abwechselnd laut vorlesen, weil sie davon ausging, dass sie dadurch ihren Wortschatz vergrößerten und ihre Kenntnis der Grammatik vertieften. Allerdings fanden die Kinder die Bücher entsetzlich langweilig. Dann entdeckte sie, dass der nützlichste Lesestoff aus alten Zeitungen stammte. Manchmal bekamen die

Caradocs von vorbeifahrenden Reisenden einen Teil einer Zeitung, meist zerknüllte oder zerrissene Seiten aus der *Virginia Gazette* oder dem *Bostoner News-Letter*. Für gewöhnlich wickelten die Caradocs Zuckerhüte und andere Waren darin ein, und Caitlin gewöhnte sich an, sie für Sophia aufzuheben. Sie waren Monate oder sogar Jahre alt. Die Nachrichten kamen demzufolge nicht in chronologischer Reihenfolge bei den Siedlern an, oder sie konnten eine Geschichte oder einen Artikel nicht zu Ende lesen, weil der Rest der Seite fehlte. Trotz allem schätzten sie diese Zeitungsfetzen sehr. Sie hielten sie in gewisser Weise über Ereignisse in der Welt jenseits ihres Tales auf dem Laufenden, wenngleich in recht eingeschränktem Maße.

Die Kinder mussten abwechselnd daraus vorlesen. Dabei ließen sie nichts aus: Angaben zu ankommenden und auslaufenden Schiffen, Nachrichten über die Anlieferung von Warensendungen, Anzeigen, in denen die Dienste kürzlich aus England eingetroffener Putzmacherinnen angeboten wurden, oder in denen Ärzte die Behandlung jedweder Krankheit versprachen. Die Nachrichten aus Boston und New York, Auszüge aus der *London Chronicle* und Nachrichten aus Europa waren für die Kinder allemal interessanter als Sophias altes Gebetbuch. Zuerst wollte Sophia nicht, dass die Kinder über Verbrechen lasen oder Anzeigen wegen entlaufener Sklaven oder Schuldknechte zu Gesicht bekamen. Auch die Artikel über Auspeitschungen oder Strafen und Belohnungen sollten sie nicht sehen, wenn entlaufene Sklaven gefangen genommen wurden, aber Saskia war damit nicht einverstanden.

»Sie müssen wissen, was vor sich geht«, hielt sie dagegen. »Sicher, diese Dinge passieren nicht hier, aber anderswo schon. Sie müssen darüber Bescheid wissen. Wie sollen sie sonst die Augen nach Patrouillen aufhalten? Wie soll ihnen klar sein, dass sie frei sind und keine Sklaven mehr? Wie sollen sie ihre Freilassungspapiere lesen und sich verteidigen?«

Also lasen die Kinder alles, was in den Zeitungen stand, auch Berichte über Hinrichtungen und die letzten Worte der Verurteilten.

Sophia hörte ihnen zu und erfuhr auf diese Weise, was in der Welt jenseits des Tales vor sich ging.

1762 las Jack einen Artikel vor, in dem stand, dass der mürrische alte König, Georg II., 1760 gestorben sei und die Krönung seines Enkels, der nun Georg III. hieß, und seiner Braut, Prinzessin Charlotte von Mecklenburg-Strelitz, im September 1761 in der Westminster Abbey stattgefunden habe. Sophia ließ die Kinder aufstehen und »God save the King« rufen.

Zwei Jahre später faltete Susan eine alte Zeitung auf und las vor:

> *»De Bouldin, Thomas, Bürger, von der Plantage mit Namen Bouldin Hundreds, Amelia County, ist am Freitag, dem zehnten dieses Monats, einem Schlaganfall erlegen, als er an der Sitzung der Generalversammlung in Williamsburg teilnahm. Geboren bei Hove in Sussex, England, 28. November 1698. Da seine Frau vor Kurzem verstorben ist und er keine Verwandten hat, wurde er bei der Kirche von Bruton Parish begraben.«*
>
> *»ZU VERKAUFEN: Öffentliche Auktion im Wohnhaus des verstorbenen Thomas de Bouldin, zuletzt wohnhaft Bouldin Hundreds Plantage in Amelia County, am Freitag, dem 16. Juli. Abzugeben an den*

Meistbietenden ist das gesamte Grundstück, das Wohnhaus, alle Haushaltswaren und Bücher, außerdem Pferde, Kühe und Neger. Sechs Monate Zahlungsaufschub gegen Sicherheit. Personen, die irgendwelche Forderungen gegen den genannten Nachlass haben, sind verpflichtet, sie am Tag des Verkaufs bekannt zu geben.«

Susan erschrak, als Sophia plötzlich rief: »Von wann ist denn diese Zeitung?«

»Von 1755«, sagte Susan nach einem Moment. Sie zählte mit den Fingern nach. »Als Mama und Seth mit dir weggelaufen sind.«

Sophia verschlug es den Atem. Thomas war also seit zwölf Jahren tot!

Später las Sophia die Todesanzeige immer wieder. Die ständige Furcht, dass Thomas und seine Gefolgsleute eines Tages auftauchen könnten, hatte sie all die Jahre begleitet, und nun war die Erleichterung überwältigend. Sie eilte zu Venus und Saskia.

»Dem Himmel sei Dank!«, sagte Saskia. »Susan hat es mir gesagt.«

»Ich habe es dir gesagt«, warf Venus ein. »Das wusste ich schon vor langer Zeit, als Susan noch klein war und mit Cully gespielt hat. Da habe ich es gesehen. Hab ich dir doch erzählt.«

Einige Monate später las Susan aus einem anderen Blatt vor:

»KÜRZLICH ENTDECKT. Der Bericht eines schändlichen Verbrechens erreicht uns von der Plantage des kürzlich verstorbenen

Thomas de Bouldin. Haus und Nebengebäude sind bis auf die Grundmauern abgebrannt, mitsamt allem, was darin war. Die Sklaven und das Vieh sind verschwunden. Die verbrannten Überreste von zwei Leichen wurden in den Ruinen des Hauses entdeckt. Ob es sich um die Leichen des Aufsehers oder einer englischen Dame handelt, die Thomas de Bouldins Mündel war, ist ungewiss. Es gibt Grund zu der Annahme, dass die Sklaven ein schweres Verbrechen begangen haben. Man vermutet, dass sie frei herumlaufen oder in die Sümpfe gegangen sind. Jeder, der Näheres weiß oder dem Sheriff alle oder einen der Sklaven überbringt, kann entsprechend dem Dienst, den er damit der Kolonie Virginia erweist, mit einer sofortigen HOHEN BELOHNUNG rechnen … Die Namen der Sklaven sind …«

Hier war das Blatt abgerissen.

»Mutter?«, fragte Kitty. Sophia sah, dass alle Kinder sie mit großen Augen anstarrten. »Bist du krank? Du siehst so seltsam aus.«

»Es ist nichts, Kitty. Wirklich nicht.« Sie dachten, sie sei tot. Es war beunruhigend, für tot gehalten zu werden. Sie entließ die Kinder früher als sonst aus dem Unterricht. »Raus mit euch«, sagte sie. »Für heute habt ihr genug gelernt. Und das Gemüse jätet sich nicht von selbst.«

»Charlotte, nimm Mutter in den Arm.« Charlotte sprang in Sophias Arme. Sophia tanzte mit ihr durchs Zimmer und fühlte sich sofort besser. Sie hatte Charlotte. Alles andere war nicht so wichtig.

Sophia hing an allen vier Kindern, aber Kitty, die ihrem Vater sehr ähnelte, war Henris Liebling, und ansonsten lief sie Cully und den anderen Jungen hinterher. Auch den Söhnen Francis und Georgie widmete er besondere Aufmerksamkeit. Henri war nie liebenswürdiger, als wenn er seine drei ältesten Kinder um sich hatte. Sie waren geradezu vernarrt in ihn. Sophia sagte, er sei wie der Rattenfänger: Die drei folgten ihm auf Schritt und Tritt, wann immer sie konnten. Selbst der kleine Georgie mit seinen kurzen, dicken Beinchen gab sich alle Mühe mitzuhalten, bis Henri ihn hochhob und auf seine Schultern setzte.

Und so gehörte Charlotte ihr allein. Sie spielte Verstecken in den Wäschebergen, die darauf warteten, ausgekocht zu werden, und kreischte vor Lachen, wenn sie gefunden wurde. »Schoß«, verlangte sie und reckte die Arme, sobald Sophia sich hinsetzte. »Eine Geschichte.« Oder »Singen!« Charlotte liebte Kinderreime und -lieder, und so legte Sophia ihre Näharbeit beiseite und sang ihr Wiegenlieder und Kirchenlieder vor.

Bei all dem Unfug, den sie im Sinn hatte, war Charlotte dennoch ein sonniges und liebevolles Kind. Sophia nahm sie auf die Hüfte, wenn sie die Hühner füttern und Eier einsammeln ging. Sie leistete ihr Gesellschaft in der Küche. Charlotte liebte ihre Mutter über alles. Jeden Morgen, wenn Sophia sie weckte, reckte sie ihr die Arme entgegen und krähte vor Vergnügen. Wenn Susan oder Rhiannon oder Kitty sie auf den Arm nahmen, gab sie ihnen einen Kuss. Sie sah fasziniert zu, wenn die Jungen mit den Kreiseln spielten, die Meshack ihnen gemacht hatte. Am liebsten hatte sie jedoch die Hühner, die eifrig gackernd angelaufen kamen, wenn sie sie sahen. Bald war es Charlottes Aufgabe, sie jeden Morgen und jeden Abend zu füttern. »Oh, meine

Hühner! Oh, meine kleinen Hühner«, rief sie glücklich, während sie um sie herumpickten.

Trotz dieser seligen Momente mit ihrem Lieblingskind verspürte Sophia ein wachsendes Unbehagen, als würde sich ein Sommergewitter über dem Tal zusammenbrauen. Sie versuchte, das ungute Gefühl zu zerstreuen und sich an dem zu freuen, was sie hatte. Thierry war zwar nach Frankreich aufgebrochen, doch Henri hatte es nicht geschafft, ihm mit Kitty zu folgen. Sie mussten zwar hart arbeiten, doch sie hatten reichlich zu essen und ihre Kinder waren gesund. Im vergangenen Sommer hatten sie eine angstvolle Zeit durchlebt, als alle Kinder Scharlach bekamen. Vermutlich hatten sie sich bei einigen Reisenden angesteckt, die mit ihrem Floß am Handelsposten haltgemacht hatten. Kaum waren sie wieder verschwunden, klagten die Kinder über heftige Halsschmerzen. Eines nach dem anderen bekam so hohes Fieber, dass die Mütter Nacht für Nacht bei ihnen saßen, ihnen die Stirn kühlten und beteten, dass sie überleben würden.

Dennoch ließ sich die unbestimmte Sorge nicht einfach wegwischen. Ihre Angst kreiste um Charlotte. Tagsüber ermahnte sie sich, damit aufzuhören. Charlotte war gesund und fröhlich wie eine kleine Lerche. Aber wenn Sophia nachts aufwachte, gingen ihr immer wieder dieselben Gedanken durch den Kopf, und sie malte sich aus, was dem Kind alles zustoßen könnte. Bei jeder Kleinigkeit brach sie in Tränen aus. Es dauerte eine Weile, bis sie sich eingestand, dass sie diese ängstliche Besorgnis nur zu gut kannte. So war es bei ihr immer in den ersten Wochen einer Schwangerschaft gewesen. Schließlich konnte sie die Wahrheit nicht länger leugnen. Sie war nicht verrückt, sondern wieder schwanger. Es erschreckte sie, dass sie sich von

Herzen wünschte, sie wäre es nicht. Von Charlottes Geburt hatte sie sich immer noch nicht ganz erholt. Seitdem hatte sie das Gefühl, als stimme etwas in ihrem Inneren nicht ganz. Was würde passieren, wenn sie so bald das nächste Kind bekam? Der Gedanke, Charlotte mutterlos zurückzulassen, quälte sie. Hinzu kam eine wachsende Bedrohung durch die Indianer.

In den Jahren nach der Masernepidemie hatten die Indianer aus Furcht vor der Krankheit der Weißen den Frog Mountain und den Bereich gemieden, den die Siedler und sogar die Flussleute und die Jäger inzwischen das Bowjay Valley nannten. Aber jenseits des Tales wimmelte es vor Indianern. Einige von ihnen verkauften Pelze und Salz an den Handelsposten, die am Fluss entstanden waren, und ihren Mais brachten sie zur Mühle der Caradocs. Die Beziehung zu den Indianern war jedoch zunehmend angespannt. Caitlins Onkel und Floßleute, die bei den Vanns haltmachten, berichteten von schrecklichen Überfällen auf Höfe in nördlicher und östlicher Richtung. Siedler wurden getötet oder verschleppt, ihre Hütten und Scheunen niedergebrannt. Die Indianer hatten ein Fort am Fluss überrannt und alle Soldaten und Siedler niedergemetzelt, die dort Schutz gesucht hatten.

Caitlin erzählte, Gideon habe Indianer getroffen, die jetzt in ihre ursprünglichen Stammesgebiete zurückkehrten. Sie seien wütend, weil Jäger immer mehr Wild töteten und die Siedler immer mehr Land einzäunten. Eine Gruppe von Cherokee von einem der anderen Clans, zu der auch Frauen und kleine Kinder gehörten, war zum Handelsposten der Vanns gekommen. Caitlin hatte den Frauen Decken und Kochtöpfe gezeigt, während ihre Männer einen Stapel von Hirschleder entluden. Gideon begrüßte sie und fragte, wohin sie zögen und ob sie auf der Jagd oder im Krieg seien. Die Männer erklärten, sie würden den Büffeln folgen, da sie Felle für den Winter in ihrem neuen Dorf bräuchten. Sie bewunderten die eisernen Töpfe und Pflüge, die Rufus und Meshack hergestellt hatten, und versprachen, mit Hirsch- und Biberfellen zurückzukehren, um sie gegen Äxte, Schießpulver und Maismehl einzutauschen.

Gideon fand bald heraus, dass diese Cherokee aus dem Osten gekommen waren – zwei Täler jenseits des Tals mit dem verlassenen Maisfeld, das Thierry während des Hungerwinters gefunden hatte. Während des ersten Neumondfestes machte Gideon sich auf den Weg, um mehr zu erfahren. Er fand frisch gerodete Lichtungen mit Häusern aus jungen Baumstämmen, Schlamm und Rinde und einem Versammlungshaus. Er wusste, dass sie nach dem Fest ihre Felder bestellen würden. Wie er erwartet hatte, tauchten bald Krieger in ihren alten Jagdgründen im Bowjay Valley auf und suchten die Büffel, die es schon seit einiger Zeit nicht mehr gab, die Bären auf dem Frog Mountain, die Hirsche, die zu den Salzwiesen jenseits von Rufus' Hof zogen, und die reichen Fischbestände im Fluss. Er hatte gesehen, wie sie von den Siedlern unentdeckt in den am weitesten entfernt gelegenen, neu bestellten Feldern der Siedler jagten, wo früher Wald gestanden hatte, und wie sie ihre Fischernetze im Fluss auswarfen.

Sie kamen auch wegen des Salzes. Wie die Siedler kochten sie das Wasser aus einer salzigen Quelle auf und ließen es verdunsten. So machte Caitlin es auch und verkaufte dieses Salz am Handelsposten. Jeder brauchte Salz. Rufus beharrte darauf, dass die Salzwiesen ihm gehörten, aber Caitlin sagte nur freundlich: »Ach, Rufus, du kannst doch das ganze Salz nicht allein aufbrauchen.« Keiner der anderen Siedler nahm Notiz von Rufus' wütendem Protest.

Gideon wusste, dass Rufus' Besitzansprüche Ärger bedeuteten. Die Siedler dachten, das Land gehöre ihnen. Für die Indianer hingegen war das Land eben das Land. Er dachte angestrengt nach, wie sich Feindseligkeiten vermeiden ließen, doch er lebte schon so lange von seinen eigenen Leuten getrennt, dass er spürte, wie die Gabe des Wissens ihm entglitt. Er betrachtete seine Kinder und fragte sich, ob irgendeine seiner Gaben in ihnen weiterleben würde. Manchmal dachte er, Rhiannon habe einige geerbt, aber sie war noch jung und er konnte nicht sicher sein. Allerdings wusste er, dass weitere Schwierigkeiten drohten, falls sie diese besonderen Fähigkeiten geerbt hatte. Schwierigkeiten mit Caitlin.

Kapitel 28

Stürme im Tal

1768

Obwohl alle drei Kinder Gideon ähnlich sahen, stand Rhiannon ihm von ihrem Wesen her am nächsten. Cadfael und Bryn waren fröhliche, übermütige Burschen, die Caitlin »meine Spätzchen« nannte, bis sie sagten, sie seien zu alt dafür. Gideon wusste, dass seine Söhne niemals all das lernen würden, was ein Krieger lernen musste. Bei den Cherokee war es nicht der Vater, der die Jungen lehrte, Männer und Krieger zu sein, sondern diese Aufgabe übernahmen die Brüder der Mutter. Die einzigen männlichen Verwandten, die Bryn und Cadfael hatten und die bei ihrer Erziehung hätten helfen könnten, waren Caitlins Vater und Onkel. Sie brachten ihnen alles über die Getreidemühle und den Handelsposten bei und sie hätten, wenn Gideon nicht eingeschritten wäre, die Jungen auch in die Whiskeyherstellung eingewiesen. Rhiannon dagegen war ein ernstes Kind, das bisweilen lange schweigend über etwas nachdachte, anders als ihre Freundinnen Susan und die kecke Kitty.

Caitlin fand, dass Rhiannons Ernsthaftigkeit nicht zu einer Zwölfjährigen passe. Gideon wusste jedoch, dass sie schwieg, weil sie versuchte, die Dinge so zu hören und zu verstehen, wie die Indianer es taten. Er erzählte ihr, es brauche Zeit, das zu lernen, und war überrascht, zugleich aber auch erfreut, dass das Blut der Cherokee in seiner Tochter so stark war.

Rhiannon bestand darauf, dass man sie Singender Wind rief, wie sie bei den Cherokee hieß. Das ärgerte Caitlin, die sich weigerte, ihre Tochter anders als Rhiannon zu nennen. Sie konnte jedoch nicht leugnen, dass Rhiannon sich änderte, und trauerte um das Kind, das sie einmal gewesen war. Sie war nicht mehr das kleine Mädchen, das hingerissen zuhörte, wenn Caitlin ihr walisische Märchen erzählte oder sie lehrte, zweistimmige Kirchenlieder zu singen, während sie Pudding anrührten und Brotteig kneteten oder Rosinen für *bara brith* sortierten. Inzwischen ging sie lieber hinaus auf die Felder, als mit der Mutter in der Küche zu stehen. Sie erzählte Caitlin, dass es bei den Cherokee die Frauen, nicht die Männer seien, die auf den Feldern arbeiteten.

Caitlin machte es wütend, dass Gideon Rhiannon in ihrem seltsamen Verhalten unterstützte, aber Gideon wusste, dass nicht er sie dazu ermunterte, sondern seine Tochter selbst, die sein musste, wie sie eben war. Wenn sie einen Lehrmeister brauchte, würde er ihr beibringen, was er wusste. Er würde rechtzeitig wissen, ob sie eine wahre Gabe hatte oder einfach nur gehorsam war. Manchmal war sie wie alle jungen Mädchen und kicherte mit ihren Freundinnen. Mehr und mehr hatte er jedoch das Gefühl, Rhiannon sei anders. Sie sah die Welt so, wie er es tat.

Er unternahm lange Spaziergänge mit ihr, lehrte sie die Sprache der Cherokee und zeigte ihr, wie man alles um sich herum beobachtete. Er erzählte ihr, dass ihre Großmutter in der Lage gewesen sei, Träume zu deuten, und eine angesehene, geliebte Frau des Wolf-Clans – der Beschützer des Volkes – sei, dass ein Kind dem Clan seiner Mutter angehöre und bei den Cherokee die Treue zum Clan über allem stehe.

Rhiannon prägte sich die Namen der sieben Clans ein: Wolf, Long Hair, Blue, Paint, Deer, Wild Potato und Bird. Als sie ihn fragte, zu welchem Clan sie gehöre, schmerzte es ihn, ihr sagen zu müssen, dass sie keinem Clan angehöre, weil Caitlin keinen Clan habe.

Er erzählte ihr vom Land der Dämmerung, wie die Geister ihren Clan anflehten, sie zu rächen, dass ein Clanmitglied dazu verpflichtet sei, Rache zu üben, indem er den Täter oder jemanden aus seiner Familie tötete.

Rhiannon hörte aufmerksam zu, während ihr Vater von der oberen Welt und ihrer Verbindung mit dem Feuer erzählte, von der unteren Welt, die mit dem Wasser verbunden war, und der mittleren Welt, in der sie sich gerade befanden. Er sagte ihr, dass allem ein Geist innewohne – jedem Vogel, jedem Büffel, jedem Fisch und jedem Stein. Rhiannon nickte, und Gideon erkannte, dass sie diese Dinge bereits wusste.

Er erzählte ihr die Geschichten der Donnerwesen, die in Klippen und Bergen lebten, von den Vier Richtungen und der Bedeutung der Zahl Sieben. Er sagte ihr, dass der Fluss der Lange sei, dass er heilig sei, dass es Gut und Böse gebe, und erklärte ihr, wie seine Mutter, also ihre Großmutter, Träume gedeutet hatte. Er schärfte ihr ein, dass es ihr verboten sei, jemanden aus dem Clan ihres Vaters zu heiraten.

»Das werde ich bestimmt nicht tun«, versprach sie.

Er sah immer mehr Anzeichen, dass sie die Gabe ihrer Großmutter besaß. Insgeheim machte es ihn zufrieden, obwohl er wusste, dass Caitlin besser nichts davon erfahren sollte. Rhiannon war fasziniert von Träumen, ihren eigenen und denen anderer, ohne dass ihr Vater sie darauf hingewiesen hätte, wie wichtig Träume waren. Sie wusste, dass sie Botschaften enthielten und man versuchten musste, diese Botschaften zu verstehen. Von Zeit zu Zeit testete Gideon sie und sagte: »Ich habe geträumt, dass ein Baum umgefallen ist, obwohl es windstill war« oder »Ich habe geträumt, dass der Fluss um das Versammlungshaus herum steigt« oder »Ich habe von einem bellenden Fuchs geträumt«. Rhiannon dachte darüber nach und deutete seine Träume klug und besonnen.

Wie Rhiannon hatten auch Bryn und Cadfael Namen in der Sprache der Cherokee. Bryn hieß Roter Vogel, und Cadfael war Der, der Hügel erklimmt. Allerdings sah Gideon keinerlei Anzeichen, dass sie wussten, was jenseits der Welt war, die sie sehen konnten, jenseits der Menschen, die sie kannten, jenseits der Dinge, die vor ihnen lagen. Sie sahen das Tal und die Berge und den Fluss und den Himmel mit den Augen der Caradocs, die obere Welt und die untere Welt jedoch sahen sie nicht. Sie spürten die Geister der Menschen und Tiere nicht, seien sie nun tot oder lebendig.

In den Nächten, in denen Gideon am Fluss entlangwanderte, spürte er, dass sich Gestalten bei seinem Auftauchen davonschlichen. Niemand begrüßte ihn. Er hatte keine Angst und würde niemals jemanden von der Jagd abhalten, aber er fühlte sich den zurückgekehrten Stämmen nicht mehr zugehörig. Er dachte darüber nach, wie er zwischen der Welt der Tsalagi und der Welt der Weißen geboren worden war. Er hatte eine Lösung für sich gefunden, indem er zwischen beiden Welten hin- und herschlüpfte, so wie er unter den Weißen lebte und sich nachts bei den Schatten und Geistern der Indianer aufhielt. Aber was würde Rhiannon tun? Er stieg den Berg hinauf, setzte sich auf den Felsen und wollte die Botschaft im Wind verstehen, Omen erkennen. Denn er wusste, dass es nicht nur Büffel und Hirsche und Bären und Fische waren, die seinen Stamm zurück zu diesem Ort zogen. Es waren ihre Toten, die sie aus dem Land der Dämmerung anriefen, sie in ihren Träumen heimsuchten und sie daran erinnerten, dass es ihre Pflicht war, zurückzukehren und ihren Tod zu rächen, obwohl das für Gideon jetzt keinen Sinn mehr ergab.

Was sollte man auf diese Rufe antworten? Er wusste nicht, wie die Todesfälle gerächt werden konnten, die diese Krankheit verursacht hatte. An wem sollte man Rache üben? Er bezweifelte, dass die Krankheit, die sein Volk getötet hatte, der Gewalt der Weißen unterlag. Krankheiten wurden durch böse oder gekränkte Geister oder durch Hexerei oder Zauberei verursacht. Krankheiten ließen sich mithilfe von Geistern heilen, die einer solchen Hexerei oder einem Zauberspruch entgegenwirkten. Das Feuer aus der oberen Welt und das Wasser aus der unteren halfen dabei. Von all dem hatten die Weißen keine Ahnung, denn sie kannten keinen Zauber und wussten nicht, wie man Geister anrief. Und warum sollten die Geister den Weißen helfen?

Anfangs dachte er, die Weißen hätten eine geheime Macht gegen die Krankheit, wie die Schamanen den strahlenden Diamanten hatten, der von Uktenas Kopf gestohlen worden war. Jenes Geschöpf, das nachts die Form von Feuer annahm und herumflog, um Blut zu trinken. Aber auch die Weißen litten unter der Fleckenkrankheit, die Sophia und Caitlin und Saskia Masern nannten. Sophia hatte ihm gesagt, dass manchmal sogar die Weißen daran starben. Zuerst dachte er, man müsse den Weißen diese Macht stehlen. Aber je besser er die Weißen kennenlernte, desto weniger glaubte er, dass sie eine derartige Macht besaßen oder verstanden. Außer ihren Büchern hatten sie keinen Zauber.

Er hoffte, seinen Stamm davon zu überzeugen, dass es klüger wäre, sich mit ihnen anzufreunden und die Geheimnisse ihrer Macht mit Beständigkeit und Geduld zu ergründen. Er wollte Blutvergießen vermeiden, wenn er konnte – er war sicher, dass darauf noch ein größeres Blutvergießen folgen würde.

Aber die Toten aus dem Land der Dämmerung ließen sich nicht zum Schweigen bringen. Sie waren allgegenwärtig und beklagten die Trennung von ihren Familien. Sie waren einsam. Er hörte sie, und er wusste, dass die Indianer sie hörten. Er wusste auch, dass ihre Toten sie im Traum besuchten und erst Ruhe geben würden, wenn etwas geschah.

Bisher hatte es keine Angriffe auf die Siedler im Tal gegeben. Aus anderen Gegenden jedoch erreichten sie unheilvolle Nachrichten, und er war ebenso besorgt wie Sophia. Reisende, die auf ihren Flachbooten kamen, brachten das Gerücht mit, dass Gruppen von Kriegern der Creeks und Cherokee bei den Untiefen gesichtet worden seien. Die Männer waren bewaffnet. Überall im Grenzgebiet waren die Siedler in Alarmbereitschaft. Caitlins Vater schickte Nachricht, dass weiße Händler mit einer Kolonne von Packpferden auf dem Flusspfad in der Nähe von Caradocs Handelsposten angegriffen worden seien. Man habe ihnen ihre Waren abgenommen und die meisten Händler skalpiert. Nur ein paar verwundete Überlebende hätten den Handelsposten erreicht. Caitlin hatte Angst um ihren Vater und die Onkel.

Gideon wusste, dass eben diese Kolonne zwei indianische Mädchen vergewaltigt hatte, die im Fluss badeten. Sie hatten sie einfach liegen lassen, weil sie sie für tot hielten. Er hatte der entsetzten Caitlin erklärt, dass es Ärger geben würde. Caitlin weinte um die Indianermädchen und sagte, die Männer in der Kolonne sollten gehängt werden.

An ihrem Handelsposten hörte Caitlin, wie ein Pelzhändler von einer Ansiedlung im Norden erzählte, die von Creeks angegriffen und niedergebrannt worden war. Alle Männer und Frauen waren umgebracht worden, bis auf eine Frau, die die Verzweiflung und der Verlust ihrer Familie in den Wahnsinn getrieben hatten. Sie war nun in einer Gefängniszelle an einem befestigten Vorposten eingesperrt, weil niemand wusste, was man sonst mit ihr hätte machen sollen. Der Pelzhändler erzählte, dass man keine Kinderleichen gefunden habe. Die Indianer hätten die Kinder wahrscheinlich als Sklaven oder Gefangene mitgenommen, um sie gegen ein Lösegeld wieder freizulassen. Die Leute auf den Flößen hätten behauptet, dass das inzwischen ziemlich oft passiere. Meist verlangten die Indianer Gewehre und Whiskey. Dadurch werde das Leben für die Siedler noch gefährlicher. Gideon meinte, einige der Kinder würden als Ersatz für tote Indianer mitgenommen, einige aber auch als Sklaven. Er verstand zwar die Logik dahinter, sagte aber, man müsse verhandeln und ein Abkommen schließen, sonst werde es einen endlosen und zermürbenden Krieg mit den Weißen geben.

Caitlin hatte Indianer niemals gefürchtet, schließlich war sie ja mit Gideon verheiratet. Doch nun war sie umso entschlossener, dass Rhiannon nicht noch mehr zur Cherokee werden sollte. Ihre Tochter sollte nicht zum Feind werden, machte sie Gideon klar.

Gideon spürte die Spannung, die in seinem Haus herrschte. Caitlin ließ Rhiannon Bibelverse und walisische

Kirchenlieder lernen und war wütend, wenn sich ihre Tochter wegschlich, um mit ihrem Vater umherzuwandern. »Du heißt Rhiannon, nicht Singender Wind«, rief sie ihnen wütend nach. Dann weinte Caitlin, weil sie ständig herumnörgelte, schimpfte und sich selbst nicht wiedererkannte.

Eine große Truppe weißer Soldaten hatte eine Reihe von Angriffen auf die Stämme im Osten gestartet, ganz egal, ob sie feindselig waren oder nicht. Es gab blutige Schlachten mit vielen Toten. Dörfer der Cherokee und Creek waren niedergebrannt, Kanus und Viehbestände zerstört und Krieger gefangen genommen worden. Die Verwundeten waren getötet und die Überlebenden, darunter Frauen, Kinder und Alte, ohne Vorräte oder irgendeinen Schutz in die Berge getrieben worden – und das zu Beginn des Winters. Rhiannon sagte ihrer Mutter mit wütend blitzenden Augen, dass sie hoffte, die Soldaten würden umgebracht.

Überall im Tal gab es Indianer. Im März war Malinda auf einer ihrer stillen Wanderungen zur Hütte der Drumhellers unterwegs und hatte einen Indianer gesehen, der zwei Gänse an Rufus' Teich tötete. Der Indianer bemerkte sie, warf sich aber in aller Seelenruhe die Gänse über die Schulter und verschwand im Wald. Toby entdeckte Fischernetze der Cherokee im Fluss, und Rufus zerstörte sie. Danach gingen die Männer nur noch bewaffnet auf die Felder. Toby, Jack und Cully hielten abwechselnd Wache.

Meshacks Pferd wurde gestohlen. Also entwarf er Fallen, die den Fuß eines Mannes in einer Art eiserner Klaue festhielten. Er, Seth und Nott legten sie in ihren Scheunen aus, bevor sie abends zu Bett gingen. Sie mussten selbst aufpassen, um nicht in die Fallen zu treten. Meshack hatte eine starke Feder eingebaut, und Seth, der normalerweise ein nachsichtiger Vater war, drohte seinen Töchtern, sie nach Strich und Faden zu versohlen, wenn sie auch nur einen Fuß in die Scheune setzten.

In Seths Scheune wurden zwei Indianerjungen gefangen. Meshack kam, um die Fallen zu öffnen. Das Eisen hatte sich so tief ins Fleisch gegraben, dass die Knochen zu sehen waren. Die Jungen litten offensichtlich Höllenqualen, gaben jedoch keinen Laut von sich, starrten Meshack und Seth nur mit unversöhnlichem Hass in den Augen an. Meshack und Seth fragten Gideon, was sie als Nächstes tun sollten. Sie nahmen an, dass die verletzten Jungen sowieso nicht fliehen konnten. Als die drei Männer aber in die Scheune zurückkehrten, waren die Jungen verschwunden. Alles war voller Blut.

Gideon untersuchte die blutigen Klauen der Falle und schüttelte den Kopf. Die Jungen hatten Pferde gestohlen, um zu beweisen, dass sie bereit waren, Krieger zu werden. Seth erwiderte, die Falle zeige, dass sie es nicht seien. Meshack nahm die Fallen schweigend auseinander. Gideon wusste, dass die Indianer Rache an Seth oder seiner Familie nehmen würden, falls die Jungen starben. Er riet Seth, gut aufzupassen.

Die Gewalt kam näher. Im März wurde ein drei Täler entfernt liegendes Indianerdorf von weißen Milizen angegriffen, die Tiere getötet und die Menschen in ihre Häuser getrieben, die dann in Brand gesteckt wurden. Die Männer waren auf der Jagd gewesen, sodass es sich bei den Toten um Frauen und Kinder und alte Leute handelte.

An einem warmen Nachmittag Ende April hängte Caitlin die Steppdecken zum Lüften in die Sonne. Als sie sah, dass sich ein Floß näherte, warf sie rasch die letzten beiden Steppdecken über die Leine und ging hinunter zum Landungssteg, um die Reisenden zu begrüßen. Erstaunt sah sie, dass das Floß mit der Strömung hierhin und dorthin trieb, ohne dass jemand mit einer Stange dagegenhielt.

Schließlich rief sie Gideon. Gemeinsam beobachteten sie, wie das Floß ein Stück abdriftete, sich dann zur Seite drehte und mit einem Knall gegen den Steg prallte. Als die beiden näher ans Wasser gingen, sagte Caitlin: »Da drinnen ist etwas aufgetürmt. Wahrscheinlich hat es sich losgerissen und ...« Plötzlich schrie Caitlin: »Oh Gideon! O Gott im Himmel!«

Die Fracht des Floßes bestand aus einem blutigen Haufen verstümmelter Leichen – einige skalpierte Soldaten, Frauen und diesmal auch Kinder. Einer von ihnen war ein kleiner Junge, der sie an Cadfael erinnerte. Er lag in den Armen einer jungen Frau, die mit leerem Blick in den Himmel starrte.

Sie begruben alle unterhalb vom Obstgarten. Gideon ließ die Kinder nicht zur Schule gehen und trug Rhiannon auf, Bryn und Cadfael nicht aus den Augen zu lassen und nah am Haus und dem Handelsposten zu bleiben. Er riet auch Seth und Venus, ihre Mädchen nicht nach Wildwood zum Unterricht zu schicken und im Falle eines Angriffs Zuflucht bei Meshack zu suchen.

In jenem Sommer hallten die Berge von Kriegsgesängen wider. Die Siedler hörten sie und hatten Angst. Sie wagten es nicht, ihr alljährliches Brombeerpicknick abzuhalten. Gideon meinte warnend, es sei zu gefährlich.

Sophia schmierte ihre Pistole und ihre Musketen mit Bärenfett ein. Henri schäumte vor Wut, weil er es nicht geschafft hatte, Kitty rechtzeitig aus der Gefahrenzone zu bringen. Er zählte das Geld, das er im Laufe der Jahre angehäuft hatte und das er in der Scheune versteckt hielt. Er versuchte, den Wert der Schillinge und Pennys, Kolonialmünzen und spanischen Dollars zu berechnen, doch er wusste, dass es nicht für zwei Schiffspassagen nach Frankreich reichen würde und schon gar nicht, um dort zu leben. Er verstärkte seine Bemühungen, das Land westlich vom Fluss zu roden. Aber selbst wenn es ihm gelang, genug Geld zusammenzutragen, sprachen die spärlichen Nachrichten, die das Bowjay-Tal erreichten, immer noch vom Krieg zwischen England und Frankreich. Mittlerweile war auch Spanien daran beteiligt. Henri wusste, dass die Überfahrt über den Atlantik dadurch noch gefährlicher wurde. Er verfluchte sich, weil er nicht früher gegangen war.

Es war jedoch schwierig, an Geld in irgendeiner Form zu kommen. Wenn die Siedler im Tal etwas brauchten, das sie nicht selbst herstellen konnten, tauschten sie etwas anderes dafür ein. Nur die gelegentlichen Floßfahrer besaßen Geld. Wenn sie es ausgaben, dann kauften sie dafür gewöhnlich Maismehl und Speck oder Werkzeuge bei Caitlin, die ihre Einnahmen mit Argusaugen überwachte. Die meisten Münzen hatte Henri beim Kartenspiel mit den Brüdern Caradoc gewonnen. Meist verlor Henri fast so viel, wie er gewann. Als Betreiber des Handelspostens hatte Gideon von allen Siedlern das meiste Geld, aber er weigerte sich, um Geld zu spielen. Es bedeutete ihm nichts, und er überließ es Caitlin, damit zu verfahren, wie es ihr richtig erschien. Caitlin war viel zu gewitzt, um Geld zu verspielen oder zu verleihen. Sie oder ihr Vater hatten immer irgendeine Idee, wie sie den Handelsposten ausbauen oder welche Waren sie noch anbieten könnten.

Meshack hatte Geld, mehr als Henri ahnte, sagte aber, dass er keinen Kopf für Glücksspiele habe. Einmal hatte Henri ihn zu einem Kartenspiel überredet. Meshack hatte einen Krug Whiskey auf den Tisch gestellt und war nüchtern geblieben, während Henri sich betrank. Meshack hatte all das Geld gewonnen, um das Henri gewettet hatte.

So blieb nur noch Rufus, dem seine Schmiede ebenfalls zu Ersparnissen verholfen hatte, aber Rufus war viel zu vorsichtig, um seine Einkünfte zu verspielen. Das Geld gehöre seinen Jungen, sagte er. Henri versuchte, ihn zu Wetten und Kartenspielen zu verleiten. Als er sich jedoch beharrlich weigerte, beschimpfte ihn Henri als einen weinerlichen, geizigen Bauern niedriger Herkunft.

Fortan herrschte zwischen den beiden Männern offene Feindseligkeit.

Im Juni berichtete Gideon Sophia mit besorgtem Blick, dass Rufus weitere Indianer gesehen habe, die unverhohlen in seinem Weizenfeld jagten. Sie hatten drei Weißwedelhirsche gejagt. Als Rufus mitbekam, wie sie sein mühsam bestelltes Feld zertrampelten, wurde er so ärgerlich, dass er seine Muskete abfeuerte, um sie zu erschrecken. Dabei hatte er einen der Hirsche getroffen, ihn jedoch nicht getötet. Die beiden waren geflohen. Die Krieger waren wütend. Sie hatten immer Wild im Tal gejagt. Der verwundete Hirsch lag blutend am Boden und trat um sich. Die Indianer hatten Rufus als miserablen Schützen verhöhnt und ihn einen Schwächling genannt. Voller Wut hatte Rufus wild um sich geschossen. Er wusste nicht, ob er jemanden getötet oder verwundet hatte, hoffte es aber.

Wenn er einen Krieger getötet oder so schwer getroffen hatte, dass er starb, sagte Gideon grimmig, würden die Siedler es bald erfahren.

Sophia knetete gerade Brotteig, als Gideon ihr von Rufus und den Indianern erzählte, die ihn verspottet hatten. Ärgerlich versetzte sie dem Teig einen heftigen Schlag und seufzte müde. Warum mussten sich Männer immer streiten? Sie waren nicht besser als Kinder. Und warum musste selbst ein Hirsch als Auslöser für einen Streit herhalten? Warum konnten die Indianer nicht anderswo jagen, warum ausgerechnet auf Rufus' Weizenfeld? Hirsche gab es überall. Warum konnte Henri Rufus nicht das Geld lassen, das er verdient hatte? Stattdessen ärgerte er Rufus ständig. Mittlerweile war es so schlimm, dass sich die beiden Männer weigerten, auf dem Feld des anderen mit anzupacken. Und jetzt sprach Henri wieder davon, mit Kitty nach Frankreich zu fahren. Und sie mussten damit rechnen, von den Indianern angegriffen zu werden, und Rufus setzte die Sicherheit aller Siedler aufs Spiel.

Männer! Sophia hieb immer wieder unerbittlich auf den Brotteig ein. Sie war unschlüssig, ob sie Kitty nach Frankreich gehen lassen sollte oder nicht, falls sich die Gelegenheit überhaupt ergab. Sie hob den Teig hoch und ließ ihn mit aller Macht auf die Tischplatte fallen. Dann fragte sie Gideon nach Caitlin. Sie wusste, dass Caitlin unglücklich war. Sie hatte Sophia von ihrer Sorge um Rhiannon erzählt. Bei ihrem letzten Besuch war Sophia über die dunklen Ringe unter ihren Augen erschrocken gewesen. Sie sah grau und erschöpft aus. Aber es war nicht nur die Sorge um Rhiannon, obwohl Sophia das Mädchen am liebsten geschüttelt und ihr gesagt hätte: »Sieh dir deine Mutter an! Sei nett zu ihr!«

Nach Cadfael hatte Caitlin nacheinander drei Jungen tot zur Welt gebracht und sie auf dem kleinen Friedhof unterhalb des Obstgartens begraben. »Der Herr gibt, der Herr nimmt«, flüsterte Caitlin jedes Mal, wenn wieder ein kleiner Kiefernsarg, der Meshack so wenig Zeit gekostet hatte, in ein kleines Grab gesenkt wurde. Sie hatte Sophias Hand umklammert, das Gesicht starr vor Trauer. »Ich will nicht klagen, Sophy, wenn es Gott gefällt, sie von mir zu nehmen. Gottes Wille geschehe. Ich habe Rhiannon und die Jungen.« Aber es war lange her, seit ihre Kinder oder Gideon sie hatten singen hören.

Gideon erzählte, dass Caitlin wieder ein Kind erwartete, im Spätherbst sei es so weit. Sophia biss sich auf die Lippe und konzentrierte sich auf ihren Teig. Die Nachricht machte sie unruhig. Caitlins Geburten waren lang und schwierig. Hatte Caitlin Angst? So große Angst, wie sie selbst bei der Aussicht hatte, ein weiteres Kind ohne Zaydies Hilfe zur Welt bringen zu müssen?

Zaydie war bald nach der Geburt von Cadfael vor sechs Jahren gestorben. Es war eine schwere Geburt gewesen, wie immer bei Caitlin. Saskia, Sophia und Zaydie waren alle erschöpft, als es vorbei war. Die alte Frau hatte sich an jenem Abend auf ihre Strohmatratze am Feuer gelegt, weil sie zu müde war, um zu ihrer kleinen Hütte zu gehen. Säuglinge machten sie müde, hatte sie gesagt, sie sei erschöpft und werde nicht wieder aufstehen. Sophia hatte angenommen, dass sich Zaydie über irgendetwas geärgert hatte, denn sie war oft schlecht gelaunt. Wenn sie Lust hatte, erzählte sie ihnen auch, warum. Dass sie wie früher am Feuer schlief, hatte etwas zu sagen. Sophia und Henri überlegten, was es sein könnte, doch am nächsten Morgen war Zaydie kalt und tot.

Sie hatten sie unterhalb vom Obstgarten begraben, mit einer Grabplatte aus weichem Bergsandstein, auf der ihr Name und ein Zitat aus den Sprüchen Salomos standen: »Kraft und Würde sind ihr Gewand«. Caitlin hatte es ausgesucht. Sophia fragte sich, ob Zaydie einen Bibelvers hätte haben wollen oder sie sich darüber nur aufgeregt hätte, wie über so vieles andere.

Danach machte sich Sophia Sorgen, dass sie und Caitlin den Gefahren künftiger Geburten nun schutzlos ausgeliefert waren. Als sie mit Georgie und dann mit Charlotte schwanger war, schwoll die nagende Unruhe, die sie bei Tag begleitete, in der Nacht zu allumfassender Angst an, die ihr den Schlaf raubte. Bei jeder Schwangerschaft wuchs ihre Furcht, dass sie wie ihre Mutter sterben würde und ihre Kinder der ungewissen Fürsorge Henris überlassen wären.

In einer warmen Frühlingsnacht vor der Geburt von Georgie schien der Vollmond und tauchte alles in helles silbernes Licht oder tiefe Schatten. Das Kind hatte energisch getreten, und Sophia konnte nicht schlafen. So lag sie wach und hatte sich schließlich in die Fantasien verstrickt, die den Geist einer ruhelosen Frau mitten in einer mondhellen Nacht umtrieben. Sie war leise aufgestanden, hatte sich die Schuhe angezogen und war durch den Obstgarten zu Zaydies Grab gegangen. Unterwegs pflückte sie einen Apfelblütenzweig. Am Grab sank sie mühsam auf die Knie, legte den Zweig auf Zaydies Grab und bat sie um Hilfe.

Ihre Wehen hatten am nächsten Morgen eingesetzt, und am Nachmittag saß sie sauber und frisch gekämmt im Bett und hielt Georgie auf dem Arm. Als sie zwei Jahre später mit Charlotte schwanger war, schalt sie sich, albern und abergläubisch zu sein, und wiederholte ihren nächtlichen Ausflug nicht.

Bis dahin waren Sophias Geburten leichter als die von Caitlin, und sie hatte sich immer wieder rasch erholt. Aber Charlottes Geburt war anders, sie war lang und schrecklich gewesen. Nach qualvollen Stunden war das Kind mit den Füßen zuerst auf die Welt gekommen. Dass sie so kurz danach wieder ein Kind erwartete, machte sie unruhig. Und nun war Caitlin ebenfalls schwanger. Jedes Mal, wenn Caitlins Niederkunft bevorstand, fürchtete sie, dass Caitlin sterben würde, doch diesmal hatte sie zum ersten Mal Angst, sie selbst könnte die nächste Geburt nicht überleben. Und wenn sie und Caitlin beide starben, was würde dann aus all den Kindern werden?

Sophia kannte Henri zu gut, als dass sie sich ganz auf ihn verlassen hätte. Er hatte immer offen davon gesprochen, dass er nach Frankreich zurückkehren wollte. Sie bezweifelte zwar, dass er es je schaffen würde. Allerdings hielt sie es durchaus für möglich, dass er Kitty nach Frankreich bringen würde, mit der festen Absicht, wiederzukommen und dann die anderen Kinder zu holen. Wenn er erst einmal in Frankreich war, konnte alles Mögliche passieren, was einer Rückkehr nach Virginia im Weg stand. Und wie sollten ihre anderen Kinder zurechtkommen, wenn ihr etwas zustieß?

Als es Abend wurde, machte Sophia den Kindern Abendbrot, vergewisserte sich, dass Gesicht und Hände sauber waren, und schickte sie ins Bett. Sie setzte sich mit ihren Flickarbeiten ans Feuer und wartete darauf, dass Henri von seiner Arbeit auf den Höfen zurückkehrte, die zu ihrer Überraschung tatsächlich Fortschritte zu machen schien.

Als Henri hereinkam, erzählte sie ihm von dem neuen Kind. »Ein Spielgefährte für Charlotte. Die Jungen streiten sich die ganze Zeit, und Kitty und Rhiannon und Susan sind unzertrennlich. Charlotte wird es guttun, jemanden zu haben, den sie bemuttern kann. Und Caitlin ist auch wieder schwanger.«

Henri murmelte geistesabwesend: »Ah gut.« Dann sagte er: »Ich habe auch Neuigkeiten. Schreckliche Neuigkeiten.«

»Was ist los?«, fragte Sophia erschrocken. Sie hatte sich verkniffen anzumerken, dass ihre eigene Neuigkeit schrecklich war.

»Letztes Jahr berichteten einige Jäger, die Bisamrattenpelze an die Vanns verkauften, dass Louisiana den Spaniern gehöre. Ich sagte ihnen, das sei unmöglich, es gehöre den Franzosen. Heute kamen weitere Jäger und schworen, es sei wahr, sie kämen geradewegs aus Louisiana. In

La Nouvelle-Orléans wimmelt es nur so von Spaniern. Louisiana in den Händen des Feindes! La Nouvelle-Orléans spanisch!« Er schlug mit der Faust auf den Tisch. »Selbst als die Jäger es heute erzählten, wollte ich es einfach nicht glauben. Aber die Vanns hatten ein Exemplar der *Virginia Gazette*, ein Jahr alt. Der Krieg ist vor Jahren durch einen Vertrag beendet worden, und Frankreich hat sein Gebiet in Louisiana an Spanien abgetreten, und zwar heimlich. Jetzt ist ein spanischer Gouverneur gekommen, und die französischen Kolonisten weigern sich, die spanische Herrschaft anzuerkennen. Es gibt Gerüchte von einem Aufstand.«

»Oh?« Sophia konzentrierte sich auf ihre Näharbeit. *Verletzter französischer Stolz*, dachte sie.

Henri starrte missgelaunt ins Feuer. Schließlich sagte er, dass er den Plan aufgegeben habe, von Yorktown oder Charleston aus nach Frankreich zu segeln. Er habe vorgehabt, den französischen Gouverneur in La Nouvelle-Orléans um Hilfe zu ersuchen. Seit seiner gescheiterten Spionagemission waren vierzehn Jahre vergangen, und er hoffte, dass sein Anteil daran vergeben und vergessen sei und der Gouverneur dem Sohn und der Enkeltochter des Marquis de Marechal helfen würde. Und vielleicht sogar Francis und Georgie, obwohl Henri sich fragte, ob es nicht besser wäre, sie zu holen, wenn sie alt genug waren.

Sophia erschrak. Seine Pläne waren offenbar weiter gediehen, als sie vermutet hatte. Was wäre das Beste für Kitty und für die Jungen? Kitty war zwölf und, wie Sophia sich leider eingestehen musste, ziemlich wild und ungestüm. War es die einzige Chance für Kitty, nach Europa zu gelangen und ein zivilisiertes Leben zu führen, wie Sophia es immer noch betrachtete? Sie wollte nicht, dass Kitty als erschöpfte Siedlerfrau endete, wie die Frauen, die sie auf den Flößen sahen. War es ihre Pflicht, Henri zu ermutigen? Sie hatte diese Möglichkeit nie zuvor in Betracht gezogen, aber plötzlich war sie sich nicht mehr sicher. Sie fühlte sich von diesen Gedanken gefangen, die ihr unablässig im Kopf herumgingen. Sie durfte nicht egoistisch sein und ihren Kindern Chancen verweigern. Im Augenblick aber war sie dankbar, dass die spanische Übernahme von La Nouvelle-Orléans das Dilemma löste. Sie hatte genug um die Ohren.

Kapitel 29

Magdalena

Dezember 1768

Es war so kalt, dass der Fluss an den Ufern gefroren war. Trotzdem waren die Männer flussabwärts gefahren, um eine Ladung Biberpelze von einem indianischen Händler zu holen. Toby war im Tal geblieben, um die Pferde zu beschlagen, während Cully und Jack Zaumzeug und Fischernetze reparierten. Sophia hatte während ihrer Schwangerschaft so schlecht ausgesehen, dass Caitlin beschloss, ihr Gesellschaft zu leisten, solange die Männer weg waren. Mit ihren dreizehn Jahren war Susan es gewohnt, im Haushalt zu helfen und ihre jüngeren Schwestern herumzukommandieren, sodass Caitlin keinerlei Bedenken hatte, den Handelsposten zu verlassen. Caitlin kochte Syllabub als Stärkungsmittel für Sophia und machte sich zusammen mit ihren Kindern auf den Weg. Die fünf Monate alte Anwyn, die sie Annie nannten, hatte sie sich wie die Indianerfrauen auf den Rücken geschnallt. Als es allerdings anfing zu schneien, wäre Caitlin fast umgekehrt, weil der Pfad durch den Obstgarten bei schlechtem Wetter rutschig wurde, aber zum Glück entschied sie sich anders. Sie hatte sich einen gemütlichen Besuch bei ihrer Freundin vorgestellt, als sie jedoch auf Wildwood ankam, begrüßte Kitty sie mit erschrockener Miene und schlang erleichtert die Arme um sie.

»Oh Tante Caitlin! Dem Himmel sei Dank, dass du hier bist. Bei Mutter haben die Schmerzen eingesetzt. Sie blutet, und sie sagt, dass das Kind noch gar nicht zur Welt kommen sollte, und ich ... ich ... weiß nicht, was ich machen soll.« Rasch nahm Caitlin die Zügel in die Hand, half Sophia, sich hinzulegen, und forderte die älteren Mädchen und die jüngeren Kinder auf, das Zimmer zu verlassen.

»Ich helfe dir«, sagte Kitty tapfer.

»Nein, geh und hilf Malinda mit den Kleinen. Ich komme schon zurecht.«

»Nein, ich bleibe hier und helfe Mutter. Ich werde mich mit Rhiannon abwechseln«, beharrte Kitty.

»Nein«, sagte Caitlin.

»Sie ist meine Mutter«, sagte Kitty verzweifelt. »Ich möchte da sein, falls ...«

Caitlin gab nach, und in der schrecklichen Nacht, die nun folgte, erwies sich Kitty als ruhiger, als Caitlin erwartet hatte, und sie war froh über ihre Hilfe.

Malinda und Rhiannon blieben mit den fünf Kindern in der Küche, gaben ihnen zu essen und machten Strohlager für die Nacht zurecht. Rhiannon erzählte Geschichten der Cherokee über die Uktena, um sie abzulenken, doch die Kleinen waren unruhig. Sie merkten, dass hinter der geschlossenen Tür, wo Sophia lag, etwas nicht stimmte. Rhiannon versuchte, sich ihre Sorge nicht anmerken zu lassen. Malinda sah vollkommen verängstigt aus, und ab und zu lief ihr eine Träne über die Wange. Die jüngeren Kinder waren gereizt, an Schlaf war nicht zu denken. »Mutter!«, weinte Charlotte, als Sophias gedämpfte Schreie aus dem Schlafzimmer drangen.

In der winterlichen Morgendämmerung kam Toby, um die Pferde der de Marechals zu beschlagen. Rhiannon machte ihm heißen Tee und schüttelte den Kopf, als er fragte, was los sei und warum die Kinder so traurig seien.

Schließlich kam das Kind zur Welt und Caitlin sagte: »Es ist ein Mädchen, Sophy.« Es war ein sehr kleines Mädchen und lag sehr still da. »Du solltest ihr schnell einen Namen geben«, riet Caitlin.

Sophia öffnete die Augen und sagte: »Sie ist tot?«

»Nein, aber ... gib ihr besser einen Namen.«

»Werde ich auch sterben? Um mich herum ... ist alles dunkel«, flüsterte Sophia.

»Oh, sprich nicht davon, Sophy, du wirst nicht sterben.«

»Caitlin, wir beide wissen, dass ich vielleicht sterben werde. Falls ich sterbe und das Kind überlebt, möchte ich, dass ihr ... sie tauft ... und ein Pate ... sich um sie kümmert.«

Die anderen Kinder hatten keine Paten. Sophia umklammerte Caitlins Hand und flüsterte eindringlich: »Henri wird Kitty und die Jungen ... nach Frankreich bringen ... wenn er kann. Ich muss wissen ... wenn sie lebt ... nicht alleine ... ein Pate an seiner Stelle ... Magdalena. Ihr Name ist Magdalena. Der Name meiner eigenen Taufpatin. Für Charlotte ... ein Trost ... sich um ihre kleine Schwester zu kümmern.«

»Ich werde mich um sie kümmern ... um alle deine Kinder, Sophy. Wir haben es uns gegenseitig versprochen, dass wir, wenn ... für den Fall ...« Caitlin brachte es nicht über die Lippen und begann zu weinen.

Sophia murmelte: »Liebes, ich weiß, dass du mehr bist als eine Patin, aber ... du bekommst vielleicht weitere Kinder und ... du könntest auch ... man kann sich bei diesen Dingen nicht sicher sein.«

»Aber die Männer sind weg. Nur Toby ist in der Scheune, er beschlägt die Pferde.«

»Er war ein guter Junge, wird ein guter Mann sein.«

Caitlin schickte Kitty los. »Hol Toby, schnell.«

Toby hörte, wie Kitty seinen Namen rief, als sie den Weg zur Scheune hinunterlief. Er legte ein Hufeisen beiseite, als Kitty in die Scheune gerannt kam. »Toby«, schluchzte Kitty, »du musst sofort kommen!« Sie schnappte verzweifelt nach Luft.

Toby griff nach seiner Muskete. »Was ist los, Kitty? Indianer?«

»Nein, es ist Mutter. Das Kind ist zu früh geboren. Papa ist nicht hier und Saskia ist zu krank, um zu kommen, und Caitlin hat ... hat mich geschickt ... dich zu holen. Sie denkt, Mutter und ... das Kind werden sterben und ... und Mutter will es taufen lassen. Paten ... sie braucht einen Paten, und außer dir ist niemand ... beeil dich, Toby! Es ist ein Mädchen ...« Kitty brach in Tränen aus. »Ich will nicht, dass Mutter stirbt!«

Draußen wehte ein eisiger Wind und trieb ihnen Graupelkörner ins Gesicht. Es hatte schon eine Weile geschneit, der Boden war weiß und rutschig, und trotz der frühen Nachmittagsstunde wurde es bereits dunkel. Henri und die anderen Männer konnten bei solch schlechtem Wetter unmöglich den Rückweg antreten. Im Haus war es warm, im Kamin in der Küche brannte ein großes Feuer. Rhiannon und Malinda weinten, während sie das Essen für die jüngeren Kinder zubereiteten.

»Geh und hilf Mutter, Kitty. Wir kommen zurecht«, sagte Rhiannon. Im hinteren Schlafzimmer loderte ebenfalls ein Feuer, und ausnahmsweise brannten gleich zwei Kerzen, ein ungewohnter Luxus. Caitlin beugte sich über das Bett und zupfte die Decke zurecht. Sophia lag mit geschlossenen Augen bleich und still da. Ihr braunes Haar, das inzwischen graue Strähnen aufwies, war über dem Kissen ausgebreitet. Neben Sophia lag ein kleines, in Decken gewickeltes Bündel. Kitty flüsterte: »Mutter?« Caitlin hielt den Kopf gesenkt, ihre Lippen bewegten sich im stummen Gebet. Sie schüttelte leicht den Kopf, um Kittys Frage zu beantworten. Sophia war nicht tot. Noch nicht.

Dann fragte Caitlin Toby: »Wirst du ihr Pate sein? Es bedeutet, dass du versprichst, dich um das Kind zu kümmern, wenn es keine Mutter oder keinen Vater mehr hat ...« Er nickte.

»Das Gebetbuch dort auf dem Regal ... Anweisungen zur Nottaufe«, flüsterte Sophia. »Wasser auf Magdalenas Kopf ... nur ein wenig.« Sie lächelte schwach. »Nicht in den Fluss eintauchen, wie ihr Dissenter es macht. Wie bei der anglikanischen Kirche ...«

Kitty holte Eimer und Schöpfkelle. Toby fragte: »Was soll ich ...?«

Caitlin reichte ihm das Bündel. »Nimm sie auf den Arm. Ich lese vor.«

Mit zitternden Händen schlug Caitlin das Gebetbuch auf. Sophia sah nicht so aus, als hätte sie noch lange zu leben, und Caitlin konnte selbst bei der nächsten Niederkunft sterben. Wer wusste schon, was sich Henri in den Kopf setzen würde. *Die arme Sophia*, dachte Caitlin und war dankbar für Gideons Zuverlässigkeit und Beständigkeit. Sie mochte es sich nicht ausmalen: Wenn Sophia starb und Henri nach

Frankreich ging und Caitlin etwas zustieß, würde Toby für das Kind verantwortlich sein.

Wie unsicher das Leben von mutterlosen Kindern doch war! Stockend las Caitlin die Worte des anglikanischen Taufgottesdienstes vor. Sie benetzten den Kopf des Kindes, wischten das Wasser sofort wieder ab und sagten ihren Namen: Magdalena. Die Kleine wimmerte ein wenig und verstummte wieder. Toby war überrascht, wie winzig das Kind war. Die kleinen Hände erinnerten ihn an Mausepfötchen. Kitty fuhr sich mit dem Handrücken über die Augen, und plötzlich spürte Toby, wie ihm Tränen übers Gesicht liefen. »Magdalena«, sagte er. Er wusste, dass Caitlin und Sophia damit rechneten, dass sie starb. Vielleicht ließ sie sich in die Welt zurückrufen, wenn sie bemerkte, dass sie nun getauft war und einen Namen hatte. »Magdalena«, sagte er ein wenig lauter und dachte daran, wie ein Blasebalg Leben ins Feuer blies. Vielleicht konnte seine Kraft die Flamme dieses kleinen Lebens auf die gleiche Weise anfachen.

Das Kind soll seinen Namen hören, dachte er.

Caitlin wies Kitty an, was sie für Sophia tun sollte. Toby setzte sich ans Feuer und hielt die Kleine auf dem Arm. Immer wieder sagte er ihren Namen und erzählte ihr von der Schmiede und dem Blasebalg und davon, wie eine kleine flackernde Flamme zu einem großen lodernden Feuer werden konnte.

Als Caitlin ihm das Kind abnahm, um zu sehen, ob Sophia sie stillen konnte, rührte sich Magdalena ein wenig. Zu Caitlins Überraschung hielt sie an der Brustwarze fest und saugte, nicht kräftig zwar, aber es war besser als gar nichts. Sophia hatte viel Blut verloren, ihr ging es schlecht. Sie schlief immer wieder ein oder wurde ohnmächtig, Caitlin war sich nicht sicher. Sie wünschte, Henri würde wiederkommen, sie wünschte, Saskia wäre da, sie wünschte, sie wüsste, was sie als Nächstes tun sollte.

Sie tat, was sie für das Beste hielt. Als ihr Blick auf die zwölfjährige Kitty fiel, bemerkte sie, dass das Mädchen vor Erschöpfung grau im Gesicht war. »Kitty, du bist müde, Kind. Ihr solltet etwas essen, Toby und du.« Kaum waren sie aus dem Zimmer gegangen, knöpfte Caitlin ihr Kleid auf und begann, Magdalena zu stillen. Annie lag in der Ecke und greinte vor sich hin, aber sie war gesund, sie konnte warten. Sie würde sie nachher stillen. Nach ein paar Minuten schlief Magdalena ein. Caitlin vergewisserte sich, dass sie atmete, wickelte sie in eine Decke und legte sie neben Sophia. Dann sah sie nach, ob Sophia noch atmete – sie war erschreckend bleich. Schließlich stillte sie Annie und betete dabei: »Lieber Gott, weder Sophy noch ich können das noch oft überstehen. Wie um alles in der Welt wird es mit unseren Kindern weitergehen, wenn wir beide sterben?«

Nach der Geburt war Sophia lange sehr krank und zu schwach, um aufzustehen, aber sie lebte. Caitlin stillte Magdalena. Kitty hielt nachts an ihrer Wiege Wache, damit sie nicht fror oder nass war. Und so blieb auch Magdalena am Leben. Venus kam zwischendurch, um zu helfen, und Toby war kaum noch von Wildwood wegzudenken. Ständig wollte er die Kleine halten. Caitlin und Kitty waren dankbar für seine Unterstützung. Er habe das Kind am Leben erhalten, sagten sie hinterher. Er bestand darauf, Magdalena auf den Arm zu nehmen, und ging mit ihr auf und ab, während er unablässig mit ihr sprach. Caitlin und Kitty kümmerten sich derweil um die anderen Kinder. Die ersten Wochen blieb Caitlin in Wildwood und stillte Magdalena, dann scheuchte sie ihre Brut nach Hause. Danach kletterte sie zweimal am Tag durch den Obstgarten hügelan, um den Säugling zu stillen, bis Sophia es allein schaffte.

Einige Tage nach der Geburt durfte Charlotte endlich ihre Mutter sehen. Caitlin legte den Finger auf die Lippen und flüsterte, Sophia schliefe. Sie winkte Charlotte zu sich und zeigte ihr das Kind, das sie in den Armen hielt. Charlotte starrte auf Magdalena.

»Was ist das?«

»Es ist ein Säugling«, sagte Caitlin. »Deine kleine Schwester.«

»Was ist ein Säugling?«

»Hm, lass mich überlegen. Du weißt doch, dass die Hühner, die du so liebst, kleine Hühner bekommen, nicht wahr? Und das ist ein kleiner Mensch.«

»Der kleine Mensch sollte im Hühnerstall leben, nicht bei Mutter.«

»Nein … er … sie wohnt im Haus. Bei uns. Bei euch.«

»Macht sie auch ›tschiep, tschiep‹?«

Sophia öffnete die Augen und lächelte Charlotte schwach an. »Noch nicht, Liebling.«

»Kann ich sie füttern? Wie ich die Hühner füttere?«

Caitlin lächelte ebenfalls. »Schätzchen, sie ist ein Kind, kein Huhn. Sie pickt keine Körner vom Boden auf. Sie ist deine kleine Schwester. So wie du die kleine Schwester von Kitty bist. Kitty ist älter und größer als du. Jetzt bist du älter und größer als Magdalena. Also musst du lernen, dich um sie zu kümmern, so wie du dich um die kleinen Hühner kümmerst.«

»Oh.« Charlotte dachte kurz nach. »Nein. Ich mag kleine Hühner. Ich will keine Schwester.«

»Nun, streich ihr mal über den Kopf. Sie fühlt sich so weich wie ein Küken an, nicht wahr? Jetzt schläft sie, aber wenn sie wach ist, sind ihre Augen offen.« Charlotte streckte den Finger aus und berührte Magdalenas Haar.

Sophia sah Charlottes Gesichtsausdruck und wusste, dass sie die Vor- und Nachteile abwägte. Offenbar überlegte Charlotte, dass sie als die Ältere diese kleine Schwester herumkommandieren konnte, so wie Kitty es mit ihr tat.

Schließlich lächelte Charlotte Magdalena mit Besitzerstolz in den Augen an. »Oh, meine Kleine!«, sagte sie mit derselben hohen Stimme, mit der sie die Küken anlockte. »Oh, meine kleine Schwester.«

Kapitel 30

Eine Hochzeit im Tal

Ende Oktober 1771

Sophia war noch früher aufgestanden als sonst und hatte ihren gähnenden Kindern eilig das Frühstück zubereitet, sodass sie ihre Arbeiten erledigen und sich dann fertig machen konnten. Eine Hochzeit sollte gefeiert werden, die kurzfristig angesetzt worden war. Und Sophia verspürte den dringenden Wunsch, ihre Kinder ausnahmsweise sauber und ordentlich gekleidet zu sehen. Also sollten sie alle ein Bad nehmen und sich ihre besten Kleider anziehen – ein gigantisches Unterfangen.

Allerdings waren die beiden jüngeren Schwestern anderer Meinung als ihre Mutter. Charlotte und Magdalena mussten morgens die Hühner füttern und die Eier einsammeln, aber Charlotte flüsterte: »Zuerst setzen wir uns auf die Schaukel und sehen zu, wie die Sonne aufgeht. Sie sieht aus wie eine große Persimone.« Die beiden Mädchen schwangen sanft hin und her, während der Himmel allmählich heller wurde. »Jetzt hör zu, Magdalena«, sagte die siebenjährige Charlotte streng, die keine Gelegenheit ausließ, sich als große Schwester aufzuspielen. Das bevorstehende Fest nahm sie zum Anlass, Sophias Anweisungen für die Kleine zu wiederholen. »Mutter sagt, dass du heute sehr, sehr brav sein musst, Magdalena.«

»Warum?«, fragte Magdalena, die immer brav war und Charlotte, die alles wusste, anbetete.

»Weil Malinda und Jack heiraten«, antwortete Charlotte. »Und es ist wichtig.«

»Warum ist es wichtig?«, fragte Magdalena weiter.

»Weil ein Pfarrer auf einem Floß gekommen ist und … und … weil wir neue Kleider haben und Tante Caitlin einen Kuchen gebacken hat, der so groß ist« – sie streckte die Arme aus – »und weil Kitty, Rhiannon und Susan Blumen gepflückt haben … und weil Malinda gebadet hat.«

»Warum?«

»Weil … Mutter hat gesagt, dass wir alle baden sollen. Sie will, dass wir süß riechen. Außerdem muss man einfach baden und süß riechen, wenn Hochzeit gefeiert wird. Das weiß jeder«, verkündete Charlotte entschlossen.

»Toby auch? Badet er auch?«

»Hm, Toby ist ein Junge … aber wahrscheinlich schon. Sie baden alle bei Onkel Rufus. Wir sind nach Kitty, Francis und Georgie dran. Georgie und Francis sollen als Erste baden, weil sie am dreckigsten sind.«

»Warum?«

»Um Himmels willen, Magdalena! Hör auf zu reden und schau dir die große Persimone an. Eine Persimone so groß wie die Erde. Und dann gehen wir die Hühner füttern.«

Magdalena lehnte den Kopf an Charlottes Schulter. »Ich habe Angst vor dem roten Huhn. Das mag es nicht, wenn ich die Eier nehme. Es beißt mich in die Hand.«

»Ich werde nicht zulassen, dass es dir wehtut«, versprach Charlotte. »Ich stampfe mit den Fuß auf, sodass es sich erschreckt.«

»Charlotte, ich weiß ein Geheimnis.«

»Was für ein Geheimnis?«

Magdalena genoss den Augenblick – es kam selten genug vor, dass sie etwas wusste, was ihre Schwester nicht wusste. »Rate mal.«

»Was?«, fragte Charlotte ungeduldig.

Magdalena flüsterte: »Wir haben neue Haarbänder. Ich habe gehört, wie Mutter davon sprach. Als sie unsere Kleider genäht hat.«

Die Hochzeit von Malinda und Jack war sehr kurzfristig angesetzt worden, dank der unerwarteten Ankunft eines jungen Pfarrers auf einem Zug aus drei Flößen, der auf dem Weg nach Kentuckee war. Die ganze Siedlung hatte alles stehen und liegen lassen und sich in die Hochzeitsvorbereitungen gestürzt. Unten am Handelsposten wurde in aller Eile das Brautkleid gefertigt. Caitlin, Saskia und Venus hatten Tag und Nacht genäht, um Malinda ein Hochzeitskleid aus rosa-weißem Kaliko zu machen. Seth und Nott hatten eines der Schweine geschlachtet, füllten die steinerne Feuerstelle mit Hickory- und Apfelholz und rösteten das Fleisch über der Glut.

»Wir haben zwei Tage, dann muss das Kleid fertig sein«, hatte Saskia zu Venus und Caitlin gesagt, als sie wie wild nähten und absteckten.

Auch Sophia hatte alle Hände voll zu tun. Sie trennte das rot-weiße Morgenkleid auf, in dem sie geheiratet hatte, und machte ihren Töchtern, deren Kleider schäbig und geflickt waren, daraus neue Röcke und Mieder. Es war das letzte der Kleider, die sie aus England mitgebracht hatte.

Außerdem hatte sie ein Trifle für das Hochzeitsfrühstück zubereitet. Diese englische Spezialität herzustellen, die ihr Mrs Betts beigebracht hatte, war eine mühsame Angelegenheit. Sie hatte Biskuitkuchen, eingelegtes Obst, Vanillepudding und Sahne in eine schöne chinesische Schale aus Thomas' Haus geschichtet. Wie das Trifle selbst war die Schale etwas für ganz besondere Anlässe. Die Kinder hatten sich gegenseitig dazu angestiftet, einen Finger in die köstliche Mischung zu stecken und ihn dann abzulecken. »Wie konnten sie nur!«, rief Sophia entsetzt, als sie die vielen Löcher in der Creme entdeckte. Sie nahm einen Holzlöffel und strich alles wieder glatt.

Danach stellte sie einen großen Topf mit Wasser aufs Feuer – es würde Stunden dauern, bis sie genug Badewasser für alle erhitzt hatte. Sie fand ein frisches Stück Seife und suchte alles an Sackleinen zusammen, was sie hatte, damit sich die Kinder damit abtrocknen konnten. Dann betrachtete sie ihre schmutzige, schuldbewusst dreinblickende Kinderschar. Sie seien eine Bande von Rüpeln, sagte sie, und sie bedaure es sehr, dass sie nicht die Zeit habe, ihnen den Hals umzudrehen. Und wenn sie nicht sauber seien und sie auch nur *ein einziges* Loch im Trifle fände, könnten sie nicht mit zur Hochzeit, sondern müssten zu Hause bleiben. Und dann würden sie Onkel Tad nicht sehen.

Auf dem Floß, das den Pfarrer ins Tal gebracht hatte, war noch Platz gewesen. Und so hatte Caitlins Vater die Gelegenheit genutzt, ein Dutzend Stoffballen nach Vanns Handelsposten zu bringen und seine Tochter und ihre Familie zu besuchen. Die Kinder in der Siedlung freuten sich viel mehr über den Besuch von Onkel Tad, wie sie ihn nannten, als über die bevorstehende Hochzeitsfeier.

Er brachte ihnen immer etwas Interessantes mit, wie Kreisel und Steinschleudern. Er kam nie ohne seine Geige, spielte einen Tanz nach dem anderen und verteilte dann Zuckerbonbons an die Kinder. Sein Fundus an Geschichten war unerschöpflich. Alle hörten gebannt zu, wenn er von Riesen, Geistern, Prinzessinnen und Rittern in ihren Rüstungen und Pferden erzählte.

»Das mit dem Trifle tut mir leid, Mutter«, gab Charlotte kleinlaut zu. Die meisten Löcher in der Cremeschicht stammten von ihren Fingern.

Der Pfarrer Cotton Mather Merriman war auf dem Weg nach Westen, um in Kentuckee das Evangelium zu predigen, ein Unterfangen, das von der verwitweten Tante finanziert wurde, die ihn begleitete. Er war jedoch bereit, seine Reise für ein paar Tage zu unterbrechen, um Malinda und Jack zu trauen, falls der Bootsmann und die anderen Passagiere einverstanden waren. Der Bootsmann sagte: »Ich denke, wir warten, Katy.« Die Frau des Bootsmanns nahm die Pfeife aus dem Mund und meinte, ihr sei es recht. Die anderen Passagiere, drei Trapper und Mattie, ein Mädchen mit schmalem Gesicht und strähnigem Haar, die die verwaiste Nichte des Bootsmanns war, hatten es nicht besonders eilig. Also waren sie mit der Änderung der Reisepläne einverstanden.

Die Tante des Pfarrers, Mrs Sunshill, eine stattliche Dame mit lauter Stimme, war allerdings dagegen. In der Siedlung in Kentuckee, zu der sie unterwegs waren, lebten schottische Iren, die dringend einen Hirten brauchten, der seine Schäfchen so bald wie möglich auf den Pfad der Tugend, der Keuschheit und der Abstinenz führen sollte. Trunkenheit und Unzucht waren dort an der Tagesordnung, wenn man von der beachtlichen Anzahl der Kinder ausging, deren Eltern nicht verheiratet waren und auch nicht die Absicht hatten, den Bund der Ehe einzugehen. Es war also keine Zeit zu verlieren.

Der Bootsmann wandte ein, es sei immerhin eine Hochzeit, aber sie überredete ihn, und so stimmte er widerwillig zu, die Reise wie geplant fortzusetzen. Als am nächsten Morgen jedoch die Stunde der Abfahrt näher rückte, lag der Duft von geröstetem Fleisch in der Luft. Sie würden bleiben, sagte der Bootsmann entschieden.

Rufus saß mit einem Eimer Apfelessig und einer Schöpfkelle an der Feuergrube und begoss das Fleisch. Neben ihm standen ein Korb mit Holzbechern und ein Fass mit seinem Apfelwein. Er bot ihn allen an, auch dem Pfarrer und seiner Tante und dem Mädchen Mattie, das die Tante eher gegen seinen Willen unter ihre Fittiche genommen hatte und das sie und ihren Neffen nun wohl oder übel begleiten musste. Die Trapper, der Bootsmann und seine Frau ließen sich nicht lange bitten und griffen zu. Mattie konnte sich nicht entscheiden. Sie gehörte zu den Mädchen, die ständig unschlüssig zwischen »vielleicht« und »vielleicht besser nicht« schwebten, egal, was anstand. Schließlich sagte sie, sie werde vielleicht doch ein Schlückchen probieren. Mrs Sunshill lehnte nachdrücklich ab, aber der Pfarrer war keineswegs abgeneigt. Nachdem er einen großen Schluck und dann noch einen genommen hatte, verkündete er, der Apfelwein sei ausgezeichnet. Durch den Alkohol ermutigt, wandte er sich an seine Tante, zitierte den heiligen Paulus und sagte, es sei besser für die jungen Leute zu heiraten, als in Begierde zu brennen. Daher halte er es für seine Pflicht als Christenmensch, zu bleiben und die jungen Leute zu vermählen und so zu verhindern, dass sie ... ähm ... Unzucht trieben. Es war kein Wort, das ihm leicht über die Lippen kam. Er errötete, Mattie errötete ebenfalls und schaute angestrengt in die

Ferne, als hätte sie ihn nicht gehört. Der Pfarrer verbreitete sich über seine Pflichten als Geistlicher. Da er es sich auf die Fahnen geschrieben habe, gegen die Unzucht in Kentuckee zu Felde zu ziehen, dürfe er auch hier keine Gelegenheit auslassen, etwas dagegen zu unternehmen.

Seine Tante brummelte unzufrieden, widersprach aber nicht. Dem Pfarrer war daran gelegen, die Verzögerung nutzbringend einzusetzen. Also klemmte er sich die Bibel unter den Arm und ermahnte die Siedler, wo immer er ihnen begegnete: »Oh Sünder! Halte inne und wende deine Gedanken dem Jenseits zu. Bereue deine Sünden, solange noch Zeit dazu ist. Widerstehe dem Teufel und höre das Wort des Herrn!« Dann las er willkürlich irgendwelche Bibelverse vor, auf die eine spontane Predigt folgte. Eine gute Übung für künftige Gottesdienste.

»Ich wünschte, er würde mir nicht ständig im Weg stehen«, meinte Saskia, die mit Venus und Caitlin das Hochzeitsfrühstück vorbereitete, an Malindas Hochzeitskleid weiternähte und zwischendurch ihre täglichen Verrichtungen erledigte.

Für Cotton Mather Merriman, der trotz des warmen Wetters in schwarzes Tuch gehüllt war, wie es sich für einen Mann Gottes gehörte, war die heutige Hochzeit die erste Gelegenheit, in seiner offiziellen Stellung als Pfarrer aufzutreten. Er war nervös und hatte Angst, dass er womöglich stottern würde. Um ganz sicherzugehen, war er die Worte der Trauungszeremonie mehrmals durchgegangen. Zu seiner Erleichterung kam das Wort Unzucht nicht vor.

Da er eifrig hin und her lief, um mal dieses, mal jenes Schäfchen abzufangen und ihm ins Gewissen zu reden, wurde ihm allmählich warm. Außerdem hatte er großen Hunger. Fasziniert beobachtete er die Vorbereitungen für das Hochzeitsfrühstück. Unter der Aufsicht von Venus und

Caitlin waren Susan und Rhiannon damit beschäftigt, mehrere wilde Truthähne zu begießen, die sich auf einem Spieß über dem Feuer drehten. Sie waren knusprig braun und dufteten verführerisch. Außerdem gab es einen Schinken, goldbraun und mit Honig bestrichen, und ein geröstetes Opossum, das am Schwanz von einem Zweig hing und sehr dekorativ aussah. Caitlin war die ganze Nacht auf gewesen, um ihre berühmte Wildpastete und *bara brith* zuzubereiten, die nun unter einem Musselintuch lagen, um die Fliegen fernzuhalten. Die Mädchen hatten Muskatellertrauben gesammelt, die mit Ranken und Blättern hübsch angerichtet in einem Korb lagen, außerdem gab es einen großen Papayapudding, der noch abkühlen musste, eine Schüssel mit Frischkäse, Kännchen mit Buttermilch, Krüge mit Brombeerlikör, und Meshack hatte einen Krug seines feinsten Whiskeys mitgebracht.

Der Pfarrer wanderte zurück zu dem Fass mit dem Apfelwein. »Hochzeiten machen durstig«, vertraute er Rufus an.

Rufus füllte ihm den hölzernen Becher erneut, aber so leicht kam der Pfarrer nicht davon.

»Ich erinnere mich an den Tag, an dem ich meine liebe Frau Molly geheiratet habe. Gott sei ihrer Seele gnädig ...« Bei Hochzeiten wurde Rufus immer sentimental. Er hatte nun einen Zuhörer und war entschlossen, das Beste daraus zu machen, obwohl er dem Pfarrer während seiner ausgedehnten Erzählung immer wieder nachschenken musste.

Oben auf Wildwood war Sophia dem Pfarrer und seiner Bibel aus dem Weg gegangen und vollauf damit beschäftigt, ihre Kinder alle gleichzeitig adrett, sauber und frisch gekämmt zu bekommen. Sie selbst hatte am Abend zuvor ein langes, genüssliches Bad genommen. Als das Frühstück weggeräumt war, machte sie sich daran, zuerst die Jungen gründlich abzuschrubben. »Mutter«, protestierte Francis durch den Seifenschaum hindurch, »wenn du weiter so schrubbst, ist bald nichts mehr von uns übrig.«

Sie reichte jedem ein Stück Sackleinen. »Zieht eure sauberen Hosen an, setzt euch auf die Veranda und rührt euch nicht vom Fleck!«

»Aber wir sind noch nass!«

»Dann trocknet euch ab.«

Kitty half, das Badewasser auszuschütten. »Igitt, Mutter, das Wasser ist ja schwarz!«

»Ich weiß. Am besten schütten wir es nicht im Kräutergarten aus.«

Sophia füllte das Bad mit frischem, heißem Wasser und warf für die Mädchen ein paar duftende Zweige vom Gagelstrauch hinein. Kitty war als Erste an der Reihe, dann kam Charlotte und zum Schluss Magdalena. Sie wusch ihnen die Haare in einem Eimer mit Regenwasser und kämmte sie durch, damit sie trockneten. Sophia besprengte ihre Töchter und sich selbst mit Rosenwasser, das sie aus wilden Rosen gemacht hatte. Dann zogen die Mädchen vorsichtig frische Unterwäsche und ihre neuen Kleider an. Der Stoff des geblümten Musselinkleides, das Sophia nur zu besonderen Anlässen getragen hatte, war gut erhalten. »Das war mein Hochzeitskleid«, sagte Sophia zu Charlotte und zupfte eine Rüsche zurecht.

»Musstest du baden, als du geheiratet hast, Mutter?«

»Ja, Magdalena.«

»Das ist das Gesetz, Magdalena«, sagte Charlotte streng.

Sophia holte die neuen Haarbänder hervor, ein Geschenk von Caitlin. Kitty bekam ein rotes, Charlotte ein blaues und Magdalena ein grünes. Sophia bürstete ihnen die Haare und band sie dann mit dem Haarband zusammen.

Als alle angezogen waren, stellte sie ihre Kinder nebeneinander auf. »Lasst euch mal ansehen!« Sie lächelte stolz. Wenn sie so sauber waren, sahen sie verletzlich und jung und niedlich aus, sogar ihre zwei wilden Jungen. Nun wünschte sie sich nur, dass sie so sauber und ordentlich blieben, bis die Hochzeit vorbei war.

»Sehen wir nett aus, Mutter?«, fragte Charlotte ernst.

»Oh Schätzchen, eine so hübsche Familie hat es noch nie gegeben«, antwortete Sophia. Die Kinder waren stolz und verlegen – sie wurden nur selten herausgeputzt und bewundert.

»Vergiss das Trifle nicht, Mutter!«, rief Kitty.

Sophia strich ihren Rock glatt, schärfte den Kindern ein, sich nicht zu rühren, und ging zum Kühlhaus an der Quelle, um die Süßspeise zu holen.

Mit der Schüssel in der Hand und fünf sauberen, braven Kindern im Schlepptau ging Sophia den Pfad durch den Obstgarten hinunter zum Handelsposten. Caitlin legte gerade letzte Hand an das Hochzeitsmahl. Malinda stand in einer Ecke, während Saskia und Venus hastig die letzten Säume nähten und ihr widersprüchliche Anweisungen gaben, sich so oder so zu drehen oder stillzuhalten. Die stattliche, herrische Frau vom Floß hatte sich zu ihnen gesellt. Sie stellte sich als Mrs Sunshill vor und berichtete, es sei ihr Verdienst, dass ihr Neffe, der Pfarrer, die Siedler in Kentuckee missionieren werde, nachdem sie in seinem Namen eine göttliche Weisung empfangen habe. Saskia sah Caitlin an und verdrehte die Augen.

Malinda sah blendend aus. Caitlin hatte ihr ein paar neue Haarnadeln gegeben und ihr lockiges Haar hochgesteckt. Ihre Augen strahlten, ihre Wangen waren rosig. Sie lächelte Sophia an und zeigte dabei perfekte kleine weiße Zähne.

»Sieht sie nicht hübsch aus, Mutter?«, rief Kitty. »Und Jack späht durch die Tür.« Jack zwinkerte Malinda zu, und sie warf ihm eine Kusshand zu.

»Raus mit Ihnen!«, rief Mrs Sunshill empört und jagte ihn davon.

»Du siehst aber auch sehr hübsch aus, Schätzchen«, sagte Sophia zu Kitty. Mit ihren fünfzehn Jahren war sie inzwischen so groß wie ihre Mutter. Ihre Figur war runder und weiblicher geworden. Sie hatte Sophias ausdrucksvolle braune Augen, reine Haut, eine schlanke Taille und dichtes kastanienbraunes Haare. Ihre Augen funkelten. »Wirklich, Mutter?«

»Wirklich.« Sophia lächelte. »Und das neue Kleid steht dir sehr gut.«

»Oh, das finde ich auch!«, rief Kitty glücklich. Sie ging im Raum hin und her und warf dabei immer wieder einen Blick in Caitlins Spiegel. Susan kam hereingehüpft und nahm Kitty bei der Hand. »Komm, Kitty, hör auf, dich zu bewundern.« Sie flüsterte etwas, das wie »warte, bis du den Pfarrer siehst« klang, und dann gingen die beiden Mädchen kichernd davon.

Im nächsten Jahr wird sie schon sechzehn, dachte Sophia und sah ihr ein wenig wehmütig hinterher. Sie hatte sich alle Mühe gegeben, ihr eine Schulbildung angedeihen zu lassen, aber hatte sie Kitty wirklich den Unterschied zwischen Pflicht und Neigung beigebracht, abgesehen von dem verpfuschten Mustertuch? Die meiste Zeit schien Kitty zu tun, wonach ihr gerade der Sinn stand, und lief hinter Cully her, wann immer es ging.

Kitty war flink und lebhaft, freundlich zu ihren jüngeren Schwestern und Brüdern. Sie war aber auch schelmisch und respektlos und lachte viel und gerne. Oft ließ sie die Arbeiten, die ihr lästig waren, liegen, wenn sie meinte, dass sie niemand ausschimpfen würde. *Genau wie Henri!*, dachte Sophia verärgert. Oft war es am einfachsten, Kittys Aufgaben selbst zu erledigen. Diskussionen mit ihr zogen sich für gewöhnlich in die Länge. Kitty hatte stets eine Rechtfertigung parat, warum sie etwas getan oder nicht getan hatte, weil es etwas Dringenderes und Angenehmeres zu tun gab. Nach diesen Auseinandersetzungen hatte Sophia regelmäßig das undeutliche Gefühl, ihrer Tochter unterlegen zu sein. Aber Kitty war im letzten Jahr hübsch geworden. Plötzlich beunruhigte es Sophia, dass die Jäger und Pelzhändler Kitty mit neuen Augen betrachteten, denn sie waren meist raue Burschen. Und egal, wie eindringlich Venus und Sophia sie warnten: Kitty und Susan flirteten mit ihnen, nur zum Spaß. Würde Kitty in Frankreich etwas Anstand und Zurückhaltung lernen? Und hätte Kitty in Frankreich bessere Heiratschancen? Sophia erinnerte sich an die aufwendigen Vorbereitungen für ihre Einführung bei Hofe. Sie dachte an die Bemühungen ihres Vaters, ihr einen geeigneten Ehemann zu verschaffen, und an Lady Burnhams Vorhaltungen, wenn Sophia wieder einmal lachend einen Kandidaten ihres Vaters ablehnte. Was konnten sie in Virginia für Kitty tun? Was war, wenn Kitty meinte, sie sei in einen Pelzhändler verliebt? Wo sollte sie einen passenden Mann finden? Mit jedem Jahr, das verging, verstand Sophia ihren Vater und Lady Burnham besser.

Sophia ging, um Caitlin mit dem Schinken zu helfen. »Ich hoffe, dass Kitty eines Tages eine Tochter hat, die genauso ist wie sie«, sagte Sophia. Dann fiel ihr auf, dass Caitlin nicht wie sonst ruhig und gelassen war. Im Gegenteil. Sie hackte mit dem Messer auf den Schinken ein, als wollte sie ihn umbringen.

»Lass mich das machen. Du hast so hart gearbeitet, um all das vorzubereiten, du musst müde sein.« Sophia streckte die Hand nach dem Messer aus, das Caitlin in den Schinken rammte. »Mir ist nur gerade aufgegangen, dass Kitty erwachsen wird. Sie ist dickköpfig und bringt mich zur Weißglut. Vermutlich war ich in ihrem Alter auch nicht anders. Wahrscheinlich ist es längst zu spät, daran etwas zu ändern.«

Caitlin reichte ihr seufzend das Messer. »Mit Rhiannon ist es auch so. Oh Sophy, wie konnte das so schnell gehen? Von einem Augenblick zum nächsten sind sie keine Kinder mehr, die du auf dem Arm hin- und herwiegst, damit sie endlich einschlafen. Auf einmal sind sie so groß wie ihre Mutter und geben ständig Widerworte. Und eines Tages heiraten sie und gehen mit ihrem Ehemann weiß Gott wohin. Ich war nicht viel älter, als ich Gideon geheiratet habe. Aber ich hasse die Vorstellung, dass Rhiannon in diesem Alter heiratet und vielleicht nach Kentuckee zieht, wie so viele. Es kommt mir vor wie das Traurigste auf der ganzen Welt, wie kurz die Zeit ist, die wir mit unseren Kindern haben.«

»Ach Caitlin, gleich fangen wir beide an zu weinen. Und wo wir gerade von Kindern sprechen: Ich brauche deinen Rat. Wenn es Henri wider Erwarten gelingen sollte, Häuser zu verkaufen und genug Geld zusammenzukratzen, um Kitty nach Frankreich zu bringen, meinst du, ich sollte Kitty gehen lassen? Ich war immer dagegen, aber eigentlich dachte ich nicht, dass er das Geld für die Reise zusammenbekommen würde. Jetzt habe ich Angst, dass er es tatsächlich schaffen könnte. Er hat sehr hart gearbeitet, um das Land zu roden, und spricht jetzt davon, Häuser zu bauen. Vielleicht würde ein Jahr oder so in einer Klosterschule bei Kitty Wunder wirken.« Sophia seufzte. »Henri meint, dass die Leute, die er am Hofe kennt, oder die Freunde seines Vaters sich der Jungen annehmen würden. Und die Damen würden Kitty unter ihre Fittiche nehmen. Es könnte ihre einzige Chance sein, einen Mann kennenzulernen, der weder Siedler noch Händler oder Büffeljäger ist.«

»Oder Indianer«, sagte Caitlin bitter.

Sophia ließ das Messer sinken und starrte ihre Freundin an. »Caitlin, was ist los? Du liebst Gideon!«

»Ich weiß, und ich hätte keinen anderen Mann auf der ganzen Welt geheiratet. Aber Rhiannon ... ist ihm zu ähnlich. Sie ... will nicht sein wie ich.«

»Ja, sie ist wie Gideon, das stimmt, aber ...«

Das Gespräch der beiden Mütter wurde durch eine dunkle Gestalt jäh unterbrochen, die sich zwischen sie drängte und mit Donnerstimme sagte: »Wehe den Sündern am Tag des Jüngsten Gerichts! Haltet einen Augenblick inne! Wo werdet ihr sein, wenn die Entrückung kommt? Werdet ihr mitgezogen, um Gott in der Luft zu begegnen? Oder werdet ihr zurückgelassen und euch wünschen, dass ihr einen Gedanken erübrigt hättet an eure ... hick! ... unsterbliche ... hick!«

Sie erblickten einen jungen Mann in schwarzen Kleidern, der ziemlich rot im Gesicht war und schwitzte. In der einen Hand hielt er eine Bibel, die andere zeigte mit dramatischer Geste himmelwärts. Er hickste, und sein Gesicht wurde noch röter. »Ich bitte um Verzeihung, gute Frau ...«

Sophia richtete sich auf und bedachte den jungen Mann mit einem derart eisigen Blick, dass er zusammenzuckte. Sie würde sich nicht als »gute Frau« bezeichnen lassen, so rückständig Virginia auch sein mochte. »Sie, Sir, müssen der Pfarrer sein«, sagte sie kühl. »Wie freundlich von Ihnen, Ihre Reise zu unterbrechen. Darf ich fragen, welcher Glaubensrichtung Sie angehören?«

»Bruder Merriman, Cotton Mather Merriman, ein Covenanter, natürlich, zu Ihren Diensten, ich will nur ... meine Pflicht ...« Hier hickste er wieder, und Sophia roch Apfelbranntwein in seinem Atem. Caitlin zog die Nase kraus und wandte sich wieder ihrem Schinken zu.

Hinter dem schwankenden Pfarrer sah Sophia Kitty und Susan, die ihrerseits schwankten und so taten, als hätten sie Schluckauf. *Oje*, dachte Sophia. »Bitte entschuldigen Sie mich.« Sie ließ den Pfarrer stehen und ging, um die Mädchen zurechtzuweisen.

»Hört auf damit! Es ist unhöflich!«, wies Sophia sie zurecht.

Die beiden Mädchen rannten nach draußen und kicherten »Unzucht« zwischen zwei Hicksern. Einen Augenblick lang wünschte sich Sophia, Henri möge Kitty gleich am nächsten Tag nach Frankreich bringen.

Der Pfarrer warf wehmütige Blicke nach dem Schinken, aber Caitlin scheuchte ihn weg. »Noch nicht!« Merriman wankte unsicheren Schrittes davon.

»Am besten lassen wir die Trauung stattfinden, bevor Tad und Rufus dem Pfarrer noch mehr Apfelwein einflößen«, meinte Caitlin und wischte das Messer ab. »Ich rufe die Kinder.« Sophia rief zum Landungssteg hinunter, wo die Jungen gerade Charlotte und Magdalena und Peach zeigten, wie man Steine über das Wasser tanzen ließ.

Mrs Sunshill, die jedes Mal, wenn sie versucht hatte, den Frauen zu zeigen, wie sie es besser machen sollten, beiseitegeschoben worden war, erzählte Mattie ausführlich über die Hochzeit mit ihrem inzwischen verstorbenen Mann. »In New Hampshire achtet man bei solchen Dingen eher auf Anstand und Schicklichkeit. Wir kannten uns bereits seit drei Jahren, als mir Mr Sunshill im Wohnzimmer meiner Eltern einen Heiratsantrag machte ...«

»Mutter, Malinda möchte, dass du zu ihr kommst.« Kitty winkte aus der Ecke. »An ihrem Mieder ist eine Naht offen. Und sie will nicht, dass ich sie zunähe.«

Malinda stand auf einem Stuhl, seit Saskia und Venus mit dem Versprechen weggegangen waren, gleich wiederzukommen. Sie zeigte auf eine klaffende Naht an der Seite des Mieders, wagte aber wegen der Nadeln nicht, sich zu bewegen. »Oh Malinda! Ich mache das sofort.« Mit flinken Stichen schloss Sophia die Naht und zog die Stecknadeln eine nach der anderen heraus.

Jack war wieder an der Tür. »Beeil dich, Malinda. Der Pfarrer hat einen in der Krone. Pa sagt, er sollte uns besser verheiraten, solange er noch kann. Komm schon!« Er streckte ihr die Hand entgegen, um ihr vom Stuhl zu helfen.

»Warte!« Sophia zupfte das Kleid zurecht. Jack legte die Hände um Malindas schmale Taille und hob sie herunter. Sie sahen sich lächelnd in die Augen.

»Du bist wunderschön«, sagte Jack und seine Stimme zitterte ein wenig. Malinda sah tatsächlich hinreißend aus. Das Kleid stand ihr sehr gut und brachte den rosigen Hauch auf ihren Wangen besonders zur Geltung. Bis jetzt hatten sich nur ein paar Strähnen aus ihrem Haar gelöst und fielen ihr auf die Schulter. Jack steckte sie wieder fest, und Malinda streichelte seine Wange.

»Zum Schmusen ist nachher noch Zeit. Wenn ihr heiraten wollt, müsst ihr euch beeilen. Der Pfarrer hält nicht mehr lange durch«, erklärte Rufus von der Tür aus und scheuchte seinen Sohn und Malinda zum Lager der Vanns, das mit Geißblatt, Klettertrompeten und Heckenkirschen geschmückt und kaum wiederzuerkennen war. Sophia sagte, jemand müsse die Braut zum Altar führen. Sollte es Henri oder Gideon sein? Malinda zeigte auf Meshack.

Jack stellte sich rasch neben Pfarrer Merriman. Alle Siedler waren da: Saskia und Nott und Cully, der Nott inzwischen überragte; Caitlin mit ihrer Familie; Venus und ihre Töchter mit Seth; der Bootsmann und seine Frau Katy, die sich zur Feier des Tages eine Haube aufgesetzt und ein Tuch um die Schultern gelegt hatte, und Mrs Sunshill mit Mattie. Die Trapper standen im hinteren Teil des Lagers und versuchten, aufrecht zu stehen und dadurch dem festlichen Anlass den nötigen Respekt entgegenzubringen. Alle drei hatten einen Tabakspfropfen im Mund und warteten verzweifelt auf eine Gelegenheit, um auszuspucken.

Merriman wurde von Henri und Toby gestützt. Als sein Blick auf den Bräutigam fiel, begann er sofort mit der Trauung und fragte, ob Jack bereit sei ... Der hob die Hand und bedeutete ihm, er solle schweigen, denn Malinda wollte langsam hereinschreiten. An der Tür strich sie ihr Kleid glatt, legte Meshack die Hand auf den Arm und lächelte ihn an. Meshack tätschelte ihr die Hand, verzog aber keine Miene. *Wenn ich versuche zu lächeln*, dachte er, *breche ich in Tränen aus.* Er liebte Malinda wie seine eigene Tochter. Sie drückte seinen Arm und ließ ihn wissen, dass sie ihn verstand.

Was für ein guter Mann doch Meshack ist, dachte Sophia. Er war zu allen Kindern freundlich, reparierte Spielzeug und Angelruten. Er hatte Cully das Tischlerhandwerk beigebracht. Eines Tages hatte Cully seine Mutter mit einem prachtvollen Eichentisch und sechs Stühlen mit gedrechselten Beinen überrascht. Meshack achtete darauf, dass Cully sorgfältig arbeitete. Oft genug war Cully wütend davongerannt, aber immer wieder zurückgekommen, weil er seiner Mutter ein schönes Geschenk machen wollte. Meshack wurde nie ärgerlich, sondern arbeitete einfach weiter, nachdem Cully davongestapft war.

Dann zählte sie die Kinder, die vorne in der ersten Reihe standen ... Charlottes kleiner Kopf mit dem glänzenden Haar und den Zöpfen, Magdalena, Peach, Annie und Cadfael.

Meshack übergab Malinda an Jack und trat einen Schritt zurück.

Der Apfelschnaps hatte die Zunge des Pfarrers gelockert. Nachdem er das Paar gefragt hatte, ob sie miteinander verheiratet sein wollten, und sie sagten, dass sie einverstanden seien, waren die Trapper davon ausgegangen, dass die Zeremonie erledigt sei. Sie schoben sich erleichtert Richtung Tür, um endlich ihren Kautabak loszuwerden. Leider mussten sie feststellen, dass Bruder Merriman noch lange nicht fertig war, sondern erst noch beten wollte. Das Gebet nahm und nahm kein Ende. Zwischendurch versank er in nachdenkliches Schweigen, als würde er eine Predigt über die Ehe verfassen. Und tatsächlich spürte Merriman, dass sich der Geist seiner bemächtigte und seiner Beredsamkeit Flügel verlieh. Je mehr er sich für sein Thema erwärmte, desto öfter tauchte der Begriff »Unzucht« auf, der die vor Gott geschlossene Ehe einen Riegel vorschob. Mrs Sunshill räusperte sich laut und vernehmlich, konnte ihrem Neffen jedoch keinen Einhalt gebieten.

Sophia, Caitlin und Venus sahen sich erschrocken an. »Was redet er denn da? Und das vor den Kindern!«, sagte Saskia missbilligend und warf Mrs Sunshill einen wütenden Blick zu.

»Was ist Unzucht?«, fragte Annie ihren Bruder Cadfael.

Einer der Trapper kicherte, wobei ihm sein Tabakpfropf in den Hals geriet. Caitlin, die wusste, dass Annie Fragen so lange stellte, bis ihr jemand eine Antwort gab, setzte sie zwischen sich und Gideon flüsterte ihr etwas ins Ohr. Kitty, Susan und sogar Rhiannon mussten derart kichern, dass die vier jüngsten Kinder ebenfalls losprusteten. Sophia beugte sich vor, klopfte Charlotte auf die Schulter und zeigte auf die Tür. »Raus!« Charlotte huschte hinaus, gefolgt von Cadfael, Magdalena und Peach. Merriman betete weiter, ohne etwas mitzubekommen. Annie wollte zu den anderen laufen, aber Caitlin hielt sie fest.

Schließlich erklärte Pfarrer Merriman Malinda und Jack zu Mann und Frau. Caitlins Vater holte den Besen. Sophia machte sich auf die Suche nach den jüngeren Kindern, um ihnen eine Standpauke zu halten, bevor sich alle zum Essen versammelten. Sonst würden sie noch so werden wie Kitty. Aber sie waren weder in der Küche noch im Haus. Sie waren auch nicht am Fluss und nicht in der Scheune. Sie rief und rief, aber bekam keine Antwort. Ausgerechnet jetzt mussten sie Verstecken spielen! Wo konnten sie bloß sein?

Sophia lief zu all den Stellen, wo sie sein konnten, rief ihre Namen, rief Charlotte. Allmählich bekam sie Angst, auch wenn sie versuchte, dagegen anzureden. Sie konnten nicht vom Landungssteg ins Wasser gefallen sein, er war mit einem hölzernen Geländer versehen. Caitlin hatte darauf bestanden, dass Gideon es anbrachte. Und selbst wenn sie ins Wasser gefallen sein sollten, so konnten alle schwimmen, sogar Charlotte und Peach. Cully hatte es ihnen an heißen Sommertagen beigebracht.

Sophia lief zum Obstgarten. Sie müssen im Obstgarten sein, sie sind auf die Bäume geklettert ... aber auch da waren sie nicht. Sie rief und rief. Sie rannte, so schnell sie konnte, zum Haus der Vanns zurück, wo Caitlins Vater zu fiedeln begonnen hatte. Sie schrie über die Musik hinweg: »Die Kinder sind weg! Magdalena und Charlotte.« Sie schnappte nach Luft, als Henri sie auffing. »Peach und ... Cadfael ...«

»Was sagst du da?«, fragte Venus. »Sie können nicht weg sein. Ich habe sie durch die Tür gesehen, nachdem du sie nach draußen geschickt hast. Sie sind alle vier zusammen zum Landungssteg gegangen. Bestimmt verstecken sie sich. Sie können doch nicht alle vier weg sein!«

»Aber sie sind weg! Jedenfalls kann ich sie nicht finden. Wir müssen ... sie finden«, brachte Sophia mühsam hervor. »Charlotte! O Gott, Charlotte!«

Alle, sogar die Trapper und Mrs Sunshill, Malinda und Jack, suchten und riefen. Zuerst liefen sie zum Landungssteg, weil Gideon sagte, dass ihre Leichen mit Sicherheit dort angetrieben würden, falls sie ertrunken waren. Nach dem heißen Sommer führte der Fluss nicht viel Wasser, sondern floss träge dahin. Gideon schwamm unter den Steg, um nachzusehen. Dann durchsuchten sie den Obstgarten bis hinauf zum Haus der de Marechals, danach durchkämmten sie das Tal. Caitlin war bleich und voller Angst. Venus, Seth und ihre Mädchen riefen nach Peach. Das Hochzeitsmahl war vergessen. Die Sonne ging unter, die Nacht brach herein, und selbst im Dunkeln riefen sie noch nach den Kindern.

Als der Morgen graute, waren sie alle erschöpft und heiser. Noch immer war kein Zeichen von den Kindern zu finden. Peachs Schwestern und Kitty weinten. Rhiannon setzte sich auf den Landungssteg, wo die Kinder zuletzt gewesen waren.

Die Erwachsenen sanken müde auf die Veranda. Caitlin, Sophia und Venus fühlten sich vollkommen leer, waren sprachlos vor Schock. Ihre Kinder mussten in den Fluss gefallen und ertrunken sein. Das war die einzige Erklärung.

Sophia und Caitlin legten schweigend die Arme umeinander, sie hatten keine Worte und keine Tränen mehr.

Rhiannon kam zurück und zog ihren Vater am Arm. »Komm mit mir«, flüsterte sie. »Ich glaube nicht, dass sie tot sind. Etwas anderes ist passiert. Ich weiß nicht, wie ich es Mutter sagen soll.« Als man sie vom Haus aus nicht mehr hören konnte, blieb sie stehen und sah ihren Vater eindringlich an. »Ich glaube, sie wurden verschleppt. Ich bin hinunter zum Steg gegangen. Der große Wels, der dort herumschwimmt, sagte mir, dass sie auf dem Steg gespielt haben, als die Kanus kamen. Sie wurden entführt. Der Wels hat es mir erzählt, Vater. Aber ich fürchte, die anderen werden mir nicht glauben. Mutter wird mir nicht glauben.«

»Ich glaube dir. Hat der Wels gesagt, wohin? Oder wer sie verschleppt hat?«

»Es waren Creeks, und sie fuhren flussabwärts. Kannst du sie zurückholen?«

»Singender Wind, ich werde es versuchen«, erwiderte Gideon grimmig. Wenn die Entführer sie auf ihren Kanus mitgenommen hatten, waren sie jetzt schon weit weg. Und sie würden die Kinder verkaufen. Aber sie lebten.

Später ging er auf seinen Felsen und opferte Tabak und einige Perlen und bat die Geister der Welse im Fluss, ihm zu helfen, seinen Sohn und die anderen Kinder zu finden. Aber Gideon merkte, dass die Geister nicht wie früher mit ihm sprachen. Sie sagten ihm, seine Tochter müsse gehen, um bei den Cherokee zu leben und zu lernen, ihre Gabe einzusetzen, damit sie mit ihr sprechen konnten. Als er nach Hause zurückkehrte, wusste er, dass Cadfael zum Krieger werden würde, bevor er ihn wiedersah.

Irgendwann. Caitlin konnte das jetzt nicht ertragen. Er würde ihr nichts von Rhiannon und dem Wels sagen. Noch nicht.

Kapitel 31

Trauer

1771–1772

Nach dieser ersten schrecklichen Nacht weinte Sophia nicht mehr. Es war, als wohne sie nicht mehr in der äußeren Hülle ihres Körpers. Henri, Caitlin, Venus, Seth und alle Kinder trauerten, aber Sophia verstummte und erledigte ihre täglichen Aufgaben mechanisch und schweigend.

Nach der Entführung der Kinder weigerte sich Pfarrer Merriman, nach Kentuckee weiterzuziehen. Er erklärte seiner Tante, Gott habe ihn dazu berufen, bei den Siedlern im Tal zu bleiben und ihnen zu helfen, ihr Kreuz zu tragen. Mrs Sunshill hatte Mühe zu akzeptieren, dass der Allmächtige versäumt hatte, sie in der Angelegenheit zu Rate zu ziehen. Sie erinnerte ihren Neffen nachdrücklich daran, dass sie ihn so weit gebracht hatte, damit er in Kentuckee eine große Schar fehlgeleiteter Schäfchen auf den Pfad der Tugend zurückführte. Er müsse unbedingt nach Kentuckee reisen. Ihr Neffe blieb jedoch hartnäckig, obwohl sie lange und laut auf ihn einredete. Schließlich schlug Rufus vor, dass sie selbst noch eine Weile länger bleiben solle, um allen ein leuchtendes Beispiel für christliche Geduld und Unterwerfung unter Gottes Willen zu sein.

Irgendwann gab Mrs Sunshill nach. Ihr Neffe ließ nicht mit sich reden. Gegen einen göttlichen Auftrag kam sie nicht an, obwohl es ihr sichtlich missfiel, dass der Allmächtige sie übergangen hatte. Sie hatte keine große Lust, ohne ihren Neffen nur in Gesellschaft der Trapper nach Kentuckee zu ziehen. Sie hatte selbst Mattie nicht überreden können, sie zu begleiten, auch als sie andeutete, dass es in Kentuckee durchaus den einen oder anderen jungen Mann geben möge, der auf der Suche nach einer Frau war. Für ein wankelmütiges und unscheinbares Geschöpf trat Mattie der herrischen Witwe Sunshill mit überraschender Entschlossenheit entgegen. Sie wolle mit dem Bootsmann und Tante Katy zurückfahren, sagte sie und ließ sich auch nicht umstimmen.

Pfarrer Merriman überredete seine Tante, ein kleines Stück Land von Henri zu kaufen. Er hatte vor, sich zuerst eine Hütte und dann eine Kirche zu bauen. Da dies eine Weile dauern würde, wohnte er in der kleinen Hütte neben Wildwood, die einst für Zaydie gebaut worden war und seit ihrem Tod leer stand. Dort hatte er versucht, Sophia dazu zu bringen, den Willen Gottes anzunehmen, sich die Sündhaftigkeit ihres Wesens einzugestehen und zu begreifen, dass der Verlust ihrer Kinder Gottes Strafe für ihre Sünden sei. Sophia weigerte sich, mit ihm zu sprechen. Zu seinem Ärger hielt ihm auch Henri seinen Katholizismus wie einen Schild entgegen, sobald Merriman ihn mit Ermahnungen und Gebeten zu einem tugendhaften Leben und zur Abkehr von seiner Götzenanbetung drängen wollte.

Mrs Sunshill wagte nicht recht, zu ihm in die Hütte neben Wildwood zu ziehen. Sophias eisige Art behagte ihr nicht. Stattdessen lebte sie eine Zeit lang in Caitlins Lager, schlief auf einer Strohmatratze auf dem Boden und verbrachte die Tage bei ihrem Neffen. Sie war von Natur aus jemand, der seine Nase in alles steckte und nicht stillsitzen konnte. Also räumte sie die kleine Hütte auf und putzte und kochte, bis Merriman fast verrückt wurde. Leider konnte sie nicht zu Sophia ins Haupthaus gehen und dort ihre Zeit verbringen, wenn es in der Hütte ihres Neffen nichts mehr zu tun gab. Mrs Sunshill begriff schnell, dass man Sophia besser allein ließ. Der alte Hochmut der Graftons und ihre intensive Abneigung gegen Merrimans Aufdringlichkeit lagen in Sophias Blick, mit dem sie Mrs Sunshill musterte, als sie ihr mit der ihr eigenen Ungeschicklichkeit ihr Beileid über den Verlust ihrer Kinder ausdrücken und sie überzeugen wollte, dass es ihre christliche Pflicht sei, die Last zu tragen, die der Herrgott ihr aufbürde. Ein Blick von Sophia reichte und Mrs Sunshill gab sich geschlagen.

Dann erfuhr Mrs Sunshill, dass Malinda schwanger war, und das nicht erst seit ihrer Hochzeitsnacht. So fand sie immer wieder neue Gründe, um den Tag in Rufus' Hütte zu verbringen, wo sie Malinda schilderte, welche göttlichen Strafen diejenigen erwarteten, die sich unzüchtigen Verhaltens schuldig gemacht hätten. Statt sich in der Unterkunft ihres Neffen nützlich zu machen, bestand sie nun darauf, in Rufus' Hütte zu kochen und den Tisch und die Stühle umzustellen, die Betten zu lüften, auch wenn Malinda es gerade getan hatte, und die Töpfe zu schrubben, die Malinda bereits gründlich gesäubert hatte. Sie scheuchte die Hunde vor die Tür und kommandierte Toby unbarmherzig herum. Bei der Geburt des Kindes musste man sie förmlich aus dem Zimmer zerren – Saskia und Caitlin verstanden den Blick in Malindas Augen nur zu gut, der sie anflehte: »Sorgt dafür, dass diese Frau verschwindet!« Also verschränkte Venus die Arme und schob Mrs Sunshill aus der Tür. »Wir rufen Sie, wenn wir Sie brauchen«, sagte sie mit einer Stimme, die keinen Widerspruch duldete.

Nach der Geburt fand Mrs Sunshill ständig etwas an der Art auszusetzen, wie Malinda mit Little Molly umging, die sie nach der Mutter von Jack und Toby benannt hatten. Mrs Sunshill runzelte die Stirn und schüttelte den Kopf, weil Malinda Molly bei jedem Wimmern auf den Arm nahm. Der Teufel sei in dieses Kind gefahren, daher solle es nicht verhätschelt werden, meinte sie barsch. Wenn Malinda sich einen Moment abwandte, schnappte sie sich die Kleine und zupfte an den Decken herum, in die die Mutter es gerade gewickelt hatte. Hinter ihrem Rücken zog Malinda wütende Grimassen, die Jack zum Lachen brachten, bis Mrs Sunshill Malinda eines Tages dabei ertappte, dass sie ihr die Zunge herausstreckte und mit den Daumen in den Ohren mit den Händen wedelte. Mrs Sunshill war außer sich vor Wut.

Jack hatte es eilig, ein Zuhause für seine kleine Familie zu bauen. Bald stand ein neues Haus mit vier Zimmern in Rufweite von Rufus' bescheidener Hütte. Die Tür ließ sich von innen verriegeln. Als Mrs Sunshill mitbekam, dass sie keinen Zutritt zu Malindas Haus hatte, machte sie sich stattdessen bei Rufus nützlich, während die Männer auf den Feldern und in der Schmiede beschäftigt waren. Sie kochte, fegte und schrubbte, wusch die Wäsche und reparierte alles, was repariert werden musste. Sie tötete die Mäuse, die bis jetzt behaglich unten im Schrank gelebt hatten. Die Hütte wurde von Woche zu Woche sauberer und ordentlicher. Schon bald war allen klar, dass es nicht einfach sein würde, Mrs Sunshill von ihrem selbst geschaffenen Posten zu vertreiben.

»Bitte, Pa, du musst sie wegschicken!«, flehte Toby seinen Vater an.

Im Frühjahr nahm Bruder Merriman Rufus beiseite und machte ihm klar, dass es unschicklich sei, wenn ein unverheirateter Mann und eine unverheiratete Frau so viel Zeit zusammen unter einem Dach verbrächten, und das ohne Anstandsdame. Rufus wusste, was die Stunde geschlagen hatte. Zum Schrecken seiner Söhne sagte er dem Pfarrer, er werde die Witwe Sunshill heiraten, wenn sie einverstanden sei. Merriman gab die Botschaft weiter und eilte mit der Nachricht zurück, dass sie einwillige. Nach der Entführung der Kinder stand niemandem der Sinn nach einer Hochzeitsfeier. Die Trauung ging also sehr ruhig vonstatten. Pfarrer Merriman vollzog sie vor Rufus' Kamin, mit Toby, Jack und Malinda als Zeugen und einem Abendessen mit Schinken und allen möglichen Beilagen. Danach zogen sich Rufus und die neue Mrs Drumheller ein wenig verlegen für die Nacht zurück.

Fortan nannten sie sich gegenseitig Mrs und Mr Drumheller, nie Patience und Rufus. Rufus gab seiner neuen Frau eine kräftige Stute als Hochzeitsgeschenk, sodass sie einfacher zu ihrem Neffen ins Tal reiten und in seiner neuen Hütte nach dem Rechten sehen konnte.

Als Henri ihr davon erzählte, hoffte er, bei Sophia wenigstens einen Funken von Interesse zu wecken, doch sie zuckte nur mit den Schultern und sagte, sie hoffe, dass Mrs Drumheller ihr keinen Hochzeitsbesuch auf Wildwood abstatten würde. »Ich kann die Frau nicht ausstehen«, beharrte sie. Allerdings konnte sie niemanden ausstehen. Sie hasste sich, weil sie die Kinder nach draußen geschickt hatte. Sie hasste jeden, der nicht Charlotte war – sogar Henri und ihre anderen Kinder. Die Monate vergingen und sie und Caitlin gingen einander aus dem Weg. Sophia spürte, wie die Gleichgültigkeit gegen alles und alle wie kaltes Gift ihr Herz durchdrang.

Kapitel 32

Kummervolle Zeiten

1772

In dem Jahr, das auf die Entführung der Kinder folgte, hörte man im Tal immer wieder Berichte, dass der Streit um Land zwischen Indianern und Siedlern in Scharmützel und regelrechte Kämpfe ausartete. Seit der Entführung waren die Gefühle der Siedler allen Indianern gegenüber verhärtet, nicht nur denen gegenüber, die die Kinder verschleppt hatten. Auch in diesem Jahr hatten sie Angst, das Brombeerpicknick auf dem Berg abzuhalten, weil sie befürchteten, angegriffen zu werden.

Gideon hatte die Spur der entführten Kinder verfolgt. Er nahm vier Pferde mit, für jedes Kind eines als Lösegeld. Durch die Pferde kam er jedoch langsam voran, und es dauerte einige Zeit, bis er die Gruppe der Creeks fand, die die Kinder entführt hatte. Als er zu den drei ängstlichen Müttern zurückkehrte, hatte er mit Magdalena und Peach nur die beiden jüngsten Kinder dabei. Cadfael und

Charlotte blieben verschwunden. Die Creeks hatten das Kind mit dem Mondscheinhaar an Cherokee verkauft, die südwärts auf dem Pfad unterwegs waren. Der Junge war von einer Frau adoptiert worden, deren Söhne alle in Schlachten mit weißen Soldaten ums Leben gekommen waren. Venus und ihre Töchter umarmten Peach erleichtert und versprachen, sie nie wieder aus den Augen zu lassen. Caitlin war ohnmächtig geworden, als Gideon ohne Cadfael zurückkam. Sophia, die sich an die Hoffnung geklammert hatte, dass Gideon ihr Charlotte wiederbringen würde, hatte das Gefühl, zu Stein zu werden.

Hohlwangig und schlaflos war Sophia kaum in der Lage, Tag für Tag ihrer Arbeit nachzugehen. Sie stand reglos in der Küche, vergaß das Essen auf dem Feuer, bis alles verbrannt war, und konnte keine einzige Naht zu Ende nähen. Kitty übernahm die meisten Arbeiten im Haus und kümmerte sich tränenüberströmt um den vernachlässigten Kräutergarten.

Der Kummer trennte Caitlin und Sophia, statt sie zu einen. Sie waren dankbar, dass Magdalena und Peach wieder da waren. Selbst Sophias alles umfassender Hass ebbte einen Moment lang ab. Nachts lagen jedoch beide Mütter schlaflos mit weit aufgerissenen Augen da und durchlebten wieder und wieder den Nachmittag der Hochzeit von Malinda. Caitlin wünschte, sie hätte Cadfael wie Annie neben sich gesetzt. Sophia bereute zutiefst, dass sie die vier Kinder nach draußen geschickt hatte. Wenn sie nicht mehr still daliegen konnten, trieb sie die Trauer aus dem Bett und sie gingen auf der Veranda auf und ab. Ihre Herzen folgten ihren verschleppten Kindern durch die Dunkelheit und den Fluss hinunter, wo immer sie jetzt waren und nach ihren Müttern und ihrem Zuhause weinten.

Caitlins Gesicht wurde faltig, ihre blauen Augen waren vor Kummer verblasst. Sophia meinte, das Gewicht von Charlotte als Säugling auf der Hüfte zu spüren, während sie ihre Arbeit machte, und hatte ihre fordernde Stimme im Ohr: »Auf! Erzähl eine Geschichte!« Sophia hörte, wie Charlotte als ihre kleine Stellvertreterin Magdalena herumkommandierte und alles wiederholte, was Sophia gesagt hatte.

Starr vor Schmerz stellte Sophia den Schulunterricht ein.

Auch ihre Ehemänner und die anderen Kinder litten. Magdalena, die Charlotte anbetete, war verzweifelt. Sie aß kaum und sprach nicht viel. Wenn sie die Hühner sah, brach sie in Tränen aus, sodass Sophia den Jungen die Aufgabe übertrug, sie zu füttern, den Hühnerstall zu reinigen und Eier einzusammeln. Kitty sah, wie ihre Mutter allmählich immer dünner wurde, und versuchte, sie zum Essen zu bewegen. Wenn es kühl wurde, legte sie ihr einen Schal um die Schultern und weinte heimlich, wenn Sophia sie anfuhr. Georgie und Francis murrten wegen der zusätzlichen Arbeit. Aber mit einer neuen, unglücklichen Schärfe in der Stimme sagte Kitty, sie sollten den Mund halten.

Henri stürzte sich in die Arbeit, rodete Land und baute Hütten auf der Westseite des Flusses. Oft war er fast zu müde, um zurückzurudern. Nun war er entschlossen, es zu Ende zu bringen. Er beschloss, am gegenüberliegenden Ufer eine Anlegestelle zu bauen, sodass alle Käufer rasch zur Handelsstation hinüberrudern oder sogar eine Fähre einrichten konnten. Er sehnte sich nach Frankreich.

Bei den Vanns begriffen nur Bryn und Annie, dass ihre Mutter schwer an irgendeinem Kummer trug. Sie spielte keine Spiele mehr mit ihnen, lachte nicht mehr, erzählte ihnen keine Geschichten aus der Bibel und sang sie nicht mehr in den Schlaf. Die Kinder der Vanns wurden ängstlich und unsicher. Annie begann, beim geringsten Anlass zu weinen.

Venus hatte immer noch Albträume, dass Peach wieder verschwinden könnte. Seth kontrollierte ständig, wo alle seine sechs Kinder gerade waren, und bestand darauf, dass sie zusammenblieben, bis Polly einwandte, dass sie ihre Arbeit nicht erledigen konnten, wenn sie angelaufen kommen mussten, sobald Seth nach ihnen rief, um sie durchzuzählen. Pearlie, das frechste der Hanover-Mädchen, erklärte ihm: »Pa, lass uns in Ruhe. Mama wird wütend, wenn wir unsere Arbeit nicht erledigen. Wir sind zu fünft! Wenn sie versuchen, uns zu verschleppen, kreischen wir wie die Gänse von Onkel Rufus. *Quaaakquakquak*«, machte sie vor. Polly, Pen und Patsy und sogar Peach stimmten mit ein, bis Seth sich die Ohren zuhielt und rief, sie sollten ruhig sein.

»Die Kinder sind ja nicht gerade leise«, sagte Venus später zu ihm. »Ich bin ihre Mutter, und für eine Mutter ist es normal, sich den lieben langen Tag Sorgen zu machen. Aber du bist ein Mann und ihr Pa, und du musst aufhören, dich zu sorgen. Lass dir lieber etwas Sinnvolles einfallen. Die Mädchen sind schlimmer als Gänse, wenn sie zusammen sind. Ich weiß, wovon ich rede. Schließlich höre ich sie, seit sie auf der Welt sind. Und laut sind sie! Aber wenn du dir Sorgen machst, dann besorgst du am besten eine Muskete für Polly. Sie kann Wache halten. Sie kann gut schießen und hat mehr Verstand als Patsy. Jedenfalls würde sie nicht aus Versehen ihre Schwestern erschießen. Susan kann auch gut schießen, aber sie kann nicht ständig auf die anderen aufpassen. Ich brauche Susan im Haus, sie muss mir helfen.«

Danach hielt Polly mit einer Steinschlosspistole Wache, die sie bei den Vanns am Handelsposten erstanden hatten, während Patsy, Pearlie, Pen und Peach arbeiteten. Dabei blieben Reibereien nicht aus – die, die arbeiteten, hatten Angst, dass Polly sie unbeabsichtigt erschießen würde, und Patsy war verstimmt, dass nicht sie die Waffe bekommen hatte, obwohl sie die Älteste war. Sie stritten sich laut, ob Pollys Wachdienst bedeutete, dass sie nicht so hart zu arbeiten brauchte wie die anderen.

Der Mittsommer rückte näher. Saskia war froh, dass Cully wahrscheinlich nicht noch einmal entführt werden würde. Er konnte auf sich selbst aufpassen, trotz seines Beines. Er war ein großer junger Mann von dreiundzwanzig. Die Arbeit auf den Feldern und bei Toby und Rufus sowie Meshack in der Schmiede hatte ihn stark gemacht. Man sah ihm seine Abstammung an – in sein dunkles Haar mischten sich helle Strähnen, und seine Haut und Augen waren hellbraun. Er sah aus wie eine jüngere und feinere Version des fleischigen, rotgesichtigen Thomas de Bouldin.

Cully war rastlos. Er ging nach Wildwood hinauf, um Holz zu hacken und Kitty zu besuchen. Er neckte sie, wie er es immer getan hatte, aber es schien, als sei Kitty innerlich erloschen. Er überlegte angestrengt, wie er sie aufmuntern könnte. Also bat er Meshack, ihm bei einem Geschenk für Kitty zu helfen. Nach kurzem Überlegen meinte Meshack, dass Kitty sich sicher über einen Nähkasten freuen würde. Er zeigte ihm, wie er ihn aus einem schönen Stück Zedernholz schnitzen und wie er Kittys Namen mit einem heißen Feuerhaken einbrennen konnte. Der Kasten hatte Fächer für Garne, Nadeln, Stecknadeln und eine Schere. Weder Meshack noch Cully wussten, dass Kitty sich vor Näharbeiten drückte, wo immer sie konnte.

»Oh Cully«, rief Kitty, als er ihr das Nähkästchen brachte und sagte, er habe es für sie gemacht. »Wie wunderschön! Es macht mich so ... so ... froh!« Sie brach in

Tränen aus, und Cully legte die Arme um sie. Kitty spürte, wie sein Herz an ihrem schlug, und hörte auf zu weinen. Dann hob sie den Kopf und lächelte ihn an. »Danke«, flüsterte sie, »für das Kästchen.«

Sie sahen sich in die Augen, und Cully küsste sie. Das hatte er noch nie gemacht. Kitty löste sich schließlich von ihm und spürte, dass es trotz allem möglich war, glücklich zu sein. »Oh Cully«, hauchte sie. Wenn er sie doch noch einmal küssen würde ...

Cully zog sie an sich. »Es ist ein Abschiedsgeschenk. Ich bin gekommen, um dir zu sagen, dass ich nach La Nouvelle-Orléans gehe.«

Kittys sah ihn entgeistert an. »Wann?«

»Morgen früh. Nur für eine Weile. Ein paar Pelzhändler, mit denen ich fahre, sagen, dass man dort gutes Geld verdient. Vor allem, wenn man schreinern kann. Ich weiß, was Meshack mir beigebracht hat.«

»Aber La Nouvelle-Orléans ist so weit weg! Wirst du wiederkommen?«

»Ich komme ganz bestimmt zurück, und wenn ich den Fluss hochschwimmen muss. Mach dir keine Sorgen. Mama macht sich schon genug Sorgen für alle. Versprichst du mir, dass du ihr ein wenig Gesellschaft leisten wirst?«

Kitty nickte stumm.

Am nächsten Tag fuhr Cully mit den Händlern auf einem Floß nach La Nouvelle-Orléans. Kitty winkte zum Abschied und fühlte sich vollkommen leer. Er hatte das Papier bei sich, das besagte, dass Cully Stuart ein freier Neger war. Saskia hatte schreckliche Angst, dass er als Sklave gefangen genommen und verkauft werden würde, trotz des Dokuments. Cully wiederholte, was die Pelzhändler ihm gesagt hatten: La Nouvelle-Orléans sei voll von freien Schwarzen und Mulatten. Dort sei es nicht wie in Virginia.

Saskia zweifelte, sie hatte wenig Vertrauen in das, was »sie« sagten. Damit meinte sie weiße Leute.

Der Sommer verging, und Cully kam nicht zurück.

Ende September machte sich Saskia auf den beschwerlichen Weg durch den Obstgarten nach Wildwood. Sie wollte Sophia besuchen. Es kümmerte sie nicht, ob Sophia nun besucht werden wollte oder nicht. Die Entführung der Kinder lag fast ein Jahr zurück. Sophia und Caitlin hatten einander kaum gesehen oder gesprochen. In einem Korb lag unter einem weißen Tuch Saskias Spezialität: Brötchen, noch warm vom Ofen, mit ein wenig Butter bestrichen und mit Schinken belegt. Sophia kochte Tee, und obwohl sie schon lange keinen Appetit mehr hatte, hatte sie sechs der Brötchen gegessen, bevor sie es überhaupt merkte.

Saskia sprach nicht über Charlotte oder den Tag von Malindas und Jacks Hochzeit. Wie sie es bei jedem Besuch gemacht hätte, sprach sie über Cully. Sie gestand Sophia, dass sie bei aller Liebe für Cully wünschte, er würde einem so schlechten Mann wie seinem Vater nicht ähnlich sehen.

»Cully hat dein Herz. Das ist der Teil, der wichtig ist, Saskia«, meinte Sophia. Es war lange her, dass sie so etwas gesagt und sich um andere bemüht hatte.

»Vielleicht hat er auch ein bisschen etwas von Notts Herz, wo sie doch unter einem Dach wohnen«, sagte Saskia. »Ich hoffe es jedenfalls. Nott ist ein guter Mann. Ich hätte Nott nicht bekommen, wenn wir damals nicht mit dir weggelaufen wären, Miss Sophy. Ich vergesse das nicht. Du hast mir geholfen, Nott zu kriegen und meinen Jungen zu behalten, ein eigenes Haus zu haben. Denk ein bisschen darüber nach, Miss Sophy. Wenn du Zeit hast.«

Sophia legte die Hand auf Saskias.

Saskia seufzte. »Ich wünschte, Cully würde eine Frau finden, die er heiratet, für die er ein Haus baut. Ich hätte gerne ein paar Enkelkinder um mich. Nott sagt, sie können dieses Stück Land an der Ecke haben. Mit einer Quelle und einem Baum, der Schatten spendet. Ich hoffe immer noch, dass vielleicht ein schwarzes Mädel den Fluss herunterkommt, das er mag. Aber Cully ist, wie er ist, er wartet nicht darauf. Weg ist er, nach La Nouvelle-Orléans gegangen.« Allein bei dem Gedanken an Cully stockte ihr der Atem, und das Herz pochte laut in ihrer Brust.

»Ich weiß«, sagte Sophia. »Ich hoffe, er kommt bald nach Hause.«

»Jetzt, wo Cully weg ist, ist Kitty solch ein Trost für mich«, erklärte Saskia und stand auf, um sich zu verabschieden. »An manchen Tagen sehe ich nicht so gut. Kitty kommt jeden Tag. Sie hilft mir, den Fluss im Auge zu behalten, ob er nach Hause kommt. Sie ist ein gutes Mädchen. Kommt nach ihrer Mama. Du kannst froh sein, ein so gutes Kind zu haben, vergiss das nicht, und die anderen drei prächtigen Kinder auch. Alle brauchen ihre Mama, so wie immer. Und Henri auch.«

Saskia tat so, als bemerke sie nicht, wie Sophia Tränen über die Wangen liefen. *Es ist Zeit, dass sie weint*, dachte Saskia, *und den Kummer herauslässt, bevor er sie und alle um sie herum tötet.* Sie tätschelte Sophias Schulter und machte sich dann auf den Heimweg.

Der Besuch bei Sophia hatte sie angestrengt. Saskia war erschöpft, als sie nach Hause kam. Sie war rundlicher denn je. Manchmal bekam sie keine Luft und keuchte. Sie hatte dunkle Ringe unter den Augen. Nott hatte ihr einen Schaukelstuhl angefertigt und dort verbrachte sie einen guten Teil des Tages. Sie hatte sich angewöhnt, Notts Pfeife zu rauchen, während sie sanft hin- und herschaukelte. Sie hatte den Stuhl so hingestellt, dass sie den Fluss und die Anlegestelle im Auge behalten konnte. So würde sie sofort sehen können, wenn Cully zurückkehrte.

»Vielleicht hat er sich eine Frau genommen und bringt sie mit«, meinte sie zu Nott und versuchte, optimistisch zu sein. »Es dauert eine Weile, bis man alles so weit hat, dass man losziehen kann.«

»Wäre schön, wenn er ein Mädchen mitbrächte«, pflichtete Nott ihr bei. »Besonders, wenn es eine nette, dicke Frau ist, so wie du. Dicke Frauen sind die schönsten.« Er kicherte.

»Was redest du da, Nott!«

Cully war immer noch nicht wieder zurückgekehrt. Das Laub verfärbte sich, und die Nächte wurden kühl. Saskia saß auf ihrer Veranda mit einer Decke über den Knien. Susan, Kitty oder Rhiannon kamen alle paar Tage in die Hütte der Stuarts und brachten einen Topf oder eine Platte mit Essen mit. »Mama hat euch diesen Eintopf gekocht«, sagten sie, oder »Ich habe diese Apfelkuchen selbst gebacken, und Mutter sagt, wir können sie unmöglich alle essen« oder »Ich hab ein paar Brötchen und frische Buttermilch mitgebracht«.

Caitlin kam mit Tee aus Erdbeerblättern und erschrak, als sie sah, dass sich bei Saskia die Wäscheberge türmten. Sie machte Feuer, raspelte gelbe Seife in den Topf, kochte alles aus und hängte die Wäsche zum Trocknen in die Herbstsonne. Nott nahm sie am Nachmittag von der Leine, als er vom Feld kam. »Wie faltest du das?«, fragte er. Er war kaum noch zu sehen, so viel Wäsche hatte er auf dem Arm.

»Leg sie dorthin, Nott, ich mache es«, antwortete Saskia müde. Sie hatte kaum die Kraft, die Arme zu heben. Nott ging die Kühe melken.

Als er zurückkam, war Saskia auf dem Wäschestapel zusammengesackt. »Saskia?« Nott zog die Wäsche weg und schüttelte Saskia an der Schulter, erst sanft, dann immer heftiger. Er bekam keine Antwort. »Du schläfst nur, du musst jetzt aufwachen!«, bettelte er. »Saskia, wach auf. Sag mir, dass du mir nicht weggestorben bist! Sag, dass du nicht gestorben bist«, rief er immer wieder, bis ihm klar wurde, dass Saskia nicht mehr aufwachen würde. Er sank neben dem Schaukelstuhl auf die Knie. »Du bist tot, und was mache ich jetzt? Was soll ich bloß tun, Saskia?«

Als Susan mit einem Topf Bohnensuppe kam, kniete er immer noch auf der Veranda, die Arme um Saskias Schultern gelegt, und rief weinend Saskias Namen.

»O nein! Nein«, sagte sie. »Oh Nott! Ich hole Ma und Caitlin. Oh, der arme Cully! Und er ist so weit weg!« Susan lief durch die Dämmerung davon.

Schließlich hörte Nott die Frauen kommen und wischte sich die Augen mit dem Ärmel ab. »Wird dunkel, Saskia. Wird dunkel.«

Am nächsten Morgen bürstete Meshack seine Kleider, setzte den Hut auf und machte sich auf die Suche nach Pfarrer Merriman, der auf seinem Land arbeitete. »Wir brauchen eine Beerdigung. Saskia ist tot.«

Pfarrer Merriman richtete sich auf und nahm den Hut ab. »Es tut mir leid, dass die irdischen Mühen von Saskia vorbei sind«, sagte er und stützte sich auf seine Schaufel. Er hatte noch nie jemanden beerdigt und überlegte, was getan werden musste. In seiner Zeit in Yale hatte er Fächer wie Bibelstudium, Theologie, Latein und Hebräisch belegt. Praktische Anleitungen jedoch, wie man einen unglücklichen alten Mann tröstete, dem die Trauer tiefe Furchen ins Gesicht gegraben hatte, hatten nicht auf dem Lehrplan gestanden.

»Fang bloß nicht von Sünden und Höllenfeuer an.«

Merriman nahm allmählich Vernunft an. Langsam zwar, aber Vernunft ist ja immer willkommen, wenn sie sich denn zeigt. In seinem Fall hatte Saskia der Vernunft nachgeholfen. Die Predigten von Pfarrer Merriman waren so düster und bedrohlich, dass die Leute sie nicht mehr hören konnten. Alle außer Mrs Drumheller machten einen Bogen um ihn. Schließlich hatte Saskia dem verzweifelten, einsamen jungen Mann geraten: »Mit Honig kannst du mehr Fliegen fangen als mit Essig. Hast du ein bisschen Honig, um deine Predigten zu versüßen?«

Er überlegte einen Moment. »Nein«, sagte er dann traurig, »nur eine Bibel. Und ein Psalmenbuch.«

»Was ist das?«

»Ein Gesangbuch, um die Psalmen zu singen. Keine Musik, nichts derart Gottloses. Nur Gesang.«

»Hm. Kannst du singen?«

»Nicht allein, aber meine Schwester hat immer mit mir zusammen gesungen und …«

»Dann sieh zu, dass du ein Mädchen findest, das mit dir singt. Und wenn du singst, hören die Leute dir vielleicht auch zu. Dann kannst du predigen, aber nicht zu viel. Du musst schon wissen, wann es genug ist.«

Mit diesen Worten hatte Saskia ihn stehen lassen. Später fragte sie Kitty, Rhiannon, Susan und ihre Schwestern, ob sie Pfarrer Merriman helfen würden, aber sie kicherten und lehnten ab. Das einzige Mädchen, das dieser Idee so etwas wie Begeisterung entgegenbrachte, war Mattie, die zufällig mit ihrem Onkel am Handelsposten war.

Also sangen Mattie und Merriman sonntags Psalmen auf dem Landungssteg, wann immer Matties Onkel gerade vorbeikam. Zuerst war Caitlin die Einzige, die einstimmte, doch nach und nach sangen auch die anderen mit. Es war ungewohnt, aber zumindest Caitlin empfand den Gesang als Trost. Merriman und Mattie stimmten den Gesang an. Merriman sagte eine Zeile vor und alle wiederholten sie singend. Zwischendurch hielt er eine kurze Predigt, dann wurde wieder gesungen. Auf diese Weise hatten alle etwas Abwechslung.

In Bruder Merriman keimte die vorsichtige Hoffnung auf, dass es doch gelingen könnte, einige der verlorenen Seelen dem Höllenfeuer zu entreißen.

Als Meshack ihm sagte, dass bei der Beerdigung nicht von Höllenfeuer die Rede sein sollte, nickte Merriman zustimmend. »Nein, nicht für Saskia.«

Er dachte an die Beerdigungen, die er als Kind erlebt hatte. »Wir brauchen Psalmen«, sagte er laut, »und eine Prozession zum Grab. Eine Trauerrede, in der wir uns an die guten Werke Saskias erinnern. Und Hymnen, Saskia mochte Gesang. Und dann gibt es einen Leichenschmaus. Komm herein, dann besprechen wir, wie alles ablaufen soll.« Er deutete auf seine Hütte. »Wir brauchen natürlich auch einen Sarg«, fügte er hinzu, während er Meshack ins Haus führte.

»Dafür sorge ich«, sagte Meshack. Seine Stimme war rau vor Kummer. »Das mache ich.«

Meshack arbeitete die ganze Nacht beim Licht der Kerzen und Kiefernfackeln. Am nächsten Morgen stand ein feiner Zedernsarg bereit. Unter Tränen half ihm Nott, ihn in sein Haus zu tragen, wo Saskia auf dem Eichentisch aufgebahrt lag, den Cully für sie gezimmert hatte. Venus und Caitlin hatten den Leichnam gewaschen, Saskia angezogen und sie in ihr bestes Schultertuch gewickelt. Sie, Rhiannon, Kitty, Susan und Malinda hatten die ganze Nacht an Saskias Seite gewacht.

Auf Wildwood hatte Kitty ihrer Mutter die Nachricht überbracht. Als Sophia sie mit ihrem üblichen verständnislosen Blick ansah, schrie Kitty: »Saskia ist tot, Mutter. Tot! Tot! Tot! Und wie es scheint, bist du es auch!«

Henri hatte Kitty heftig geschüttelt und ihr gesagt, sie solle aufhören. Aber Kitty schrie weiter, bis ihr Vater sie aus dem Haus zum Obstgarten zerrte, wo sie schreien konnte, so viel sie wollte.

Sophia saß am Feuer und starrte in die Flammen, als Henri und Kitty zu Bett gingen. Im Morgengrauen hatte sie ihr Schultertuch ganz fest um sich gewickelt, als könne es sie zusammenhalten. Mit einer Schale mit Schinkenbrötchen machte sie sich auf den Weg zum Haus der Stuarts. Dafür hatte sie ihr ganzes Weizenmehl aufgebraucht und mit dem Holzschlägel so heftig wie möglich auf den Teig eingeschlagen. Sie hörte auch dann nicht auf, als der Teig längst fertig war. Henri, der von dem Lärm aufgewacht war, kam herein, nahm ihr den Schlägel aus der Hand und sie sank schluchzend in seine Arme.

Am späten Vormittag erschien Meshack im Haus der Stuarts. Er legte Nott die Hand auf die Schulter. »Nott. Es ist Zeit.«

»Ich weiß.« Nott hatte rote Augen. »Ich hoffe nur, vielleicht …«

»Cully kommt heute nicht zurück, Nott«, sagte Meshack. »Ich weiß, das ist es, worauf du wartest. Aber der Junge kommt zurück, wenn er zurückkommt. Er kann es nicht wissen.«

»Saskia wäre so traurig, dass er nicht hier ist«, sagte Nott. »Sie war ganz vernarrt in den Jungen.« Aber schließlich nickte er und Henri, Rufus, Seth und Toby zählten bis drei und hoben den Sarg auf die Schultern. Langsam gingen sie aus dem Haus, vorbei an Saskias leerem Schaukelstuhl und dann die Stufen hinunter.

Pfarrer Merriman hielt seine Bibel umklammert und führte die Prozession an. Es war ein schöner Tag. Es wehte ein kühler Wind mit einem leichten frostigen Hauch, doch die Sonne schien und das Laub an den Bäumen loderte in den schönsten Herbstfarben. Allen erschien es unangemessen, aber sie waren froh über die Wärme der Sonne auf den Schultern. Die Siedler gingen still hinter dem Sarg her, bis sie zu dem Grab kamen, das Toby und Jack auf dem Friedhof unterhalb vom Obstgarten ausgehoben hatten. Statt einer einzigen Trauerrede sprach ihr jede der Frauen, deren Kinder Saskia auf die Welt geholfen hatte, eine nach der anderen Dank aus. Nur Malinda küsste ihre Hand und legte sie auf den Sarg. So machten es auch alle Kinder, die ihren ersten Atemzug in Saskias Händen getan hatten. Malinda half Little Molly dabei, ihr molliges Händchen an die Lippen zu führen und damit auf den Sarg zu patschen.

Der Sarg wurde in die Grube gesenkt und Merriman holte gerade tief Luft, um eines seiner langen Gebete zu sprechen, als Caitlin ihn anstieß. »Nicht. Kein Gebet. Sprüche einunddreißig«, flüsterte sie. »Lies das! Sonst nichts.« Merriman schlug seine Bibel auf:

> *Wem eine tüchtige Frau beschert ist, die ist*
> *viel edler als die köstlichsten Perlen.*
> *Ihres Mannes Herz darf sich auf sie verlassen,*
> *und Nahrung wird ihm nicht mangeln.*
> *Sie tut ihm Liebes und kein Leid ihr Leben*
> *lang.*

»So war Saskia«, sagte Nott, und alle pflichteten ihm leise murmelnd bei.

> *Ihr Mann ist bekannt in den Toren, wenn er
> sitzt bei den Ältesten des Landes ...*

»Das ist er ganz sicher«, sagte Meshack, »ganz sicher.«
Er legte Nott den Arm um die Schultern.

> *Ihren Mund öffnet sie mit Weisheit, und
> freundliche Weisung ist auf ihrer Zunge.
> Ihre Söhne stehen auf und preisen sie, ihr
> Mann lobt sie:
> »Es sind wohl viele tüchtige Töchter, du aber
> übertriffst sie alle.«
> Trügerisch ist Anmut und nichtig die
> Schönheit; eine Frau aber, die den
> HERRN fürchtet, die soll man rühmen.
> Gebt ihr von den Früchten ihrer Hände, und
> ihre Werke sollen sie loben in den Toren!*

Diese Worte beschrieben Saskia so gut, dass es für einen Moment so war, als wäre sie bei ihnen.
»Ruhe in Frieden. Amen«, murmelte Sophia, Caitlin folgte, dann die anderen. »Amen.«
Merriman schwieg einen Moment, und alle sahen zum Fluss hinunter, falls Cully doch noch kommen sollte.
Schließlich gab der Pfarrer Jack und Toby ein Zeichen, das Grab zuzuschaufeln. Mit einem dumpfen Knall landete die erste Schaufel voll Erde auf dem Sarg. Nott fiel laut weinend auf die Knie, während Meshack, Venus, Seth und ihre Mädchen versuchten, ihn wieder aufzurichten. Schluchzend blieb er am Grab, bis es zugeschaufelt war.
Nach Singen war niemandem zumute.
»Komm jetzt, Nott«, bat Venus. »Wir gehen etwas essen. Sie hätte nicht gewollt, dass du hungrig bist.«

Zur allgemeinen Überraschung hatte Mrs Drumheller den Leichenschmaus in ihrer Hütte angerichtet. Caitlin räumte ein, dass die Geschäftigkeit dieser Frau ausnahmsweise gelegen kam. Malinda half ihr, Platten mit kaltem Fleisch, heißem Maisbrot und Bratäpfeln aufzutragen, während Kitty und Susan sich um Little Molly und die jüngeren Kinder kümmerten. Meshack holte einen Krug Whiskey, doch an diesem Tag hatte er nicht die übliche erhebende Wirkung.

Als sie schließlich von den Drumhellers aufbrachen, hatten die meisten immer noch rot geweinte Augen. Draußen war der Tag grau und unwirtlich geworden. Die leuchtenden Farben des Laubes schienen matt und leblos. Susan, Kitty und Rhiannon waren die Letzten, die sich auf den Heimweg machten, nachdem sie Patience und Malinda geholfen hatten, die Küche in Ordnung zu bringen. Als sie in der Dämmerung durch das Tal gingen, sagte Susan plötzlich: »Ich wünschte, Cully wäre nicht weggegangen. Er hätte hier sein sollen.«

»Ja«, bestätigte Rhiannon. »Saskia hat sich immer gewünscht, dass Cully endlich nach Hause kommt.«

Kitty zog scharf die Luft ein. »Ich wünschte auch, Cully wäre wieder hier«, sagte sie leidenschaftlich. »Ich wünsche es mir von ganzem Herzen.«

Susan sah Kitty überrascht an. »Was für ein schrecklicher Tag«, fügte Kitty niedergeschlagen hinzu.

Schweigend gingen sie weiter, bis Kitty das Thema wechselte. »Rhiannon, wie ich höre, hat jemand Wild vor eure Tür gelegt. Und deine Mutter hat es gefunden, als sie aufstand. Papa sagt, es bedeutet, dass ein Krieger dich heiraten will. Wirst du einen Krieger heiraten?«

»Heiraten!«, rief Susan.

»Ich weiß es nicht«, erwiderte Rhiannon und trat nach dem Laub am Boden. »Mutter war wütend über das Wild.

Ich glaube, Vater hatte ihr Wild vor die Tür gelegt, bevor sie geheiratet haben.« Sie seufzte. »Früher ist Mutter nie wütend geworden, aber seit Cadfael …«

Kitty seufzte ebenfalls. Sie war erleichtert gewesen, dass ihre Mutter nicht nur stumm dasaß, sondern sich die Mühe gemacht hatte, Schinkenbrötchen zu backen. Wenigstens versuchte sie, aus ihrem Kummer aufzutauchen. Plötzlich war Kitty wütend auf Sophia. »Ich vermisse Charlotte auch, genau wie Magdalena und die Jungen. Aber Mutter hat vergessen, dass sie noch mehr Kinder hat«, sagte sie bitter. »Ich bemühe mich immer wieder, sie daran zu erinnern, und versuche, so lieb und nett wie möglich zu sein. Saskia habe ich erzählt, dass ich es einfach nicht schaffe. Ich glaube, es war Saskia, die es ihr klargemacht hat.«

»Vielleicht hätte Saskia es hinbekommen, dass unsere Mütter wieder Freundinnen werden«, sagte Rhiannon zögernd.

»Ach, Rhiannon!«, gab Kitty traurig zurück. »Das wäre ein Segen!«

Kapitel 33

Zögerliches Erwachen

1773

Nach Saskias Tod fing Sophia an, sich an kleinen Dingen entlangzutasten, begann, es zu versuchen. Abends am Feuer nahm sie den Unterricht für Magdalena und die Jungen wieder auf, während Kitty las, was immer sie in die Finger bekam. Henri saß mit seiner Tabakpfeife dabei und berichtete, was er an Neuigkeiten aufgeschnappt hatte: ob irgendjemand von Cully gehört hatte; dass er einen Adler gesehen hatte; wie gut die Ernte werden würde oder dass Rufus wieder einmal ein Schlangennest neben der Schmiede gefunden und die Klapperschlangen getötet hatte. Sophia zeigte flüchtiges Interesse, stellte Fragen, nickte auf die Antworten, aber all diese Anstrengung erschöpfte sie, und manchmal hatte sie fünf Minuten später vergessen, was Henri erzählt hatte.

Henri kam es vor, als würde Sophia langsam aus dem Schlaf aufwachen. Oft musste er Dinge wiederholen, die er ihr schon einmal erzählt hatte, wie die Tatsache, dass er endlich seine Gehöfte fertiggestellt hatte. Er hatte das Land gerodet, Weiden umzäunt und Felder markiert. Außerdem hatte er zwei Hütten gebaut, eine große mit vier Zimmern und eine mit zwei. Jetzt brauchte er Käufer.

»Oh. Ja. Irgendjemand kommt bestimmt.«

Sophia gab sich mehr und mehr Mühe, hörte wieder zu, und er unterhielt sich lange mit ihr. In letzter Zeit hatte er oft von den Vanns gesprochen. »Letzte Woche lag ein toter Bär vor Gideons Tür. Rhiannon hat einen Freier.« *Wenn irgendetwas Sophias Interesse wecken kann, dann das*, dachte er.

Kitty ließ das halbe Blatt der *Virginia Gazette* sinken, das sie gelesen hatte.

»Was?« Sophia blickte auf. »Nein! Sie ist in Kittys Alter.«

»Achtzehn«, sagte Kitty laut. »Fast. Für den Fall, dass jemand sich die Mühe macht, sich daran zu erinnern.«

»Ich erinnere mich, wie es war, als sie kurz vor dir geboren wurde«, seufzte Sophia. »Wie hat sie den Krieger kennengelernt, der den Bären vor ihre Tür gelegt hat?« *Und was macht Caitlin aus dieser Nachricht?*, fragte sie sich, sagte es aber nicht laut.

»Gideon wollte einen Krieg verhindern«, begann Henri.

»Das ist ihm bisher auch gelungen«, warf Kitty ein, »und Rhiannon hat ihm geholfen.«

»Sei still, Kitty, deine Mutter wollte wissen, wie Rhiannon den Krieger kennengelernt hat.«

»Oh, das war, bevor Saskia gestorben ist«, sagte Kitty.

»Du wusstest es?«, fragte Sophia. »Und hast nichts davon erzählt?«

»Natürlich habe ich es erzählt, Mutter«, erwiderte Kitty und verdrehte die Augen.

Lange Zeit hatte es überhaupt keinen Sinn gehabt, ihrer Mutter irgendetwas zu erzählen. Es hätte Sophia sowieso nicht interessiert.

»Sein Name ist Zwei Bären.«

»Zwei Bären?«

»Mutter! Ich habe es dir gesagt, aber du hast nicht zugehört.«

Kittys Ton ärgerte Sophia. Sich zu ärgern war zumindest etwas anderes, als vor Kummer zu vergehen. Sophia fragte sich, was in den vergangenen Monaten sonst noch geschehen war, ohne dass sie es mitbekommen hatte. »Sei so lieb und erzähl es mir noch einmal, Kitty.«

»Erinnerst du dich, als die Indianer zwei Kühe und einige Hühner von Seth gestohlen haben? Als aus unserer Scheune ein Pferd fehlte und Rufus' Gänse eine nach der anderen verschwanden? Als Meshacks Destille überfallen wurde und zwei Fässer Whiskey gestohlen wurden? Als Pfarrer Merrimans neue Hütte am Ende des Tales niedergebrannt ist und er sagte, dass es Indianer waren? Nein? Egal …«

»Oh …? Der arme Mann«, sagte Sophia ohne große Überzeugung.

»Er ist jetzt netter als früher, Mutter. Ich glaube, das hat mit der Nichte des Bootsmanns zu tun.«

»Mit wem?«

»Ihr Name ist Mattie. Ich wusste, dass sie Pfarrer Merriman mochte, weil sie mit ihm zusammen singt. Und man sollte meinen, dass Merriman merkt, wie sie ihn ansieht, und sich dann in sie verliebt. Aber er ist immer, ich weiß nicht, wie ein Pfarrer eben. Als hätte er nie daran gedacht, zu heiraten oder Unzucht …«

»Was?«

»Also haben Susan und ich ... nachgeholfen.«

»Tatsächlich?« Zum ersten Mal seit langer Zeit schien Sophia ihre Tochter tatsächlich wahrzunehmen. »Und wie habt ihr das bitte schön angestellt?«

»Als sie das letzte Mal mit ihrer Tante und ihrem Onkel hier war, haben Susan und ich ihr die Haare geflochten und ihr ein paar Bänder geliehen. Dann hatte ich noch etwas Lavendelwasser, das du gemacht hast.«

Wie jedes Jahr hatte Sophia Lavendelwasser zubereitet, nachdem Charlotte verschwunden war, ohne mitzubekommen, was sie tat.

»Susan und ich haben Mattie damit eingesprengt und sie zu einem Spaziergang überredet. Wir wussten ja, dass Merriman in seinem Maisfeld arbeitete. Und«, Kitty hielt inne.

»Und was dann?«, fragte Sophia misstrauisch und überlegte plötzlich fieberhaft, welchen Unfug Kitty und Susan ausgeheckt haben könnten.

»Oh, wir sind rein zufällig an dem Feld vorbeigegangen. Wir hatten mit Mattie abgesprochen, dass sie in Ohnmacht fallen sollte, sodass Merriman herbeistürzen würde, um sie in den Schatten zu tragen. Und dann würde er mitbekommen, wie schön sie ist, und sich endlich verlieben. Aber als wir dann in Sichtweite von ihm waren, wollte Mattie nicht in Ohnmacht fallen, also ...«

»Also ...?«

»Eigentlich war es Susans Idee. Mattie ist schon ganz schön alt, und wir mussten etwas unternehmen. Sie hat schreckliche Angst vor Spinnen. Also hatte Susan sich etwas überlegt, falls Mattie zu schüchtern sein sollte, in Ohnmacht zu fallen. Sie ist nämlich ziemlich schüchtern, Mutter. Susan hatte heimlich etliche Spinnen in ihrem Taschentuch gefangen und sie blitzschnell in den Ausschnitt von Matties Kleid fallen lassen. Natürlich schrie Mattie wie am Spieß. Sie hörte gar nicht mehr auf zu schreien und riss ihr Mieder auf, um die Spinnen loszuwerden. Pfarrer Merriman hörte sie und kam angerannt, um zu sehen, was los war. Susan und ich schrien auch, dass Mattie einen ihrer Anfälle hätte. Man müsse sie im Schatten festhalten, bis der Anfall vorbei sei, sonst würde sie sich alle Kleider vom Leib reißen. Merriman hob Mattie auf und brachte sie unter einen Baum, wie wir gesagt hatten. Das war aber gar nicht so einfach, weil Mattie um sich trat und schrie. Er hielt sie immer noch fest, als Susan und ich davonliefen.«

Kitty sah den Blick ihrer Mutter. »Aber jetzt ist alles gut, Mutter. Mattie und Pfarrer Merriman sind verlobt. Mattie ist mit ihrer Tante und ihrem Onkel zurückgefahren, um ihr Hochzeitskleid zu holen.«

»Aber um zu Rhiannons Krieger zurückkehren. Zwei Füße heißt er, sagtest du?«

»Zwei *Bären*, Mutter.« Kitty riss sich zusammen, um nicht laut aufzustöhnen.

Henri erzählte nun, was Gideon ihm berichtet hatte. »Es war Rufus' Schuld. Er war wütend wegen des Ärgers mit dem gestohlenen Pferd und dem Whiskey. Er begann, die Salzwiesen zu überwachen, und löschte die Feuer, die die Squaws angezündet hatten, um das Wasser zu kochen. Er zerstörte ihre Töpfe, und wann immer er eine Frau sah, ließ er seine Peitsche knallen. Aber sie kamen immer wieder zurück. Rufus hatte auch keine Bedenken, mit seiner Muskete um sich zu schießen, um sie zu verjagen, selbst wenn die Frauen ihre Kinder dabeihatten. Und dann hat er eine der Squaws getötet.«

»O nein!«, sagte Sophia entsetzt.

Henri erzählte weiter, dass Rufus Gideon gegenüber behauptete, nur über ihre Köpfe gefeuert zu haben. Musketen seien eben ungenau. Er hatte eine junge Frau getroffen und getötet und ihrem Kind eine Wunde auf dem Rücken zugefügt. Vom Landungssteg aus hörte Gideon Schüsse auf den Salzwiesen und war sich sicher, dass Rufus auf die Indianer gefeuert hatte, die Salz machten. Er fand Rufus über den Körper einer jungen Frau von etwa siebzehn Jahren gebeugt. Ihr langer schwarzer Zopf lag in einer Blutlache, und ihr Gesicht war halb zerschossen. Als er Gideon kommen sah, riss Rufus ihr die Trage mit dem Kind vom Rücken, bevor es im Sumpf ertrank. Gideon dachte, das Kind sei tot, aber es hustete und fing an zu schreien. Es hatte eine Streifwunde.

Gideon war wütend. Er erkannte die Frau, Heller Stern, die Tochter eines Schamanen. Zwei Jahre zuvor war er bei ihrem Hochzeitsmahl gewesen. Er war überzeugt, dass Rufus das Kind hätte sterben lassen, wenn er nicht gekommen wäre. Gideon warnte Rufus, dass die Indianer Rache an Jack, Malinda und Little Molly üben würden. Rufus fluchte und sagte, die Wilden sollten sich nicht an seinem Besitz vergreifen. Am liebsten würde er sie alle umbringen.

Gideon erklärte ihm, dass es wahrscheinlich umgekehrt sein würde. Schließlich stimmte Rufus zu, die indianischen Frauen Salz machen zu lassen. Dennoch habe er großen Schaden angerichtet, versicherte ihm Gideon.

Gideon nahm Töpfe und Messer und Äxte vom Handelsposten mit, als er den Leichnam der jungen Frau zurückbrachte. Rhiannon begleitete ihn. Das Kind trug sie in einer Schlinge auf dem Rücken. Caitlin hatte das Kleine so gut wie möglich verarztet und verbunden. Rhiannon hatte bereits auf dem Pferd gesessen, als Caitlin erfuhr, dass

Gideon beabsichtigte, ihre Tochter mitzunehmen, um die Leiche von Heller Stern und das Kind zurückzubringen.

»Nicht Rhiannon! Oh Gideon, sie werden sie behalten! Nein! Ich kann sie nicht auch noch verlieren. Ich komme mit.« Caitlin war völlig außer sich gewesen.

»Caitlin, Singender Wind muss mitkommen. Nur so kann ich verhindern, dass noch Schlimmeres passiert«, sagte Gideon. Henri hatte gesehen, wie Caitlin schluchzend und weinend hinter ihnen herlief, als sie aufbrachen.

Als Gideon und Rhiannon ihr Ziel zwei Täler weiter im Osten erreichten, übergab er dem Stamm die Leiche der jungen Frau und reichte der weinenden Großmutter das verletzte Kind. Der Mann von Heller Stern wollte die Siedlung niederbrennen, um sie zu rächen. Der Schamane hielt ihn zurück und sagte, dass sie ein Leben für ein Leben nehmen würden. Sie müssten jedoch darüber nachdenken, wie dies geschehen und ob Rufus oder einer seiner Söhne getötet werden sollte. Gideon und Rhiannon blieben für die Zeit der Trauer und warteten auf die Entscheidung des Schamanen. Gideon wusste, dass es keinen Sinn hatte, die Verhandlungen um das Leben der Drumhellers voranzutreiben zu wollen.

In den folgenden Tagen überlegte der Rat, ob sie irgendeine Entschädigung fordern sollten oder ob nur ein weiterer Tod Heller Stern rächen würde.

Gideon verhandelte geduldig und versuchte, die Beziehungen zwischen den Indianern und den Siedlern wiederherzustellen. Es war die Zeit der Maisernte. Der Stamm hatte eigentlich anderes im Sinn als Krieg. Gideon erzählte, dass sein eigener Sohn entführt worden sei, zusammen mit der Tochter eines weißen Siedlers. Der Rat hörte ihn an und wies dann darauf hin, dass sie Gideon bereits dabei geholfen hatten, die beiden anderen Kinder zurückzuholen.

Gideon erinnerte sie daran, dass zwei Kinder weiterhin verschwunden waren, auch sein Sohn.

Im Laufe der Verhandlungen war ihm aufgefallen, dass ein großer junger Krieger namens Zwei Bären vom Clan der Paint Rhiannon eingehend betrachtete. Rhiannon tat so, als würde sie ihn gar nicht bemerken, was natürlich bedeutete, dass sie sich seiner Gegenwart sehr wohl bewusst war. Rhiannon verbrachte Zeit mit den Großmüttern, die zunächst sehr unfreundlich zu ihr waren. Aber Gideon erzählte ihnen von dem Wels und den Träumen. Sie erinnerten sich nun an Gideons Mutter, eine geliebte Frau, und begannen, Rhiannon mit Interesse anzuschauen. Ihre Ernsthaftigkeit und ihre Zurückhaltung gefielen ihnen. Obwohl sie keinen Clan hatte, fingen sie an, sie Singender Wind zu nennen. Die Großmutter von Zwei Bären war eines der Ratsmitglieder, die beschlossen hatten, dass Rhiannon bei ihnen bleiben musste, um Heller Stern zu rächen.

Gideon sagte, das hinge davon ab, ob sie als Enkelin seiner Mutter von einem Clan adoptiert werden könne. Das müsse besprochen und sorgfältig erwogen werden und werde nicht in der nächsten Zukunft passieren. In der Zwischenzeit würden sie nach Hause zurückkehren.

Nach ihrer Rückkehr war das erste Wild an der Tür der Vanns abgelegt worden und die Botschaft war eindeutig. Zwei Bären wollte Rhiannon heiraten. Caitlin war außer sich. Gideon versuchte zu erklären, warum er Rhiannon mitgenommen hatte. Er war überzeugt, dass es keine Blutrache für den Mord an Heller Stern geben würde, wenn die Großmütter sie Gideons Mutter zuliebe akzeptierten.

»Und jetzt«, beendete Henri die Geschichte, »ist Caitlin wütend auf Gideon, wütend auf Rufus, der die Krise heraufbeschworen hat. Wütend auf Rhiannon, die darauf besteht, Singender Wind genannt zu werden, und nicht antwortet, wenn Caitlin sie mit Rhiannon anspricht. Und besonders wütend ist sie auf Zwei Bären.«

»Natürlich ist sie das«, bekräftigte Sophia und dachte: *Arme Caitlin.*

»Caitlin war sechzehn, als sie Gideon geheiratet hat«, sagte Henri.

»Ja«, erwiderte Sophia. »Ich erinnere mich.« *Wie glücklich Caitlin damals gewesen war.*

»Du solltest sie besuchen, Sophy. Caitlin geht es nicht gut. Du bist seit der Beerdigung von Saskia nicht mehr am Handelsposten gewesen.«

»Nein ... ich ... ich hatte hier zu tun, Henri. Ich habe keine Zeit, herumzulaufen und Leute zu besuchen.« Sophia sträubte sich gegen alles, was sie mit Caitlin oder Venus zusammenbrachte. Sie fühlte sich viel zu dünnhäutig. Eine Umarmung von einer der beiden würde sie völlig aus der Fassung bringen. Und Saskia, die immer genau gewusst hatte, wenn es gerade kein guter Moment für eine Umarmung war, war nicht mehr da.

»Sophie, du musst.«

Sie wollte ablehnen, wusste aber, dass er recht hatte. Lady Burnham kam ihr in den Sinn, und sie merkte, dass sie lange nicht an ihre Patin gedacht hatte. Sie fing an zu begreifen, dass sie überhaupt an sehr wenig gedacht hatte. Es war ihre Pflicht, Caitlin zu besuchen. »Es ist schrecklich. Das Ganze erinnert mich an diese griechische Geschichte. Ich glaube, es war die von Agamemnon, der seine Tochter opferte, damit die Griechen günstige Winde hatten, um in den Trojanischen Krieg zu segeln. Ja, ich gehe morgen zu Caitlin.« Sie versuchte, sich an die blutrünstige Geschichte zu erinnern. Hatte nicht Agamemnons Frau Clytemnestra ihre Tochter gerächt, indem sie Agamemnon tötete, als er aus Troja zurückkam? Sie verstand das.

»Gut, denn es gibt noch mehr Neuigkeiten und einen weiteren Grund, warum du zum Handelsposten gehen solltest, um Caitlin zu besuchen. Auf dem Büffelpfad sind neue Leute aus La Nouvelle-Orléans gekommen«, berichtete Henri.

»Wahrscheinlich Jäger oder Büffelhäuter oder eine dieser Packpferdkolonnen, nehme ich an.«

»Nein, ein Mann mit einer Frau und einem Kind.«

»Oh! Wie nett wäre es, zur Abwechslung auf Reisende zu treffen, die keinen Tabak kauen und nicht auf den Boden spucken«, murmelte Sophia. »Sind sie Franzosen? Oder Spanier?«, fragte sie und versuchte, sich für das zu interessieren, was Henri erzählte.

»Nein, das glaube ich nicht. Du wirst sie morgen sehen, wenn du hingehst. Es ist ein Mann und eine jüngere Frau mit einem Kind. Seine verwitwete Tochter. Sie wollen ein Gehöft kaufen und sie haben spanische Dollar.« Er rieb sich begeistert die Hände. »Ich habe ihnen erklärt, dass ich ein weitläufiges Stück Land mit einer Hütte habe, die ich ihnen verkaufen könnte. Der Mann will es sich anschauen. Sie sind sicher froh, gerodetes Land vorzufinden. Sie sehen nicht aus, als wüssten sie, wie sie eine Axt halten müssen, vom Bäumefällen und Häuserbauen ganz zu schweigen. Ich fahre sie auf Gideons Fähre über den Fluss zu dem Gehöft. Aber vielleicht fällt ihnen die Entscheidung noch leichter, wenn du und Caitlin euch mit der Frau anfreundet. Ich bin gespannt, was du von ihnen hältst. Ich denke, sie könnten Zigeuner sein.«

»Zigeuner!«

»Der Mann sagte *Gitanos*. Das ist das spanische Wort für Zigeuner. Sie kommen aus La Nouvelle-Orléans, das jetzt zu Spanien gehört. Vergiss das nicht.«

Das weckte Sophias Interesse so weit, dass sie sagte: »Ich würde sie gerne kennenlernen. Ich bin einmal mit Zigeunern umhergezogen.«

»Du, Mutter?«, rief Kitty.

»Hm, ja. In Spanien. Ich erinnere mich, dass ich in einer Taverne zur Musik getanzt habe und alle haben geklatscht. Leider muss ich gestehen, dass ich den Diener in die Hand gebissen habe, der nach mir suchte. Er hat mir später erzählt, dass die Zigeuner die Gäste in der Taverne nach Strich und Faden bestohlen haben, während ich auf einem Tisch tanzte.«

Kitty sah so schockiert aus, dass Sophias Lebensgeister ein wenig munterer wurden. »Ich werde Caitlin morgen besuchen«, erklärte sie. »Ich brauche neues Garn.«

Am nächsten Nachmittag stieß Sophia die Tür zum Handelspostens auf und sah Caitlin, die Regale im Lagerraum schrubbte. »Caitlin? Ich … ich brauche … Garn«, sagte Sophia, als hätte sie Mühe, sich zu erinnern, was Garn war. Sie zitterte am ganzen Körper.

»Sophy!«, rief Caitlin. Sie wischte sich die Hände an der Schürze ab und nahm Sophia zur Begrüßung vorsichtig in den Arm. Nachdem sie das gewünschte Garn gefunden hatte, gingen die beiden Frauen in Caitlins Küche. Sie ließen sich am Tisch nieder und schauten sich an, voller Furcht, in den Augen der anderen den eigenen Schmerz gespiegelt zu sehen. Sie sprachen über das Wetter, die Ernte, den Tee und schließlich über die Neuankömmlinge.

Caitlin hatte sie bereits gesehen.

Kurz nach der Morgendämmerung hatte Caitlin zum Frühstück Buttermilch aus ihrem Kühlhaus geholt, als sie bemerkte, dass in der Nacht Fremde angekommen waren. Ein rundum geschlossener Holzwagen auf roten Rädern, mit bunten Vögeln und Blumen bemalt, stand nicht weit vom Handelsposten am Ufer. Sie sah, dass Maultiere und vier Pferde in der Nähe angebunden waren und friedlich grasten. Dann führte ein Mann sie zum Trinken zum Fluss. Danach fütterte er sie und machte Feuer. Eine junge Frau tauchte mit einem Topf und einem Dreibein auf und bereitete das Frühstück zu.

Später am Morgen kam die junge Frau in den Handelsposten. Sie hatte Maismehl, Eier, Pökelfleisch und sogar etwas Buttermilch gekauft, die Caitlin übrig hatte. Sie bezahlte mit einem spanischen Dollar. Als Caitlin einwandte, dass das zu viel sei für das, was sie gekauft habe, und sie kein Wechselgeld habe, erklärte die junge Frau, es sei egal. Sie würde einfach so lange einkaufen, bis der Dollar aufgebraucht sei. Caitlin hatte noch nie einen spanischen Dollar gehabt. Und die fremde Frau sah anders aus als die Frauen, die Caitlin kannte, aber auch interessant. Caitlin lud sie auf eine Tasse Tee ein, und die Frau hatte die Einladung lächelnd angenommen.

»Henri sagte, sie sei Zigeunerin. Wie faszinierend! Wie ist sie?«, fragte Sophia.

»Oh Sophy, ich weiß es nicht. Ich habe noch nie jemanden wie sie gesehen. Ich werde sie bitten, mit uns Tee zu trinken, und dann kannst du dir selbst ein Bild machen.« Und bevor Sophia einwenden konnte, dass sie niemanden sehen wolle, war Caitlin schon vor der Tür und rief: »Rosalia? Rosalia?« Sophia hätte sich am liebsten davongeschlichen, doch da kam Caitlin mit einer jungen Frau zurück, die ein kleines Mädchen an der Hand hielt.

Sophia hatte eine Frau erwartet, wie sie sie mit ihren Ehemännern auf den Flachbooten gesehen hatte, aber diese junge Frau hatte nicht die geringste Ähnlichkeit mit ihnen. Sie war sehr schön, schlank und hatte olivfarbene Haut. Ihre Augen waren dunkel, nicht schwarz, sondern dunkelblau, mit geschwungenen Wimpern und kräftigen Brauen. Ihr dichtes, lockiges Haar war mit einem seltsam gemusterten Seidenschal hochgebunden, sodass ihr langer, anmutiger Hals und ihr markantes Profil noch besser zur Geltung kamen. Sie trug bestickte Röcke, eine blaue Bluse und an jedem Arm viele Armbänder, Ringe an den Fingern und zarte goldene Drähte um die Knöchel, an denen kleine Glocken hingen. Die Glocken und Armbänder klingelten leise, wenn sie sich bewegte.

»Rosalia Chiaramonte und Stefania«, stellte Caitlin die beiden vor. Mutter und Tochter hatten das gleiche vorsichtige Lächeln.

»Stefania, was für ein hübscher Name«, sagte Sophia.

In den darauffolgenden Tagen bewegte der Mann seine Pferde. Rosalia ging ihren täglichen Arbeiten nach. Sie faszinierte Männer und Frauen gleichermaßen. Egal, ob sie spazieren ging, am Lagerfeuer in einem Topf rührte oder ihre Wäsche zum Fluss trug, jede ihrer Bewegungen wurde von einem melodischen Klirren und einem leichten Hüftschwung begleitet. Annie und die Mädchen der Hanovers waren von der kleinen Stefania ebenso verzaubert wie die Erwachsenen von ihrer Mutter. Auch sie hatte olivfarbene Haut, dunkle, lockige Haare und dunkelblaue, von langen Wimpern umgebene Augen. Sie trug ein kurzes besticktes Kleid, kleine goldene Ohrringe und unterhielt sich in einer Sprache, die niemand verstand. Henri hielt sie für einen italienischen Dialekt. Rosalias Vater war bedeutend älter. Er hatte weiße Haare, und die Sonne hatte sein Gesicht fast schwarz gebrannt. Seine Kleidung war genauso exotisch wie die seiner Tochter. Er trug ausgebeulte Reithosen und kniehohe Lederstiefel, die vermutlich einmal scharlachrot oder violett gewesen waren, ein dunkles Hemd, eine Kappe mit einer seidenen Quaste und eine Weste, auf die ein bunter Vogel mit einem großen Kopf gestickt war. Als er auf den Vogel zeigte, lächelte er mit blitzenden Zähnen. »Eisvogel«, sagte er. »Bringt Glück, nicht?«

Und so kam es, dass man Tamás Morgades den Eisvogel und seine verwitwete Tochter Rosalia Chiaramonte die Tochter des Eisvogels nannte. Sie waren aus La Nouvelle-Orléans gekommen, vom Mississippi zum Tinassi und von dort den Fluss hinauf in das Bowjay-Tal gezogen. Sie sagten, sie seien reisende Künstler – Tamás sei Musiker und Rosalia Tänzerin. Nun seien sie jedoch des Reisens müde und suchten einen Ort, an dem sie sich mit dem Kind niederlassen konnten.

Rosalia schien begierig zu sein, Freundinnen für sich und ihre Tochter zu finden. Jederzeit war sie zu einem Plausch bereit, wenn Caitlin nicht zu beschäftigt war. Und so fand sie jeden Tag einen Grund, zum Handelsposten zu gehen. Auch Stefania legte allmählich ihre Scheu ab und begann, mit der vierjährigen Annie Vann zu spielen. Rosalia erklärte Caitlin, dass sie überall, wo es Zuschauer gab, haltmachten und ihre Tänze aufführten, aber entlang des Mississippi habe es immer weniger Siedlungen gegeben und am Tinassi fast gar keine. Caitlin gab schüchtern zu, dass sie früher öfter getanzt habe, während ihr Vater fiedelte. Sie könne sich nicht vorstellen, wie eine Frau allein tanzen könne, ohne einen Partner. »So«, sagte Rosalia, reckte die Arme in die Luft und begann, mit den Füßen aufzustampfen.

»So etwas habe ich ja noch nie gesehen!«, rief Caitlin, als Rosalia noch einmal um die eigene Achse wirbelte und dann abrupt zum Stehen kam. »Ich wünschte, Sophy und Venus könnten Sie sehen!«

»Wenn Sie mir erlauben, werde ich für die Frauen tanzen ... aber nur für die Frauen. In Ihrem Lager, wo die Männer uns nicht nachspionieren können.«

Und so verabredeten sie, dass am nächsten Tag eine Vorführung stattfinden sollte. Caitlin schickte Annie los, um Venus, Mrs Drumheller und Malinda Bescheid zu sagen. Caitlin selbst setzte ihre Sonnenhaube auf und lief durch den Obstgarten nach Wildwood, um Sophia einzuladen. Sie war froh, mit dieser Einladung eine Ausrede zu haben, Sophia aufzusuchen. Bis vor zwei Jahren, als der Kummer sie auseinandertrieb, waren sie wie Schwestern gewesen. Caitlin wollte nun den Riss heilen.

Mit Sophia und Gideon Frieden zu schließen, bedeutete Caitlin mehr als alles andere. Gideon hatte ihr endlich erzählt, dass er glaubte, Cadfael und Charlotte seien am Leben. Wenn sie überhaupt eine Chance haben wollten, sie zurückzuholen, müssten sie die guten Beziehungen zu den Indianern aufrechterhalten. Er habe ihr all das nicht sagen wollen, da sie nach Cadfaels Entführung so voller Kummer gewesen sei. Er schärfte ihr ein, Sophia nichts zu sagen, bis er mehr wusste. Diese Nachricht versöhnte Caitlin ein wenig mit dem Gedanken, dass Rhiannon zwei Täler entfernt bei den Cherokee leben sollte. »Nicht für immer«, wiederholte Gideon geduldig, »nur für eine gewisse Zeit, um zu lernen.«

Caitlin gefiel die Vorstellung nicht, aber sie konnte Unstimmigkeiten in ihrer Familie nicht aushalten. Ihre dickköpfige Tochter allerdings war entschlossen zu gehen. Die Sache mit Zwei Bären beunruhigte Caitlin allerdings sehr. Rhiannon schien ihn wirklich zu mögen! Caitlin freute sich darauf, sich Sophia wieder anvertrauen zu können und sie zu fragen, was sie tun solle. Es war eine tröstliche Aussicht, wie in alten Zeiten, als Rhiannon und Kitty klein waren und sie gemeinsam überlegten, wie man Husten und andere Kinderkrankheiten in den Griff bekam.

Kapitel 34

Eine neue Freundin

Frühjahr 1773

Am nächsten Nachmittag versammelten sich die Frauen im Lagerraum. Sie alle dachten schuldbewusst an die Arbeit, die liegen blieb, aber sie waren auch neugierig. Rhiannon, Kitty und Susan durften unter der Voraussetzung zusehen, dass sie nicht herumalberten. Die jüngeren Kinder hatte Henri unter seine Fittiche genommen, auch Stefania. Sie hatte sich inzwischen so sehr mit Annie angefreundet, dass man sie von ihrer Mutter weglocken konnte. Er hatte einen Vorrat an Sirupbonbons dabei, die Caitlin im Handelsposten verkaufte, und den Kindern außerdem versprochen, mit ihnen fischen zu gehen. Nur Little Molly, die noch nicht laufen konnte, durfte bleiben und saß auf Malindas Schoß.

In der Mitte des Lagers hatten sie eine Tanzfläche frei geräumt. Es dauerte eine Weile, bis Rosalia hereinkam. Hinter der Tür hatten sie bereits das Geraschel von Röcken und das Klingeln von Glöckchen gehört. Dann trat Rosalia ein. Sie erklärte den Frauen, dass ihr Vater normalerweise auf dem Akkordeon oder der Violine spielte, um die Aufmerksamkeit des Publikums zu erregen. Heute allerdings würde sie den Rhythmus einfach mit den Füßen machen und dazu mit dem kleinen Ding in ihrer Hand klappern. Sie wirbelte einmal um die eigene Achse und blieb plötzlich stehen. Die Stille, die darauf folgte, ließ die Frauen aufschrecken.

Rosalia fing an, im Kreis durch den Raum zu gehen. Wenn die Musik des Eisvogels die Leute herbeigelockt habe, erklärte sie, versprach sie zu tanzen, sobald sich genug Münzen in dem kleinen Messingtopf zu seinen Füßen angesammelt hatten. Bis dahin würde sie einfach nur vor ihm auf und ab gehen, und zwar so. Rosalia begann, im Lagerraum auf und ab zu schlendern. Dabei schwenkte sie die Hüften und wiegte die Schultern, während sie langsam das Tuch aufknotete, das sie um den Kopf gewickelt hatte. Dabei warf sie immer wieder einen Blick über die Schulter, bis sie ihre langen dunklen Locken befreit hatte. Ein kurzer Blick ins Publikum, dann reckte sie das Kinn und rief: »Taliari!« Das hieß so viel wie: »Seht her!«

Sie stand still, die Arme hatte sie ein wenig nach hinten gestreckt und das kleine Ding in ihren Händen klapperte in einem neuen Rhythmus, dem ihre Füße folgten.

»Schamlos!«, rief Mrs Drumheller. »Tanzen wie eine Verführerin ... ein Lockmittel des Teufels ... nicht für die Augen junger unschuldiger Mädchen geeignet ... wenn Pfarrer Merriman das wüsste, würde er ...«

Venus, die die zweite Mrs Drumheller noch nie gemocht hatte, sagte ihr, sie solle den Mund halten.

Alle anderen Frauen waren fasziniert, und die jungen unschuldigen Mädchen sahen mit offenem Mund zu, wie Rosalia zu tanzen begann, erst langsam, dann immer schneller. Nach und nach füllten ihre Bewegungen den Raum aus und verzauberten alle ihre Zuschauerinnen. Sie tanzte mit dem ganzen Körper, in aufrechter Haltung, die Arme anmutig und entschieden, den Kopf in den Nacken geworfen. Ihre Augen glühten und ihre Füße vollführten auf dem Holzboden einen irrwitzigen Kontrapunkt zu dem unaufhörlichen, beharrlichen Klappern ihrer Hände.

Dies war kein Menuett, keine Quadrille oder Allemande, keiner der eleganten Tänze, in denen Ordnung herrschte, bei denen Füße anmutige Schritte machten und Röcke hin- und herschwangen. *Dies ist ein Tanz, der Leben und Tod beherrscht*, dachte Sophia, *der Kriegstanz einer Frau, die gegen Kummer und Leiden und Verrat zu Felde zieht.* Klytemnestra tanzte über Agamemnons Körper, weil er ihre Tochter getötet hatte. Sophia spürte, wie in ihrem Herzen wieder ein wenig Mut Einzug hielt. Sie sah Caitlin an und wusste, dass sie ebenso empfand.

Als Rosalia atemlos innehielt, war ihr Publikum geradezu wie entrückt. Es war das Interessanteste, was sie je gesehen hatten. Sophia bedankte sich bei Rosalia. »Ich hoffe, eines der Gehöfte gefällt Ihnen und Ihrem Vater«, sagte sie.

»Wenn er es nimmt, hoffe ich, dass Sie und Ihr kleines Mädchen uns besuchen kommen«, antwortete Rosalia.

»Ja, sehr gerne«, rief Sophia, die so lange niemanden hatte besuchen wollen.

In der darauffolgenden Woche ruderte Henri den Eisvogel und seine Tochter über den Fluss, um ihnen das gerodete Land zu zeigen. Der Eisvogel schien zunächst zu zögern, entschied sich aber schließlich für die größere der beiden Hütten. Er verhandelte dann so geschickt um den Preis, dass Henri, ehe er sich's versah, versprochen hatte, zusätzlich ein Kühlhaus zu bauen und Tamás außerdem zwei Hühner und eine junge Färse zu geben. Dass der Eisvogel mit spanischen Dollar für das Land bezahlte, machte seine Bestürzung jedoch wieder wett. Und Sophia und Magdalena schienen Rosalia zu mögen. Beide sprachen von nichts anderem mehr.

Der Eisvogel schaffte es, seinen bemalten Holzwagen auf Gideons Fähre über den Fluss zu manövrieren. Gideon war beeindruckt, dass es Tamás gelungen war, die Maultiere und Pferde ins Wasser zu locken, um mit ihm ans andere Ufer zu schwimmen.

»Die Pferde und Maultiere, sie mögen mich.« Der Eisvogel lächelte und ließ die weißen Zähne aufblitzen.

Während der tropfnasse Tamás die Tiere auf ihre neue Weide führte, begann Rosalia, ihr neues Zuhause für ihre kleine Familie herzurichten. Von der Veranda ihres Hauses schaute Sophia zu, wie Rosalia in ihrem bunten Kleid hin und her huschte. Ein paar Tage später, als Henri sich gerade fertig machte, um den Fluss zu überqueren und ein weiteres Stück Land abzustecken, rief Sophia: »Warte, ich komme mit.«

»Was?«

»Es gehört sich so, Henri, dass man einem neuen Nachbarn seine Aufwartung macht. Ich werde Rosalia besuchen.«

Seit sie Williamsburg hinter sich gelassen hatte, hatte Sophia nicht ein einziges Mal daran gedacht, jemandem »ihre Aufwartung zu machen«. Doch nun setzte sie eine frische Haube auf, packte etwas Gewürzrindentee, ein paar frische Eier und ein Stück Butter in einen Korb. Henri ruderte sie über den Fluss.

Tamás bat Henri, ihm das Land zu zeigen, das er verkaufen wollte. Er hoffte, sich nach und nach weitere Pferde anzuschaffen. Rosalia begrüßte ihren ersten Gast so anmutig, als sei ihre Hütte ein prunkvoller Palast. Sie machte Tee, und die beiden Frauen setzten sich an einen kleinen Tisch mit Bänken auf beiden Seiten. Beide Frauen saßen sehr aufrecht da. Das war ein eindeutiges Zeichen, dass sie diese Haltung von klein auf beherrschten.

Sie tauschten allerlei Nettigkeiten aus. Sophia drückte die Hoffnung aus, dass Rosalia sich in ihrem neuen Zuhause wohlfühlen möge. Sie sprachen über das schöne Wetter. Rosalia erkundigte sich, wie Sophia ihre Kinder unterrichtete. Sie stellten fest, dass Sophia als junges Mädchen gerne Wildblumen gemalt hatte, während Rosalia am liebsten Landschaften zeichnete.

Sophia war verwirrt. Dies war eine andere Rosalia als die, die vor ein paar Tagen mit blitzenden Augen getanzt hatte. Es war, als säße sie in Sussex und würde mit den Schwestern Hawkhurst Tee trinken. Sophia, die jahrelang keinen Gedanken daran verschwendet hatte, ob jemand gute Manieren hatte oder nicht, dachte plötzlich, dass Rosalia für eine Tänzerin viel zu wohlerzogen sei. Tatsächlich schien sie ähnlich wie Sophia aufgewachsen zu sein. Da war nicht nur die Malerei als typischer Zeitvertreib eleganter junger Damen, sondern es war auch von »meinem Kindermädchen« und Musikstunden die Rede. Wenn Rosalia das englische Wort nicht einfiel, ersetzte sie es durch ein italienisches, nicht durch ein spanisches. Sophia hatte die Sprache seit Jahren nicht gesprochen, stellte aber fest, dass diese kurzen Ausflüge ins Italienische ihr keine Probleme bereiteten. Sie verstanden einander mühelos und die Unterhaltung hatte etwas Leichtes und Freundliches.

»Sie sind *simpatica*«, seufzte Rosalia.

Was Sophia jedoch am deutlichsten auffiel, während sie leichthin von diesem und jenem sprachen, war die tiefe

Trauer in Rosalias Augen. Die verriet ihr, dass sie großen Kummer hatte. Sie war Witwe, also trauerte sie wahrscheinlich um ihren Mann. Sophia verspürte ein seltsames Gefühl der Verbundenheit.

Die beiden sprachen gerade über die Landschaft im Tal, als Henri und Tamás zurückkehrten. Die Männer waren in ein Gespräch über das zum Verkauf anstehende Land vertieft.

»Und sagen Sie mir, bitte, gibt es hier Höhlen?«, fragte Rosalia, an die Männer gewandt.

»Mögen Sie Höhlen, Signora?«, erkundigte sich Henri.

»Sie ... interessieren mich.«

»Ja, es gibt viele.«

»Kommen Sie, ich zeig sie Ihnen.« Henri führte Rosalia zur Veranda und wies über den Fluss auf den Berg. »Das ist unser Haus, Wildwood, und weiter oben und ein Stück rechts davon, fast auf dem Gipfel des Berges, sehen Sie einige Büsche, ja? Dahinter sieht man den Eingang einer Höhle, ein großes dunkles Loch. Jetzt im Sommer ist sie leer, aber im Winter halten Bären dort Winterschlaf.«

»Wie Wächter«, sagte Rosalia nachdenklich. Sie schenkte Henri ein strahlendes Lächeln. »Ich würde gerne eine Bärenhöhle sehen. Vielleicht«, sagte sie an Sophia gewandt, »kennen Sie diese Höhle? Ich habe Ihnen doch von meinen Landschaftsskizzen erzählt. Es ist eine Weile her, dass ich gezeichnet habe. Und eine Bärenhöhle ist ein interessantes Thema. Ich würde gerne einen Nachmittag dort verbringen, mit Bleistift und Papier. Wir könnten vielleicht Magdalena und Stefania mitnehmen und ein Picknick machen?«

»Ich habe zu Hause viel zu tun«, gab Sophia knapp zurück. Das strahlende Lächeln, das Henri zuteilgeworden war, hatte sie durchaus bemerkt.

Sophias plötzliche Kühle entging Rosalia nicht.

Verdutzt sah Henri von einer Frau zur anderen. War Sophia ein wenig eifersüchtig? *Das ist ein gutes Zeichen*, dachte er.

Bei Sophias Ton biss sich Rosalia auf die Lippe und kehrte Henri den Rücken zu. Sie legte Sophia die Hand auf den Arm. »Ich möchte, dass wir Freundinnen werden«, sagte sie eindringlich. »Ich brauche eine Freundin, die mir raten kann. Und Stefania mag Magdalena. Es ist einsam für sie ohne andere Kinder. Bitte, lassen Sie uns zur Bärenhöhle gehen, nur wir vier …«

»Henri scheint sehr daran gelegen, sie Ihnen zu zeigen«, murmelte Sophia.

»Sophia, mein Herz gehört meinem Mann, egal, ob er lebt oder tot ist.«

»Ihr Vater sagte, Sie seien Witwe.«

»Weder Tamás noch ich sind, was wir scheinen«, erwiderte Rosalia. »Kommen Sie, lassen Sie uns die Bärenhöhle gemeinsam ansehen, und dann erzähle ich Ihnen alles. Hier fühle ich mich zum ersten Mal sicher, und es gibt etwas, das ich tun muss. Ich werde Ihnen sagen, warum. Und dann werde ich es Ihnen zeigen.«

Sophia konnte nicht anders. Fasziniert stimmte sie zu.

Als Henri sie über den Fluss zurückruderte, sagte Sophia: »Tamás ist nicht Rosalias Vater.«

»Tatsächlich?«, knurrte Henri zwischen zwei Ruderschlägen. »Hat sie dir das gesagt?«

»Nein, ich vermute es. Er ist ein Bauer. Sie nicht. Ich denke, Rosalia ist … wie ich war.«

»Wie du?«

»Ja, als ich noch die Ehrenwerte Miss Grafton war.«

Kapitel 35

Göttin vieler Kronen

Sommer 1773

Sophia hatte Kitty die restlichen Arbeiten überlassen, die jeden Morgen anfielen. Sie war sehr früh aufgestanden, um wilde Erdbeeren zu pflücken. Nachdem Kitty die Kühe gemolken hatte, hatte Sophia einen kleinen Krug Sahne abgeschöpft, Muffins gebacken und Eier gekocht. Das alles hatte sie dann zusammen mit einer Zunderbüchse und ihrer Teekanne sowie einer Decke in einen Korb gepackt. Sie erzählte Kitty, dass sie und Magdalena Rosalia die Bärenhöhle zeigen wollten.

»Wie nett, Mutter«, sagte Kitty. Es war ein hoffnungsvolles Zeichen, dass Sophia sich zu etwas aufraffte. Obwohl es Sophia bereits nach der Beerdigung von Saskia allmählich wieder besser zu gehen schien, nahm sie seit der Ankunft der Tänzerin noch viel mehr Anteil am Leben.

Henri war über den Fluss gerudert, um Rosalia und Stefania zu holen. Als die drei durch den Obstgarten heraufkamen, winkten die beiden kleinen Mädchen sich fröhlich zu. Sophia konnte sehen, dass Henri sehr angetan war von der schönen Rosalia, doch Rosalia schien ihn kaum wahrzunehmen.

Auch Rosalia hatte einen großen Korb dabei. »*Scaccia*«, erklärte sie. »Es ist eine Art flaches Brot mit Käse. Ich hoffe, Sie mögen es.« Ihre Wangen schimmerten rosig nach dem Aufstieg durch den Obstgarten.

Henri ging widerwillig davon, um ein paar Zäune zu reparieren und nach einer entlaufenen Kuh Ausschau zu halten. Die beiden Frauen und ihre Töchter erklommen den schmalen Pfad zur Höhle. Die kleinen Mädchen spielten Verstecken und pflückten Blumen, während Sophia Rosalia durch den schmalen Eingang in die Höhle führte und ihr zeigte, wie viel größer sie im Innern war.

»Das wird reichen«, erklärte Rosalia.

»Reichen? Wofür?«

»Lassen Sie uns wieder nach draußen gehen. Ich lasse Stefania nicht gerne allein. Beim Essen werde ich Ihnen meine Geschichte erzählen. Dann werden Sie verstehen, dass Sie sich wegen Henri keine Sorgen machen müssen und dass wir Freundinnen sein können.«

»Wie geheimnisvoll Sie sind, Rosalia.« Sophia breitete die Decke aus und zündete ein kleines Feuer an, um Teewasser aufzusetzen.

Rosalia seufzte und öffnete ihren Korb. »Wo soll ich anfangen?«, murmelte sie, während sie den Kindern Brot mit Tomaten und Salz zubereitete. »Es wird eine Erleichterung für mich sein, davon zu sprechen.«

»Dann erzählen Sie«, bat Sophia, während sie die gekochten Eier schälte. Sie merkte plötzlich, dass sie sehr neugierig war. Und hungrig.

»Zunächst sollten Sie wissen, dass ich nicht aus Spanien komme, sondern aus Sizilien, auch wenn Sizilien unter spanischer Herrschaft steht. Tamás ist ein *Gitano*, ein Zigeuner. Ich nicht. Er ist nicht mein Vater, obwohl ich froh wäre, einen solchen Vater zu haben. Ich bin hier, weil mein liebster Mann mir aufgetragen hat, unser Kind zu retten, denn ich war schwanger, als ich ihn das letzte Mal sah. Ich konnte nichts tun, um ihn zu retten. Das ist mein Kummer. Wir sind so weit gegangen, wie wir konnten, Stefania und ich. Es war eine anstrengende Reise, die dadurch noch beschwerlicher wurde, dass ich sie mit Trauer im Herzen hinter mich bringen musste. In diesem Tal, in dem sich Tamás mit uns niedergelassen hat, sind wir ganz gewiss am Ende der Welt. Aber wir sind endlich in einer englischen Kolonie, und zum ersten Mal seit Jahren fühle ich mich sicher. Wir sind vor der Inquisition geflohen. Wissen Sie, was das ist?«

Sophia dachte angestrengt nach und nickte dann. »Ja, ich erinnere mich, dass ich vor vielen Jahren im Unterricht davon gehört habe.«

»In Sizilien ist der Glaube so drückend wie die Hitze des Sommers, schwer wie die vergoldeten Decken in der Kathedrale. Er nimmt einem den Atem wie die Weihrauchschwaden beim Gottesdienst. Und er ist allgegenwärtig wie die Schreine, die an den Straßen aufgereiht sind, und die Heiligenbilder über den Haustüren. Es heißt, es gebe keine Inquisition in La Nouvelle-Orléans. Aber jetzt gehört es zu Spanien, und wer weiß, ob sie nicht doch kommt?

In Palermo, in unserem Sommerpalazzo in den Bergen, in ganz Sizilien, wohin man auch sieht, immer fällt der Blick auf eine Kirche, eine Kathedrale, ein Kloster, einen

Schrein, ein Heiligenbild. Ständig wird man daran erinnert, dass Gott über allem schwebt, allwissend und zornig, um die Ungläubigen zu bestrafen, die Ketzer zu zerschlagen. Hier in dieser englischen Kolonie gibt es keine Kirchen oder Klöster, keine Jesuiten. Die Luft ist umso leichter. Man kann atmen.

Es gibt ein Inquisitionsgefängnis in Palermo, ein furchterregender Ort, so abweisend wie ein Stirnrunzeln Gottes. Nur wenige, die dort hingebracht werden, kehren je zurück. Man sagt, die Wände der Zellen seien voller Zeichnungen, voller Namen, voller flehentlicher Bitten an die Jungfrau und Santa Rosalia. ›Oh Santa Rosalia, die du Palermo im Jahre 1624 vor der Pest gerettet hast, erlöse mich von den Folterungen an diesem Ort.‹ Der Gedanke quält mich, dass der Name meines Mannes, Stefano, wahrscheinlich in der Liste mit Namen steht, die die Gefangenen unter diese Bitte geschrieben haben. Ich trage den Namen der Heiligen. Auch ich habe zu Santa Rosalia gebetet, aber sie wandte sich von mir ab, antwortete nicht auf mein Flehen. Ich suchte mir anderenorts Hilfe.

Die Siedler hier, Caitlin und Venus und die Drumhellers, sind nicht katholisch und daher keine Christen. Für die Kirche wäre dies ein heidnisches Land. Hier gibt es keine lauschenden Ohren, keine neugierigen Augen, keine Kirchen, keine Schreine, keine Inquisition. Hier empfinde ich die Abwesenheit eines zornigen, schrecklichen Gottes, als sei mir eine Last von den Schultern genommen. Ich komme aus einem Land, in dem die Berge schroff und felsig und unversöhnlich in die Höhe ragen, mit steilen, schmalen Pfaden und jähen Abgründen. Ich hätte mir nie vorstellen können, dass es so sanft gerundete grüne Berge gibt, die sich bis in die Ferne erstrecken und schließlich am Horizont verschwinden. Sie sind so unendlich wie das

Meer, das wir überquert haben. Dieser Anblick beruhigt mich. Zum ersten Mal glaube ich, dass ich zufrieden und in Ruhe leben und mein Kind aufwachsen sehen kann.

Ich war mit dem Mann verheiratet, den ich liebte. Er war nicht der Mann, den sich mein Vater für mich gewünscht hätte, doch er legte uns keine Steine in den Weg. Als ich schwanger wurde, glaubte ich, mein Vater würde sich endlich mit meiner Ehe versöhnen, mir meine Liebe zu Stefano vergeben, weil es ein neues Mitglied der Familie Chiaramonte geben würde. Auch wenn das Kind Stefanos Namen tragen und Albanisi heißen würde – eine Tochter trägt ihr Leben lang den Namen ihres Vaters. Ich bin zwar verheiratet, trotzdem bin ich immer noch eine Chiaramonte. Mein Vater ist nicht der Mann, der einem anderen Namen als dem unseren eine Bedeutung beimessen würde. In seinen Augen gehört eine Tochter immer der Familie. Das Kind seiner Tochter würde zu den Chiaramonte gehören, nicht zu den Albanisi, die nicht einmal adelig waren. In seinen Augen berechtigt uns unser Adel zu allem, egal, was das Gesetz sagt oder wie die Wirklichkeit aussehen mag. In seiner Vorstellung sind die Chiaramontes so mächtig wie in den alten Tagen, als sie die Mauren besiegten und die Wahl des Papstes bestimmten.

Obwohl unsere Paläste baufällig wurden und die Einnahmen aus den Gütern jedes Jahr weniger wurden, klammerte sich mein Vater an seinen Glauben, dass er ein Anrecht auf Macht und Reichtum und Land und Einfluss habe. Das machte ihn rücksichtslos. Das wusste ich, aber trotzdem war er mein Vater. Und er hatte meiner Ehe zugestimmt, obwohl ich sah, dass er manchmal wütend und manchmal neidisch war, weil die Albanisi viel reicher waren als er. Ich fiel in Ungnade. Dann plötzlich lud er uns ein, in den Sommerpalast unserer Familie in den Bergen zu kommen.

Ich überredete Stefano, seine Einladung anzunehmen. An der Küste ist die Hitze im Sommer unerträglich. Und das Kind, das ich erwartete, war ein Olivenzweig – sozusagen ein Friedenszeichen. Stefano lachte und meinte, dass er das unhöfliche Verhalten meines Vaters um meinetwillen ertragen würde.

Als wir ankamen, wurden wir herzlich empfangen. Meine alten Zimmerfluchten waren frisch gestrichen und mit Seidenkissen dekoriert. Gläser mit süßem Sirup auf zerstoßenem Eis aus den Bergen warteten auf uns. Meine Brüder erzählten den neuesten Klatsch aus Palermo, und mein Vater schaffte es, ungewöhnlich freundlich zu Stefano zu ein. Eine Zeit lang war es wie in den sorglosen Sommern meiner Kindheit.

Dann stimmte Stefano zu, auf die dringende Bitte meines Vaters und meiner Brüder nach Palermo zurückzukehren, um ein wichtiges Geschäft abzuschließen. Die Albanisi waren immer schon Kaufleute, und Stefano hatte ein Talent dafür – er ist höflich und gewissenhaft. Die anderen Kaufleute mögen und respektieren ihn. Beim Abschied küsste er mich und legte mir die Hand auf den Bauch. Das Kind fing an zu treten. Wir lachten, und Stefano machte sich mit seinem alten Diener Michele auf den Weg, der sich bitterlich beklagte, nicht in den Bergen bleiben zu dürfen.

Es war an einem Nachmittag eine Woche später, als ich auf der Terrasse ruhte und Michele plötzlich im Garten erschien. Er legte den Finger an die Lippen und bedeutete mir, nichts zu sagen. Dann teilte er mir mit, dass Stefano in Palermo verhaftet und in das Inquisitionsgefängnis gebracht worden war. Er wurde der Ketzerei angeklagt, es hieß, die Albanisi seien heimliche Juden. Michele wusste nicht, wer Stefano denunziert hatte, aber mein Verdacht fiel sofort auf meinen Vater. Stefano war auf seine Bitte hin in die Stadt zurückgekehrt. Meine Brüder hatten durchblicken lassen, dass unser Vater immer mehr von dem Land der Chiaramonte verspielt hatte und bedauerte, mir eine so großzügige Mitgift gegeben zu haben, und dass Stefano so reich sei, dass er mich auch ohne sie genommen hätte.

Ich wusste, wie schlau mein Vater war, wie unvorhersehbar sein Handeln. Als Michele mir erzählte, was geschehen war, konnte ich sehen, dass mein Vater die Dinge geschickt zu seinem Vorteil eingefädelt hatte. Obwohl die Inquisition das Eigentum von Ketzern beschlagnahmte, hatte mein Vater Kontakte zu wichtigen Leuten – wenn er Stefano denunziert hatte, würde ein Teil des Vermögens der Albanisi in seine Hände gelangen. Ich lebte bereits wieder unter seinem Dach und war so gut wie gefangen. Er konnte sich also ohne Probleme des Kindes bemächtigen. Das Schicksal einer Tochter liegt in den Händen ihres Vaters und ihrer Brüder. Sie wären die Gefängniswärter für mich und das Kind. Und ich würde Stefano nie wiedersehen.

Michele gab mir einen Geldbeutel mit neapolitanischen Piastra. Das war alles gewesen, was Stefano habe greifen können, bevor er weggeführt wurde. Und er wollte, dass ich das Haus meines Vaters sofort verließ.

›Ich soll abreisen?‹ Die Nachricht von Stefanos Gefangennahme hatte mich so aufgewühlt, dass ich kaum atmen konnte. ›Ich werde ihn nicht verlassen!‹

›Es ist zu gefährlich für Sie, in den Palast Albanisi zurückzukehren, auch wenn Sie nicht länger im Haus Ihres Vaters bleiben möchten. Mein Herr wünscht, dass Sie nach Amerika gehen. Es ist weit genug entfernt, und dort sind Sie in Sicherheit. Sein Vetter wohnt dort in Louisiana. Er wird sich um Sie und das Kind kümmern. Hier ist die Wegbeschreibung zum Haus seines Vetters in

La Nouvelle-Orléans.‹ Michele drückte mir einen gefalteten Zettel in die Hände.

Ich redete dagegen, aber Michele hieß mich schweigen. ›Er sagt, wenn Gott und Santa Rosalia ihm helfen zu entkommen, wird er wissen, wo er Sie finden kann.‹

›Aber Amerika!‹

›Mein Herr wusste, was Sie antworten würden, aber er bittet Sie, nach Amerika aufzubrechen. Sie sind nicht sicher in diesem Haus. Meinem Herrn ist Ihr Wohlbefinden das Wichtigste, verehrte Dame. Er fleht Sie an, bittet Sie, befiehlt Ihnen, um seinetwillen zu gehen. Wenn er sich keine Sorgen mehr um Sie machen muss, kann er alle Gedanken darauf richten freizukommen. Gehen Sie, und er wird Sie finden. Er wollte, dass ich Ihnen sage, dass Sie einfallsreich sind und den Mut finden werden, die Reise zu unternehmen. Erlauben Sie ihm den tröstlichen Gedanken, Sie und das Kind weit weg zu wissen. Es gibt wenig genug, das ihn im Augenblick trösten könnte.‹

Wenig genug, das ihn trösten könnte! Ich erschauderte. Seine Worte klangen wie Worte aus der Hölle. Oh Santa Rosalia ...

›Gott beschütze deinen Herrn, Michele. Ich werde tun, was er wünscht.‹

›Dann werde ich später am Abend wieder herkommen und Sie holen. Wir werden einen Pfad durch die Berge nehmen, den ich kenne, und für die Reise nach Palermo Esel, Vorräte und den Umhang einer Bäuerin für Sie bereithalten. Sie dürfen nichts mitnehmen. Sonst denken sie, dass Sie geflohen sind, und würden Ihnen folgen und Sie bald einholen. Sie müssen glauben, dass Sie einen Unfall hatten. Zerreißen Sie einen Riemen Ihrer Sandale und lassen Sie ihn bei der großen Schlucht unterhalb vom Olivenhain liegen. Legen Sie einen Fetzen Ihres Kleides auf die Dornen.

Schwangere Frauen wird manchmal schwindelig. Fragen Sie Ihr Dienstmädchen, ob sie ein Heilmittel gegen Schwindel hat.‹ Bei dem Gedanken an den Unfall, den ich vortäuschen und bei dem ich kopfüber in eine tiefe, steinige Schlucht stürzen sollte, wurde mir flau. War das das Schicksal, das mein Vater und meine Brüder für mich vorgesehen hatten, wenn das Kind auf der Welt war?

›Bis heute Abend. Gott erhalte Sie und Ihr Kind‹, sagte Michele und verschwand.

Ich hatte das Gefühl, als hätte die Erde sich aufgetan und mich verschlungen. Auch wenn ich erschrocken und voller Angst war, so wusste ich doch, dass ich das Haus meines Vaters sofort verlassen musste. Zum Glück waren mein Vater und meine Brüder auf der Jagd. Sie verbrachten ein paar Tage im *refugio* in den Bergen. Tagsüber erlegten sie Wölfe, Wildschweine und Wildkatzen, und die Nächte vertrieben sie sich mit einem Bauernmädchen, das das Pech hatte, ihnen zu gefallen.

Ein Bote würde einen halben Tag brauchen, um ihnen die Nachricht zu überbringen, dass ich einen Unfall erlitten hatte, und sie könnten in noch kürzerer Zeit hier sein. Wenn ich noch am gleichen Abend verschwand, dann hätte ich vielleicht einen Tag Vorsprung.

Ich dachte über Micheles Plan nach. Er hatte recht. Wenn mein Vater vermutete, dass ich weggelaufen sei, würde er jedem eine große Belohnung versprechen, der mich zurückbrächte, ich würde bald gefunden und nach Hause geschleppt werden. Aber wenn es einen Unfall gegeben hatte und ich in die Schlucht gestürzt war, würde die Suche in dem wilden Gelände mir noch ein wenig Zeit verschaffen. Ich musste jedoch einen Weg finden, um wenigstens ein paar Schmuckstücke mitzunehmen, die ich eintauschen oder verkaufen konnte, wenn ich nicht verhungern wollte. Die Piastra sahen für einen Bauern wie Michele wie ein kleines Vermögen aus, aber würden sie mich nach La Nouvelle-Orléans bringen?

Ich begann sofort mit den Vorbereitungen. Ich rief meiner Magd zu, dass ich ein wenig spazieren gehen würde, was gegen die Krämpfe in meinen Beinen helfen würde. Sie sagte mir, ihre Mutter habe in den Schwangerschaften ebenfalls unter Krämpfen gelitten, und Spaziergänge und Gebete an St. Agatha seien die besten Mittel dagegen. Sie bot mir ihren Arm, doch ich lehnte lachend ab, noch sei ich nicht so rund, um nicht mehr alleine durch den Olivenhain laufen zu können. Ich gab dem Mädchen Anweisung, ein Bad und frische Kleidung für meine Rückkehr vorzubereiten.

Ich hoffte, dass diese Aufgaben ihre Aufmerksamkeit von mir ablenken würden, und tat so, als hörte ich ihr Murren nicht, weil sie bei der Hitze warmes Wasser schleppen sollte.

Und nun, Sophia, kommt der wichtigste Teil. Ich lief zum Olivenhain hinunter und wählte einen Zweig, der voller junger grüner Oliven war. Am unteren Ende des Olivenhains, wo man mich vom Palast aus nicht mehr sehen konnte, ging ich zu einem Ort, den ich als Kind entdeckt hatte. Es war der Eingang zu einer kleinen Höhle, die hinter Myrtenbüschen versteckt lag. Ich hatte leises Tröpfeln gehört und ausgetretene, mit Moos überwachsene Stufen gefunden, die in die Höhlenwand gehauen waren. Ich war durstig und neugierig und stieg vorsichtig hinunter in die Höhle, in die feuchte Stille eines alten, zerstörten Heiligtums. Als sich meine Augen an das schwache Licht gewöhnt hatten, sah ich ein Alabasterbecken, in das das Wasser tropfte, einen Altar und darauf die Bruchstücke einer kleinen Statue.

Es war die Gestalt einer Frau mit dichtem, welligem Haar. Auf ihrem Scheitel saß eine einzigartige Krone. Ich wusste, wer diese Gestalt war. Kennen Sie die Geschichte von Demeter und Persephone?«

Sophia nickte. »Natürlich. Die Göttin, deren Tochter vom Gott der Unterwelt gestohlen wurde.«

»So christlich wir in Sizilien auch sein mögen: Jeder Sizilianer kennt die Geschichte von Demeter, der griechischen Göttin des Getreides und des Ackerbaus, Mutter von Persephone, die wir Kore nennen. Als die Griechen Sizilien eroberten, war der Kult der Demeter dort sehr mächtig. Unter den Bauern ist der alte Glaube immer noch lebendig, dass Demeters Trauer um ihre entführte Tochter den Winter brachte, dass ihre Freude, als Kore ihr sechs Jahre später wiedergegeben wurde, den Frühling und den Sommer brachte und das Leben auf der dunklen Erde erneuerte. Demeter, die Göttin vieler Kronen, wie die Leute sie nannten. Beschützerin des Lebens. All das ist sie immer noch, so wie sie es in der Vergangenheit war.

Die Griechen und die Römer bauten in Sizilien ebenso viele Tempel und Schreine für Demeter und Kore, wie es heute Kirchen und Schreine und Altäre der Jungfrau und der Heiligen gibt. An abgelegenen Orten gibt es noch kleine Schreine und heilige Stätten. Und nachdem ich diesen versunkenen Schrein gefunden hatte, habe ich ihn oft besucht. Als Kind betete ich zu Demeter, was gefährlich war, weil es als Ketzerei angesehen wurde. Auch jetzt wandte ich mich ihr in meiner Verzweiflung zu. Ich spürte, dass der kleine Schrein da war, weil vor mir schon viele verzweifelte Frauen dort gewesen sein müssen.«

Wie seltsam, dachte Sophia, *dass jemand von griechischen Mythen spricht, als seien sie Wirklichkeit.* »Erzählen Sie weiter, Rosalia.«

»Diesmal fiel es mir nicht leicht, die schmalen Stufen hinunterzugehen, aber ich schaffte es. Ich trank einen Schluck Wasser von der Quelle und nahm dann aus einem Versteck hinter dem verfallenen Altar die vier kleinen Votivfiguren aus Terrakotta, die ich dort in einer Nische entdeckt hatte.

Im Gegensatz zur Statue der Demeter waren sie fast intakt. Eine der Figuren hielt eine Blüte, eine andere eine Vase, die nächste eine Fackel und die letzte ein kleines Schwein, dessen Hinterbeine abgebrochen waren. Ich setzte sie auf den Altar, kniete nieder und legte den Olivenzweig als Opfergabe davor. Die Jungfrau und die Heiligen der Kirche, zu denen ich immer wieder gebetet hatte, hatten meine Gebete für meinen Mann nicht erhört. So ersuchte ich Demeter um Hilfe und bat: Ich, die ich bald Mutter werde, flehe dich um Hilfe an. Hilf mir, große Demeter, Göttin vieler Kronen, die ihr Kind in der Hölle suchte. Wie es dir gelungen ist, sie aus der Umarmung von Hades zurückzubringen, so hilf mir, mein Kind zu retten. Hilf mir, oh Kore, die du jedes Jahr zurückkehrst, um deine Mutter und die Erde zu erfreuen. Und hilf Stefano, dem Vater meines Kindes.

Die leeren Augen der Figuren starrten an mir vorbei. Der Klang der Wassertropfen in der Stille hielt mich in der Gegenwart der Göttin, als ob sie zuhörte. Ich betete wieder und erinnerte die Göttin an ihre alte Größe und flehte sie an, aufzuwachen und ihre Macht noch einmal für Stefano, unser Kind und mich einzusetzen. Stefano hatte mir befohlen, Sizilien zu verlassen und eine gefährliche Reise zu einem Ort anzutreten, den ich nicht kannte. Was sollte ich tun?

Ich schloss die Augen und konzentrierte mich auf das Geräusch des tropfenden Wassers. Ich wartete. Dann sprach die Göttin im Klang des Wassers. Sie hieß mich, zu gehen und die Votivfiguren mitzunehmen. Die Reise sei gefährlich und lang, aber sie würden mich beschützen. Wenn ich das Ende meiner Reise erreichte, sollte ich einen sicheren Ort für sie finden und ihn als ein Heiligtum der ewigen Demeter und ihrer geliebten Tochter widmen.

›Ich danke dir und ich werde tun, was du mir rätst‹, antwortete ich und wickelte die Figuren vorsichtig in eine Falte meines Rockes, den ich dann so raffte, als wollte ich verhindern, dass der Rocksaum durch den Staub schleift. So würde es für die Diener aussehen, falls ich einem von ihnen begegnen sollte. Ich musste mir immer wieder einschärfen, dass überall wachsame Augen lauerten. Ich verließ die Höhle und ging zum Palast zurück.

Als ich in meinem Zimmer ankam, wurden die Schatten im Garten bereits länger. Ich wickelte jede Figur in einen Schal und schnürte ein gut gepolstertes Bündel, sodass sie selbst dann nicht zerbrechen würden, wenn ich stürzte. Ich legte das Bündel unter mein Kissen, als das Dienstmädchen mit meinem Badewasser kam, in das sie duftende Rosenblätter streute.

Nach meinem Bad bat ich sie, die Riemen meiner zierlichsten Sandalen festzubinden. Sie waren aus feinem Ziegenleder und mit Schmucksteinen besetzt. Dabei lachte ich und sagte, dass ich mich schon nicht mehr so weit herunterbeugen könne, um es selbst zu machen. Während sie die Sandalen schnürte, saß ich an meinem Schminktisch und spielte mit meinen Ringen. Ich hielt meine Hände hoch und zeigte ihr, dass einige Ringe noch passten, während sich andere nicht mehr über meine geschwollenen Finger schieben ließen. Ich sagte ihr, ich würde den nächsten Tag ruhig im Bett verbringen, und hoffte, keine Krämpfe in den Beinen zu bekommen. Ich schlug ihr vor, einen freien Tag zu nehmen und ihre Schwester im nächsten

Dorf zu besuchen. Sie zweifelte, ob sie mich allein lassen könne. Doch ich drängte sie, sofort zu gehen, sobald sie mein Abendessen gebracht hätte, damit sie das Dorf noch vor der Dunkelheit erreichte. Ich hätte Appetit auf Obst und Mandelkuchen und vielleicht ein Glas süßen Wein, besonders auf den Wein, obwohl mir davon schwindelig würde. Sie solle mir ein großes Glas bringen.

Das Mädchen gehorchte, brachte schnell ein wenig Brot und Öl, Käse, Trauben und einen Teller mit Mandelgebäck und einen Becher mit starkem, dunkelgoldenem Wein. Sie murmelte, ich sollte darauf achten, nicht mehr herumzulaufen, wenn ich den Wein getrunken hätte. Ich probierte immer noch meine Ringe an und sagte ihr, sie solle sich beeilen und gehen, bevor es dunkel würde. Sie dankte mir und verschwand. Ich aß und schüttete den Wein auf den Boden. Dann band ich mir das Bündel über meinem runden Bauch an die Brust und wartete auf Michele.

Er erschien nach Einbruch der Dunkelheit mit einem Paar kräftiger Bauernsandalen. Ich gab Michele meine feinen Sandalen und zog die mitgebrachten an. Er zerriss einen der mit funkelnden Steinchen besetzten Riemen, streckte die Hand nach der anderen Sandale aus und schaute auf meine Ringe.

›Sie werden wissen, dass Sie nicht gestürzt, sondern weggelaufen sind.‹

›Nein, Michele, sie werden mein Dienstmädchen fragen, was ich getan habe, als sie mich zum letzten Mal sah. Sie wird sagen, ich hätte Spaß daran gehabt, meinen Schmuck anzuprobieren. Und dass ich oft in den Olivenhain gegangen sei, weil ich Krämpfe in den Beinen gehabt hätte. Ich habe ihr befohlen, mir ein Glas starken Wein zu bringen, und sie äußerte Bedenken, dass ich dadurch unsicher auf den Beinen sein würde. Es wird aussehen, als sei ich beim

Laufen gefallen, weil ich einen Krampf in meinen Beinen lindern wollte. Und die Ringe sind mit mir in der Schlucht gestürzt. Niemand wird vermuten, dass eine angetrunkene, schwangere Frau mitten in der Nacht den Bergpfad hochklettert.‹ Michele murmelte etwas über die Schliche einer Frau und dass Stefano recht gehabt habe, mir zu vertrauen.«

»Und was ist dann passiert? Hatten Sie keine Angst?«, fragte Sophia.

»Und so sind wir losgegangen. Natürlich hatte ich Angst. Wir machten an der Schlucht halt und ließen die zerrissene Sandale am Rand fallen. Michele schleuderte die andere tief hinunter in die Schlucht, wo sie noch zu sehen war. Dann riss er Stücke aus meinem Rock und warf die Fetzen so, dass sie über den Rand fielen.

›Kommen Sie‹, sagte er. ›Es ist dunkel, aber wir Bauern, die wir nicht in feinen Kutschen herumfahren, können diesen Weg mit verbundenen Augen gehen. Er ist steil und schmal, aber ich kenne hier jeden Stein.‹

Michele ging vor mir her, damit ich ihm die Hand auf die Schulter legen und mich von ihm führen lassen konnte. Der Weg war steil, und ich war froh über die Stütze und die robusten Bauernsandalen. Ich stolperte und rutschte mehrmals, doch Michele fing mich auf. Wir erreichten den Fuß des Berges noch vor dem Morgengrauen. Er pfiff leise, und schon kam sein Sohn mit einem Wagen und einem Maultier herbei. Er half mir hinein und erklärte mir, wie es weitergehen würde. In wenigen Stunden würde ich mit einem Fischerboot von Palermo nach Neapel fahren.

›In Palermo muss ich …‹

›Nein, werte Dame, Sie gehen nicht ins Gefängnis. Mein Herr verbietet es.‹

›Aber ich kann die Gefängniswärter bestechen, um wenigstens einen Augenblick mit ihm zu sprechen.‹

›Nein, das ist zu gefährlich. Man könnte Sie ebenfalls verhaften.‹

Ich senkte den Kopf und begann zu weinen.

Eine Woche später war ich in Neapel und wartete auf das Schiff, das mich nach Amerika und zu Stefanos Vetter in Louisiana bringen würde. Ich hatte einen nicht besonders wertvollen Ring verkauft und dafür genug bekommen, um meine Passage zu bezahlen. Die anderen Ringe versteckte ich in meinem Bündel bei den kleinen Statuen, damit man sie mir nicht stahl. Ich wartete auf den Tag, an dem das Schiff ablegen sollte, und ging von einer Kirche zur anderen und versteckte mich im Schatten, um ein wenig zu schlafen. Einmal schlief ich während der Messe ein. Zweimal passierte es, dass mich ein Sakristan ansprach, aber ich antwortete ihm in der groben Sprache der Bauern, der Priester habe mir geraten, ständig zu beten, weil mein Mann so an der Schwindsucht leide. Ich gab meine Piastra für Brot und Obst aus und betete, mein Vater möge glauben, ich sei in die Schlucht gefallen.

Endlich kam der Tag, an dem das Schiff ablegte. Wie eine Viehherde wurden wir an Bord getrieben. Ich war so begierig, Neapel hinter mir zu lassen, dass ich es geduldig über mich ergehen ließ. Meine kleinen Statuen ließ ich nicht aus den Augen. Obwohl ich inzwischen sehr rund geworden war, erregte ich als allein reisende Frau die unerwünschte Aufmerksamkeit einiger männlicher Mitreisender, bis ein freundlicher älterer Mann und seine Frau mich beschützten.

Wir kamen bald ins Gespräch und waren für den Rest der Reise Gefährten, was uns das beschwerliche Leben an Bord leichter machte. Ich erfuhr, dass sie Tamás und Maria Morgades hießen, spanische *Gitanos* waren, die verfolgt wurden, weil sie nach Zigeunerart durch das Land zogen.

Gitanos wurden des Diebstahls und des Aufruhrs bezichtigt. Es gab ein Edikt, das *Gitanos* verbot, untereinander zu heiraten, wie es bei ihnen üblich war, oder umherzureisen. Tamás und seine Frau Maria waren Cousins. Sie waren auf der Straße zwischen Sevilla und Madrid verhaftet und in ein Lager gebracht worden, wo man sie zwang, auf den Feldern der Adeligen zu arbeiten, und sie misshandelte und schlug. Obwohl das Edikt aufgehoben worden war, hatten sie am eigenen Leibe erfahren müssen, dass Spanien für *Gitanos* nicht sicher war. Und so wollten sie ein neues Leben in Amerika beginnen. Obwohl das Schiff nach La Nouvelle-Orléans fuhr, war ihr Ziel Virginia, weil sie gehört hatten, dass die Leute dort sehr stolz auf ihre Pferde waren. Sie vermuteten, dass der Weg von La Nouvelle-Orléans nach Virginia recht weit war, doch sie waren das Reisen gewohnt und scheuten die Strecke nicht.

Ich beschloss, dass ich ihnen vertrauen konnte, und erzählte ihnen meine Geschichte. Sie sagten, ich solle mit ihnen kommen, aber ich bestand darauf, Stefanos Vetter in La Nouvelle-Orléans aufzusuchen. Dann setzten eines Nachts meine Wehen ein, und am nächsten Tag wurde Stefania geboren. Maria hat sie auf die Welt geholt, und obwohl die Geburt schrecklich war, ging wie durch ein Wunder alles gut.

Als wir in La Nouvelle-Orléans ankamen, nahm ich den schmutzigen Zettel, den Stefano mir über Michele hatte zukommen lassen, und machte mich auf die Suche nach dem Haus des Vetters. Ich war überrascht, als ich das große Haus mit dem schönen Balkon sah. Von dem Diener, der mir die Tür öffnete, erfuhr ich, dass Stefanos Vetter gerade an einer der Fieberepidemien gestorben war, wie sie diese Stadt häufig heimsuchen. Der Sklave sagte, das Haus und alle ›Leute‹ des Vetters würden verkauft werden. Es sei denn, der neue Besitzer des Hauses wollte die Haussklaven behalten. Ich sagte ihm, dass ich hoffte, dass das der Fall sein würde und sich die neuen Besitzer als freundliche Menschen erweisen würden. Der arme Sklave befürchtete, dass man ihn von seiner Frau, der Köchin, und seinen Kindern trennen würde, die bei Tisch bedienten und in den Ställen arbeiteten.

Voller Verzweiflung kehrte ich zu Tamás und Maria zurück, und sie drängten mich, sie zu begleiten. Ich hatte Angst, allein zu sein, und beschloss, mit ihnen zu gehen. Ich hatte keine anderen Freunde und wusste nicht, was ich sonst tun sollte. Sie weigerten sich, auf dem Seeweg von La Nouvelle-Orléans nach Williamsburg zu reisen. Als *Gitanos* hassten sie es, auf dem Meer zu segeln. Sie wollten auf dem Landweg nach Virginia ziehen und wieder im Freien leben, so wie sie es in Spanien getan hatten. Unterwegs verdienten sie das nötige Geld mit Pferdehandel und Musik- und Tanzdarbietungen. Sie hätten sich erkundigt und wollten erst dem Mississippi und dann dem Tinassi-Fluss nach Virginia folgen.

Ich verkaufte ein paar weitere Ringe für spanische Dollar, weil Tamás gesagt hatte, das sei die stabilste Währung in Amerika. Dann kehrte ich zu dem Haus des Vetters zurück und erklärte dem Diener, ich müsse La Nouvelle-Orléans verlassen, um bei meinen Freunden zu bleiben. Wir würden über Land nach Williamsburg reisen, am Fluss entlang. Ich gab dem Diener einen Beutel mit Dollar und sagte, dass ich von dem Vetter seines Herrn, meinem Mann Stefano Albanisi, getrennt worden sei. Mein Mann würde hier im Haus seines Vetters nach mir suchen. Der Diener müsse ihm sagen, dass er mir nach Virginia folgen solle. Es war ein hoffnungsloses Unterfangen, aber ich wusste nicht, was ich sonst hätte machen sollen.« Rosalia seufzte. »Ich wusste nicht, wie groß die Wildnis ist.«

»Ich weiß«, bestätigte Sophia und erinnerte sich an ihre eigene Reise.

»Ich verkaufte einen weiteren Ring und bestand darauf, dass Tamás das Geld nahm – ich wollte die Großzügigkeit des Paares nicht überstrapazieren.

Tamás war Musiker und konnte das Blut seiner Zuhörer in Wallung bringen, wenn er seine Geige weinen oder vor Freude singen ließ. Die anmutige Maria zog sich ihre bunten Röcke an, streifte sich viele Armbänder über die Hände und tanzte. Dabei klapperte sie mit ihren Schalen aus Kastanienholz. Der Tanz begann langsam. Sie wand sich wie eine Schlange, und dann wurden ihre Füße und das Klappern der Holzschalen immer schneller und schneller, bis die ganze Welt aus einem einzigen Wirbel aus Farbe und Klang zu bestehen schien. Maria tanzte voller Kraft und Emotionen. Es war unmöglich, an etwas anderes zu denken, wenn sie tanzte. Tamás legte oft seine Geige nieder, um im Takt ihrer Füße zu klatschen. Nach dem Tanz war das Publikum ebenso erschöpft wie Maria.

Sie hatten Freude an ihrer Musik und dem Tanz und an dem Geld, das sie auf diese Weise verdienten. Ich fand aber heraus, dass Tamás viel mehr Geld hatte, als ich gedacht hatte, alles in spanischen Dollar. Das überraschte mich, nachdem er die Reise auf dem Schiff unter so elenden Bedingungen unter Deck zurückgelegt hatte.

Tamás kaufte einen kleinen geschlossenen Wagen, den er, Maria und ich bunt anmalten, außerdem kaufte er ein paar Pferde und zwei Maultiere. Tamás rieb sich die Hände, denn der Ire, der sie verkauft hatte, hätte ihm einen guten Preis gemacht. Maria lachte und sagte, niemand wisse mehr über Pferde als Tamás.

Also machten wir uns auf den Weg. Ich sah Maria beim Tanzen zu und dachte, dass ich gerne so tanzen würde. Schließlich meinte Maria, sie werde allmählich zu alt, um so zu tanzen, sie bekomme keine Luft mehr und wäre froh, wenn ich an ihrer Stelle tanzen würde. Es war schwieriger, als ich erwartet hatte, und es war nicht zu übersehen, dass mein Tanz dem Vergleich mit ihrem nicht standhalten konnte. Maria konnte zwanzig oder dreißig Menschen verzaubern durch die Emotionen, die sie beim Tanzen ausdrückte. Sie sagte, ich würde tanzen wie eine Frau, die überlegt, wann das Kind das nächste Mal gefüttert werden muss.

Die Leidenschaft, sagte Maria immer wieder, muss aus dem Herzen kommen, aus der Seele, aus einer Liebe, die nicht wimmernd und schwach ist, sondern lodernd und unmittelbar, aus dem Hass und sogar aus dem Schrecken. Sie lehrte mich, den Rhythmus mit den Holzklappern zu schlagen, den Kopf kühn in die Höhe zu recken, die Füße mit Entschlossenheit und Bestimmtheit zu bewegen und sie aufzusetzen wie einen Befehl. ›Tanz den Teufel und all seine Helfer in Grund und Boden.‹ Und nach und nach wurde ich besser und kühner. Ich übte ununterbrochen, und Maria klatschte den Rhythmus. Stefania lag in ihrer behelfsmäßigen Wiege unter einem Baum oder auf dem Kutschbock des Wagens und sah uns zu.

Tamás und Maria waren froh, wieder unterwegs zu sein, aber das Wetter behagte ihnen nicht. Am Mississippi herrschte eine feuchte Hitze. Die Mücken plagten uns, und wir kamen nur langsam voran. Unterwegs machten wir in den Siedlungen oder kleinen Orten und in den Tavernen halt. Tamás verkaufte Pferde und kaufte neue und war damit manchmal tage- oder wochenlang beschäftigt. Maria machte das Beste aus unseren langen Reisepausen, wusch die Wäsche, scheuerte die Kochtöpfe und lüftete die Betten. Stefania feierte ihren ersten Geburtstag.

Mir fiel auf, dass es Maria immer schlechter ging. Sie hustete und klagte, dass sie nachts Fieber habe. Das Alter machte ihr zu schaffen. Sie war oft müde, konnte immer seltener tanzen. Und wenn sie es tat, war es, als sei das Feuer aus ihrem Tanz verschwunden, als brenne die Flamme ihres Lebens herunter. Tamás murmelte, sie habe im Gefangenenlager Schwindsucht gehabt, sich aber davon erholt, nachdem er eine Novene gesprochen habe. Was er nur tun solle, fragte er mich hilflos. Ich wusste es nicht.

Maria bat mich immer öfter, an ihrer Stelle zu tanzen. Obwohl ich nicht dachte, dass jemand mich tanzen sehen wollte, konnte ich ihr diese Bitte nicht abschlagen. Noch bevor Stefania zwei Jahre alt wurde, hatte ich alle Tänze übernommen. Als sie drei Jahre wurde, war Maria tot, begraben unter einer Eiche am Fluss. Tamás war außer sich vor Kummer und weinte wie ein Kind. Wir lagerten lange Zeit in der Nähe von Marias Grab, bevor Tamás es übers Herz brachte weiterzuziehen. Der Kummer hatte ihn alt werden lassen. Er war wie ein Vater für mich, und ich war froh, dass er nicht allein war. Stefania und ich taten unser Bestes, uns um ihn zu kümmern. Stefania liebte die Pferde – das war eine große Hilfe. Tamás versprach, ihr beizubringen, wie man mit Pferden spricht.

Was wäre, wenn Tamás ebenfalls starb? Stefania und ich konnten nicht allein in einem bunt angemalten Wagen leben. Ich brauchte ein Haus. Ich hatte längst die Hoffnung aufgegeben, dass Stefano mir folgen würde oder dass er noch am Leben war. Manchmal ist Hoffnung unerträglich. Wenn ich für Stefania weiterleben wollte, musste ich meine Vergangenheit hinter mir lassen und das Beste aus diesem neuen Dasein machen. Ich werde niemals etwas anders sein als Stefanos Frau.

Die Landschaft am Mississippi und dann am Tinassi wurde wilder, die Wälder dichter. Es gab nur wenige Siedler, obwohl wir Jäger, Trapper und Pelzhändler trafen. Von Zeit zu Zeit sahen wir auch Indianer. Obwohl wir schreckliche Geschichten von Morden und Entführungen gehört hatten, waren sie sehr nett, wenn wir sie in ihren Dörfern kennenlernten. Sie interessierten sich für unseren Wagen, behandelten uns höflich und waren sehr gastfreundlich.

Ich dachte nicht, dass Tamás sich niederlassen würde, bevor wir nach Williamsburg kamen. Aber an dem Morgen, an dem wir in diesem Tal ankamen, fragte er den Mann am Handelsposten nach Land. Das war Henri, und jetzt haben wir ein Haus. Die Leute hier sind liebenswürdig. Und diejenigen, die ich für Sklaven hielt, sind keineswegs Sklaven, sondern Grundbesitzer wie alle anderen auch. Sie alle leben so einfach wie die Bauern zu Hause, und ich mag alle Frauen sehr. Aber ich glaube, ich muss aufpassen, wenn ich mit den Männern hier zu tun habe, Sophia.«

Sophia errötete.

»Tamás hat mich ausgeschimpft, weil er meinte, ich hätte mit Henri geflirtet, als ich ihn nach der Bärenhöhle fragte. Und Sie dachten das auch. Aber ich habe nicht geflirtet. Ich musste nur wissen, wo die Höhle war. Ich habe keine Lust zu flirten oder auch nur an einen anderen Mann zu denken.

Ich habe Sie gebeten, mitzukommen und meine Geschichte zu hören, weil ich hoffte, dass wir Freundinnen werden könnten. Die Göttin und ihre Votivfiguren habe ich hier in meinem Korb. Ich möchte ihren Schrein in der Höhle errichten. Helfen Sie mir?«

Rosalias exotische Geschichte verwirrte Sophia, doch sie hatte sie so überzeugend erzählt, dass Sophia sagte: »Natürlich. Warten Sie, ich zünde die Kiefernfackeln an, damit wir drinnen etwas sehen können.«

Die kleinen Mädchen waren auf der Decke eingeschlafen. »Erst sollten wir die Kinder zum Höhleneingang tragen«, schlug Rosalia vor. Sie deckten die beiden mit ihren Schals zu, zündeten ihre Kiefernfackeln an und gingen tiefer in die Höhle hinein. In der kühlen Dunkelheit der Höhle warfen die flackernden Flammen der Fackeln große, tanzende Schatten an die Wände, die höher wurden, je weiter sie gingen. »Wenn Bären hier ihren Winterschlaf machen, muss ich einen Platz finden, wo sie nicht an die Figuren herankommen«, überlegte Rosalia.

»Hmm«, sagte Sophia und dann: »Sehen Sie nur!« Sie hielt ihre Fackel hoch. »Sehen Sie, Rosalia, wie herrlich!« Das Licht tanzte über prächtige Gebilde aus Stein, die wie gefrorenes Wasser und bunte Felsen aussahen.

»Je weiter wir hineingehen, desto schöner wird es«, flüsterte Rosalia.

»Schauen Sie, dort oben. Es ist eine andere Ebene, eine Art Nische.« Sophia zeigte auf eine Stelle weiter oben an der Höhlenwand. Für die Bären lag sie zu hoch, aber leider auch für Menschen. »Wie sollen wir ohne Leiter da hinkommen?«

»Ja, wie schade … warten Sie! Schauen Sie, Sophy! Es ist, als hätte jemand eine Stufe in die Höhlenwand geschlagen. Hier ist noch eine und da noch eine. Wie kann das sein?«

Zweifelnd hielt Sophia ihre Fackel hoch, und da waren tatsächlich schräge Einbuchtungen, die wie Stufen aussahen, als hätten viele Füße sie abgewetzt. »Indianer? Es müssen Indianer gewesen sein.«

Sie kletterten barfuß, um auf den schmalen Stufen besseren Halt zu haben, und setzten vorsichtig einen Fuß vor den anderen. Die Nische erwies sich als eine flache Aussparung in der Höhlenwand, die so hoch war, dass sie darin stehen konnten. Rosalia hielt ihre Fackel hoch. »Sehen Sie sich nur die Wände an. Ich glaube …«

Was dann passierte, war verblüffend. Die Strahlen der untergehenden Sonne bahnten sich allmählich einen Weg durch den Höhleneingang, sodass die Felssäulen funkelten und kristallen schimmerten. Die Sonnenstrahlen beleuchteten nach und nach die Nischenwände und ließen immer mehr Bilder zum Vorschein kommen: von einem Mann mit einem Vogelkopf, geflügelten Tieren und einem Reh mit einem runden Bauch. Dahinter waren weitere Zeichnungen von Tierköpfen, Männern und Gestalten zu sehen, die nichts anderes sein konnten als schwangere Frauen, die die Höhle mit Leben zu füllen schienen.

»Da!«, rief Rosalia plötzlich. An der Wand über ihren Köpfen war der Abdruck einer Hand zu sehen.

»Warum ist der da?«, murmelte Sophia. Es war ein weißer Umriss auf rotem Grund, so klar, als sei er eben erst aufgemalt worden. Sie legte ihre eigene Hand auf die weiße Hand. Und dann bemerkte sie, dass da weitere, schwächere Umrisse von anderen Händen waren, als hätte ein längst vergessenes Menschengeschlecht ein Zeichen hinterlassen wollen, bevor es sich verabschiedete.

Rosalia hielt ihre Hand gegen einen anderen Abdruck, bis die Sonne weitergewandert war und die Strahlen die Wand nicht mehr erleuchteten. Die Hände verblassten und verschwanden schließlich. Rosalia zitterte. »Das ist ein alter Ort. Hier ist der richtige Platz für den Schrein.« Sie stellte die Votivfiguren auf einen niedrigen Felsvorsprung unter dem Handabdruck und begrüßte die Göttin vieler Kronen und ihre Tochter Kore in ihrem Heiligtum.

Sophia war niemals religiös gewesen. Wenn überhaupt, dann hatte sie die Skepsis ihres Vaters geerbt. Sie hatte jedoch die üblichen anglikanischen Traditionen befolgt. Jetzt wartete sie darauf, dass Rosalia ihr seltsames heidnisches Ritual beendete, und war plötzlich in der Eigentümlichkeit des Augenblicks gefangen. Rosalias Tanz hatte ihr Mut gemacht, und das Erlebnis in der Höhle beruhigte ihr Herz. Sie hoffte, dass sie dieses Gefühl würde festhalten können.

Als Sophia und Rosalie wieder am Eingang der Höhle waren, erwachten und schnatterten die Kinder fröhlich wie kleine Gänse in ihren unterschiedlichen Sprachen. Sie bemerkten nicht, wie schweigsam ihre Mütter waren, als sie die Picknicksachen zusammenpackten und sich auf den Heimweg machten. Vom Hügel aus konnten sie Henri sehen, der unten an der Anlegestelle wartete und zum Frog Mountain hinaufsah. Sie winkten ihm zu.

»Ich liebe dieses Tal«, rief Rosalia. »Die Sonnenuntergänge sind wunderbar.«

»Ja«, sagte Sophia, die seit Langem keinen Blick für Sonnenuntergänge gehabt hatte.

»Herrlich.« Und das war es auch.

Vorsichtig gingen sie den steilen Weg hinunter. »Henri wird Sie über den Fluss rudern«, erklärte Sophia. »Ich bin so froh, dass Sie gekommen sind, Rosalia.«

Kapitel 36

Cully

1774

Cully war wieder da. Kitty wusste, dass er zurück war, wusste, dass er vor einer Woche zurückgekommen war und immer noch um seine Mutter trauerte. Die Nachricht von ihrem Tod hatte ihn tief getroffen. Kitty hatte ihn noch nicht wiedergesehen. Er pflegte seine Trauer, half Nott und kümmerte sich um Saskias Grab. Kitty konnte sich nicht entscheiden, ob sie ihn nun aufsuchen sollte oder nicht. Beides würde ihr Schmerz zufügen. Kitty wartete ab.

Cully machte sich auf den Weg zu Susan. Im Haus der Hanovers umarmte Venus ihn immer wieder, zwischendurch brach sie in Tränen aus und schimpfte mit ihm, weil er so lange weggeblieben war.

Susan hatte ihn wütend begrüßt, als er bei den Hanovers auftauchte.

»Ich konnte nicht früher zurückkommen«, erklärte er.

»Was du redest da, Cully! Du bist gegangen, also kannst du auch zurückkommen. Schämen solltest du dich«, fuhr Susan ihn an.

Als er sich aus Venus' Umarmung befreit hatte und Susans Schwestern eine nach der anderen in die Arme geschlossen hatte, sagte Cully: »Komm, lass uns Kitty suchen.«

Sie trafen Kitty am Handelsposten, und dann gingen alle drei zum Ladungssteg hinunter.

Kitty, Susan und Cully saßen auf dem Steg, wie sie es als Kinder so oft getan hatten. Die Mädchen ließen die nackten Füße ins Wasser baumeln. Schließlich zog auch Cully Schuhe und Strümpfe aus und tauchte die Füße in den Fluss. Susan sagte ihm noch einmal, dass sie immer noch wütend sei, weil er so lange weggeblieben sei. Kitty sah aus, als könne sie sich nicht entscheiden, ob sie wütend war oder nicht. In ihrem Blick lag etwas Vorsichtiges, wenn sie ihn anschaute.

»Ich konnte nicht zurückkommen, jedenfalls nicht sofort. Ich werde euch erzählen, warum, aber sagt es niemandem. Schwört es!«

Beide Mädchen nickten, Kitty etwas länger als Susan.

Cully sah zu, wie sich das Wasser um Kittys Zehen kräuselte, und begann zu erzählen.

»La Nouvelle-Orléans ist eine schöne Stadt. Sie ist groß, Straßen überall. Große prächtige Häuser und Kanäle. Alles voll von Leuten. Menschen überall. Wie ein Ameisenhaufen. Früher war die Stadt französisch, so wie Mist' Henri französisch ist. Sie sprechen Französisch, so wie er es kann. Jetzt gehört die Stadt zu Spanien, die Leute sprechen auch Spanisch. Man hört die verschiedenen Sprachen und versteht kein Wort, doch es klingt schön. Sie haben Sklaven, aber auch viele freie Schwarze. Es gibt dort

Kreolen, alles geht durcheinander – Schwarz und Weiß und Spanisch und Französisch.«

Das Wasser warf das Sonnenlicht zurück und ließ Cullys Haut golden schimmern. Er hatte jetzt einen Schnurrbart, und sein langes Haar hatte er mit einem schwarzen Band zusammengebunden. Er trug ein weißes Hemd mit langen Ärmeln und Leinenhosen, die ihm bis zum Knie reichten. Die Mädchen hatten ihre Röcke bis über die Knie hochgezogen. Im Vergleich zu Susans und Cullys Füßen sahen Kittys Füße unter Wasser blass aus.

»Sie haben dort einen großen Hafen, Schiffe von überall her. Von einigen Inseln unten im Süden, wo die Spanier auch sind, bekommen sie Zucker, Rum und Tabak. Sie brauchen Arbeiter auf dem Kai. Und dort habe ich fast ein Jahr gearbeitet, meinen Lohn gespart und mir einen Wagen und ein Maultier gekauft. Ich schleppte Fässer und andere Sachen, verdiente gutes Geld. Doch dann wurde ich von drei Männern angegriffen. Sie waren grobe Kerle und stark. Sie fesselten mich und behaupteten, ich sei ein entlaufener Sklave. Ich zeigte ihnen ein Papier, auf dem stand, dass ich frei sei. Aber sie zerrissen es. Dann haben sie mich an einen Sklavenhändler verkauft.«

»Oh Cully!«, riefen Kitty und Susan wie aus einem Munde.

»Nun … ich habe mich gewehrt, aber wenn man gefesselt ist, kann man nicht viel machen. Sie warfen mich in einen Käfig und ließen mich dort zwei Wochen liegen. Als sie mich rausholten, war ich zu schwach, um mich zu wehren.«

Kitty legte ihm die Hand auf den Arm.

»Sie haben mich an einen Plantagenbesitzer verkauft. Ich dachte, es wäre mein Ende. Den ganzen Tag mussten wir in der Hitze auf den Feldern arbeiten. Eines Tages zerbrach der Pflug. Der Aufseher drohte, den Sklaven zu töten, der es getan hatte, und ich sagte, er solle ihn leben lassen, denn ich könnte den Pflug reparieren, ich hätte früher mit Eisen gearbeitet.«

»Was ist dann passiert?«

»Danach musste ich nicht mehr auf die Felder. Nach einer Weile reparierte ich hier was und dort was. Der Plantagenbesitzer begann, mir zu vertrauen. Ich sollte besseres Essen bekommen und meine eigene Hütte. Dann fand er heraus, dass ich lesen und schreiben konnte, aber er riet mir, es niemandem zu sagen. Aber er hat mir seine Rechnungsbücher zu führen gegeben. Schließlich wollte er mich mit einem Mädchen verheiraten.«

»Oh?«, sagte Kitty und wandte den Kopf ab. »War sie hübsch?«

»Hübsch genug, um ihm drei Kinder zu schenken.«

»Und dann?«

»Ich sagte, ich würde mich freuen, sie zu heiraten. Er grinste und meinte, seine Frau würde sich ebenfalls freuen. Ich bekam von ihm einige Dollars für einen neuen Hochzeitsanzug. Ich ließ mir vom Schneider das hier machen«, er zeigte auf sein Hemd und seine Hose. »Aber in der Nacht vor der Hochzeit kam ein Sturm, der hat die Dächer von den Sklavenquartieren gefegt. Ein Baum wurde entwurzelt und krachte auf das Haus des Plantagenbesitzers. Das Scheunentor wurde aufgerissen, sodass die Pferde davongelaufen sind. Ich rannte weg. Und hier bin ich.« Er lächelte Kitty an. »Bin so froh, hier zu sein. Aber ich vermisse Mama. Niemand kocht für mich oder macht sich Gedanken, ob ich lebe oder tot bin.«

Er sah Kitty an, die ihn seit seiner Rückkehr nicht einmal angelächelt hatte.

»Erbärmlich«, murmelte Susan. »Ich denke, du kannst bei uns essen, wenn du willst. So macht Onkel Nott es meistens.«

»Das wäre gut«, sagte Cully und sah Kitty an. Sie erwiderte seinen Blick.

»Kitty, du solltest aufpassen, dass deine weiße Haut in der Sonne keine Sommersprossen kriegt«, warnte Susan.

»Und was war hier los, während ich weg war?«

»Rhiannon hat einen Krieger namens Zwei Bären geheiratet«, erzählte Kitty. »Sie wohnt zwei Täler weiter bei den Indianern, die sie als eine der ihren adoptiert haben. Sie hat ein Kind. Caitlin ist jetzt bei ihr, weswegen ich mich um den Handelsposten kümmere. Sie wollte nicht, dass Rhiannon Zwei Bären heiratete, und hat ein schreckliches Theater gemacht, bis Gideon ihr versprochen hat, dass er sie hinbringt, wann immer sie will.«

»Ein paar Zigeuner leben jetzt dort drüben.« Susan zeigte auf das gegenüberliegende Ufer, wo ein bunt bemalter Wagen vor einer Hütte stand. »Tamás, Rosalia und Stefania, Rosalias kleines Mädchen.«

»Sie haben eines der Gehöfte von Papa gekauft. Und noch einige Felder da hinten«, berichtete Kitty. »Papa hat viel Geld dafür bekommen.«

»Ich sehe viele Pferde«, sagte Cully. »Sieht aus, als hätte er da eine Rennbahn.«

»Tamás kauft und verkauft Pferde. Papa sagt, dass er ein echter Zigeuner ist, der ein gutes Pferd auf einen Blick erkennt und dem Teufel seine Hörner abschwatzen könnte, so geschickt verhandelt er«, fuhr Kitty fort.

»Und Meshack hat Probleme mit seinem Rheumatismus«, fügte Susan an. »Seth wurde von einer Klapperschlange gebissen, bei Rufus' Schmiede. Er ist schon oft gebissen worden, aber diesmal ist er fast gestorben.«

»Malinda erwartet wieder ein Kind«, sagte Kitty.

»Und Mrs Drumheller erwartet auch eins!« Kitty und Susan prusteten vor Lachen. »Und wir dachten, sie sei zu alt dafür.«

»Ihr Neffe, der Pfarrer, ist auch noch hier. Er hat Mattie geheiratet, die Nichte des Bootsmanns. Mattie kam immer auf dem Floß mit ihrer Tante und ihrem Onkel. Susan und ich, wir haben ihm geholfen, dass er mitbekommt, wie hübsch Mattie ist ... ähm ... Der Bootsmann hat dem Pfarrer dann einfach geraten, Mattie zu heiraten. Wir haben ihn gehört, nicht wahr, Susan? Also fuhr Mattie los, um ihr Hochzeitskleid zu holen. Jedenfalls haben wir ihr geholfen, ihn auf sich aufmerksam zu machen, und dann hat er ihr einen Antrag gemacht und sie hat angenommen.« Susan kicherte.

»Pfarrer Merriman baut eine Kirche. Mutter mag ihn immer noch nicht. Sie drohte, ihn zu erschießen, wenn er sie nicht in Ruhe ließe, nachdem Charlotte verschleppt worden war.« Kitty seufzte. »Magdalena und ich reden oft darüber, ob Charlotte und Cadfael noch am Leben sind. Rhiannon glaubt, sie leben noch. Sie hat Visionen oder so. Sie ist sehr seltsam geworden. Aber mittlerweile wüssten wir es doch, wenn sie noch leben würden, oder? Gideon hat immer wieder versucht, etwas über sie in Erfahrung zu bringen. Aber Mutter geht es besser, fast wie früher.«

»Toby redet über die Teesteuer und die Söhne von irgendetwas«, sagte Susan.

»Söhne der Freiheit«, meinte Kitty. »Papa sagt, sie sind Gesindel. Mutter sagt, es ist Verrat, und sie werden alle gehängt werden. Wann immer wir irgendwelche Zeitungen bekommen, steht etwas über den Tee oder die Steuer oder die Söhne der Freiheit drin.«

»Rufus findet sie gut«, wusste Susan.

»Willst du etwas Interessantes in der Bärenhöhle sehen?«, fragte Kitty.

»Was ist an der Höhle interessant? Wir sind doch schon so oft dort gewesen.« Susan gähnte. »Außerdem stinkt es da.«

»Ich kann es dir nicht beschreiben, du musst es sehen. Bei Sonnenuntergang.«

Venus rief nach Susan. »Ich muss Mama mit dem Abendessen helfen. Kommst du auch, Cully?«

»Ich komme zum Abendessen, wenn das in Ordnung ist. Ich möchte aber erst sehen, was Kitty mir zeigen will.«

Sie standen auf. Kitty und Susan schüttelten ihre Röcke aus. Susan sah von Kitty zu Cully, dann machte sie kehrt und ging davon.

»Was gibt es denn da oben?«, fragte Cully, als sie den Weg nach oben einschlugen.

»Etwas, das Stefania uns gezeigt hat. Ihre Mutter hat etwas in die Bärenhöhle gestellt. Du wirst es gleich sehen.« Kitty lief leichtfüßig vor ihm den Berg hinauf. »Könnte sein, dass ich auch bald weggehe, weißt du? Papa redet schon seit Jahren davon, mich nach Frankreich zurückzubringen. Und jetzt hat er all das Land an Tamás verkauft und sagt, dass wir bald aufbrechen können. Er will mich dort heiraten lassen. Mutter hätte lieber, wenn ich einen Engländer heirate, hat aber nichts dagegen, dass Papa mich nach Frankreich bringt. Papa sagt immer, dass ich überhaupt keinen Mann kriege, wenn ich hierbleibe. Ich werde als alte Jungfer enden oder als Frau von einem Pelzhändler.«

»Hm!«, knurrte Cully. »Und was für einen Mann willst du?«

Kitty blieb stehen und drehte sich zu ihm um. »Ich will dich! Du weißt, dass ich dich will, seit du mich geküsst hast, bevor du weggegangen bist. Das weiß ich seit zwei

Jahren. Ich war wütend auf dich, weil du so lange weggeblieben bist, und ich wäre noch wütender geworden, wenn du diese andere Frau geheiratet hättest. Wenn ich es mir recht überlege, hätte ich dich vielleicht erschossen. Mit Mutters kleiner Pistole.«

»Ich weiß, Kitty. Denk nicht, ich wüsste es nicht. Ich habe dir gesagt, dass ich wiederkomme«, erwiderte Cully. »Es ist nicht ein Tag vergangen, an dem ich nicht an Mama gedacht habe und wie sie auf mich wartet. Und an dem ich nicht an dich gedacht habe und mich gefragt habe, ob ich jemals wiederkomme.«

»Ich muss wissen, Cully, ob ich nach Frankreich gehen soll.«

»Nein!«, schrie Cully fast.

Kittys Augen füllten sich mit Tränen. »Was dann? Ich möchte jemanden heiraten.«

»Ich weiß!« Cully legte die Arme um sie. Sie mussten diesen Kuss noch einmal ausprobieren. Und nach einer so langen Trennung reichte der Kuss bald nicht mehr.

Später lagen sie in der Bärenhöhle, oben in der Nische. Cully rollte sich auf den Rücken und sagte: »Na, das war aber eine schöne Überraschung. Hast du hier eine Decke zurechtgelegt, für den Fall, dass ich wiederkomme?«

Die Erleichterung und die Freude, die Kitty spürte, waren so überwältigend, dass sie sie kaum ertrug.

»Ich habe sie hier hochgebracht, als ich hörte, dass du wieder da bist. Ich weiß nicht, warum. Besonders damenhaft war es nicht«, antwortete Kitty schläfrig an seiner Schulter und dachte, wie gut Cullys Haut doch roch.

Cully stützte sich auf den Ellbogen und fuhr mit dem Finger von ihrem Kinn bis hinunter zum Nabel. »Du bist erwachsen geworden«, sagte er.

»Ja, jetzt bin ich wohl erwachsen, denke ich.« Sie seufzte und setzte sich auf.

Er zog sie wieder auf die Decke. »Ich bin froh, wieder hier zu sein.«

»Geh nicht wieder weg, Cully«, bat sie. »Bitte. Ich könnte es nicht ertragen.«

»Versprochen! Aber wir müssen überlegen, was wir jetzt tun sollen.« Cully drehte sich auf den Rücken. Plötzlich rief er: »Lieber Himmel, sieh dir das an!« Die Strahlen der untergehenden Sonne erleuchteten die Nische. »Hier sind lauter Bilder! Tiere und dort oben sind Hände! Ich sehe Hände. Wer hat all das gemalt?«

»Ich weiß. Das ist es, was ich dir zeigen wollte. Ich weiß nicht, von wem die Malereien stammen. Mutter sagt, dass es Indianer gewesen sein müssen. Sie und die Mutter von Stefania haben die Bilder gefunden.«

Cully schüttelte verwundert den Kopf. »Es ist, als würden sie uns begrüßen. Oder sich verabschieden. Oder was auch immer. Da wird's einem ganz anders, stimmt's?«

»Ja«, flüsterte Kitty.

Kapitel 37

Der Porträtmaler

Juni 1774

Secondus Conway war ein kleiner, drahtiger Mann unbestimmten Alters. Im Gegensatz zu seinem sonstigen recht wettergegerbten Aussehen waren seine Hände nicht schwielig oder grob, sondern lang und schmal. Nicht die Hände, wie man sie bei einem Mann erwarten könnte, bei dem das Leben deutliche Spuren hinterlassen hatte. Allerdings hatte er seine Hände stets gewissenhaft gepflegt. Als Wanderkünstler war er gezwungen, bei jedem Wetter zu reisen. Also rieb er sie mit Bärenfett ein, um sie geschmeidig zu halten, und umwickelte sie mit Lumpen, um sie gegen die Kälte zu schützen. Wohin es ihn abends auch verschlug – und Secondus sah sich selbst als Spielball seines Gewerbes, das ihn mal in den Salon einer Plantage, mal in eine derbe Taverne oder auf ein Strohlager in einer kargen Hütte spülte –, suchte er sich stets einen Platz, wo er seine Hände ans Feuer halten konnte, und wenn er keinen fand, umklammerte er ein kleines Glas heißen Whiskey oder einen Becher Sassafras- oder Sumachtee. Zu seinen Füßen lagen für gewöhnlich Farben und Pinsel. Er stellte sich als »Porträtmaler« vor, der es als seine Pflicht ansah, im Dienste der Kunst unermüdlich unterwegs zu sein.

Jedem, der es hören wollte, erzählte er, er reise meist mit dem Auftrag an, den Hausherrn oder die Hausherrin zu malen. Aber wenn man Secondus glauben durfte, waren sie derart hingerissen von dem Ergebnis seiner Mühen, dass sie ihn nicht eher abreisen ließen, bevor er nicht auch noch das letzte Familienmitglied porträtiert hatte. Wenn die Kosten ein Problem darstellten – und hier winkte Secondus normalerweise herablassend ab –, nun, er ließ mit sich reden. Gruppenbilder waren preiswerter.

Aber seine Spezialität, so gestand er schließlich, waren die Kinder. Lebendige Kinder und auch jene kleinen Engel, die gestorben waren. Möge Gott ihren reinen, kleinen Seelen gnädig sein. Er hatte schon so manches Kind gemalt, wenn es im Sarg lag, die Augen im wachsbleichen Gesicht geschlossen, damit es auf der Leinwand weiterlebte. Aber seine Talente gingen sogar noch weiter, denn er konnte ein Kind auch dann malen, wenn es bereits begraben war. Allein die Beschreibung der Mutter reichte ihm. Und wunderbarerweise betonten die Mütter immer, wie ähnlich sein Porträt ihrem Kind doch sehe. »Es war ein *Memento mori*«, murmelte er voller ehrfürchtigem Mitgefühl, »von einem kleinen Engel in der ewigen Blüte seiner Jugend und Unschuld.«

Secondus war immer bereit, die Namen seiner ehemaligen Gönner wie zufällig fallen zu lassen, an Gesprächsstoff mangelte es ihm selten. Er redete gern. Ein einziges Stichwort genügte und schon rasselte er die Liste seiner vornehmen Auftraggeber und ihrer Plantagen herunter, auf denen er deren Gastfreundschaft genossen hatte. Die Familien Carter, Fairfax, Custis, Byrd und Fitzhugh erwähnte er nur zu gern. Nomini Hall, Carters Grove, Westover und Berkeley waren Orte, mit denen er bestens vertraut war. Er konnte die Räume, die feinen Möbel, die Gewohnheiten der Familie, ihre musikalischen Vorlieben und sogar die Gerichte aufzählen, die es zum Abendessen gegeben hatte. »Die Damen und Herren von Virginia, ah, das ist Kultur, das ist Stil. Wenn mein Werk vollendet war und das fertige Porträt vor ihnen stand, waren sie stumm vor Staunen und Bewunderung. Oft wischten sie sich eine Träne aus dem Auge und baten mich, noch länger bei ihnen zu verweilen. Wissen Sie, sie waren ausgehungert nach Kultur, wollten meine Geschichten über die Salons von Europa hören, wo Künstler als bedeutsame Persönlichkeiten angesehen und mit Ehrerbietung behandelt werden. Sie seufzten, wenn ich Museen in Italien und Frankreich beschrieb, die Gemälde, das Porzellan und das Elfenbein, die kostbaren *objets* aus der ganzen Welt.

Und wenn sie mich darum baten, machte ich ihnen natürlich die Freude – ein Porträtmaler muss seinen Gönnern gegenüber immer höflich und zuvorkommend sein. Aber zugleich bestand ich darauf weiterzuziehen, wenn ich meine Arbeit beendet hatte. ›Dankbar bin ich für Ihre gütigen Worte und Ihre Gastfreundschaft, doch die Kunst ist mein Meister‹, sagte ich bei solchen Gelegenheiten freundlich und schüttelte bedauernd den Kopf. ›Die Kunst ruft mich. Ich muss mich von Ihnen verabschieden.‹ Dann ergriff das Oberhaupt der Familie tapfer meine Hand und ließ einen Obolus hineingleiten, während die Dame des Hauses mit Tränen in den Augen bettelte, ich möge noch eine Nacht bleiben, nur eine einzige Nacht. Aber vergebens. Immer vergebens. Ich muss hinfort.«

Darüber, was einen derart begnadeten und erfolgreichen Künstler aus dem Kreis seiner reichen und wohlwollenden Gönner im Südosten Virginias gerissen haben mochte, um ihn in die ungleich rauere Gegend um den Bowjay-Fluss zu bringen, schwieg sich Secondus allerdings mehr oder weniger aus. Er nannte keine Namen, deutete jedoch an, dass da etwas gewesen sei, das man als ein Missverständnis bezeichnen könnte. Eine Angelegenheit mit einer jungen dunkeläugigen verheirateten Dame. Ein wirklich unglückliches Missverständnis, das dazu führte, dass der eifersüchtige Ehemann Satisfaktion gefordert habe. Seine Schilderung der Sache endete immer damit, dass zwar die Duellpistolen poliert worden seien, der zart besaitete Künstler sich aber durch eine rechtzeitige Flucht entzogen habe, bevor die Pistolen zum Einsatz gekommen seien. Er eigne sich schließlich so gar nicht für gewaltsame Auseinandersetzungen, und just in diesem Moment habe die Kunst einen besonders dringenden Ruf an ihn gerichtet.

Der Ruf erging aus einiger Entfernung, im südlichen Teil der Kolonie, wo er gehört hatte, dass eine englische Dame in einem großen Haus in rustikaler Umgebung lebe. Es war eine tragische Geschichte. Secondus hatte geweint, als er sie hörte. Die engelsgleiche kleine Tochter der Dame war in jungen Jahren von Indianern gestohlen worden, und besagte Dame hatte sich nie von diesem Schlag erholt. Er konnte zwar nicht behaupten, dass man nach ihm geschickt hatte, doch Secondus machte sich trotzdem auf den Weg nach Wildwood.

Secondus erhob Anspruch auf Eleganz und Stil und reiste demzufolge mit zwei Maultieren. Auf einem ritt er, das andere belud er mit seinen Malutensilien und dem, was er sein »Portomanto« nannte und das seine Kleidung enthielt. Auf den ersten Blick schien diese für einen reisenden Maler überraschend gut zu sein. Er hatte Hosen und Westen und Mäntel mit ausladenden Manschetten. Es gab allerlei Goldborten, viel Samt, Damast und englisches Leinen. Bei genauerer Betrachtung jedoch erkannte man, dass die meisten Sachen schon bessere Tage gesehen hatten. Sie waren verschlissen und schmutzig, mit Knöpfen, die nur noch an einem Faden hingen oder ganz fehlten. Außerdem passten sie ihm schlecht, als seien die Kleider für andere, größere Männer gemacht worden, die sie weggegeben hatten.

Er reiste außerdem mit einem großen Krug voll Alkohol, den er bei jeder Gelegenheit mit dem auffüllte, was gerade zur Hand war. Das Ergebnis war ein trübes, übel riechendes Gebräu, das seit etwa zehn Jahren in dem ungewaschenen Krug hin- und herschwappte. Sollte er sich in der Gesellschaft von Männern befinden, wo es ein Gebot der Höflichkeit war, Erfrischungen zu teilen – und in diesem Teil der Welt handelte es sich meist um recht raue Burschen –, dann genoss Secondus' Krug in der Regel den seltenen Vorzug, verschmäht zu werden, schon aufgrund des durchdringenden Geruchs. Nur Secondus konnte ertragen, was sich in diesem Krug befand.

»Wer zu wählerisch ist, muss eben Durst leiden«, bemerkte er, bevor er den Atem anhielt und einen guten Schluck nahm.

An einem Sommerabend im Juni befand sich Secondus mit seinen Maultieren an Bord eines Flachbootes. Seinen Krug, den er vorher aufgefüllt hatte, hatte er selbstverständlich auch dabei. Secondus war nervös. Da er nicht schwimmen konnte, misstraute er dem Wasser, und die bevorstehende Flussreise bereitete ihm Höllenqualen. Es kam Secondus vor, als seien sie sehr schnell unterwegs. Leute, die am Ufer standen, schienen sie mit beängstigender Geschwindigkeit hinter sich zu lassen.

»Weiße Siedler nennen das einen Büffelpfad, die Indianer jedoch ihren Großen Pfad«, erklärte der Bootsmann und wies mit dem Kopf auf das Ufer. »Manchmal sehen wir Gruppen von Kriegern, dann müssen wir in die Strommitte und machen, dass wir davonkommen. Schließlich wollen wir uns nicht skalpieren lassen.« Secondus klammerte sich Trost suchend an seinen Krug und trank ab und zu ein Schlückchen, nur so viel, dass ihn nicht der Mut verließ. Er achtete immer darauf, dass der Bootsmann es nicht mitbekam. Als sie Caradocs Handelsposten erreichten, war selbst Secondus der Gesprächsstoff ausgegangen, und der Inhalt des Kruges ging zur Neige.

Bis zum Handelsposten war Secondus der einzige Passagier gewesen. Dort hatte er seinen Krug mit belebendem walisischen Whiskey aufgefüllt, bevor er, der Bootsmann, Katy, die Frau des Bootsmanns, und mehrere graubärtige Büffeljäger, die mitfahren wollten, die Nacht auf dem Boden des Handelspostens verbrachten. Ein sintflutartiger Regen, der bis zum Morgengrauen unerbittlich auf das Dach trommelte, hatte sie von einer Weiterreise abgehalten.

Am nächsten Morgen brachten der Bootsmann und Katy einige Vorräte an Bord. Katy übernahm einen Sack mit Briefen, der für die Siedler an Vanns Handelsposten am Fluss bestimmt war. Secondus hatte inzwischen erfahren, dass eine besonders gefährliche Wegstrecke noch vor ihnen lag. Die galt es zu passieren, ohne zu sinken oder zu ertrinken. Außerdem waren Indianer mit Kriegsbemalung gesichtet worden.

Er sah nervös zu, wie der Bootsmann den Laufgang von dem klapprigen Landungssteg hochzog. Katy klemmte sich die Pfeife zwischen die Zähne und löste die Taue, mit denen das Flachboot an einem Pfosten festgebunden war.

Als sie sich vom Ufer entfernten, umarmte Secondus seinen Krug und überlegte, wie er seinen Inhalt so strecken konnte, dass er für die ganze Reise reichte, die laut Bootsmann etwa acht Tage dauern würde. Normalerweise holte Secondus seinen Krug nur im Dunkeln hervor, wenn ihn niemand sah. Doch nachdem er einen guten Teil des Tages damit zugebracht hatte, sich die bevorstehenden Gefahren auszumalen, brauchte er am späten Nachmittag einen beruhigenden Schluck.

Dann merkte er, dass der Bootsmann und die Büffeljäger ihn erwartungsvoll ansahen. »Gib mal her!«, forderte der größte Büffeljäger.

Secondus blieb nichts anderes übrig, als ihm den Krug zu reichen. Er war allerdings zuversichtlich, dass der Büffeljäger ihn ebenso voll zurückgeben würde, wie er ihn in Empfang genommen hatte. Zu seinem Entsetzen schienen jedoch sowohl der Bootsmann als auch die Büffeljäger Gefallen an dem Inhalt zu finden. Da er nun seiner einzigen Trostquelle zumindest vorübergehend beraubt war, wollte sich Secondus vom Bootsmann beruhigen lassen und fragte, ob die Untiefen wirklich so gefährlich seien, wie die Waliser gesagt hatten.

Der Bootsmann verdrehte die Augen, und selbst die Büffeljäger sahen ein wenig beunruhigt aus. »Zwei von den Caradocs samt Frauen und Kindern, alle außer dem Mädchen, sind in den Untiefen ertrunken. Wahrscheinlich weißt du, dass die Untiefen eine Teufelsfalle für Seelen sind, sie müssen für alle Ewigkeit ertrinken. Ertrinken ist ein schwerer Tod.«

Die Büffeljäger schüttelten den Kopf. Der Größte murmelte: »Hätt lieber 'n Messer zwischen den Rippen, als zu ertrinken.«

Secondus nickte unsicher. Ihm persönlich sagte weder das eine noch das andere zu.

Der Bootsmann steuerte in den Strom. Secondus konnte sehen, dass das Wasser nach dem starken Regen der vergangenen Nacht jetzt etwas schneller strömte als zuvor. »Du hast Glück, Bruder, dass ich weiß, wie man dem Teufel entwischt«, erklärte der Bootsmann.

Katy verdrehte die Augen und zog sich in den Unterstand, das Quartier des Bootsmannes, zurück, um in Frieden ihre Pfeife zu rauchen.

»Ja, wir kommen schon noch früh genug zu den Untiefen. Hier sieht alles noch einfach aus, als müssten wir uns nur von der Strömung treiben lassen wie 'ne Brieftaube im Wind. Aber bei den Untiefen ist der Fluss am tückischsten. Wenn du da ertrinkst, wartet der Teufel schon. Er will deine Seele haben, bevor sie zum Himmel aufsteigen kann. Leute, die dort ertrinken, müssen dort für immer bleiben. Und der Teufel lässt eine Seele nur gehen, um andere anzulocken, die dann ihren Platz einnimmt. Der Teufel spielt die Geige, fiedelt fröhlich vor sich hin, damit es so aussieht, als wenn all die ertrunkenen Leute froh sind, lachen und tanzen.

Hörst du Geigenmusik, dann sei gewarnt. Tote Leute, die da unten schmausen und trinken und tanzen, die strecken die Arme nach dir aus, rufen deinen Namen. Und du lehnst dich ein wenig vor, um zu sehen, was da ist. Und bevor du weißt, wie's dir geschieht, packen dich kalte, nasse Hände. Kalte, nasse Arme der Toten ziehen dich nach unten. Du schnappst nach Luft, und das Wasser dringt in dich ein und erstickt dich, ganz langsam. Und du willst weg, aber deine Sünden sind wie Gewichte an deinen Füßen. Du gehst unter, immer tiefer, wo der Teufel bereits seine Klauen nach dir ausstreckt. Dann gibt's keine Rettung mehr, nicht in dieser Welt und nicht in der nächsten. Sogar Indianer haben Angst vor diesem Abschnitt vom Fluss – und Indianer sind keine Angsthasen.«

Secondus zitterte. Selbst wenn er die Geschichte später erzählte, spürte er die kalte, nasse Hand eines ertrunkenen Mannes an seinem Hals. »Gibt es etwas, was die Lebenden tun können?«, fragte Secondus und umklammerte den Krug.

»Liegt alles in den Händen des Kapitäns«, sagte der Bootsmann und streckte die Hand nach dem Krug aus. Secondus entschied, dass es wahrscheinlich am besten sei, ihm den Krug zu geben. Der Kapitän trank und übergab ihn an die Büffeljäger, die jeder einen großen Schluck tranken, bevor sie ihn Secondus zurückgaben.

Dann hörten sie leise Musik.

»Dieses Geräusch ... wird doch wohl keine Geige sein, oder?«, fragte Secondus mit zitternder Stimme.

Mittlerweile bedauerte er diese Reise nach Wildwood. Aber seine Aufträge in Virginia waren inzwischen dünn gesät – schließlich war die Anzahl der Porträts, die man im Leben brauchte, begrenzt, und außerdem besuchten sich die Plantagenbesitzer und ihre Frauen gegenseitig. Sobald sie die Bilder, die er für sie gemalt hatte, mit denen verglichen, die er für ihre Nachbarn gefertigt hatte, würde ihnen auffallen, wie ähnlich sich die dargestellten Personen sahen. Secondus war tatsächlich schon beschuldigt worden, einen Vorrat an Leinwänden mit fertig gemalten Köpfen zu haben. Irgendwie hatte es sich herumgesprochen und nun war er gezwungen, seine Suche nach Auftraggebern auszuweiten.

»Vielleicht sollten wir die Heiligen bitten, das Ruder ruhig zu halten«, schlug Secondus vor. »Oder ein Gebet sprechen.« Er trank einen großen Schluck und versuchte, sich an ein Gebet zu erinnern, bevor er den Krug wieder dem Bootsmann gab, der trank und ihn an die Büffeljäger weiterreichte.

»Beten hilft nicht viel«, meinte der Bootsmann und umklammerte das Ruder. Er schwankte und steuerte das Flachboot geradewegs auf einige Felsen am Ufer zu. Einer der Büffeljäger stieß gerade noch rechtzeitig eine Warnung aus. Und gerade noch rechtzeitig riss der Bootsmann das Ruder herum und verhinderte so die sichere Katastrophe. Aber die Geigenmusik schien ihnen zu folgen. Secundus hörte sie ganz deutlich. Er erkannte sogar die Melodie.

»›Merrily Danced the Quaker's Wife‹«, hickste er. »Komisch, dass der Teufel dieses Lied …«

Einer der Büffeljäger kratzte sich am Kopf. »Nee, klingt eher wie ›Hunt the Squirrel‹«, hielt er dagegen.

»Nein, tut es nicht! Er spielt ›Soldiers' Joy‹!«, brüllte sein Begleiter.

»Die verdammte Musik macht mich ganz wirr im Kopf!«, murmelte der Bootsmann. »Das ist der Trick des Teufels, die Leute zu verwirren. Für meine Ohren spielt er ein Lied, für deine Ohren ein anderes. Wir müssen singen, ganz laut, damit man seine Geige nicht mehr hört. Der Teufel hasst Gesang.«

Wieder machte Secundus' Krug die Runde. Das Gefiedel wurde immer lauter und bedrohlicher. Secundus setzte zu »Maid in the Pump Room« an, dem einzigen Lied, das ihm in den Sinn kam. Die anderen stimmten ein, obwohl niemand den ganzen Text kannte. Hauptsache, sie sangen so laut wie möglich, brüllte der Bootsmann. Hörte man den Teufel nicht mehr, dann war man in Sicherheit.

Sie sangen und sangen. Zwischendurch verstummten sie, tranken einen Schluck und lauschten. Hatten sie den

Teufel zum Schweigen gebracht? Ihn mit ihrem Gesang vertrieben?

Aber nein, der Teufel war unermüdlich. Die Musik war jetzt überall, manchmal lauter, manchmal leiser, es gab kein Entrinnen. Sie sangen immer weiter. Inzwischen waren sie heiser. Ab und zu schrie einer der Büffeljäger: »Ans Ruder, du Idiot!«, wenn sie dem einen oder anderen Ufer zu nahe kamen.

Aber die Geigenmusik ging ununterbrochen weiter. Secondus war es inzwischen egal, welche Melodie der Teufel spielte. Er konnte nichts weiter tun, als sich am Rand des Bootes festzuhalten. In seiner Angst fiel ihm kein einziges Gebet mehr ein, obwohl er durchaus das Gefühl hatte, dies sei der passende Moment zum Beten. Als Secondus aufblickte, drehte sich der Abendhimmel über ihm, wirbelte unablässig, immer weiter. Die Sterne konnte er nicht klar erkennen. Irgendwann hatten sie mit dem Singen aufgehört und brüllten nun nur noch. Er wollte fragen, ob das funktionierte, brachte aber die Worte nicht heraus. Der Bootsmann stand schwankend da und schrie. Es half nicht, denn Secondus hörte die Musik weiterhin. Ein Jig. Er sah, wie der Teufel auf seinen Hufen auf sie zugetanzt kam.

»Heilige Mutter Gottes ...« Secondus versuchte, den Krug an die Lippen zu heben, aber seine Hand, sein Arm und sein Mund schienen nicht mehr miteinander verbunden zu sein.

Er hatte das Gefühl, ganz weit weg zu sein, als der Vorhang vor dem Unterstand des Bootsmannes aufging und die Frau des Bootsmannes herauskam. »Was um alles in der Welt schreist du so?« Dann rief sie: »Das Ufer, das Ufer, du Narr! Die Felsen!« Für eine stattliche Frau bewegte sie sich erstaunlich behände. Sie riss ihrem Mann die Ruderpinne aus der Hand und brachte das Boot im letzten Moment vom Ufer weg, wenngleich unter Wasser ein unheilvolles Schaben zu hören war.

»Der Teufel ist unterm Boot! Das sind seine Klauen! Hilf mir! Hilf mir, Jesus!«

Die Frau des Bootsmannes fluchte und lehnte sich mit aller Kraft gegen die Stange, bis das Boot mit einem Ruck vom Felsen loskam und die Büffeljäger übereinanderpurzelten.

»Der Teufel«, schluchzten die Büffeljäger, während sie wie Käfer auf dem Rücken lagen. »Er kommt von unten ... schlägt seine Klauen ins Holz ...« Der Bootsmann war auf die Knie gesunken. »Siehst du ihn, Katy?«, stöhnte er. »Dort in der Dunkelheit, kommt immer näher und näher, ein großes rot-gelbes Auge.«

Secondus konnte nicht mehr sprechen, aber er konnte noch sehen, und in der Dunkelheit war ganz gewiss ein großes rot-gelbes Auge zu erkennen. Er konnte Rauch riechen. Gleich würde er zur Hölle fahren ...

Katy war eine robuste Frau und schaffte es, sich Gehör zu verschaffen. »Ihr seid ja alle sturzbetrunken.«

»Katy, der Teufel fiedelt. Wir sind verloren.«

Seine Frau kreischte: »Da ist kein Teufel und keine Geige! Ist auch kein Schicksal. Hier auf dem Fluss ist eine Meute betrunkener Taugenichtse, und da drüben am Ufer ist auch eine Meute betrunkener Taugenichtse, die zu allem Überfluss auch noch fiedeln müssen. Klingt, als wollten sie ›Rufty Tufty‹ spielen, kriegen's aber nicht hin. Und das ist bestimmt nicht der Teufel, der da fiedelt. Wenn ja, würde er es richtig spielen! Und du steuerst die ganze Zeit im Kreis herum, als wenn du keinen Funken Verstand mehr hättest. Und jetzt sitzt das Boot auf einem Felsen fest, und das sieht mir nach einem Loch im Boden aus. Ich weiß nicht, was du getrunken hast.«

Katy nahm den Krug und schüttelte ihn. Es schwappte. Sie schnüffelte und musste husten. »Puh!« Sie warf den Krug über Bord. Secondus sah, wie er durch die Luft segelte, und hörte das Klatschen, als er auf dem Wasser aufschlug. Er stieß ein schreckliches Geheul aus. Der Laut kam aus den tiefsten Tiefen einer gequälten Seele, die am Rande eines bodenlosen Abgrundes stand. Ein Laut, der nicht von dieser Welt schien. Er hallte über das Wasser zu den fröhlichen Gesellen am Ufer. Die Musik verstummte. Vom Ufer aus war Wehklagen zu hören.

»Der Teufel steigt aus dem Wasser!«

»Er kommt uns holen!«, rief jemand.

»Lauf!«

»Ist kein Teufel nicht, ihr Narren!«, brüllte Katy, doch das Brüllen schien sehr, sehr schwach und weit weg zu sein. Secondus wurde klar, dass er unterging. Er musste unter Wasser sein, sonst würde er ihre Stimme deutlicher hören. Das Wasser schloss sich um seine Ohren. Er wimmerte ein Gelübde, dass er, wenn seine Füße nur trockenes Land berühren könnten, nie wieder aufs Wasser gehen würde. Dann wurde alles dunkel und still.

Als Secondus zu sich kam, ging es ihm derart miserabel, dass er sich in der Hölle wähnte. Es dauerte eine Woche, bis er merkte, dass er auf einer Strohmatratze in einem Raum voller Fässer, Säcke und Stoffballen lag. Zuerst hatte er gedacht, dass er sterben würde, aber eine nette Frau namens Mrs Vann fütterte ihn mit Brühe, Milchtoast und einem schrecklichen Getränk, das sie Gewürzholztee nannte. Sie beteuerte, dass sie keinen Alkohol hätten, und fügte hinzu, dass sie ihm auch keinen geben würde, nicht um alles in der Welt.

Nach vierzehn Tagen hatte er das Gefühl, das Schlimmste überstanden zu haben, und war wieder ganz der Alte. Er erzählte Caitlin seine Geschichten von den großen Häusern und den Porträts, die er von ihren Bewohnern gemalt hatte. Sie führten viele interessante Gespräche, dachte Secondus, obwohl Caitlin die Augen verdrehte, wenn sie Gideon die Geschichten erzählte.

»Aber was sollen wir tun, Gideon? Er weigert sich, wieder aufs Wasser zu gehen, und wir können ihn nicht auf den Pfad schicken. Er würde keinen Tag überleben, wenn man ihn sich selbst überließe. Ich glaube nicht, dass er besonders kräftig ist«, erklärte sie, als Gideon Secondus wegschicken wollte, da es ihm so viel besser ging. Secondus schaffte es, diese Gespräche zu belauschen. Von dem Abstellraum aus, der an die Küche grenzte, war das ganz einfach. Er begriff, dass Mrs Vanns Ehemann wollte, dass er ging. Gideon schlug vor, er solle mit dem nächsten Flachboot fahren, auf dem noch Platz war. Gideon würde den Bootsmann bezahlen. Notfalls sogar das Doppelte.

»Oh Gideon!« Caitlin lachte. »Ich kümmere mich darum.«

Secondus kroch zurück zu seiner Strohmatratze. Er fühlte sich von Mrs Vann verraten. Der Gedanke an eine weitere Bootsfahrt jagte ihm Angst und Schrecken ein. Also sollte er sich wohl besser eine Beschäftigung an Land suchen. Er hatte noch seine Maultiere, seine Farben und Pinsel und ein paar Leinwände. Er würde sich unverzüglich auf die Suche nach Wildwood machen, wo die adelige englische Dame lebte. Mit feinen englischen Damen kannte er sich aus. Zumindest hatte er den Eindruck gewonnen, dass sie sich zumeist für Wesen hielten, die in vollkommen anderen Sphären schwebten als der Rest der Menschheit. Er hoffte, die Herrin von Wildwood war nicht so hochnäsig, dass sie einen Diener der Kunst mit Verachtung betrachtete.

Caitlin ermunterte ihn, nach Wildwood zu gehen. Inzwischen wollte sie ihren Besucher nur noch loswerden und sagte, sie sei sicher, dass die de Marechals ihn amüsant und interessant finden würden. Und Ablenkung könnten sie weiß Gott gebrauchen, nachdem sie ein Kind an die Indianer verloren hatten. Caitlins Stimme zitterte ein wenig. Vielleicht würden sie sogar ein Porträt ihrer ältesten Tochter in Auftrag geben, die sehr hübsch sei und vielleicht bald mit ihrem Vater nach Frankreich gehen würde.

Das hörte sich vielversprechend an, und Secondus bemerkte, de Marechal sei ein wohlklingender Name, der Kultur und Eleganz und einen Bedarf an Porträts erkennen ließ.

Ein guter erster Eindruck war wichtig. »Madame!«, würde er sagen und eine formvollendete Verbeugung machen. »Zu Ihren Diensten!« Im Laufe seiner Reisen hatte Secondus festgestellt, dass Künstler wie er selbst für die feinen Leute auf den Plantagen etwas Neues waren. Man erwartete von ihnen sogar, dass sie ein wenig außergewöhnlich und mit einem Hauch von Extravaganz daherkamen. In Virginia war es allerdings nicht so einfach, einen gewissen Pomp an den Tag zu legen, da die Kleidung der Herren sowieso ein wenig überladener war als anderswo. Er öffnete sein »Portomanto« und betrachtete seine Kleider. Schließlich entschied er sich für die buntesten und am besten erhaltenen und hängte sie in die Sonne. Mrs Vann besorgte ihm freundlicherweise einen Eimer mit heißem Wasser und ein Stück ihrer gelben Seife, wofür sich Secondus herzlich bedankte. Er wusch sich, bürstete sich die Haare, säuberte die Fingernägel mit seinem Taschenmesser und schaffte es, sich mit seinem rostigen Rasiermesser mehr schlecht als recht zu rasieren. Er verabschiedete sich von Caitlin mit den blumigsten Komplimenten, die ihm in den Sinn kamen. Er lobte ihre Tugenden, ihre Gastfreundschaft und ihre Brühe, nannte sie seine gute Samariterin und fragte nach dem Weg nach Wildwood. Und er versprach, dass er, sobald er einen Auftrag sicher habe, zurückkehren und sein bescheidenes Bestes tun werde, um ihre Freundlichkeit mit einem Porträt von Caitlin und ihren Kindern zu vergelten.

Er war voller Hoffnung, weil er erfahren hatte, dass es hier noch mehr Frauen mit Kindern gab, denen er seine Dienste anbieten konnte. Secondus belud seine Maultiere und ging am Fluss entlang bis zu dem Pfad, der zum Obstgarten nach Wildwood führen sollte. Er konnte es kaum erwarten, das prächtige Herrenhaus zu sehen, dem zu seiner Vollkommenheit nur noch eine Reihe von Familienporträts fehlte. Er würde versuchen, die ganze Familie zu überreden, sich malen zu lassen, nicht nur ihre hübsche Tochter. Und er war sich sicher, dass sie ein Andenken an ihren kleinen entführten Engel haben wollten. Mrs Vann hatte ihn gewarnt, das Kind nicht zu erwähnen, weil Mrs de Marechal noch traure, aber Secondus hatte viel Erfahrung mit trauernden Müttern und wusste, was die Umstände verlangten.

Ein Auftrag würde zum anderen führen. Und dann noch einer. Hier würde alles gut werden, das spürte er in den Knochen.

Er tauchte aus dem Obstgarten auf und stand keineswegs vor dem prachtvollen Herrenhaus, das er sich ausgemalt hatte, sondern vor einer Blockhütte. Sie war größer als die der Vanns, hatte zwei Stockwerke und eine Art Veranda an der Rückseite, die durchzuhängen schien.

Dort saß ein Mann mittleren Alters und reinigte eine Pistole

»Ah, Monsieur, der Herr des Hauses«, rief Secondus. Er zog sofort den Hut, für den Fall, dass der Mann zu der Sorte misstrauischer Siedler gehörte, die sogleich auf Fremde schossen, noch bevor diese wenigstens Guten Tag sagen konnten. »Guten Tag. Ich hoffe, Ihnen und Ihrer Familie geht es gut?«

»Was zum Teufel …?«, rief Henri, der sich auf seine Waffe konzentriert und nicht damit gerechnet hatte, eine kleine Gestalt im schäbigen Samtanzug mit Goldbiesen zu erblicken, die unvermittelt aus dem Obstgarten aufgetaucht war und ihn begrüßte.

Das war kein vielversprechender Anfang, aber Secondus ließ sich nicht entmutigen. Also marschierte er auf die Veranda zu, um sich und den Zweck seines Besuches vorzustellen. Beredt forderte er Henri auf, ein Familienporträt in Auftrag zu geben.

»Sind Sie Künstler?«, fragte Henri zweifelnd.

»Genau das bin ich. Mrs Vann meinte, ich solle …«

»Ich werde meine Frau holen.«

Sophia war in der Küche und knetete Brot. »Sophy, der seltsame kleine Mann, den Caitlin gepflegt hat, ist hier. Er sagt, sie hat ihn geschickt, und er versucht, mich zu überreden, ihn ein Familienporträt malen zu lassen.«

»Wie merkwürdig«, sagte Sophia, wischte sich die Hände an der Schürze ab und folgte Henri zur Tür.

»Er ist hartnäckig. Du musst ihn wegschicken.«

Secondus verbeugte sich. »Stets zu Diensten, Madame.«

»Sir.« Sophia betrachtete den Samtanzug und den hoffnungsvollen Blick. *Sogar die Maultiere haben einen flehentlichen Ausdruck in den Augen*, dachte sie. Sie seufzte.

»Mein Mann hat mir den Grund für Ihren Besuch erklärt. Sicherlich wird Ihr Honorar hoch sein, mein Herr«, begann Sophia, »und wir können nicht ...«

»Liebe Madame, gar nicht so sehr hoch«, entgegnete Secondus schnell.

»Sir, wie hoch Ihr Honorar auch immer sein mag, wir werden es uns nicht leisten können«, sagte Sophia entschlossen.

Verzweiflung erfüllte Secondus' Herz. Wohin sollte er gehen? Seine Augen füllten sich mit Tränen.

Sophia sah die Maultiere an. Ihr schwante nichts Gutes. »Aber vielleicht«, begann sie zögernd, »wenn Sie bereit sind, für Essen und Unterkunft zu arbeiten, hätten wir einen Platz, wo Sie leben könnten.«

»Oh, gewiss!« Secondus nickte. Er konnte kein Angebot ablehnen, wenn er nicht wieder auf dem Fluss reisen wollte. Sophia führte ihn zu einer kleinen Hütte und erklärte, dass sie für eine Sklavin namens Zaydie gebaut worden sei. Sie sei gestorben, sagte Sophia und Secondus spürte eine leise Angst, als er vorsichtig seinen Kopf durch die Tür steckte. Die Seele eines Künstlers war empfindlich, und er fühlte ganz sicher, dass da etwas war, eine bestimmte Präsenz. Würde die tote Sklavin spuken? Dann dachte er an den Fluss und an sein Gelübde, fortan immer festen Boden unter den Füßen zu haben. Er schluckte und trat in die Hütte. Besser eine tote Sklavin als der Teufel, wilde Tiere oder Indianer, die einen skalpierten.

»Ah, liebe Madame, ländliche Glückseligkeit!«, rief Secondus begeistert.

Secondus hatte sich eine feinere Umgebung vorgestellt, aber irgendwie hatte er es geschafft, den Auftrag für ein Porträt der Mutter und der vier Kinder zu bekommen, als Gegenleistung für Unterkunft und Verpflegung. Das war nicht zu verachten. Er beabsichtigte, so langsam wie möglich zu malen, und tröstete sich damit, dass die Dame zwar keinerlei Anspruch auf einen englischen Titel zu haben schien, der Name de Marechal aber immerhin nach Ruhm und Ehre klang. Allein die Tatsache, dass es ein französischer Name war, verlieh ihm einen Hauch von Kultur und Eleganz.

Bei seinem ersten Abendessen mit der Familie aß Secondus mit großem Appetit von dem Wildeintopf, der viel besser war, als er erwartet hatte. Dabei beäugte er heimlich die Gesichter, die er demnächst porträtieren sollte. Er bereitete sich auf ein tränenreiches Tête-à-Tête mit der Mutter vor, um eine Beschreibung des entführten Kindes zu bekommen, das er in sein Werk einzufügen gedachte. Henri jedoch erklärte, dass er lediglich Monsieur und Madame de Marechal und die vier Kinder malen sollte.

»Natürlich«, sagte Secondus. Das fehlende Kind verfolgte ihn, doch der Auftraggeber hatte zu bestimmen, was aufs Bild kam und was nicht.

In den nächsten Wochen gruppierte Secondus die Mutter und ihre Kinder immer wieder neu und fertigte unzählige Skizzen an. Die älteste Tochter war ein sehr schönes Mädchen von achtzehn Jahren, von der ein Strahlen ausging, das Secondus für ein untrügliches Zeichen von Liebe hielt. Die beiden großen halbwüchsigen Söhne waren gut aussehende, lebhafte Jungen, die sich fröhlich mit ihrer älteren Schwester kabbelten, unbefangen mit ihrem Vater sprachen und ihre jüngere Schwester Magdalena, ein melancholisches Kind von sechs Jahren, neckten. Als Überraschung würde er Henri in das Familienporträt hineinmalen, da dieser sich weigerte, still zu sitzen und zu posieren. Und er überlegte bereits, wo er die kleine Charlotte am besten platzierte. Auch das sollte eine Überraschung sein.

Niemand durfte das Porträt sehen, bevor es fertig war, und er arbeitete so langsam wie möglich. Magdalena war die Einzige in der ganzen Familie, die bereit war, ihm die Geschichte von ihrer entführten Schwester zu erzählen und zu beschreiben, wie sie ausgesehen hatte. Also ließ er sie reden.

Aus Wochen wurde ein Monat, aus einem Monat wurden zwei und schließlich drei Monate. Sein Werk machte Fortschritte. Secondus hatte sich in der Hütte gemütlich eingerichtet. Die tote Sklavin störte ihn nicht, obwohl er nachts manchmal meinte, eine ältere Frau zu hören, die murrend am Kamin saß.

Inzwischen waren Sophia, Henri und die Kinder von dem Porträt fasziniert. Sophia gestand Henri, dass sie sehr gespannt darauf war.

Weihnachten rückte näher. Secondus verkündete, dass die große Enthüllung am Weihnachtstag stattfinden sollte. Am Heiligabend arbeitete er bis spät in die Nacht, während die anderen Weihnachtslieder sangen. Am nächsten Morgen betrachtete er das Ergebnis voller Genugtuung.

Nach dem Abendessen, als die Kerzen angezündet wurden, bat Secondus die Familie, sich zu setzen.

Er trug die größte Leinwand herein, die er zur Verfügung gehabt hatte. Dabei war die Rückseite seinem Publikum zugewandt. Er bat die de Marechals, die Augen zu schließen, und drehte das Bild um. Dann sagte er leise, dass er ein Geschenk für sie habe und sie nun die Augen wieder öffnen sollten.

Im Zimmer war es zunächst vollkommen still, dann hörte er, wie die Betrachter erschreckt nach Luft schnappten.

Dann rief Kitty: »Nein!« Magdalena schlug sich die Hand vor den Mund, die Jungen starrten stumm auf das Bild. Henri fluchte. Sophia erbleichte, stöhnte auf und wurde ohnmächtig.

Die meisten Familienmitglieder waren recht gut getroffen. Henri und Sophia in der Mitte, die Jungen rechts von Henri und Magdalena und Kitty links von Sophia. Und in der Mitte war ein Kind mit mondscheinsilbrigem Haaren und blaugrünen Augen, das Magdalenas Hand hielt. In den Ecken konnte man Hühner ausmachen. Seltsamerweise sah Sophias Gesicht aus, als sei es von Pockennarben übersät. Bei näherer Betrachtung waren die Pockennarben Tränen, und in jeder Träne sah man ganz klein das Kind mit dem Mondscheinhaar.

»Er soll es wegschaffen«, zischte Kitty ihrem Vater zu und rieb die Handgelenke ihrer Mutter. »Mutter ging es so viel besser! Jetzt hat er alles wieder zunichtegemacht. Sorg dafür, dass er verschwindet und das Porträt auch!«

»Wohin?«

»Er soll ... er soll es in eine der Hütten bringen, die du auf der anderen Seite des Flusses gebaut hast. Aber vor allem sollen er, seine Maultiere und seine Farben verschwinden. Sofort!« Kitty klang genau wie die gebieterische Sophia in jüngeren Jahren, und Henri tat, was sie ihm sagte. Irgendwie schafften er und die Jungen es, den verwirrten Secondus und seine Malutensilien, seine Maultiere, den »Portomanto« und das Porträt zum Landungssteg zu karren. Gideon versprach, Secondus und sein Hab und Gut gleich am Morgen über den Fluss zu rudern, und fand sich mit der Tatsache ab, dass Secondus eine weitere Nacht im Lagerraum verbringen würde. »Gleich morgen früh«, sagte er zu Caitlin, als sie zu Bett gingen.

Am nächsten Morgen, noch bevor er richtig wach war, fand sich Secondus also in einem Boot wieder, das ihn über das Wasser brachte. Er hatte immer noch nicht begriffen, was geschehen war. Er hatte das Kind mit dem silbrigen Haar genau so gemalt, wie es aussehen sollte. Das war sein besonderes Talent. Jeder sagte, er könne tote Kinder gut darstellen, obwohl er nicht wusste, wie er das schaffte. Vielleicht hatte die Dame etwas gegen die Hühner auf dem Bild. *Das muss es sein*, dachte er niedergeschlagen.

Kapitel 38

Ein Nachbeben

Dreikönigsabend 1775

Nach Weihnachten war Sophia so niedergeschlagen und traurig, wie sie es seit mehreren Jahren nicht gewesen war. Das elende Porträt hatte die Tragödie von Charlottes Verschwinden neu aufleben lassen und jede Wunde in Sophias Herz aufgerissen. Sophia sah abgehärmt aus, Henri war gereizt und fuhr selbst Kitty an. Francis und George gingen auf die Jagd, Magdalena blies Trübsal, und Kitty hatte wieder einmal ihr Frühstück unangetastet stehen lassen.

  Nach dem steilen Aufstieg durch den Obstgarten kam Caitlin keuchend bei Sophia an. Sie wollte sich bei ihr dafür entschuldigen, dass sie Secondus nach Wildwood geschickt hatte. Sie erzählte, dass Secondus nun in der kleineren der beiden Hütten wohnte. Er war völlig entkräftet und hatte sich noch immer nicht von der neuerlichen Bootsfahrt erholt. Dass die de Marechals sein großes Werk so ungnädig aufgenommen hatten, verstörte ihn zutiefst. Seine Maultiere waren sofort weggelaufen und in Rosalias Garten eingedrungen. Rosalia und Tamás bedauerten Secondus. Tamás hatte Secondus' Maultiere auf die Koppel zu seinen eigenen Tieren gebracht und gefüttert. Rosalia hatte ihm Suppe und Maisbrot vorgesetzt und sich sein Wehklagen über das Debakel um sein Porträt angehört.

Am Dreikönigsabend gab sich Sophia große Mühe, den Frieden in ihrer Familie wiederherzustellen. Sie briet Süßkartoffeln und einen wilden Truthahn, den die Jungen geschossen hatten. Sie buk einen Kuchen und kochte Apfelmus aus ihrem Vorrat an getrockneten Äpfeln. Als sie sich um den Tisch versammelt hatten, sprachen sie über die Gerüchte, dass sich quer durch alle Kolonien ein Aufstand anzubahnen schien. Sophia nahm an, der König würde Truppen schicken, um ihn rasch niederzuschlagen.

Nach dem Abendessen war die Stimmung heiter und versöhnlich. Mit einem Schluck von Meshacks Whiskey brachten sie einen Toast auf den König und das neue Jahr aus. Sophia, Kitty und Magdalena mischten ihren mit Wasser.

Henri stand auf und sagte, er habe etwas anzukündigen. Seine Familie sah ihn erwartungsvoll an. »Im März fahren Kitty und ich nach La Nouvelle-Orléans und von dort nach Frankreich. Kitty, am besten beginnst du gleich mit deinen Vorbereitungen.« Henri lächelte. »Die Jungs kommen nächstes Jahr nach.«

Kitty sah ihn erschrocken an. »Nein! Papa, ich will nicht!«

»Was meinst du, Kitty? Dafür habe ich seit Jahren gearbeitet. Natürlich willst du nach Frankreich fahren!«

»Henri«, sagte Sophia warnend und begann, den Tisch abzuräumen. Es hatte keinen Sinn, Kitty in die Enge zu treiben, sie war zu stur. »Lass mich mit Kitty reden, und ich bin mir sicher, dass …«

Kitty stand auf, um ihrer Mutter zu helfen. »Nein, Papa, ich gehe nicht!«

»Was?« Henri konnte es einfach nicht glauben. »Du wirst mich begleiten, und wenn ich dich an den Haaren den Büffelpfad entlangzerren muss. Du fährst nach Frankreich!«, beharrte er.

»Papa, ich will hierbleiben.« Ihre Lippe zitterte.

»Nein! Du darfst nicht hierbleiben. Du wirst deinen Eltern nicht widersprechen! Du wirst gehorchen! Warum bist du so dickköpfig?«, brüllte Henri sein Lieblingskind an.

»Weil … ich werde Cully heiraten!«

»Was? Cully? Niemals, nie im Leben. Du wirst einen Franzosen heiraten und französische Kinder haben.«

»Papa, ich erwarte ein Kind. Cullys Kind.«

Sophia starrte ihre Tochter mit offenem Mund an. Sie war zu schockiert, um etwas zu sagen. Dann fielen Zinnteller mit lautem Geschepper zu Boden, und Sophia wurde zum zweiten Mal innerhalb von vierzehn Tagen ohnmächtig.

Kapitel 39

Der Überfall

1779

Vier Jahre lang hatten Sophia und Caitlin entsetzt die Berichte über die wachsenden Unruhen in den Kolonien verfolgt. Es waren schockierende Geschichten: Strohpuppen, die Vertreter der englischen Verwaltung symbolisieren sollten, waren gehängt worden; die Parlamente in den Kolonien fassten Beschlüsse gegen England; die Söhne der Freiheit rebellierten; Gouverneur Dunmore hatte zunächst gedroht, die Sklaven zu bewaffnen, und war dann mit Frau und Kind nach England geflohen. Die Engländer hatten Truppen geschickt. Dann standen die Kolonien plötzlich im Krieg mit England.

Eine Gruppe, die sich die Kontinentalarmee nannte, war gebildet worden. Männer schlossen sich ihr scharenweise an, um gegen die Engländer zu kämpfen. Sophia staunte nicht schlecht, als sie erfuhr, dass kein Geringerer als Colonel Washington, mit dem sie einst in Williamsburg getanzt hatte, der Befehlshaber dieser Kontinentalarmee war. Später hörten sie Berichte über fürchterliche Schlachten und wussten nicht, welche Stämme sich mit den Engländern verbündet hatten und bei welchen man damit rechnen musste, dass sie Siedler angreifen würden. Dann gab es neue Schreckensmeldungen von erbitterten Kämpfen zwischen den amerikanischen Streitkräften und den Engländern. George und Francis wären gern in den Krieg gezogen, konnten sich aber nicht entscheiden, ob sie mit der Kontinentalarmee kämpfen oder sich dem loyalistischen Regiment anschließen sollten, das sich in North Carolina gebildet hatte.

Sophia war empört über die Untreue der Untertanen des Königs und fand es alles sehr verwirrend. »Das ist unvorstellbar!«, rief sie immer wieder aus, wenn sie sich mit Caitlin und Rosalia darüber unterhielt.

Zwei Jahre, nachdem der Krieg gegen England begonnen hatte, waren Toby und Jack losgezogen, um sich Washington anzuschließen, nachdem sie zufällig einen Bericht über eine berühmte Schlacht in einer Zeitung gelesen hatten. Die Aussicht, als Soldaten in den Krieg zu ziehen, begeisterte sie. Rufus dachte an den Londoner Richter, der ihn und die Jungen fast hätte hängen lassen, und bat sie, in seinem Namen einige Engländer zu töten. Sophia war entgeistert und versuchte, sie von ihrem Vorhaben abzubringen. Sie sagte, es werde ihnen leidtun, wenn man sie als Verräter aufknüpfte. Sie hatte das Gefühl, als würde die ganze Welt auseinanderbrechen. Wie konnten sie gegen ihren König rebellieren?

Malinda weinte. Caitlin schickte Bryn zu ihrem Vater und den Onkeln. Die Caradocs waren inzwischen alle alt und krank, brauchten Hilfe. Bryn mochte seinen Großvater sehr gern, der ihm beigebracht hatte, auf der Geige zu spielen. Und die Vorstellung, Caradocs Handelsposten zu leiten, gefiel ihm. Caitlin hoffte, dass er vor lauter Arbeit nicht auf den Gedanken kommen würde, in den Krieg zu ziehen. Dann verkündete Bryn verlegen, dass er und Peach Hanover heiraten wollten, damit Peach ihn begleiten konnte. Caitlin ermutigte ihn, da er somit einen Grund mehr hätte, sich aus den Kämpfen herauszuhalten. Nachdem die Brüder Caradoc in ihrer Vergangenheit als Verbrecher nur knapp der Hinrichtung entgangen waren, war Caitlin den englischen Machthabern nicht unbedingt zugetan. Dennoch war sie wie Sophia der Meinung, dass sich die Kontinentalen wie Gesindel aufführten, das seine Gegner teerte und federte und die Engländer in Boston belagerten, bis die Stadt zu einer wahren Hölle wurde.

Kitty war dankbar, dass Cully keinerlei Interesse zeigte, für oder gegen jemanden zu kämpfen. Er sagte, wenn es nach ihm ginge, könnten sie sich alle gegenseitig über den Haufen schießen. Cully und Kitty waren von Pfarrer Merriman getraut worden. Das Kind, das fünf Monate nach der Hochzeit zur Welt kam, nannten sie Henry, in der Hoffnung, ihn zu beschwichtigen. Sie lebten in Saskias alter Hütte. Nott war zu Meshack gezogen. Mit einem Kind im Haus könne man nachts nicht schlafen, hatte er gemeint. Cully hatte zwei weitere Zimmer angebaut. Sophia hatte ihnen einen ihrer hübschen Kräutergärten mit den geschwungenen Wegen angelegt. Sie war ganz vernarrt in den kleinen Henry. Wann immer sie Zeit fanden, nähten Sophia und Caitlin Decken und Kleider für ihre Enkelkinder.

Rhiannon, wie Caitlin sie hartnäckig nannte, schien recht glücklich zu sein. Caitlin fand sich mit Rhiannons Ehe ab, auch wenn sie sie nie wirklich guthieß. Ihr Ehemann, Zwei Bären, war immer höflich zu seiner Schwiegermutter.

Rhiannon schien einen gewissen Status in ihrem Stamm zu genießen, weil sie Träume deuten und gelegentlich auch mit Tieren sprechen konnte. Caitlin verdrehte die Augen, als sie Sophia davon erzählte. »Also wirklich, Sophy, man kann nicht mit Tieren reden. Warum nur sagt Rhiannon so etwas?«

Mehr als ihre widerspenstige Tochter beunruhigten Caitlin jedoch Berichte, dass sowohl die Engländer als auch die Amerikaner Bündnisse mit den Indianerstämmen schlossen, ihre Gegner anzugreifen. Es gab Massaker unter Zivilisten und dieselben alten Geschichten von niedergebrannten Gehöften, skalpierten und verstümmelten Körpern, verwüsteten Feldern, Plünderungen und Vergewaltigungen. Doch diesmal waren die Gräueltaten Teil eines Krieges zwischen Weißen. Viele Kolonisten wie die Vanns und die de Marechals und Cully und Kitty wollten sich nicht in diese Feindseligkeiten hineinziehen lassen.

Tamás machte sich Sorgen wegen seiner Pferde. Die Kontinentalen beschlagnahmten Pferde und Vorräte. Er hatte tief in den Bergen eine weitere Höhle mit einer Quelle entdeckt, wo er die Tiere zur Not verstecken konnte. Rosalia beschaffte sich Gewehre und Munition und brachte der neunjährigen Stefania das Schießen bei. Alle Haushalte waren bewaffnet. Gelegentlich schlichen sich Deserteure von einer der beiden Kriegsparteien im Schutz der Dunkelheit zu ihnen. Die Frauen gaben ihnen zu essen, versorgten ihre Wunden und waren erleichtert, wenn sie wieder verschwanden.

Pfarrer Merriman bebaute seine Felder und lud die Siedler zu Bibellesungen und Hymnengesang in seine neue Kirche ein. Caitlin besuchte Mattie, um ihr Gesellschaft zu leisten. Manchmal gelang es ihr, Malinda oder Kitty zu überreden, sich ihr anzuschließen. Mrs Drumheller ging jeden Sonntag zum Gottesdienst, mit ihrem Sohn Zebulon auf den Knien. Sie hatte den Namen mithilfe einer Nadel und einer aufgeschlagenen Bibel ausgesucht.

Gideon erzählte Caitlin, dass Rhiannon wieder ein Kind erwartete. Die Scharmützel zwischen Indianern und Kontinentalen und Tories machten einen Besuch bei ihr zu gefährlich. Caitlin war schrecklich besorgt.

Die Währung der Kontinentalen war wertlos, und überall war Falschgeld im Umlauf. Caitlin weigerte sich, sich mit Papiergeld bezahlen zu lassen, und nahm nur noch Münzen an oder tauschte ihre Waren gegen Decken, Felle oder andere Güter. Weiter oben am Fluss machte es Bryn an Caradocs Handelsposten ebenso.

Magdalena, die gern angelte und auf Bäume kletterte und sogar die alten Hosen und Mützen ihrer Brüder auftrug, wuchs heran. Eines Tages sagte Kitty plötzlich: »Sieh einer an, Lena, wenn du jemals etwas anderes als diese schrecklichen Hosen anziehst, wirst du sicher hübscher als ich.«

Magdalena starrte sie verdutzt an. Und das von *Kitty*?

Im August schlug Rosalia vor, dass sie ein Fest feiern sollten, um sich von diesem schrecklichen Krieg abzulenken, der so bedrohlich über allem zu schweben schien. Es war Ferragosto, der Tag, an dem in Sizilien Mariä Himmelfahrt gefeiert wurde. Sie würden ein Picknick veranstalten. Tamás würde auf der Geige spielen und jeder konnte tanzen. Stefania war schrecklich aufgeregt und half ihrer Mutter, sizilianische Süßigkeiten und kleine Kuchen aus Trockenfrüchten und Honig zu machen.

Die Aussicht hob die allgemeine Stimmung. Sie hatten seit Jahren kein Brombeerpicknick mehr gehabt und die Nachrichten über die Kämpfe waren einfach bedrückend. Caitlin versprach, eine ihrer berühmten Pasteten zuzubereiten, und schickte Gideon los, Tauben und ein Reh zu schießen. Henri und Seth beschlossen, ein Schwein zu schlachten, und Venus buk einen Kuchen. Rosalia kochte eine wunderbare Soße aus Tomaten, Zwiebeln, Bärlauch und Schmalz und buk kleine Maismehlkuchen mit Käse in heißem Fett. Rufus kam mit einem Krug vergorenem Apfelwein vom letzten Herbst herübergerudert, obwohl Patience alle alkoholischen Getränke vehement ablehnte. Sie gab ihm einen Krug mit Brombeersirup für die Damen und Kinder mit. Meshack brachte Whiskey mit. Rufus und Seth überlegten, ob sie Nott abholen sollten, der inzwischen bei allem Hilfe brauchte, kaum noch sehen konnte und recht unsicher auf den Beinen war. Susan zog mit ihren Schwestern los, um Ranken und Blumen und die ersten Muskatellertrauben zu pflücken, um sie auf die Tische zu stellen, die Rosalia draußen aufbaute. Susan wand sich ein paar Heckenrosen ins Haar, von denen sie die Stacheln abgemacht hatte, und hoffte, dass Francis und George sie hübsch finden würden. Vor allem Francis.

Als Sophia sagte, sie sei müde, bot Kitty an, bei ihr zu bleiben, aber Sophia lehnte ab. Kitty sollte Henry nehmen und ihren Vater und Cully begleiten. Sie würde warten, bis die Jungen mit ihren täglichen Arbeiten fertig waren, und dann mit ihnen hinüberrudern. Am liebsten wäre sie Secondus nie wieder begegnet. Immer wenn sie Rosalia besuchte, sah sie ihn. Aber der arme Mann mit seiner abgenutzten und zerlumpten Pracht und seinem elenden »Memento mori« hatte die Glut ihrer Trauer erneut entfacht. Und jedes Mal, wenn sie ihn sah, bestand er darauf, sich zu entschuldigen, was alles noch viel schlimmer machte.

Rosalia wäre natürlich beleidigt, wenn sie nicht käme. *Die Pflicht an erster Stelle*, dachte Sophia bitter.

Sophia schürte das Feuer und dachte, wie ungewöhnlich es doch war, das Haus für sich zu haben. Es war still, bis auf seine eigenen knarrenden Geräusche. Seltsamerweise war ihr nie zuvor aufgefallen, wie laut sie waren. Francis und George ließen sich Zeit, aber es war egal. Sie hatte es nicht eilig, Secondus zu sehen. Und es war so friedlich, eine kleine Weile allein hier zu sitzen.

Sie holte ihren Nähkorb. War das schon eine Eule? Eigentlich war es noch recht früh für Eulen. Die hörten sie für gewöhnlich später, im Herbst. Aber nein, da war noch eine Eule, die der ersten antwortete.

Vielleicht bedeutete es, dass der Winter außergewöhnlich kalt werden würde, wenn die Eulen zu anderen Zeiten riefen als sonst. Während sie wartete, nähte sie an einem Hemd für den kleinen Henry, der so schnell aus allem herauswuchs. Wie seltsam, dass Henry auch Thomas' Enkelsohn war. Was sich alles ereignet hatte, seit sie sein Haus mit seinen Sklaven und Henri verlassen hatte! Nichts war so geworden, wie sie es einmal geplant hatte, gar nichts. Sie hatte keinen Tabak angepflanzt, und reich war sie auch nicht geworden. Sie war nicht nach England zurückgekehrt. Sie hatte irgendwie den Verlust ihres liebsten Kindes verwunden. Der Kummer hatte sie doch nicht umgebracht, obwohl sie sich damals danach gesehnt hatte. Als sie erfuhr, dass Kitty Cullys Kind erwartete, hatte es ihr einen fürchterlichen Schlag versetzt, aber eigentlich hatte sich alles zum Guten gewendet. Kitty war glücklich

Ich bin eine alte Frau von vierundvierzig, dachte sie und lächelte vor sich hin. *Ich meine nicht mehr, alles regeln zu müssen, so wie früher.* Sie schloss die Augen, legte den Kopf auf die Arme und schlief ein. Dann rief jemand: »Mutter, Mutter.«

»Francis? Bist du das?« Sophia war verwirrt. Sie schlief nie vor dem Zubettgehen ein. Es war so friedlich, mit den

Gedanken allein gelassen zu werden. Dann erinnerte sie sich, dass sie ja auf Francis und George wartete, die sie über den Fluss zum Fest bringen sollten. An der Tür war ein Kratzen und Schaben zu hören.

Sie erhob sich, um zu öffnen, obwohl sie sich fragte, warum die Jungen nicht einfach hereinkamen. Als sie die Tür öffnete, stolperte Francis herein und stürzte zu Boden. Ein Pfeil hatte seine Seite durchbohrt, ein anderer ragte ihm aus dem Rücken. »Mutter«, versuchte er zu sagen und starb. Sophia schrie. Hinter ihm lag George auf dem Hof. Sie sah Indianer und hörte Schreie wie »Tötet die Tories!«. Etwas brannte, sie roch Rauch und erkannte dann ein vertrautes Gesicht … Sophia versuchte, seinen Namen zu schreien, aber ein Pfeil streckte sie nieder, bevor sie ein einziges Wort herausbringen konnte.

Es war dunkel geworden, und drüben am anderen Ufer spielte Tamás auf seiner Geige. Henri vermutete, dass Sophia doch beschlossen hatte, Secondus nicht ertragen zu können. Susan war enttäuscht, weil Francis und George nicht gekommen waren. Sie hatten zu Abend gegessen, und nun tanzten Kinder und Erwachsene. Das Lagerfeuer loderte hell, und es dauerte eine Weile, bis sie erkannten, dass auch am Frog Mountain etwas brannte.

Sie hörten auf zu tanzen und erstarrten.

»Wildwood«, rief Caitlin aus. »Es ist Wildwood! Henri, Gideon, schnell!« Aber Gideon lief schon zu seinem Boot, dicht gefolgt von Cully. Sie sprangen hinein und ruderten mit aller Kraft.

»Ein Überfall, es muss einen Überfall gegeben haben!« Alle stürmten zu ihren Booten.

»Mutter!«, schrie Kitty

Sophia öffnete die Augen. Sie lag im Bett und irgendetwas tat schrecklich weh. Sie roch verbrannte Haare, spürte den engen Verband um ihre Brust. George lag auf dem Bett neben ihr, sein Kopf war blutig und seine Schulter verbunden. Kitty schlief im Sessel.

»Was ist passiert?«, murmelte Sophia.

Kitty wachte auf und berührte ihre Hand. »Mutter, du bist überfallen worden. Die Indianer haben angegriffen. Erinnerst du dich? Ich fürchte, Francis ist tot. George hatte einen Pfeil in der Schulter. Er ging knapp am Herzen vorbei, aber Venus und Caitlin glauben, dass er sich wieder erholt. Cully hat dich gefunden. Deine Haare hatten gerade Feuer gefangen. Du hast viel Blut verloren und musst dich ausruhen.« Kittys Gesicht war aschgrau und tränennass.

Sophia fragte sich, warum Kittys Stimme von so weit weg kam. Magdalena war da und Henri, und Sophia dachte, sie hätte Zwei Bären gesehen. Nein, sie hatte Zwei Bären tatsächlich gesehen, und sie versuchte, es ihnen zu sagen.

»Mutter hat Zwei Bären erkannt, Rhiannons Ehemann … Belohnung für die Ergreifung von Zwei Bären, Caitlin bat uns, nicht nach der Miliz zu schicken … Ihre Enkelkinder … Sophy, Sophy!« Es war die Stimme eines Mannes. Die Stimmen wurden leiser. Da war ein Kind mit silbrigem Haar. Sophia ging auf das Kind zu, aber es entfernte sich immer mehr.

Weiter und weiter. Sophia versuchte zu folgen, aber sie konnte nicht. »Charlotte«, rief sie. »Charlotte … warte.«

Kapitel 40

Die hessische Witwe

Oktober 1783

In der Nacht hatte es den ersten Frost gegeben. Die Herbstsonne war noch nicht aufgegangen, als Magdalena gähnend ihre Maiskuchen in die Asche vom Abend zuvor legte, sich ihren Schal um die Schultern wickelte und hinausging, um ein Stück Butter aus dem Kühlhaus zu holen. Dann pflückte sie einen Haselzweig und ging durch den Obstgarten, um ihn auf das Grab ihrer Mutter zu legen. Sie ließ ihre Hand einen Augenblick auf dem Grabstein ruhen. »Mutter«, flüsterte sie. Sophia war seit vier Jahren tot, aber an den meisten Tagen legte Magdalena immer noch etwas auf ihr Grab. Manchmal fand sie dort Blüten, die Kitty, Henri oder Georgie oder seine Frau Annie, Caitlins Tochter, dort hingebracht hatten.

Als sie den Pfad zurück zum Haus hochkletterte, schrak sie zusammen, als sie sah, wie eine Gestalt aus dem Wald in den Obstgarten trat. Sie spähte durch das graue Morgenlicht. Die Gestalt wühlte nach Fallobst, die die Wespen übrig gelassen hatten. Höchstwahrscheinlich ein Wildschwein, sie liebten Äpfel. Frisches Fleisch! Sie umklammerte ihren Schal und ging schnellen Schrittes zurück zum Haus, um Papas Muskete zu holen. Ein seltsames Schluchzen ließ sie innehalten. Wieder blickte Magdalena zum Obstgarten hinüber.

Sie sah eine menschliche Gestalt, etwa von der Größe eines Wildschweins, die auf allen vieren durch den Obstgarten kroch. Sie stopfte sich immer wieder was in den Mund, als gäbe es nichts auf der Welt außer Hunger und fauligem Obst. Magdalena schlich näher, bis sie sehen konnte, dass es eine Frau in einem zerlumpten Kleid war. In ihren Haaren hatten sich Zweige verfangen, sodass sie aussahen wie ein windzerzaustes Vogelnest. Als sie aufblickte, lag blanke Angst in ihren Augen. Die wilde Frau erstarrte mit einem Apfel in der Hand und sah Magdalena an, als hätte sie ein Geschöpf aus einer anderen Welt gesehen.

Magdalena legte ihre Butter beiseite, zog sich den Schal von den Schultern und näherte sich vorsichtig. »Hier sind Sie sicher«, murmelte sie. »Armes Ding! Es ist alles in Ordnung.« Sie hielt ihr den Schal entgegen, aber die Frau starrte sie nur an, ihr Atem ging stoßweise. Dann schaute sie gehetzt um sich, als überlegte sie, in welche Richtung sie fliehen sollte. Magdalena bewegte sich so vorsichtig auf sie zu, als wollte sie ein verängstigtes Tier beruhigen. Immer wieder sagte sie mit weicher Stimme, dass ihr niemand etwas tun würde. Die Frau biss in den Apfel und ließ Magdalena nicht aus den Augen, die langsam Schritt für Schritt näher kam, bis sie der Frau den Schal um die Schultern legen konnte. »Kommen Sie herein und wärmen Sie sich. Essen Sie etwas«, sagte Magdalena und streckte die Hand aus. »Kommen Sie.« Sie winkte der Frau, die reglos dastand und mit einer Hand den Schal umklammerte. In der anderen Hand hielt sie immer noch den Apfel. Sie aß nicht weiter, sondern starrte Magdalena nur angstvoll an.

»Kommen Sie mit mir«, sagte Magdalena und zeigte auf das Haus. Der Geruch von Holzrauch und Speck in der kalten Luft verriet ihr, dass Papa aufgestanden war. Er machte morgens immer Feuer im Kamin und briet den Speck zischend und Fett spritzend in der Pfanne. »Kommen Sie mit mir. Frühstück.«

Sie winkte. Die Frau folgte ihr in einigem Abstand und sah sich dabei immer wieder nervös um, bereit, jederzeit die Flucht zu ergreifen. Magdalena lockte sie in die Hütte. Die Frau zuckte zusammen, als Henri »Was?« rief.

Magdalena warf ihm einen warnenden Blick zu und schüttelte den Kopf. Sie führte die fremde Frau zu einem Sessel am Feuer, schüttelte das Kissen einladend auf und drückte sie in die Polster. Die Frau sah sich ängstlich um und sank dann mit einem Seufzer in den Sessel. Sie blinzelte Henri an, sagte aber nichts. Magdalena eilte zum Kamin, wendete den Speck geschickt und stellte die Pfanne zur Seite, damit er nicht verbrannte, und bereitete die Maiskuchen zu. Die Frau hob langsam die Hände, entweder in ungläubigem Staunen oder um sie zu wärmen. Sie waren knochig und aufgesprungen. Die Frau war groß und hager. Wie alt sie war, ließ sich schwer schätzen. Sie mochte irgendetwas zwischen zwanzig und vierzig sein.

Als die Maiskuchen fertig waren, verteilte Magdalena sie auf drei Teller, legte Butter dazu und träufelte etwas Honig darüber, fügte Speck hinzu und gab der Frau den größten Teller. Die Frau fiel über das Essen her wie ein ausgehungerter Hund. Während Magdalena aß, beobachtete sie die Frau aus den Augenwinkeln. Als sie sich mit den

Fingern die letzten Krümel in den Mund schob, murmelte die Frau auf Deutsch: »*Danke Gott*«, und dann: »*Danke!*«

»Ich bin Magdalena«, sagte Magdalena, zeigte auf sich und sammelte die leeren Teller ein. »Magdalena de Marechal.« Dann zeigte sie auf ihren Vater. »Henri de Marechal.« Nun zeigte sie auf die Frau.

»Magdalena«, wiederholte die Frau mit heiserer Stimme. »Magdalena.« Sie zeigte auf sich selbst. »Rosenhauer. Anna.«

»Mein Mann, Robert, ist Arzt. Aber er besucht einen kranken alten Mann auf der anderen Seite des Flusses.«

»*Doktor?*«

Magdalena nickte und goss kochendes Wasser in die Kanne, um Sassafrastee zu machen. »*Danke*«, sagte Anna und hielt ihre Tasse fest. Und obwohl es am Feuer heiß war, fing sie an zu zittern und ihre Zähne schlugen auf den Rand der Tasse. Langsam liefen ihr Tränen über die Wangen und tropften in den Schoß.

Magdalena nahm ein Taschentuch und reichte es der Frau. »Ich weiß nicht, woher Sie kommen, aber Sie können bei uns bleiben.«

»*Sie können bleiben*«, murmelte Henri auf Deutsch. Anna sah überrascht aus, ihn Deutsch sprechen zu hören, auch Magdalena war erstaunt. Seitdem ihre Mutter tot war, passierte es oft, dass ihr Vater tagelang in Gedanken versunken dasaß und kein Wort sagte. Magdalena dachte manchmal, dass sie Robert deshalb so schnell geheiratet hatte, weil sie jemanden zum Reden brauchte.

»Frag sie, ob sie aus Mähren ist, Papa.« Jenseits der Berge in Carolina lebten Leute aus Mähren. Sie zeigte auf Anna, aber Anna hatte ihre Frage bereits verstanden. Sie wischte sich mit der Hand über die nassen Wangen und schüttelte den Kopf. »*Nein. Hessen-Kassel.*«

Henri blickte von seinen Maiskuchen auf. »Hessen-Kassel? Sie muss mit einem der Hessen verheiratet gewesen sein, die die Engländer angeheuert haben, um für sie zu kämpfen. Ihre Frauen und Familien ziehen mit ihnen dorthin, wohin die Armee geht. Sie kümmern sich um die Männer, bekommen die halbe Ration, sagt man.«

»*Hessen-Kassel!*«, wiederholte Anna immer wieder und nickte und zeigte auf sich selbst. »*Frau. Kinder*«, flüsterte sie und schüttelte den Kopf. »*Kinder ... mein Mann ... gestorben.*«

»Sie war verheiratet. Sie hat Kinder. Hatte Kinder. Sie sind wahrscheinlich alle tot. Das ist kein Leben für Frauen und Kinder, hinter ihren Männern und ihrer verdammten Armee herzuziehen«, erklärte Henri und stand steifbeinig auf, um die Pferde zu Toby, dem Schmied, zu bringen, der sie neu beschlagen sollte. Sein Rheumatismus wurde immer schlimmer, wenn ihm die Herbstkälte in die Knochen kroch.

Als Toby hörte, dass Magdalena eine hessische Frau im Obstgarten gefunden hatte und sie bei sich wohnen ließ, spuckte er aus und knurrte, dass er viele dieser hessischen Hunde getötet habe. In ihren roten Mänteln konnte man sie leicht erwischen. Vielleicht hatte er ja ihren Mann auch getötet, und sie war gekommen, um Rache zu üben. Er lachte unfroh über seinen eigenen Witz. Er hasste die hessischen Söldner noch mehr, als er die englischen und alle amerikanischen Loyalisten hasste. Die Hessen hatten mehr mit wilden Hunden gemein als mit Menschen. Sie ermordeten die Verwundeten, während sie um Gnade und Wasser bettelten, plünderten und brandschatzten und vergewaltigten noch hemmungsloser als die Engländer.

Am Kings Mountain waren auch Hessen gewesen. Dort war Toby verwundet worden. Er lag mit einer Wunde an der Schulter auf dem Boden, als ein Hesse auftauchte, sich über ihn stellte und ihm ins Bein schoss, genau oberhalb vom Knie. Er hatte gelacht, als Toby vor Schmerzen schrie, dann steckte er sein Bajonett auf. Es war Jack, der Toby gerettet hatte. Jack hatte gesehen, wie sein Bruder stürzte, sah den Hessen, wie er anlegte und schoss, sah, wie er mit dem Bajonett zustechen wollte, und sprang auf, um dem Hessen sein eigenes Bajonett tief in den Bauch zu rammen. Als der Mann auf die Knie sank, packte Jack den vor Schmerzen schreienden Toby und zog ihn durch einen Kugelhagel zum Feldlazarett. Er schüttete ihm den Whiskey des Armeechirurgen in den Hals und hielt seinen Bruder fest, während ein Doktor der Whigs ihm mit einer blutigen Säge das Bein abnahm.

Toby hätte eigentlich an Blutverlust und Schock sterben müssen, aber die Drumhellers waren zäh. Rufus war inzwischen ein alter Mann, doch er hinkte immer noch über seine Felder und arbeitete in der Schmiede. Und Jack hatte gleich zu Beginn des Krieges eine Pockenepidemie überlebt, die mehr Soldaten dahinraffte als der Feind, bis General Washington seine Truppen impfen ließ.

Toby hatte jetzt einen Holzstumpf, auf dem er sich abstützte, wenn er die Pferde beschlug und Whiskey brannte. Er verkaufte den Whiskey in einem Schuppen neben seiner Schmiede und bewahrte seine Einnahmen in einer selbst geschnitzten Holzkiste auf. Für kaum jemanden hatte er ein Wort übrig, außer für seinen Vater und Jack. Er kümmerte sich auch um das Vieh, während sein Vater und Bruder das Land am Ende des Tals beackerten.

Rufus hatte ein Feld nach dem anderen gekauft und besaß inzwischen einen ausgedehnten Hof am Rand des Grafton'schen Besitzes. Henri verkaufte alles, wenn es nur Geld einbrachte. Mittlerweile konnte Rufus die Arbeit nicht mehr allein bewerkstelligen, sondern musste alles an Arbeitern anheuern, was er kriegen konnte. Meist waren es Kriegsveteranen, die ziellos durchs Land zogen. Mit ihren Ernten, dem Vieh, den einfachen Wagen und den Kielbooten, die Jack aus dem Holz zimmerte, das bei den Rodungen anfiel, hatten es die Drumhellers zu einigem Wohlstand gebracht. Die einstige Blockhütte war immer wieder erweitert worden, um Jack, Malinda und ihre fünf Kinder zu beherbergen.

Toby allerdings zog es vor, in seinem schmutzigen Schuppen bei seiner Geldkiste zu schlafen.

Vor dem Krieg hatte Toby eine Schwäche für Magdalena gehabt. Er war siebenundzwanzig gewesen, als er bei der hastigen Taufe ihr Pate wurde. Alle hatten gedacht, dass sie nicht überleben würde. Sie war jedoch nicht gestorben, und als sie größer wurde, fühlte sich Toby wie ihr Beschützer, vor allem, nachdem die Indianer ihre Schwester entführt hatten. Magdalena hatte Charlotte angebetet und so sehr getrauert, dass sie nichts mehr aß. Toby hatte ihr das Reiten und Fischen beigebracht, ihr gezeigt, wie man einen flachen Stein übers Wasser tanzen lässt, auf einen Baum klettert, ein Pferd beruhigt, das beschlagen werden soll, und Honig aus einem Bienenstock holt, ohne gestochen zu werden.

Bevor Toby und Jack loszogen, um gegen die Engländer zu kämpfen, hatte Toby Magdalena ein Abschiedsgeschenk geschnitzt, einen Honiglöffel, dessen langer Griff mit Blumen und einer Biene am Ende verziert war. Während des ganzen Krieges hatte er vor Augen gehabt, wie sie ausgesehen hatte, als er sich von ihr verabschiedete – ein elfjähriger Wildfang mit nackten Füßen und braunen Locken. Sie hatte große Ähnlichkeit mit dem Porträt ihrer Mutter, das Secondus Conway gemalt hatte. Wenn man die seltsamen Flecken auf Sophias Gesicht ignorierte, die wie Pockennarben aussahen.

Nachdem Sophia bei dem Überfall ums Leben gekommen war, hatte Henri darauf bestanden, das Gemälde zurückzubringen. Nun hing es in Wildwood über dem Kamin.

Magdalena hatte zum Abschied gewinkt, bis Toby und Jack hinter dem Berg verschwunden waren. Der Krieg hatte alles verändert. Er kam mit einem Bein, einer Krücke und einem bitteren Herzen zurück und fand Magdalena sechzehnjährig und mit Robert Walker verheiratet vor, einem ehemaligen Armeearzt, der auf seinem Weg nach Kentuckee durch das Tal gekommen war. Er hatte Magdalena kennengelernt, Land von Henri gekauft und war geblieben.

Und jetzt hatte sie eine dreckige Hessin bei sich aufgenommen. Robert war am anderen Flussufer bei einem Patienten, doch Toby war sich sicher, dass er die Hessin an die Luft setzen würde, sobald er zurückkehre.

Aber als er zurückkam, warf Robert sie keineswegs hinaus. Er verpasste ihr eine Wurmkur und rührte Salbe für ihre Wunden an. Er sah sich ihren schiefen Arm an und erzählte Magdalena später, dass er früher einmal gebrochen, aber nicht gerichtet worden war. Er konnte nichts mehr daran ändern. »Natürlich kann sie bei uns bleiben, Maggie«, meinte er, noch bevor sie die Frage überhaupt gestellt hatte.

Anna konnte Tobys Abneigung kaum übersehen. Er spuckte sie an, wenn sie näher kam, bis Magdalena ihn dabei ertappte und ihm eine ordentliche Standpauke hielt. Sie drohte, nie wieder mit ihm zu sprechen, wenn er sich weiter so schrecklich verhielt. Danach begnügte sich Toby damit, innerlich vor Wut zu schäumen.

Magdalena gab der Frau einige Kleider ihrer Mutter, obwohl es ihr schwerfiel. Sie vermisste ihre Mutter sehr. Es war, als sei ihr Herz gleich zweimal gebrochen worden, das erste Mal, als Charlotte verschwand, und dann, als Sophia starb. Aber diese arme Frau hatte auch gelitten. Sie gab ihr zu essen und sprach mit ihr, weil Anna bei jedem plötzlichen Geräusch voller Angst aufsprang. Aber was sollte mit Anna geschehen? Robert pflichtete ihr bei, dass es am besten wäre, wenn sie etwas zu tun hätte.

Sie nahm sie mit, um Kitty und ihre Kinder zu besuchen. Kitty war überrascht, aber herzlich. Malinda streckte Anna beide Hände entgegen. Caitlin, die kaum noch sehen konnte, sagte, Magdalena hätte das Richtige getan. Mrs Drumheller sah Anna missbilligend an, aber das tat sie bei jedem – außer bei Zebulon, der ein ziemlich unsympathisches, selbstgefälliges Kind war.

Rosalia hatte Tamás im vergangenen Jahr begraben und war immer noch traurig und recht einsam. Eines Tages lockte Magdalena die nervöse Anna in ein Kanu, um zu Rosalia zu rudern. Rosalia führte Anna freundlich in ihre Küche, wo sie Stefania gerade Italienischunterricht gab, Brot buk und Marmelade kochte. Nach einer Weile hatte Rosalia eine Idee. Secondus lebte noch immer in der kleinsten von Henris Hütten und hatte es sich angewöhnt, jeden Tag zum Essen zu Rosalia zu kommen, bis er die Strecke nicht mehr schaffte. Nun war der arme Secondus sehr einsam und tat nichts außer zu malen und zu skizzieren. Seine Hütte war sehr unordentlich, und Rosalia konnte nicht auch noch bei ihm Ordnung halten. Vielleicht könnte Anna bei ihr leben und sich um Secondus kümmern? Tamás Zimmer war leer. Eigentlich war Secondus noch kein alter Mann, Rosalia jedoch wusste, dass er jahrelang getrunken hatte und Hilfe brauchte. Sie zeigte Anna ein kleines Schlafzimmer auf der Rückseite ihrer Hütte, mit einem eigenen Kamin, einem mit Seilen bespannten Bett und einer bunten Decke aus Rosalias alten Tanzröcken. Anna fiel auf die Knie und küsste Rosalias Hände, bevor Rosalia sie daran hindern konnte.

Toby war froh, dass die Hessin nun auf der anderen Seite des Flusses lebte.

Acht Monate später war Anna ein wenig rundlicher geworden, und ihr Blick war nicht mehr ganz so ängstlich. Es beeindruckte sie, dass Secondus Künstler war, und sie fühlte sich geehrt, dass sie seine Hütte putzen, seine Wäsche waschen und ihn bekochen durfte. Sie war immer bereit, irgendetwas zu bewundern, was Secondus gemacht hatte. Sie war auch eine gute Zuhörerin und sagte in regelmäßigen Abständen »Ah!«, während Secondus unaufhörlich redete. Da sie nicht genug Englisch verstand, bekam sie nicht mit, dass es eigentlich immer wieder dieselben Geschichten waren. Aber sie schien erfreut, dass er mit ihr sprach. Secondus betrachtete Anna inzwischen als eine ungewöhnlich kultivierte Frau.

Der Sommer war gekommen, und alle Siedler waren auf der Hut. Auf dem Flusspfad tauchten immer wieder Indianer auf, nur um gleich darauf wieder zu verschwinden. Man wusste nicht, ob sie in friedlicher oder kriegerischer Absicht unterwegs waren, aber es gab keine Angriffe mehr auf die Siedlung. Wenn Magdalena jedoch ihrer täglichen Arbeit nachging und zwischen der Scheune, dem Haus, dem Hühnerhaus und dem Kräutergarten hin- und hereilte, meinte sie jedoch oft, aus den Augenwinkeln eine kleine Bewegung wahrzunehmen, als würde sie jemand beobachten, wie sie Robert erzählte.

Magdalena war im Obstgarten und pflückte Pfirsiche, weil sie einen Kuchen backen wollte, als sie spürte, dass jemand da war. Sie blickte auf und sah eine in Hirschleder gekleidete Indianerfrau, die sie anschaute. Magdalena schrie auf und ließ erschrocken die Pfirsiche fallen. Sie starrte die Frau unverwandt an und traute ihren Augen nicht.

Die Indianerfrau hatte mondscheinhelles Haar und blaugrüne Augen und einen Säugling auf ihrem Rücken Ein helläugiges Kind umklammerte ihre Hand. Schließlich fragte die Frau: »Bist du meine Schwester Magdalena?«

Magdalenas Augen füllten sich mit Tränen. »Das kann nicht wahr sein«, flüsterte sie, als sie endlich wieder sprechen konnte. »Charlotte? Nach all der Zeit? Du lebst? Du lebst?«, brachte sie mühsam hervor.

»Ja«, antwortete die Indianerin.

Magdalena ging zu ihr, streckte die Hände aus und berührte sanft Charlottes Wange.

»Oh Charlotte! Dich wiederzusehen! Ich hätte nie gedacht ... Wir alle haben dich so vermisst! Wir haben versucht, dich freizubekommen. Mutter glaubte, du wärest tot. Wenn du am Leben warst, warum bist du nicht früher gekommen? Warum hast du uns keine Nachricht geschickt? Würde doch Mutter noch leben!« Sie brach in Tränen aus. »Charlotte!« Sie umarmte ihre Schwester.

»Mein Name ist Wintermond«, sagte Charlotte und lehnte ihre Wange an Magdalenas.

»Aber du bist zurückgekommen! Das ist alles, was zählt! Und mit deinen Kindern! Lass mich Papa behutsam darauf vorbereiten, sonst wird der Schock ...«

»Nein, sag es ihm nicht.«

»*Was?* Charlotte, du bist jetzt zu Hause und ...«

»Nein, ich bleibe nicht. Unser Stamm zieht auf dem Flusspfad nach Süden. Ich habe einen Krieger geheiratet, habe meine Kinder. Ich kann sie nicht verlassen. Ich wurde von den Indianern adoptiert, und bin dort aufgewachsen und eine von ihnen geworden. Ich kann jetzt nicht mehr anders leben. Ich will es auch gar nicht. Aber ich hatte gehofft, Mutter wiederzusehen, und habe immer eine große Sehnsucht gehabt, dich zu sehen, Magdalena. Ich habe dich so viele Jahre vermisst.«

Magdalena versuchte, sich die Augen zu wischen, aber die Tränen hörten einfach nicht auf. »Oh Charlotte, wenn du wüsstest, wie wir gelitten haben, als du verschleppt wurdest. Für Mutter war es am schlimmsten. Sie hat sich verändert, Charlotte. Und dann wurde sie bei einem Überfall getötet. Francis auch. Und George wurde verwundet, aber er hat überlebt.«

»Ja«, seufzte Charlotte. »Ich weiß. Die Engländer glaubten, dieser Teil von Virginia sei voll von rebellischen Amerikanern, und die Amerikaner dachten, dass er voll von englischen Loyalisten sei. Die Stämme wurden überredet, so viele anzugreifen. Unsere Krieger, auch mein Mann, haben tapfer für die Engländer gekämpft.«

»Rhiannon Vann hat einen Cherokee aus dem Stamm ihres Vaters geheiratet, der für die Amerikaner kämpfte«, sagte Magdalena. »Zwei Bären. Sie waren Verbündete der Amerikaner und hatten den Befehl, Tories wie Mutter anzugreifen. Mutter hat ihn erkannt, und dann ist sie … ist sie an ihren Verletzungen gestorben … es war schrecklich. Caitlin Vann, die liebste Freundin unserer Mutter, brach jeden Kontakt zu ihrer Tochter Rhiannon ab, weigerte sich, sie jemals wiederzusehen. Caitlins Mann ritt zu Rhiannon, um ihr ins Gewissen zu reden und sie zu überzeugen, dass sie sich von Zwei Bären trennen und mit ihren Kindern nach Hause zurückkehren sollte. Gideon verschwand, und wir haben Rhiannon nicht wiedergesehen. Sie sagen, Gideon lebt in den Bergen, sitzt am Feuer und hat seine Visionen. Es heißt, er habe gelernt, wie ein Adler zu fliegen. So viele schreckliche Dinge, Charlotte.«

Charlotte lächelte traurig »Es wird viele Jahre lang Krieg, Leid und Blutrache geben. Ich kann nicht zurückkommen. Auf Wiedersehen, Magdalena.«

»Nein, Charlotte, bitte geh nicht, du kannst nicht gehen, noch nicht ...« Aber Charlotte war schweigend davongehuscht. »Geh nicht!«, rief Magdalena. Da war so viel, was sie wissen wollte, so viel, was sie Charlotte zu erzählen hatte. Magdalena rieb sich die Augen. Hatte sie vielleicht geträumt? Nein, sie hatte ihre Schwester zum zweiten Mal verloren.

Magdalena konnte niemandem außer Robert erzählen, warum sie Henri nichts von Charlotte sagen konnte. Aber ihr kurzes Auftauchen machte Magdalena sehr zu schaffen. In der Hoffnung, Magdalena aufzumuntern, schlug Robert vor, Rosalia und Stefania zu besuchen. Es gebe eine neue Seilfähre, die sie sehen sollte, und er wollte sie ausprobieren.

An der Anlegestelle wartete Anna mit einem Sack Maismehl, den sie von Caitlin gekauft hatte. Sie wollten sich gerade vom Ufer abstoßen, als Caitlin ihnen zurief, sie sollten noch einen Moment warten. Hier sei ein weiterer Passagier, der in der Ecke eingeschlafen sei, während er darauf wartete, dass genügend Passagiere für die Überfahrt zusammenkamen. »Wer ist das?«, fragte Magdalena. »Will er zu Secondus?«

Caitlin hatte ihre blicklosen Augen in die Ferne gerichtet und lächelte geheimnisvoll. »Du wirst schon sehen.«

Ein Herr mittleren Alters mit einem Bart kam herbeigeeilt, rückte seinen Hut zurecht und strich seinen Mantel glatt. Magdalena betrachtete den Fremden neugierig. Sie wusste, dass der Krieg vielen Leuten den Geist verwirrt hatte, und ihr kam es vor, als sei auch dieser Mann ziemlich durcheinander.

»Ich frage mich, was er am anderen Ufer will«, flüsterte Magdalena. »Dort leben nur Secondus, Rosalia und

Stefania. Vielleicht will er Land von Papa kaufen oder ein Pferd von Rosalia.« Sie warf dem Mann einen raschen Blick zu und schaute Anna fragend an. Anna zuckte die Achseln.

Zu ihrer Überraschung folgte der fremde Mann den Walkers und Anna zu Rosalias Hütte. Als sie an ihrem Tor ankamen, fütterte Rosalia gerade ihre Hühner. Sie sah erfreut zu ihnen auf. »Danke, Anna. Und komm herein, Magdalena, Liebes. Stefania wird so froh sein, dich zu sehen, und ich habe gerade …«

Rosalia verstummte. Sie wurde leichenblass und schlug sich mit der Hand vor den Mund. Der Fremde verbeugte sich leicht. Rosalias Lippen bewegten sich, aber sie brachte keinen Ton heraus. »Es kann nicht sein«, flüsterte sie schließlich. »Verzeihen Sie, Sir. Entschuldigen Sie, dass ich mich so töricht benehme. Sie sehen aus wie mein … Mann. Aber Sie sind doch bestimmt nicht … Stefano. Sie sind älter, als ich ihn in Erinnerung habe, doch Sie haben seine Augen … Doch es kann nicht sein. Bist du ein Gespenst?«, rief sie. »Hast du mich gefunden, oder träume ich nur?« Sie streckte eine Hand aus, um seine Wange zu berühren. Der Mann sah aus, als wollte er sprechen, könne es aber nicht. »Oh Stefano, du fühlst dich an wie der wirkliche Stefano. Oder sterbe ich?«

Rosalia begann zu lachen und zu schluchzen, und der Mann, den sie Stefano nannte, legte die Arme um sie. »Schhh, die Inquisition ist nicht mehr da, aus Sizilien verbannt. Ich wurde freigelassen und bin vor zwei Jahren nach La Nouvelle-Orléans gekommen. Die Diener im Haus meines Vetters sagten, du seiest nach Norden, nach Virginia gegangen. Ich hatte fast die Hoffnung aufgegeben, dich zu finden. Aber jetzt habe ich dich endlich gefunden, meine Rosalia. Endlich!«

Kapitel 41

Der Evangelist

Juni 1790

Er war ein Mann mit einem langen Gesicht, nicht mehr jung. Sein fadenscheiniger schwarzer Mantel war hinten etwas eingerissen, so als hätte ihn jemand wie ein Kätzchen im Nacken gepackt und weggeschleudert. Er trug einen großen Hut und kaputte Schuhe. Er kam aus dem Wald und klopfte an die Tür der ersten Hütte, auf die er stieß. Er fragte die stämmige Negerin, die ihm öffnete, ob Herr und Herrin ihm etwas zu essen geben würden, wenn er für sie arbeitete. Venus richtete sich zu ihrer vollen Größe auf und erklärte schnippisch, sie sei eine freie Frau war, es sei ihr Haus, und sie würde zu essen geben, wem sie wollte. Oder auch nicht. Der Mann entschuldigte sich. Er fände die Verhältnisse in diesem Teil der Welt verwirrend. Er sei müde und durstig. Wenn sie keine Arbeit für ihn hätte, dürfe er vielleicht um einen Schluck Wasser bitten?

Venus lenkte ein. Sie zeigte auf den Eimer und die Schöpfkelle neben der Tür. Seit Seths Tod gab es viele kleine Arbeiten, die erledigt werden mussten. Sie zählte sie dem Mann auf: Schindeln waren vom Dach gefallen, ein Eimer sei undicht, ihr Gemüsebeet müsse gejätet und der Boden gelockert werden, bevor sie es bepflanzte, und Lederscharniere an der Tür seien kaputt.

»Ich bin ein guter Arbeiter. Ich kann alles machen.«

Sie nickte und wies mit dem Kopf zum Haus. »Dann habe ich Eintopf für Sie.« Er nahm den Hut ab, voller Ehrfurcht vor dem Wort »Eintopf«.

Venus führte ihn an den Tisch. Der Mann fuhr mit den Fingern anerkennend über das Holz, das gut verarbeitet und so poliert war, dass man sich darin spiegeln konnte. »Gute Arbeit«, sagte er.

»Mein Mann« – Venus hielt einen Moment inne – »mein Mann hat ihn für mich gemacht, als wir geheiratet haben Das Haus hat er auch gebaut und alle Möbel.« Sie deutete stolz auf die Stühle, die Holztruhen und die große Anrichte.

Sie rührte in einem Topf und wartete darauf, dass er etwas über Sklaven und Heirat sagte. »Das ist sehr gut gemacht«, meinte der Besucher. »Robust und sehr nützlich. Zum Wohlgefallen Gottes und zum Nutzen des Menschen.«

Venus überlegte einen Moment. Es war eine seltsame Art zu reden, aber sie mochte die respektvolle Art, in der der Besucher »sehr gut« und »nützlich« über die Dinge sagte, die Seth gemacht hatte. Sie füllte seinen Teller bis zum Rand.

Er starrte auf die großzügige Portion und sah dann, dass sie sich nicht ganz so viel nahm. »Bitte, geben Sie mir nicht mehr, als mir zusteht. Sie sollen meinetwegen nicht darben.«

»Ich habe noch mehr in dem Topf, könnte das ganze Tal füttern, wenn ich müsste«, rühmte sich Venus. Schließlich hatte sie ihre eigenen Felder und die Kühe, Hühner und Schweine. Ihr Speck war der beste im ganzen Tal – sie wusste genau, wie man Hickory- und Apfelholz mischen musste, um ihn zu räuchern. Und ihre Butter war viel süßer als die ihrer Töchter. Die Lippe des Mannes zitterte, als sie Maiskuchen, Butter und etwas von dem Weißdorngelee aus dem letzten Sommer auftischte. Dann schloss er die Augen, holte tief Luft, senkte den Kopf und sprach das Tischgebet.

»Amen, jetzt können Sie essen«, sagte Venus.

Er nickte und begann zu essen, nicht gierig, wie Venus erwartet hatte – der Mann war hungrig, ohne Zweifel –, sondern langsam. Sein verhärmter Gesichtsausdruck wich erst einer ungeteilten Aufmerksamkeit, dann einer tiefen Zufriedenheit. Er aß einen Maiskuchen mit Butter und genoss jeden Bissen. Der Eintopf sei köstlich, sagte er. Obwohl er den Löffel nicht zu voll nahm, war sein Teller in Windeseile leer. Ohne zu fragen, füllte Venus ihn erneut.

»Ich bin gierig, aber ich danke Ihnen«, flüsterte er. »Ich habe nicht gegessen seit ... Tagen.«

»Nehmen Sie noch einen.« Venus schob ihm den Teller mit den Maiskuchen hin. »Streichen Sie Butter drauf, solange sie heiß sind.« Sein Gesicht nahm allmählich etwas Farbe an. *Heutzutage kommen seltsame Leute auf dem Fluss hierher*, dachte sie.

Wie hieß er?

»Ich bitte um Vergebung. Iddo Fox. Und Sie?«

»Venus Hanover.«

»Erfreut, Ihre Bekanntschaft zu machen, Mrs Hanover.« Für Venus hörte sich *Mrs Hanover* immer noch hinreißend an.

»Woher kommen Sie, Mr Fox?«, fragte sie.

»Aus Pennsylvania. Ich bin ein Dissenter.«

»Hm, Sie sehen mir aber weiß aus.«

»Nein, ich meine, ich bin Quäker.« Er seufzte und betrachtete bestürzt seinen zerrissenen Ärmel. »Das hat mich in einige Schwierigkeiten gebracht. Wir sind gegen Armeen und Kriege und gegen das Töten. Und wir glauben nicht, dass die Sklaverei richtig ist. Einige Freunde und ich kamen nach Virginia, um dagegenzusprechen. Aber« – er zuckte mit den Schultern – »die Pflanzer kommen ohne Sklaven nicht aus, und wir waren nicht willkommen. Wir wurden in der ganzen Kolonie geschlagen und verfolgt. Doch wenn das Schaf geschoren ist, schickt der Herr gelinden Wind.« Er schob seinen Teller beiseite. »Ist Ihr Mann hier?«

»Nein«, antwortete Venus. »Er ist tot. Vor dem Krieg. Er war auch frei. Hat in der Schmiede da oben am Berg gearbeitet.« Sie zeigte auf den Little Frog Mountain. »Dort wimmelte es nur so vor Klapperschlangen. Weiß nicht, warum, aber sie kommen aus dem Wald dorthin. Der Indianer, der den Handelsposten betrieb, erklärte ihm und Rufus, dem Schmied, dass er keine Klapperschlangen töten sollte, weil sie sich rächen. Aber Rufus macht, was er will. Er hasst Schlangen, tötet jede Schlange, die er erwischt. Trotzdem kommen immer mehr Schlangen. Seth wurde zweimal gebissen, doch eine Wurzel der Indianer hat ihn gerettet. Das dritte Mal war er allein, hatte ein ganzes Nest aufgestört. Am nächsten Morgen haben sie ihn gefunden, ganz aufgequollen und tot. Haben ihn nach Hause getragen. Wir haben ihn beerdigt.« Sie begann zu weinen. »Haben ihn unter die Erde gebracht, mit allem, was dazugehört. Aber selbst die schönste Beerdigung bringt niemanden ins Leben zurück. Und wissen Sie, was? Bis heute hat niemand mehr eine einzige Schlange bei der Schmiede gesehen.« Sie trocknete sich die Augen und begann gleich wieder zu weinen.

Iddo Fox machte sich bald darauf an die Arbeit. Venus dachte, er sei ein wenig wie Seth, sorgfältig und gewissenhaft. Sie bewunderte eine Reparatur und sagte, das habe er gut gemacht. Iddo Fox lächelte. »Der Arbeiter ist seines Lohnes würdig.«

Es wurde bereits dunkel, als Iddo Fox seinen Mantel nahm und seinen Hut aufsetzte. »Ich danke Ihnen noch einmal für das vorzügliche Mahl, Mrs Hanover.«

»Aber es ist dunkel! Wo wollen Sie denn in der Dunkelheit hin?«

»Ich werde im Wald schlafen ... das habe ich schon oft gemacht ...«

»Nein, das werden Sie nicht. Sie werden hier am Feuer schlafen. Ich habe viele Steppdecken.«

»Mrs Hanover!«

»Ach, nun kommen Sie! Ich bin Großmutter, fast sechzig. Und Sie sehen mir auch nicht viel jünger aus. Für diese Art von Sünde hab ich nichts mehr übrig. Und es gibt noch mehr zu tun.«

»Ich glaube nicht, dass ich ...«

»Geben Sie mir Ihren Mantel. Ich repariere das. Und zum Frühstück gibt es Schinken.«

Im Tal nannte man Iddo Fox »der Mann, der für Venus arbeitet«. Ihre Töchter waren entsetzt, dass ihre Mutter ihr Haus mit einem Mann teilte, aber sie konnten sie nicht umstimmen. »Vielleicht bin ich ja einsam. Ihr alle habt eure Männer und Kinder. Ich bin hier allein.« Die Mädchen widersprachen lautstark. Sie könne doch bei einer von ihnen wohnen. Alle redeten durcheinander und stritten sich, wer sich am besten um Mama kümmern könne, vorweg Peach, die immer das letzte Wort haben wollte. Sie meinte, sie werde jeden Tag kommen und sich vergewissern, dass ihre Mutter nicht übers Ohr gehauen wurde. Sie hob warnend den Finger und sah Iddo Fox und ihre Mutter streng an.

»Schluss jetzt!« Venus konnte ihre Kinder immer noch übertönen. »Aus meinem eigenen Haus ziehe ich nicht aus. Ich bleibe hier und Mr Fox auch. Er wohnt hier. Er ist mein Mieter und ich bin seine Vermieterin. Alles, wie es sich gehört.«

Und damit mussten sie sich zufriedengeben.

Pfarrer Merriman kam, um ihnen ins Gewissen zu reden und ihnen klarzumachen, dass sie auch im Alter nicht vor seiner Lieblingssünde, der Unzucht, gefeit seien. Als er herausfand, dass Mr Fox ein Quäker war, war er voll der puritanischen Empörung und verstieg sich gar zu der Behauptung, Quäker seien gar keine Christen und Mr Fox gehöre schleunigst aus dem Tal getrieben.

Der Pfarrer konnte von Glück reden, dass Venus ihn nicht eigenhändig aus dem Haus warf.

Iddo Fox blieb. Venus empfand es als tröstlich, einen Mann im Haus zu haben, der versorgt und umhegt werden wollte. Iddo leistete ihr auf seine ruhige Art Gesellschaft, was Venus genoss. Beide richteten sich mühelos in ihrer behaglichen Zweisamkeit ein, als seien sie ein altes Ehepaar, das abends zufrieden am Kamin saß und über dies und das redete, wenn es etwas zu sagen gab. Wenn nicht, dann schwiegen sie, während Venus nähte und Iddo seine Pfeife rauchte.

Iddo hatte die Aufgabe übernommen, die Dinge vom Handelsposten zu holen, die Venus brauchte. Er brachte auch die neuesten Nachrichten mit: ob es Caitlin gut ging, dass Pfarrer Merrimans Frau wieder ein Kind erwartete und er Secondus und Anna trauen sollte.

»Was?«, rief Venus. »Dieser verrückte alte Mann, der Bilder malt? Heiraten will er?«

Iddo Fox stopfte kichernd seine Pfeife. »Sie sind überrascht. Es war Rosalias Idee, wie ich hörte.«

Und es gab weitere Neuigkeiten. Aus den südlich gelegenen Wäldern waren vier Fremde gekommen – drei Jesuiten in ihren Roben, die von einem Mann mit militärischem Auftreten geführt wurden, alle auf guten Pferden mit feinen Sätteln und von einer Kolonne von Maultieren begleitet, die jede Menge Gepäck schleppten. Iddo hatte sie am Handelsposten gesehen, und der militärisch wirkende Mann hatte hierhin und dorthin gezeigt, als müsse er sich zurechtfinden. Dann habe er die Karawane durch den Obstgarten nach Wildwood geleitet.

Was dann geschah, hatte Iddo von Caitlins Tochter Annie erfahren, die mit George de Marechal verheiratet war.

Cully hatte die Fremden begrüßt und der Anführer hatte seinen Hut abgenommen. »Ist Henri de Marechal noch am Leben?«

»Der Vater meiner Frau«, erwiderte Cully. »Pa?«, rief er durch die Tür. »Da fragt jemand nach dir.«

Ein alter Mann kam herbeigeschlurft.

»Henri?«, sagte der Fremde. »Erkennst du mich nicht?«

Henri sah die Fremden verwirrt an. Sie sprachen Französisch. Warum wohl?, fragte er sich. »Meine Augen sind nicht mehr das, was sie mal waren. Wer sind Sie?«

»Erkennst du mich nicht, alter Freund? Ich bin's, Thierry. An dem Tag, an dem deine Tochter Kitty geboren wurde, ging ich fort und versprach wiederzukommen. Und jetzt, nach vielen Jahren, habe ich mein Versprechen gehalten.«

»Eh?«, sagte Henri. »Bist du nach Frankreich gegangen?«

»Ich bin für eine Weile nach Frankreich zurückgekehrt und dann fast gestorben, als ich mit Lafayette in eurem Krieg gekämpft habe. Und danach bin ich fast auf der Guillotine gestorben. Aber die Gnade Gottes erhielt mich am Leben, um ein Gelübde einzulösen. Erinnerst du dich an den Hungerwinter, Henri? Die Jungfrau führte mich zu dem Maisfeld, das die Indianer zurückgelassen hatten, und das war unsere Rettung.«

Henri war verwirrt.

»Thierry?« Henri versuchte, sich zu erinnern, wer Thierry sein könnte.

Sophia würde es wissen. Er musste sie fragen.

»Ich habe eine kostbare Reliquie mit einem Knochen von St. Eustache mitgebracht, der auf der Jagd war und einen Hirsch mit einem Bild des Kreuzes zwischen den Hörnern sah. Ich war damals ebenfalls auf der Jagd und erlebte ein Wunder. Komm mit uns, Henri, mein Cousin wird eine Stelle finden, sie weihen und eine Messe sprechen. Wie lange ist es her, seit du die Messe gehört hast, hm?«

Der Fremde sprach immer noch Französisch. *Die Leute sprechen heutzutage nicht mehr Französisch*, dachte Henri. Er hatte das Gefühl, ganz woanders zu sein, wo es Hirsche und Jagdhütten gab. Er wandte sich an Cully. »Was wollen sie?«, fragte er.

Überall waren Leute und Hunde. Er dachte, Sophia stünde auf der Veranda … Die Frau sah aus wie Sophia, aber der Mulatte nannte sie Kitty. Wer immer sie auch war, sie erzählte den Fremden etwas. Zu dieser Frau hatte sich eine weitere Frau gesellt, die sie Annie nannte. Wer war diese Annie? Jemand sagte, es sei genug Platz für alle und sie könnten über Nacht bleiben, sie möchten doch bitte hereinkommen. Dann erklärte jemand, sie würden Henri morgen mitnehmen. *Demain.*

Demain, murmelte Henri und ging zu seinem Sessel am Feuer zurück. Die Leute drängten sich in das Zimmer und standen um ihn herum. »Papa, du solltest nicht so weit reiten«, sagte ein Mann. Er stand neben der Frau, die sie Annie nannten. Henri hörte jemanden brüllen, dass er verdammt noch mal hingehen könne, wohin er wolle. Er überlegte, ob er es war, der da brüllte, aber er war sich nicht sicher. War das George, der da bei Annie stand?

Beim Abendessen redeten alle durcheinander. Dann war es Morgen. Die Leute liefen geschäftig hin und her, und wieder redeten alle durcheinander. Es musste eine Jagd sein. Überall waren Hunde.

Die Frau, die er für Sophia hielt, kam von der Veranda herein. »Was höre ich? Papa soll mit dir reiten, Thierry? Papa, dir wird schwindelig. Du darfst nicht. Es geht dir nicht gut.«

»Unsinn!«, widersprach Henri gereizt. Er bat darum, dass man ihm ein Pferd satteln möge, und als Robert protestierte, wurde er wütend und sagte, er werde es selbst machen.

»Ich sattle ihm den alten Klepper«, flüsterte Robert Magdalena zu. »Zur Sicherheit.«

Henri saß auf und spürte einen Moment lang seine alte Stärke zurückkehren. Robert, Kitty, George und die Frau namens Annie sahen zu.

Als Henri mit den anderen davonritt, war er froh, aus dem Haus zu kommen, froh, zur Jagd zu reiten. Auf dem Pferd fühlte er sich viel stärker. Sein Pferd schien den Pfad zum Frog Mountain hochzufliegen und dann auf der anderen Seite wieder hinunter. Er verlor jedes Gefühl für Zeit. Alles schien dahinzuschweben, alles wirkte unwirklich.

Sie ritten weiter, alle fünf. Am Rand eines Feldes saßen sie ab. Er wusste, warum, konnte sich aber nicht daran erinnern. Er war plötzlich müde, spürte eine bleierne Schwere in den Gliedern. Jemand half ihm und sagte: »Schön langsam.« Dann knieten sie, und er musste eingeschlafen sein. Er öffnete mühsam die Augen und sah, dass der Priester eine goldene Kiste in eine Nische über einem Felsen legte. Der Priester sagte etwas, doch Henri konnte ihn nicht gut hören. Seine Stimme kam und ging. Ab und zu schnappte er ein paar lateinische Worte auf.

Er sah sich nach Thierry um. Es gab so viel, was er Thierry und François erzählen wollte. Es war lange her. Aber er kniete, alle knieten sie. Seine Knie schmerzten. Er war müde. Er schloss die Augen und wachte auf, als jemand ihm eine Hostie in den Mund schob. Er versuchte, den Mund aufzumachen, um sie zu empfangen. Aber die Hostie war zu groß. Alles sank tiefer und tiefer. Er blickte auf das goldene Kästchen, und es verschwand in der lautlosen Dunkelheit, die seinen Geist erfüllte, als er nach vorn sackte.

Kapitel 42

Adelina Maury

September 1833

Inschrift über der Slipping Creek Mission:
»*Auf dass der gesamte Stamm englisch werde in seiner Sprache, zivilisiert in seiner Art zu leben und christlich in seiner Religion.*«

> Liebste Ma, Papa und Schwestern!
> Endlich haben wir die Mission erreicht! Ich habe meinen Koffer ausgepackt, meine Reisekleider gewaschen, meine Haube für unterwegs auf eines der oberen Bretter gelegt und meine gute, handliche Haube für alle Tage, ein frisches Baumwollkleid und eine saubere Schürze zurechtgelegt. Alles ist bereit für morgen, wenn ich mich endlich unter das selbst gewählte Joch beuge und die Arbeit des

HERRN beginne, den Indianerkindern die gute Nachricht zu überbringen und ihren heidnischen Geist für die Gnade des Allmächtigen und unseres Heilands Jesus Christus zu öffnen. Der Abend ist noch hell genug zum Schreiben. Ich habe mich so gut es geht auf meinen ersten Unterrichtstag vorbereitet und kann mir jetzt mit Fug und Recht das Vergnügen erlauben, euch von unserer Reise zu berichten und euch zu versichern, dass ich sicher in meinem neuen Zuhause angekommen bin.

Hier ist es nicht halb so wild und unzivilisiert, wie ihr befürchtet habt. Soweit ich es verstehe, gab es einst eine adelige Dame aus England, eine schillernde Persönlichkeit, der das Land vor vielen Jahren von einem englischen König überlassen wurde. Heute erhebt sich hier Grafton, eine blühende Stadt mit einem großen Handelsposten, der gute Geschäfte mit den Flachbooten auf dem Fluss, den Siedlern und Händlern treibt, die ununterbrochen vorbeifahren. Unsere Mission befindet sich am Ende eines breiten Tales auf einer Art niedrigem Grat zwischen Frog Mountain und Little Frog Mountain. Im Tal stehen Gehöfte auf beiden Seiten des Flusses. Die Siedler kommen zumeist aus England und Wales, so wurde mir gesagt, obwohl es auch einige Italiener und Deutsche unter ihnen gibt. Die Mission steht auf dem Land, das die Familie Hanover dem Missionswerk geschenkt hat. Was eine erstaunliche Geschichte ist, denn die Hanovers, eine weit verzweigte und angesehene Familie, stammt ursprünglich von befreiten Sklaven ab. In der Tat gibt es mehrere solcher Familien, obwohl alle Leute im Tal untereinander geheiratet haben. Auch das ist erstaunlich, denn ich denke nicht, dass es anderenorts derart viele Mischehen geben würde.

Ich hoffe, dass jemand nach Norden reist und diesen Brief mitnehmen kann, damit er euch recht bald erreicht. Sonst muss ich ihn in den Postsack stecken, der zweimal im Jahr abgeholt wird.

Aber ich muss euch von unserer Ankunft berichten. Wir sind gestern von den anderen Missionaren sehr freundlich willkommen geheißen worden. Sie sprachen Gebete zum Dank für unsere sichere Reise und freuten sich sehr über die mitgebrachten Kisten mit Waren. Die Damen hatten ein gutes, warmes Abendessen mit gebratenem Wildbret, Gemüse und Pasteten vorbereitet, bei dem wir gerne zulangten. Obgleich ich denke, dass den Damen hier das Geschick beim Herstellen von Gebäck fehlt.

Es wird euch nicht überraschen, wenn ich euch sage, dass Mrs Whitaker weder Wildbret noch Pasteten verträgt.

Nach dem Abendessen und dem Abendgebet konnten Mrs Whitaker und ich uns mit einem Bad in einem Bach hinter der Mission erfrischen. Ganz züchtig sind wir in unseren Unterkleidern ins Wasser gestiegen. Mrs Whitaker missfielen die Biesen an meinem Unterkleid. Ich glaube, ich bin noch nie einem derart sauertöpfischen Wesen begegnet wie Mrs Whitaker. Würde morgen die Entrückung stattfinden, fände sie sicherlich etwas daran auszusetzen.

Aber ich muss euch von unserer Reise erzählen, die sich durch die Anwesenheit von Mrs Whitaker als Reisebegleiterin manchmal länger und unbequemer anfühlte, als sie es tatsächlich war. Ich werde mit diesem herzzerreißenden Moment vor zwei Monaten beginnen, als Pa meinen Koffer noch vor Sonnenaufgang auf den Wagen von Reverend Whitaker lud und ich mich von euch allen verabschiedete. Als er mir in den Wagen half, bat ich den HERRN um Kraft. Ich musste meine Bibel die ganze Zeit umklammert halten, damit ich nicht meine Röcke raffte, vom Wagen sprang und nach Hause lief. Die Räder machten ein jammervolles Geräusch, als wir die Zufahrt hinunterrollten. Einen Augenblick lang glaubte ich, ich sei auf dem Weg zur Guillotine wie die arme französische Königin Marie Antoinette, und nicht unterwegs, um die Arbeit des HERRN zu verrichten, die mit einem freudigen Herzen getan werden sollte. Als wir an den Feldern und dem Tor der Hendersons vorbeifuhren, hielt ich meinen Kopf gesenkt. Ich wollte nicht, dass Mrs Whitaker die Tränen sah, die mir über die Wangen liefen. Unter der Reisehaube, die Schwester Margaret noch besonders herausgeputzt hatte, blieb ihr mein Herzeleid verborgen. Mrs Whitaker fängt immer sofort an zu schimpfen und hätte mir sicher eine Standpauke gehalten.

Ich berichte nicht von meiner Traurigkeit, um euch unglücklich zu machen, sondern um euch mitzuteilen, dass ich im Geiste gekämpft habe, die Schwäche zu überwinden, die mich einen Augenblick mit Bedauern über den Weg erfüllte, den ich selbst gewählt habe. Ich mag meinen Tränen an jenem Morgen im Schutz der Dunkelheit freien Lauf gelassen haben, aber dann entschloss ich mich, heiteren Gemüts die heißen, müden Reisetage hinter mich zu bringen, die uns bevorstanden. Tatsächlich haben ständig neue Ausblicke etwas Erhebendes, das selbst den schwermütigsten Geist erfrischt. Innerhalb von wenigen Wochen kamen wir von den flachen Feldern von Maryland zu sanften Hügeln von Virginia. Die Welt ist so groß! Der Wald um uns herum wurde immer dichter, und dann erreichten wir den Fluss. Reverend Whitaker sagte, dass wir den größten

Teil des Weges auf einem Flachboot zurücklegen würden.

An der Anlegestelle, wo es sehr schlammig war, herrschte reges Treiben. Wir sollten in einem Verband von Flachbooten, Flößen und Rindenkanus fahren, um besser gegen Angriffe von Indianern geschützt zu sein. Auf den meisten dieser Boote befanden sich ein oder zwei Männer mit Gewehren. Die Whitakers und ich und ein paar andere Passagiere drängten sich auf einer rauen Holzplattform zusammen, die wie ein ziemlich wackliger Anlegesteg aus dem Schlamm ragte. Fast einen halben Tag lang mussten wir in der brütenden Sonne warten, während die Flöße mit zahlreichen Familien beladen wurden, die sich im Süden ansiedeln wollen. Sie hatten ihren gesamten Hausrat, Schafe, Pferde und sogar Schweine, Hühner, Pflüge und Hacken, Säcke mit Saatgut und Spinnräder dabei.

Die Sklaven stapelten eine Ladung Melasse, Whiskey und Pistolen für den Handelsposten, der das Ziel unserer Reise war. Die Whiskeyfässer rochen abscheulich, und die Männer, die ihn trinken, riechen sicherlich nicht besser. Während der Whiskey und die Pistolen aufgeladen wurden, unterhielt man uns – obwohl das nicht ganz das richtige Wort ist – mit vielen Geschichten von den betrunkenen Schießereien, die diese Anlieferungen immer zur Folge haben. Mrs Whitaker kniff die Lippen zusammen, und zum ersten Mal empfand ich ein wenig Sympathie für sie. Wahrscheinlich war ihr angesichts dieser Erzählungen recht unbehaglich zumute. Ich war selbst besorgt, aber ich vertraute auf den HERRN, dass er uns sicher durch jedes finstere Tal führt. Oder über das Wasser. Tiefes Wasser macht mich immer nervös.

Als unserer Verband aus Booten und Flößen schließlich abfahrbereit war, ertönte plötzlich der Ruf, wir möchten warten. Auf die Anlegestelle kam mit hoher Geschwindigkeit ein Wagen zugefahren, auf dem sich eine Abordnung feierlicher bärtiger Herren vom Missionswerk befand. Ihre Damen hatten eine große Kiste mit nützlichen Sachen für uns gepackt: Bibeln, Nägel, große Kochtöpfe für die Schule, Nähkästchen und einige Ballen strapazierfähigen Kaliko, aus denen sich einfache neue Kleider für die Indianermädchen nähen lassen. Gerade noch rechtzeitig. Die Sklaven am Kai mussten die Stoffballen an Bord tragen. Die feierlichen Herren waren überrascht, dass ich so jung war, und einer bemerkte, dass er nicht erwartet habe, ein feines, elegantes Fräulein als Lehrerin zu sehen. Elegant! Was sagst du dazu, Ma? Und dann auch noch in diesem Tonfall! Dabei hatte ich bloß das braune Wollkleid an, das du für mich gemacht hast, und meine robusten Stiefel. Und natürlich hatte ich ein sauberes Taschentuch eingesteckt. Ich biss mir auf die Zunge, sonst hätte ich ihm gesagt, dass meine Eltern uns Schwestern gelehrt haben, saubere und ordentliche Kleidung und Aussehen seien bei einer Dame ein untrügliches Zeichen für Sauberkeit des Geistes und des Herzens.

Ich wandte mich von seinem tadelnden Blick ab. Der Fluss war braun und träge. Ich spähte ins Wasser, um nach Fischen Ausschau zu halten. Der Kapitän sah mich und schnaubte, dass es unter der Oberfläche gefährliche Strömungen gebe. Unvorsichtige junge Damen, die sich zu weit über das Wasser lehnten, um ihr Spiegelbild zu betrachten, würden oft hineinfallen, von der Strömung nach unten gezogen und ertrinken. Als ich erwiderte, ich wolle mich nicht selbst betrachten, sondern nach Fischen Ausschau halten, lachte er herzlich. Mrs Whitaker sah missbilligend wie immer zu uns herüber, aber ich wusste nicht, was ihr diesmal nicht gefiel: dass ich mich so weit vorbeugte, der Kapitän lachte oder dass der Fluss dahinfloss. Mrs Whitaker missbilligt mich im Allgemeinen. Vor allem mein rotes Haar, das so schwer zu bändigen ist, gefällt ihr nicht. Meine Locken stahlen sich immer wieder unter der Haube hervor, die Margaret mit den Wildentenfedern so hübsch hergerichtet hatte. Natürlich betrachtete sie die mit ebenso säuerlicher Miene wie die Flasche mit Lavendelwasser, die ihr mir für die Reise mitgegeben habt und die ich höchst erfrischend fand, und mein Büchlein mit Shakespeare-Sonetten, in dem ich gerne las, wenn wir anhalten mussten, um die Pferde zu bewegen. Hätte sie die sauberen Strümpfe, Taschentücher und Unterwäsche gesehen, die die liebe Ma mir in meine Reisetasche gepackt hatte, dann hätte sie wahrscheinlich auch die Nase gerümpft.

Mrs Whitaker erinnerte mich immer wieder daran, dass ich achtzehn Jahre alt sei und für die Indianermädchen keine Autoritätsperson darstellen würde. Reverend Whitaker ist feundlicher, aber immer ein wenig gedankenverloren. Es war schade, dass ich keine Begleiter hatte, mit denen ich mich besser verstand. Aber dieses Kreuz musste ich eben tragen.

Wir machten es uns mit unseren Körben und Päckchen bequem, so gut es in dem winzigen, kabinenähnlichen Unterschlupf eben ging, den man uns zugewiesen hatte. Unsere Koffer und die Kiste vom Missionswerk passten nur mit Mühe hinein. Aus der Kiste machten wir eine Art Sitzbank.

Dann legten wir ab und waren bald in der Flussmitte. Der Nachmittag war so warm und drückend. Ich saß so unangenehm nah an Reverend Whitaker, dass ich mich ans Geländer stellte, um etwas frische Luft zu bekommen. Der Flussufer glitt rascher an uns vorbei, als ich erwartet hatte. Da die Sonne auf dem Wasser so heiß war, nahm ich meine Haube ab, um mich von dem leichten Wind ein wenig abkühlen zu lassen. Mein Haar rutschte aus den Haarnadeln und ich schüttelte es, bevor ich es wieder aufsteckte. Ich bemerkte, dass der Kapitän mich auf eine Weise ansah, die mir unangenehm war. »Missionare, wie? Ich kenne außer der Mission noch jede Menge andere Orte, die sich freuen würden, so jemanden wie Sie zu haben. Männer bezahlen gut für solches Haar.« Die Whitakers hörten, was er zuletzt gesagt hatte. »Setzen Sie sofort Ihre Haube auf«, zischte Mrs Whitaker. Ich gehorchte. Dann wandte sie sich ihrem Mann zu und befahl: »Reverend Whitaker, ein Gebet für unser Unterfangen, wenn ich bitten darf.« Ich seufzte, senkte aber den Kopf, schloss die Augen und faltete die Hände. Reverend Whitaker hat eine laute, donnernde Stimme, und seine Gebete sind immer ziemlich lang. Er schließt alles darin ein, was ihm gerade in den Sinn kommt. Ich frage mich manchmal, ob der HERR nicht müde wird zuzuhören oder ihm eine göttliche Offenbarung über ellenlange Gebete schickt.

In der darauffolgenden Woche beteten wir ununterbrochen. Wegen der Hitze waren wir aber zum Glück an Deck und ich spähte ständig durch meine Finger, um zu sehen, was auf den anderen Booten oder am Ufer passierte.

Wie ihr euch vorstellen könnt, ging unsere Reise unter großem Lärm vonstatten, denn den Tieren gefiel es nicht, Tag für Tag an ein und derselben Stelle festgebunden zu sein. Sie muhten, quiekten und schrien ständig und verbreiteten einen ziemlich durchdringenden Geruch. Gelegentlich fiel ein Kind über Bord, was die Eltern erschreckte, den Kapitän jedoch nicht. Glücklicherweise gerieten alle diese Kinder nicht ernsthaft in Gefahr, da sie von den Indianern auf den Rindenkanus herausgefischt wurden. Der Kapitän jedoch bestand darauf, dass sie am Geländer festgebunden wurden.

Die Wachen mit den Gewehren machten immer wieder Witze über die Stromschnellen und Untiefen, die uns weiter flussabwärts erwarteten. Ich hörte heraus, dass es sich dabei um einen besonders gefährlichen Flussabschnitt handelte, der sich nur mit viel Erfahrung und Sorgfalt bewältigen ließ. Dort war schon so manches Floß untergegangen, sodass sich der Aberglaube verbreitet hatte, dort lauert ein Geist, den man den Seelenräuber nennt. Er spielt Geige, und man sagt, dass es dort unzählige Ertrunkene gibt, die singen und tanzen und unter Wasser feiern, um Reisende auf dem Fluss in die Tiefe zu locken. Wenn sie sich zu ihnen gesellen, gehört ihre Seele dem Seelenräuber.

Der braune Fluss jedoch blieb ruhig, das Wetter sonnig und die Nächte warm. An den meisten Tagen fingen die Männer Fische für unser Abendessen. Aber selbst im gekochten Zustand schmeckte der Fisch nach Schlamm. Ich aß ihn trotzdem, weil ich sehr hungrig war.

Die Landschaft änderte sich, je weiter wir nach Süden und Westen fuhren. Die Ufer des Flusses wurden steiler und waren dichter bewaldet, und in der Ferne sahen wir Berge. Hinter den Lorbeerbäumen und Buchen, so sagten die Männer, verlief ein Indianerweg oder Kriegspfad. Reisende, die sich keine Fahrt auf dem Fluss leisten konnten, und Kaufleute mit langen Kolonnen von Maultieren riskierten ihn manchmal. Die Rufe unserer Wächter klangen nun schärfer. Sie waren ständig in Alarmbereitschaft, weil jederzeit ein Angriff passieren konnte. Manchmal, so sagten sie, seien Indianer freundlich und manchmal nicht.

Wir sahen Büffel trinken, und mehrmals machte die ganze Flottille halt, während eine Gruppe von Jägern auf die Suche nach frischem Fleisch ging – Wildbret oder Bär- oder Büffelfleisch –, um unsere Nahrungsvorräte wieder aufzufüllen. Das Fleisch war zäh, schmeckte aber besser als schlammiger Fisch.

Nach fast drei Wochen auf dem Fluss waren unsere Vorräte an Maismehl aufgebraucht und alle waren hungrig. Einige der Damen sammelten Brombeeren, wenn wir für die Nacht am Ufer festmachten. Ich begleitete sie, da Mrs Whitaker mir immer einschärfte, dass der Teufel schon genug Arbeit für untätige Hände fände. Aber Beerensammeln macht Spaß, also fiel es mir nicht schwer, ihr zu gehorchen. Ich liebe Brombeeren und vermute, dass der HERR sie als eine Art Manna geschickt hat, um uns mitten in der Wildnis Mut zu machen.

An jenem Abend hieß es, der Handelsposten befände sich um die nächste Flussbiegung. Wir sollten am nächsten Tag in der Frühe dort ankommen. Der Kapitän sagte, dass ich den Brief einem der Boote mitgeben sollte, die in die Richtung fahren, aus der wir gekommen sind. Auf diese Weise würden Briefe normalerweise auf dem Fluss verschickt und empfangen. An der Anlegestelle, bei der wir unsere Flussfahrt begonnen haben, kommen die Männer vom Missionswerk regelmäßig, um zu sehen, ob irgendwelche Briefe von der Mission angekommen sind. Sie geben sie dann ordnungsgemäß an die Familien ihrer Missionare und Lehrer weiter.

Ich bete, dass dieses Schreiben irgendwann seinen Weg zu euch finden wird, und schicke euch viele liebe Grüße. Seid gewiss, dass ich frohen Mutes bin und auf die Liebe unseres HERRN vertraue.

Eure euch liebende Tochter und Schwester

Adelina Maury

Slipping Creek Mission, Stammesgebiet der Cherokee, 16. März 1835

Liebste Ma, Papa und Schwestern!
Ich hoffe, es geht euch gut, wie mir auch. Nach eineinhalb Jahren habe ich die Gelegenheit, euch einen langen Brief zu schicken. Die Missionsbehörde hatte uns gewarnt, dass unsere Arbeit unter den Indianern eine lange Trennung von unseren Familien bedeuten würde. Ich gestehe, dass ich euch alle sehr vermisse. Doch wenn uns Jesus auch manche Prüfung auferlegen mag, so ist er in der Stunde der Not immer an unserer Seite. An diesem Ort mit seinen Bergen, Flüssen, Felsen und Wäldern, die Tag für Tag drohen, das Fleckchen zu verschlingen, auf dem unsere Mission steht, fühlen wir uns recht schutzlos und sind voller Ehrfurcht vor der ungezähmten, rauen Natur.

Und was William Henderson angeht ... Er hat sich für Cousine Mary entschieden. Ich kann euch versichern, dass ich alle zärtlichen Gedanken, die vielleicht noch in meinem Herzen waren, verbannt habe und ihm und Cousine Mary alles erdenklich Gute wünsche. Ich habe bereitwillig einen anderen Weg eingeschlagen, den Gott mir aufgezeigt hat. Ich bezweifle, dass William mich wiedererkennen würde, eine nüchterne, praktisch denkende alte Jungfer, die keinen Gedanken mehr an Bänder und Walzertänze verschwendet. Ich hoffe, Schwester Hezzia hat großen Eindruck mit meinem rosafarbenen Musselinkleid gemacht? Die Farbe steht ihr viel besser als mir. Vielleicht ist sie ja verlobt? Wird sie rot, wenn sie das hört? Oh Hezzi, wenn ich dich doch nur sehen könnte. Aber ich schweife ab. Der Bote, der freundlicherweise angeboten hat, meine Briefe nach Norden mitzunehmen, sagte, er werde auf eine Antwort warten, damit er mir euren Brief bei seiner Rückkehr geben kann. Mit meiner Beschreibung dieses Boten möchte ich ihn gleichzeitig vorstellen. Sein Name ist Major Caradoc Vann. Er ist etwa vierzig Jahre alt, der Enkel von Miss Caitlin, der Dame, die den Handelsposten eröffnet hat.

Er hat in der Armee gedient und ist vor Kurzem nach Hause gekommen. Wie ich gehört habe, hat er den Handelsposten am Fluss nach dem Tod seines Vaters übernommen. Es gibt häufig Mischehen zwischen den Cherokee und den Weißen, und man sagt, der Großvater des Majors sei aus einer solchen Verbindung hervorgegangen. Er war also das, was die Leute ein »Halbblut« nennen, aber niemand weiß so recht, wie viel von einem Indianer in ihm steckt. Der Major redet nicht viel und hat bisher nichts über seine Herkunft erzählt. Er ist glatt rasiert, was ihn besonders indianerhaft aussehen lässt, weil die Männer der Cherokee keine Gesichtsbehaarung haben. Seine Züge sind markant, sein Haar ist glatt und dunkel, obwohl seine Augen grau sind. Er ist so gekleidet, wie es hierzulande üblich ist: mit einem Wildlederhemd und einer groben Wollhose.

Major Vann ist ein ziemlich ruhiger Mann, der mir nicht gerade Angst einjagt. Ich finde ihn jedoch respektgebietend und denke, dass ihr mir da zustimmen werdet. Und ich bin froh, dass ihr ihn kennenlernt. Er hat sein Angebot, den Brief mitzunehmen, äußerst höflich vorgetragen, nicht anzüglich oder grob, wie die meisten Männer hier den Damen gegenüber sind. Vor allem ein Bursche namens Zebulon Drumheller, der ebenfalls ein Nachkomme von einigen der ersten Siedler ist. Major Vann ist auf seine ruhige

Art ein wahrer Gentleman, der zu allen Frauen sehr höflich und zuvorkommend ist. Es beschämt mich, dass er vielleicht gespürt und gesehen hat, wie groß mein Heimweh anfangs war und wie sehr ich gegen die Niedergeschlagenheit ankämpfen musste, die mich bisweilen überwältigte. Diese Schlacht ist seit Langem gewonnen, wie ich euch versichern kann, weswegen ich fröhlich davon schreiben kann.

Major Vanns Nichte, ein liebes kleines Mädchen namens Dora, die Tochter seines Cousins Jesse (das ist sein englischer Name, ich kann seinen Namen bei den Cherokee nicht aussprechen!), ist eine meiner Schülerinnen. Mit ihren sechs Jahren ist sie eines der klügsten und süßesten Kinder, das man sich vorstellen kann. Sie lernt schnell ihre Lektionen und Gebete, und ich mag sie sehr. Ihr habe ich es zu verdanken, dass der Major angeboten hat, meinen Brief mitzunehmen. Er reist in diesem Monat nach Washington. Als Dora ihm erzählte, dass meine Familie weit weg lebe, kam er eines Tages zur Schule und erklärte mir, dass ein Umweg zu euch nach Maryland ihn nur wenig Zeit kosten würde und er meine Briefe mitnehmen könne. Ich nahm sein Angebot dankbar an und setzte mich sofort hin, um euch zu schreiben. Major Vann hat in Washington irgendetwas mit einer Vereinbarung zwischen den

Cherokee und der Regierung zu tun. Ich glaube, es geht um das Stammesgebiet der Cherokee. Es kommt nur selten vor, dass einzelne Indianer eine Parzelle oder ein Gehöft besitzen. Das Land gehört allen, und sie jagen und bebauen die Felder dort, wo es am besten ist. Mir scheint dies ein wahrhaft christlicher Gedanke zu sein, alles mit allen zu teilen. Aber hier leben viele neue Siedler, die viel Land nur für sich allein haben wollen. Man spricht davon, dass die Regierung die Cherokees für ihr Land bezahlen und ihnen helfen will, sich weiter westlich jenseits des Mississippi neu anzusiedeln. Wenn ich jedoch von der Mission ins Tal hinunterblicke, sehe ich einen Flickenteppich aus Gehöften. Sie gehören Indianern, Weißen oder Mischlingen, und natürlich wollen die Indianer nicht wegziehen. Es ist falsch und gierig von den neuen Siedlern, dass sie davon reden, sie dazu zu zwingen. Ich bete, dass Gott Major Vanns Bemühungen segnet, dies zu verhindern.

Aber nun habe ich fast mein ganzes Blatt vollgeschrieben. Liebe Ma, lieber Pa und liebe Schwestern, ich verabschiede mich und grüße euch alle herzlich.

Eure euch liebende Tochter und Schwester

Adelina Maury

Slipping Creek Mission, Stammesgebiet der Cherokee, März 1837

Liebste Ma, Pa und Schwestern,
Major Vann ist von einer weiteren Reise nach Washington zurückgekehrt und hat euren freundlichen Brief mitgebracht. Ich danke euch für eure Erlaubnis und euren Segen für unsere Verlobung. Seit er Weihnachten um meine Hand angehalten hat, sitze ich wie auf heißen Kohlen. Ich weiß, dass mein Herz ihm und nur ihm allein gehört, doch ich konnte ihm ohne eure Zustimmung keine Antwort geben. Nun, nachdem ich Ja gesagt habe, ist mein Herz so voller Freude, dass ich kaum denken, kaum schreiben kann. Ich möchte euch jedoch versichern, dass ich ihn liebe und Gott dafür danke, mich an diesen Ort und zu ihm geführt zu haben. Wir werden am Ende des Sommers heiraten, nach der Ernte. Oh Ma und Pa, Hezzi und Margaret, hat es jemals ein Mädchen gegeben, das so glücklich war wie ich?

    Eure liebende Tochter und Schwester
    Adelina Maury

KAPITEL 43

DANCING RABBIT

Mai 1837

Hoch oben auf der Klippe verzweigte sich der Weg, der sich bis zum Bergkamm schlängelte, kaum merklich unter einem vorspringenden Felsen. Er war gerade breit genug für ein Tier oder einen menschlichen Fuß und unsichtbar für jeden, der nicht wusste, dass er dort war, was auf die meisten Leute zutraf. Er führte steil zwischen zwei Felswänden in die Büsche. Hinter den Büschen lag in der Klippe die schmale Öffnung einer Höhle. Die Cherokee nannten sie Breathing Rock, Atmender Stein, weil sie wie der Mund des Berges war. Im Sommer strich ein Wind aus der Höhle, und im Winter wurde Luft angesaugt.

Im Inneren weitete sich die Höhle zu zwei hohen Räumen mit einer gewölbten Decke. Das einzige Geräusch kam vom Wasser, das in ein Felsbecken tropfte. Wenn ein Feuer die Höhle erleuchtete, ließ das Licht die Quarzadern in den Felsen glitzern. Weiter oben waren die Wände vom

Rauch von anderen, älteren Feuern geschwärzt. Das Licht fiel auch auf Knochensplitter und flache, spitze Steine mit einer schmalen Rille an der Seite, zerbrochene Tontöpfe und halb vergrabene spanische Münzen.

Die achtjährige Dancing Rabbit und ihre Urgroßmutter, ihre beiden frisch verheirateten jungen Tanten, die ihre Ehemänner vermissten, ihre Mutter und ihr jüngerer Bruder und eine kleine Schwester, die noch gar nicht richtig laufen konnte, waren bereits seit Wochen hier, seit ihr Nachbar, der weiße Mann Drumheller, der sein Vieh auf den unteren Hängen des Berges weidete, gekommen war, um dem Vater von Dancing Rabbit Geld für ihr Land am Fluss zu bieten. Zu diesem Zeitpunkt hatten er und seine Familie bereits den schwarzen Boden gepflügt. Dancing Rabbit hatte beim Pflanzen geholfen, und der Mais, die Bohnen und die Kürbisse schoben schon ihre kleinen grünen Triebe nach oben. »Komm schon, Jesse«, hatte der Mann gesagt, als ihr Vater ihm den Rücken zukehrte. »Jahrelang waren wir Nachbarn. Niemand kann behaupten, dass ich nicht versucht habe, dich für dein Vieh zu bezahlen. Du weißt doch, dass du sowieso alles zurücklassen musst. Ich biete dir auch Geld für das, was du getan hast, um das Land zu verbessern, deine Zäune und all das. Nimm das Geld und geh nach Westen in das Gebiet, das die Regierung euch gibt. Kauf dir neue Rinder und Hühner. Dort wartet gutes Land auf euch und du kannst …« Der Vater von Dancing Rabbit hatte sich einfach umgedreht und war gegangen.

Es war nicht das erste Mal, dass Drumheller in ihre Hütte gekommen war, die in einer Bucht am Fluss versteckt lag. Immer hatte er Geld angeboten, immer wieder wurde es brüsk zurückgewiesen. Hinterher flüsterten die Eltern: »Sie wollen, dass wir unser Land aufgeben … nach Westen gehen … wo Dunkelheit lebt und der Wind des Todes weht ... John Ross hat abgelehnt ... aber der Vertrag wurde unterzeichnet ... Elias Boudinot ... Major Ridge ... Stand Watie ... haben zugestimmt. Verräter ... verstecken uns hier und warten ab ... am Ende wird alles gut. Sie können uns nicht zwingen ...«

»Sie sagen, dass Soldaten kommen werden ... neue Palisaden am Fluss ...« Die Urgroßmutter von Dancing Rabbit hörte zu, unerschütterlich und voller Verachtung für die Gier und die Lügen der Weißen. Dancing Rabbit fragte sich, warum sie in der Schule sagten, dass der Name ihrer Urgroßmutter einmal Rhiannon gewesen sei und sie unter den Weißen gelebt habe. Ihre Urgroßmutter war Singender Wind, eine geliebte Frau und sehr mächtig. Die alte Frau murmelte ein Todesurteil gegen Watie und Ridge und Boudinot, weil sie die Cherokee ohne ihre Zustimmung zum Wegzug verpflichtet hatten.

Sie erzählte Dancing Rabbit, diese drei sollten nach alter Sitte gefangen genommen und gefoltert werden, lange und langsam, bevor sie auf dem Scheiterhaufen verbrannt würden.

Dancing Rabbits Vater weigerte sich zu gehen. »Das ist unser Land. Ich werde hier sterben. Jedenfalls will ich nicht, dass du von hier fortmusst.« Der Bauch ihrer Mutter war rund wie der Vollmond. Dancing Rabbit wusste, dass es bald ein weiteres Kind in der Ecke der Hütte geben würde, wo die Kleinen in Decken gehüllt schliefen.

Dancing Rabbit hatte gesehen, wie ihre Mutter das Gesicht ihres Vaters berührte. »Sei vorsichtig«, hatte sie gesagt. Und dann huschte ihr Vater im Morgengrauen wieder nach draußen, um sich um die Felder zu kümmern und nach den Hühnern und Pferden zu sehen oder die Ohren der neuen Kälber einzukerben. Er kehrte erst spät zurück, wenn er sicher war, dass die weißen Männer betrunken waren oder schliefen. Das Wetter war in diesem Jahr außergewöhnlich gut. Die Bohnen blühten bereits und die ersten kleinen Kürbisse zeigten sich. Der Mais war in Rekordzeit aufgeschossen und jetzt größer als Dancing Rabbit.

Ihre Urgroßmutter mochte ihre erzwungene Zurückgezogenheit nicht, schon gar nicht zu einer Jahreszeit, in der es immer viel zu tun gab. Sie ärgerte sich, dass ihr Enkel auf den Feldern arbeiten musste, denn das Hacken, Jäten und das Geflügel und das Vieh waren Frauensache. Sie murmelte etwas von Männern, die auf der Jagd sein sollten und es nicht waren. Sie würden kein Trockenfleisch und kein Bärenfett für die mageren Monate des Winters haben. Sie weigerte sich, den Ehemann ihrer Enkelin Jesse zu nennen. Sie nannte ihn bei dem Namen, den er bei den Cherokee hatte.

In der Höhle hatten sie Decken, Wasser aus der Quelle in den Felsen und einen Vorrat an getrocknetem Mais und Trockenfleisch. Manchmal brachte ihr Vater frisches Fleisch oder Fisch aus dem Fluss mit. Nach einer Weile waren die beiden jungen Tanten nachts aus der Höhle geschlüpft, um ihre Ehemänner zu finden, und waren aber nicht zurückgekehrt. Die Urgroßmutter schimpfte über ihr schändliches Verhalten. Im Haus ihrer Mutter war es der Mann gewesen, der zu seiner Frau ging, nicht umgekehrt.

Dancing Rabbits Urgroßmutter nutzte ihre erzwungene Untätigkeit, um Dancing Rabbit und ihrem kleinen Bruder und der Schwester von den alten Sitten und Gebräuchen des »Volkes« und der sieben Clans zu erzählen. Dieses Wissen sei wichtig, sagte sie. Sie sollten sich daran erinnern und es an ihre eigenen Kinder und Enkel weitergeben. Sie ließ die Kinder die Namen der sieben Clans wiederholen – der Clan war die wichtigste Familie. Söhne und Töchter gehörten von der Geburt bis zum Tode zum

Clan ihrer Mutter. Dancing Rabbit, ihre Schwester und ihr Bruder gehörten wie ihre Mutter und Großmutter und Tanten zum Wolf-Clan. Ihr Vater war ein Hirsch, wie die Mutter, Brüder und Schwestern. Sie durften niemanden aus ihrem eigenen Wolf-Clan heiraten, und niemand außer einem Mitglied des Wolf-Clans durfte einen Wolf töten. Sie lehrte sie das alte Gesetz der Blutrache und erklärte, dass ein Clan gezwungen sei, den Tod eines seiner Mitglieder zu rächen, sei es nun ein Unfall oder Mord. Das Blut des Opfers rief seine Verwandten an, bis der Mörder oder ein Mitglied des Clans des Mörders getötet oder dem Clan jemand angeboten wurde, den er anstelle des Opfers adoptierte. Bis die Sache auf die eine oder andere Weise gelöst war, konnte der Geist des Toten nicht ins Land der Dämmerung weitergehen.

»Psst, Großmutter!«, sagte die Mutter von Dancing Rabbit, die auf einem Stapel Tierhäute lag. »Unser Volk hat sich vor Jahren verpflichtet, dieses Gesetz abzuschaffen.«

Dancing Rabbits Urgroßmutter spuckte verächtlich ins Feuer. Dancing Rabbit konnte den Groll und die Enttäuschung in ihrem Herzen sehen, dass dies so war. »Das hätten sie nicht tun sollen«, sagte sie mit leiser Stimme. »Der Rat der Großväter hat zugestimmt, weil sie dachten, damit sichern sie sich die Geduld und Nachsicht der Weißen. Es sei ein Vorteil, glaubten sie. Der Rat der Großmütter hätte sich nicht um die Vorteile des weißen Mannes geschert.«

Die Kinder hörten mit großen Augen zu, wenn ihre Urgroßmutter ihnen erzählte, dass die Mädchen der Cherokee die schönsten seien, die Frauen die stärksten und anmutigsten, die Großmütter die weisesten, schönsten Frauen des Stammes, und dass die Cherokee-Bären die größten Krieger seien. Sie schilderte ihnen, wie sich die

Krieger aus dem Stamm zurückzogen, um sich vor einer Schlacht zu reinigen und zu bemalen. Sie erzählte ihnen von ihren Kriegsliedern, Siegesschreien und Totengesängen und von ihren Siegen über die Creeks und Choctaw. Sie sagte, dass die Krieger der Cherokee im Augenblick des Todes niemals Angst zeigten. Sie berichtete von der Macht des klugen Rates der Großmütter, die entschieden, ob man Gefangene den Frauen überließ, um sie zu quälen und zu töten oder sie zu begnadigen, sie als Sklaven einzusetzen oder sogar zu adoptieren. Sie sang Lieder über die Uktena, die den Körper einer Schlange hatte, die Flügel eines Vogels und das Geweih eines Hirsches und darauf lauerte, die Unvorsichtigen zu lähmen und sie mit ihrem Atem zu töten, damit sie nicht den Kristall in der Mitte ihres Kopfes ergriffen. Jeder, dem es gelang, ihr den Kristall zu entreißen, erhielt außergewöhnliche Kräfte.

Ihre Urgroßmutter erzählte immer wieder die gleichen Dinge, bis Dancing Rabbit sich langweilte. Sie wusste all das schon lange auswendig. Sie vermisste ihr Zuhause, ihre Freunde in der Missionsschule und ihren Unterricht. Vor allem vermisste sie ihre Lehrerin Miss Maury, die ihre lockigen roten Haare jeden Morgen zu einem festen Knoten im Nacken gewickelt hatte. Mittags lösten sich dann die ersten Löckchen und Strähnen, die Miss Maury versuchte, wieder festzustecken. Der Nachmittagsunterricht wurde immer wieder durch das Geräusch von fallenden Haarnadeln unterbrochen, und die Kinder warteten auf den Moment, wenn Miss Maury aufgab und ihre Haare herunterließ, die das Licht einfingen und aussahen, als stünden sie in Flammen. Diese Haare faszinierten die Kinder, die kicherten und mit dem Finger zeigten. Miss Maury lachte mit ihnen und zuckte die Achseln. Sie hatte außerdem sehr blaue Augen, die immer weit aufgerissen waren, als sei sie überrascht, auch wenn nichts Überraschendes passiert war. Die Augen erinnerten Dancing Rabbit daran, dass ihre Urgroßmutter auch blaue Augen hatte. Miss Maury hatte erklärt, dass Dancing Rabbits Taufname eigentlich Dora sei. Sie zeigte ihr, wie man in der Schrift der weißen Leute schreibt. Miss Maury war erstaunt, wie leicht Dora ihre Lektionen lernte, und lobte sie für ihre gute Schrift, für die Rechenaufgaben, die sie immer richtig löste, und für ihre Fähigkeit, Kirchenlieder und Bibelverse auswendig zu lernen.

Zu Beginn des Jahres hatte Miss Maury den Kindern mitgeteilt, dass der Missionsvorstand dem Kind eine Bibel schenken würde, das bis Ende des Jahres die meisten Bibelverse auswendig gelernt hatte. Dancing Rabbit war entschlossen, dieses Kind zu sein, dessen Name am letzten Schultag aufgerufen und dem der Preis überreicht wurde. Sie stellte sich immer wieder vor, wie es sein würde: Ihre Eltern und Urgroßmutter und alle anderen Clanmitglieder, die ihre Kinder zur Missionsschule schickten, würden bewundernd klatschen, wenn Dora Bonney vom Wolf-Clan aufgerufen wurde.

Außer der Urgroßmutter von Dancing Rabbit fanden alle Ältesten, dass die Schule eine gute Sache sei, die Kinder gut lernen und dem Stamm und ihren Clans zur Ehre gereichen sollten. Dancing Rabbit langweilte sich ohne ihre Lektionen und ihre Bibelverse, und vor allem vermisste sie Miss Maury. Sie drängte ihre Mutter, sie nach Hause gehen zu lassen, damit sie wieder zur Schule gehen konnte, aber ihre Mutter lehnte ab. Die Urgroßmutter von Dancing Rabbit, die sie nie Dora genannt hatte, erwiderte, dass sie die Schule niemals auf Stammesland hätten errichten dürfen.

Als ihr Vater das nächste Mal kam, berichtete er, dass Soldaten gekommen seien, um eine Palisade am Fluss zu bauen. Er hatte den Kindern verboten, zum Eingang der Höhle zu gehen, wo sie wenigstens im Sonnenlicht sitzen und den Wald betrachten konnten. Jetzt müssten sie tief drinnen in der Höhle bleiben. Er würde die Uktena draußen hören, sie sei hungrig und warte.

Zunächst gehorchte Dancing Rabbit und hielt sich weit entfernt vom Eingang auf, falls die Uktena den Kopf hereinstecken und nach ihnen suchen sollte. Aber die Uktena ließ sich nicht blicken, und Dancing Rabbit langweilte sich in der Höhle. Sie wollte nicht mehr mit den seltsam geformten Muscheln spielen, mit den Steinen, in denen kleine Tiere eingeschlossen waren, oder mit den scharfen Feuersteinen, von denen ihre Urgroßmutter behauptete, es seien alte Speerspitzen, die viele Feinde getötet hätten. In der Höhle war es dunkel und es stank nach Bären. Das Wasser, das die Felsen hinablief, schmeckte stark nach Eisen. Seit Wochen lebten sie in der Dunkelheit und in der Kälte.

Ihre Mutter wollte auch nicht spielen, wollte tagelang nur ruhig auf ihrer Decke bei dem kleinen Feuer liegen. Heute allerdings hatte sie begonnen, schwer zu atmen, und zwischendurch keuchte sie immer wieder auf. Dancing Rabbit drückte sich in ihrer Nähe herum, bis ihre Urgroßmutter ihr sagte, sie solle sich nützlich machen und eine Kelle Wasser holen. Dann zog ihre Urgroßmutter etwas glatte Ulmenrinde und Rühr-mich-nicht-an aus ihrer Tasche und zerstampfte alles zu einer Paste. Sie mischte die Paste mit etwas Wasser und besprengte die Mutter von Dancing Rabbit damit. Dabei sang sie leise und betupfte die Lippen der Mutter mit der Mischung, damit das Kind schneller kam.

Während ihre Urgroßmutter bei ihrer Mutter hockte, blickte Dancing Rabbit finster drein. Sie wollte aus der heiligen Quelle am Fuß des Berges trinken, wo die wilden Erdbeeren reif und süß und duftend in der Sonne darauf warteten, gepflückt zu werden. Sie war es leid, eingesperrt zu sein. Also kroch sie zum Eingang, spähte hinaus und suchte die Uktena. Sie konnte sie nirgends entdecken, vielleicht war sie verschwunden. Draußen schien die Sonnen hell und heiß, und die Vögel lockten sie nach draußen. Eine Ricke und ihr Kitz grasten am Hang im Frühlingssonnenschein, der Schwanz des Kitzes wackelte fröhlich. »Komm!«, rief es und sprang ein Stück weiter.

Sie vergewisserte sich, dass ihre Urgroßmutter ihr den Rücken zuwandte. Und dann ergriff Dancing Rabbit ihre Chance und sprang aus der Höhle in die heiße Sonne. Die Ricke und ihr Kitz rannten davon.

In der Höhle schrie die Mutter von Dancing Rabbit auf, und trotz der Proteste ihrer Urgroßmutter mühte sie sich hoch. Dancing Rabbit lief den Hang hinunter zum Pfad, der zur Quelle führte. Sie blickte zurück und freute sich, dass ihre Mutter ihr nachkam. Sie liebte es, wenn sie beide Nachlaufen spielten.

Das kleine Mädchen hüpfte, schaute sich um und rief ihrer Mutter zu, sie solle sich beeilen, damit sie alle Erdbeeren fanden, bevor die Uktena sie aß. Normalerweise konnte ihre Mutter schnell wie der Wind laufen, aber jetzt nicht. Sie rutschte unbeholfen den Pfad hinunter, ihre Röcke blieben an den Büschen hängen, und sie rief, Dancing Rabbit solle sofort zurückkommen. Aber Dancing Rabbit war jetzt sehr durstig und sie konnte das Plätschern der Quelle hören. Also tat sie so, als habe sie ihre Mutter nicht gehört.

Sie kniete nieder, um Wasser aus der Quelle zu schöpfen, als sie den spitzen Schrei ihrer Mutter vernahm. Sie drehte sich um und sah, dass sich weiße Männer auf

Pferden näherten, gefolgt von einem Wagen. Einer der Männer war Mr Drumheller, die anderen waren Fremde. Einer der Fremden trieb sein Pferd an und ritt den Hügel hinauf, direkt auf Dancing Rabbits Mutter zu. Er schnitt ihr den Weg ab, bevor sie ihre Tochter erreichen konnte, zügelte sein Pferd, beugte sich herunter und schlug ihr heftig ins Gesicht. Dancing Rabbit sah, wie ihre Mutter stolperte, den Hügel hinunterfiel und reglos liegen blieb. Dancing Rabbit erstarrte und beobachtete, wie die anderen Männer absaßen und zu ihrer Mutter gingen.

»Nun, sieht so aus, als hätten wir die Familie von Jesse gefunden. Nicht auf ihrem Gehöft, die Kinder nicht in der Schule. Ich wusste, dass sie irgendwo hier sein mussten. Klar, wahrscheinlich haben sie sich in einer Höhle da oben versteckt.«

»Die Kleine ist da drüben und trinkt. Holen wir sie zuerst. Indianische Kinder sind schwer zu packen.« Der große weiße Mann, der ihre Mutter geschlagen hatte, kam mit großen Schritte auf sie zu und schwenkte dabei ein Seil in der Hand. Er packte sie grob am Arm und riss sie auf die Füße. Sie wehrte sich und hieb ihm ihre scharfen Zähne in die Hand, so fest sie konnte. Er fluchte und packte sie an den Haaren, bis sie losließ. Dann versetzte er ihr einen Schlag, der ihre Ohren klingeln ließ. »Indianischer Satansbraten!«, knurrte er und hob erneut die Hand. »Wir haben deinem Pa gerade eine Lektion erteilt, und jetzt bist du an der Reihe. Hätten vor Jahren den ganzen verdammten Stamm ausrotten sollen, als sie die Gelegenheit hatten. Je eher ihr verschwindet, desto besser.« Er schlug sie noch einmal.

Dancing Rabbits Nase begann zu bluten und sie sah Sterne. Sie war noch nie geschlagen worden. Die Kinder der Cherokee wurden nie geschlagen. Der Mann ließ sie los, um sein Seil abzuwickeln, und Dancing Rabbit fiel zu Boden. Etwas ließ sie still daliegen. »Mein Volk sind Krieger.« Sie wiederholte leise die Worte ihrer Urgroßmutter in Cherokee. Sie sagte sich, sie fühle keinen Schmerz.

»Komm, Silas, sie ist nur ein Kind. Lass sie und ihre Mutter, bis wir die anderen schnappen. Sie gehen nirgendwo hin. Die Alte und die anderen Kinder werden nicht weit sein.«

»Ja, lass sie«, meinte auch der Mann namens Drumheller. Er war derjenige, der versucht hatte, ihrem Vater Geld zu geben. Nun kniete Drumheller bei ihrer Mutter. »Nancy«, sagte er, »komm schon, du weißt, dass du hier nicht bleiben kannst. Heute Morgen haben sie Jesse geschnappt, haben ihn nicht allzu gut behandelt. Aber das war seine eigene Schuld. Er hat drei von ihnen mit seiner Hacke erwischt, kann froh sein, dass sie ihn nicht an Ort und Stelle erschossen haben. Wenn sie euch alle zusammenhaben, bringen sie euren Hausrat und alles andere auf die Wagen. Ihr könnt alles mitnehmen.« Er versuchte, Dancing Rabbits Mutter am Arm zu ziehen, aber sie war schwer und stöhnte. Sie stand nicht auf, egal, wie sehr er auch zog.

»Wir haben versucht, ihm seine Verbesserungen zu bezahlen, auch wenn wir dazu eigentlich nicht verpflichtet waren. Niemand kann sagen, dass wir nicht versuchen, euch korrekt zu behandeln. Aber du gehst.« Dancing Rabbits Mutter stieß einen schrillen Schmerzensschrei aus und wölbte den Rücken. Der große weiße Mann trat einen Schritt zurück. »Ich habe ihr nicht wehgetan«, sagte er. Die anderen starrten auf die Frau hinunter. »Wir sollen niemanden verletzen, nur abliefern sollen wir sie. Aber Nancy hier kriegt ein Kind.« Er stand da, nahm den Hut ab und wischte sich mit dem Unterarm über die Stirn.

Er war verunsichert und hatte keine Ahnung, was er tun sollte.

Dancing Rabbits Mutter schrie noch einmal mit all ihrer Kraft, sodass es zwischen den Felsen widerhallte. Die Männer waren verdutzt, sie sahen sich an und zuckten die Achseln. Dancing Rabbit lief zu ihrer Mutter. Weiße Leute waren ja so unwissend. Sie wusste, dass ihre Mutter nicht aus Schmerz schrie. Es war eine Warnung für die, die sich noch in der Höhle versteckt hielten, dass sie sich nicht zeigen durften. Dancing Rabbit fühlte etwas Nasses auf den Knien. Als sie nach unten schaute, sah sie, dass unter dem Rock ihrer Mutter etwas Rotes hervorsickerte, das ihren eigenen Hirschlederrock tränkte. Wieder ertönte der Schrei ihrer Mutter. Dancing Rabbit spürte, wie die Hand ihrer Mutter ihre eigene kleine Hand drückte, um ihr Mut zu machen. Dann keuchte ihre Mutter wie ein verwundeter Hirsch, ihre Augen waren weit aufgerissen und drehten sich in den Kopf zurück. Plötzlich stieg Dancing Rabbit der Geruch von heißem, jetzt dunkelrotem Blut in die Nase. Ihr wurde schwindelig, sie wandte aber den Kopf und starrte die weißen Männer trotzig an. *Zeige niemals Angst vor einem Feind.*

»Ich muss sie auf das Boot bringen, das ist der Befehl. Wenn sie nicht freiwillig gehen, fesseln wir sie und nehmen sie mit.«

»Du kannst Nancy jetzt nicht mehr fesseln! Was soll das bringen? Von Frauen mit Kindern haben sie nichts gesagt ...«

Dancing Rabbits Mutter stöhnte laut, wölbte den Rücken und schloss die Augen.

»Sieht aus, als hätten wir gleich zwei weniger mitzunehmen«, sagte Drumheller. Er wollte Nancy nicht anrühren.

Beide seiner Frauen waren bei der Geburt ihres Kindes gestorben. Persönlich hatte er nichts gegen Jesse oder seine Familie, aber sie waren Mischlinge. Und jetzt, wo der Vertrag unterzeichnet worden war, sagte das Gesetz, sie müssten die Gegend verlassen und mit den anderen nach Westen gehen. Er und seine Jungs taten nur ihre Pflicht, wie es das Gesetz vorsah.

Dancing Rabbits Mutter begann zu zittern, während sich immer mehr Blut unter ihrem Körper ausbreitete. Drumheller sah es und trat noch weiter zurück. Geburten waren Frauensache, und wie die meisten Männer konnte er kein Frauenblut sehen.

»Die Kleine hier wird schon nicht abhauen. Lass uns nach den anderen sehen. Die alte Frau kann mit diesem Schlamassel hier umgehen. Sie wird ihre Kräuter und Sachen dabeihaben. Das Kind wird dann eben im Wagen geboren. Nancy schafft das schon. Indianerfrauen sind zäh. Der Wagen ist hier. Holen wir die anderen. Sie sind da oben.« Er zeigte auf den Hügel.

Die Männer verschwanden zwischen den Bäumen. Dancing Rabbits Knie wurde nasser. Ihre Mutter flüsterte etwas. Sie beugte sich zu ihr, um sie verstehen zu können. Der Atem ihrer Mutter kam stoßweise und unregelmäßig. Sie öffnete die Augen und sah Dancing Rabbits blutiges Gesicht und die geschwollene Nase.

»Fürchte dich nicht, Tochter, sondern hör mir zu und gehorche mir. Lass mich hier liegen und lauf, versteck dich schnell«, keuchte sie. »Versteck dich gut, damit sie dich nicht mitnehmen können. Mein Geist wird noch nicht ins Land der Dämmerung gehen. Ich werde bleiben, um dich zu führen und zu beschützen.« Sie stöhnte wieder. »Dancing Rabbit«, flüsterte sie. Ihr Blick war voller Liebe und Tod. »Versteck dich, bis sie weg sind, dann such deinen Verwandten Gideon Wolfpaw. Er ist der Vater deiner Urgroßmutter. Er ging vor vielen Jahren in den Berg, um dort zu leben, und er ist immer noch da. Sie erzählen, er kann mit den Adlern fliegen. Sag ihm«, sie schloss die Augen gegen den Schmerz, »die Enkelin seiner Tochter Singender Wind hat dich geschickt. Sag ihm, dass ich dich bei ihm lasse, um Wächter unseres Landes zu sein und dieses Böse an unserem Volk zu rächen. Geh!«

Sie ließ die Hand ihrer Tochter los und zeigte mit schwacher Hand auf eine Felsenklippe mit struppigen Sträuchern. Sie reichten, um einem kleinen Menschen Halt zu bieten. Dann gab sie ihrer Tochter einen Stoß. »Geh, bevor sie zurückkommen ... geh, und mein Geist wird dich finden.«

Von oben waren Schreie zu hören. »Hab sie!«

Kurz darauf stürmten die weißen Männer wieder zwischen den Bäumen hindurch. Der Mann namens Drumheller zerrte die grauhaarige Urgroßmutter mit sich. Sie hatten ihr die Hände auf dem Rücken gefesselt. Dancing Rabbits kleiner Bruder und die Schwester wurden den Weg entlanggezogen. Die alte Frau spuckte den Mann an, der sie hinter sich herzog. »Mach keinen Ärger, sonst lasse ich Nancy hier liegen«, drohte er wütend. »Das willst du doch nicht, oder?«

Dancing Rabbits Urgroßmutter begann auf Cherokee einen Fluch auf die weißen Männer zu singen und spuckte sie noch einmal an. Sie war klein und gebeugt, aber sie trat um sich, und der Mann, der die beiden Kinder mit sich zerrte, fiel hin. »Verdammt, du alte Hexe! Nennst dich Singender Wind, was? Dabei bist du nur die verrückte Rhiannon Vann. Ist dein Pa dort oben?« Er wies mit dem

Kopf auf den Berg. »Sie sagen, Gideon ist noch am Leben, aber finden kann ihn niemand. Er hilft dir nicht, wie, Rhiannon?«

Die Urgroßmutter trat noch einmal zu, und diesmal stürzte der Mann.

Er fluchte, stand wieder auf, schlug die Urgroßmutter ins Gesicht, die taumelte und dann noch mal kräftig zutrat. Er schlug sie so heftig, dass sie hinstürzte. Aber die alte Frau klammerte sich an seinen Fuß und kreischte wild und wehrte sich gegen die Männer, die sich mühten, sie zu fesseln. Dancing Rabbits Mutter keuchte auf. »Sie lenkt sie ab, damit du davonlaufen kannst, Tochter! Geh!«, flüsterte sie eindringlich und schob sie weg. Jetzt gehorchte Dancing Rabbit und verschwand in den Büschen, so schnell und leise wie ein kleines Tier. Zehn Minuten später war sie hoch über der Höhle in einem Baum versteckt. Sie hielt den Atem an und schaute hinunter.

Die weißen Männer hatten den Wagen geholt und gewendet. Sie beobachtete, wie sie die unförmige Gestalt ihrer Mutter hineinhoben und ihre Urgroßmutter hinterherwarfen. Sie hörte ihren kleinen Bruder und ihre Schwester weinen. Sie waren zu jung und wussten nicht, dass ein Cherokee niemals weinte. Mit einem dumpfen Knall landeten sie auf dem Wagen. Sie konnte sehen, wie Drumheller etwas sagte und auf den Hang zeigte. Die anderen Männer schüttelten den Kopf und wiesen auf den Fluss. »Der Luchs wird sie sich holen, wenn sie jetzt nicht rauskommt. Er reißt sie mit seinen Krallen in Stücke und frisst sie bei lebendigem Leib«, rief einer der Männer.

»Luchs ... Luchs ... Luchs«, wiederholte das Echo. »Krallen ... Krallen ... Krallen ... lebendig ... lebendig ...«

Sie warteten, um zu sehen, ob ihre Rufe Wirkung zeigten. Dann knallte der Fahrer mit seiner Peitsche.

Der Wagen fuhr schwankend die schmale Straße hinunter und verschwand hinter den Bäumen. Am Fuße des Berges bog er zur Anlegestelle ab. Die Felsen trugen die Stimme ihrer Urgroßmutter hinauf zu Dancing Rabbit. Es war ein Totengesang. Dancing Rabbit wusste, dass ihre Urgroßmutter sich damit von ihr verabschiedete. Sie spähte durch eine Lücke in den Zweigen und konnte sehen, dass die Anlegestelle voller Menschen war. Als der Wagen mit ihrer Familie dort ankam, stiegen zwei Männer von einem Floß, um ihre Mutter zu tragen. Sie meinte, dass ihr Vater einer von ihnen war, konnte sich aber nicht wirklich sicher sein. Er humpelte. Zu spät begriff sie, warum er sie versteckt hatte, obwohl sie nicht verstand, warum die weißen Männer das taten, was sie taten.

Weiße Männer mit Gewehren stießen und schoben die letzten Nachzügler den Laufgang hinauf. Die Soldaten, die ihre Gewehre angelegt hatten, standen Wache, als das Floß langsam vom Ufer in die Flussmitte geschoben wurde.

Plötzlich machte Dancing Rabbits Herz einen frohen Satz. Eine einsame Gestalt mit feuerrotem Haar lief vollkommen aufgelöst an der Anlegestelle auf und ab, winkte mit ihrem Taschentuch und rief die Namen ihrer Schüler. Ihre schmerzerfüllten Schreie von »Polly, Daniel, Dora ...« verhallten ungehört. Miss Maury winkte und schrie, schließlich schien sie aufzugeben. Die Männer mit den Gewehren nahmen keine Notiz von ihr. Miss Maury sank auf die Knie. Dancing Rabbit wusste, dass sie betete. Wenn Miss Maury betete, so hatte Dancing Rabbit es gelernt, sprach sie mit Gott. Dann musste sie still neben ihr knien und ihr Herz für Jesus öffnen, der Kinder liebte. Miss Maury sagte, dass Gott und der Herr Jesus alles tun konnten und die Christen ihr ganzes Vertrauen dareinsetzen sollten, dass sie in Zeiten der Not zu Hilfe eilten. Der Herr Jesus hörte Gebete, besonders die der Kinder.

Dancing Rabbit beschloss, ebenfalls zu beten. Sie und ihre ganze Familie waren im Bach hinter der Missionskirche getauft worden. Obwohl sie in einem Baum auf der Klippe saß und nicht niederknien konnte, senkte sie den Kopf und kniff ihre Augen fest zu und sagte das Vaterunser, das Miss Maury sie gelehrt hatte.

Aber als sie aufblickte, hatten offenbar weder Gott noch der Herr Jesus zugehört, weil sie das Floß nicht gewendet und alle wieder ans Ufer gebracht hatten. Stattdessen entfernte es sich immer weiter mit der Strömung. Sie sprach das Vaterunser wieder und wieder, so laut sie konnte, aber das Floß fuhr weiter stromabwärts und wurde immer kleiner.

Die Luft um Dancing Rabbit schwoll an vor Leid und Unglauben. Unter ihr standen Hütten und Scheunen, die jetzt leer waren. Ihre Bewohner hatte man weggetragen. Und in den Feldern, wo sich bereits die Bohnen und Kürbisse zeigten, weil das Wetter so schön und der Boden so fruchtbar war, arbeitete niemand mehr.

Es war Zeit für den Herrn Jesus, vom Himmel herabzukommen und das Floß zu drehen, damit die Leute nach Hause gehen konnten. Sie rechnete damit, dass das jeden Moment passieren würde, während das Floß um die Flussbiegung verschwand. Sie blieb den ganzen Tag auf ihrem Baum, damit sie sofort mitbekam, wenn es zurückkam. Dann sah sie die Sonne in der westlichen Dunkelheit verschwinden, in die das Floß unterwegs war. Als die Sonne unterging, brüllten die verlassenen Kühe im Tal kläglich, weil sie gemolken werden mussten. Sie beobachtete, wie die Sterne am Himmel erschienen, hörte

Hunde, die nach ihren Besitzern bellten. Sie stieg von ihrem Ausguck herunter und kauerte sich an dem Baum zusammen, schlief ein und wartete darauf, dass der Geist ihrer Mutter kam.

Am nächsten Morgen, als sie aufwachte, fühlte sich die Welt leer an. Miss Maury hatte gelogen. Der Herr Jesus hatte keine Macht über weiße Männer. Ihre Mutter war nicht gekommen. Dancing Rabbit dachte, dass sie wahrscheinlich nicht gekommen war, weil sie ihrer Anweisung nicht gehorcht hatte, Gideon Wolfpaw zu finden. Sie blickte an der Klippe hoch, die über ihr aufstieg. Es sah aus, als könne man dort unmöglich hinaufklettern. Lange betrachtete sie die wenigen struppigen Sträucher und die schmalen Spalten im Stein, um herauszufinden, was ihr Halt bieten könnte. Ihr war schwindelig vor Hunger, aber irgendwie musste sie einen Weg nach oben finden. Der Geist ihrer Mutter wartete, bis Dancing Rabbit gehorchte.

In den alten Tagen aßen Krieger tagelang nichts, hatte ihre Urgroßmutter ihr erzählt. Sie fühlten den Hunger ebenso wenig, wie sie Schmerzen empfanden. Dancing Rabbit musste wie die Krieger sein. Das leere, schwache Gefühl war egal. Sie musste die Klippe erklimmen und von Gideon Wolfpaw die alten Gebräuche lernen, die das Volk mächtig machten. Eines Tages, wenn sie genug gelernt hatte, würde sie selbst eine geliebte Frau werden. Sie würde die Uktena jagen, den Juwel von ihrer Stirn stehlen und sich in einen Adler verwandeln. Dann würde sie zu den weißen Siedlern fliegen und ihnen mit dem Schnabel die Augen aushacken, mit den Krallen ihr Getreide aus der Erde reißen und in ihre Brunnen spucken, um ihr Wasser zu vergiften, sodass jeder Weiße, der daraus trank, krank wurde und starb. Sie würde ihre Kinder töten, die verfluchte Rasse vernichten, bis kein einziger weißer Mensch übrig war, um zu betrauern, was gewesen war.

Dann würde sie über die Erde in das Land der Dämmerung fliegen, bis sie ihr Volk gefunden hatte. Sie würden sehen, wie der Adler triumphierend seine Kreise über ihnen zog, und sie mit Freude begrüßen. Und wenn sie sich alle versammelt hatten, würde sie ihnen vorausfliegen und sie zu dem Ort führen, an dem die Sonne wohnte. Nach Hause.

Das schwor sie dem Geist ihrer Mutter.

Dancing Rabbit umklammerte eine Wurzel und zog sich an der Klippe hoch.

Danksagung

Ein Manuskript zu verfassen, ist eine Sache. Daraus ein Buch zu machen, eine ganz andere. Es war mir eine Freude, mit den Menschen zusammenzuarbeiten, die »Tal der Träume - Der Aufbruch« in ein Buch verwandelt haben. Ich bin dankbar für ihre Unterstützung, ihre professionelle Herangehensweise und ihre Entschlossenheit, aus dem, was ich geschrieben habe, das bestmögliche Buch zu machen. Ich kann mich glücklich schätzen, dass ich sie an meiner Seite hatte, und aller Erfolg, der diesem Buch vielleicht beschieden ist, wäre ohne sie nicht zustande gekommen.

Zunächst möchte ich meiner wundervollen Agentin Jane Dystel von der Agentur Dystel & Goderich Literary Management für ihre Hilfe, ihre Geduld und ihre Freundschaft danken. Jane ist eine Agentin, wie man sie sich nur wünschen kann, denn ihre Professionalität, ihre wohldurchdachten Ratschläge und ihre Fähigkeit zu verstehen, wie ein Autor oder eine Autorin am besten arbeitet, sind ungeheuer hilfreich. In meinem Fall bedeutete das, dass sie mich meist hat machen lassen, auch als meine allzu optimistischen Abgabetermine verstrichen, ohne dass es ein abgabereifes Manuskript gegeben hätte. Jane blieb immer ruhig, war immer zur Stelle, wenn ich sie brauchte, gab mir hin und wieder einen sanften Stoß und beruhigte mich mit den Worten »Es braucht so lange, wie es braucht«, wenn ich wieder einmal überzeugt war, dass ich es nie schaffen würde, meine Figuren zu Grabe zu tragen und die Geschichte zu einem Ende zu bringen.

Mein Dank geht auch an Miriam Goderich von Dystel & Goderich, die sich stets effizient und schnell um Verträge kümmert und deren unschätzbare verlegerische Erfahrung wieder einmal wichtige Impulse für den ersten Entwurf lieferte. Ihre Vorschläge und ihre Hilfe weiß ich sehr zu schätzen.

Die Zusammenarbeit mit Amazon Publishing war wie immer höchst erfreulich. Für ihre Bemühungen, ein rundum gutes Buch zu machen, und die großzügige Unterstützung ihrer Autoren gebührt ihnen großer Dank. Ganz besonders möchte ich Tara Parsons danken, der ehemaligen Programmleiterin bei Amazon Publishing. Ihre unglaubliche Geduld und ihre Begeisterung und Hilfsbereitschaft haben mir von Anfang an gezeigt, dass mein Buch bei ihr in guten Händen war. Auch für ihre Vorschläge zum Manuskript bin ich ihr sehr dankbar. Abschließend möchte ich meiner Bewunderung darüber Ausdruck verleihen, wie charmant und zügig Tara Probleme bei Telefonkonferenzen lösen kann.

Mein Dank geht auch an Jodi Warshaw, leitende Redakteurin bei Amazon Publishing. Ihre stetige Unterstützung und freundliche Professionalität lassen das Erscheinen eines Buches zumindest aus der Perspektive eines Autors leicht und mühelos erscheinen. Es war mir eine Freude, mit ihr zusammenzuarbeiten.

Das gesamte Autorenteam bei Amazon ist fantastisch. Vor allem danke ich Gabriella Van den Heuvel, die alle Fragen immer rasch und umfassend beantwortet.

Mit Charlotte Herscher stand mir eine hervorragende Entwicklungslektorin zur Seite. Sie behandelt umfangreiche Manuskripte mit großem Einfühlungsvermögen und ist mit der seltenen Fähigkeit gesegnet, die Absichten eines Autors zu erfassen und ohne Umschweife zum Kern eines Buches vorzustoßen. Sie versteht es, ein Manuskript treffsicher zu verändern, und ich habe blindes Vertrauen in ihr Urteil.

Ohne die unermüdliche Arbeit, die die Lektorin Laura Petrella in dieses Buch gesteckt hat, und ohne ihr Talent, ihren Humor und ihr Adlerauge wäre es nicht das geworden, was es ist. Es ist ein wenig beschämend für einen Autor, wenn er einsehen muss, dass er ohne Lektor nicht auskommt, vor allem, wenn dieser Autor seit vielen Jahren in England lebt und mit seiner Rechtschreibung im Niemandsland zwischen britischem und amerikanischem Englisch feststeckt. Laura hat bei diesem sehr langen Manuskript ganze Arbeit geleistet.

Vielen Dank auch an die Designerin, die den Umschlag gestaltet hat und die sich so geduldig mit meinen zahlreichen Vorschlägen auseinandergesetzt hat. Das zarte und, wie ich finde, perfekte Bild, das sie schließlich gezaubert hat, hätte den Geist des Buches nicht besser einfangen können. Es ist genau richtig.

Und zum guten Schluss möchte ich meiner Familie danken, die mich mit ihrer großzügigen und unermüdlichen Unterstützung immer wieder in Erstaunen versetzt. Mein besonderer Dank geht an meinen Mann Roger Low, der sich weder an meiner Zerstreutheit in vielen Bereichen noch an der großen Schar fiktionaler Gestalten und den komplizierten zeitlichen Anläufen einer Geschichte stört, von Abendessen zu unmöglichen Zeiten einmal ganz abgesehen. All diesen Berufsrisiken begegnet er mit Liebe,

Humor und einem exzellenten Krisenmanagement. Bemerkungen wie »Mir geht zu viel durch den Kopf und das tut weh« nimmt er mit bewundernswerter Gelassenheit hin, und er versteht, dass ich zum Arbeiten einen ruhigen Bereich brauche, den Virginia Woolf ein »Zimmer für mich allein« genannt hat und den er mit »Hausarrest« bezeichnet.

Angesichts der Tatsache, dass ich jeden Tag so viel Zeit in einer fiktionalen Welt verbringe, die ich mir selbst ausdenke, bin ich immer wieder dankbar, dass jenseits meines Arbeitszimmers Roger, Cass, Michelle, Niels, Jonny und unsere entzückenden Enkelkinder Bo, Poppy und Jake sind, die mich daran erinnern, dass das reale Leben genau das ist: real. Sie sind meine größten Fans und meine stolzesten und unkritischsten Unterstützer. Alles, was ich schreibe, schreibe ich für sie.

Helen Bryan

Printed in Poland
by Amazon Fulfillment
Poland Sp. z o.o., Wrocław